KB203584

古文觀止 譯注 4

古文觀止 譯注 4

吳楚材・吳調侯 編
崔奉源 譯注

역락

| 서문 |

≪고문관지(古文觀止)≫는 청초(清初) 강희(康熙) 연간에 절강(浙江) 산음(山陰) 사람인 오초재(吳楚材)·오조후(吳調侯) 숙질이 글방 훈장(訓長)을 하면서 서생들을 가르치기 위해 편찬한 일종의 고문선본(古文選本)이다. 「고문(古文)」이란 본래 당대(唐代) 한유(韓愈)와 유종원(柳宗元)이 고문운동(古文運動)을 제창할 때 육조(六朝)와 당초(唐初)의 변려문(駢麗文)에 대해 선진(先秦)·양한(兩漢)의 산문(散文)을 가리킨 명칭이었으나, 후에는 이러한 고문을 본보기로 하여 지은 모든 산문 작품을 일컫는 말로 사용되었다. 따라서 고문의 기본 개념은 곧 산문을 말하며, ≪고문관지≫에 수록한 문장 또한 대부분이 이에 속한다. 그러면 오초재 숙질은 어째서 자신들의 선본(選本)에 「관지(觀止)」라는 말을 붙여 서명(書名)으로 삼았는가? 어원을 살펴보면, 관지(觀止)라는 말은 ≪좌전(左傳)·양공(襄公)≫ 29년 「계찰관주악(季札觀周樂)」에 보인다.

≪소소(韶箾)≫ 춤 연기를 보고 계찰(季札)이 말했다:「덕행이 극치에 도달했도다! 위대하도다! 마치 하늘이 모든 것을 덮은 것과도 같고, 땅이 모든 것을 실은 것과도 같다. 비록 훌륭한 덕망을 충실히 갖추었다 해도, 아마 이를 능가하지는 못할 것이다. 감상을 이만 멈추리라! 만일 다른 가무(歌舞)가 있다 해도, 나는 감히 더 감상하기를 청하지 않으리라!

(見舞 ≪韶箾≫者, 曰:「德至矣哉! 大矣! 如天之無不幬也, 如地之無不載也。雖甚盛德, 其蔑以加於此矣。觀止矣! 若有他樂, 吾不敢請已!)

이는 오(吳)나라 공자 계찰(季札)이 노(魯)나라에서 ≪소소(韶箾)≫라는 가무(歌舞)의 연기를 보고 한 말이다. 여기서 「감상을 이만 멈추리라!(觀止矣!)」라고 한 것은 즉, 연기가 너무 완벽하여 더 이상 보탤 것이 없다고 여겨 칭찬한 말이다. 따라서 오초재·오조후가 「관지」라는 말을 원용한 것 또한 바로 자신들이 선택한 문장보다 더 뛰어난 문장이 없다는 것을 비유한 것이다.

예로부터 중국에는 고문에 관한 선본들이 많았지만 사람들의 기억에 남는 것은 그리 흔치 않다. ≪고문관지≫는 잘 알려지지 않은 평범한 문인들에 의해 편찬된 통속적인 선본임에도 불구하고, 세상에 출현한 이후 지속적으로 읽히면서 독자들에게 지대한 영향을 미쳤다. ≪고문관지≫는 선진(先秦)으로부터 명말(明末)에 이르기까지 222편의 문장을 수록했는데, 그 구성을 보면 : ≪좌전(左傳)≫, ≪공양전(公羊傳)≫, ≪곡량전(穀梁傳)≫, ≪예기(禮記)≫ 등의 경전과 ≪국어(國語)≫, ≪전국책(戰國策)≫, ≪사기(史記)≫, ≪한서(漢書)≫, ≪후한서(後漢書)≫ 등 사서(史書)의 문장을 비롯하여 ≪초사(楚辭)≫·진(秦)·한(漢) 이후 명대(明代)에 이르기까지 47인의 개인 작품으로 엮어져 있다. 이중 ≪좌전≫이 34편, 당송팔대가(唐宋八大家)의 작품이 78편을 차지하고 있는데, 이는 편자(編者)가 ≪좌전≫이 옛날 고문가(古文家)들로부터 작문의 본보기로 중시되었다는 점과 당송팔대가의 문장이 중국 산문의 중심에 자리하고 있다는 점을 반영한 것이다. 그리고 시대적으로는, 선진(先秦) 73편을 비롯하여 한대(漢代) 29편, 삼국(三國)시대 6편, 육조(六朝)시대 6편, 당대(唐代) 43편, 송대(宋代) 51편, 명대(明代) 18편 등으로 구성되어 있다. 이중 당송(唐宋)의 작품이 94편으로, 총 222편 가운데 ≪좌전≫ 34편을 빼고 나면 전체 편수의 절반을 차지하고 있다. 이 또한 편자가 그만큼 당송 문인들의 작품을 중국 고문의 전범(典範)으로 간주하고 있음을 보여주는 것이다.

이 문장들은 대부분 사상성이나 예술성이 뛰어나 오랜 세월에 걸쳐 인구(人口)에 회자(膾炙)되어 왔고, 오랜 세월의 시험을 거쳐 오늘에 남아 있는 훌륭한 문화유산이다. 그리고 ≪고문관지≫에 수록된 문장들은 제재(題材)나 문체(文體) 방면에 있어서도 다양한 면모를 갖추고 있다. 예컨대, 사전(史傳)・논설(論說)을 비롯하여 서발(序跋)・주의(奏議)・증서(贈序)・조령(詔令)・비지(碑誌)・제문(祭文)・잠명(箴銘)・송찬(頌讚)・사부(辭賦)・서찰(書札)・산수유기(山水遊記)・기타 잡문(雜文) 등을 고루 수록하여 고문의 화려하고 다채로운 면모를 반영했다. 문장의 편집 또한 시대순으로 배열하여 두서(頭緖)가 분명하며, 편폭에 있어서도 장문(長文)과 단문(短文)을 적절히 배합하고, 총체적인 분량 또한 독자들이 읽기에 양적인 부담을 주지 않는다. 대체로 이러한 요인들이 독자들로부터 오래도록 환영을 받아온 이유일 것이다. 물론 ≪고문관지≫가 오늘날 우리가 보기에 결코 결점이 없는 것은 아니다. 가장 먼저 눈에 띄는 것은, 문선(文選)에 있어서 ≪상서(尙書)≫를 비롯하여 ≪장자(莊子)≫・≪순자(荀子)≫・≪묵자(墨子)≫・≪한비자(韓非子)≫ 등 선진제자(先秦諸子)의 작품들이 한 편도 수록되지 않았고, 청대 초기 고염무(顧炎武)・황종희(黃宗羲)・왕부지(王夫之) 등의 경세치용(經世致用)에 관한 문장이나 후방역(侯方域)・위희(魏禧)・왕완(汪琬) 등 청초삼대가(淸初三大家)의 문장들도 수록되지 않았다는 점이다. 또한 ≪고문관지≫에 이미 수록된 유명 작가의 작품들도 모두 다 그들의 대표적인 작품은 아니다.

그러나 종합적으로 볼 때, ≪고문관지≫는 고문의 내용이나 문체 및 풍격을 이해하고, 이를 통해 역사와 문학에 대한 인식을 증진하며, 고대 사회를 알고 고문의 독해력을 증진하는 데 있어, 그 나름대로 상당한 가치를 지니고 있다. 그래서 중국이나 대만의 각급 학교에서는 ≪고문관지≫를 고문 학습을 위한 텍스트로 사용하고 있으며, 현재까지 백화(白話)로 번역하고 주석한 교본들도 이미 십여 종에 달하고 있다.

≪고문관지≫의 판본은 강희 34년(1695) 봄에 처음으로 간행되었다. 오초재·오조후는 ≪고문관지≫를 편찬한 후, 이를 양광총독(兩廣總督)으로 있는 오초재의 백부 오흥조(吳興祚)에게 보냈다. 오흥조는 이를 받아 읽고 높이 평가한 후 바로 출간하도록 했는데, 이것이 ≪고문관지≫의 최초 판본이다. 그러나 원각본(原刻本)은 이미 망실되고, 당시 전해진 것은 홍문당본(鴻文堂本)과 영설당본(映雪堂本) 두 번각본(翻刻本)이다. 그 후 강희 37년(1698) 음력 11월, 오초재 숙질은 절강(浙江) 고향 마을 훈장의 요청에 따라 문부당본(文富堂本) ≪고문관지≫를 판각(版刻)했는데, 이 판본은 대체로 앞의 판본들과 동일하지만 약간의 차이가 있고, 이후의 각종 판본들은 대부분 이 판본들로부터 파생되어 나온 것들이다.

≪고문관지≫에 수록된 문장들은 오초재·오조후가 편집할 당시에 이미 증산(增删)하거나 개자(改字)한 정황이 있었다. 그것이 후에 널리 유포되면서 여러 종의 새로운 판본이 출현했고, 판본 간에도 간혹 일부 문자상의 출입이 발견되기도 했다. 그리하여 근래 학자들이 ≪고문관지≫에 수록된 문장들을 다른 원전(原典)과의 대조·교감·고증을 통해 그러한 문제들을 수정·정리한 후, 현재 여러 출판사에서 다양한 ≪고문관지≫ 역주본(譯注本)이 출간되었다.

본서(本書)는 2008년 6월판 대만(臺灣) 삼민서국(三民書局)의 ≪신역고문관지(新譯古文觀止)≫를 저본(底本)으로 하고 기타 여러 출판사의 역주본들을 참고하여 정리했다. 역주(譯注) 방법에 있어서는 고문 학습을 위해 편찬한 텍스트라는 취지에 맞추어 필자 나름의 색다른 방법을 채택했다. 우리말 번역은 기본적으로 직역을 원칙으로 하되, 원저자의 문자 생략 또는 의미가 함축된 용어 사용으로 인해 직역이 매끄럽지 못할 경우에는 부분적으로 약간의 의역과 의미 보충을 함으로써 이해를 돕고자 했고, 주석(注釋)은 인명·지명이나 전고(典故) 등에 대한 일반적인 풀이 외에, 특히 고문 학습에 요긴한 문법이나 기타 허사(虛詞) 및 일반 단어에 이르기까지 상세하게 설명함으로써, 어느 정도 한자를 공부한 사람이라면 본서를 가지고 독학이 가능할 수 있도록 심혈을 기울였다.

이러한 노력에도 불구하고 여전히 우려되는 것은, 고문 해석상의 난해한 점으로 인해 적지 않은 오류가 있을 것이라는 점이다. 이는 물론 필자의 천학비재(淺學菲才)가 가장 큰 원인이기도 하지만, 역주 과정에서 동일한 문구에 대해 여러 학자들의 견해가 일치하지 않아 어려움을 겪는 경우도 적지 않았다. 이럴 때는 난감한 마음에, 작품을 쓴 작자에게 직접 문의하고 싶은 적도 한두 번이 아니었다. 이러한 난제들은 독자들의 부단한 관심과 아낌없는 질정(叱正)으로 부단히 개선되기를 바랄뿐이다.

2013년 3월 1일

최봉원

| 일러두기 |

• 본서는 ≪고문관지≫ 222편의 방대한 분량을 편의상 1~5권으로 나누어 엮었다. 2008년 6월판 대만(臺灣) 삼민서국(三民書局)의 ≪신역고문관지(新譯古文觀止)≫를 저본(底本)으로 하되, 다만 원문을 제외한 문장의 단락 · 구두점의 위치 · 문장부호의 표기 등은 상황에 따라 저본 외에 여러 출판사의 역주본들을 참고하여 필자 나름대로 가장 문의(文意)에 적합하다고 판단되는 방향으로 정리하였으며, 간혹 저본과 기타 판본 간에 나타나는 이자(異字)에 대해서는 각주에 설명을 첨가하였다. 그 외에 매 작품에 대해서는 '작자', '원문 및 주석', '번역문', '해제(解題) 및 본문요지 설명'의 네 부분으로 나누어 다음과 같은 원칙을 적용하였다.

1. 공통부분

1) 본서의 '작자', '번역문', '해제(解題) 및 본문요지 설명' 부분의 우리말 설명에 한자 표기가 필요할 경우 우리말 뒤의 (　) 속에 표기했다.

   예 가의(賈誼 : B.C.200~B.C.168)는 낙양(洛陽) 사람으로 서한(西漢)의 정론가(政論家)요 문학가(文學家)이다.

2) 인용문 또는 들어낼 필요가 있는 문구에 대해서는 「　」를 사용하여 표시하였다.

   예 원매(袁枚)는 「시는 성정으로, 성정을 제외한 시는 존재할 수 없다. (詩者, 性情也。 性情之外無詩。)」라고 할 정도로 시의 성령(性靈)을 중시하여 청대(淸代) 시단에서 「성령설(性靈說)」의 창도자로…

3) 서명(書名), 작품 등은 ≪　≫로 표시하였다.

   예 ≪예기(禮記)≫ · ≪상서(尙書)≫ · ≪춘추(春秋)≫ · ≪논어(論語)≫

4) 옛 지명 또는 용어 등에 간단한 해석이 필요할 경우 [　] 안에 처리했다.

예 고종(高宗)의 노여움을 사서 쫓겨나 월주(越州)[지금의 절강성 소흥(紹興)]로 갔다가, 총장2년(669) 촉(蜀)[지금의 사천성]으로 갔다.
왕숙문은 순종(順宗) 때 동중서문하평장사(同中書門下平章事)[재상]의 자리에 올라…

5) 본서에 나오는 인명·지명·작품명 등은 모두 우리말 발음으로 표기하고 ( ) 속에 한자를 넣되, 같은 것이 자주 나올 경우 처음에만 한자를 표기하고 나머지는 주로 우리말 발음으로 표기했다.

예 문왕(文王)·무왕(武王)·주공(周公)·공자(孔子)의 배척을 받지 않았고, 그들은 또한 불행히도 삼대 이전에 태어나지 않아 문왕·무왕·주공·공자의 교정을 받지 못했다.

6) 중국의 현행 성(省) 이름은 모두 우리말 발음으로 표기했다.

甘肅省 → 감숙성 江西省 → 강서성 江蘇省 → 강소성 廣東省 → 광동성
廣西省 → 광서성 貴州省 → 귀주성 吉林省 → 길림성 福建省 → 복건성
四川省 → 사천성 山東省 → 산동성 山西省 → 산서성 陝西省 → 섬서성
新疆省 → 신강성 安徽省 → 안휘성 寧夏省 → 영하성 遼寧省 → 요녕성
雲南省 → 운남성 浙江省 → 절강성 青海省 → 청해성 河南省 → 하남성
河北省 → 하북성 湖南省 → 호남성 湖北省 → 호북성 黑龍江省 → 흑룡강성

2. '작자' 부분

1) 본서의 작자에 관한 소개는 작품을 ≪좌전(左傳)≫, ≪국어(國語)≫, ≪공양전(公羊傳)≫, ≪곡량전(穀梁傳)≫, ≪예기(禮記)≫, ≪전국책(戰國策)≫, ≪초사(楚辭)≫, ≪사기(史記)≫, ≪한서(漢書)≫, ≪후한서(後漢書)≫ 등에서 발췌하였을 경우 그 서명(書名)과 저자를 함께 소개하고, 단일 작품의 경우 작자 개인을 소개했다.

2) ≪좌전(左傳)≫이나 한유(韓愈) 등의 예처럼 한 책이나 한 사람의 작품이 다수일 경우, 맨 앞의 작품에 작자를 소개하고 나머지는 맨 앞을 참조하도록 했다.

3. '원문 및 주석' 부분

1) 원문에 한하여 인명·지명·국명 등 고유명사는 밑줄 ' __ '로 표시했다.

예 秦孝公據殽函之固，擁雍州之地，君臣固守而窺周室；…

2) 주석은 각주 형식을 취하되, 원문에서 한 문구를 따온 후 번역을 첨가하고, 그 문구 중에서 필요한 부분을 취해 【 】로 묶어 설명했으며, 한자는 노출시켰다.

예 秦孝公據殽函之固，擁雍州之地，君臣固守而窺周室；→ 秦孝公은 殽山과 函谷關의 견고한 요새를 점거하고, 雍州의 땅을 보유하여, 군신이 굳게 지키며 周나라 왕실을 엿보았다.

【秦孝公】：秦의 임금으로 성은 嬴, 이름은 渠梁이다. 그는 商鞅을 기용하여 법령을 개혁하고 부국강병 정책을 써서 나라가 강성하기 시작했다. 【據(jù)】：점거하다.

3) 중국 발음으로 읽을 경우, 읽기 어려운 글자는 한어병음(漢語拼音) 방식으로 발음을 표기하여 읽기에 편리하도록 했다.

예 願大王少留意，臣請奏其效。：원컨대 대왕께서 좀 유념하시어, 제가 그 효능을 설명할 수 있도록 청하고자 합니다.

【奏(zòu)】：진언하다.

4) 인명이나 관직 명칭, 주(州)・군(郡)・현(縣) 등의 행정단위 및 일반 지명, 산이나 강 등의 자연 지명 등은 명칭 앞에 식별이 용이하지 않을 경우에 한해 [인명] [지명] [州이름] [산이름] 등을 별도로 표기하여 알기 쉽게 했다.

5) 보충 설명이 필요하다고 여겨지는 경우에는 '※'표를 사용하여 설명을 추가했다.

예 徐孺下陳蕃之榻：徐孺가 陳蕃의 걸상을 내려놓게 하다.

※陳蕃은 豫章太守로 있으면서 줄곧 빈객을 맞아들이지 않았으나 특별히 徐穉를 위해 걸상을 만들어 벽에 걸어두었다가 徐穉가 찾아오면 그것을 내려 그를 접대했다.

4. '번역문' 부분

1) 본서의 우리말 번역은 직역을 원칙으로 하되, 직역으로 인해 문맥이 매끄럽지 못할 경우 본래의 뜻을 훼손하지 않는 범위 안에서 약간의 의역

을 했다.

2) 원문에 문자의 생략 또는 의미의 함축으로 인해 보충 설명이 필요할 경우 ( ) 안에 넣어 문맥을 원활하도록 했다.

예 (연회에 참석하는 손님들의) 마차는 길에서 정연하게 왕래하고, (고적을 관람하는 사람들은) 좋은 경치를 찾아 높은 산에 오른다.

5. '해제(解題) 및 본문요지 설명' 부분

1) '해제(解題)' 부분에서는 먼저 작품의 출처를 밝히고 나서, 다음에 작품 전체의 요지를 간략히 설명했다.

2) '본문요지 설명' 부분에서는 본문 전체를 단락으로 나누어 각 단락의 요지를 구체적으로 설명했다.

| 차례 |

권9 당송문(唐宋文)

권10 송문(宋文)

권9

당송문 唐宋文

박복수의 / 동엽봉제변 / 기자비 / 포사자설 / 종수곽탁타전 / 재인전 / 우계시서 / 영주위사군신당기 / 고무담서소구기 / 소석성산기 / 하진사왕삼원실화서 / 대루원기 / 황강죽루기 / 서낙양명원기후 / 엄선생사당기 / 악양루기 / 간원제명기 / 의전기 / 원주학기 / 붕당론 / 종수론 / 석비연시집서

143 박복수의(駁復讎議)

[唐] 柳宗元

■ | 작자

유종원(柳宗元 : 773-819)은 당대(唐代)의 저명한 문학가인 동시에 철학자로 자가 자후(子厚)이며, 하동(河東)[지금의 산서성 영제현(永濟縣)] 사람이다. 세간에서는 그가 하동(河東)사람이라 하여 「유하동(柳河東)」이라 부르기도 한다. 유종원은 덕종(德宗) 정원(貞元) 9년(793) 21세 때 진사에 급제하고, 26세 때 박학굉사과(博學宏詞科)에 합격하여 집현전서원정자(集賢殿書院正字)에 임명되었으며, 31세 때 감찰어사(監察御史)로 승진했다. 순종(順宗)이 즉위한 후 유우석(劉禹錫) 등과 더불어 혁신을 주장하는 왕숙문(王叔文) 집단에 참여하여 예부원외랑(禮部員外郎)이 되었는데, 순종이 즉위한 지 7개월 만에 퇴위하고 왕숙문 또한 집정(執政)한지 7개월여 만에 환관(宦官)과 구 관료들의 반격을 받아 물러나자 유종원도 이때 영주사마(永州司馬)로 폄적되었다. 그로부터 10년이 지난 헌종(憲宗) 원화(元和) 10년(815) 유주자사(柳州刺史)로 옮겨왔으나 얼마 후인 원화 14년 47세의 젊은 나이로 세상을 떠났다.

유종원은 한유(韓愈)와 더불어 고문운동(古文運動)을 제창하여 세인(世人)들은 「한 · 유(韓 · 柳)」라 불렀다. 그는 내용이 충실하고 형식이 생동적인 문장을 주장하고, 형식만을 추구하는 화려한 문풍을 반대했다. 그는 당송팔대가(唐宋八大家)의 한 사람으로 저술이 매우 다양하고 풍부하다. 정론문(政論文)으로 ≪봉건론(封建論)≫ · ≪육역론(六逆論)≫ 등은 그의 진보적인 정치사상을 발휘하여 논증과 설리(說理)가 치밀하며, 그의 우언(寓言)과 산수유기(山水遊記)

는 창의성이 매우 돋보인다. 그는 선진제자(先秦諸子)의 우언(寓言)을 발전시켜 독립적인 우언(寓言)을 이루었으며, 사회를 소재로 한 내용을 풍부하게 담고 있다. 예를 들어 ≪삼계(三戒)≫·≪부판전(蝜蝂傳)≫ 등은 동물의 고사를 통해 겉으로는 강해 보이지만 속이 텅 비고 욕심이 많은 통치자들을 예리하게 공격·비난했고, ≪영주팔기(永州八記)≫는 산수유기의 대표작으로 산수의 그윽한 자연미를 생동적으로 묘사했다. 문장이 청신하고 빼어나며 마치 시(詩)·화(畵)같은 정취를 담고 있는 가운데, 웅대한 포부가 아직 실현되지 못한 우울한 심경이 깊이 스며들어 있다. 이밖에 전기산문(傳記散文)도 매우 유명하여, ≪단태위일사장(段太尉逸事狀)≫·≪동구기전(童區寄傳)≫ 등은 진인진사(眞人眞事)를 기술한 내용이 마치 살아 있는 것처럼 생동적인 느낌을 주며, ≪종수곽탁타전(種樹郭槖駝傳)≫·≪송청전(宋淸傳)≫ 등은 전기문학(傳記文學)과 우언문학(寓言文學)의 정신을 결합한 새로운 맛을 보여주고 있다. 전체적으로 볼 때, 유종원 산문의 풍격은 대체로 필치가 웅장하고 문구가 세련된 특징을 지니고 있다. 문집으로 ≪유하동집(柳河東集)≫ 45권과 외집(外集) 2권이 있다.

■ | 원문 및 주석

駁復讎議[1)]

臣伏見天后時, 有同州下邽人徐元慶者, 父爽, 爲縣尉趙師韞所殺, 卒能手刃父讎, 束身歸罪。[2)] 當時諫臣陳子昂建議, 誅之而旌其閭, 且請編之於令, 永爲國典。臣竊獨過之。[3)]

---

1) 駁復讎議 → ≪復讎議≫를 논박함
【駁(bó)】: 반박하다, 논박하다. 【復讎議】: 復讎에 관해 건의한 글. 「議」: 신하가 황제께 상주하여 그 시비를 의론하는 형식의 글. ※≪文心雕龍·章表≫에 : 「戰國시대 七國에 이르러서도 옛날의 방식이 변하지 않았다. 일에 관해 군주께 말한 것을 모두 上書라 했다. 秦나라 초기에 제도를 정하고 『書』를 『奏』라고 바꾸었다. 漢代에 禮儀가 정해져 四品이 있었는데, 첫째는 『章』, 둘째는 『奏』, 셋째는 『表』, 넷째는 『議』라 했다. 『章』으로써 謝恩을 표하고, 『奏』로써 죄악을 고발하고, 『表』로써 사정을 진술하고, 『議』로써 이의를 제기했다.(降及七國, 未變古式, 言事於主, 皆稱上書。秦初定制, 改書曰奏。漢定禮儀, 則有四品 : 一曰章, 二曰奏, 三曰表, 四曰議。章以謝恩, 奏以按劾, 表以陳情, 議以執異。)」라고 했다.

2) 臣伏見天后時, 有同州下邽人徐元慶者, 父爽, 爲縣尉趙師韞所殺, 卒能手刃父讎, 束身歸罪。→ 제가 則天武后 시절을 보니, 同州 下邽 사람으로 徐元慶이란 자가 있었는데, 아버지 徐爽이, 縣尉 趙師韞에게 살해되자, 끝내 아버지의 원수를 죽이고, 자신을 묶어 자수한 일이 있었습니다.
【臣】: [군주에 대한 신하의 자칭] 신, 저. 【伏(fú)見】: [겸어] 엎드려 바라보다. 【天后】: 武則天, 則天武后. 唐高宗의 황후로 고종이 죽은 후 섭정을 하다가 中宗을 폐위시키고 서기 690년 스스로 황제에 올라 국호를 周라 하고 16년간 재위하다가 705년 세상을 떠났다. 【同州】: 唐代의 州이름. 소재지는 지금의 섬서성 大荔縣. 【下邽(guī)】: [縣이름] 지금의 섬서성 渭南縣. 【爲…所…】: [피동형] …에 의해 …되다. 【縣尉】: 縣令 밑에서 縣의 군사·치안을 담당하던 관리. 【卒】: 마침내, 끝내. 【手刃(rèn)】: 손수 찔러 죽이다. 「刃」: 죽이다, 살해하다. 【讎(chóu)】: 원수. 【束】: 묶다. 【歸罪】: 죄를 시인하다, 자수하다.

3) 當時諫臣陳子昂建議, 誅之而旌其閭, 且請編之於令, 永爲國典。臣竊獨過之。→ 당시 諫官인 陳子昂은 서원경을 죽이되 그의 마을을 표창하도록 건의하고, 또한 이러한 처리 방법을 법령에 편입시켜 영원히 나라의 법전으로 삼을 것을 요청하였습니다. 저는 개인적으로 그것을 잘못이라고 생각합니다.

臣聞禮之大本, 以防亂也。若曰無爲賊虐, 凡爲子者殺無赦。[4) 刑之大本, 亦以防亂也。若曰無爲賊虐, 凡爲治者殺無赦。[5) 其本則合, 其用則異, 旌與誅, 莫得而並焉。[6) 誅其可旌, 玆謂濫, 黷刑甚矣。旌其可誅, 玆謂僭, 壞禮甚矣。[7) 果以是示於天下, 傳於後代, 趨義者不知所向, 違害者不知所立, 以是爲典可乎?[8)

【諫(jiàn)臣】: 직간하는 신하, 諫官. 【陳子昻】: [인명] 진자앙. 初唐의 저명한 문인. 梓州 射洪[지금의 사천성 三臺縣 동남쪽] 사람으로 자는 伯玉이며, 則天武后 때 右拾遺를 지냈다. 拾遺는 唐代 諫官의 명칭이다. 【誅(zhū)】: 죽이다. 【旌(jīng)】: 旌門을 세우거나 편액을 달아 선행 또는 미덕을 행한 사람에게 표창하다. 【閭(lǘ)】: 마을. 【且】: 또한. 【編(biān)】: 편입하다. 【令】: 법령. 【竊(qiè)】: 개인적으로. 【獨】: 혼자, 홀로. 【過】: [동사용법] 잘못으로 여기다, 잘못이라 생각하다.

4) 臣聞禮之大本, 以防亂也。若曰無爲賊虐, 凡爲子者殺無赦。→ 저는 禮의 근본 취지는 이로써 혼란을 방지하는 것이라 들었습니다. 만일 살인 행위를 금하도록 했다면, 무릇 자식 된 자라도 (살인한 자는) 마땅히 죽여서 죄를 용서하지 말아야 합니다.
【大本】: 근본 취지. 【若】: 만일, 만약. 【無爲】: 하지 못하다, 해서는 안 된다. 【賊虐(zé nüè)】: 살인 행위. 【凡】: 무릇. 【爲子者】: 자식 된 자. 【無赦(shè)】: 용서받지 못하다, 죄를 면치 못하다, 사면되지 못하다.

5) 刑之大本, 亦以防亂也。若曰無爲賊虐, 凡爲治者殺無赦。→ 형벌의 근본 취지도, 역시 혼란을 방지하는 것입니다. 만일 살인 행위를 금하도록 했다면, 무릇 형옥을 다스리는 자라도 (살인한 자는) 마땅히 죽여서 죄를 용서하지 말아야 합니다.
【爲治者】: 다스리는 자. 여기서는 「형옥을 다스리는 자」를 말한다.

6) 其本則合, 其用則異, 旌與誅, 莫得而並焉。→ (예와 형법은) 그 근본은 서로 합치하되, 그 운용이 다른 것이므로, 표창과 처형을, 병행할 수는 없는 것입니다.
【莫得…】: …해서는 안 된다, …할 수 없다. 【並】: 병행하다, 함께 적용하다.

7) 誅其可旌, 玆謂濫, 黷刑甚矣。旌其可誅, 玆謂僭, 壞禮甚矣。→ 표창해야 할 사람을 처형하면, 이를 「濫[권력 남용]」이라 하는데, 지나치게 형법을 모독하는 것입니다. 처형해야 할 사람을 표창하면, 이를 「僭[월권 행위]」이라 하는데, 禮法을 지나치게 파괴하는 것입니다.
【可旌(jīng)】: 표창할 만하다. 여기서는 「표창해야 할 사람」을 가리킨다. 【玆】: 이, 이것. 【濫(làn)】: 지나치다, 함부로 하다. 여기서는 「권력 남용」을 의미한다. 【黷(dú)】: 더럽히다, 모독하다. 【僭(jiàn)】: 분수에 지나치게 행동하다. 여기서는 「越權」을 의미한다.

8) 果以是示於天下, 傳於後代, 趨義者不知所向, 違害者不知所立, 以是爲典可乎? → 과연

蓋聖人之制, 窮理以定賞罰, 本情以正褒貶, 統於一而已矣。[9] 嚮使刺讞其誠僞, 考正其曲直, 原始而求其端, 則刑禮之用, 判然離矣。何者?[10] 若元慶之父不陷於公罪, 師韞之誅, 獨以其私怨, 奮其吏氣, 虐於非辜;[11] 州牧不知罪, 刑官不知問, 上下蒙冒, 籲

이를 천하 사람들에게 선포하고, 후대에 전하려 한다면, 정의를 지향하는 사람들은 나아갈 방향을 모르고, 재해를 피하려는 사람들은, 처세해야 할 바를 모를 터인데, 이를 법전으로 삼는 것이 가당하겠습니까?

【果】: 과연, 정말. 【以是】: 이를, 이로써. 【趨(qū)義】: 정의를 향해 나아가다, 정의를 지향하다. 【違(wéi)害】: 재해를 피하다. 【立】: 서다, 즉 「처세하다」의 뜻. 【以…爲…】: …을 …로 삼다.

9) 蓋聖人之制, 窮理以定賞罰, 本情以正褒貶, 統於一而已矣。→ 성인이 예법을 제정한 취지는, 사리를 끝까지 탐구하여 상벌을 정하고, 실제 상황을 바탕으로 포폄을 바르게 하여, 하나로 통일하려는 것뿐입니다.

【蓋】: [어기사] ※위의 문장을 이어받아 이유나 원인을 나타낸다. 【制】: 제정하다. 여기서는 「예법의 제정」을 말한다. 【窮理】: 사리를 끝까지 탐구하다. 【而已】: …뿐이다.

10) 嚮使刺讞其誠僞, 考正其曲直, 原始而求其端, 則刑禮之用, 判然離矣。何者? → 만일(애당초) 사건의 眞僞를 조사하여 분명히 밝히고, 시시비비를 살펴 바로잡고, 근원을 탐구하여 발단을 찾아냈다면, 형벌과 예법의 적용이, 확실히 구별되었을 것입니다. 왜 그렇겠습니까?

【嚮(xiàng)使】: 만일, 만약. 【刺讞(cì yàn)】: 조사하여 판명하다. 【誠僞】: 진위, 진실과 거짓. 【考正】: 살펴 바로잡다. 【曲直】: 곡직, 시시비비. 【原始】: 근원을 탐구하다. 【求】: 찾아내다. 【端】: 발단, 원인. 【刑禮之用】: 형벌과 예법의 적용, 즉 형벌을 적용할 것인가 또는 예법을 적용할 것인가의 문제. 【判然】: 뚜렷한 모양, 확실한 모양. 【離】: 구별되다, 구분되다.

11) 若元慶之父不陷於公罪, 師韞之誅, 獨以其私怨, 奮其吏氣, 虐於非辜; → 만일 서원경의 부친이, 국법을 위반하지 않았는데, 조사원이 그를 죽였다면, 다만 자신의 사사로운 원한으로 인해, 관리의 위세를 발동하여, 무고한 사람에게 학대를 가한 것입니다.

【若】: 만일, 만약. 【陷(xiàn)公罪】: 국법으로 규정한 罪刑에 빠져들다, 즉 「국법을 위반하다」의 뜻. 「公罪」: 국법으로 규정한 죄형. 【獨】: 다만, 오직, 오로지. 【以】: 因, …로 인해, …때문에. 【私怨】: 사사로운 원한. 【奮(fèn)】: 발동하다. 【吏氣】: 관리의 위세. 【虐(nüè)】: 학대하다, 해치다. 【非辜(gū)】: 무고하다, 죄가

號不聞。[12] 而元慶能以戴天爲大恥，枕戈爲得禮，處心積慮，以衝讎人之胸，介然自克，卽死無憾，是守禮而行義也。[13] 執事者宜有慚色，將謝之不暇，而又何誅焉?[14]

其或元慶之父，不免於罪，師韞之誅，不愆於法，是非死於吏也，是死於法也。法其可讎乎?[15] 讎天子之法，而戕奉法之吏，

없다.

12) 州牧不知罪，刑官不知問，上下蒙冒，籲號不聞。→ (그런데) 주목은 그 죄를 다스리지 않고, 형관도 심문을 하지 않았으며, 위아래가 서로 덮어두면서, (피해를 당한 자가) 억울함을 외치며 하소연해도 들어주지 않았습니다.

【州牧】: [관직] 州의 행정 장관, 刺史.【知罪】: 죄를 다스리다.【知問】: 심문하다.【蒙冒】: 덮어두다.【籲號(yù háo)】: 울부짖으며 하소연하다.

13) 而元慶能以戴天爲大恥，枕戈爲得禮，處心積慮，以衝讎人之胸，介然自克，卽死無憾，是守禮而行義也。→ 그러나 서원경은 하늘 아래서 원수와 함께 사는 것을 큰 수치로 여기고, (복수를 잊지 않기 위해서는) 창을 베고 잠자는 것도 禮에 부합한다고 여겼으며, 온갖 궁리를 다해, 칼로 원수의 가슴을 찌르고, 결연히 스스로 복수를 결행하자, 비록 죽어도 여한이 없었습니다. 이는 禮도 지키고 동시에 義도 행한 것입니다.

【戴(dài)天】: 하늘 아래에서 공존하다, 함께 살다.【枕戈】: 창을 베고 잠을 자다.【得禮】: 예에 부합하다.【處心積慮】: 온갖 궁리를 다하다.【衝(chōng)】: 찌르다.【介然】: 결연한 모양.【自克】: 스스로 일을 완성하다. 여기서는「스스로 복수를 결행하다」의 뜻.「克」: 완성하다.【卽】: 설사, 비록.

14) 執事者宜有慚色，將謝之不暇，而又何誅焉? → (그러므로) 다스리는 자들은 마땅히 부끄러움을 느끼고, 장차 그에게 사죄해도 모자란데, 또 어찌 (그를) 죽일 수가 있습니까?

【執事者】: 다스리는 사람.【宜】: 마땅히.【慚(cán)色】: 부끄러운 기색【將】: 곧, 즉시.【謝】: 사죄하다.【不暇(xiá)】: 여유가 없다, 즉「미흡하다, 모자라다, 시원찮다」.

15) 其或元慶之父，不免於罪，師韞之誅，不愆於法，是非死於吏也，是死於法也。法其可讎乎? → 혹시 서원경의 부친이, 죄를 면치 못하고, 조사온이 (서원경의 부친을) 죽인 것도, 법에 저촉되지 않았다면, 이는 관리에 의해 죽은 것이 아니고, 이는 법에 의해 죽은 것입니다. 법을 어찌 원수로 여길 수 있겠습니까?

【其或】: 혹시.【愆(qiān)】: 어긋나다, 저촉되다.【其】: 豈, 어찌.【讎(chóu)】: [동사] 적대시하다, 원수로 여기다.

是悖驁而凌上也。[16] 執而誅之，所以正邦典，而又何旌焉?[17] 且其議曰：「人必有子，子必有親，親親相讎，其亂誰救?」是惑於禮也甚矣。[18] 禮之所謂讎者，蓋以冤抑沈痛而號無告也，非謂抵罪觸法，陷於大戮。[19] 而曰：「彼殺之，我乃殺之。」不議曲直，暴寡脅弱而已。其非經背聖，不亦甚哉![20]

---

16) 讎天子之法，而戕奉法之吏，是悖驁而凌上也。→ 천자의 법을 적대시하고, 법을 받드는 관리를 살해했다면, 이는 도리에 어긋나고 오만불손하여 윗사람을 능멸하는 것입니다.

【戕(qiāng)】: 살해하다, 죽이다. 【是】: [대명사] 이, 이것, 즉 「천자의 법을 적대시하고, 법을 받드는 관리를 죽인 것」. 【悖驁(bèi áo)】: 도리에 어긋나고 오만불손하다. 「悖」: 어긋나다, 위배되다. 「驁」: 傲, 오만하다, 거만하다. 【凌(líng)】: 능멸하다, 모욕하다, 범하다.

17) 執而誅之，所以正邦典，而又何旌焉? → 그런 사람을 붙잡아 처형하여, 이로써 나라의 법을 바로잡는데, (그런 죄인에게) 또 무슨 표창을 한단 말입니까?

【執(zhí)】: 잡다, 체포하다. 【所以】: 以之, 이로써. 【邦典】: 나라의 법전.

18) 且其議曰：「人必有子，子必有親，親親相讎，其亂誰救?」是惑於禮也甚矣。→ 또한 진자앙의 건의에 : 「사람은 반드시 자식이 있고, 자식은 반드시 부모가 있는데, 자기 부모를 사랑하여 서로 원수가 되었으니, 그 혼란을 누가 해결하겠는가?」라고 했습니다. 이는 禮法에 대해 너무 이해하지 못하는 것입니다.

【且】: 또한. 【親親】: 부모를 사랑하다. ※앞의 「親」은 동사, 뒤의 「親」은 명사. 【相讎】: 서로 원수지간이 되다. 【救】: 구제하다, 즉 「해결하다」의 뜻. 【惑】: 의혹을 지니다. 즉 「이해하지 못하다」의 뜻.

19) 禮之所謂讎者，蓋以冤抑沈痛而號無告也，非謂抵罪觸法，陷於大戮。→ 예법이 말하는 바의 원수라는 것은, 억울하게 억압을 당해 비통하면서도 외쳐 하소연할 데가 없는 경우를 가리키는 것이지, 죄를 짓고 법을 위반하여 사형에 처해진 경우를 가리키는 것이 아닙니다.

【蓋】: [어기사] ※위의 문장에서 말한 것을 이어 받아 이유나 원인을 나타낸다. 【冤抑(yuān yì)】: 억울하게 억압당하다. 【沈(chén)痛】: 침통하다, 비통하다. 【號無告】: 외쳐 하소연할 데가 없다. 【抵(dǐ)罪觸(chù)法】: 죄를 짓고 법을 위반하다. 【陷(xiàn)於大戮(lù)】: 사형에 처해지다.

20) 而曰：「彼殺之，我乃殺之。」不議曲直，暴寡脅弱而已。其非經背聖，不亦甚哉! → 그런데 : 「그가 사람을 죽여서, 이에 내가 그를 죽이려 한다」라고 말한다면, 그것은 시시비비를 논하지 않고, 약자를 暴壓하는 것일 뿐입니다. 그것은 經傳에

≪周禮≫：「調人，掌司萬人之讎。凡殺人而義者，令勿讎，讎之則死。有反殺者，邦國交讎之。」又安得親親相讎也?[21] ≪春秋公羊傳≫曰：「父不受誅，子復讎可也。父受誅，子復讎，此推刃之道，復讎不除害。」[22] 今若取此以斷兩下相殺，則合於禮矣。[23]

위배되고 성인에 배치되는 일이니, 또한 너무 지나친 것이 아닙니까?

【乃】: 이에, 그리하여. 【議】: 논하다, 따지다, 묻다. 【曲直】: 곡직, 시시비비, 옳고 그름. 【暴寡脅弱】: 약자를 暴壓하다. 【非經背聖】: 경전에 위배되고 성인에 배치되다. 【甚(shèn)】: 심하다, 지나치다.

21) ≪周禮≫：「調人，掌司萬人之讎。凡殺人而義者，令勿讎，讎之則死。有反殺者，邦國交讎之。」又安得親親相讎也? → ≪周禮≫에 : 「調人은, 많은 사람들의 원한 관계를 맡아 처리한다. 무릇 살인을 하였어도 義에 부합하면, 복수하지 못하도록 규정하고 있어, 복수를 행하면 사형에 처했다. (만일) 살인한 자를 반대로 살해하는 자가 있으면, 온 나라 사람들이 모두 그를 원수로 여겼다.」라고 했으니, (이렇게 하면) 또 어찌 부모를 사랑하는 일로 말미암아 서로 원수가 될 수 있겠습니까?

※본래 ≪周禮·地官≫에는 「掌司萬民之難而諧和之. …凡殺人有反殺者，使邦國交讎之. 凡殺人而義者，不同國，令勿讎，讎之則死。…」라 하여 본문의 인용부분과 다소 차이가 있다.

【≪周禮≫】: 戰國時代로부터 西漢에 이르기까지의 유학자들이 周나라와 전국시대 각국의 官制를 모아 여기에 자신들의 理想을 첨가하여 편찬한 책으로, 儒家 經傳 三禮[≪周禮≫·≪儀禮≫·≪禮記≫] 중의 하나. 【調人】: 백성들의 분규나 원한 관계를 조정하는 일을 전담하던 관리. 【掌司】: 맡아 처리하다, 전담하다. 【讎(chóu)】: 원수. 여기서는 「원한 관계」를 말한다. 【義】: [동사용법] 義에 부합하다. 【令】: 명령하다, 규정하다. 【反殺】: 살인한 자를 반대로 살해하다. 【邦國】: 나라 전체, 온 나라. 【交】: 일제히, 동시에, 함께, 모두.

22) ≪春秋公羊傳≫曰：「父不受誅，子復讎可也。父受誅，子復讎，此推刃之道，復讎不除害。」 → ≪春秋公羊傳≫에 : 「부친이 마땅히 죽임을 당하지 않아야 하는데도 처형되었다면, 자식이 복수해도 된다. 부친이 마땅히 죽임을 당해야 했는데도, 자식이 복수한다면, 이는 서로 죽이는 일이 계속되는 길이니, 이러한 복수 행위는 서로의 피해를 없애지 못한다.」라고 했습니다.

【≪春秋公羊傳≫】: ≪公羊傳≫. 戰國時代 사람 公羊高가 ≪春秋≫를 해석하여 편찬한 책으로, ≪左傳≫·≪穀梁傳≫과 더불어 春秋三傳이라 불린다. 【受誅(zhū)】: 마땅히 처형되어야 하다. 【推刃】: 칼과 칼이 오고 가다. 즉 「서로 죽

且夫不忘讎，孝也；不愛死，義也。24) 元慶能不越於禮，服孝死義，是必達理而聞道者也。25) 夫達理聞道之人，豈其以王法爲敵讎者哉?26) 議者反以爲戮，黷刑壞禮，其不可以爲典明矣。27) 請下臣議，附於令，有斷斯獄者，不宜以前議從事。謹議。28)

이는 일이 멈추지 않다」의 뜻.

23) 今若取此以斷兩下相殺，則合於禮矣。→ 지금 만일 이를 가지고 (조사온과 서원경) 쌍방이 서로 살인한 것을 판단한다면, 이는 禮에 부합한 것입니다.
【若】: 만일, 만약. 【斷】: 판정하다, 판단하다. 【兩下】: 쌍방, 양쪽.

24) 且夫不忘讎，孝也；不愛死，義也。→ 또한 자식이 (부친의) 원수를 잊지 않은 것은, 孝이고; 죽음을 애석하게 여기지 않은 것은, 義입니다.
【且夫】: 그리고, 또한. 【不愛】: 애석하게 여기지 않다.

25) 元慶能不越於禮，服孝死義，是必達理而聞道者也。→ 서원경이 능히 禮를 벗어나지 않은 상황에서, 孝를 다하고 義를 위해 죽을 수 있었으니, 이는 틀림없이 사리에 통달하고 도리를 잘 아는 사람입니다.
【越(yuè)】: 넘다, 벗어나다. 【服孝】: 효도를 실천하다, 효도를 이행하다. 【死義】: 정의를 위해 죽다. 【達理】: 사리에 통달하다. 【聞道】: 도리를 잘 알다.

26) 夫達理聞道之人，豈其以王法爲敵讎者哉? → 사리에 통달하고 도리를 잘 아는 사람이, 어찌 국법을 원수로 여기겠습니까?
【夫】: [발어사] 무릇, 대저. 【王法】: 국법, 나라의 법. 【敵讎者】: 원수, 적.

27) 議者反以爲戮，黷刑壞禮，其不可以爲典明矣。→ 논자들은 오히려 죽여야 한다고 생각하지만, 이는 형법을 더럽히고 예법을 파괴하는 것이니, 그러한 방법을 법전으로 삼을 수 없는 것은 분명합니다.
【反】: 오히려, 반대로. 【以爲…】: …라 여기다, …라고 생각하다. 【戮(lù)】: 죽이다. 【黷(dú)】: 더럽히다, 욕되게 하다. 【壞(huài)】: 파괴하다, 망가뜨리다. 【不可】: …할 수 없다, …해서는 안 되다. 【以爲…】: 以(之)爲…, 이를 …로 삼다. 【典】: 法典.

28) 請下臣議，附於令，有斷斯獄者，不宜以前議從事。謹議。→ 청컨대 저의 건의를, 법령에 첨부하시어, 이러한 옥사를 판결하는 사례가 있을 경우, 마땅히 이전의 건의를 근거로 삼아 처리하지 않도록 해주시기 바랍니다. 삼가 건의 드립니다.
【下臣】: 小臣, 저. ※신하가 군주에 대해 자신을 낮추어 부른 호칭. 【附於…】: …에 첨부하다. 【斯獄】: 이러한 獄事, 이러한 사건. 【以】: …을 가지고, …을 근거로, …에 따라. 【前議】: 이전의 건의, 이전의 의견. 즉 「진자앙의 건의」를 가리킨다. 【從事】: 처리하다. 【謹(jǐn)】: 삼가.

■ | 번역문

≪복수의(復讎議)≫를 논박함

제가 측천무후(則天武后) 시절을 보니, 동주(同州) 하규(下邽) 사람으로 서원경(徐元慶)이란 자가 있었는데, 아버지 서상(徐爽)이 현위(縣尉) 조사온(趙師韞)에게 살해되자 끝내 아버지의 원수를 죽이고 자신을 묶어 자수한 일이 있었습니다. 당시 간관(諫官)인 진자앙(陳子昂)은 서원경을 죽이되 그의 마을을 표창하도록 건의하고, 또한 이러한 처리 방법을 법령에 편입시켜 영원히 나라의 법전으로 삼을 것을 요청하였습니다. 저는 개인적으로 그것을 잘못이라고 생각합니다.

저는 예(禮)의 근본 취지는 이로써 혼란을 방지하는 것이라 들었습니다. 만일 살인 행위를 금하도록 했다면, 무릇 자식 된 자라도 (살인한 자는) 마땅히 죽여서 죄를 용서하지 말아야 합니다. 형벌의 근본 취지도 역시 혼란을 방지하는 것입니다. 만일 살인 행위를 금하도록 했다면, 무릇 형옥을 다스리는 자라도 (살인한 자는) 마땅히 죽여서 죄를 용서하지 말아야 합니다. (예와 형법은) 그 근본은 서로 합치하되 그 운용이 다른 것이므로 표창과 처형을 병행할 수는 없는 것입니다. 표창해야 할 사람을 처형하면 이를 「남(濫 : 권력 남용)」이라 하는데, 지나치게 형법을 모독하는 것입니다. 처형해야 할 사람을 표창하면 이를 「참(僭 : 월권 행위)」이라 하는데, 예법(禮法)을 지나치게 파괴하는 것입니다. 과연 이를 천하 사람들에게 선포하고 후대에 전하려 한다면, 정의를 지향하는 사람들은 나아갈 방향을 모르고, 재해를 피하려는 사람들은 처세해야 할 바를 모를 터인데, 이를 법전으로 삼는 것이 가당하겠습니까?

성인이 예법을 제정한 취지는 사리를 끝까지 탐구하여 상벌을 정하고, 실제 상황을 바탕으로 포폄을 바르게 하여 하나로 통일하려는 것뿐입니다. 만일 (애당초) 사건의 진위를 조사하여 분명히 밝히고, 시시비비를 살펴 바로잡고, 근원을 탐구하여 발단을 찾아냈다면, 형벌과 예법의 적용이 확실히 구별되었을 것입니다. 왜 그렇겠습니까? 만일 서원경의 부친이 국법을 위반하지 않았는데 조사원이 그를 죽였다면, 다만 자신의 사사로운 원한으로 인해 관리의 위세를 발동하여 무고한 사람에게 학대를 가한 것입니다. (그런데) 주목(州牧)은 그 죄를 다스리지 않고, 형관(刑官)도 심문을 하지 않았으며, 위아래가 서로 덮어두면서 (피해를 당한 자가) 억울함을 외치며 하소연해도 들어주지 않았습니다. 그러나 서원경은 하늘 아래서 원수와 함께 사는 것을 큰 수치로 여기고, (복수를 잊지 않기 위해서는) 창을 베고 잠자는 것도 예(禮)에 부합한다고 여겼으며, 온갖 궁리를 다해 칼로 원수의 가슴을 찌르고 결연히 스스로 복수를 결행하자 비록 죽어도 여한이 없었습니다. 이는 예(禮)도 지키고 동시에 의(義)도 행한 것입니다. (그러므로) 다스리는 자들은 마땅히 부끄러움을 느끼고 장차 그에게 사죄해도 모자란데, 또 어찌 (그를) 죽일 수가 있습니까?

혹시 서원경의 부친이 죄를 면치 못하고, 조사온이 (서원경의 부친을) 죽인 것도 법에 저촉되지 않았다면, 이는 관리에 의해 죽은 것이 아니고, 이는 법에 의해 죽은 것입니다. 법을 어찌 원수로 여길 수 있겠습니까? 천자의 법을 적대시하고 법을 받드는 관리를 살해했다면, 이는 도리에 어긋나고 오만불손하여 윗사람을 능멸하는 것입니다. 그런 사람을 붙잡아 처형하여, 이로써 나라의 법을 바로잡는데, (그런 죄인에게) 또 무슨 표창을 한단 말입니까? 또한 진자앙의 건의에 :「사람은 반드시 자식이 있고 자식은 반드시 부모가 있는데, 자기 부모를 사랑하여 서로 원수가 되었으니, 그 혼란을 누가 해결하겠는가?」라고 했습니다. 이는 예법에 대해 너무 이해하지 못하는 것입니다. 예법이 말하는 바의 원수라는 것은 억울하게 억압을 당해 비통하면서도 외쳐 하소연할 데가 없는 경우를 가리키는 것이지, 죄를 짓고 법을 위반하여 사형에 처해진 경우를 가리키는 것이 아닙니다. 그런데 : 「그가 사람을 죽여서 이에 내가 그를 죽이려 한다」라고 말한다면, 그것은 시시비비를 논하지 않고 약자를 폭압(暴壓)하는 것일 뿐입니다. 그것은 경전(經傳)에 위배되고 성인에 배치되는 일이니 또한 너무 지나친 것이 아닙니까?

≪주례(周禮)≫에 : 「조인(調人)은 많은 사람들의 원한 관계를 맡아 처리한다. 무릇 살인을 하였어도 의(義)에 부합하면 복수하지 못하도록 규정하고 있어, 복수를 행하면 사형에 처했다. (만일) 살인한 자를 반대로 살해하는 자가 있으면, 온 나라 사람들이 모두 그를 원수로 여겼다.」라고 했으니, (이렇게 하면) 또 어찌 부모를 사랑하는 일로 말미암아 서로 원수가 될 수 있겠습니까? ≪춘추공양전(春秋公羊傳)≫에 : 「부친이 마땅히 죽임을 당하지 않아야 하는데도 처형되었다면 자식이 복수해도 된다. 부친이 마땅히 죽임을 당해야 했는데도 자식이 복수한다면 이는 서로 죽이는 일이 계속되는 길이니, 이러한 복수 행위는 서로의 피해를 없애지 못한다.」라고 했습니다. 지금 만일 이를 가지고 (조사온과 서원경) 쌍방이 서로 살인한 것을 판단한다면, 이는 예(禮)에 부합한 것입니다.

또한 자식이 (부친의) 원수를 잊지 않은 것은 효(孝)이고, 죽음을 애석하게 여기지 않은 것은 의(義)입니다. 서원경이 능히 예(禮)를 벗어나지 않은 상황에서 효(孝)를 다하고 의(義)를 위해 죽을 수 있었으니, 이는 틀림없이 사리에 통달하고 도리를 잘 아는 사람입니다. 사리에 통달하고 도리를 잘 아는 사람이 어찌 국법을 원수로 여기겠습니까? 논자들은 오히려 죽여야 한다고 생각하지만, 이는 형법을 더럽히고 예법을 파괴하는 것이니, 그러한 방법을 법전으로 삼을 수 없는 것은 분명합니다. 청컨대 저의 건의를 법령에 첨부하시어, 이러한 옥사를 판결하는 사례가 있을 경우, 마땅히 이전의 건의를 근거로 삼아 처리하지 않도록 해주시기 바랍니다. 삼가 건의 드립니다.

■ | 해제(解題) 및 본문요지 설명

본문은 당초(唐初) 측천무후(則天武后) 때 서원경(徐元慶)이 자기 부친을 처형한 현위(縣尉) 조사온(趙師韞)을 살해하여 부친의 원수를 갚은 사건을 두고, 간관(諫官) 진자앙(陳子昂)이 ≪복수의(復讎議)≫를 올려 「서원경을 죽이되 그의 마을을 표창하도록 건의하고, 또한 이러한 처리 방법을 법령에 편입시켜 영원히 나라의 법전으로 삼는다.(誅之而旌其閭, 且請編之於令, 永爲國典。)」라는 취지로 건의하자, 유종원(柳宗元)이 이를 반박하여 올린 글이다.

본문은 여섯 단락으로 나눌 수 있는데, 첫째 단락에서는 서원경이 조사온을 살해하여 부친의 원수를 갚은 경위를 간략히 서술했고; 둘째 단락에서는 예법(禮法)과 형벌(刑罰)의 근본 취지를 근거로 동일한 행위에 대해 표창과 처벌을 동시에 적용할 수 없다는 것을 말했고; 셋째 단락에서는 성인들이 상벌(賞罰)과 포폄(褒貶)을 통해 사회의 공정성을 유지한 것을 말하고 나서, 만일 서원경의 부친이 죄가 없는데 죽임을 당했다면 서원경이 부친을 위해 복수한 것은 예(禮)를 지키고 의(義)를 행한 정당한 행위이기 때문에 서원경을 처벌할 수 없다는 것을 말했고; 넷째 단락에서는 만일 서원경의 부친이 죽을죄를 졌다면 조사온이 서원경의 부친을 죽였다 해도 서원경의 부친은 관리에게 죽은 것이 아니고 나라의 법에 의해 죽은 것이며, 서원경의 복수 살인 행위는 천자의 법을 적대시하고 법을 받드는 관리를 살해한 것이기 때문에 마땅히 처벌해야 한다는 것을 말했고; 다섯째 단락에서는 ≪주례(周禮)≫와 ≪공양전(公羊傳)≫을 인용하여 복수의 의미를 설명했고; 마지막 단락에서는 서원경이 예(禮)의 범주를 벗어나지 않은 상황에서 효(孝)를 이행하고 의를 위해 죽은 것을 긍정하여 도리를 아는 사람이라 칭찬하고, 당연히 처벌할 수 없다는 것을 말했다.

144 동엽봉제변(桐葉封弟辨)

[唐] 柳宗元

■ | 작자

143. 박복수의(駁復讎議) 참조

■ | 원문 및 주석

桐葉封弟辨1)

古之傳者有言：「成王以桐葉與小弱弟, 戲曰：『以封汝。』周公入賀。王曰 :『戲也。』周公曰：『天子不可戲。』乃封小弱弟於唐。」2)

---

1) 桐葉封弟辨 →「桐葉封弟」에 대한 論辨.
【桐葉封弟】: 오동잎으로 아우를 封하다. ※'해제(解題) 및 본문요지 설명' 참조.
【辨(biàn)】: 論辨.

2) 古之傳者有言：「成王以桐葉與小弱弟, 戲曰：『以封汝。』周公入賀。王曰：『戲也。』周公曰：『天子不可戲。』乃封小弱弟於唐。」→ 옛날 기록에 :「成王이 오동잎으로 만든 信圭를 어린 동생에게 주며, 장난으로 :『이것으로 너를 (제후에) 봉하노라』라고 말하자, 周公이 들어와 축하했다. 성왕이 :『장난으로 한 거요』라고 말하자, 주공이 :『천자께서 장난을 하시면 안 됩니다』라고 하여, 결국 어린 동생을 唐 지방에 봉했다.」라고 한 말이 있다.
【古之傳者】: 옛날의 기록. 【成王】: 周의 황제. 이름은 誦이며, 周武王의 아들. 【桐

吾意不然。王之弟當封耶，周公宜以時言於王，不待其戲而賀以成之也。[3] 不當封耶，周公乃成其不中之戲，以地與人，以小弱弟者爲之主，其得爲聖乎?[4]

且周公以王之言，不可苟焉而已，必從而成之耶?[5] 設有不幸，王以桐葉戲婦寺，亦將擧而從之乎? 凡王者之德，在行之何若。[6]

葉】 : 오동잎. 여기서는 오동잎을 오려 만든 信圭[천자가 제후를 봉할 때 주는 圭자 모양의 신표]를 말한다. 【與】 : 주다. 【小弱弟】 : 어린 동생. 【以封汝】 : 以(之)封汝, 이것으로 너를 봉한다. 【周公】 : 성은 姬, 이름은 旦. 周武王의 동생이며, 周成王의 숙부로, 武王을 도와 殷을 멸하고 周의 기반을 확립했다. 周에 봉해져 周公이라 불렀다. 【入賀】 : 들어와 축하하다. 【乃】 : 결국, 마침내. 【唐】 : 옛 국가. 지금의 산서성 翼城縣 서쪽. 武王때 반란이 일어났으나 成王이 즉위한 후 周公이 이를 진압했다.

※成王이 오동잎으로 동생을 봉했다고 하는 고사는 ≪呂氏春秋 · 重言≫ · ≪說苑 · 君道≫ · ≪史記 · 晉世家≫ 등에 실려 있다.

3) 吾意不然。王之弟當封耶，周公宜以時言於王，不待其戲而賀以成之也。→ 나는 그렇지 않다고 생각한다. 왕의 동생이 당연히 봉해져야 한다면, 주공은 마땅히 적절한 시기에 왕에게 말해야 하고, 왕이 장난하기를 기다렸다가 축하하며 일을 성사시킬 필요가 없다.

【意】 : [동사용법] …라고 생각하다. 【不然】 : 그렇지 않다. 즉 「그럴 리가 없다」의 뜻. 【宜】 : 마땅히. 【以時】 : 적절한 시기에. 【賀以成】 : 축하하며 성사시키다.

4) 不當封耶，周公乃成其不中之戲，以地與人，以小弱弟者爲之主，其得爲聖乎? → 당연히 봉하지 않아야 하는데, 주공이 마침내 그 불합리한 장난을 성사시켜, 땅과 백성을 어린 동생에게 주어 그들의 왕이 되게 했다면, 어찌 성인이라 할 수 있겠는가?

【乃】 : 마침내. 【不中】 : 불합리하다. 【以地與人，以小弱…】 : ※판본에 따라서는 「以地以人與小弱…」이라 했다. 【其】 : 豈, 어찌. 【得】 : 能, …할 수 있다.

5) 且周公以王之言，不可苟焉而已，必從而成之耶? → 그리고 주공의 뜻은 왕이 말을 할 때, 경솔하면 안 된다고 했을 뿐이지, 어디 반드시 그대로 따라 성사시켜야 한다고 했는가?

【且】 : 또한, 그리고. 【以】 : 以爲, …라 여기다, …라고 생각하다. 【苟(gǒu)】 : 소홀히 하다, 경솔히 하다. 【從】 : 좇다, 따르다.

6) 設有不幸，王以桐葉戲婦寺，亦將擧而從之乎? 凡王者之德，在行之何若。→ 만일 불행하게도, 왕이 오동잎을 가지고 부녀자와 환관에게 장난을 했어도, 역시 장차 그

設未得其當，雖十易之不爲病；要於其當，不可使易也，而況以其戲乎?7) 若戲而必行之，是周公敎王遂過也。8)

吾意周公輔成王宜以道，從容優樂，要歸之大中而已，必不逢其失而爲之辭；又不當束縛之，馳驟之，使若牛馬然，急則敗矣。9) 且家人父子尙不能以此自克，況號爲君臣者耶!10) 是直小丈夫缺

것을 제기하여 따라야 하는가? 무릇 왕의 덕행은, 실행한 결과가 어떠한가에 달려 있는 것이다.

【設】: 만일, 만약. 【婦寺】: 부녀자와 환관. 「寺」: 환관, 내시. 【擧】: 提起하다, 제시하다. 【凡】: 무릇. 【何若】: 何如, 如何, 어떠한가.

7) 設未得其當，雖十易之不爲病；要於其當，不可使易也，而況以其戲乎? → 만일 실행한 바가 합당하지 않으면, 설사 열 번을 바꾸어도 문제가 되지 않으며; 관건은 합당 여부에 달려있기 때문에, (합당하면) 바꾸지 못하도록 하는 것인데, 하물며 장난한 것을 가지고 무슨 문제가 되겠는가?

【十易】: 열 번을 바꾸다. 【病】: 문제, 잘못, 허물. 【要】: 요점, 관건. 【而況】: 하물며.

8) 若戲而必行之，是周公敎王遂過也。 → 만일 장난을 했는데 반드시 그것을 실행해야 했다면, 이는 주공이 왕에게 끝까지 잘못하도록 가르치는 것이다.

【若】: 만일, 만약. 【是】: [대명사] 이것, 즉 「장난한 것을 가지고 실행하도록 한 것」. 【遂(suì)】: 완수하다, 이루다. 【過】: 잘못, 착오.

9) 吾意周公輔成王宜以道，從容優樂，要歸之大中而已，必不逢其失而爲之辭；又不當束縛之，馳驟之，使若牛馬然，急則敗矣。 → 나는 주공이 성왕을 보좌하여 마땅히 정도에 따라, 침착하고 여유롭게 즐기면서, 성왕을 中道로 돌아가도록 요구했을 뿐, 절대로 성왕의 잘못에 영합하여 성왕을 위해 변호하지 않을 것이며; 또한 당연히 성왕을 속박하거나, 몰아세워, 성왕으로 하여금 소나 말처럼 그렇게, 급히 서둘다가 일을 그르치게 하지는 않았을 것이라고 생각한다.

【意】: [동사용법] …라고 생각하다. 【輔(fǔ)】: 돕다, 보필하다, 보좌하다. 【宜】: 마땅히. 【以道】: 정도로써 하다, 즉 「정도에 따르다」. 「道」: 하나의 정치 주장 또는 사상 체계. 여기서는 正道 즉 「불편부당하고 모자라지도 지나치지도 않는 합당한 도리」를 가리킨다. 【從容】: 침착하다, 느긋하다. 【優樂】: 여유롭게 즐기다. 【要】: 요구하다. 【大中】: 中道, 합당한 도리. 【而已】: …뿐. 【必】: 반드시, 틀림없이. 여기서는 「절대로」라는 의미가 더욱 강하다. 【逢(féng)】: 영합하다. 【辭】: 변호하다, 진술하다.

10) 且家人父子尙不能以此自克，況號爲君臣者耶! → 그리고 집안 사람인 아버지와 자

䧿者之事，非周公所宜用，故不可信。[11]

或曰：「封唐叔，史佚成之。」[12]

■ 번역문

「동엽봉제(桐葉封弟)」에 대한 논변(論辨)

옛날 기록에 : 「성왕(成王)이 오동잎으로 만든 신규(信圭)를 어린 동생에게 주며, 장난으로 : 『이것으로 너를 (제후에) 봉하노라』라고 말하자 주공(周公)이 들어와 축하했다. 성왕이 : 『장난으로 한 거요.』라고 말하자 주공이 : 『천자께서 장난을 하시면 안 됩니다』라고 하여 결국 어린 동생을 당(唐) 지방에 봉했다.」라고 한 말이 있다.

나는 그렇지 않다고 생각한다. 왕의 동생이 당연히 봉해져야 한다면 주공은 마땅히 적절한 시기에 왕에게 말해야 하고, 왕이 장난하기를 기

식 사이조차도 이러한 방법으로는 스스로 억제할 수 없는데, 하물며 임금과 신하라는 관계에 있는 사람이야 말해 무엇 하랴!

【且】: 또한, 그리고. 【尙】: …조차도, 또한. 【自克】: 스스로 단속하다, 제약하다, 억제하다. 【況】: 하물며. 【號爲…】: 이름 하여 …라 하다.

11) 是直小丈夫䧿䧿者之事，非周公所宜用，故不可信。→ 이는 다만 소인배들이 잔꾀를 부려 하는 일이지, 주공이 채용하기에 적합한 바가 아니기 때문에, 그래서 믿을 수가 없다.

【直】: 只, 단지, 다만. 【小丈夫】: 소인배. 【䧿(què)䧿】: 잔꾀를 부리는 모양. 【宜用】: 채택하기에 적합하다, 채용하기에 알맞다.

12) 或曰：「封唐叔，史佚成之。」→ 어떤 사람이 이르길 : 「(성왕이) 唐叔을 봉한 것은, 史官인 尹佚이 성사시킨 일이다.」라고 했다.

※인용한 말은 ≪史記 · 晉世家≫에 보인다.

【唐叔】: 叔虞, 成王의 동생. 唐 지방에 봉해져 唐叔이라 했다. 【史佚】: 周의 太史 尹佚. ※太史는 史官을 말한다.

다렸다가 축하하며 일을 성사시킬 필요가 없다. 당연히 봉하지 않아야 하는데 주공이 마침내 그 불합리한 장난을 성사시켜 땅과 백성을 어린 동생에게 주어 그들의 왕이 되게 했다면 어찌 성인이라 할 수 있겠는가?

그리고 주공의 뜻은, 왕이 말을 할 때 경솔하면 안 된다고 했을 뿐이지 어디 반드시 그대로 따라 성사시켜야 한다고 했는가? 만일 불행하게도 왕이 오동잎을 가지고 부녀자와 환관에게 장난을 했어도 역시 장차 그것을 제기하여 따라야 하는가? 무릇 왕의 덕행은 실행한 결과가 어떠한가에 달려 있는 것이다. 만일 실행한 바가 합당하지 않으면 설사 열 번을 바꾸어도 문제가 되지 않으며, 관건은 합당 여부에 달려있기 때문에 (합당하면) 바꾸지 못하도록 하는 것인데, 하물며 장난한 것을 가지고 무슨 문제가 되겠는가? 만일 장난을 했는데 반드시 그것을 실행해야 했다면, 이는 주공이 왕에게 끝까지 잘못하도록 가르치는 것이다.

나는 주공이 성왕을 보좌하여 마땅히 정도에 따라 침착하고 여유롭게 즐기면서 성왕을 중도(中道)로 돌아가도록 요구했을 뿐, 절대로 성왕의 잘못에 영합하여 성왕을 위해 변호하지 않을 것이며, 또한 당연히 성왕을 속박하거나 몰아세워 성왕으로 하여금 소나 말처럼 그렇게 급히 서둘다가 일을 그르치게 하지는 않았을 것이라고 생각한다. 그리고 집안 사람인 아버지와 자식 사이조차도 이러한 방법으로는 스스로 억제할 수 없는데, 하물며 임금과 신하라는 관계에 있는 사람이야 말해 무엇 하랴! 이는 다만 소인배들이 잔꾀를 부려 하는 일이지 주공이 채용하기에 적합한 바가 아니기 때문에, 그래서 믿을 수가 없다.

어떤 사람이 이르길 : 「(성왕이) 당숙(唐叔)을 봉한 것은 사관(史官)인 유일(尹佚)이 성사시킨 일이다.」라고 했다.

■ | 해제(解題) 및 본문요지 설명

본문은 작자가 주(周)나라 성왕(成王)의 「동엽봉제(桐葉封弟)」고사를 빌어 신하는 마땅히 정도(正道)를 가지고 군주를 보필하여 군주의 언행이 도리에 부합하도록 인도해야 하며, 경솔하게 감언이설로 군주의 잘못된 행위에 영합하여 군주를 그르치게 해서는 안 된다는 것을 지적한 글이다.

「동엽봉제」란 ≪사기(史記)·진세가(晉世家)≫와 ≪여씨춘추(呂氏春秋)·중언(重言)≫·≪설원(說苑)·군도(君道)≫ 등의 고사에서 유래한 말이다.

주(周) 무왕(武王)의 아들인 성왕(成王)이 어린 나이에 즉위하자 무왕의 아우 주공(周公)이 섭정을 했다. 성왕이 동생 숙우(叔虞)와 소꿉장난을 하며 오동나무 잎으로 신규(信圭)를 만들어 숙우에게 주며 「너를 제후에 봉하노라」라고 말하자, 이 말을 들은 주공이 성왕에게 「천자(天子)께서는 희언(戱言)을 하시면 안 됩니다. 천자께서 말씀을 하시면 역사에 기록되고 예(禮)가 이루어집니다.」라고 했다. 그리하여 성왕은 숙우를 당(唐)에 봉했다. 이는 제후를 봉하는 것을 의미하는 성어(成語)이나, 말을 삼가고 신중히 해야 한다는 뜻이 내포되어 있다.

본문은 다섯 단락으로 나눌 수 있는데, 첫째 단락에서는 고서(古書)의 「동엽봉제」 고사를 들어 서술했고; 둘째 단락에서는 설문(設問)과 반문의 형식으로 이 고사의 진실성에 대해 의문을 제기했고; 셋째 단락에서는 주공(周公)이 다만 군주가 장난하면 안 된다는 것을 지적했을 뿐, 반드시 이 일을 성사시킬 필요가 없었다는 것을 지적하면서, 「왕이 만일 오동잎을 가지고 부녀자와 환관에게 장난을 했어도, 역시 장차 그것을 제기하여 따라야 하는가?」라는 대담한 가설을 통해 「왕의 덕행은 다만 실행한 결과가 어떠한가에 달려 있다」라는 이치를 반증했고; 넷째 단락에서는 주공은 마땅히 대중지도(大中之道)를 가지고 성왕을 보필한 것이며, 이론상으로 판단할 때 「동엽봉제」는 주공이 성사시킨 것이 아니라고 추측했고; 마지막 단락에서는 ≪사기(史記)≫의 말을 인용하여 자신의 주장이 날조가 아니라는 것을 증명하고자 했다.

145 기자비(箕子碑)

[唐] 柳宗元

■ | 작자

143. 박복수의(駁復讎議) 참조

■ | 원문 및 주석

箕子碑[1)]

凡大人之道有三：一曰正蒙難，二曰法授聖，三曰化及民。[2)] 殷有仁人曰箕子，實具玆道以立於世，故孔子述六經之旨，尤殷

1) 箕子碑 → 箕子碑의 碑文
【箕(jī)子】: 이름은 胥餘. 商나라 紂王의 숙부로 箕 지방에 봉해졌기 때문에 箕子라 불렀다. 紂王이 無道하여 여러 차례 충간했으나 듣지 않자 머리를 풀어헤치고 미친 척하다가 이로 인해 감옥에 갇혔다. 周武王이 商紂를 멸하자 朝鮮으로 피신했다.

2) 凡大人之道有三：一曰正蒙難，二曰法授聖，三曰化及民。→ 무릇 고상한 덕을 지닌 사람들의 處世之道는 세 가지가 있다 : 첫째는 정도를 지키기 위해 고난을 감수하는 것이고; 둘째는 법을 聖王에게 전수하는 것이고; 셋째는 교화가 백성들에게 미치도록 하는 것이다.
【大人】: 고상한 덕을 지닌 사람. 【蒙難】: 재난을 입다, 수난을 당하다. 【授】: 전수하다. 【聖】: 聖王, 현명한 군주. 【化】: 교화. 【及】: 미치다.

勤焉。[3)]

當紂之時，大道悖亂，天威之動不能戒，聖人之言無所用。[4)] 進死以併命，誠仁矣，無益吾祀，故不爲。[5)] 委身以存祀，誠仁矣，與亡吾國，故不忍。具是二道，有行之者矣。[6)]

---

3) 殷有仁人曰箕子，實具茲道以立於世，故孔子述六經之旨，尤殷勤焉。→ 殷나라에 箕子라고 하는 어진 사람이 있었는데, 실제로 이 처세지도를 갖추고 세상에 입신했기 때문에, 그래서 孔子가 六經의 요지를 서술할 때, 특별히 호의를 가지고 그에 대해 언급했다.
【殷(yīn)】: 殷나라. 시조는 契. 湯王에 이르러 夏를 멸하고 봉지인 商을 국호로 삼았다. 盤庚 때 도읍을 殷으로 옮겼기 때문에 국호를 殷이라고도 했으며, 후대에는 殷 또는 商이라 부르거나 이를 합쳐서 殷商이라 부르기도 했다. 【茲】: 此, 이. 【立於世】: 세상에 입신하다. 【六經】: 육경. 즉 ≪詩≫·≪書≫·≪易≫·≪禮≫·≪樂≫·≪春秋≫. 【殷勤(yīn qín)】: 호의를 가지다, 정이 도탑다.

4) 當紂之時，大道悖亂，天威之動不能戒，聖人之言無所用。→ 商나라 紂王 때, 大道가 무너져 혼란에 빠지자, 하늘의 노여움도 그를 경계할 수 없었고, 성인의 말씀도 소용이 없었다.
【紂(zhòu)】: 殷의 마지막 임금으로 이름은 辛이며, 역사상 暴君이라 불린다. 【大道】: 큰 도리, 正道. 【悖(bèi)】: 무너지다, 顚倒되다. 【天威之動】: 하늘의 위엄이 발동함, 즉 「하늘의 노여움」을 뜻한다. 【戒(jiè)】: 경계하다.

5) 進死以併命，誠仁矣，無益吾祀，故不爲。→ 죽음을 무릅쓰고 進言하며 목숨을 돌보지 않는 것은, 실로 어질다고 할 수 있지만, 그러나 자신의 종묘 제사에 무익하기 때문에, 그래서 그렇게 하지 않는다.
【進死以併命】: 죽음을 무릅쓰고 진언하며 목숨을 돌보지 않다. ※이는 比干이 한 일을 가리킨다. 比干은 殷나라의 대신으로 紂王에게 직언으로 간했다가 주왕의 노여움을 사서 죽임을 당했다. 「進死」: 죽음을 무릅쓰고 진언하다. 「併(bìng)命」: 목숨을 돌보지 않다, 목숨을 걸다. 【誠】: 실로, 진정으로. 【祀(sì)】: 제사. 여기서는 「종묘 제사」를 가리킨다.

6) 委身以存祀，誠仁矣，與亡吾國，故不忍。具是二道，有行之者矣。→ 자신을 굽히고 종묘 제사를 보존하는 것은, 실로 어질다고 할 수 있지만, 자기 나라가 망하도록 도와주는 것이기 때문에, 그래서 차마 그렇게 하지 못한다. 이 두 가지 방법 모두, 이미 어떤 사람이 실행해 보았다.
【委身以存祀】: 몸을 굽혀 종묘 제사를 보존하다. ※이는 微子가 한 일을 가리킨다. 微子의 이름은 啓. 商나라 紂王의 庶兄으로 微 지방에 봉해졌기 때문에 微子

是用保其明哲，與之俯仰，晦是謨範，辱於囚奴。[7] 昏而無邪，隤而不息。故在≪易≫曰：「箕子之明夷。」正蒙難也。[8] 及天命旣改，生人以正，乃出大法，用爲聖師；周人得以序彝倫而立大典。[9] 故在≪書≫曰：「以箕子歸作≪洪範≫。」法授聖也。[10]

라 했다. 紂王이 無道하여 나라가 멸망의 위기에 처하자 미자가 여러 차례 충고했으나 듣지 않아 떠나버렸다. 周武王이 商을 멸한 후 미자는 周에 투항했고 周는 미자를 宋에 봉했다.「委身」: 몸을 굽히다.【與】: 돕다, 참여하다.【不忍】: 차마 …하지 못하다.【具是二道】: 이 두 가지 방법을 갖추다. 즉「두 가지 방법 모두」. 여기서 두 가지 방법은 比干과 微子가 행한 방법을 말한다.

7) 是用保其明哲, 與之俯仰, 晦是謨範, 辱於囚奴。→ 그리하여 (기자는) 자기의 명철한 지혜를 보전한 채, 그들과 더불어 부침하면서, 이러한 계책을 숨기고, 죄수들 틈에서 굴욕을 당했다.
【是用】: 因此, 이로 인해, 그래서.【明哲】: 명철한 지혜.【俯仰(fǔ yǎng)】: 부침하다, 임기응변하다.【晦(huì)】: 캄캄하다, 어둡다. 여기서는「감추다, 숨기다」의 뜻.【謨(mó)範】: 책략, 계책.【辱(rǔ)】: [피동용법] 굴욕을 당하다.【囚(qiú)奴】: 죄수.

8) 昏而無邪, 隤而不息。故在≪易≫曰：「箕子之明夷。」正蒙難也。→ (또한) 어두운 환경에서도 사악한 행동을 하지 않고, (나라가) 무너지는 상황에서도 (노력을) 멈추지 않았다. 그래서 ≪周易≫에:「箕子의 明夷」라 했는데, 이는 (기자가) 正道를 지키기 위해 고난을 감수한 것을 말한다.
【昏(hūn)】: 어둡다, 캄캄하다.【邪(xié)】: 사악하다.【隤(tuí)】: 무너지다, 쇠망하다.【息】: 멈추다, 중지하다.【明夷】: 卦이름. ※≪周易·明夷≫ 六五에「箕子之明夷」라 했는데, 이는 위에 暗主가 있고 아래에 明臣이 있어, 명신이 감히 자기의 명철한 지혜를 드러내지 않는 것을 상징한다. 당시 세상이 비록 매우 어둡다 해도 시류에 따라 사악한 방향으로 기울지 않고, 마땅히 어려운 가운데 정도를 지켜야 하는데, 기자가 바로 이러한 상황임을 말한 것이다.

9) 及天命旣改, 生人以正, 乃出大法, 用爲聖師; 周人得以序彝倫而立大典。→ 天命이 이미 바뀌어, 백성들이 정도를 지키는 상황에 이르자, (기자는) 비로소 천하를 다스리는 법을 제시하여, 이로 인해 聖君의 스승이 되었고; 周나라 사람들은 (이로 인해) 인륜의 도덕규범을 정비하여 큰 법전을 제정할 수 있었다.
【及】: 도달하다, 이르다.【天命旣改】: 천명이 이미 바뀌다. 여기서는「殷의 멸망과 周의 흥성」을 가리킨다.【生人】: 生民, 백성. ※唐代는 太宗 李世民의 이름자인「民」자를 忌諱하여「人」자를 썼다.【乃】: 비로소.」【大法】: 천하를 다스리는

及封朝鮮, 推道訓俗, 惟德無陋, 惟人無遠, 用廣殷祀, 俾夷爲華, 化及民也。[11] 率是大道, 藂於厥躬, 天地變化, 我得其正, 其大人歟。[12]

於虖! 當其周時未至, 殷祀未殄, 比干已死, 微子已去。[13]

법, 즉 「洪範」을 가리킨다. 【聖師】: 聖君. 여기서는 周武王을 가리킨다. 【用】: 因, 이로 인해. 【得以】: 能, …할 수 있다. 【序】: 차례를 정하다, 순서에 따르다. 즉 「정비하다, 정돈하다」의 뜻. 【彜(yí)倫】: 사람이 지켜야 하는 불변의 도리, 인륜의 도덕규범. 【立】: 제정하다. 【大典】: 큰 法典.

10) 故在≪書≫曰 : 「以箕子歸作≪洪範≫。」 法授聖也。→ 그래서 ≪尙書≫에 이르길 : 「기자가 돌아왔기 때문에 ≪洪範≫을 만들었다」라고 했는데, 이는 법전을 聖君에게 傳授한 것을 말한다.
【≪書≫】: ≪尙書≫, ≪書經≫. 【≪洪範≫】: ≪尙書≫의 편명. 본래 夏禹 때의 문헌을 箕子가 증보한 후 周武王에게 傳授했다고 하는 「나라를 다스리는 큰 법」. 「洪」: 大. 「範」: 법칙.

11) 及封朝鮮, 推道訓俗, 惟德無陋, 惟人無遠, 用廣殷祀, 俾夷爲華, 化及民也。→ (기자는) 朝鮮에 봉해지자, 道를 널리 보급하고 풍속을 훈도하여, 은덕을 베푸는 데 있어서 귀하고 천함을 구별하지 않고, 사람에 대해 멀고 가까움을 따지지 않았다. 이로 인해 殷나라의 제사를 널리 보급하여, 오랑캐를 중원민족처럼 변하게 했는데, 이는 교화가 백성들에게 (영향을) 미친 것이었다.
【及】: …에 이르다. 【推】: 추진하다, 널리 보급하다. 【訓(xùn)】: 훈도하다, 가르쳐 이끌다. 【惟】: [어조사]. 【陋(lòu)】: 미천하다. 【用】: 因, 이로 인해. 【俾(bǐ)】: …하게 하다. …하도록 하다. 【夷】: 오랑캐. 【華】: 中原 民族. 【化】: 교화.

12) 率是大道, 藂於厥躬, 天地變化, 我得其正, 其大人歟。→ 이러한 大道를 좇아, 자신의 몸에 모아 두어, 천지가 변할 때에도, 자기 스스로 정도를 지킬 수 있었으니, 그는 (참으로) 위대한 인물이다.
【率(shuài)】: 좇다, 따르다. 【藂(cóng)】: 叢, 모이다, 집중하다. 【厥(jué)】: 그, 즉 「자기, 자신」. 【躬(gōng)】: 몸. 【得】: 能, …할 수 있다.

13) 於虖! 當其周時未至, 殷祀未殄, 比干已死, 微子已去。→ 아! 周나라의 때가 아직 도래하지 않고, 殷나라의 국운이 아직 다하지 않은 상황에서, 比干은 이미 죽고, 微子는 이미 떠나갔다.
【於虖!】: [감탄, 탄식] 嗚呼!, 아! 【當】: …때에, …한 상황에서. 【殷祀】: 은나라의 종묘 제사, 즉 「국운, 나라의 운명」을 말한다. 【殄(tiǎn)】: 다하다, 끊어지다. 【比干】: 주5) 참조. 【微子】: 주6) 참조.

向使紂惡未稔而自斃，武庚念亂以圖存，國無其人，誰與興理?[14] 是固人事之或然者也。然則先生隱忍而爲此，其有志於斯乎?[15]

唐某年，作廟汲郡，歲時致祀。嘉先生獨列於≪易≫象，作是頌云。[16]

---

14) 向使紂惡未稔而自斃，武庚念亂以圖存，國無其人，誰與興理? → 만일 紂王의 죄악이 (천하를 잃을 정도로) 극치에 달하기 전에 죽었다면, (그 아들) 武庚은 나라의 혼란을 염려하여 보존을 꾀해야 하는데, 나라에 인재가 없으니, 누가 그와 더불어 부흥시키고 다스리겠는가?

【向使】: 만일, 만약. 【稔(rěn)】: 곡식이 익다. 여기서는 「극치에 달하다」의 비유. 【自斃(bì)】: 스스로 멸망하다, 자멸하다. 여기서는 「죽다」의 뜻. 【武庚】: [인명] 紂王의 아들. 周公이 그를 殷君에 봉했으나 후에 管叔·蔡叔과 연합하여 周에 대해 반란을 일으켰다가 살해되었다. 【念】: 생각하다, 염려하다. 【圖存】: 보존을 꾀하다, 생존을 도모하다. 【興】: [사동용법] 부흥시키다. 【理】: 다스리다.

15) 是固人事之或然者也。然則先生隱忍而爲此，其有志於斯乎? → 이는 본래 인간사에서 일어날 수 있는 일이다. 그렇다면 (기자) 선생이 고통을 참아가며 이와 같이 한 것은, 아마도 여기에 뜻을 두었던 것이리라!

【是】: [대명사] 이것, 즉 「주13)에서 말한 상황」. 【固】: 본래, 원래. 【或然者】: 간혹 그럴 수 있는 것, 일어날 수 있는 것. 【然則】: 그렇다면. 【先生】: 선생. 여기서는 「기자」를 가리킨다. 【隱(yǐn)忍】: 꾹 참다, 참고 견디다. 【其】: 아마도. 【志於…】: …에 뜻을 두다. 【斯】: 이, 여기, 즉 앞에서 말한 「向使紂惡未稔而自斃，武庚念亂以圖存，國無其人，誰與興理?」의 상황을 가리킨다.

16) 唐某年，作廟汲郡，歲時致祀。嘉先生獨列於≪易≫象，作是頌云。→ 唐代 모년, 汲郡에 (기자의) 사당을 짓고, 해마다 때가 되면 제사를 지낸다. (기자) 선생이 홀로 ≪易經≫ 象辭에 이름을 올린 것을 찬양하여, 이 頌辭를 짓는다.

【作廟】: 사당을 짓다. 【汲(jí)郡】: [郡이름] 지금의 하남성 汲縣. 【歲】: 해마다, 매년. 【時】: 때가 되다. 【致祀】: 제사를 지내다. 【嘉(jiā)】: 찬양하다, 칭찬하다. 【列】: 열거되다. 즉 「이름을 올리다」 【頌(sòng)】: 공적을 찬양하는 詩나 문장.

■ | 번역문

기자비(箕子碑)의 비문(碑文)

무릇 고상한 덕을 지닌 사람들의 처세지도(處世之道)는 세 가지가 있다 : 첫째는 정도를 지키기 위해 고난을 감수하는 것이고, 둘째는 법을 성왕(聖王)에게 전수하는 것이고, 셋째는 교화가 백성들에게 미치도록 하는 것이다. 은(殷)나라에 기자(箕子)라고 하는 어진 사람이 있었는데, 실제로 이 처세지도를 갖추고 세상에 입신했기 때문에, 그래서 공자(孔子)가 육경(六經)의 요지를 서술할 때 특별히 호의를 가지고 그에 대해 언급했다.

상(商)나라 주왕(紂王) 때 대도(大道)가 무너져 혼란에 빠지자, 하늘의 노여움도 그를 경계할 수 없었고 성인의 말씀도 소용이 없었다. 죽음을 무릅쓰고 진언(進言)하며 목숨을 돌보지 않는 것은 실로 어질다고 할 수 있지만, 그러나 자신의 종묘 제사에 무익하기 때문에, 그래서 그렇게 하지 않는다. 자신을 굽히고 종묘 제사를 보존하는 것은 실로 어질다고 할 수 있지만, 자기 나라가 망하도록 도와주는 것이기 때문에, 그래서 차마 그렇게 하지 못한다. 이 두 가지 방법 모두 이미 어떤 사람이 실행해 보았다.

그리하여 (기자는) 자기의 명철한 지혜를 보전한 채 그들과 더불어 부침하면서 이러한 계책을 숨기고 죄수들 틈에서 굴욕을 당했다. (또한) 어두운 환경에서도 사악한 행동을 하지 않고, (나라가) 무너지는 상황에서도 (노력을) 멈추지 않았다. 그래서 ≪주역(周易)≫에 : 「기자(箕子)의 명이(明夷)」라 했는데, 이는 (기자가) 정도(正道)를 지키기 위해 고난을 감수한 것을 말한다. 천명(天命)이 이미 바뀌어 백성들이 정도를 지키는 상황에 이르자, (기자는) 비로소 천하를 다스리는 법을 제시하여 이로 인해 성군(聖君)의 스승이 되었고, 주(周)나라 사람들은 (이로 인해) 인륜의 도덕규범을 정비하여 큰 법전을 제정할 수 있었다. 그래서 ≪상서(尙書)≫에 이르길 : 「기자가 돌아왔기 때문에 ≪홍범(洪範)≫을 만들었다」라고 했는데, 이는 법전을 성군(聖君)에게 전수한 것을 말한다. (기자는) 조선(朝鮮)에 봉해지자 도(道)를 널리 보급하고 풍속을 훈도하여, 은덕을 베푸는 데 있어서 귀하고 천함을 구별하지 않고, 사람에 대해 멀고 가까움을 따지지 않았다. 이로 인해 은(殷)나라의 제사를 널리 보급하여 오랑캐를 중원민족(中原民族)처럼 변하게 했는데, 이는 교화가 백성들에게 (영향을) 미친 것이었다. 이러한 대도(大道)를 쫓아 자신의 몸에 모아 두어 천지가 변할 때에도 자기 스스로 정도를 지킬 수 있었으니, 그는 (참으로) 위대한 인물이다.

아! 주(周)나라의 때가 아직 도래하지 않고 은(殷)나라의 국운이 아직 다하지 않은 상황에서, 비간(比干)은 이미 죽고 미자(微子)는 이미 떠나갔다. 만일 주왕(紂王)의 죄악이 (천하를 잃을 정도로) 극치에 달하기 전에 죽었다면 (그 아들) 무경(武庚)은 나라의 혼란을 염려하여 보존을 꾀해야 하는데, 나라에 인재가 없으니 누가 그와 더불어 부흥시키고 다스리겠는가? 이는 본래 인간사에서 일어날 수 있는 일이다. 그렇다면 (기자) 선생이 고통을 참아가며 이와 같이 한 것은 아마도 여기에 뜻을 두었던 것이리라!

당대(唐代) 모년(某年), 급군(汲郡)에 (기자의) 사당을 짓고 해마다 때가 되면 제사를 지낸다. (기자) 선생이 홀로 ≪역경(易經)≫ 상사(象辭)에 이름을 올린 것을 찬양하여 이 송사(頌辭)를 짓는다.

■ 해제(解題) 및 본문요지 설명

기자(箕子)는 은(殷)의 마지막 임금인 주왕(紂王)의 숙부로, 주왕이 무도(無道)하여 여러 차례 충간했으나 듣지 않아, 머리를 풀어헤치고 미친 척하다가 이로 인해 감옥에 갇혔다. 그 후 주무왕(周武王)이 은(殷)을 멸하자 조선(朝鮮)으로 피신했다. 당대(唐代)에는 기자를 위해 사당을 짓고 매년 때가 되면 제사를 지냈는데, 본문은 유종원이 사당에 있는 기자비(箕子碑)를 위해 비문(碑文)을 지어 기자의 덕행을 찬양한 것이다.

본문은 다섯 단락으로 나눌 수 있는데, 첫째 단락에서는 기자가 세 가지의 처세지도(處世之道)를 지닌 고상한 인물이기 때문에, 공자(孔子)가 육경(六經)의 요지를 서술할 때 특별히 호의를 가지고 그에 대해 언급했다는 말로 기자의 위인(爲人)을 말했고; 둘째 단락에서는 공자(孔子)가 「은유삼인(殷有三仁)」이라 한 말 중 비간(比干)과 미자(微子)를 대비하여 기자의 형상을 더욱 돋보이게 했고; 셋째 단락에서는 구체적인 사례를 들어 기자가 「정몽난(正蒙難)」·「법수성(法授聖)」·「화급민(化及民)」 세 가지를 모두 구비했다는 것을 증명했고; 넷째 단락에서는 기자가 고난을 참고 견디며 노예가 되었던 사려 깊은 마음을 탐구하여 나라의 이익을 도모하기 위해 애쓴 그의 충정을 부각시켰고; 마지막 단락에서는 비문을 짓게 된 연유를 보충하여 설명했다.

146 포사자설(捕蛇者說)

[唐] 柳宗元

■ | 작자

143. 박복수의(駁復讎議) 참조

■ | 원문 및 주석

捕蛇者說1)

永州之野產異蛇：黑質而白章，觸草木盡死，以齧人，無禦之者。2) 然得而腊之以爲餌，可以已大風、攣踠、瘻、癘，去死

---

1) 捕蛇者說 → 뱀 잡는 사람 이야기
【捕蛇者】：뱀 잡는 사람, 땅꾼.

2) 永州之野產異蛇：黑質而白章，觸草木盡死，以齧人，無禦之者。→ 永州의 들판에는 기이한 뱀이 난다. 검은 바탕에 흰색 무늬를 하고 있는데, 초목이 (뱀의 몸에) 닿으면 모두 죽어버리고, 사람을 물었다 하면, 이를 치료 할 방법이 없다.
【永州】：[州이름] 지금의 호남성 零陵縣. ※산수가 매우 아름답기로 이름이 있다. 【異蛇(yì shé)】：기이한 뱀. 【黑質(hè zhí)】：흑색 바탕. ※「質」은 본바탕 즉, 「몸체」를 말하며, 여기서는 「뱀의 몸뚱이」를 가리킨다. 【白章(bó zhāng)】：흰색 무늬. 【觸(chù)】：닿다, 접촉하다. 【盡(jìn)】：모두, 다. 【以】：已, …했다 하면. ※동작이 이미 시행되었거나 상황이 출현한 것을 표시한다. 【齧(nìe)】：물다. 【禦(yù)】：막다, 방어하다, 감당하다. ※여기서는 「치료」를 의미한다. 【之】：[대명사] 그것, 즉 「뱀의 독성」.

肌，殺三蟲。[3] 其始太醫以王命聚之，歲賦其二；募有能捕之者，當其租入。[4] 永之人爭奔走焉。[5]

有蔣氏者，專其利三世矣。[6] 問之，則曰：「吾祖死於是，吾父死於是，今吾嗣爲之十二年，幾死者數矣。」[7] 言之，貌若甚戚

3) 然得而腊之以爲餌，可以已大風、攣踠、瘻、癘，去死肌，殺三蟲。→ 그러나 (이 뱀을) 잡아 그것을 바람에 말려 약재로 만들면, 문둥병·손과 발이 오그라드는 병·목이 붓는 병·악성 종기를 치료하고, 썩은 살을 제거하며, 몸속의 여러 가지 기생충을 죽일 수 있다.

【然】: 그러나. 【得】: 얻다, 즉 「뱀을 잡다」의 뜻. 【腊(xí)】: [동사] 고기를 바람에 말리다. ※본래 「말린 고기」란 명사이나, 여기서는 동사용법으로 사용되었다. 【之】: [대명사] 그, 그것, 즉 뱀. 【以爲…】: 以(之)爲…, 이것을 가지고 …을 만들다. 【餌(ěr)】: 약재. 【已】: 止, 멈추게 하다, 즉 「병을 치료하다」. 【大風】: 대풍창, 문둥병. 【攣踠(luán wǎn)】: 손과 발이 오그라드는 병. 【瘻(lòu)】: 목이 붓는 병. 【癘(lì)】: 악성 종기. 【去】: 없애다, 제거하다. 【死肌(sǐ jī)】: 썩은 살. 【三蟲(chóng)】: 道家에서 말하는 이른바 인체 내에 살며 사람에게 해를 준다는 세 神. 여기서는 사람 몸 속의 여러 가지 기생충을 말한다.

4) 其始太醫以王命聚之，歲賦其二；募有能捕之者，當其租入。→ 처음에는 御醫가 왕명에 따라 이 뱀을 모아, 해마다 두 번씩 징수하고; 뱀 잘 잡는 사람을 모집하여, 그 사람에 대한 稅收로 간주했다.

【太醫】: 御醫, 典醫. 【以】: …에 따라, …에 의거하여. 【聚(jù)】: 모으다, 수집하다. 【之】: [대명사] 그것, 즉 「뱀」. 【歲】: 해마다. 【賦(fù)】: 징수하다. 거두다. 【當(dāng)】: …으로 삼다, …으로 간주하다. 【租(zū)入】: 稅收.

5) 永之人爭奔走焉。→ 永州 사람들은 다투어 달려 나가 뱀을 잡았다.

【永】: 永州. 【爭】: 다투다. 【奔(bēn)走】: 달려 나가다. 즉 「달려 나가 뱀을 잡다.」 【焉(yān)】: [어조사].

6) 有蔣氏者，專其利三世矣。→ 蔣氏라는 사람이 있는데, 그 이익을 三代에 걸쳐 누리고 있다.

【專】: 누리다, 독차지하다. 【其利】: 그러한 이익, 즉 「뱀을 잡아 세금을 면제받는 것」. 【三世】: 三代. 여기서는 장씨의 조부·부·본인 三代를 말한다.

7) 問之，則曰：「吾祖死於是，吾父死於是，今吾嗣爲之十二年，幾死者數矣。」→ 그 일에 대해 묻자, 장씨가 대답하길: 「나의 할아버지가 이 일을 하다가 돌아가시고, 나의 아버지도 이 일을 하다가 돌아가셨으며, 지금 내가 이 일을 계승하여 12년을 하는 동안, 거의 죽을 번 한 적이 여러 번 있습니다.」라고 했다.

者。8) 余悲之, 且曰 :「若毒之乎? 余將告於莅事者, 更若役, 復若賦, 則何如?」9) 蔣氏大戚, 汪然出涕曰 :「君將哀而生之乎?10) 則吾斯役之不幸, 未若復吾賦不幸之甚也。11) 嚮吾不爲斯役, 則久已病矣。12) 自吾氏三世居是鄕, 積於今六十歲矣, 而鄕隣之生日蹙。13) 殫其地之出, 竭其廬之入。14) 號呼而轉徙, 餓渴而頓踣。15)

【之】: [대명사] 그것, 즉「뱀 잡는 일」. 【是】: [대명사] 이, 이것, 즉「뱀 잡는 일」. 【嗣(sì)爲之】: 계승하여 이 일을 하다. 【幾(jī)】: 거의. 【數(shuò)】: 여러 번, 누차.

8) 言之, 貌若甚戚者。→ 말을 하면서, 모습은 마치 매우 슬퍼하는 듯이 보였다.
【貌(mào)】: 모습, 표정. 【若(ruò)】: 如, 마치 …같다. ※통상「若 … 者」의 형태로 쓰인다. 【戚(qī)】: 슬퍼하다.

9) 余悲之, 且曰 :「若毒之乎? 余將告於莅事者, 更若役, 復若賦, 則何如?」→ 나는 그를 불쌍히 여기면서, 또한 :「당신은 이 일을 원망하는가? 내가 곧 담당관에게 말해, 당신의 노역을 바꾸어, 당신의 賦稅를 원래대로 회복시키면 어떻겠는가?」라고 물었다.
【悲】: 불쌍히 여기다. 【之】: [대명사] 그 사람, 즉「장씨」. 【且】: 또한, 그리고. 【若】: 汝, 너, 당신. 【毒】: 원망하다. 【之】: [대명사] 그것, 즉「뱀 잡는 일」. 【將】: 곧, 조만간. 【莅(lì)事者】: 일을 맡아 처리하는 사람, 즉 담당관. 【更】: 바꾸다, 교체하다. 【役(yì)】: 관청에 차출되는 노역. 【復】: 회복하다, 원상복귀 하다. 【賦(fù)】: 賦稅, 세금.

10) 蔣氏大戚, 汪然出涕曰 :「君將哀而生之乎? → 장씨가 매우 슬퍼서, 눈물을 줄줄 흘리며 말했다 :「선생께서 나를 불쌍히 여겨 살려 주려고 하는 것인가요?
【大戚】: 매우 슬퍼하다. 【汪然】: 눈물을 줄줄 흘리는 모양. 【出涕(tì)】: 눈물을 흘리다. 【將】: (장차) …하려 하다. 【君】: 당신, 그대, 선생. 【哀】: 불쌍히 여기다. 【生】: 살려 주다.

11) 則吾斯役之不幸, 未若復吾賦不幸之甚也。→ 그렇다면 내가 이 일을 하는 불행은, 내가 부세를 원상회복하여 겪는 불행처럼 심하지는 않습니다.
【則】: 그렇다면. 【未若】: 不如, …같지 않다. …보다 덜하다.

12) 嚮吾不爲斯役, 則久已病矣。→ (만일) 애당초 내가 이 일을 하지 않았다면, 오래 전에 이미 고통을 견디지 못했을 것입니다.
【嚮(xiàng)】: 전부터, 애당초. 【斯役(sī yì)】: 이 일, 즉「뱀 잡는 일」. 【久已】: 이미 오래 전에. 【病】: 고통을 견디지 못하다.

13) 自吾氏三世居是鄕, 積於今六十歲矣, 而鄕隣之生日蹙。→ 우리 집안 三代가 이 고장

觸風雨，犯寒暑，呼噓毒癘，往往而死者相藉也。[16] 曩與吾祖居者，今其室十無一焉；與吾父居者，今其室十無二三焉；與吾居十二年者，今其室十無四五焉。[17] 非死卽徙爾，而吾以捕蛇獨存。[18] 悍吏之來吾鄕，叫囂乎東西，隳突乎南北；譁然而駭者，雖雞狗不得寧焉。[19] 吾恂恂而起，視其缶，而吾蛇尙存，則弛然而臥。[20]

에 살 때부터, 지금까지 합산해 보면 60년이 되었지만, 그러나 마을 이웃 사람들의 생활은 날로 어려워졌습니다.

【自】: …로부터. 【是鄕】: 이 고장. 「是」: 此, 이. 【積(jī)於】: …까지 合算하다, 累計하다. 【歲】: 해, 년. 【鄕隣(xiāng lín)】: 이웃, 이웃 사람. 【生】: 삶, 생활. 【蹙(cù)】: 궁핍해지다, 오그라들다, 어려워지다.

14) 殫其地之出，竭其廬之入。→ 그 땅에서 생산된 것은 다 바닥이 나고, 그 집안의 수입은 벌써 다 써버렸습니다.

【殫(dān)】: 바닥나다, 다 떨어지다. 【出】: 출산, 생산. 【竭(jíe)】: 다 써버리다. 【廬(lú)】: 집, 가정. 【入】: 수입.

15) 號呼而轉徙，餓渴而頓踣。→ 울부짖으며 이리저리 떠돌다가, 굶주린 끝에 길에 쓰러집니다.

【號(háo)呼】: 울고불고 하다. 【轉徙(zhuǎn xǐ)】: 떠돌다, 이리저리 옮겨 다니다. 【餓渴(è kě)】: 굶주리다. 【頓踣(dùn bó)】: 쓰러지다.

16) 觸風雨，犯寒暑，呼噓毒癘，往往而死者相藉也。→ 비바람을 맞고, 추위와 더위를 무릅쓰며, 악성 전염병을 흡입하여, 왕왕 죽은 사람들이 서로 포개져 있습니다.

【犯(fàn)】: 무릅쓰다. 【暑(shǔ)】: 더위. 【呼噓(hū xū)】: 들이마시다, 흡입하다. 【毒癘(lì)】: 악성 전염병. 【相藉(xiāng jí)】: 서로 포개지다, 서로 겹쳐지다.

17) 曩與吾祖居者，今其室十無一焉；與吾父居者，今其室十無二三焉；與吾居十二年者，今其室十無四五焉。→ 이전에 나의 할아버지와 함께 살던 사람은, 지금 열 집 가운데 한 집도 없고; 나의 아버지와 함께 살던 사람은, 지금 열 집 가운데 두세 집이 안 되며; 나와 함께 12년을 살아온 사람은, 지금 열 집 가운데 네 다섯 집이 안 됩니다.

【曩(nǎng)】: 이전, 과거. 【與】: …과 더불어, …과 함께.

18) 非死卽徙爾，而吾以捕蛇獨存。→ (모두가) 죽지 않으면 이사했지만, 나는 뱀 잡는 일 때문에 홀로 이곳에 남아 살고 있습니다.

【非…卽…】: …아니면 …이다. ※판본에 따라서는 「卽」을 「則」이라 했다. 【徙(xǐ)】: 이사하다. 【爾(ěr)】: 耳, …뿐. 【以】: 因, …로 인해, …때문에.

19) 悍吏之來吾鄕，叫囂乎東西，隳突乎南北；譁然而駭者，雖雞狗不得寧焉。→ 흉악한 관

謹食之, 時而獻焉。[21] 退而甘食其土之有, 以盡吾齒。[22] 蓋一歲之犯死者二焉, 其餘則熙熙而樂, 豈若吾鄉隣之旦旦有是哉?[23] 今雖死乎此, 比吾鄉隣之死則已後矣, 又安敢毒耶?[24]

余聞而愈悲。[25] 孔子曰:「苛政猛於虎也!」[26] 吾嘗疑乎是,

리가 우리 마을에 와서, 여기저기서 마구 큰소리로 외치고, 소란을 피우는데, 그처럼 떠들어대어 놀라게 하면, 비록 닭이나 개라도 편할 수가 없습니다.

【悍吏(hàn lì)】: 흉악한 관리. 【叫囂(jiào xiāo)】: 마구 큰소리치다. 【乎】: 於, …에서. 【東西…南北】: 여기저기. 【隳突(huī tū)】: (마구 부수며) 소란을 피우다. 【譁(huá)然】: 시끄럽게 떠드는 모양. 【駭(hài)】: 놀라게 하다. 【…者】: [어기사] …한다면, …하면. ※앞 구의 마지막에 위치하여 가정을 제시하며, 때로는 「若不得者, 則…」처럼 연사 若・卽 등과 호응하여 쓴다. 【雖】: 비록 …라 해도. 【不得】: 不能, …할 수 없다.

20) 吾恂恂而起, 視其缶, 而吾蛇尙存, 則弛然而臥。→ 나는 조심스럽게 일어나, 항아리를 보고, 나의 뱀이 그대로 있으면, 안심하고 잠자리에 듭니다.

【恂(xún)恂】: 조심하는 모양. 【缶(fǒu)】: 항아리, 질 그릇. 【弛(chí)然】: 안심하는 모양.

21) 謹食之, 時而獻焉。→ 조심스럽게 뱀을 기르다가, 때가 되면 바칩니다.

【謹(jǐn)】: 삼가다, 조심하다. 【食(sì)】: 飼, 사육하다, 기르다. 【之】: [대명사] 이것, 즉 「뱀」. 【時】: 때, 즉 「뱀을 바치는 시기」.

22) 退而甘食其土之有, 以盡吾齒。→ (그래야만) 돌아와 그 땅에서 거둔 농작물을 맛있게 먹고, 그럼으로써 나의 수명을 다할 수가 있습니다.

【甘食】: 맛있게 먹다. 【有】: 생산되는 농작물. 【齒(chǐ)】: 나이, 수명.

23) 蓋一歲之犯死者二焉, 其餘則熙熙而樂, 豈若吾鄉隣之旦旦有是哉? → 대략 일 년 중 죽음을 무릅쓰는 경우는 두 번 정도이고, 그 나머지는 유쾌하게 지내는데, 어찌 날마다 이런 일이 있는 이웃과 같겠습니까?

【蓋】: 대략. 【熙(xī)熙】: 즐거운 모양, 유쾌한 모양. 【若】: 마치 …같다. 【旦旦】: 날마다. 【是】: [대명사] 이것. 즉 「고통당하는 일」.

24) 今雖死乎此, 比吾鄉隣之死則已後矣, 又安敢毒耶? → 지금 설사 이 일을 하다가 죽는다 해도, 우리 마을 이웃 사람들의 죽음에 비하면, 이미 오래 사는 것이니, 또 어찌 감히 원망을 하겠습니까?」

【死乎此】: 여기에서 죽다. 즉 「이 일을 하다가 죽다」의 뜻. 【則已後矣】: 이미 나중의 일이다. 즉 「이웃사람들보다 오래 살다」의 뜻. 【安敢】: 어찌 감히. 【毒】: 원망하다, 원한을 품다.

25) 余聞而愈悲。→ 나는 그 말을 듣고 더욱 슬퍼졌다.

今以蔣氏觀之，猶信。[27] 嗚呼！孰知賦斂之毒，有甚是蛇者乎？[28]

故爲之說，以俟夫觀人風者得焉。[29]

【愈(yù)】：더욱.

26) 孔子曰：「苛政猛於虎也!」→ 孔子가 말하길：「혹독한 정치가 호랑이 보다 더 사납도다!」라고 했다.

※≪禮記・檀弓下≫：「공자가 태산 옆을 지나는데, 한 부인이 묘에서 울며 슬퍼하는 것을 보고, 공자가 수레 앞의 가로막대에 의지하여 절하고 나서, 子路를 시켜 그 부인에게 물었다：『당신이 우는 것을 보니, 매우 깊은 근심이 있는 듯하군요.』 부인이 울고 나서 대답했다：『예, 전에 저의 할아버지가 호랑이에게 물려 죽고, 저의 남편도 또 물려 죽고, 지금 저의 아들 역시 물려 죽었어요.』 공자가 말했다：『어째서 이곳을 떠나지 않는가요?』 부인이 대답했다：『가혹한 정치가 없으니까요.』 공자가 (제자들에게) 말했다：『너희들은 알아두어라, 가혹한 정치가 호랑이보다 더욱 사납다는 것을.』」(孔子過泰山側，有婦人哭於墓者而哀，夫子式而聽之. 使子路問之曰：『子之哭也，壹似重有憂者.』 而曰：『然，昔者吾舅死於虎，吾夫又死焉，今吾子又死焉.』 夫子曰：『何爲不去也?』 曰：『無苛政.』 夫子曰：『小子識之，苛政猛於虎.』)

【苛(kē)政】：가혹한 정치. 【猛(měng)於…】：…보다 사납다.

27) 吾嘗疑乎是，今以蔣氏觀之，猶信。→ 나는 일찍이 이런 말에 대해 의심을 했지만, 지금 장씨의 경우를 가지고 보니, 더욱 믿음이 간다.

【嘗】：일찍이. 【疑乎】：…에 대해 의심하다. 「乎」：於，…에 대해. 【是】：[대명사] 이것, 즉 「가혹한 정치가 호랑이보다 더욱 사나운 것.」 【以】：…을 가지고, …을 근거로. 【猶(yóu)】：尤, 더욱.

28) 嗚呼！孰知賦斂之毒，有甚是蛇者乎？→ 아! 부세 징수의 해독이, 이 독사보다 더욱 심하다는 것을 누가 알았겠는가?

【嗚呼】：[감탄사] 아! 【孰】：누구. 【賦斂(fù liǎn)】：부세의 징수. 【甚】：심하다. 【是】：此, 이.

29) 故爲之說，以俟夫觀人風者得焉。→ 그래서 이 ≪포사자설≫을 써서, 民情을 관찰하는 사람이 알게 되기를 바란다.

【爲(wéi)之說】：이 ≪說≫을 쓰다. 「爲」：쓰다, 짓다. 「之」：此, 이. 「說」：≪捕蛇者說≫. 【俟(sì)】：기대하다, 바라다. 【夫】：그, 저. 【觀人風者】：民情을 살피는 사람. ※원래 「民風」이라고 써야 하나 唐나라가 李世民의 「民」자를 피해 「人」자를 사용했다. 【得】：알다.

■ | 번역문

뱀 잡는 사람 이야기

영주(永州)의 들판에는 기이한 뱀이 난다. 검은 바탕에 흰색 무늬를 하고 있는데, 초목이 (뱀의 몸에) 닿으면 모두 죽어버리고, 사람을 물었다 하면 이를 치료 할 방법이 없다. 그러나 (이 뱀을) 잡아 그것을 바람에 말려 약재로 만들면 문둥병・손과 발이 오그라드는 병・목이 붓는 병・악성 종기를 치료하고, 썩은 살을 제거하며 몸속의 여러 가지 기생충을 죽일 수 있다. 처음에는 어의(御醫)가 왕명에 따라 이 뱀을 모아 해마다 두 번씩 징수하고, 뱀 잘 잡는 사람을 모집하여 그 사람에 대한 세수(稅收)로 간주했다. 영주 사람들은 다투어 달려 나가 뱀을 잡았다.

장씨(蔣氏)라는 사람이 있는데, 그 이익을 삼대에 걸쳐 누리고 있다. 그 일에 대해 묻자 장씨가 대답하길 : 「나의 할아버지가 이 일을 하다가 돌아가시고, 나의 아버지도 이 일을 하다가 돌아가셨으며, 지금 내가 이 일을 계승하여 12년을 하는 동안 거의 죽을 번 한 적이 여러 번 있습니다.」라고 했다. 말을 하면서 모습은 마치 매우 슬퍼하는 듯이 보였다. 나는 그를 불쌍히 여기면서 또한 : 「당신은 이 일을 원망하는가? 내가 곧 담당관에게 말해 당신의 노역을 바꾸어 당신의 부세(賦稅)를 원래대로 회복시키면 어떻겠는가?」라고 물었다. 장씨가 매우 슬퍼서 눈물을 줄줄 흘리며 말했다 : 「선생께서 나를 불쌍히 여겨 살려 주려고 하는 것인가요? 그렇다면 내가 이 일을 하는 불행은 내가 부세를 원상회복하여 겪는 불행처럼 심하지는 않습니다. (만일) 애당초 내가 이 일을 하지 않았다면 오래 전에 이미 고통을 견디지 못했을 것입니다. 우리 집안 삼대가 이 고장에 살 때부터 지금까지 합산해 보면 60년이 되었지만, 그러나 마을 이웃 사람들의 생활은 날로 어려워졌습니다. 그 땅에서 생산된 것은 다 바닥이 나고, 그 집안의 수입은 벌써 다 써버렸습니다. 울부짖으며 이리저리 떠돌다가 굶주린 끝에 길에 쓰러집니다. 비바람을 맞고 추위와 더위를 무릅쓰며 악성 전염병을 흡입하여, 왕왕 죽은 사람들이 서로 포개져 있습니다. 이전에 나의 할아버지와 함께 살던 사람은 지금 열 집 가운데 한 집도 없고, 나의 아버지와 함께 살던 사람은 지금 열 집 가운데 두 세 집이 안 되며, 나와 함께 12년을 살아온 사람은 지금 열 집 가운데 네 다섯 집이 안 됩니다. (모두가) 죽지 않으면 이사했지만, 나는 뱀 잡는 일 때문에 홀로 이곳에 남아 살고 있습니다. 흉악한 관리가 우리 마을에 와서 여기저기서 마구 큰소리로 외치고 소란을 피우는데, 그처럼 떠들어대어 놀라게 하면 비록 닭이나 개라도 편할 수가 없습니다. 나는 조심스럽게 일어나 항아리를 보고, 나의 뱀이 그대로 있으면 안심하고 잠자리에 듭니다. 조심스럽게 뱀을 기르다가 때가 되면 바칩니다. (그래야만) 돌아와 그 땅에서 거둔 농작물을 맛있게 먹고, 그럼으로써 나의 수명을 다할 수가 있습니다. 대략 일 년 중 죽음을 무릅쓰는 경우는 두 번 정도이고 그 나머지는 유쾌하게 지내는데, 어찌 날마다 이런 일이 있는 이웃과 같겠습니까? 지금 설사 이 일을 하다가 죽는다 해도 우리 마을 이웃 사람들의 죽음에 비하면 이미 오래 사는 것이니 또 어찌 감히 원망을 하겠습니까?」

나는 그 말을 듣고 더욱 슬퍼졌다. 공자(孔子)가 말하길 : 「혹독한 정치가 호랑이 보다 더 사납도다!」라고 했다. 나는 일찍이 이런 말에 대해 의심을 했지만 지금 장씨의 경우를 가지고 보니 더욱 믿음이 간다. 아! 부세 징수의 해독이 이 독사보다 더욱 심하다는 것을 누가 알았겠는가? 그래서 이 ≪포사자설≫을 써서 민정(民情)을 관찰하는 사람이 알게 되기를 바란다.

■ | 해제(解題) 및 본문요지 설명

본문은 유종원이 영주(永州)로 폄적된 후, 그곳에서 삼대에 걸쳐 땅꾼을 생업으로 하고 있는 장씨(蔣氏) 일가와 그 마을 사람들이 과중한 부세와 노역 및 관리들의 약탈로 인해 비참한 생활을 하는 상황을 목격하고, 백성들을 착취하고 박해하는 통치자들의 죄행을 폭로한 글이다.

본문은 네 단락으로 나눌 수 있는데, 첫째 단락에서는 독사의 용도와 영주 사람들이 이러한 뱀을 잡는 이유를 말했고; 둘째 단락에서는 장씨의 조부와 부친이 모두 뱀에 물려 죽었다는 사실을 통해 장씨가 뱀을 잡는 일이 목숨을 잃을 수 있는 매우 위험한 일이라는 것을 말했고; 셋째 단락에서는 뱀 잡는 일이 목숨을 건 위험한 일임에도 불구하고 장씨가 그 일을 계속하는 이유는 과중한 부세가 오히려 뱀 잡는 일보다 더 두렵기 때문이라는 것을 말했고; 마지막 단락에서는 공자(孔子)의 말을 인용하여 가혹한 정치가 범보다 더 무섭다는 것을 지적했다.

147 종수곽탁타전(種樹郭橐駞傳)

[唐] 柳宗元

■ | 작자

143. 박복수의(駁復讎議) 참조

■ | 원문 및 주석

種樹郭橐駞傳[1)]

郭橐駞, 不知始何名。[2)] 病僂, 隆然伏行, 有類橐駞者, 故鄉人號之駞。[3)] 駞聞之, 曰：「甚善, 名我固當。」[4)] 因捨其名, 亦自

1) 種樹郭橐駞傳 → 나무 심는 사람 郭橐駞 이야기
【種樹(zhòngshù)】: 나무를 심다. 여기서는 「나무 심는 사람」을 가리킨다. 【郭橐駞(guō tuó tuó)】: 성은 郭, 별명은 橐駞. ※「橐駞」: 駱駝. ※판본에 따라서는 「駞」를 「駝」라 했다.

2) 郭橐駞, 不知始何名。→ 郭橐駞는, 원래 이름이 무엇인지 모른다.
【始】: 처음부터, 애당초, 원래.

3) 病僂, 隆然伏行, 有類橐駞者, 故鄉人號之駞。→ (그는) 곱사병을 앓아, 등이 불룩 솟아 허리를 구부리고 다녀 낙타와 비슷했기 때문에, 그래서 마을 사람들은 그를 「橐駞」라 불렀다.
【僂(lóu)】: 곱사등이. 【隆(lóng)然】: 불룩 솟은 모양. 【伏(fú)行】: 허리를 구부리고 다니다. 【類】: 비슷하다, 닮다. 【號(hào)】: 호칭하다, 부르다. 【之】: [대명사] 그, 즉 곽탁타.

謂槖駝云。5)

其鄕曰豐樂鄕，在長安西。6) 駝業種樹，凡長安豪家富人爲觀游及賣果者，皆爭迎取養。7) 視駝所種樹，或移徙，無不活，且碩茂，蚤實以蕃。8) 他植者雖窺伺傚慕，莫能如也。9)

有問之，對曰：「槖駝非能使木壽且孳也，以能順木之天，以致其性焉爾。10) 凡植木之性，其本欲舒，其培欲平，其土欲故，其

---

4) 駝聞之，曰：「甚善，名我固當。」→ 곽탁타가 그 말을 듣고, 말하길：「참 좋군요, 나에게 이러한 이름을 붙이니 정말 잘 어울려요.」라고 했다.

【名】：[동사용법] 이름을 붙이다. 【固】：확실히, 실로, 정말. 【當(dàng)】：알맞다. 잘 어울리다.

5) 因捨其名，亦自謂槖駝云。→ 이로 인해 그 본래의 이름을 버리고, 또한 스스로 탁타라 불렀다.

【因】：이로 인해. 【捨(shè)】：버리다. 【亦】：또, 또한. 【自謂】：스스로 …라고 부르다. 【云】：[어조사].

6) 其鄕曰豐樂鄕，在長安西。→ 그 마을은 豐樂鄕이라 하며，長安 서쪽에 있다.

【長安】：唐의 도읍지. 지금의 섬서성 西安市.

7) 駝業種樹，凡長安豪家富人爲觀游及賣果者，皆爭迎取養。→ 곽탁타는 나무 심는 일을 생업으로 하여 살아가는데, 무릇 나무를 심어 감상하며 즐기려고 하는 長安의 부호들과 과일 장사들이, 모두 다투어 그를 데려가 고용하고자 했다.

【凡】：모든. 【豪家富人】：호족, 지방의 권문세가. 【觀遊】：감상하며 놀다. 【賣果者】：과일 장수. 【爭迎取養】：다투어 데려가 고용하다.

8) 視駝所種樹，或移徙，無不活，且碩茂，蚤實以蕃。→ 곽탁타가 심은 나무를 보면, 간혹 옮겨다 심어도, 살지 않는 것이 없고, 또한 크고 무성하게 자라서, 일찍 열매를 맺고 열매도 풍성하다.

【移徙(yí xǐ)】：옮기다. 【且】：또한. 【碩茂(shí mào)】：크고 무성하게 자라다. 【蚤(zǎo)】：早, 일찍, 빨리. 【以】：[연사] 而. 【蕃(fán)】：열매가 풍성하다.

9) 他植者雖窺伺傚慕，莫能如也。→ 다른 식목인들이 설사 몰래 엿보고 모방해도, 그를 따를 수가 없었다.

【窺伺(kuī sì)】：몰래 엿보다. 【傚慕(xiào mù)】：모방하다, 본뜨다. 【莫能】：不能, …할 수가 없다. 【如】：…보다 낫다, …을 따라잡다, …을 능가하다.

10) 有問之，對曰：「槖駝非能使木壽且孳也，以能順木之天，以致其性焉爾。→ 어떤 사람이 곽탁타에게 묻자, 곽탁타가 대답했다：「내가 나무로 하여금 오래 살고 또

築欲密。11) 既然已，勿動勿慮，去不復顧。12) 其莳也若子，其置也若棄，則其天者全，而其性得矣。13) 故吾不害其長而已，非有能碩而茂之也；不抑耗其實而已，非有能蚤而蕃之也。14) 他植者

한 잘 자라게 할 수 있는 것이 아니라, 나무의 타고난 성질에 따라, 그 본성을 다하게 할 수 있을 뿐입니다.

【之】: [대명사] 그, 즉 곽탁타. 【壽(shòu)】: 장수하다, 오래 살다. 【且】: 또한. 【孳(zī)】: 성장하다, 자라다. 【順】: 따르다, 순응하다. 【天】: 천성, 타고난 성질. 여기서는「나무가 생장하는 타고난 성질」을 말한다. 【致】: 도달하다, 이르다. 【性】: 본성, 습성. 【…焉爾】: …뿐이다.

11) 凡植木之性，其本欲舒，其培欲平，其土欲故，其築欲密。→ 무릇 식목의 본질은, 뿌리가 잘 뻗어야 하고, 培土는 평탄해야하며, 흙은 원래의 것을 많이 사용해야 하고, (심고 나서) 다지기는 견실하게 해야 합니다.

【性】: 성질, 본질. 【本】: 뿌리. 【舒(shū)】: 뻗다. 【培(péi)】: 培土, 뿌리를 흙으로 덮어 주는 일. 【故】: 故土, 즉 나무가 처음 뿌리를 내렸던 흙. 【築(zhù)】: (흙을) 다지다. 【密】: 촘촘하다. 여기서는「심고 나서 견실하게 꼭꼭 밟아 주는 것」을 말한다.

12) 既然已，勿動勿慮，去不復顧。→ 그러한 일을 끝내고 나서는, 건드리지도 말고 걱정하지도 말며, (나무 곁을) 떠나서 다시는 돌보지 않아야 합니다.

【既然已】: 그러한 일을 끝내고 나서.「既」: 이미, …한 이후.「然」: 그러한 일.「已」: 마치다, 끝내다. 【勿】: …하지 말다. 【動】: 건드리다. 【慮】: 걱정하다, 우려하다. 【去】: 떠나다. 【顧(gù)】: 돌보다.

13) 其莳也若子，其置也若棄，則其天者全，而其性得矣。→ 나무를 옮겨 심을 때는 자식을 돌보듯 해야 하지만, 심고 나서 놓아 둘 때는 버린 듯이 하여야만, 그 천성이 보전되고, 그 습성이 잘 발전 할 수 있습니다.

【莳(shí)】: 심다. 【若】: 마치 …같다. 【置】: 놓아두다. 【全】: 보전하다. 【得】: 발전할 수 있다.

14) 故吾不害其長而已，非有能碩而茂之也；不抑耗其實而已，非有能蚤而蕃之也。→ 그래서 나는 나무가 자라는 것을 방해하지 않을 뿐이지, 크고 무성하게 할 수 있는 것이 아니며; 나무가 열매 맺는 것을 억제하거나 감소시키지 않을 뿐이지, 일찍 열매를 맺고 풍성하게 할 수 있는 것이 아닙니다.

【而已】: …뿐. 【碩而茂(shí ér mào)之】: [사동용법] 크게 자라고 무성하게 하다. 【抑耗(yì hào)】: 억제하고 감소시키다. 【蚤(zǎo)】: 早, 이르다. 여기서는「일찍 열매를 맺다」의 뜻. 【蕃(fán)】: 무성하다, 우거지다, 풍성하다.

則不然：根拳而土易；其培之也，若不過焉則不及。15) 苟有能反是者，則又愛之太殷，憂之太勤，旦視而暮撫，已去而復顧。16) 甚者爪其膚以驗其生枯，搖其本以觀其疏密，而木之性日以離矣。17) 雖曰愛之，其實害之；雖曰憂之，其實讎之。故不我若也。吾又何能爲哉?」18)

問者曰：「以子之道，移之官理，可乎?」19) 駝曰：「我知種

---

15) 他植者則不然：根拳而土易；其培之也，若不過焉則不及。→ 다른 사람은 그렇지 않습니다. 뿌리는 구부러지고 흙은 바뀌며; 흙을 돋울 때, 지나치지 않으면 모자라게 합니다.

【拳(quán)】: 굽다, 구불구불하다. 【土易】: 흙이 바뀌다. 【若不…則…】: 만일 …하지 않으면 …하다. 【焉】: [어기사]. 【不及】: 부족하다, 모자라다.

16) 苟有能反是者，則又愛之太殷，憂之太勤，旦視而暮撫，已去而復顧。→ 설사 이렇게 하지 않는 사람이라 해도, 또 나무에 대한 사랑이 너무 도탑고, 나무에 대한 걱정이 너무 지나쳐서, 아침에 보고 저녁에 어루만지며, 이미 떠난 후에도 다시 와서 돌봅니다.

【苟(gǒu)】: 설사, 가령. 【反是者】: 앞에서 말한 상황과 반대인 경우. 【之】: [대명사] 그것, 즉 나무. 【太】: 너무, 몹시. 【殷】: 간절하다, 도탑다. 【勤】: 지나치다.

17) 甚者爪其膚以驗其生枯，搖其本以觀其疏密，而木之性日以離矣。→ 심지어 손톱으로 껍질을 긁어서 생사 여부를 검사하고, 뿌리를 흔들어서 다진 상태를 보기 때문에, 나무의 본성이 날로 부실해집니다.

【爪(zhǎo)】: [동사용법] 손톱으로 긁다. 【膚(fū)】: 나무의 껍질. 【驗(yàn)】: 검사하다, 검증하다. 【生枯(kū)】: 生死. 「枯」: 말라죽다. 【疏(shū)密】: 엉성함과 견실함. 즉 나무를 심고 나서 흙으로 뿌리를 덮고 다진 정도가 엉성한지 견실한지의 여부. 【日以離】: 날로 부실해지다.

18) 雖曰愛之，其實害之；雖曰憂之，其實讎之。故不我若也。吾又何能爲哉?」→ 비록 나무를 사랑한다고 말하지만, 실제로는 나무를 해치는 것이며; 비록 나무를 걱정한다고 말하지만, 실제로는 나무를 증오하는 것입니다. 그래서 (그들은) 나보다 못한 것입니다. 내가 또 무슨 특별한 능력이 있겠습니까?」

【之】: [대명사] 그것, 즉 나무. 【讎(chóu)】: 증오하다, 적대시하다. 【不我若】: 不若我, 나보다 못하다. 【爲】: [어기사] ※句末에 놓여 감탄·의문을 표시한다.

19) 問者曰：「以子之道，移之官理，可乎?」→ 질문한 사람이 말했다：「당신의 방법

樹而已，官理非吾業也。[20] 然吾居鄕，見長人者好煩其令，若甚憐焉，而卒以禍。[21] 旦暮，吏來而呼曰：『官命促爾耕，勖爾植，督爾穫，蚤繅而緖，蚤織而縷，字而幼孩，遂而雞豚。』[22] 鳴鼓而聚之，擊木而召之。[23] 吾小人輟飧饔以勞吏者，且不得暇，又何

을, 官治에 적용한다면, 가능하겠습니까?」

【子】：당신, 그대. 【道】：이치, 방법. 【移】：옮기다. 여기서는「적용하다」의 뜻. 【官理】：官治, 관리의 정치. ※唐의 관습에서 高宗 李治의 이름인「治」자를 忌諱하여「理」자를 썼다.

20) 駝曰：「我知種樹而已，官理非吾業也。→ 곽탁타가 대답했다.「나무 심는 것만을 알 뿐이지, 정치는 나의 본업이 아닙니다.
【而已】：…뿐.

21) 然吾居鄕，見長人者好煩其令，若甚憐焉，而卒以禍。→ 그러나 내가 고을에 살면서, 관리들이 政令을 번거롭게 많이 반포하기를 좋아하는 것을 보면, 마치 백성을 가엽게 여기는 것 같지만, 결국은 화를 가져다줍니다.
【長(zhǎng)人者】：백성을 관리하는 자, 즉「官吏」를 가리킨다. 【好(hào)】：좋아하다. 【煩(fán)】：[동사용법] 번거롭게 많이 반포하다. 【若…焉】：마치 …같다. 【憐(lián)】：가엽게 여기다. 【卒】：결국, 끝내.

22) 旦暮，吏來而呼曰：『官命促爾耕，勖爾植，督爾穫，蚤繅而緖，蚤織而縷，字而幼孩，遂而雞豚。』→ 아침저녁으로, 관리가 와서：『관청에서는 당신들이 밭을 갈도록 재촉하고, 당신들이 나무를 심도록 독려하고, 당신들이 수확하도록 독촉하고, 당신들이 속히 실을 뽑고, 당신들이 속히 베를 짜고, 당신들이 어린 자식을 잘 키우고, 당신들이 닭・돼지를 사육하라는 명을 내렸소.』라고 외쳐댑니다.
【促】：재촉하다. 【爾(ěr)】：너, 당신. 【勖(xù)】：독려하다. 【督】：독촉하다. 【穫(huò)】：수확하다. 【蚤(zǎo)】：일찍, 빨리. 【繅(sāo)】：누에고치에서 실을 뽑다. 【而】：爾, 너, 당신(들). 【緖(xù)】：실. 【織】：짜다, 방직하다. 【縷(lǚ)】：실. 여기서는「布, 베」를 말한다. 【字】：기르다, 양육하다. 【遂(suì)】：사육하다. 【豚(tún)】：돼지.

23) 鳴鼓而聚之，擊木而召之。→ (그러면서) 북을 울려 사람들을 모이게 하고, 딱따기를 치며 사람들을 불러냅니다.
【鳴鼓(míng gǔ)】：북을 울리다.「鳴」：울리다. 【聚(jù)】：모이게 하다. 【之】：[대명사] 그들, 즉 백성. 【擊(jī)木】：딱따기를 치다.「木」：딱따기. ※옛날 야경을 돌때나 군중을 소집할 때 치던 나무로 만든 물건. 【召(zhào)】：부르다, 소집하다.

以蕃吾生而安吾性耶? 故病且怠。[24] 若是, 則與吾業者其亦有類乎?」[25]

問者嘻曰 :「不亦善夫! 吾問養樹, 得養人術。」[26] 傳其事以爲官戒也。[27]

■ | 번역문

나무 심는 사람 곽탁타(郭橐駝) 이야기

곽탁타(郭橐駝)는 원래 이름이 무엇인지 모른다. (그는) 곱사병을 앓아 등이 불룩 솟아 허리를 구부리고 다녀 낙타와 비슷했기 때문에, 그래서

---

24) 吾小人輟飧饔以勞吏者, 且不得暇, 又何以蕃吾生而安吾性耶? 故病且怠。→ 우리 백성들은 아침저녁 식사까지 멈추고 관리들을 접대하는 일만으로도, 여전히 틈을 낼 수가 없는데, 또 무슨 방법으로 우리들의 생산을 늘리고, 우리들의 마음을 편하게 하겠습니까? 그리하여 고통스럽고 또한 피곤합니다.
【小人】: 백성. 【輟(chuò)】: 멈추다, 중단하다. 【飧饔(sūn yōng)】: 저녁밥과 아침밥. 여기서는 동사용법으로 「식사하다」의 뜻. 【勞(láo)】: 위로하다, 접대하다. 【吏者】: 관리, 벼슬아치. 【且】: 여전히, 아직. 【暇(xiá)】: 틈, 겨를. 【何以】: 무슨 방법으로, 어떻게. 【蕃(fán)】: 늘다, 번창하다. 【生】: 생산. 【性】: 심성, 마음. 【病】: 고통스럽다, 괴롭다. 【怠(dài)】: 권태롭다, 피곤하다.

25) 若是, 則與吾業者其亦有類乎?」→ 이와 같으니, 내가 하는 일과 그 또한 비슷한 점이 있겠지요?」
【若是】: 이와 같다. 【吾業者】: 내가 하는 일. 【類】: 유사하다, 비슷하다.

26) 問者嘻曰 :「不亦善夫! 吾問養樹, 得養人術。」→ 질문한 사람이 기뻐하며 :「역시 훌륭하지 않습니까! 나는 나무 키우는 것을 묻다가, 백성을 돌보는 방법까지 터득했습니다.」라고 말했다.
【夫】: [어기사]. 【養人術】: 백성을 돌보는 방법.

27) 傳其事以爲官戒也。→ 그래서 그 일을 기록하여 관리의 계율로 삼는 바이다.
【傳】: 기록하다. 【以爲…】: 以(之)爲…, 이로써 …를 삼다. 【官戒】: 백성을 다스리는 관리의 계율.

마을 사람들은 그를 「탁타(橐駝)」라 불렀다. 곽탁타가 그 말을 듣고 말하길 : 「참 좋군요, 나에게 이러한 이름을 붙이니 정말 잘 어울려요.」라고 했다. 이로 인해 그 본래의 이름을 버리고, 또한 스스로 탁타라 불렀다.

그 마을은 풍락향(豐樂鄕)이라 하며 장안(長安) 서쪽에 있다. 곽탁타는 나무 심는 일을 생업으로 하여 살아가는데, 무릇 나무를 심어 감상하며 즐기려고 하는 장안의 부호들과 과일 장사들이 모두 다투어 그를 데려가 고용하고자 했다. 곽탁타가 심은 나무를 보면 간혹 옮겨다 심어도 살지 않는 것이 없고, 또한 크고 무성하게 자라서 일찍 열매를 맺고 열매도 풍성하다. 다른 식목인들이 설사 몰래 엿보고 모방해도 그를 따를 수가 없었다.

어떤 사람이 곽탁타에게 묻자 곽탁타가 대답했다 : 「내가 나무로 하여금 오래 살고 또한 잘 자라게 할 수 있는 것이 아니라, 나무의 타고난 성질에 따라 그 본성을 다하게 할 수 있을 뿐입니다. 무릇 식목의 본질은 뿌리가 잘 뻗어야 하고 배토(培土)는 평탄해야하며, 흙은 원래의 것을 많이 사용해야 하고 (심고 나서) 다지기는 견실하게 해야 합니다. 그러한 일을 끝내고 나서는 건드리지도 말고 걱정하지도 말며 (나무 곁을) 떠나서 다시는 돌보지 않아야 합니다. 나무를 옮겨 심을 때는 자식을 돌보듯 해야 하지만, 심고 나서 놓아 둘 때는 버린 듯이 하여야만 그 천성이 보전되고 그 습성이 잘 발전 할 수 있습니다. 그래서 나는 나무가 자라는 것을 방해하지 않을 뿐이지 크고 무성하게 할 수 있는 것이 아니며, 나무가 열매 맺는 것을 억제하거나 감소시키지 않을 뿐이지 일찍 열매를 맺고 풍성하게 할 수 있는 것이 아닙니다. 다른 사람은 그렇지 않습니다. 뿌리는 구부러지고 흙은 바뀌며, 흙을 돋울 때 지나치지 않으면 모자라게 합니다. 설사 이렇게 하지 않는 사람이라 해도,

또 나무에 대한 사랑이 너무 도탑고 나무에 대한 걱정이 너무 지나쳐서, 아침에 보고 저녁에 어루만지며 이미 떠난 후에도 다시 와서 돌봅니다. 심지어 손톱으로 껍질을 긁어서 생사 여부를 검사하고 뿌리를 흔들어서 다진 상태를 보기 때문에 나무의 본성이 날로 부실해집니다. 비록 나무를 사랑한다고 말하지만 실제로는 나무를 해치는 것이며, 비록 나무를 걱정한다고 말하지만 실제로는 나무를 증오하는 것입니다. 그래서 (그들은) 나보다 못한 것입니다. 내가 또 무슨 특별한 능력이 있겠습니까?」

질문한 사람이 말했다 :「당신의 방법을 관치(官治)에 적용한다면 가능하겠습니까?」 곽탁타가 대답했다.「나무 심는 것만을 알 뿐이지 정치는 나의 본업이 아닙니다. 그러나 내가 고을에 살면서 관리들이 정령(政令)을 번거롭게 많이 반포하기를 좋아하는 것을 보면, 마치 백성을 가엽게 여기는 것 같지만 결국은 화를 가져다줍니다. 아침저녁으로 관리가 와서 :『관청에서는 당신들이 밭을 갈도록 재촉하고, 당신들이 나무를 심도록 독려하고, 당신들이 수확하도록 독촉하고, 당신들이 속히 실을 뽑고, 당신들이 속히 베를 짜고, 당신들이 어린 자식을 잘 키우고, 당신들이 닭・돼지를 사육하라는 명을 내렸소.』라고 외쳐댑니다. (그러면서) 북을 울려 사람들을 모이게 하고, 딱따기를 치며 사람들을 불러냅니다. 우리 백성들은 아침저녁 식사까지 멈추고 관리들을 접대하는 일만으로도 여전히 틈을 낼 수가 없는데, 또 무슨 방법으로 우리들의 생산을 늘리고 우리들의 마음을 편하게 하겠습니까? 그리하여 고통스럽고 또한 피곤합니다. 이와 같으니, 내가 하는 일과 그 또한 비슷한 점이 있겠지요?」

질문한 사람이 기뻐하며 :「역시 훌륭하지 않습니까! 나는 나무 키우는 것을 묻다가 백성을 돌보는 방법까지 터득했습니다.」라고 말했다. 그래서 그 일을 기록하여 관리의 계율로 삼는 바이다.

■ | 해제(解題) 및 본문요지 설명

본문은 작자가 나무 심는 이치를 빌려 정치가 백성을 혼란에 빠뜨려서는 안 된다는 것을 설명한 글이다.

본문은 다섯 단락으로 나눌 수 있는데, 첫째 단락에서는 곽탁타라는 이름의 유래를 설명했고; 둘째 단락에서는 곽탁타의 나무 심는 기법을 다른 사람이 따르지 못하는 바에 대해 말했고; 셋째 단락에서는 나무를 심는 데 있어서 가장 중요한 점은, 나무의 타고난 성질에 따라 그 본성을 다하게 하는데 있다는 것을 말했고; 넷째 단락에서는 위정자들이 백성을 혼란에 빠뜨리는 상황이 마치 나무를 심을 줄 모르는 사람이 나무를 심는 것과 같다는 것을 말했고; 마지막 단락에서는 곽탁타전을 지은 작자의 본뜻을 밝혔다.

요컨대 작자는 나무 심는 이치를 구체적으로 서술하여, 단지 나무를 심는 것뿐만 아니라 백성을 다스리는 방법도 이와 같다는 것을 밝힘으로써 위정자들의 반성을 촉구했다.

148 재인전(梓人傳)

[唐] 柳宗元

■ | 작자

143. 박복수의(駁復讎議) 참조

■ | 원문 및 주석

梓人傳[1)]

裴封叔之第，在光德里。有梓人款其門，願傭隙宇而處焉。[2)] 所職，尋、引、規、矩、繩、墨，家不居礱斲之器。[3)] 問其能，

1) 梓人傳 → 梓人 이야기

【梓(zǐ)人】: 大木, 건축사. ※≪周禮·考工記≫의 기록에 의하면 木工은 7種이 있는데 梓人이 그 중 하나이다. 재인이 주로 하는 일은 가래나무를 가지고 樂器·食器·과녁 등을 만드는 일이다. 여기서는 「대목, 건축사」를 가리킨다.

2) 裴封叔之第，在光德里。有梓人款其門，願傭隙宇而處焉。→ 裴封叔의 집은, 光德里에 있다. 어느 재인이 그 집 문을 두드리며, 빈 방에 세 들어 살기를 원했다.

【裴封叔】: [인명] 배봉숙. 이름은 瑾, 자는 封叔. 河東 聞喜[지금의 산서성 聞喜縣] 사람으로 長安縣令을 지냈으며, 유종원의 姊兄이다. 【第】: 집, 주택. 【光德里】: 唐代 長安의 동네 이름. 지금의 섬서성 西安市 서남쪽. 【款(kuǎn)】: 두드리다. 【傭(yōng)】: 품을 팔다. 여기서는 「(품값을 가지고 방세를 대신하는 방식으로) 세를 들다」의 뜻. 【隙(xì)宇】: 빈 방. 「隙」: 隙. 「宇」: 방. 【處(chǔ)】: 살다, 거주하다. 【焉(yān)】: [문미조사].

曰：「吾善度材。視棟宇之制，高深圓方短長之宜，吾指使而群工役焉。[4] 捨我，衆莫能就一宇。故食於官府，吾受祿三倍；作於私家，吾收其直太半焉。」[5]

他日，入其室，其床闕足而不能理，曰：「將求他工。」[6] 余甚笑之，謂其無能而貪祿嗜貨者。[7]

---

3) 所職，尋、引、規、矩、繩、墨，家不居礱斲之器。→ 그가 가지고 있는 도구는, 긴 자와 짧은 자・그림쇠와 곱자・먹줄과 먹통 뿐, 집에는 갈거나 베고 깎는 도구는 두지 않았다.

【職】：관장하다, 맡아 다스리다. 여기서는 「가지고 있는 도구」를 말한다. 【尋、引】：[길이의 단위] 8尺을 尋, 1丈을 引이라 하는데, 여기서는 길이를 재는 도구로 「長尺」과 「短尺」을 가리킨다. 【規】：그림쇠, 원을 그리는 도구. 【矩(jǔ)】：곱자, 네모를 그리는 도구. 【繩(shéng)墨】：먹줄과 먹통. 직선을 그릴 때 사용하는 도구로 먹통에 먹줄이 딸려 있다. 【居】：두다. 【礱斲(lóng zhuó)之器】：(숫돌이나 칼・도끼 등) 갈고 베고 깎는 도구. 「礱」：磨, 갈다. 「斲」：斫, 베다, 깎다.

4) 問其能，曰：「吾善度材。視棟宇之制，高深圓方短長之宜，吾指使而群工役焉。→ 그의 특기를 물으니, 대답했다：「나는 목재를 측량하는 일에 능합니다. 집의 규모를 보아, 높고 깊고 둥글고 모나고 길고 짧은 모양에 알맞도록, 내가 지휘하고 목공들이 일을 합니다.

【能】：특기, 재능. 【度】：재다, 측량하다. 【材】：목재. 【棟(dòng)宇】：집, 건물. 【制】：규모, 규격. 【宜】：알맞은 정도. 【指使】：지휘하다, 지시하다. 【役】：일하다.

5) 捨我，衆莫能就一宇。故食於官府，吾受祿三倍；作於私家，吾收其直太半焉。」→ 내가 없으면, 그들은 한 채의 집도 지을 수가 없습니다. 그래서 관부에 고용되면, 내가 (다른 사람보다) 세 배의 임금을 받고, 개인의 집에서 일하면, 내가 전체 품삯의 절반을 거두어갑니다.」

【捨(shě)】：버리다, 포기하다. 【莫能…】：…할 수 없다. 【就】：완성하다. 【食】：고용되다. 【祿(lù)】：임금, 급료. 【直】：値, 품삯, 임금. 【太半】：절반. ※판본에 따라서는 「太」를 「大」라 했다.

6) 他日，入其室，其床闕足而不能理，曰：「將求他工。」→ 어느 날, 그의 침실에 들어가 보니, 그의 침대에 다리가 없는데 수리를 하지 못하고, 나에게 말했다：「다른 목공을 구해서 고치려고 합니다.」

【闕(quē)足】：다리가 모자라다. 「闕」：缺. 【理】：수리하다. 【將】：(장차) …하려 하다.

7) 余甚笑之，謂其無能而貪祿嗜貨者。→ 나는 매우 그를 비웃으며, 능력도 없이 임금

其後，京兆尹將飾官署，余往過焉。委群材，會衆工。[8] 或執斧斤，或執刀鋸，皆環立嚮之。梓人左持引，右執杖，而中處焉。[9] 量棟宇之任，視木之能擧，揮其杖曰：「斧!」彼執斧者奔而右。顧而指曰：「鋸!」彼執鋸者趨而左。[10] 俄而，斤者斲，刀者削，皆視其色，俟其言，莫敢自斷者。[11] 其不勝任者，怒而退之，亦莫敢

을 탐하고 재물을 좋아하는 사람이라고 여겼다.

【笑】: 비웃다. 【謂】: …라 여기다, …라고 생각하다. 【貪祿嗜(shì)貨】: 임금을 탐하고 재물을 좋아하다. 「嗜」: 즐기다, 좋아하다.

8) 其後，京兆尹將飾官署，余往過焉。委群材，會衆工。→ 그 후, 京兆尹이 官署를 수리하려고 할 때, 내가 그곳을 지나갔다. 많은 목재가 쌓여 있고, 많은 공인들이 모여 있었다.

【京兆尹】: 京兆府의 府尹. ※오늘날의 서울 시장. 唐代 경조부의 소재지는 長安[지금의 섬서성 西安市]. 【飾(shì)】: 보수하다, 수리하다. 【委(wěi)】: 쌓여있다. 【群材】: 많은 목재. 【會】: 모이다.

9) 或執斧斤，或執刀鋸，皆環立嚮之。梓人左持引，右執杖，而中處焉。→ 어떤 사람은 도끼를 들고, 어떤 사람은 칼과 톱을 들었는데, 모두 둥그렇게 둘러서서 그를 향하고 있었다. 재인은 왼손에 자를 들고, 오른손에 단장을 들고, 중앙에 서 있었다.

【或】: 어떤 사람. 【執(zhí)】: 잡다, 들다. 【斧斤】: 도끼. 【鋸(jù)】: 톱. 【嚮(xiàng)】: 向, 향하다. 【中處】: 중간에 처하다. 즉 「가운데에 서다」.

10) 量棟宇之任，視木之能擧，揮其杖曰：「斧!」彼執斧者奔而右。顧而指曰：「鋸!」彼執鋸者趨而左。→ 집의 하중을 재고, 목재가 감당할 수 있는가를 보아, 단장을 휘두르며: 「도끼!」라고 말하면, 그 도끼를 든 사람이 잽싸게 달려 오른쪽으로 가고, 고개를 돌려 가리키며: 「톱!」이라고 말하면, 톱을 든 사람이 잽싸게 달려 왼쪽으로 갔다.

【任】: 하중, 부하. 【擧(jǔ)】: 감당하다, 견디다. 【揮(huī)】: 휘두르다, 흔들다. 【右】: [동사용법] 오른쪽으로 가다. 【趨(qū)】: 달리다, 빨리 가다. 【左】: [동사용법] 왼쪽으로 가다.

11) 俄而，斤者斲，刀者削，皆視其色，俟其言，莫敢自斷者。→ 잠시 후, 도끼를 든 사람은 내리찍고, 칼을 든 사람은 깎는 일을 하는데, 모두 그의 낯빛을 보며, 그가 분부하는 말을 기다릴 뿐, 감히 자기 주장을 하는 사람이 없었다.

【俄(é)而】: 잠시 후, 조금 있다가. 【削(xuè)】: 깎다. 【色】: 낯빛, 안색, 얼굴빛. 【俟(sì)】: 기다리다. 【莫敢】: 감히 …하지 못하다. 【自斷】: 자기 주장을 하다, 자기 의견을 내다.

慍焉。[12] 晝宮於堵，盈尺而曲盡其制，計其毫釐而構大廈，無進退焉。[13] 既成，書於上棟曰：「某年某月某日某建。」則其姓字也，凡執用之工不在列。[14] 余圜視大駭，然後知其術之工大矣。[15]

繼而嘆曰：彼將捨其手藝，專其心智，而能知體要者歟![16] 吾聞勞心者役人，勞力者役於人，彼其勞心者歟![17] 能者用而智

---

12) 其不勝任者，怒而退之，亦莫敢慍焉。→ 일을 잘해내지 못하는 사람에 대해, 화를 내며 그들을 쫓아내도, 또한 감히 화를 내지 못했다.
【勝任】: 감당하다, 잘해내다. 【退】: [사동용법] 내치다, 쫓아내다. 【慍(yùn)】: 화내다, 성내다.

13) 晝宮於堵，盈尺而曲盡其制，計其毫釐而構大廈，無進退焉。→ 담장에 집의 도면을 그렸는데, 한 자 정도의 크기에 불과했지만 그 규모와 구조를 남김없이 그려냈고, 그 (도면의) 치수를 계산하여 큰 건물을 짓는데, 전혀 오차가 없었다.
【宮】: 집, 건물. 여기서는 「집의 도면」을 말한다. 【堵(dǔ)】: 담장, 벽. 【盈尺】: 한 자 정도의 크기. 【曲盡】: 남김없이 그려내다, 상세히 묘사해 내다. 【制】: 규모와 구조. 【毫釐(háo lí)】: [길이의 단위] 10毫는 1釐. 여기서는 「수치, 치수」를 말한다. 【構(gòu)】: (집을) 짓다. 【大廈(xià)】: 큰 건물. 【進退】: 오차, 차이.

14) 既成，書於上棟曰：「某年某月某日某建。」則其姓字也，凡執用之工不在列。→ 완공하고 나서, 마룻대에 : 「모년 모월 모일 아무개가 짓다」라고 쓰는데, 자기의 이름을 쓰고, 무릇 도구를 들고 직접 일을 한 공인들은 열거하지 않았다.
【既成】: 이미 완성하다. 즉 「완성한 후, 완공하고 나서」. 【上棟(dòng)】: 마룻대, 용마루. 【凡】: 무릇. 【執用之工】: 도구를 들고 직접 일을 한 공인. 【不在列】: 열거하지 않다, 올리지 않다.

15) 余圜視大駭，然後知其術之工大矣。→ 나는 사방을 둘러보고 매우 놀랐다. 그러고 나서 그의 기술이 정교하고 대단하다는 것을 알았다.
【圜(huán)視】: 사방을 둘러보다. 【大駭(hài)】: 매우 놀라다. 【工大】: 정교하고 대단하다.

16) 繼而嘆曰：彼將捨其手藝，專其心智，而能知體要者歟! → 이어서 감탄하며 말했다 : 「그는 틀림없이 자기의 손재주를 포기하고, 마음의 지혜에 전념하여, 사물의 요체를 파악할 수 있는 사람이리라!」
【將】: 반드시, 틀림없이. ※「아마도, 어쩌면」이라 풀이하기도 한다. 【捨(shě)】: 버리다, 포기하다. 【手藝】: 손재주, 손재간. 【體要】: 핵심, 관건, 요체.

17) 吾聞勞心者役人，勞力者役於人，彼其勞心者歟! → 내가 듣기로 머리를 쓰는 자는 사람을 부리고, 힘을 쓰는 자는 사람에게 부림을 당한다고 하는데, 그는 아마

者謀, 彼其智者歟![18] 是足爲佐天子相天下法矣, 物莫近乎此也。[19] 彼爲天下者, 本於人。其執役者, 爲徒隸, 爲鄕師、里胥; 其上爲下士, 又其上爲中士, 爲上士; 又其上爲大夫, 爲卿, 爲公。[20] 離而爲六職, 判而爲百役。外薄四海, 有方伯、連率。郡有守, 邑有宰, 皆有佐政。[21] 其下有胥吏, 又其下皆有嗇夫、版尹以就役焉,

---

도 머리를 쓰는 자이리라!

※≪孟子·滕文公≫:「勞心者治人, 勞力者治於人。」

【勞心者】: 마음을 쓰는 자. 즉「머리를 쓰는 자」. 【役】: 부리다. 【勞力者】: 힘을 쓰는 자. 【役於…】: …에게 부려지다, …에게 부림을 당하다. 【其】: 아마도.

18) 能者用而智者謀, 彼其智者歟! → 기술을 가진 자는 고용되고 지혜를 가진 자는 계책을 내는데, 그는 아마도 지혜를 가진 자이리라!

【能者】: 기능을 보유한 자, 기술을 가진 자. 【用】: [피동용법] 쓰이다, 고용되다. 【謀(móu)】: 계획하다.

19) 是足爲佐天子相天下法矣, 物莫近乎此也。→ 이는 천자를 도와 천하를 다스리는 본보기로 삼기에 충분하며, 이 보다 더 가까운 사례는 없다.

【是】: 이, 이것, 즉「勞心者·勞力者 및 能者·智者의 관계」. 【足爲…】: …로 삼기에 충분하다, 족히 …로 삼을 수 있다. 【佐(zuǒ)】: 돕다, 보좌하다. 【相】: 다스리다. 【法】: 준칙, 본보기. 【物】: 것, 사례.

20) 彼爲天下者, 本於人。其執役者, 爲徒隸, 爲鄕師、里胥; 其上爲下士, 又其上爲中士, 爲上士; 又其上爲大夫, 爲卿, 爲公。→ 천하를 다스리는 자들은, 사람을 다스리는 일에 바탕을 두고 있다. 일을 담당하는 자는, 徒隸이거나, 鄕師·里胥이고; 그 위는 下士이고, 또 그 위는 中士이고, 上士이며; 또 그 위는 大夫이고, 卿이며, 公이다.

【彼】: 그, 저. ※명사 또는 명사구 앞에 놓여 指示 역할을 한다. 문구의 맨 앞에 놓일 경우, 일반적으로 번역할 필요가 없다. 【爲】: 다스리다. 【執(zhí)役】: 직접 일을 하다, 일을 담당하다. 【徒隸(lì)】: 죄를 지어 노역에 충당된 자. 여기서는「노역자」를 가리킨다. 【鄕師、里胥】: 고대의 행정 단위에서 가장 하부 조직인 鄕·里의 하급 관리. 【下士·中士·上士·大夫·卿·公】: 西周시대의 통치 계급은 위로부터 公·卿·大夫·士의 네 계급이 있고, 그 중 士는 上士·中士·下士의 세 계급으로 나뉘어 있었다.

21) 離而爲六職, 判而爲百役。外薄四海, 有方伯、連率。郡有守, 邑有宰, 皆有佐政。→ (이를) 크게 구분하면 여섯 부류의 직종이 되고, 다시 세분하면 수많은 직종이 된다. 京師 이외의 사방 변경에 인접한 지방까지는, 方伯·連率이 있다. 郡

猶衆工之各有執伎以食力也。[22]

彼佐天子相天下者，擧而加焉，指而使焉，條其綱紀而盈縮焉，齊其法制而整頓焉，猶梓人之有規、矩、繩、墨以定制也。[23]

에는 太守가 있고, 縣에는 縣令이 있으며, 모두 보좌역을 거느리고 있다. 【離】: 분리하다, 구분하다. 【六職】: 王公・士大夫・百工・商旅・農夫・婦功 등의 여섯 직종. 【判】: 세분하다. 【百役】: 百官, 모든 관리. 「百」: 수의 많음을 나타낸 말. 【外】: 바깥. 여기서는 「京師以外」를 가리킨다. 【薄(bó)】: 가깝다, 인접하다. 【四海】: 나라의 사방 경계 지역. 【方伯、連率(shuài)】: [관직] 방백과 연솔[연수(連帥)라고도 한다]. ≪禮記・王制≫의 기록에 의하면, 京師로부터 천 리 이내의 토지에서, 백 리 이내의 稅收는 관부의 비용으로 충당하고, 천 리 이내의 세수는 천자의 일상생활 비용으로 충당했다. 경사로부터 천 리 밖은 5國을 1屬으로 하여 屬長을 두고, 10國을 1連으로 하여 連帥를 두고, 30國을 1卒로 하여 卒丁을 두고, 210國을 1州로 하여 方伯을 두어 다스렸다. 당시 전국에는 8개 주, 56개 졸정, 168개 연수, 336개 속장이 있었다. 【守】: 太守. 郡의 우두머리. 【邑】: 읍. 여기서는 「縣」을 가리킨다. 【宰】: 현령. 【佐政】: 정사를 보좌하다. 여기서는 「정사를 보좌하는 사람, 보좌역」을 말한다.

22) 其下有胥吏, 又其下皆有嗇夫、版尹以就役焉, 猶衆工之各有執伎以食力也。→ 그 아래는 胥吏가 있고, 또 그 아래는 모두 嗇夫・版尹이 있어 사무를 처리하는데, 마치 여러 공인들이 각자 기술을 가지고 자기 힘으로 생활하는 것과도 같다. 【胥(xū)吏】: 현령을 도와 문서를 관리하는 하급 관리. 【嗇(sè)夫】: 옛날 향의 우두머리, 鄕長. 【版尹】: 호적을 관리하는 하급 관리. 「版」: 戶籍. 【就役】: 일에 임하다, 사무를 처리하다. 【猶】: 마치 …같다. 【執伎(zhí jì)】: 기술을 가지다, 재능을 지니다. 【食力】: 자기 힘으로 생활하다.

23) 彼佐天子相天下者, 擧而加焉, 指而使焉, 條其綱紀而盈縮焉, 齊其法制而整頓焉, 猶梓人之有規、矩、繩、墨以定制也。→ 천자를 보필하여 천하를 다스리는 재상은, 관리를 천거하여 직무를 맡기고, 그들을 지휘하여, 국가의 법령을 조목별로 나누어 정리하고 또 가감하여, 법제를 통일하고 정비하는데, 이는 마치 梓人이 그림쇠・곱자・먹줄・먹통을 가지고 (집의) 규모와 구조를 결정하는 것과도 같다.
【佐】: 돕다, 보필하다, 보좌하다. 【相】: 다스리다. 【擧】: 천거하다, 추천하다. 【加】: 직무를 맡기다. 【條】: 조목별로 나누어 정리하다. 【綱紀(gāng jì)】: 국가의 법령. 【盈縮(sù)】: 가감하다, 추가하고 삭제하다. 【齊(qí)】: [사동용법] 가지런하게 하다, 통일하다. 【定制】: 규모와 구조를 결정하다.

擇天下之士，使稱其職；居天下之人，使安其業。[24] 視都知野，視野知國，視國知天下，其遠邇細大，可手據其圖而究焉，猶梓人畫宮於堵而績於成也。[25] 能者進而由之，使無所德；不能者退而休之，亦莫敢慍。[26] 不衒能，不矜名，不親小勞，不侵衆官，日與天下之英才討論其大經，猶梓人之善運衆工而不伐藝也。[27] 夫然後

---

24) 擇天下之士，使稱其職；居天下之人，使安其業。→ (재상은) 천하의 인재들을 골라, 그들로 하여금 그 직책에 알맞도록 안배하고; 천하의 백성들을 안정시켜, 그들로 하여금 그 직업에 안심하고 종사하도록 한다.
【擇】: 고르다, 선발하다. 【稱(chèng)】: 알맞다, 적합하다. 【居】: 편안히 살게 하다.

25) 視都知野，視野知國，視國知天下，其遠邇細大，可手據其圖而究焉，猶梓人畫宮於堵而績於成也。→ 都城을 보면 지방을 알고, 지방을 보면 나라를 알고, 나라를 보면 천하를 알아, 그 멀고 가깝고 크고 작은 곳들을, 손에서 지도를 근거로 궁구해 낼 수 있는데, (이는) 마치 재인이 담장에 집 도면을 그려 놓고 집짓는 일을 완성하는 것과도 같다.
【都】: 都城, 도읍. 【野】: (도성 이외의) 지방. 【國】: 나라. 여기서는 제후들의 封國을 가리킨다. 【遠邇(ěr)】: 遠近, 멀고 가까움. 【細大】: 크고 작음. 【據】: 근거하다, 의거하다. 【堵(dǔ)】: 담장. 【績於成】: 업적을 이루다, 일을 완성하다.

26) 能者進而由之，使無所德；不能者退而休之，亦莫敢慍。→ 능력 있는 사람을 추천하여 그를 중용해도, 그로 하여금 사사로운 은덕이라 여기지 않게 하고, 무능한 사람을 내쳐 그를 면직시켜도, 또한 감히 화를 내지 못한다.
【進】: 추천하다, 천거하다. 【由】: 임용하다, 중용하다. 【德】: [동사용법] 은덕이라 여기다. 【休】 멈추게 하다, 정지시키다. 즉 「면직시키다」의 뜻. 【慍(yùn)】: 성내다, 화내다.

27) 不衒能，不矜名，不親小勞，不侵衆官，日與天下之英才討論其大經，猶梓人之善運衆工而不伐藝也。→ (자기의) 능력을 과시하지 않고, (자기의) 이름을 자랑하지 않으며, 사소한 일을 친히 행하지 않고, 여러 관리들의 권한을 침해하지 않으며, 매일 천하의 영재들과 더불어 국가의 대계를 토론하는데, (이는) 마치 재인이 여러 공인들을 능숙하게 부리며 자기의 기예를 자랑하지 않는 것과도 같다.
【衒(xuàn)】: 과시하다, 뽐내다. 【矜(jīn)】: 자랑하다, 뽐내다. 【親】: 친히 행하다, 직접 처리하다. 【小勞】: 사소한 일, 자질구레한 일. 【衆官】: 여러 관리. 여기서는 「여러 관리들의 권한」을 가리킨다. 【大經】: 대원칙, 근본 방침. 【善運】: 능숙하게 부리다. 【伐(fā)】: 과시하다, 자랑하다. 【藝】: 기예, 재능.

相道得而萬國理矣。[28)]

相道旣得, 萬國旣理, 天下擧首而望曰:「吾相之功也!」後之人循跡而慕曰:「彼相之才也!」[29)] 士或談殷、周之理者, 曰伊、傅、周、召 其百執事之勤勞而不得紀焉, 猶梓人自名其功而執用者不列也。[30)] 大哉相乎! 通是道者, 所謂相而已矣。[31)] 其不知體要者反此, 以恪勤爲功, 以簿書爲尊, 衒能矜名, 親小勞, 侵衆

---

28) 夫然後相道得而萬國理矣。→ 대저 그런 다음에 재상의 道가 확립되고 모든 나라가 잘 다스려지는 것이다.

【夫】: [발어사] 무릇, 대저. 【相道】: 재상. 【得】: 확립되다. 【萬國】: 모든 나라, 천하. 【理】: 다스려지다.

29) 相道旣得, 萬國旣理, 天下擧首而望曰:「吾相之功也!」後之人循跡而慕曰:「彼相之才也!」→ 재상의 도가 확립되고, 모든 나라가 잘 다스려지면, 천하 사람들이 머리를 들어 우러러보며:「우리 재상의 공이다!」라 말하고, 후세 사람들도 그의 행적을 좇아 흠모하며:「그것은 재상의 재능이다!」라고 말한다.

【擧首而望】: 머리를 들어 우러러보다. 【循跡(xún jī)】: 행적을 따르다.

30) 士或談殷、周之理者, 曰伊、傅、周、召, 其百執事之勤勞而不得紀焉, 猶梓人自名其功而執用者不列也。→ 선비들이 간혹 殷나라·周나라의 통치자들을 논할 때면, 伊尹·傅說·周公·召公에 대해서는 말을 하지만, 그 나머지 百官의 공로에 대해서는 기록을 하지 않는데, (이는) 마치 재인이 그 공적에 대해 자신의 이름을 올리고 직접 일한 사람들을 올리지 않는 것과도 같다.

【理者】: 통치자, 나라를 다스리는 사람. 【伊】: [인명] 伊尹. 湯王을 보필하여 殷나라의 건국에 공을 세워 재상이 되었다. 【傅(fù)】: [인명] 傅說(부열). 전하는 바에 따르면, 본래 傅岩지방에서 담을 쌓던 노예였으나, 후에 商王 武丁에 의해 대신으로 발탁되어 국정을 다스렸다. 【周】: 周公. 周武王의 동생으로 武王을 도와 周의 건국에 공을 세우고, 후에 成王을 보필하여, 周의 典章制度를 확립하는 데 지대한 역할을 했다. 【召】: 召公. 성은 姬, 이름은 奭. 옛 燕나라의 시조로, 일찍이 周武王을 도와 商을 멸하고, 후에 周公과 함께 成王을 보필했다. 【百執事】: 百官, 모든 관리. 【勤(qín)勞】: 노고, 공로. 【紀】: 기록하다. 【自名】: 자기 이름을 쓰다.

31) 大哉相乎! 通是道者, 所謂相而已矣。→ 위대하도다, 재상이여! 이러한 도리에 정통한 자가, 바로 사람들이 말하는 재상일 뿐이다.

【通】: 정통하다, 잘 알다. 【而已】: …뿐.

官，竊取六職、百役之事，听听於府庭，而遺其大者遠者焉。[32] 所謂不通是道者也，猶梓人而不知繩墨之曲直，規矩之方圓，尋引之短長，姑奪衆工之斧斤刀鋸以佐其藝，又不能備其工，以至敗績，用而無所成也，不亦謬歟?[33]

或曰：「彼主爲室者，儻或發其私智，牽制梓人之慮，奪其世守而道謀是用，雖不能成功，豈其罪耶? 亦在任之而已。」[34]

---

32) 其不知體要者反此，以恪勤爲功，以簿書爲尊，衒能矜名，親小勞，侵衆官，竊取六職、百役之事，听听於府庭，而遺其大者遠者焉。→ 요령을 모르는 자는 이와 반대로 하여, 하찮은 일에 분주한 것을 功으로 여기고, 문서를 존귀한 것으로 간주하여, 능력을 과시하고 이름을 자랑한다. 사소한 일을 친히 행하고, 여러 관리들의 권한을 침해하며, 六職・百官의 일을 절취하여, 조정의 회의석상에서 시끄럽게 다투면서도, 오히려 중대하고 원대한 일을 빠뜨린다.
【體要】: 요령. 【反此】: 이와 반대로 하다. 【恪勤(kè qín)】: 삼가고 부지런하다. 여기서는 「하찮은 일에 분주하다」의 뜻. 【功】: 공, 공적. ※판본에 따라서는 「功」을 「公」이라 했다. 【簿(bù)書】: 문서. 여기서는 동사용법으로 「구체적인 사무에 몰입하다」의 뜻. 【竊(qiè)取】: 절취하다, 훔치다. 【听(yǐn)听】: 다투는 모양. 【府庭】: 조정. 【遺(yí)】: 빠뜨리다, 누락시키다.

33) 所謂不通是道者也，猶梓人而不知繩墨之曲直，規矩之方圓，尋引之短長，姑奪衆工之斧斤刀鋸以佐其藝，又不能備其工，以至敗績，用而無所成也，不亦謬歟? → (이는) 이른바 道에 정통하지 못한 사람으로, 마치 재인으로서 먹줄과 먹통으로 곡선과 직선을 그리고, 그림쇠와 곱자로서 네모와 원을 그리며, 장척과 단척으로 짧고 긴 것을 잰다는 사실조차 모르면서, 잠시 여러 공인들의 도끼・칼・톱을 빼앗아 그들의 일을 돕지만, 또 일을 완성하지 못해, 크게 실패하기에 이르러, 이로 인해 아무것도 이룬 것이 없는 것과 같으니, 이 또한 잘못이 아니겠는가?
【姑(gū)】: 우선, 잠시. 【備】: 완성하다. 【敗績(jī)】: 크게 실패하다. 【用而】: 因而, 이로 인해. 【謬(miù)】: 잘못.

34) 或曰：「彼主爲室者，儻或發其私智，牽制梓人之慮，奪其世守而道謀是用，雖不能成功，豈其罪耶? 亦在任之而已。」→ 어떤 사람이 말했다：「집 짓는 일을 주관하는 사람이, 만일 자기 개인의 지혜를 발휘하여, 재인의 생각을 견제하며, 대대로 전해 내려온 경험을 불신하고 길가는 행인의 의견을 채용한다면, 비록 성공할 수 없다 해도, 어찌 재인의 잘못이라 하겠는가? (잘못은) 역시 행인의 의견을 신임한 데 있을 뿐이다.」

余曰不然。夫繩墨誠陳，規矩誠設，高者不可抑而下也，狹者不可張而廣也。[35)]由我則固，不由我則圮。彼將樂去固而就圮也，則卷其術，默其智，悠爾而去，不屈吾道，是誠良梓人耳。[36)] 其或嗜其貨利，忍而不能捨也；喪其制量，屈而不能守也，棟橈屋壞，則曰 :「非我罪也。」可乎哉？ 可乎哉？[37)]

【主爲室者】: 집 짓는 일을 주관하는 사람, 집을 짓는 주인. 【儻(dǎng)或】: 만일, 만약. 【私智】: 개인의 지혜. 【慮】: 생각, 계획. 【奪(duó)】: 빼앗다, 박탈하다. 즉 「채용하지 않다」의 뜻. 【世守】: 대대로 전해 내려온 경험. 【道謀是用】: [用道謀의 도치형태이며, 是는 어조사] 길가는 사람의 의견을 채용하다. ※이는 즉, 집을 짓는 주인이 재인의 방법을 신임하지 않고 오히려 길가는 사람에게 물어 그 의견을 채택한다는 말로, 전문가를 제쳐두고 비전문가를 신임한 것을 의미한다. 【罪】: 잘못, 허물. 【任之】: 행인의 의견을 신임하다. 「之」: [대명사] 그것, 즉 행인의 의견. 【而已】: …뿐.

35) 余曰不然。夫繩墨誠陳，規矩誠設，高者不可抑而下也，狹者不可張而廣也。→ 나는 그렇지 않다고 말했다. 무릇 먹줄과 먹통이 확실히 놓여지고, 그림쇠와 곱자가 확실히 설치되었다면, 높은 것을 눌러서 낮출 수가 없고, 좁은 것을 펼쳐서 넓힐 수가 없다.
【誠】: 실제로, 확실히. 【陳】: 벌여 놓다, 늘어놓다. 【抑而下】: 눌러서 낮추다. 【張而廣】: 펼쳐서 넓히다.

36) 由我則固，不由我則圮。彼將樂去固而就圮也，則卷其術，默其智，悠爾而去，不屈吾道，是誠良梓人耳。→ 나의 방법대로 하면 견고하고, 나의 방법대로 하지 않으면 무너진다. (그런데도) 주인이 기꺼이 견고하기를 포기하고 무너지는 쪽을 따른다면, (재인은) 자기의 기술을 거두고, 자기의 지혜를 숨겨, 멀리 떠나, 자기의 주장을 굽히지 않아야 하며, 이래야 실로 훌륭한 재인이다.
【由】: …을 따르다, …대로 하다. 【圮(pǐ)】: 무너지다, 쓰러지다. 【樂(lè)去】: 기꺼이 포기하다. 【就】: 따르다, 편에 서다. 【卷(juǎn)】: 거두어들이다. 【默】: 침묵하다. 여기서는 「숨기다, 감추다」의 뜻. 【悠爾(yōu ěr)】: 유유하고 한가로운 모양. 【吾道】: 자기의 주장. 【誠】: 실로, 진정으로. 【良】: 좋은, 우수한, 훌륭한.

37) 其或嗜其貨利，忍而不能捨也；喪其制量，屈而不能守也，棟橈屋壞，則曰 :「非我罪也。」可乎哉？ 可乎哉？→ 혹시 재물을 탐하여, (주인의 잘못을) 용인하고 (그 일을) 포기하지 못하며; 자기의 계획을 상실하고, (주인에게) 굽혀가며 (자기의 주장을) 고수하지 못하다가, 마룻대가 부러지고 집이 무너진 다음에, 「나의 잘못이

余謂梓人之道類於相, 故書而藏之。[38] 梓人, 蓋古之審曲面勢者, 今謂之「都料匠」云。余所遇者, 楊氏, 潛其名。[39]

■ | 번역문

재인(梓人) 이야기

배봉숙(裴封叔)의 집은 광덕리(光德里)에 있다. 어느 재인(梓人)이 그 집 문을 두드리며 빈 방에 세 들어 살기를 원했다. 그가 가지고 있는 도구는 긴 자와 짧은 자 · 그림쇠와 곱자 · 먹줄과 먹통 뿐, 집에는 갈거나 베고 깎는 도구는 두지 않았다. 그의 특기를 물으니 대답했다 : 「나는 목재를 측량하는 일에 능합니다. 집의 규모를 보아 높고 깊고 둥글고 모나고 길고 짧은 모양에 알맞도록 내가 지휘하고 목공들이 일을 합니다. 내가 없으면 그들은 한 채의 집도 지을 수가 없습니다. 그래서 관부

아니다」라고 말한다면, 가당한 일인가? 가당한 일인가?

【其或】 : 혹시, 혹여. 【嗜(shì)】 : 좋아하다, 즐기다, 탐하다. 【貨利】 : 재물. 【捨】 : 버리다, 포기하다. 【喪】 : 잃다, 상실하다. 【制量】 : 계획, 방식. 【橈(náo)】 : 부러지다. 【壞(huài)】 : 무너지다. 【罪】 : 잘못, 과실.

38) 余謂梓人之道類於相, 故書而藏之。→ 나는 재인의 도리가 재상과 비슷하다고 생각하여, 그래서 이를 글로 써서 보존한다.
【謂】 : …라고 생각하다. 【類於】 : …와 흡사하다, …와 비슷하다. 【書】 : [동사용법] 글을 쓰다. 【藏(cáng)】 : 보존하다.

39) 梓人, 蓋古之審曲面勢者, 今謂之「都料匠」云。余所遇者, 楊氏, 潛其名。→ 재인은, 옛날에 목재가 굽고 곧은 형세를 살피는 자로서, 오늘날에는 이를 「都料匠」이라고 부른다. 내가 만난 사람은, 楊氏이고, 그의 이름은 潛이다.
【蓋】 : 대체로. 【審曲面勢】 : 목재의 굽고 곧은 형세를 살피다. 「審」 : 살피다. 「面」 : 관찰하다. 【謂】 : …라고 부르다, …라고 일컫다. 【都料匠】 : 大木匠, 목공의 우두머리.

에 고용되면 내가 (다른 사람보다) 세 배의 임금을 받고, 개인의 집에서 일하면 내가 전체 품삯의 절반을 거두어갑니다.」

어느 날 그의 침실에 들어가 보니, 그의 침대에 다리가 없는데 수리를 하지 못하고 나에게 말했다 : 「다른 목공을 구해서 고치려고 합니다.」 나는 매우 그를 비웃으며 능력도 없이 임금을 탐하고 재물을 좋아하는 사람이라고 여겼다.

그 후, 경조윤(京兆尹)이 관서(官署)를 수리하려고 할 때 내가 그곳을 지나갔다. 많은 목재가 쌓여 있고 많은 공인들이 모여 있었다. 어떤 사람은 도끼를 들고 어떤 사람은 칼과 톱을 들었는데, 모두 둥그렇게 둘러서서 그를 향하고 있었다. 재인은 왼손에 자를 들고, 오른손에 단장을 들고 중앙에 서 있었다. 집의 하중을 재고 목재가 감당할 수 있는가를 보아 단장을 휘두르며 : 「도끼!」라고 말하면 그 도끼를 든 사람이 잽싸게 달려 오른쪽으로 가고, 고개를 돌려 가리키며 : 「톱!」이라고 말하면 톱을 든 사람이 잽싸게 달려 왼쪽으로 갔다. 잠시 후, 도끼를 든 사람은 내리찍고 칼을 든 사람은 깎는 일을 하는데, 모두 그의 낯빛을 보며 그가 분부하는 말을 기다릴 뿐, 감히 자기 주장을 하는 사람이 없었다. 일을 잘해내지 못하는 사람에 대해 화를 내며 그들을 쫓아내도 또한 감히 화를 내지 못했다. 담장에 집의 도면을 그렸는데, 한 자 정도의 크기에 불과했지만 그 규모와 구조를 남김없이 그려냈고, 그 (도면의) 치수를 계산하여 큰 건물을 짓는데 전혀 오차가 없었다. 완공하고 나서 마룻대에 : 「모년 모월 모일 아무개가 짓다」라고 쓰는데, 자기의 이름을 쓰고, 무릇 도구를 들고 직접 일을 한 공인들은 열거하지 않았다. 나는 사방을 둘러보고 매우 놀랐다. 그러고 나서 그의 기술이 정교하고 대단하다는 것을 알았다.

이어서 감탄하며 말했다 :「그는 틀림없이 자기의 손재주를 포기하고 마음의 지혜에 전념하여 사물의 요체를 파악할 수 있는 사람이리라!」 내가 듣기로 머리를 쓰는 자는 사람을 부리고 힘을 쓰는 자는 사람에게 부림을 당한다고 하는데, 그는 아마도 머리를 쓰는 자이리라! 기술을 가진 자는 고용되고 지혜를 가진 자는 계책을 내는데, 그는 아마도 지혜를 가진 자이리라! 이는 천자를 도와 천하를 다스리는 본보기로 삼기에 충분하며, 이 보다 더 가까운 사례는 없다. 천하를 다스리는 자들은 사람을 다스리는 일에 바탕을 두고 있다. 일을 담당하는 자는 도예(徒隸)이거나 향사(鄕師)·이서(里胥)이고, 그 위는 하사(下士)이고, 또 그 위는 중사(中士)이고 상사(上士)이며; 또 그 위는 대부(大夫)이고 경(卿)이며 공(公)이다. (이를) 크게 구분하면 여섯 부류의 직종이 되고, 다시 세분하면 수많은 직종이 된다. 경사(京師) 이외의 사방 변경에 인접한 지방까지는 방백(方伯)·연솔(連率)이 있다. 군(郡)에는 태수(太守)가 있고 현(縣)에는 현령(縣令)이 있으며, 모두 보좌역을 거느리고 있다. 그 아래는 서리(胥吏)가 있고 또 그 아래는 모두 색부(嗇夫)·판윤(版尹)이 있어 사무를 처리하는데, 마치 여러 공인들이 각자 기술을 가지고 자기 힘으로 생활하는 것과도 같다.

천자를 보필하여 천하를 다스리는 재상은 관리를 천거하여 직무를 맡기고, 그들을 지휘하여 국가의 법령을 조목별로 나누어 정리하고 또 가감하여 법제를 통일하고 정비하는데, 이는 마치 재인(梓人)이 그림쇠·곱자·먹줄·먹통을 가지고 (집의) 규모와 구조를 결정하는 것과도 같다. (재상은) 천하의 인재들을 골라 그들로 하여금 그 직책에 알맞도록 안배하고, 천하의 백성들을 안정시켜 그들로 하여금 그 직업에 안심하고 종사하도록 한다. 도성(都城)을 보면 지방을 알고 지방을 보면 나라를 알고 나라를 보면 천하를 알아, 그 멀고 가깝고 크고 작은 곳들을 손에서 지도를 근거로 궁구해 낼 수 있는데, (이는) 마치 재인이 담장에 집 도면을 그려 놓고 집짓는 일을 완성하는 것과도 같다. 능력 있는 사람을 추천하여 그를 중용해도 그로 하여금 사사로운 은덕이라 여기지 않게 하고, 무능한 사람을 내쳐 그를 면직시켜도 또한 감히 화를 내지 못한다. (자기의) 능력을 과시하지 않고 (자기의) 이름을 자랑하지 않으며, 사소한 일을 친히 행하지 않고 여러 관리들의 권한을 침해하지 않으며, 매일 천하의 영재들과 더불어 국가의 대계를 토론하는데, (이는) 마치 재인이 여러 공인들을 능숙하게 부리며 자기의 기예를 자랑하지 않는 것과도 같다. 대저 그런 다음에 재상의 도(道)가 확립되고 모든 나라가 잘 다스려지는 것이다.

재상의 도가 확립되고 모든 나라가 잘 다스려지면 천하 사람들이 머리를 들어 우러러보며 : 「우리 재상의 공이다!」라 말하고, 후세 사람들도 그의 행적을 좇아 흠모하며 : 「그것은 재상의 재능이다!」라고 말한다. 선비들이 간혹 은(殷)나라 · 주(周)나라의 통치자들을 논할 때면 이윤(伊尹) · 부열(傅說) · 주공(周公) · 소공(召公)에 대해서는 말을 하지만, 그 나머지 백관(百官)의 공로에 대해서는 기록을 하지 않는데, (이는) 마치 재인이 그 공적에 대해 자신의 이름을 올리고 직접 일한 사람들을 올리지 않는 것과도 같다. 위대하도다, 재상이여! 이러한 도리에 정통한 자가 바로 사람들이 말하는 재상일 뿐이다. 요령을 모르는 자는 이와 반대로 하여, 하찮은 일에 분주한 것을 공으로 여기고, 문서를 존귀한 것으로 간주하여 능력을 과시하고 이름을 자랑한다. 사소한 일을 친히 행하고 여러 관리들의 권한을 침해하며, 육직(六職) · 백관(百官)의 일을 절취하여 조정의 회의석상에서 시끄럽게 다투면서도 오히려 중대하고 원대한 일을 빠뜨린다. (이는) 이른바 도(道)에 정통하지 못한 사람으로, 마치 재인으로서 먹줄과 먹통으로 곡선과 직선을 그리고 그림쇠와 곱자로서 네모와 원을 그리며 장척(長尺)과 단척(短尺)으로 짧고 긴 것을 잰다는 사실조차 모르면서, 잠시 여러 공인들의 도끼·칼·톱을 빼앗아 그들의 일을 돕지만 또 일을 완성할 수 없어 크게 실패하기에 이르러, 이로 인해 아무것도 이룬 것이 없는 것과 같으니, 이 또한 잘못이 아니겠는가?

어떤 사람이 말했다 : 「집 짓는 일을 주관하는 사람이 만일 자기 개인의 지혜를 발휘하여 재인의 생각을 견제하며, 대대로 전해 내려온 경험을 불신하고 길가는 행인의 의견을 채용한다면, 비록 성공할 수 없다 해도 어찌 재인의 잘못이라 하겠는가? (잘못은) 역시 행인의 의견을 신임한 데 있을 뿐이다.」

나는 그렇지 않다고 말했다. 무릇 먹줄과 먹통이 확실히 놓여지고 그림쇠와 곱자가 확실히 설치되었다면, 높은 것을 눌러서 낮출 수가 없고 좁은 것을 펼쳐서 넓힐 수가 없다. 나의 방법대로 하면 견고하고, 나의 방법대로 하지 않으면 무너진다. (그런데도) 주인이 기꺼이 견고하기를 포기하고 무너지는 쪽을 따른다면 (재인은) 자기의 기술을 거두고 자기의 지혜를 숨겨, 멀리 떠나 자기의 주장을 굽히지 않아야 하며, 이래야 실로 훌륭한 재인이다. 혹시 재물을 탐하여 (주인의 잘못을) 용인하고 (그 일을) 포기하지 못하며, 자기의 계획을 상실하고 (주인에게) 굽혀가며 (자기의 주장을) 고수하지 못하다가 마룻대가 부러지고 집이 무너진 다음에 「나의 잘못이 아니다」라고 말한다면 가당한 일인가? 가당한 일인가?

나는 재인의 도리가 재상과 비슷하다고 생각하여, 그래서 이를 글로 써서 보존한다. 재인은 옛날에 목재가 굽고 곧은 형세를 살피는 자로서, 오늘날에는 이를 「도료장(都料匠)」이라고 부른다. 내가 만난 사람은 양씨

(楊氏)이고 그의 이름은 잠(潛)이다.

■ | 해제(解題) 및 본문요지 설명

본문은 재인(梓人)이 집을 설계하여 목재를 선택하고 목공들을 지휘하여 건물을 완성하는 이치를 빌려 천자를 도와 나라를 다스리는 재상의 치국지도(治國之道)를 설명한 글이다.

본문은 아홉 단락으로 나눌 수 있는데, 첫째 단락에서는 작자가 자칭 유능한 재인이라고 한 사람을 만난 일을 서술했고; 둘째 단락에서는 자기 침대의 부러진 다리조차 고치지 못하는 재인을 무능하다고 여긴 작자의 생각을 말했고; 셋째 단락에서는 재인이 목공들을 능숙하게 지휘하며 일하는 상황과 재인의 권위에 대해 말했고; 넷째 단락에서는 재인과 목공의 관계가 마치 재상과 백관(百官)의 관계와 흡사하다는 것을 말했고; 다섯째 단락에서는 재상이 백관을 지휘하는 것이 재인이 목공들을 지휘하는 것과 같을 수 있다면 나라가 잘 다스려질 수 있다는 것을 말했고; 여섯째 단락에서는 재인이 집을 지을 때, 비록 자신이 몸소 손을 쓸 필요가 없다 해도 집을 짓는 방법과 요령을 알아야 하듯이, 재상도 역시 이와 같다는 것을 말했고; 일곱째 단락에서는 집을 짓는 주인이 만일 재인으로 하여금 자기 재능을 발휘할 수 없게 한다면 집을 잘 지을 수가 없는데, 천자가 재상을 대하는 것도 이와 다르지 않다는 것을 말했고; 여덟째 단락에서는 재인이 집을 지으려면 마땅히 원칙을 견지해야 하는데, 재상이 나라를 다스리는 것도 이와 같다는 것을 말했고; 마지막 단락에서는 작자가 이 글을 지은 이유와 재인의 성명을 말했다.

149 우계시서(愚溪詩序)

[唐] 柳宗元

■ | 작자

143. 박복수의(駁復讎議) 참조

■ | 원문 및 주석

愚溪詩序[1)]

灌水之陽有溪焉, 東流入於瀟水。[2)] 或曰 :「冉氏嘗居也, 故姓是溪爲冉溪。」或曰 :「可以染也, 名之以其能, 故謂之染溪。」[3)]

---

1) 愚溪詩序 → 愚溪詩 序文
【愚溪詩】: 柳宗元의 ≪八愚詩≫를 가리킨다. 지금은 망실되어 전하지 않는다.「愚溪」: 唐代 永州 灌陽 灌水의 남쪽[지금의 광서성 灌陽의 灌江 남쪽]에 있는 개울.

2) 灌水之陽有溪焉, 東流入於瀟水。→ 灌水 북쪽에 개울이 있는데, 동쪽으로 흘러 瀟水로 들어간다.
【灌(guàn)水】: [강이름] 湘江의 지류로 지금의 廣西 壯族自治區 동북쪽. 【陽】: (강의) 북쪽. ※강의 북쪽을 陽, 남쪽을 陰이라 하고, 산의 남쪽을 陽, 산의 북쪽을 陰이라 한다. 【瀟(xiāo)水】: [강이름] 湘江의 지류로 호남성 零陵縣에서 湘江으로 흘러 들어간다.

3) 或曰 :「冉氏嘗居也, 故姓是溪爲冉溪。」 或曰 :「可以染也, 名之以其能, 故謂之染溪。」→ 어떤 사람은 :「冉씨가 일찍이 이곳에 살았기 때문에, 그래서 이 개울에 성씨를 붙여 冉溪라 불렀다.」라고 했고; 어떤 사람은 :「(이 물로) 염색을 할 수

余以愚觸罪，謫瀟水上，愛是溪，入二三里，得其尤絶者家焉。[4] 古有愚公谷，今予家是溪，而名莫能定，土之居者，猶齗齗然，不可以不更也，故更之爲愚溪。[5]

愚溪之上，買小丘，爲愚丘。[6] 自愚丘東北行六十步，得泉焉，又買居之，爲愚泉。[7] 愚泉凡六穴，皆出山下平地，蓋上出也。[8]

있기 때문에, 그 기능을 가지고 이름을 지어, 그래서 이를 일러 染溪라 했다.」라고 했다.

【姓】: [동사용법] 성씨를 붙이다. 【名】: [동사용법] 이름을 짓다. 【能】: 기능, 성능.

4) 余以愚觸罪, 謫瀟水上, 愛是溪, 入二三里, 得其尤絶者家焉。→ 나는 우매함으로 인해 죄를 짓고, 瀟水로 폄적되어 왔는데, 이 개울을 좋아하여, 2-3리를 걸어 들어가, 경치가 매우 아름다운 곳을 찾아 집을 짓고 정착했다.

※玄宗이 즉위한 후 작자 유종원은 王叔文 집단에 참여했다가 禮部員外郞에서 물러나 邵州刺史로 좌천되었고, 다시 永州司馬로 폄적되었다.

【以…】: …으로 인하여, …때문에. 【觸罪】: 죄를 짓다. 【謫(zhé)】: 폄적되다, 좌천되다. 【是】: 此, 이. 【得】: 발견하다. 【尤絶】: (경치가) 매우 아름답다. 【家】: [동사용법] 정착하다, 집을 짓고 살다.

5) 古有愚公谷, 今予家是溪, 而名莫能定, 土之居者, 猶齗齗然, 不可以不更也, 故更之爲愚溪。→ 옛날에 愚公谷이라는 계곡이 있었다. 지금 나는 이 개울가에 집을 짓고 살면서, (개울의) 이름을 확정할 수가 없었는데, 이곳의 주민들이, 여전히 계속 논쟁을 벌이고 있어, 바꾸지 않으면 안 되겠기에, 그래서 (내가) 그 이름을 바꾸어 「愚溪」라 했다.

【愚公谷】: [계곡 이름]. ※≪說苑・政理≫의 기록에 의하면, 齊桓公이 어느 계곡으로 사냥을 나갔다가 한 노인을 만나 「여기가 무슨 계곡입니까?」라고 묻자, 노인이 「愚公之谷」이라 대답했다. 전하는 바에 의하면 이 계곡은 지금의 산동성 臨淄縣 서쪽에 있다고 한다. 【家】: [동사용법] 집을 짓고 살다, 거주하다. 【土之居者】: 거주민, 현지에 살고 있는 주민. 「土」: 당지, 현지. 【猶(yóu)】: 여전히, 아직도. 【齗(yín)齗然】: 논쟁이 그치지 않는 모양. 【不可以不】: …하지 않으면 안 되다, …하지 않을 수 없다. 【更】: 변경하다, 바꾸다.

6) 愚溪之上, 買小丘, 爲愚丘。→(나는) 우계 위쪽에, 작은 언덕을 사서, 「愚丘」라 했다.

7) 自愚丘東北行六十步, 得泉焉, 又買居之, 爲愚泉。→ 우구로부터 동북쪽으로 육십 보를 걸어가서, 샘물을 발견하고, 또 사들여 그곳에 거주하며, 「愚泉」이라 했다.

【得】: 발견하다. 【居】: 거처로 만들다. 【之】: [대명사] 그곳, 즉 샘물.

合流屈曲而南，爲愚溝。遂負土累石，塞其隘，爲愚池。[9] 愚池之東爲愚堂，其南爲愚亭，池之中爲愚島。[10] 嘉木異石錯置，皆山水之奇者，以余故，咸以愚辱焉。[11]

夫水，智者樂也。今是溪獨見辱於愚，何哉?[12] 蓋其流甚下，不可以溉灌；又峻急多坻石，大舟不可入也。[13] 幽邃淺狹，蛟龍

---

8) 愚泉凡六穴，皆出山下平地，蓋上出也。→ 우천에는 모두 여섯 개의 샘구멍이 있는데, 모두 산 아래 평지에 노출되어 있고, (샘물이) 위로 솟아나온다.
【凡】: 모두, 도합. 【穴】: 샘구멍, 샘물이 솟아나는 구멍. 【蓋】: [어기사] ※앞의 말을 이어받아 이유나 원인을 설명할 때 사용. 【上出】: 위로 솟아 나오다, 위를 향해 내뿜다.

9) 合流屈曲而南，爲愚溝。遂負土累石，塞其隘，爲愚池。→ 샘물들이 합류하여 구불구불 남쪽으로 흘러, (이를) 「愚溝」라 했다. 그리하여 흙을 지어 나르고 돌을 쌓아, 그 좁은 곳을 막고, (이를) 「愚池」라 했다.
【屈曲】: 구불구불하다. 【南】: [동사용법] 남쪽으로 흐르다. 【遂】: 그리하여. 【負】: 지어 나르다. 【累(lěi)】: 쌓다. 【塞】: 막다. 【隘(ài)】: 좁다.

10) 愚池之東爲愚堂，其南爲愚亭，池之中爲愚島。→ 우지의 동쪽은 「愚堂」이고, 그 남쪽은 「愚亭」이며, 연못의 중앙은 「愚島」이다.

11) 嘉木異石錯置，皆山水之奇者，以余故，咸以愚辱焉。→ 좋은 나무와 기이한 돌들이 엇섞여 널려 있는데, 모두가 산수 중의 기이한 것들이지만, 나로 인해, 모두 다 「愚」자로써 굴욕을 당하고 있다.
【錯置】: 엇섞여 널려 있다. 【以余】: 나로 인해, 나 때문에. 「以」: 因, …로 인해. 【辱(rǔ)】: [피동용법] 굴욕을 당하다. 【焉】: [어조사].

12) 夫水，智者樂也，今是溪獨見辱於愚，何哉? → 대저 물이란, 지혜로운 자가 즐기는 것인데, 지금 이 개울만이 홀로 愚자에 의해 굴욕을 당하고 있는 것은, 무엇 때문인가?
【夫】: [발어사] 대저. 【樂(yào)】: 즐기다. ※≪論語・雍也≫: 「智者樂水，仁者樂山。(지혜로운 자는 물을 좋아하고, 어진 자는 산을 좋아한다.)」 【見辱】: 굴욕을 당하다. ※見+동사=피동형. 【於…】: …에 의해.

13) 蓋其流甚下，不可以溉灌；又峻急多坻石，大舟不可入也。→ 대체로 그 개울은 매우 낮아, 관개에 이용할 수도 없고; 또 물살이 가파르고 작은 모래섬과 돌이 많아, 큰 배가 들어올 수도 없다.
【蓋】: 대체로. 【甚下】: 매우 낮다. 【溉灌(gài guàn)】: 관개하다, 논밭에 물을 대다. ※판본에 따라서는 「溉灌」을 「灌溉」라 했다. 【峻(jùn)急】: (물살이) 가파

不屑，不能興雲雨。無以利世，而適類於余，然則雖辱而愚之，可也。[14)]

寗武子邦無道則愚，智而爲愚者也；顔子終日不違如愚，睿而爲愚者也；皆不得爲眞愚。[15)] 今余遭有道而違於理，悖於事，

르다. 【坻(chí)】 : 작은 모래섬.

14) 幽邃淺狹，蛟龍不屑，不能興雲雨。無以利世，而適類於余，然則雖辱而愚之，可也。→ (뿐만 아니라) 깊숙하고 멀리 외진 곳에 위치한 데다 얕고 좁아, 교룡이 하찮게 여겨 살지 않아, 비와 구름을 일으킬 수가 없다. 세상에 도움을 줄 수 없는 점이, 마치 나와 비슷하니, 그렇다면 비록 그것을 욕보여 愚자를 쓴다 해도, 무방할 것이다.

【幽邃(yōu suì)】 : 깊숙하고 고요하다. 【淺狹(qiǎn xiá)】 : (개울이) 얕고 좁다. 【蛟(jiāo)龍】 : 교룡. ※모양이 뱀과 같고 네 발이 달린 상상의 동물로 물속에 살다가 큰비가 내리면 용이 되어 하늘로 올라간다고 한다. 【不屑(xiè)】 : 하찮게 여기다. 【興(xīng)】 : 일게 하다, 일으키다. 【無以…】 : …할 방법이 없다, …할 수가 없다. 【適】 : 마치. 【類於…】 : …과(와) 비슷하다, …와(과) 닮다. 【然則】 : 그렇다면. 【之】 : [대명사] 그것, 즉 愚溪.

15) 寗武子邦無道則愚，智而爲愚者也；顔子終日不違如愚，睿而爲愚者也；皆不得爲眞愚。→ 寗武子는 나라가 혼란할 때 어리석게 행동했는데, 이는 지혜로운 사람이 어리석은 척한 것이요; 顔子는 하루 종일 스승의 말을 거스르지 않아 마치 바보와 같았는데, 이는 사리에 통달한 사람이 우매한 척한 것으로; 모두 다 진실로 우매하다고 할 수 없다.

※≪論語・公冶長≫ :「子曰 : 寗無子，邦有道則知，邦無道則愚。其知可及也，其愚不可及也。(공자가 말했다 : 영무자는, 나라에 도가 있을 때는 지혜롭게 행동했고, 나라에 도가 없을 때는 어리석게 행동했다. 그 지혜로움은 따라 잡을 수 있어도, 그 어리석음은 따라 잡을 수가 없다.)」

※≪論語・爲政≫ :「子曰 : 吾與回言，終日不違如愚。退而省其私，亦足以發。回也，不愚。(공자가 말했다 : 내가 안회와 더불어 온종일 말을 해도 (안회가) 거스르지 않아 마치 바보 같았는데, 물러난 뒤에 그의 행동을 살펴보니, 역시 족히 실천해 냈다. 안회는 어리석은 사람이 아니다.)」

【寗(níng)武子】 : [인명] 寗兪, 衛나라의 대부로 시호는 武子. 【無道】 : 도가 없다, 혼란하다. 【顔(yán)子】 : [인명] 顔回, 공자의 제자. 【不違(wéi)】 : 거스르지 않다. 즉, 따르기만 하고 다른 의견을 제시하지 않는다는 말. 【睿(ruì)】 : 사리에 통달하다. 【不得】 : 不能, …할 수 없다.

故凡爲愚者，莫我若也。16) 夫然，則天下莫能爭是溪，余得專而名焉。17)

溪雖莫利於世，而善鑒萬類，淸瑩秀澈，鏘鳴金石，能使愚者喜笑眷慕，樂而不能去也。18) 余雖不合於俗，亦頗以文墨自慰，漱滌萬物，牢籠百態，而無所避之。19) 以愚辭歌愚溪，則茫然而不違，昏然而同歸，超鴻蒙，混希夷，寂寥而莫我知也。20) 於是作

---

16) 今余遭有道而違於理，悖於事，故凡爲愚者，莫我若也。→ 지금 나는 태평성대를 만나고도 오히려 도리에 위배되고, 사리에 어긋나게 했다. 그러므로 모든 어리석은 사람들 중에, 나와 같이 어리석은 사람은 없다.

【遭(zāo)】: 만나다. 【有道】: 도가 행해지다, 즉 「태평성대」를 가리킨다. 【悖(bèi)】: 어긋나다. 【莫我若】: 莫若我. 나만한 사람이 없다, 즉 나처럼 어리석은 사람이 없다, 내가 가장 어리석다.

17) 夫然，則天下莫能爭是溪，余得專而名焉。→ 그렇다면, 천하에는 이 개울을 가지고 나와 다툴 사람이 없으니, 내가 이를 독점하고 이름을 지을 수 있다.

【夫然】: 그렇다면. 【得】: 能, …할 수 있다. 【專】: 독점하다.

18) 溪雖莫利於世，而善鑒萬類，淸瑩秀澈，鏘鳴金石，能使愚者喜笑眷慕，樂而不能去也。→ 개울이 비록 세상에 대해 이로운 것이 없다 해도, 그러나 만물을 잘 비추어 주고, 맑고 깨끗하며, 金石과 같은 소리를 내어, 우둔한 사람으로 하여금 기뻐서 얼굴에 웃음꽃을 피우고 그리워하며, 즐거워 떠날 수 없게 한다.

【善鑒(jiàn)】: 잘 비추다. 【萬類】: 만물, 세상의 모든 사물. 【淸瑩秀澈】: 맑고 깨끗하다. 【鏘(qiāng)】: [의성어] 쟁쟁. 금석이 부딪혀 나는 소리. 【鳴(míng)】: 소리를 내다. 【眷慕(juàn mù)】: 아쉬워하다, 그리워하다 【去】: 떠나다.

19) 余雖不合於俗，亦頗以文墨自慰，漱滌萬物，牢籠百態，而無所避之。→ 내가 비록 세속에 영합하지는 못하지만, 또한 나름대로 글로써 자신을 위로하며, 세상의 모든 더러운 것을 씻어내는 데 있어서, 세간의 온갖 형태를 포괄하여, 대상을 기피하는 바가 없다.

【頗(pō)】: 자못, 꽤, 매우. 여기서는 「나름대로, 웬만큼」의 뜻. 【文墨】: 글, 문장. 【漱滌(shù dí)】: 씻어내다, 세척하다. 【牢籠(láo lóng)】: 모든 것을 포괄하다. 【百態(tài)】: 온갖 형태. 【之】: [대명사] 그것, 즉 서술하고자 하는 대상.

20) 以愚辭歌愚溪，則茫然而不違，昏然而同歸，超鴻蒙，混希夷，寂寥而莫我知也。→ 나의 어리석은 문사로 愚溪를 노래하다 보면, 자신도 모르게 (우계와) 서로 거스르지 않으면서, 몽롱한 가운데 서로 하나가 되어, 우주 자연의 혼돈 상태를 벗어

≪八愚詩≫, 紀於溪石上。[21]

■ | 번역문

우계시(愚溪詩) 서문(序文)

관수(灌水) 북쪽에 개울이 있는데 동쪽으로 흘러 소수(瀟水)로 들어간다. 어떤 사람은 : 「염씨(冉氏)가 일찍이 이곳에 살았기 때문에, 그래서 이 개울에 성씨를 붙여 염계(冉溪)라 불렀다.」라고 했고, 어떤 사람은 : 「(이 물로) 염색을 할 수 있기 때문에 그 기능을 가지고 이름을 지어, 그래서 이를 일러 염계(染溪)라 했다.」라고 했다. 나는 우매함으로 인해 죄를 짓고 소수(瀟水)로 폄적되어 왔는데, 이 개울을 좋아하여 2-3리를 걸어 들어가 경치가 매우 아름다운 곳을 찾아 집을 짓고 정착했다. 옛날에 우공곡(愚公谷)이라는 계곡이 있었다. 지금 나는 이 개울가에 집을 짓고 살면서 (개울의) 이름을 확정할 수가 없었는데, 이곳의 주민들이

나, 공허한 경지로 섞여 들어가, 적막한 속에서 무아지경에 이르게 된다.
【愚辭】: 우매한 문사, 즉 「八愚詩」를 가리킨다. 【茫(máng)然】: 망연히, 자신도 모르게. 【不違】: 거스르지 않다. 【昏(hūn)然】: 몽롱한 모양, 혼미한 모양, 정신이 가물가물한 모양. 【同歸】: 서로가 하나로 융화되다. 【鴻蒙(hóng méng)】: 우주 자연의 혼돈 상태. 【希夷】: 공허하고 적막한 경지. ※≪老子≫: 「聽之不聞名曰希, 視之不見名曰夷。(들어도 들리지 않는 것을 이름하여 「希」라 하고, 보아도 보이지 않는 것을 이름하여 「夷」라 한다.)」 【寂寥(jì liáo)】: 적막하다. 【莫我知】: 莫知我, 나 자신을 알지 못하다. 즉 「무아지경에 이르다」의 뜻.

21) 於是作≪八愚詩≫, 紀於溪石上。→ 그리하여 ≪八愚詩≫를 지어, 개울의 돌에 적어 둔다.
【於是】: 이에, 그리하여. 【紀】: 적다, 기록하다. ※판본에 따라서는 「紀」를 「記」라 했다.

여전히 계속 논쟁을 벌이고 있어 바꾸지 않으면 안 되겠기에, 그래서 (내가) 그 이름을 바꾸어 「우계(愚溪)」라 했다.

(나는) 우계 위쪽에 작은 언덕을 사서 「우구(愚丘)」라 했다. 우구로부터 동북쪽으로 육십 보를 걸어가서 샘물을 발견하고, 또 사들여 그곳에 거주하며 「우천(愚泉)」이라 했다. 우천에는 모두 여섯 개의 샘구멍이 있는데, 모두 산 아래 평지에 노출되어 있고 (샘물이) 위로 솟아나온다. 샘물들이 합류하여 구불구불 남쪽으로 흘러 (이를) 「우구(愚溝)」라 했다. 그리하여 흙을 지어 나르고 돌을 쌓아 그 좁은 곳을 막고, (이를) 「우지(愚池)」라 했다. 우지의 동쪽은 「우당(愚堂)」이고 그 남쪽은 「우정(愚亭)」이며 연못의 중앙은 「우도(愚島)」이다. 좋은 나무와 기이한 돌들이 엇섞여 널려 있는데, 모두가 산수 중의 기이한 것들이지만 나로 인해 모두 다 「우(愚)」자로써 굴욕을 당하고 있다.

대저 물이란 지혜로운 자가 즐기는 것인데, 지금 이 개울만이 홀로 우(愚)자에 의해 굴욕을 당하고 있는 것은 무엇 때문인가? 대체로 그 개울은 매우 낮아 관개에 이용할 수도 없고, 또 물살이 가파르고 작은 모래섬과 돌이 많아 큰 배가 들어올 수도 없다. (뿐만 아니라) 깊숙하고 멀리 외진 곳에 위치한 데다 얕고 좁아 교룡(蛟龍)이 하찮게 여겨 살지 않아 비와 구름을 일으킬 수가 없다. 세상에 도움을 줄 수 없는 점이 마치 나와 비슷하니, 그렇다면 비록 그것을 욕보여 우(愚)자를 쓴다 해도 무방할 것이다.

영무자(寧武子)는 나라가 혼란할 때 어리석게 행동했는데, 이는 지혜로운 사람이 어리석은 척한 것이요, 안자(顔子)는 하루 종일 스승의 말을 거스르지 않아 마치 바보와 같았는데, 이는 사리에 통달한 사람이 우매한 척한 것으로, 모두 다 진실로 우매하다고 할 수 없다. 지금 나는 태평성대를 만나고도 오히려 도리에 위배되고 사리에 어긋나게 했다. 그러므로 모든 어리석은 사람들 중에 나와 같이 어리석은 사람은 없다. 그렇다면 천하에는 이 개울을 가지고 나와 다툴 사람이 없으니, 내가 이를 독점하고 이름을 지을 수 있다.

개울이 비록 세상에 대해 이로운 것이 없다 해도, 그러나 만물을 잘 비추어 주고 맑고 깨끗하며 금석(金石)과 같은 소리를 내어, 우둔한 사람으로 하여금 기뻐서 얼굴에 웃음꽃을 피우고 그리워하며 즐거워 떠날 수 없게 한다. 내가 비록 세속에 영합하지는 못하지만, 또한 나름대로 글로써 자신을 위로하며 세상의 모든 더러운 것을 씻어내는 데 있어서, 세간의 온갖 형태를 포괄하여 대상을 기피하는 바가 없다. 나의 어리석은 문사로 우계(愚溪)를 노래하다 보면 자신도 모르게 (우계와) 서로 거스르지 않으면서 몽롱한 가운데 서로 하나가 되어, 우주 자연의 혼돈 상태를 벗어나 공허한 경지로 섞여 들어가 적막한 속에서 무아지경에 이르게 된다. 그리하여 ≪팔우시(八愚詩)≫를 지어 개울의 돌에 적어 둔다.

■ | 해제(解題) 및 본문요지 설명

≪우계시서(愚溪詩序)≫는 시(詩)의 서문인 동시에 독특한 풍격을 지닌 한 편의 유기(遊記)로, 유종원(柳宗元)이 영주사마(永州司馬)로 폄적되고 나서 5년이 지난 헌종(憲宗) 원화(元和) 5년(810)에 쓴 글이다.

유종원은 이때 영주(永州) 관양(灌陽)의 염계(冉溪) 부근에 집을 짓고 살면서 개울의 이름을 우계(愚溪)로 고치고, 자신이 사들인 작은 언덕과 발견한 샘물, 샘에서 흐르는 도랑과 개울을 막아 만든 연못, 축조한 집과

정자 및 연못 가운데의 작은 섬에 이르기까지 모두 「우(愚)」자를 붙여 이름을 지은 다음, 이를 주제로 ≪팔우시(八愚詩)≫를 짓고 여기에 서문을 쓰면서, 모든 이름에 「우(愚)」자를 붙이게 된 경위와 아울러 오랜 폄적생활을 겪으면서 다시 기용되지 못하는 울분을 산수(山水)에 기탁해 표출하였다.

본문은 다섯 단락으로 나눌 수 있는데, 첫째 단락에서는 우계의 본래 이름과 우계라 고친 이유를 설명했고; 둘째 단락에서는 언덕·집·정자·섬 등이 자신의 어리석음으로 인해 「우(愚)」자로 굴욕 당한 것을 말했고; 셋째 단락에서는 세상에 도움을 주지 못하는 우계가 마치 작자 자신과 흡사하다는 것을 말했고; 넷째 단락에서는 우매한 사람 중에 진실로 우매한 자와 거짓으로 우매한 자가 있는데, 작자 자신이야말로 진실로 우매한 자라는 것을 말했고; 마지막 단락에서는 우계는 작자에게 즐거움을 줄 수 있고, 작자는 또 글로써 자신을 위로할 수 있기 때문에, 그래서 ≪팔우시≫를 지어 우계를 노래했다는 것을 밝혔다.

≪팔우시≫는 이미 망실되어 전하지 않는다.

150 영주위사군신당기(永州韋使君新堂記)

[唐] 柳宗元

■ | 작자

143. 박복수의(駁復讎議) 참조

■ | 원문 및 주석

永州韋使君新堂記[1]

將爲穹谷嵁巖淵池於郊邑之中, 則必輦山石, 溝澗壑, 淩絶嶮阻, 疲極人力, 乃可以有爲也。[2] 然而求天作地生之狀, 咸無得

---

1) 永州韋使君新堂記 → 永州 韋使君의 신축 가옥에 대해 적은 글
【永州】: [州이름] 지금의 호남성 零陵縣. 【韋使君】: 韋彪. 憲宗 元和 연간에 永州 刺史를 지냈다. 「使君」: 漢代 이래 州郡의 장관에 대한 존칭. 즉 刺史를 가리킨다. 【新堂】: 새로 지은 집, 신축 가옥.

2) 將爲穹谷嵁巖淵池於郊邑之中, 則必輦山石, 溝澗壑, 淩絶嶮阻, 疲極人力, 乃可以有爲也。 → 교외나 도시에 깊은 계곡 · 절벽 · 깊은 연못을 조성하려면, 반드시 산의 돌을 나르고, 골짜기를 파고, 험준한 곳을 오르고 넘어, 사람의 힘을 다 써야, 비로소 해낼 수가 있다.
【將】: (장차) …하려 하다. 【爲(wéi)】: 조성하다, 만들다. 【穹(qióng)谷】: 깊은 계곡. 【嵁巖(kān yán)】: 절벽, 낭떠러지. 【淵(yuān)池】: 깊은 연못. 【郊邑】: 교외와 도시. 【輦(niǎn)】: 나르다, 운반하다. 【溝(gōu)】: [동사용법] 파다, 굴착하다. 【澗壑(jiàn hè)】: 골짜기. 【淩(líng)絶】: 오르고 넘다. 【嶮阻(xiǎn zǔ)】: 험

焉。3) 逸其人，因其地，全其天，昔之所難，今於是乎在。4)

永州實惟九疑之麓。其始度土者，環山爲城。5) 有石焉，翳於奧草；有泉焉，伏於土塗。蚍虺之所蟠，狸鼠之所游。6) 茂樹惡木，嘉葩毒卉，亂雜而爭植，號爲穢墟。7)

韋公之來，旣逾月，理甚無事。8) 望其地，且異之。使命芟其

준하다. 여기서는 명사 용법으로 「험준한 곳」을 말한다. ※판본에 따라서는 「巘」을 「險」이라 했다. 【疲(pí)極】: (힘을) 다 쓰다, 소진하다. 【乃】: 비로소. 【有爲】: 성공을 거두다, 해내다.

3) 然而求天作地生之狀，咸無得焉。→ 그러나 하늘과 땅이 빚어낸 형상은, 어느 누구도 만들어 낼 수가 없다.
【然而】: 그러나. 【天作地生】: 하늘과 땅이 빚어내다. 【咸】: 모두, 다. 여기서는 「어느 누구도, 아무도」의 뜻. 【無得】: 不能, 즉 「만들어 낼 수 없다」.

4) 逸其人，因其地，全其天，昔之所難，今於是乎在。→ 백성들을 고생시키지 않고, 그 지형에 따라, 그 자연 상태를 보전하는 것은, 옛날에는 참으로 하기 어려운 일인데, 지금 바로 이곳에 펼쳐져 있다.
【逸(yì)】: 안락하다, 편안하다. 즉 「고생시키지 않다」. 【人】: 民, 백성. ※唐代에는 太宗 李世民의 이름자를 忌諱하여 民자 대신 人자를 썼다. 【因】: …에 따라. 【全】: 보전하다. 【天】: 自然. 【於是乎在】: 여기에 있다. 「是」: 이곳, 여기. 여기서는 「永州」를 가리킨다.

5) 永州實惟九疑之麓。其始度土者，環山爲城。→ 永州는 실제로 九疑山 기슭에 위치해 있다. 처음 땅을 측량한 사람이, 산을 빙 둘러 성을 쌓았다.
【九疑】: [산이름] 九疑山. 호남성 寧遠縣 남쪽. 【麓(lù)】: 산기슭, 산자락. 【始】: 처음, 최초. 【度(duó)土】: 토지를 측량하다. 【環(huán)】: 둘러싸다, 에워싸다.

6) 有石焉，翳於奧草；有泉焉，伏於土塗。蚍虺之所蟠，狸鼠之所游。→ 이곳에는 암석이 있지만, 깊은 풀섶에 가려져 있었고; 샘물이 있지만, 진흙 속에 매몰되어 있었다. 독사가 똬리를 틀고; 살쾡이와 쥐가 노닐고 있었다.
【翳(yì)】: 가리다. 【奧草】: 깊은 풀섶. 【伏(fú)】: 숨다, 매몰되다. 【土塗(tú)】: 진흙. 【蚍虺(shé huǐ)】: 독사. ※판본에 따라서는 「蚍」를 「蛇」라 했다. 【蟠(pán)】: 盤, 도사리다, 똬리를 틀다. 【狸鼠(lí shǔ)】: 살쾡이와 쥐.

7) 茂樹惡木，嘉葩毒卉，亂雜而爭植，號爲穢墟。→ 무성한 나무와 잡목, 아름다운 꽃과 독초들이, 어지럽게 뒤섞여 生長을 다투고 있어, 황무지라 불리었다.
【惡(è)木】: 잡목. 【嘉葩(jiā pā)】: 아름다운 꽃. 【毒卉(huì)】: 毒草. 【爭植】: 生長을 다투다. 「植」: 殖. 【號爲…】: …라 불리다.

蕪, 行其塗。積之丘如, 蠲之瀏如。[9] 旣焚旣釃, 奇勢迭出, 淸濁辨質, 美惡異位。[10] 視其植, 則淸秀敷舒; 視其蓄, 則溶漾紆餘。[11] 怪石森然, 周於四隅, 或列或跪, 或立或仆。[12] 竅穴逶邃, 堆阜突怒。乃作棟宇, 以爲觀遊。[13] 凡其物類, 無不合形輔勢, 效伎於堂

---

8) 韋公之來, 旣逾月, 理甚無事。→ 韋公이 부임하고, 한 달이 지난 뒤, 잘 다스려 아무 일도 일어나지 않았다.
【韋公】: 韋彪. 【逾(yú)】: 넘다, 지나다. 【理】: 治, 다스리다. 【甚(shèn)無事】: 아무 일이 없다, 아무 문제도 일어나지 않다.

9) 望其地, 且異之。使命芟其蕪, 行其塗。積之丘如, 蠲之瀏如。→ (위공은) 그 곳을 바라보고, 매우 이상하게 여겼다. 그리하여 사람들에게 잡초를 베고, 진흙을 파내도록 명했다. 잡초를 쌓아 놓으니 마치 산더미 같고, 진흙을 청소하고 나니 맑은 물이 흘렀다.
【且】: 매우. 【異】: 이상하게 여기다. 【使命】: …하도록 명하다. 【芟(shān)】: 베다, 제거하다. 【蕪(wú)】: 잡초. 【行】: 행하다. 여기서는 「제거하다, 파내다」의 뜻. 【塗(tú)】: 진흙. 【丘如】: 마치 산더미 같은 모양. 【蠲(juān)】: 깨끗이 청소하다. 【瀏(liú)如】: 물이 맑은 모양.

10) 旣焚旣釃, 奇勢迭出, 淸濁辨質, 美惡異位。→ 잡초를 태우고 샘물을 소통시켜 흐르게 하자, 기이한 형세가 연이어 나타나고, 맑은 물과 혼탁한 물이 구분되는가 하면, 추한 모습이 아름다운 경관으로 바뀌었다.
【焚(fén)】: 태우다, 불사르다. 【釃(shī)】: 소통시켜 흐르게 하다. 【奇勢】: 기이한 형세. 【迭(dié)出】: 연이어 나타나다. 【辨(biàn)質】: 바탕을 분별하다, 즉 「나뉘다, 구분되다」의 뜻. 【美惡異位】: 아름다움과 추한 모습이 서로 자리를 바꾸다, 즉 「추한 모습이 아름다운 경관으로 바뀌다」의 뜻.

11) 視其植, 則淸秀敷舒; 視其蓄, 則溶漾紆餘。→ 이곳의 나무들을 보면, 수려하게 뻗어 있고, 고인 샘물을 보면, 출렁이며 구불구불 흐른다.
【植】: 수목, 나무. 【淸秀】: 수려하다. 【敷舒(fū shū)】: 뻗다. 【蓄(xù)】: 모아두다. 여기서는 「고인 샘물」을 가리킨다. 【溶漾(róng yàng)】: 출렁이다. 【紆(yū)餘】: 우회하다, 구불구불하다.

12) 怪石森然, 周於四隅, 或列或跪, 或立或仆。→ 괴석이 빼곡하여, 사방에 두루 널려 있는데, 어떤 것들은 열을 지어 있는 듯하고 어떤 것은 꿇어 앉아 있는 듯하며, 어떤 것은 서 있는 듯하고 어떤 것은 엎어져 있는 듯하다.
【森(sēn)然】: 빼곡한 모양, 빽빽하게 들어선 모양. 【四隅(yú)】: 네 모퉁이. 여기서는 「사방」을 말한다. 【跪(guì)】: 꿇어앉다. 【仆(pū)】: 쓰러지다, 엎어지다.

廡之下。[14] 外之連山高原、林麓之崖，間厠隱顯，邇延野綠，遠混天碧，咸會於譙門之內。[15]

已乃延客入觀，繼以宴娛。[16] 或贊且賀曰：「見公之作，知公之志。公之因土而得勝，豈不欲因俗以成化?[17] 公之擇惡而取美，豈不欲除殘而佑仁?[18] 公之蠲濁而流清，豈不欲廢貪而立

---

13) 竅穴逶邃，堆阜突怒。乃作棟宇，以爲觀遊。→ 동굴은 구불구불 깊고, 언덕은 우뚝 솟아 있다. 그리하여 (위공은 이곳에) 집을 짓고, 이를 유람하는 장소로 삼았다.
【竅(qiào)穴】: 동굴. 【逶邃(wēi suì)】: 구불구불하고 깊다. 【堆阜(duī fù)】: 언덕. 【突怒】: 우뚝 솟다. 【乃】: 이에, 그래서, 그리하여. 【棟宇】: 집. 【以爲…】: 以(之)爲…, 이를 …로 삼다. 【觀遊】: 유람하다.

14) 凡其物類，無不合形輔勢，效伎於堂廡之下。→ 무릇 그곳의 각종 시설물들은, 형세에 잘 어울려, 마치 대청 아래에서 技藝를 펼쳐 보여주는 듯하다.
【物類】: 각종 시설물. 【合形輔(fǔ)勢】: 형세에 잘 어울리다. 【效伎(xiào jì)】: 기예를 펼쳐 보이다. 【堂廡(wǔ)】: (집의) 대청.

15) 外之連山高原、林麓之崖，間厠隱顯，邇延野綠，遠混天碧，咸會於譙門之內。→ 성 밖의 연이어진 산과 고원・숲으로 뒤덮인 산자락의 절벽이, 서로 엇갈리며 숨었다 나타났다 한다. 가까이는 들판의 초록빛이 펼쳐져 있고, 멀리는 하늘의 푸른빛과 한데 뒤섞여 있는데, 이 모두가 망루 안으로 모여든다.
【林麓(lù)】: 숲으로 뒤덮인 산자락. 【崖(yá)】: 절벽, 낭떠러지. 【間厠(cè)】: 엇갈리다, 뒤얽히다. 【隱顯】: 숨었다 나타났다하다. 【邇(ěr)】: 近, 가까운 곳. 【延】: 펼쳐지다. 【野綠】: 들판의 초록빛. 【混(hùn)】: 혼합되다, 한데 섞이다. 【天碧】: 하늘의 푸른 빛. 【咸】: 모두, 다. 【譙(qiáo)門】: 망루.

16) 已乃延客入觀，繼以宴娛。→ 위공은 집을 짓고 나서 바로 손님을 초청하여 들어와 참관토록 하고, 이어서 또 연회를 베풀어 즐겼다.
【已】: 후에, 다음에. 【乃】: 곧, 바로. 【延】: 초청하다. 【入觀】: 들어와 참관하다. 【繼】: 이어서. 【以】: 又, 또. 【宴娛】: 연회를 베풀어 즐기다.

17) 或贊且賀曰：「見公之作，知公之志。公之因土而得勝，豈不欲因俗以成化? → 어떤 사람이 칭찬하고 축하하며 말했다:「公께서 지으신 집을 보니, 공의 뜻을 알겠습니다. 공께서 (이곳의) 지세에 따라 아름다운 경관을 얻은 것이, 어찌 (이 고장의) 습속에 따라 敎化를 이루고자 하는 뜻이 아니겠습니까?
【且】: …하고 또…. 【作】: 작품. 여기서는「지은 집」을 가리킨다. 【因】: 따르다, 좇다. 【土】: 지형, 지세. 【勝】: 아름다운 경관. 【欲】: …하고자 하다. 【成化】: 敎化를 이루다.

廉?[19] 公之居高以望遠, 豈不欲家撫而戶曉?」[20] 夫然, 則是堂也, 豈獨草木土石水泉之適歟? 山原林麓之觀歟?[21] 將使繼公之理者, 視其細, 知其大也。[22] 宗元請志諸石, 措諸壁, 編以爲二千石楷法。[23]

---

18) 公之擇惡而取美, 豈不欲除殘而佑仁? → 위공께서 추악한 것을 제거하고 아름다운 것을 취하신 것이, 어찌 잔악한 세력을 제거하고 선량한 자를 보호하려는 뜻이 아니겠습니까?
【擇(zé)】: 고르다, 골라내다. 여기서는 「제거하다, 없애다」의 뜻. 【除殘】: 잔인한 것을 제거하다. 【佑(yòu)】: 보우하다, 보호하다.

19) 公之蠲濁而流清, 豈不欲廢貪而立廉? → 공께서 더러운 오물을 제거하여 맑은 물을 흐르게 한 것이, 어찌 탐욕을 없애고 청렴한 풍조를 세우려는 뜻이 아니겠습니까?
【廢貪】: 탐욕을 없애다. 【立廉】: 청렴한 풍조를 세우다.

20) 公之居高以望遠, 豈不欲家撫而戶曉?」 → 공께서 높은 곳에 올라 멀리 바라보시는 것이, 어찌 집집마다 보살피고 집집마다 가르쳐 깨닫게 하려는 뜻이 아니겠습니까?」
【居高】: 높은 곳에 올라서다. 【家撫(fǔ)】: 집집마다 보살피다. 【戶曉】: 집집마다 가르쳐 깨닫게 하다.

21) 夫然, 則是堂也, 豈獨草木土石水泉之適歟? 山原林麓之觀歟? → 그렇다면, 이 집이, 어찌 다만 풀과 나무와 흙과 돌과 물과 샘이 주는 쾌적함이나, 또는 산과 들과 숲과 산록의 경치를 감상하는 것뿐이겠는가?
【夫然】: 그렇다면. 【獨】: 다만. 【適】: 쾌적하다. 【觀】: 감상하다.

22) 將使繼公之理者, 視其細, 知其大也。 → 장차 위공을 이어 (이곳을) 다스리는 사람으로 하여금, 작은 일을 보고, 큰일을 알게 하려는 것이다.
【繼公之理者】: 韋公을 이어 이곳을 다스리는 사람. 【細】: 작은 일. 【大】: 큰일, 즉 「백성을 다스리는 일」을 말한다.

23) 宗元請志諸石, 措諸壁, 編以爲二千石楷法。 → 나는 이러한 뜻을 돌에 새겨, 벽에 설치하고, 글로 남겨 (이후에 부임하는) 刺史들의 본보기로 삼도록 청하고자 한다.
【宗元】: 유종원이 자신의 이름을 「나, 저」라는 의미로 사용했다. 【志】: 새기다. 【諸】: 之於의 합음. 【措(cuò)】: 설치하다. 【編(biān)】: 기록하다, 글로 쓰다. 【以爲】: 以(之)爲, 이를 …로 삼다. 【二千石(dàn)】: 2천 섬의 봉록을 받는 관리. ※漢代의 郡守는 봉록이 二千石이었는데, 후에는 습관적으로 州郡의 장관

■ | 번역문

영주(永州) 위사군(韋使君)의 신축 가옥에 대해 적은 글

교외나 도시에 깊은 계곡·절벽·깊은 연못을 조성하려면 반드시 산의 돌을 나르고 골짜기를 파고 험준한 곳을 오르고 넘어 사람의 힘을 다 써야 비로소 해낼 수가 있다. 그러나 하늘과 땅이 빚어낸 형상은 어느 누구도 만들어 낼 수가 없다. 백성들을 고생시키지 않고 그 지형에 따라 그 자연 상태를 보전하는 것은, 옛날에는 참으로 하기 어려운 일인데 지금 바로 이곳에 펼쳐져 있다.

영주(永州)는 실제로 구의산(九疑山) 기슭에 위치해 있다. 처음 땅을 측량한 사람이 산을 빙 둘러 성을 쌓았다. 이곳에는 암석이 있지만 깊은 풀섶에 가려져 있었고, 샘물이 있지만 진흙 속에 매몰되어 있었다. 독사가 똬리를 틀고, 살쾡이와 쥐가 노닐고 있었다. 무성한 나무와 잡목, 아름다운 꽃과 독초들이 어지럽게 뒤섞여 생장(生長)을 다투고 있어 황무지라 불리었다.

위공(韋公)이 부임하고 한 달이 지난 뒤 잘 다스려 아무 일도 일어나지 않았다. (위공은) 그 곳을 바라보고 매우 이상하게 여겼다. 그리하여 사람들에게 잡초를 베고 진흙을 파내도록 명했다. 잡초를 쌓아 놓으니 마치 산더미 같고, 진흙을 청소하고 나니 맑은 물이 흘렀다. 잡초를 태우고 샘물을 소통시켜 흐르게 하자 기이한 형세가 연이어 나타나고, 맑은 물과 혼탁한 물이 구분되는가 하면 추한 모습이 아름다운 경관으로

을 二千石이라 불렀다. 여기서는 「刺史」를 가리킨다. 【楷(kǎi)法】: 모범, 본보기.

바뀌었다. 이곳의 나무들을 보면 수려하게 뻗어 있고, 고인 샘물을 보면 출렁이며 구불구불 흐른다. 괴석이 빼곡하여 사방에 두루 널려 있는데, 어떤 것들은 열을 지어 있는 듯하고 어떤 것은 꿇어 앉아 있는 듯하며, 어떤 것은 서 있는 듯하고 어떤 것은 엎어져 있는 듯하다. 동굴은 구불구불 깊고 언덕은 우뚝 솟아 있다. 그리하여 (위공은 이곳에) 집을 짓고 이를 유람하는 장소로 삼았다. 무릇 그곳의 각종 시설물들은 형세에 잘 어울려, 마치 대청 아래에서 기예(技藝)를 펼쳐 보여주는 듯하다. 성 밖의 연이어진 산과 고원, 숲으로 뒤덮인 산자락의 절벽이 서로 엇갈리며 숨었다 나타났다 한다. 가까이는 들판의 초록빛이 펼쳐져 있고 멀리는 하늘의 푸른빛과 한데 뒤섞여 있는데, 이 모두가 망루 안으로 모여든다.

위공은 집을 짓고 나서 바로 손님을 초청하여 들어와 참관토록 하고, 이어서 또 연회를 베풀어 즐겼다. 어떤 사람이 칭찬하고 축하하며 말했다 :「공(公)께서 지으신 집을 보니 공의 뜻을 알겠습니다. 공께서 (이곳의) 지세에 따라 아름다운 경관을 얻은 것이, 어찌 (이 고장의) 습속에 따라 교화(教化)를 이루고자 하는 뜻이 아니겠습니까? 위공께서 추악한 것을 제거하고 아름다운 것을 취하신 것이, 어찌 잔악한 세력을 제거하고 선량한 자를 보호하려는 뜻이 아니겠습니까? 공께서 더러운 오물을 제거하여 맑은 물을 흐르게 한 것이, 어찌 탐욕을 없애고 청렴한 풍조를 세우려는 뜻이 아니겠습니까? 공께서 높은 곳에 올라 멀리 바라보시는 것이, 어찌 집집마다 보살피고 집집마다 가르쳐 깨닫게 하려는 뜻이 아니겠습니까?」 그렇다면 이 집이 어찌 다만 풀과 나무와 흙과 돌과 물과 샘이 주는 쾌적함이나, 또는 산과 들과 숲과 산록의 경치를 감상하는 것뿐이겠는가? 장차 위공을 이어 (이곳을) 다스리는 사람으로 하여금 작은 일을 보고 큰 일을 알게 하려는 것이다. 나는 이러한 뜻을 돌에 새겨 벽에 설치하고 글로 남겨 (이후에 부임하는) 자사(刺史)들의 본보기로 삼도록 청하고자 한다.

■ | 해제(解題) 및 본문요지 설명

「사군(使君)」은 한(漢)나라 이래 주군(州郡)의 장관에 대한 존칭으로 사용했다. 위사군(韋使君)은 당시의 영주자사(永州刺史) 위표(韋彪)를 가리킨다.

본문은 유종원(柳宗元)이 영주사마(永州司馬)로 폄적된 후에 지은 글로, 내용은 위사군이 새집을 건축하기 전후의 변화 과정을 통해 당시와 이후의 자사들이 선정(善政)을 베풀도록 독려한 것이다.

본문은 네 단락으로 나눌 수 있는데, 첫째 단락에서는 교외나 도시에 아름다운 경관을 조성하려면 상당한 어려움이 따르지만, 영주 위사군이 별로 힘을 들이지 않고 자연적으로 이루어진 아름다운 경관을 얻은 것을 기술했고; 둘째 단락에서는 황량했던 영주의 본래 모습을 서술했고; 셋째 단락에서는 위사군이 이곳을 정리하게 된 경위와 정리하고 나서의 아름다운 모습을 서술했고; 마지막 단락에서는 집을 짓고 나서 위사군이 빈객들을 초청하여 연회를 베풀 때, 빈객이 행한 축사를 통해 위사군의 선정(善政)을 찬양함과 동시에 이후의 자사들이 이를 본받을 것을 독려하는 본문의 창작 동기를 밝혔다.

151 고무담서소구기(鈷鉧潭西小丘記)

[唐] 柳宗元

■ | 작자

143. 박복수의(駁復讎議) 참조

■ | 원문 및 주석

鈷鉧潭西小丘記[1)]

得西山後八日，尋山口西北道二百步，又得鈷鉧潭。[2)] 潭西

---

1) 鈷鉧潭西小丘記 → 鈷鉧潭 서쪽의 작은 언덕에 대해 적은 글
【鈷鉧潭(gǔ mǔ tán)】: [못이름] 지금의 호남성 零陵縣의 서쪽 2里에 있는 못. ※모양이 다리미 같다 하여 붙여진 이름이다.「鈷鉧」: 인두, 다리미.「潭」: 못.【西小丘】: 서쪽에 있는 작은 언덕.

2) 得西山後八日, 尋山口西北道二百步, 又得鈷鉧潭。→ 西山을 발견한 지 8일 만에, 산자락 길을 따라 서북쪽으로 2백 보를 걸어가서, 또 鈷鉧潭을 발견했다.
【得】: 발견하다.【西山】: [산이름] 永州[지금의 호남성 零陵縣] 서쪽에 있는 산으로 瀟江과 마주하고 있다. ※유종원은 憲宗 元和 4년(809) 9월 28일 이 산을 발견했다.【後八日】: ≪永州八記≫ 중 첫 번째 작품인 ≪始得西山宴遊記≫에서 서산을 발견한 것이 9월 28일이니 이로부터 8일 후는 곧 10월 상순이다.【尋(xún)】: 沿, 順, (물・길 등을) 따라가다.【山口】: 산자락. 산기슭 낮은 곳으로 평소 산을 오가는 길로 사용되었다.【道】: [동사] 걷다, 걸어가다.【步】: [길이단위] 시대에 따라 다르며, 唐代에는 6尺 4寸을 1步라 했다.

二十五步，當湍而浚者爲魚梁。3) 梁之上有丘焉，生竹樹。4) 其石之突怒偃蹇，負土而出，爭爲奇狀者，殆不可數。5) 其嶔然相累而下者，若牛馬之飲於溪；其衝然角列而上者，若熊羆之登於山。6)

丘之小不能一畝，可以籠而有之。7) 問其主，曰：「唐氏之棄地，貨而不售。」8) 問其價，曰：「止四百。」9) 予憐而售之。李深

---

3) 潭西二十五步，當湍而浚者爲魚梁。→ 고무담에서 서쪽으로 25보를 가면, 바로 물살이 급하고 깊은 곳에 魚梁을 설치해 놓았다.
【當】：…에. 【湍(tuān)】：물살이 급하다, 급류. 【浚(jùn)】：물이 깊다. 【者】：[장소 표시] 곳. 【爲】：만들다, 설치하다. 【魚梁(yú liáng)】：어량. 물을 한 곳으로 흐르도록 막고 그곳에 통발을 설치하여 고기를 잡는 설비.

4) 梁之上有丘焉，生竹樹。→ 어량의 위쪽으로 언덕이 있는데, 대나무와 수목이 자라고 있다.

5) 其石之突怒偃蹇，負土而出，爭爲奇狀者，殆不可數。→ 그 (언덕 위의) 바위들은 화가 난 듯 우뚝 서 있는 모습을 하고 있는가 하면, 넘어지는 듯 비스듬히 기울어진 모습을 하고 있는데, 땅속에서 흙을 밀치고 나와, 기이한 모양을 다투고 있는 것들이, 거의 셀 수 없을 정도로 많다.
【突怒】：(바위가) 화가 난 듯 우뚝 서있는 모습. 【負(fù)土而出】：흙을 짊어지고 나오다. 즉, 「흙을 밀치고 나오다」의 뜻. 【偃蹇(yǎn jiǎn)】：(바위가) 넘어지는 듯 비스듬히 기울어진 모습. 【殆(dài)】：거의. 【數(shǔ)】：(수를) 세다.

6) 其嶔然相累而下者，若牛馬之飲於溪；其衝然角列而上者，若熊羆之登於山。→ 그 우뚝 솟아 서로 겹겹이 이어져 아래를 향하고 있는 돌들은, 마치 소나 말이 계곡에서 물을 마시는 모습과도 같고; 그 돌출하여 뿔처럼 나란히 열을 지어 위를 향하고 있는 돌들은, 마치 곰들이 산을 오르는 모습과도 같다.
【嶔(qīn)然】：바위가 우뚝 솟은 모양. 【相累(lěi)】：겹겹이 서로 이어지다. 【衝(chōng)然】：위를 향해 돌출한 모양. 【角列】：짐승의 뿔처럼 나란히 열을 지어 있는 모양. 【羆(pí)】：곰의 일종. ※곰과에 속하는 짐승으로 몸집은 곰보다 크고 털은 갈색을 띠고 있다.

7) 丘之小不能一畝，可以籠而有之。→ 언덕은 작아서 한 畝도 되지 않아, 그것을 바구니에 담아 가질 수 있을 정도였다.
【畝(mǔ)】：[전답의 단위] 무. ※고대에는 사방 여섯 자를 1步, 100보를 1畝라 했으나 秦나라 이후에는 240步를 1畝라 했다. 【籠(lóng)而有之】：바구니에 담아 가지다. 「籠」：[동사용법] 바구니에 담다.

8) 問其主，曰：「唐氏之棄地，貨而不售。」→ 그 주인이 누구인가 물으니, 어떤 사람이

源、元克己時同遊，皆大喜，出自意外。[10] 卽更取器用，剷刈穢草，伐去惡木，烈火而焚之。[11] 嘉木立，美竹露，奇石顯。[12] 由其中以望，則山之高、雲之浮、溪之流、鳥獸魚之遨遊，擧熙熙然迴巧獻技，以效玆丘之下。[13] 枕席而臥，則淸泠之狀與目謀，瀯

말하길 :「唐氏가 버린 땅인데, 물건을 팔려고 내놓아도 팔리지 않아요.」라고 했다. 【貨(huò)】: [동사용법] 물건을 팔려고 내놓다. 【棄地】: 버린 땅. 【售(shòu)】: [피동용법] 팔리다. ※옛날에「售」의 의미는「賣」와「買」의 뜻을 동시에 지니고 있었으나, 여기서는「賣」의 뜻.

9) 問其價, 曰 :「止四百。」→ 그 값을 물으니, 대답하길 :「겨우 4백 文이오.」라고 했다. 【止】: 겨우, 다만. 【文】: [화폐 단위] 문. ※唐나라의 화폐 단위는「貫」 또는「文」을 사용했는데,「貫」은 큰 화폐 단위이고「文」은 작은 화폐 단위이다. 따라서 여기서는 당연히「文」이 옳다.

10) 予憐而售之。李深源、元克己時同遊, 皆大喜, 出自意外。→ 나는 좋아서 그 땅을 샀다. 李深源과 元克己가 그때 (나와) 함께 유람했는데, 모두 매우 기뻐하며, 뜻밖이라고 했다.
【予】: 나. ※판본에 따라서는「予」를「余」라 했다. 【憐(lián)】: 애석하게 생각하다, 여기서는「좋아하다」의 뜻. 【售】: 사다, 매입하다. ※옛날에「售」의 의미는「賣」와「買」의 뜻을 동시에 지니고 있었으나, 여기서는「買」의 뜻. 【之】: [대명사] 그것, 즉 그 땅. 【李深源、元克己】: [인명] 이심원과 원극기. 두 사람 모두 작자 유종원의 친구. 이심원은 太府卿을 지냈고, 원극기는 侍御使를 지냈으나, 이때 두 사람 모두 永州에 폄적되어 지내고 있었다. 【時】: 당시, 그때. 【同遊】: 함께 유람하다. 【出自意外】: 뜻밖이다, 의외이다.

11) 卽更取器用, 剷刈穢草, 伐去惡木, 烈火而焚之。→ (우리들은) 즉시 번갈아 가며 공구를 가지고, 잡초를 베고, 쓸모없는 나무를 벌목하여, 큰 불을 놓아 그것들을 태워 버렸다.
【更】: 교대로, 번갈아. 【器用】: (삽, 괭이 등의) 도구, 공구. 【剷刈(chǎn yì)】: 베다, 제거하다. 【穢(huì)草】: 잡초. 【伐去】: 베어버리다, 벌목하다. 【惡木】: 쓸모없는 나무, 못쓸 잡목. 【烈火】: 불을 놓다, 불을 붙이다.「烈」: [동사용법] (불을) 붙이다. 점화하다. 【焚(fén)】: 태우다. 【之】: [대명사] 그것, 즉 베어낸 잡초와 잡목 등.

12) 嘉木立, 美竹露, 奇石顯。→ (그러자) 좋은 나무가 우뚝 서고, 아름다운 대나무가 모습을 나타내고, 기이한 돌들이 드러났다.
【露(lòu)】: 나타나다, 드러나다. 【顯(xiǎn)】: 드러나다, 출현하다.

瀯之聲與耳謀，悠然而虛者與神謀，淵然而靜者與心謀。14) 不匝旬而得異地者二，雖古好事之士，或未能至焉。15)

噫! 以玆丘之勝，致之灃、鎬、鄠、杜，則貴游之士爭買者，日增千金而愈不可得。16) 今棄是州也，農夫漁父過而陋之，賈四

---

13) 由其中以望，則山之高、雲之浮、溪之流、鳥獸之遨遊，擧熙熙然迴巧獻伎，以效玆丘之下。→ 그 곳에서 바라보니, 높은 산 · 떠 있는 구름 · 흐르는 계곡물 · 자유롭게 노니는 새와 짐승들, 모두가 즐겁게 온갖 재주를 선보이며, 이 언덕 아래에서 봉사하고 있다.

【由】: …로부터, …에서. 【其中】: 그곳, 즉 小丘. 【遨遊(áo yóu)】: 자유롭게 노닐다. 【擧】: 모두. 【熙(xī)熙然】: 즐거운 모양. 【迴巧獻技(huí qiǎo xiàn jì)】: 온갖 재주를 선보이다. 「迴」: 선회하다. 여기서는 「연출하다, 선보이다, 뽐내다」의 뜻. 【效(xiào)】: 봉사하다, 복무하다. 【玆(zī)】: 此, 이.

14) 枕席而臥，則淸泠之狀與目謀，瀯瀯之聲與耳謀，悠然而虛者與神謀，淵然而靜者與心謀。→ (이 작은 언덕에서) 돌을 베게 삼고 땅을 자리로 삼아 누우니, 그 밝고 깨끗하고 시원한 경관은 눈과 호응하고, 콸콸 흐르는 샘물 소리는 귀와 호응하고, 여유롭고 한가한 경지는 정신과 호응하고, 넓은 깊고 고요한 경지는 마음과 호응한다.

【枕席】: 베고 깔다. 여기서는 「언덕 위의 돌을 베게 삼고 풀을 자리 삼다」의 뜻. 【淸泠】: 맑고 깨끗하다. 【謀(móu)】: 도모하다, 여기서는 「호응하다」의 뜻. 【瀯(yíng)瀯】: [의성어] 콸콸 흐르는 샘물소리. 【淵(yuān)然】: 깊고 고요한 모양. 언덕 아래의 물을 가리킨다.

15) 不匝旬而得異地者二，雖古好事之士，或未能至焉。→ (나는) 열흘이 채 안되어 두 곳의 승지를 얻었는데, 비록 옛날에 산수를 좋아했던 사람이라 해도, 아마 이런 곳에 와보지는 못했을 것이다.

【匝旬(zā xún)】: 만 열흘의 기간. 「匝」: 차다. 「旬」: 열흘. 【異地者二】: 두 곳의 승지, 즉 고무담과 그 서쪽의 小丘. 「異地」: 기이한 곳, 勝地. 【好事之士】: 산수풍경을 즐기는 사람. 【或】: 아마.

16) 噫! 以玆丘之勝，致之灃、鎬、鄠、杜，則貴游之士爭買者，日增千金而愈不可得。→ 아! 이 언덕의 아름다운 경치를, (장안 부근의) 灃 · 鎬 · 鄠 · 杜와 같은 지방에 옮겨 놓는다면, 놀이를 즐기는 귀족들이 다투어 사려고 하여, 날마다 천금씩을 올려준다 해도, 갈수록 사들이기가 어려울 것이다.

【勝】: 아름다운 경치. 【致】: 옮겨놓다. 【灃(fēng)】: [지명] 灃邑. 唐의 도읍인 長安 부근에 있던 지명으로, 귀족들의 거주지. 周文王 때의 도읍지였으며, 지금

百，連歲不能售。[17] 而我與深源、克己獨喜得之，是其果有遭乎?[18] 書於石，所以賀玆丘之遭也。[19]

■ | 번역문

고무담(鈷鉧潭) 서쪽의 작은 언덕에 대해 적은 글

서산(西山)을 발견한 지 8일 만에 산자락 길을 따라 서북쪽으로 2백 보를 걸어가서 또 고무담(鈷鉧潭)을 발견했다. 고무담에서 서쪽으로 25보를 가면 바로 물살이 급하고 깊은 곳에 어량(魚梁)을 설치해 놓았다. 어

의 섬서성 戶鄠縣 동쪽. 【鎬(hào)】: [지명] 周武王 때의 도읍지 鎬京. 지금의 섬서성 長安縣 서남쪽. 【鄠(hù)】: [지명] 지금의 섬서성 戶縣. 【杜】: [지명] 杜陵. 지금의 섬서성 長安縣 동남쪽. 【貴游之士】: 놀이를 즐기는 귀족. ※이를 「명문 귀족, 문벌 귀족」으로 풀이하기도 한다. 【日增】: 날마다 올려주다. 【愈】: 더욱, 갈수록.

17) 今棄是州也, 農夫漁父過而陋之, 賈四百, 連歲不能售。→ 지금 이 永州에 버려져 있으니, 농부와 어부도 지나치며 그것을 거들떠보지 않아, 4백 문의 싼값에도, 여러 해 동안 팔리지 않았다.
【棄是州】: 棄於是州, 이 영주에 버려지다. 【陋(lòu)】: 무시하다, 거들떠보지 않다. 【賈(jià)】: 價, 값, 가격. 【連歲】: 여러 해.

18) 而我與深源、克己獨喜得之, 是其果有遭乎? → 그런데 나와 李深源·元克己가 유독 이곳을 얻은 것을 즐거워하니, 이는 작은 언덕이 실로 행운을 만난 것이 아니겠는가?
【獨】: 유독, 홀로. 【之】: [대명사] 그것, 즉 小丘. 【是】: [대명사] 이것, 즉 작자가 이 小丘를 사들이게 된 것. 【其】: [대명사] 그것, 즉 小丘. ※「其」를 「豈 : 어찌」라고 풀이한 경우도 있다. 【果】: 정말, 과연, 실로. 【遭(zāo)】: 만나다. 여기서는 「행운을 만나다」의 뜻.

19) 書於石, 所以賀玆丘之遭也。→ 바위에 글을 새겨, 이로써 이 언덕이 행운을 만난 것을 축하한다.
【書】: 쓰다. 여기서는 「새기다」의 뜻. 【所以】: 以之, 이로써.

량의 위쪽으로 언덕이 있는데, 대나무와 수목이 자라고 있다. 그 (언덕 위의) 바위들은 화가 난 듯 우뚝 서 있는 모습을 하고 있는가 하면, 넘어지는 듯 비스듬히 기울어진 모습을 하고 있는데, 땅속에서 흙을 밀치고 나와 기이한 모양을 다투고 있는 것들이 거의 셀 수 없을 정도로 많다. 그 우뚝 솟아 서로 겹겹이 이어져 아래를 향하고 있는 돌들은 마치 소나 말이 계곡에서 물을 마시는 모습과도 같고, 그 돌출하여 뿔처럼 나란히 열을 지어 위를 향하고 있는 돌들은 마치 곰들이 산을 오르는 모습과도 같다.

언덕은 작아서 한 무(畝)도 되지 않아 그것을 바구니에 담아 가질 수 있을 정도였다. 그 주인이 누구인가 물으니 어떤 사람이 말하길 : 「당씨(唐氏)가 버린 땅인데, 물건을 팔려고 내놓아도 팔리지 않아요.」라고 했다. 그 값을 물으니 대답하길 : 「겨우 4백 문(文)이오.」라고 했다. 나는 좋아서 그 땅을 샀다. 이심원(李深源)과 원극기(元克己)가 그때 (나와) 함께 유람했는데, 모두 매우 기뻐하며 뜻밖이라고 했다. (우리들은) 즉시 번갈아 가며 공구를 가지고 잡초를 베고 쓸모없는 나무를 벌목하여 큰 불을 놓아 그것들을 태워 버렸다. (그러자) 좋은 나무가 우뚝 서고, 아름다운 대나무가 모습을 나타내고, 기이한 돌들이 드러났다. 그 곳에서 바라보니 높은 산 · 떠 있는 구름 · 흐르는 계곡물 · 자유롭게 노니는 새와 짐승들 모두가 즐겁게 온갖 재주를 선보이며, 이 언덕 아래에서 봉사하고 있다. (이 작은 언덕에서) 돌을 베게 삼고 땅을 자리로 삼아 누우니, 그 밝고 깨끗하고 시원한 경관은 눈과 호응하고, 콸콸 흐르는 샘물 소리는 귀와 호응하고, 여유롭고 한가한 경지는 정신과 호응하고, 넓은 깊고 고요한 경지는 마음과 호응한다. (나는) 열흘이 채 안되어 두 곳의 승지를 얻었는데, 비록 옛날에 산수를 좋아했던 사람이라 해도 아마 이런 곳에 와보지는 못했을 것이다.

아! 이 언덕의 아름다운 경치를 (장안 부근의) 풍(灃)·호(鎬)·호(鄠)·두(杜)와 같은 지방에 옮겨 놓는다면, 놀이를 즐기는 귀족들이 다투어 사려고 하여 날마다 천금씩을 올려준다 해도 갈수록 사들이기가 어려울 것이다. 지금 이 영주(永州)에 버려져 있으니 농부와 어부도 지나치며 그것을 거들떠보지 않아 4백 문의 싼값에도 여러 해 동안 팔리지 않았다. 그런데 나와 이심원·원극기가 유독 이곳을 얻은 것을 즐거워하니, 이는 작은 언덕이 실로 행운을 만난 것이 아니겠는가? 바위에 글을 새겨, 이로써 이 언덕이 행운을 만난 것을 축하한다.

■ | 해제(解題) 및 본문요지 설명

≪고무담서소구기(鈷鉧潭西小丘記)≫는 「영주팔기(永州八記)」의 8편 중 제3편으로, 작자가 서산(西山)과 고무담(鈷鉧潭)을 얻고 나서, 다시 고무담 서쪽의 작은 언덕을 발견하고 이를 사들여 보수한 경과를 기술한 것이다.

본문은 세 단락으로 나눌 수 있는데, 첫째 단락에서는 작은 언덕을 발견한 경위와, 좋은 나무·아름다운 대나무·기이한 돌·흐르는 물 등 작은 언덕의 특이한 경관을 서술했고; 둘째 단락에서는 작은 언덕이 너무 편벽된 황무지에 버려져 있어 아주 싼 값에도 여러 해 동안 팔리지 않았다가 작자가 발견하고 사들이게 된 경위와 아울러 작자가 친구들과 함께 작은 언덕을 정리하고 난 후의 아름다운 경관에 대해 기술했고; 마지막 단락에서는 알아주는 사람을 만난 작은 언덕의 행운을 축하하는 한편, 작자가 자신을 작은 언덕과 대비하여 아직도 부름을 받지 못하고 여전히 이곳에 폄적되어 있는 자신의 처지가 작은 언덕만도 못하다는 것을 암시적으로 표현하면서 회재불우(懷才不遇)의 비분한 심정을 토로했다.

152 소석성산기(小石城山記)

[唐] 柳宗元

■ | 작자

143 박복수의(駁復讎議) 참조

■ | 원문 및 주석

小石城山記[1)]

自西山道口徑北, 踰黃茅嶺而下, 有二道。[2)] 其一西出, 尋之無所得。[3)] 其一少北而東, 不過四十丈, 土斷而川分, 有積石橫當

---

1) 小石城山記 → 小石城山에 대해 적은 글
【小石城山】: 호남성 零陵縣 서쪽에 있는 산. 산의 모양이 마치 작은 石城과 같다 하여 지은 이름이다.

2) 自西山道口徑北, 踰黃茅嶺而下, 有二道。→ 西山의 길목에서 북쪽으로 계속 가다가, 黃茅嶺을 넘어 내려가면, 두 갈래의 길이 있다.
【西山】: 永州[지금의 호남성 零陵縣] 서쪽에 있는 산으로 瀟江과 마주하고 있다. ※유종원은 憲宗 元和 4년(809) 9월 28일 이 산을 발견했다. 【徑北】: 곧장 북쪽을 향해 가다. 【踰(yú)】: 넘다.

3) 其一西出, 尋之無所得。→ 그 중 한 길은 서쪽으로 뻗어 있는데, (그 길에서는) 볼 만한 곳을 찾아보아도 별 소득이 없다.
【西出】: 서쪽으로 뻗다. 【尋(xún)】: 찾다.

其垠。[4] 其上爲睥睨、梁欐之形，其旁出堡塢，有若門焉。[5] 窺之正黑，投以小石，洞然有水聲，其響之激越，良久乃已。[6] 環之可上，望甚遠。[7] 無土壤而生嘉樹美箭，益奇而堅。[8] 其疏數偃仰，類智者所施設也。[9]

噫! 吾疑造物者之有無久矣，及是愈以爲誠有。[10] 又怪其不

---

4) 其一少北而東, 不過四十丈, 土斷而川分, 有積石橫當其垠。→ 그리고 다른 한 길은 약간 북쪽으로 치우쳐 동쪽으로 나 있는데, 40丈도 채 못가서, 땅이 끊어지고 개울이 갈라지며, 쌓인 돌이 개울 끝을 가로막고 있다.
【少】: 조금, 약간. 【丈】: 길이의 단위, 1丈은 10尺, 3.33미터. 【積石】: 쌓인 돌. 【橫當】: 가로질러 막다. 「當」: 擋, 막다. 【其】: [대명사] 그, 즉 개울. 【垠(yín)】: 끝.

5) 其上爲睥睨、梁欐之形, 其旁出堡塢, 有若門焉。→ 쌓인 돌의 윗부분은 성가퀴·대들보 모양이고, 그 옆에 보루가 돌출해 있으며, 마치 창문 모양과도 같다.
【其】: [대명사] 그, 즉 積石. 【睥睨(bì nì)】: 성가퀴, 城堞, 女墻. 【梁欐(liáng lì)】: 대들보. 【堡塢(bǎo wù)】: 보루, 진지.

6) 窺之正黑, 投以小石, 洞然有水聲, 其響之激越, 良久乃已。→ 보루 안을 살펴보니 매우 컴컴하고, 작은 돌을 던지자, 풍덩하고 물소리가 나는데, 그 소리가 높고 맑게 울리며, 한참 있다가 비로소 멎는다.
【窺(kuī)】: 살펴 보다. 【之】: [대명사] 그, 즉 보루. 여기서는 「보루 안」을 가리킨다. 【正黑】: 짙은 검은 색. 【洞(dòng)然】: [의성어] 풍덩. 물에 물건이 떨어져 나는 소리. 【激越(jī yuè)】: 높고 맑게 울리는 소리. 【良久】: 매우 오래. 【乃】: 비로소. 【已】: 그치다, 멎다.

7) 環之可上, 望甚遠。→ 積石을 돌아가면 산 정상에 오를 수 있고, (정상에서는) 아주 멀리까지 볼 수 있다.
【環(huán)】: 돌아가다. 【之】: [대명사] 그것, 즉 積石. 【甚】: 매우, 몹시.

8) 無土壤而生嘉樹美箭, 益奇而堅。→ (정상에는) 흙이 없고 좋은 나무들과 아름다운 대나무가 자라는데, 유난히도 기이하고 견실하다.
【嘉(jiā)樹】: 좋은 나무. 【美箭(jiàn)】: 아름다운 대나무. 【益】: 유난히, 더욱. 【堅(jiān)】: 견실하다, 튼튼하다.

9) 其疏數偃仰, 類智者所施設也。→ 그 나무와 대나무들의 듬성하고 빼곡하고 넘어지고 바로서고 한 모습은, 마치 지혜 있는 사람이 설계하여 배치해 놓은 듯하다.
【其】: [대명사] 그것, 즉 「좋은 나무와 아름다운 대나무」. 【疏(shū)】: 듬성듬성하다. 【數(cù)】: 빼곡하다. 【偃(yǎn)】: 넘어지다. 【仰】: 바로 서다. 【類】: 마치 …같다. 【施設】: 배치하다, 안배하다.

爲之中州，而列是夷狄，更千百年不得一售其伎，是固勞而無用。[11] 神者儻不宜如是，則其果無乎?[12] 或曰：「以慰夫賢而辱於此者。」或曰：「其氣之靈，不爲偉人，而獨爲是物，故楚之南，少人而多石。」是二者，余未信之。[13]

---

10) 噫！吾疑造物者之有無久矣，及是愈以爲誠有。→ 아! 나는 오랫동안 조물주의 존재 여부를 의심해 왔으나, 지금에 이르러 더욱 확실히 존재한다고 여기게 되었다.
【及是】: 지금에 이르러. 【愈】: 더욱. 【以爲】: 여기다, 인정하다. 【誠】: 정말, 확실히.

11) 又怪其不爲之中州，而列是夷狄，更千百年不得一售其伎，是固勞而無用。→ (그러나) 또 이상하게도 小石城山을 中原지역에 만들어 놓지 않고, 황량한 벽지에 벌려 놓아, 천백 년이 지나도록 한 번도 그 솜씨를 펼쳐 보일 수 없게 했으니, 이는 실로 힘만 들였을 뿐 쓸모가 없다.
【怪】: 이상하게도. 【其】: [대명사] 그, 즉 조물주. 【之】: [대명사] 그것, 즉 소석성산. 【中州】: 中原. 【夷狄】: 황량한 벽지, 오랑캐 지역. 【更】: 지나다, 경과하다. 【不得】: 不能, …할 수 없다. 【售(shòu)】: 팔다. 여기서는 「펼쳐 보이다」의 뜻. 【伎(jì)】: 技, 재능, 솜씨. 여기서는 소석성산의 「아름다운 경치」를 가리킨다. 【是】: [대명사] 이것, 즉 아름다운 소석성산을 중원에 배치하지 않고 황량한 벽지에 배치한 일. 【固】: 실로.

12) 神者儻不宜如是，則其果無乎? → 신령스런 조물주가 아마도 이렇게 하지는 않았을 것이니, 그렇다면 조물주는 과연 없는 것인가?
【神者】: 신령, 즉 조물주를 가리킨다. 【儻(dǎng)】: 倘, 아마도, 혹시. 【不宜】: …해서는 안 된다. 【則】: 그렇다면. 【其】: [대명사] 그, 즉 「조물주」. 【果】: 과연, 진정.

13) 或曰：「以慰夫賢而辱於此者。」或曰：「其氣之靈，不爲偉人，而獨爲是物，故楚之南，少人而多石。」是二者，余未信之。→ 어떤 사람은 : 「이로써 그 어진 사람들이 여기에 폄적되어 온 것을 위로하는 것이다.」라고 했고, 또 어떤 사람은 : 「천지간의 靈氣가 偉人을 길러내지 않고, 오직 경물만 만들었기 때문에, 그래서 楚나라 남쪽 지방에는 인재가 적고 기이한 돌이 많다.」라고 했다. 이 두 가지를, 나는 모두 믿지 않는다.
【以】: 以之, 이로써. 【慰(wèi)】: 위로하다. 【夫】: 그, 그들. 【辱於此者】: 이곳에 폄적되어 굴욕을 당하고 있는 사람들. 【獨】: 유독, 오로지. 【是】: 이, 이것. 【楚】: 초나라. 지금의 양자강 중하류 일대.

■ | 번역문

소석성산(小石城山)에 대해 적은 글

서산(西山)의 길목에서 북쪽으로 계속 가다가 황모령(黃茅嶺)을 넘어 내려가면 두 갈래의 길이 있다. 그 중 한 길은 서쪽으로 뻗어 있는데 (그 길에서는) 볼만한 곳을 찾아보아도 별 소득이 없다. 그리고 다른 한 길은 약간 북쪽으로 치우쳐 동쪽으로 나 있는데 40장(丈)도 채 못가서 땅이 끊어지고 개울이 갈라지며 쌓인 돌이 개울 끝을 가로막고 있다. 쌓인 돌의 윗부분은 성가퀴·대들보 모양이고 그 옆에 보루가 돌출해 있으며 마치 창문 모양과도 같다. 보루 안을 살펴보니 매우 컴컴하고, 작은 돌을 던지자 풍덩하고 물소리가 나는데 그 소리가 높고 맑게 울리며 한참 있다가 비로소 멎는다. 적석(積石)을 돌아가면 산 정상에 오를 수 있고 (정상에서는) 아주 멀리까지 볼 수 있다. (정상에는) 흙이 없고 좋은 나무들과 아름다운 대나무가 자라는데 유난히도 기이하고 견실하다. 그 나무와 대나무들의 듬성하고 빼곡하고 넘어지고 바로서고 한 모습은 마치 지혜 있는 사람이 설계하여 배치해 놓은 듯하다.

아! 나는 오랫동안 조물주의 존재 여부를 의심해 왔으나, 지금에 이르러 더욱 확실히 존재한다고 여기게 되었다. (그러나) 또 이상하게도 소석성산(小石城山)을 중원(中原)지역에 만들어 놓지 않고 황량한 벽지에 벌려 놓아 천백 년이 지나도록 한 번도 그 솜씨를 펼쳐 보일 수 없게 했으니, 이는 실로 힘만 들였을 뿐 쓸모가 없다. 신령스런 조물주가 아마도 이렇게 하지는 않았을 것이니, 그렇다면 조물주는 과연 없는 것인가? 어떤 사람은 : 「이로써 그 어진 사람들이 여기에 폄적되어 온 것을 위로하는 것이다.」라고 했고, 또 어떤 사람은 : 「천지간의 영기(靈氣)가

위인(偉人)을 길러내지 않고 오직 경물만 만들었기 때문에, 그래서 초(楚)나라 남쪽 지방에는 인재가 적고 기이한 돌이 많다.」라고 했다. 이 두 가지를 나는 모두 믿지 않는다.

■ | 해제(解題) 및 본문요지 설명

≪소석성산기(小石城山記)≫는 「영주팔기(永州八記)」 중의 마지막 편이다. 소석성산은 지금의 호남성 영릉현(零陵縣) 서쪽에 위치해 있으며, 산의 모양이 마치 작은 석성(石城)과 같다하여 지은 이름이다.

본문은 두 단락으로 나눌 수 있는데, 첫째 단락은 경치를 묘사했고, 둘째 단락에서는 자신의 감정을 서술했다.

첫째 단락의 경치를 묘사한 부분에서는 소석성산의 지리・위치로부터 시작하여 소석성산의 각종 수려하고 기이한 모습을 묘사했다.

둘째 단락의 감정을 서술한 부분에서는 소석성산의 기이한 경관에 감탄하여 오랫동안 조물주의 존재 여부를 의심해 오던 생각을 바꾸어, 조물주의 존재를 인정하고 싶지만, 한편 만일 조물주가 존재한다면 이처럼 수려한 경관을 어째서 이런 황량한 오지에 펼쳐 놓아 사람들이 감상할 수 없도록 격리시켰는가의 문제를 제기하면서 조물주의 존재를 다시 의심하려고 한다. 이러한 의문의 제기는 바로 작자가 자신의 처지를 소석성산과 연계시켜, 오랫동안 황량한 영주에 폄적되어 능력을 펼칠 수 없게 된 자신의 비통하고 안타까운 심정을 우회적으로 드러낸 것이라 할 수 있다.

153 하진사왕삼원실화서(賀進士王參元失火書)

[唐] 柳宗元

■ | 작자

143. 박복수의(駁復讎議) 참조

■ | 원문 및 주석

賀進士王參元失火書[1)]

得楊八書，知足下遇火災，家無餘儲。[2)] 僕始聞而駭，中而疑，終乃大喜，蓋將弔而更以賀也。[3)] 道遠言略，猶未能究知其狀。

---

1) 賀進士王參元失火書 → 進士 王參元이 화재 당한 것을 축하하여 보낸 서신
【王參元】: [인명] 왕삼원. 濮陽[지금의 하남성 경내] 사람. 憲宗 元和 2년(807) 진사에 급제했다.

2) 得楊八書，知足下遇火災，家無餘儲。→ 楊八의 서신을 받고, 족하께서 화재를 당해, 집에 아무것도 남은 것이 없다는 것을 알았습니다.
【楊八】: [인명] 楊敬之. 유종원의 친척이자, 王參元의 친구. 항렬이 여덟째이기 때문에 楊八이라 했다. 【足下】: [경칭] 족하, 귀하. ※일반적으로 편지에서 항렬이 같거나 동년배 등 대등한 관계에서 상대방에 대한 경칭으로 사용한다. 여기서는 王參元을 가리킨다. 【餘儲(chǔ)】: 남은 물건.

3) 僕始聞而駭，中而疑，終乃大喜，蓋將弔而更以賀也。→ 저는 처음에는 듣고 놀랐으나, 중간에는 의심을 품었고, 나중에는 오히려 크게 기뻐하여, 본래 위문하려던 마음을 바꾸어 축하했습니다.

若果蕩焉泯焉，而悉無有，乃吾所以尤賀者也。[4]

足下勤奉養，樂朝夕，惟恬安無事是望也。[5] 今乃有焚煬赫烈之虞，以震駭左右，而脂膏滫瀡之具，或以不給，吾是以始而駭也。[6] 凡人之言皆曰：「盈虛倚伏，去來之不可常。」[7] 或將大有爲

【僕(pú)】：[자신에 대한 겸칭] 저. 【始】：처음에. 【駭(hài)】：놀라다. 【中】：도중, 중간. 【乃】：오히려. 【蓋】：[어기사]. 【將】：(장차) …하려 하다. 【弔(diào)】：위로하다, 위문하다. 【更】：(생각을) 바꾸다.

4) 道遠言略，猶未能究知其狀。若果蕩焉泯焉，而悉無有，乃吾所以尤賀者也。→ 길은 멀고 (서신의) 말은 간략하여, 아직은 그 상황을 소상히 알 수가 없습니다. 만일 정말로 완전히 제거되어, 모두 다 없어졌다면, 그것이 바로 제가 더더욱 축하하는 까닭입니다.
【猶(yóu)】：아직, 여전히. 【究知】：소상히 알다. 【狀(zhuàng)】：상황. 【若果】：만일 정말로. 【蕩(dàng)】：완전히 제거되다. 【焉(yān)】：[어조사]. 【泯(mǐn)】：소멸되다, 없어지다. 【悉(xī)】：모두, 다. 【乃】：바로 …이다. 【所以…】：…한 까닭. 【尤】：특히, 더욱.

5) 足下勤奉養，樂朝夕，惟恬安無事是望也。→ 족하께서는 부지런히 (부모를) 봉양하고, 하루 종일 즐겁게 지내며, 오직 평안무사하기만을 바라셨습니다.
【朝夕】：아침저녁, 즉 「하루 종일」의 뜻. 【惟恬(tián)安無事是望】：오직 편안하기만을 바라다. 「惟…是…」：오직 …만을 …하다. ※문언문에서 「唯＋목적어＋是＋동사」의 형태는, 원래 「唯＋동사＋목적어」의 형태를 조사 「是」를 사용하여 동사와 목적어를 도치시킨 것이다. 해석할 때는 본래의 「唯＋동사＋목적어」의 구조로 바꾸어 해석하면 된다.

6) 今乃有焚煬赫烈之虞，以震駭左右，而脂膏滫瀡之具，或以不給，吾是以始而駭也。→ 지금 뜻밖에 큰 화재를 당해, 당신을 놀라게 했고, 또한 음식을 조리하는 도구가, 혹시 이로 인해 공급되지 못할 수 있기 때문에, 그래서 내가 처음에는 놀랐던 것입니다.
【乃】：뜻밖에, 의외로. 【焚煬(fén yáng)】：불타다 【赫(hè)烈】：불길이 맹렬한 모양. 【虞(yú)】：재해, 재난. 【震駭(zhèn hài)】：[사동용법] 놀라게 하다. 【左右】：주변 사람, 측근. 실제로는 「당신」의 뜻. ※상대방을 직접 지칭하지 않고 상대방의 주변 측근 사람을 지칭함으로써 상대방에 대한 존경의 뜻을 표한 것이다. 【脂膏滫瀡(zhī gāo xiǔ suǐ)】：음식을 조리하다. 「脂膏」：육류의 脂肪. 「滫瀡」：쌀뜨물에 음식을 담가 부드럽게 하는 조리법의 하나. 【給(jǐ)】：제공하다, 공급하다. 【是以】：그래서, 이로 인해. 【始】：처음에.

也，乃始厄困震悸。於是有水火之孽，有群小之慍。[8] 勞苦變動，而後能光明，古之人皆然。[9] 斯道遼闊誕漫，雖聖人不能以是必信，是故中而疑也。[10]

以足下讀古人書，爲文章，善小學，其爲多能若是，而進不能出群士之上，以取顯貴者，蓋無他焉。[11] 京城人多言足下家有

---

7) 凡人之言皆曰：「盈虛倚伏，去來之不可常。」→ 대저 사람들의 말은 모두：「차는 것과 기우는 것은 서로 의존하며, 왔다 갔다 하여 항상 그대로 일 수가 없다」고 합니다.

【盈虛】：차고 기움. 즉「성쇠・길흉・득실」등을 가리킨다.【倚伏(yǐ fú)】：의지하고 숨다. 즉「서로 의존하다」의 뜻. ※≪老子≫：「禍兮福之所倚，福兮禍之所伏。(화는 복이 의지하는 곳이고, 복은 화가 숨어 있는 곳이다.)」즉, 화와 복이 서로 바뀔 수 있다는 뜻이다.【不可常】：항상 그대로 일 수가 없다, 변하지 않을 수 없다.

8) 或將大有爲也，乃始厄困震悸。於是有水火之孽，有群小之慍。→ 어떤 사람이 장차 큰일을 하려고 하면, 처음에는 오히려 곤경과 놀라운 일을 당합니다. 그리하여 물불의 재앙을 당하고, 여러 소인배들의 원망을 듣는 것입니다.

【大有爲】：큰일을 하다.【乃】：오히려.【厄(è)困】：곤경에 빠지다, 고난을 당하다.【震悸(zhèn jì)】：놀라다, 두려워하다.【於是】：이에, 그리하여.【孽(niè)】：재앙.【慍(yùn)】：원망, 비방.

9) 勞苦變動，而後能光明，古之人皆然。→ 고난과 변동을 거쳐야, 이후에 광명이 올 수 있으며, 옛 사람들도 모두 그러했습니다.

【而後】：이후, 연후.

10) 斯道遼闊誕漫，雖聖人不能以是必信，是故中而疑也。→ (그러나) 이 도리는 한없이 원대하여, 비록 성인이라 해도 이를 근거로 확신할 수 없기 때문에, 그래서 중간에 의심을 품은 것입니다.

【斯道】：이 도리, 즉「盈虛倚伏의 도리」.【遼闊(liáo kuò)】：아득히 멀고 광활하다.【誕漫(dàn màn)】：넓고 끝이 없다.【以是必信】：이를 근거로 확신하다.【是故】：그래서, 그러므로.【中】：도중에, 중간에.

11) 以足下讀古人書，爲文章，善小學，其爲多能若是，而進不能出群士之上，以取顯貴者，蓋無他焉。→ 족하께서 옛사람의 글을 읽었기 때문에, 글을 잘 쓰고, 小學에 능통하며, 이처럼 다재다능하지만, 그러나 관직에서 많은 선비들을 능가하여 높은 지위를 얻지 못하는 것은, 다른 까닭이 없습니다.

【以】：因, …로 인해, …때문에.【小學】：소학. 문자의 形・音・義를 연구하는

積貨，士之好廉名者，皆畏忌不敢道足下之善。12) 獨自得之，心蓄之，銜忍而不出諸口。13) 以公道之難明，而世之多嫌也。一出口，則嗤嗤者以爲得重賂。14)

僕自<u>貞元</u>十五年，見足下之文章，蓄之者蓋六七年，未嘗言。15) 是僕私一身而負公道久矣，非特負足下也。16) 及爲御史、尙書郎，

학문. 【多能】: 다재다능. 【若是】: 이와 같다. 【進】: 벼슬, 관직 생활. 【出】: 초월하다, 능가하다. 【顯(xiǎn)貴】: 높은 지위. 【蓋】: [어기사] ※앞에서 한 말을 이어받아 이유나 원인을 표시한다.

12) 京城人多言足下家有積貨，士之好廉名者，皆畏忌不敢道足下之善。→ 京城 사람들 대부분이 족하의 집에 재물을 쌓아 두고 있다고 말하여, 선비 중에 청렴한 명성을 좋아하는 사람들이, 모두 두려워하고 꺼려하며 감히 족하의 장점을 말하지 못하고 있습니다.

【積貨】: 재물을 쌓아두다. 【好(hào)】: [동사] 좋아하다. 【廉(lián)名】: 청렴한 명성. 【畏忌(wèi jì)】: 두려워하고 꺼리다. 【善】: 장점, 재능.

13) 獨自得之，心蓄之，銜忍而不出諸口。→ (그들은) 오직 자신만 그것을 알고, 마음속에 쌓아 둔 채, 꾹 참으며 입 밖에 내지 않고 있습니다.

【獨】: 다만, 오직. 【蓄(xù)】: 쌓아 두다, 담아 두다. 【銜(xián)忍】: 꾹 참다. 【諸】: 之於의 합음.

14) 以公道之難明，而世之多嫌也。一出口，則嗤嗤者以爲得重賂。→ 공정한 도리가 밝혀지기 어렵기 때문에, 세상에 의심이 많은 것입니다. 한 번 입 밖에 내면, 비웃기 좋아하는 사람은 후한 뇌물을 받았다고 생각합니다.

【以】: 因, …로 인해, …때문에. 【公道】: 공정한 도리, 정도. 【難(nán)明】: 밝히기 어렵다. 【嫌(xián)】: 의심. 【嗤(chī)嗤】: 비웃는 모양. 【以爲】: …라 여기다, …라고 생각하다. 【重賂(zhòng lù)】: 후한 뇌물.

15) 僕自貞元十五年，見足下之文章，蓄之者蓋六七年，未嘗言。→ 저는 貞元 15년부터, 족하의 문장을 보고, 마음속에 쌓아둔 지 대략 6~7년이 되지만, 아직 말한 적이 없습니다.

【僕(pú)】: [겸칭] 저. ※상대방에게 자신을 낮추어 부른 말. 【自】: …로부터. 【貞元十五年】: 唐德宗 貞元 15년(805). 「貞元」: 德宗의 연호. 【蓋】: 대략, 대체로. 【未嘗】: …한 적이 없다.

16) 是僕私一身而負公道久矣，非特負足下也。→ 이는 제가 오랫동안 자신만을 돌보며 공정한 도리를 저버린 것이지만, 오직 족하만을 저버린 것은 아닙니다.

【是】: [대명사] 이것, 즉 「족하의 문장을 보고 6-7년 동안 줄곧 말하지 않은

自以幸爲天子近臣，得奮其舌，思以發明足下之鬱塞。[17] 然時稱道於行列，猶有顧視而竊笑者。[18] 僕良恨修己之不亮，素譽之不立，而爲世嫌之所加，常與孟幾道言而痛之。[19]

乃今幸爲天火之所滌盪，凡衆之疑慮，擧爲灰埃。[20] 黔其廬，赭其垣，以示其無有。而足下之才能，乃可以顯白而不汙，其實出矣。[21] 是祝融、回祿之相吾子也。則僕與幾道十年之相知，不

것」.【私一身】: 자신만을 돌보다.【負(fù)】: 저버리다.【特】: 오직, 다만.

17) 及爲御史、尙書郞，自以幸爲天子近臣，得奮其舌，思以發明足下之鬱塞。→ (제가) 御史·尙書郞이 되었을 때, 스스로 다행히 천자의 측근 신하가 되어, 의견을 말할 기회를 얻었다고 여겨, 족하의 답답한 심정을 설명하려고 생각했습니다.
【及】: 이르다, 되다.【御史】: [관직] 감찰어사.【尙書郞】: [관직] 尙書省 禮部員外郞.【以】: 以爲, …라 여기다, …라고 생각하다.【思】: 생각하다, 마음먹다.【發明】: 설명하다, 분명하게 밝히다.【鬱(yù)塞】: 답답하다, 울적하다.

18) 然時稱道於行列，猶有顧視而竊笑者。→ 그러나 때때로 동료들에게 족하를 칭찬하면, 여전히 서로 바라보며 몰래 비웃었습니다.
【稱道】: 칭찬하다.【行(háng)列】: 동료.【猶】: 여전히.【顧(gù)視】: 서로 바라보다.【竊(qiè)笑】: 몰래 비웃다.

19) 僕良恨修己之不亮，素譽之不立，而爲世嫌之所加，常與孟幾道言而痛之。→ 저는 실로 자신의 수양이 부족하고, 평소의 명예가 확립되지 못해, 세상 사람들에게 의심받는다는 것을 한스럽게 여겨, 항상 孟幾道와 함께 그것을 이야기하며 마음 아파했습니다.
【良】: 실로, 정말로.【恨(hèn)】: 한스럽게 생각하다.【不亮】: 밝지 못하다. 즉 「부족하다, 모자라다」의 뜻.【素譽】: 평소의 명예.【爲…所…】: [피동형] …에게 …을 당하다, …에 의해 …되다.【孟幾道】: [인명] 孟簡. 자는 幾道. 平昌[지금의 사천성 平昌縣] 사람으로, 山南東道節度使를 지냈으며 柳宗元의 친구이다.

20) 乃今幸爲天火之所滌盪，凡衆之疑慮，擧爲灰埃。→ 이제 다행히 불에 모두 깨끗이 타버려서, 무릇 많은 사람들의 의심과 염려가, 모두 재와 먼지로 변해 버렸습니다.
【乃今】: 이제, 지금.【滌盪(dí dàng)】: 씻어 없애다. 여기서는 「깨끗이 타버리다」의 뜻.【擧】: 모두, 다.【灰埃(huī āi)】: 재와 먼지.

21) 黔其廬，赭其垣，以示其無有。而足下之才能，乃可以顯白而不汙，其實出矣。→ (불이) 집을 검게 만들고, 담장을 붉게 만들어, 아무것도 가진 것이 없음을 보여주었

若茲火一夕之爲足下譽也。[22] 宥而彰之，使夫蓄於心者，咸得開其喙；發策決科者，授子而不慄。[23] 雖欲如曏之蓄縮受侮，其可得乎？於茲吾有望於子，是以終乃大喜也。[24]

습니다. 그리하여 족하의 재능이, 비로소 분명히 드러나 때 묻지 않고, 그 실제의 모습이 나타날 수 있었습니다.

【黔(qián)】: [동사용법] 검게 변하다 【廬(lú)】: 집. 【赭(zhě)】: [동사용법] 붉게 변하다. 【垣(yuán)】: 담장. 【乃】: 비로소. 【顯(xiǎn)白】: 분명히 드러나다. 【實出】: 실제의 모습이 나타나다.

22) 是祝融、回祿之相吾子也。則僕與幾道十年之相知，不若茲火一夕之爲足下譽也。→ 이는 祝融과 回祿이 그대를 도와준 것입니다. 즉 저와 맹기도는 (그대와) 十年知己이지만, 이 불이 하루저녁에 족하를 명예롭게 만든 것만 못합니다.

【祝融(róng)、回祿】: 축융과 회록. 모두 전설 속의 火神 이름. 【相(xiàng)】: 도와주다. 【吾子】: 당신, 그대. ※문장에서 상대방을 친밀하게 부를 때 사용한다. 【相知】: 知己, 서로 잘 아는 사이. 【不若】: 不如, …보다 못하다, …하는 것이 낫다. 【茲(zī)】: 此, 이.

23) 宥而彰之，使夫蓄於心者，咸得開其喙；發策決科者，授子而不慄。→ (이번의 화재는) 그대를 도와 그대의 재능을 드러내어, 마음속에 담아두고 말을 하지 않던 사람들로 하여금, 모두 그 입을 열 수 있게 하고; 시험을 주관하는 사람들로 하여금, 그대에게 관직을 주고도 두려운 생각을 갖지 않게 할 것입니다.

【宥(yòu)】: 佑, 돕다. 【彰(zhāng)】: 밝히다, 드러내다. 【之】: [대명사] 그것, 즉「(王參元의) 재능」. 【使】: …로 하여금 …하게 하다. 【夫】: 그, 저. 【咸】: 모두, 다. 【得】: 能, …할 수 있다. 【喙(huì)】: 새의 부리. 여기서는「사람의 입」을 가리킨다. 【發策決科者】: 시험 문제를 출제하여 취사를 결정하는 사람. 즉「시험을 주관하는 사람」. ※唐代의 과거 제도는 策問으로 시험하여 取士를 결정했는데, 시험 문제 출제를「發策」, 시험에 합격한 것을「決科」라 했다. 【慄(lì)】: 두려워하다.

24) 雖欲如曏之蓄縮受侮，其可得乎？於茲吾有望於子，是以終乃大喜也。→ 비록 이전처럼 주눅 들고 비난을 받고자 해도, 어찌 가능하겠습니까? 이 점에 있어서 저는 그대에게 희망을 가지고 있기 때문에, 그래서 최후에는 끝내 크게 기뻐했습니다.

【欲】: …하고자 하다. 【如曏(xiàng)】: 이전처럼, 전과 같이. 「曏」: 접때, 이전. 【蓄縮(xù sù)】: 위축되다, 주눅 들다. 【受侮】: 모욕을 당하다. 【其】: 豈, 어찌. 【可得】: 可能, 가능하다. 【於茲】: 이에 대해, 이 점에 있어서. 【是以】: 그래서, 이로 인해. 【乃】: 마침내, 결국.

古者列國有災，同位者皆相弔。許不弔災，君子惡之。[25] 今吾之所陳若是，有以異乎古，故將弔而更以賀也。[26] 顏、曾之養，其爲樂也大矣，又何闕焉![27]

■ | 번역문

진사(進士) 왕삼원(王參元)이 화재 당한 것을
축하하여 보낸 서신

양팔(楊八)의 서신을 받고 족하께서 화재를 당해 집에 아무것도 남은 것이 없다는 것을 알았습니다. 저는 처음에는 듣고 놀랐으나 중간에는

25) 古者列國有災，同位者皆相弔。許不弔災，君子惡之。→ 옛날 제후국에 재난이 발생하면, 같은 지위의 제후들이 모두 서로 위로했습니다. 한 번은 許나라가 (宋・衛・陳・鄭나라의) 재난을 위문하지 않아, 군자들이 허나라를 싫어했습니다. ※≪左傳・昭公十八年≫의 기록에 의하면 宋・衛・陳・鄭에 화재가 발생했는데, 許나라가 위문을 하지 않아 군자들은 허나라가 장차 먼저 멸망할 것을 알았다.
【列國】: 춘추시대의 여러 제후국. 【同位者】: 같은 지위의 제후. 【弔(diào)】: 위로하다, 위문하다. 【許】: 춘추시대의 나라 이름. 지금의 하남성 許昌縣 일대. 【惡(wù)】: 미워하다, 싫어하다. 【之】: [대명사] 그것, 즉 許나라.

26) 今吾之所陳若是，有以異乎古，故將弔而更以賀也。→ 지금 제가 진술한 바는 이와 같지만, 옛날과 다른 점이 있기 때문에, 그래서 위문하려던 것을 바꾸어 축하하기로 한 것입니다.
【若是】: 如此, 이와 같다.

27) 顏、曾之養，其爲樂也大矣，又何闕焉! → 顏回・曾參의 부모에 대한 봉양은, (풍족하지는 못했어도) 그 즐거움이 컸으니, 또 무엇이 부족하다 하리오!
【顏、曾】: [인명] 顏回와 曾參. 두 사람 모두 孔子의 제자. ※≪論語≫의 기록에 의하면 공자가 안회의 安貧樂道함을 칭찬했고, 또 ≪史記≫의 기록에 의하면 증삼은 부모에 대해 효성이 지극했다고 한다. 【闕(quē)】: 缺, 부족하다, 모자라다. 【焉】: [어조사].

의심을 품었고 나중에는 오히려 크게 기뻐하여, 본래 위문하려던 마음을 바꾸어 축하했습니다. 길은 멀고 (서신의) 말은 간략하여 아직은 그 상황을 소상히 알 수가 없습니다. 만일 정말로 완전히 제거되어 모두 다 없어졌다면, 그것이 바로 제가 더더욱 축하하는 까닭입니다.

족하께서는 부지런히 (부모를) 봉양하고 하루 종일 즐겁게 지내며 오직 평안무사하기만을 바라셨습니다. 지금 뜻밖에 큰 화재를 당해 당신을 놀라게 했고, 또한 음식을 조리하는 도구가 혹시 이로 인해 공급되지 못할 수 있기 때문에, 그래서 내가 처음에는 놀랐던 것입니다. 대저 사람들의 말은 모두 :「차는 것과 기우는 것은 서로 의존하며 왔다 갔다 하여 항상 그대로 일 수가 없다」고 합니다. 어떤 사람이 장차 큰일을 하려고 하면 처음에는 오히려 곤경과 놀라운 일을 당합니다. 그리하여 물불의 재앙을 당하고, 여러 소인배들의 원망을 듣는 것입니다. 고난과 변동을 거쳐야 이후에 광명이 올 수 있으며, 옛 사람들도 모두 그러했습니다. (그러나) 이 도리는 한없이 원대하여 비록 성인이라 해도 이를 근거로 확신할 수 없기 때문에, 그래서 중간에 의심을 품은 것입니다.

족하께서 옛사람의 글을 읽었기 때문에 글을 잘 쓰고 소학(小學)에 능통하며 이처럼 다재다능하지만, 그러나 관직에서 많은 선비들을 능가하여 높은 지위를 얻지 못하는 것은 다른 까닭이 없습니다. 경성(京城) 사람들 대부분이 족하의 집에 재물을 쌓아 두고 있다고 말하여, 선비 중에 청렴한 명성을 좋아하는 사람들이 모두 두려워하고 꺼려하며 감히 족하의 장점을 말하지 못하고 있습니다. (그들은) 오직 자신만 그것을 알고 마음속에 쌓아 둔 채, 꾹 참으며 입 밖에 내지 않고 있습니다. 공정한 도리가 밝혀지기 어렵기 때문에 세상에 의심이 많은 것입니다. 한 번 입 밖에 내면 비웃기 좋아하는 사람은 후한 뇌물을 받았다고 생각합니다.

저는 정원(貞元) 15년부터 족하의 문장을 보고 마음속에 쌓아둔 지 대략 6~7년이 되지만 아직 말한 적이 없습니다. 이는 제가 오랫동안 자신만을 돌보며 공정한 도리를 저버린 것이지만, 오직 족하만을 저버린 것은 아닙니다. (제가) 어사(御史)・상서랑(尙書郞)이 되었을 때, 스스로 다행히 천자의 측근 신하가 되어 의견을 말 할 기회를 얻었다고 여겨 족하의 답답한 심정을 설명하려고 생각했습니다. 그러나 때때로 동료들에게 족하를 칭찬하면, 여전히 서로 바라보며 몰래 비웃었습니다. 저는 실로 자신의 수양이 부족하고 평소의 명예가 확립되지 못해 세상 사람들에게 의심받는다는 것을 한스럽게 여겨, 항상 맹기도(孟幾道)와 함께 그것을 이야기하며 마음 아파했습니다.

이제 다행히 불에 모두 깨끗이 타버려서, 무릇 많은 사람들의 의심과 염려가 모두 재와 먼지로 변해 버렸습니다. (불이) 집을 검게 만들고 담장을 붉게 만들어 아무것도 가진 것이 없음을 보여주었습니다. 그리하여 족하의 재능이 비로소 분명히 드러나 때 묻지 않고 그 실제의 모습이 나타날 수 있었습니다. 이는 축융(祝融)과 회록(回祿)이 그대를 도와준 것입니다. 즉 저와 맹기도는 (그대와) 십년지기(十年知己)이지만, 이 불이 하루저녁에 족하를 명예롭게 만든 것만 못합니다. (이번의 화재는) 그대를 도와 그대의 재능을 드러내어, 마음속에 담아두고 말을 하지 않던 사람들로 하여금 모두 그 입을 열 수 있게 하고, 시험을 주관하는 사람들로 하여금 그대에게 관직을 주고도 두려운 생각을 갖지 않게 할 것입니다. 비록 이전처럼 주눅 들고 비난을 받고자 해도 어찌 가능하겠습니까? 이 점에 있어서 저는 그대에게 희망을 가지고 있기 때문에, 그래서 최후에는 끝내 크게 기뻐했습니다.

옛날 제후국에 재난이 발생하면 같은 지위의 제후들이 모두 서로 위로했습니다. 한 번은 허(許)나라가 송(宋)·위(衛)·진(陳)·정(鄭)나라의 재난을 위문하지 않아 군자들이 허나라를 싫어했습니다. 지금 제가 진술한 바는 이와 같지만, 옛날과 다른 점이 있기 때문에, 그래서 위문하려던 것을 바꾸어 축하하기로 한 것입니다. 안회(顔回)·증삼(曾參)의 부모에 대한 봉양은 (풍족하지는 못했어도) 그 즐거움이 컸으니 또 무엇이 부족하다 하리오!

■ | 해제(解題) 및 본문요지 설명

왕삼원(王參元)은 복양(濮陽)[지금의 하남성 경내] 사람으로 당(唐) 헌종(憲宗) 원화(元和) 2년(807) 진사에 급제했다. 부방절도사(鄜坊節度使) 왕서요(王栖曜)의 아들로 집안이 부유하고 재능이 뛰어났으나 불행하게도 화재를 당해 모든 재산을 잃고 말았다.

본문은 유종원(柳宗元)이 친구 왕삼원의 화재 소식을 듣고 이를 위로하지 않고 오히려 축하의 뜻을 담아 보낸 서신이다.

본문은 여섯 단락으로 나눌 수 있는데, 첫째 단락에서는 작자가 왕삼원의 화재 소식을 듣고 서신을 보내면서 서신을 보내는 목적이 위로가 아니라 축하하기 위한 것임을 말했고; 둘째 단락에서는 「영허의복(盈虛倚伏)」의 이치를 가지고 왕삼원을 위로했고; 셋째 단락에서는 왕씨가 재능이 있음에도 출세하지 못한 까닭이 집안의 부유함으로 인해 그를 발탁할 역량을 가진 사람들이 모두 꺼려하기 때문이라는 것을 말했고; 넷째 단락에서는 작자 자신이 완삼원을 천거할 수 없었던 것도 왕삼원을 칭찬했다가 동료들로부터 비난을 당한 후 꺼리는 바가 있었기 때문이라는 것을 말했고; 다섯째 단락에서는 왕삼원이 화재를 당해 파산함으로써 그를 발탁할 역량을 가진 사람들이 그를 추천하는데 꺼려할 요인이 없어졌다는 것을 말했고; 마지막 단락에서는 작자가 내용 전체를 정리하는 의미에서, 옛날 같으면 왕삼원이 재난을 당한 것에 대해 마땅히 위로를 해야 하지만, 지금은 옛날과 다르기 때문에 오히려 위로 대신 축하한다는 것을 말했다.

154 대루원기(待漏院記)

[宋] 王禹偁

■ | 작자

왕우칭(王禹偁 : 954-1001)은 자가 원지(元之)이며 북송(北宋) 제주(濟州) 거야(鉅野)[지금의 산동성 경내] 사람이다. 오대(五代) 후주(後周) 세종(世宗) 현덕(顯德) 원년에 때어나 아홉 살 때 이미 문장에 능했으며, 오대가 망하고 송(宋)이 전국을 통일한 후 북송 태종(太宗) 태평흥국(太平興國) 8년(983) 진사에 급제하여, 우습유(右拾遺) · 좌사간(左司諫) · 지제고(知制誥) 등을 지냈다.

그는 직언으로 충간하다가 여러 차례 폄적을 당했는데, 북송 왕조의 빈약한 형국을 우려하여 태종(太宗) · 진종(眞宗) 두 왕조에 걸쳐 남아도는 병사와 인원을 줄여 변방을 방비하는데 투입할 것을 건의하기도 했다.

그는 진종 함평(咸平) 2년(999) 태종실록(太宗實錄)을 편찬하는 작업에 참여했으나 재상 장제현(張齊賢) · 이항(李沆) 등과 의견이 맞지 않아 그들로부터 미움을 사서 결국 지제고(知制誥)에서 물러나 황주(黃州) 지현(知縣)으로 폄적되었다. 후에 기주(蘄州)로 이사하여 한 달을 넘기지 못하고 함평 4년(1001) 48세의 나이로 세상을 떠났다.

저서로 ≪소축집(小畜集)≫ 20권 · ≪소축외집(小畜外集)≫ 43권 · ≪승명집(承明集)≫ 10권 · ≪집의(集議)≫ 10권 및 ≪오대사궐문(五代史闕文)≫ 등이 있다.

■ | 원문 및 주석

待漏院記[1)]

天道不言，而品物亨，歲功成者，何謂也? 四時之吏，五行之佐，宣其氣矣。[2)] 聖人不言，而百姓親，萬邦寧者，何謂也? 三公論道，六卿分職，張其敎矣。[3)] 是知君逸於上，臣勞於下，法乎天也。[4)] 古之善相天下者，自咎、夔至房、魏，可數也。[5)] 是不獨有

---

1) 待漏院記 → 待漏院에 대해 적은 글
【待漏院】: 재상이 아침 입조하기 전에 쉬며 기다리던 장소. ※≪唐國史補≫의 기록에 의하면 대루원은 唐憲宗 元和 초기부터 두기 시작했다.

2) 天道不言，而品物亨，歲功成者，何謂也? 四時之吏，五行之佐，宣其氣矣。→ 天道는 말을 하지 않는데, 만물이 형통하고, 해마다 수확이 이루어지는 것은, 무슨 이치인가? 四時의 神과 五行의 도움이, 그 氣를 형통하게 하기 때문이다.
【天道】: 천도, 자연의 법칙. 【品物】: 만물. 【亨】: 형통하다. 【歲功】: 한 해의 수확. ※이를 「일 년 네 계절의 순서」라고 풀이하기도 한다. 【何謂】: 무슨 이치인가? 무슨 까닭인가? 【四時之吏】: 사시를 관장하는 신. 즉 春의 句芒·夏의 祝融·秋의 蓐收·冬의 玄冥. 【五行】: 우주 만물을 이루는 다섯 가지 원소, 즉 金·木·水·火·土. 【佐】: 보좌, 도움. 【宣】: 소통시키다.

3) 聖人不言，而百姓親，萬邦寧者，何謂也? 三公論道，六卿分職，張其敎矣。→ 성인은 말을 하지 않는데, 백성이 화친하고, 여러 나라가 편안한 것은, 무슨 이치인가? 三公이 治國의 원칙을 토론하고, 六卿이 직무를 나누어 맡아, 성인의 가르침을 펴나가기 때문이다.
【萬邦】: 여러 나라. 【三公】: ≪尙書·周官≫에는 「太師·太傅·太保」를 三公이라 했다. 이는 국정의 최고위직인 「재상」을 가리킨다. 【論道】: 도를 논하다. 즉 「治國의 방법을 논하다」의 뜻. 【六卿】: ≪尙書·周官≫에는 「冢宰·司徒·宗伯·司馬·司寇·司空」을 六卿이라 했다. 이는 「六部의 장관」을 가리킨다. 【張】: 펴다.

4) 是知君逸於上，臣勞於下，法乎天也。→ 이로써 군주가 위에서 편안하고, 신하가 아래에서 고생하는 것이, 하늘에서 본받은 것임을 알 수 있다.
【逸(yì)】: 안락하다, 편안하다. 【法乎…】: 法於…, …에서 본받다. 「乎」: 於.

5) 古之善相天下者，自咎、夔至房、魏，可數也。→ 옛날에 천자를 도와 천하를 다스리는 데 능한 사람으로는, 舜임금 시대의 皐陶·后夔로부터 唐代의 房玄齡·魏徵에

其德, 亦皆務於勤爾。況夙興夜寐, 以事一人。卿大夫猶然, 況宰相乎?[6)]

朝廷自國初因舊制, 設宰臣待漏院於丹鳳門之右, 示勤政也。[7)] 至若北闕向曙, 東方未明, 相君啓行, 煌煌火城。[8)] 相君至止, 噦噦鑾聲。金門未闢, 玉漏猶滴。[9)] 徹蓋下車, 于焉以息。待漏之

이르기까지, 수를 헤아릴 수가 있다.

【相(xiàng)】: [동사] 도와서 다스리다. 【咎(gāo)】: 咎陶(gāo yáo, 구요) 또는 皐陶(gāo yáo, 고요)라고도 한다. 虞나라 舜임금의 신하로 刑獄을 다스렸다. 【夔(kuí)】: 后夔. 虞나라 舜임금의 신하로 음악을 관장했다. 【房】: 房玄齡. 唐太宗때의 재상. 【魏】: 魏徵. 唐太宗때의 재상. 【數(shǔ)】: [동사] 수를 헤아리다.

6) 是不獨有其德, 亦皆務於勤爾。況夙興夜寐, 以事一人。卿大夫猶然, 況宰相乎? → 이들은 다만 덕이 있을 뿐만 아니라, 또한 모두 맡은 일에 부지런히 힘썼다. 더구나 아침 일찍 일어나 밤늦게 잠을 자며, 군주를 섬겼다. 卿·大夫들조차도 그러한데, 하물며 宰相이야 어떠하겠는가?

【是】: [대명사] 이들, 즉 「고요·후기·방현령·위징」 등. 【獨】: 다만. 【務於勤】: 맡은 일에 힘쓰다. 【爾】: [어조사]. 【況】: 하물며, 더구나. 【夙興夜寐】: 아침 일찍 일어나 밤늦게 잠을 자다. 【猶】: …조차, …까지도.

7) 朝廷自國初因舊制, 設宰臣待漏院於丹鳳門之右, 示勤政也。→ 조정에서는 건국 초기부터 옛 제도를 좇아, 丹鳳門의 오른쪽에 재상의 待漏院을 설치하여, 政事에 근면하다는 것을 보여주었다.

【因】: 따르다, 좇다, 답습하다. 【宰臣】: 재상. 【丹鳳門】: 宋代 皇城의 南門. 【勤政】: 정사에 근면하다.

8) 至若北闕向曙, 東方未明, 相君啓行, 煌煌火城。→ 北闕에 동이 틀 무렵, 동방이 아직 밝아오기 전으로 말하면, 재상이 (입조하러) 나서는데, 등촉의 밝은 모습이 마치 불야성과도 같다.

【至若】: 至於, …로 말하면. ※판본에 따라서는 「至若」을 「乃若」이라 했다. 【北闕(què)】: 궁궐 북문 위의 망루. 【向曙(shǔ)】: 동이 틀 무렵. 【相(xiàng)君】: 재상의 존칭. 【啓(qǐ)行】: 출발하다, 떠나다, 나서다. 【煌(huáng)煌】: 밝은 모양. 【火城】: 불야성. ※재상이 입조하러 나설 때 도로상에 횃불을 밝혀 환한 모습을 이른 말.

9) 相君至止, 噦噦鑾聲。金門未闢, 玉漏猶滴。→ 재상이 도착하여 멈추면, 짤랑짤랑 수레의 말방울 소리가 들린다. 궁궐의 문은 아직 열리지 않았고, 玉漏에서는 여전히 물방울이 떨어지고 있다.

際, 相君其有思乎?[10)]

其或兆民未安, 思所泰之; 四夷未附, 思所來之;[11)] 兵革未息, 何以弭之; 田疇多蕪, 何以闢之;[12)] 賢人在野, 我將進之; 佞臣立朝, 我將斥之;[13)] 六氣不合, 災眚薦至, 願避位以禳之; 五刑未措, 欺詐日生, 請修德以釐之。[14)] 憂心忡忡, 待旦而入。九門既

【至止】: 도착하여 멈추다. 【噦(huì)噦】: [방울소리] 짤랑짤랑. 【鑾(luán)聲】: 수레의 말방울 소리. 【金門】: 궁문, 황금으로 장식한 궁궐의 문. 【未闢(pì)】: 아직 열리지 않다. 【玉漏(lòu)】: 옥루. 옛날 물방울로 시간을 재는 기구. 옥으로 장식한 물시계. 【猶(yóu)】: 여전히, 아직도. 【滴(dī)】: 물방울이 떨어지다.

10) 徹蓋下車, 于焉以息。待漏之際, 相君其有思乎? → 수레의 포장을 걷고 수레에서 내리면, 대루원에서 쉰다. 대루원에서 쉬는 동안, 재상은 아마도 여러 가지 생각을 할 것이다.
【徹(chè)】: 제거하다, 걷다. 【蓋】: 수레의 포장, 장막. 【焉(yān)】: 이곳, 여기. 즉 대루원. 【其】: 아마도.

11) 其或兆民未安, 思所泰之; 四夷未附, 思所來之; → (어진 재상은) 아마도 백성이 편안하지 못하면, 그들을 편안하게 할 방법을 생각하고; 사방의 오랑캐가 귀순하지 않으면, 그들을 귀순해 오게 할 방법을 생각하고;
【其或】: [복합허사] 혹시, 혹은, 어쩌면, 아마도. 【兆(zhào)民】: 백성. 【泰】: [사동용법] 편안하게 하다. 【附】: 귀순하다, 복종하다. 【來】: [사동용법] 귀순해 오도록 하다.

12) 兵革未息, 何以弭之; 田疇多蕪, 何以闢之; → 전쟁이 그치지 않으면, 어떻게 그것을 멈추게 할까를 생각하고; 전답이 많이 황폐해지면, 어떻게 그것을 개간할 것인가를 생각하고;
【兵革】: 전쟁. 【息】: 그치다, 멈추다. 【何以】: 어찌. 【弭(mǐ)】: 멈추다, 그치다. 【田疇(chóu)】: 전답, 밭. 【蕪(wú)】: 황폐하다, 잡초가 우거지다. 【闢(pì)】: 개간하다, 개척하다.

13) 賢人在野, 我將進之; 佞臣立朝, 我將斥之; → 현명한 사람이 초야에 묻혀 있으면, 내가 그들을 끌어들이려 생각하고; 간사한 사람이 조정에 존재하고 있으면, 자신이 그들을 물리치려 생각하고;
【我】: 나. 여기서는 「자기, 자신」을 가리킨다. 【將】: (장차) …하려 하다. 【進】: 끌어들이다, 발탁하다. 【佞(nìng)臣】: 간사한 신하, 아첨하는 신하. 【立朝】: 조정에서 벼슬을 하다, 조정에 존재하다. 【斥】: 배척하다, 물리치다.

14) 六氣不合, 災眚薦至, 願避位以禳之; 五刑未措, 欺詐日生, 請修德以釐之。→ 六氣가

啓, 四聽甚邇。相君言焉, 時君納焉。[15] 皇風於是乎淸夷, 蒼生以之而富庶。[16] 若然, 則總百官, 食萬錢, 非幸也, 宜也。[17]

其或私讎未復, 思所逐之; 舊恩未報, 思所榮之;[18] 子女玉

서로 조화를 이루지 못하여, 재앙이 잇달아 닥치면, 기꺼이 자리를 그만두어 재앙을 쫓도록 빌고; 五刑을 폐지하지 않았는데도, 속이는 일이 날로 발생하면, 덕을 쌓아 그들을 다스리도록 청하려는 생각을 할 것이다.

【六氣】: 陰・陽・風・雨・晦・明의 여섯 가지 기운. 【不合】: 서로 조화를 이루지 못하다, 서로 맞지 않다. 【災眚(zāi shěng)】: 재앙, 재난. 【薦(jiàn)】: 연이어, 연거푸, 잇달아. 【避(bì)位】: 자리를 그만두다, 자리에서 물러나다. 【禳(ráng)】: 재난을 쫓도록 빌다. 【五刑】: 唐代부터 淸代까지 시행하던 다섯 가지 형벌. 즉, 笞刑[작은 곤장으로 볼기를 치는 형벌]・杖刑[곤장으로 볼기를 치는 형벌]・徒刑[감옥에 가두는 형벌]・流刑[변경 또는 섬으로 유배시키는 형벌]・死刑[죽이는 형벌]. ※隋唐 이전에는 墨刑[이마에 글자를 새기는 형벌]・劓刑[코를 베는 형벌]・剕刑[다리를 자르는 형벌]・宮刑[거세하는 형벌]・大辟[죽이는 형벌] 등을 五刑이라 했다. 【措(cuò)】: 폐기하다, 그만두다, 버리다. 【欺詐(qī zhà)】: 속이는 일, 사기 행위. 【釐(lí)】: 다스리다.

15) 憂心忡忡, 待旦而入。九門旣啓, 四聽甚邇。相君言焉, 時君納焉。→ (그리하여) 근심으로 불안해하며, 아침 날이 밝기를 기다렸다가 입조한다. 궁문이 열리면, 임금이 바로 눈앞에 계신다. 재상이 의견을 말하면, 이때 임금이 그것을 받아들인다.

【忡(chōng)忡】: 근심으로 인해 불안한 모양. 【旦(dàn)】: 날이 밝을 때, 아침. 【九門】: 옛날 황궁의 아홉 개 문. 즉 路門・應門・雉門・庫門・皐門・城門・近郊門・遠郊門・關門. 여기서는 「여러 개의 궁문」을 가리킨다. 「九」: 많음을 나타내는 숫자. 【四聽(cōng)】: 사방 만민의 소리를 듣는 임금의 聽氣. 여기서는 「임금」을 가리킨다. 【甚邇(ěr)】: 매우 가깝다. 즉 「바로 눈앞에 있다」는 것을 나타낸 말. 「邇」: 近, 가깝다. 【納】: 받아들이다, 채택하다.

16) 皇風於是乎淸夷, 蒼生以之而富庶。→ (그리하여) 정치의 풍조가 평화롭게 되고, 백성들이 풍요로워 진다.

【皇風】: 조정의 정치 풍조. 【於是乎】: 그래서, 그리하여. 【淸夷】: 평화롭다, 태평하다. 【蒼(cāng)生】: 백성. 【以之】: 因此, 이로 인해. 【富庶(shù)】: 풍요롭다.

17) 若然, 則總百官, 食萬錢, 非幸也, 宜也。→ 만일 그렇다면, (재상이) 백관을 총체적으로 관리하여, 후한 봉록을 누리는 것은, 요행이 아니고, 당연한 것이다.

【若然】: 만일 그렇다면. 【總(zǒng)】: 총체적으로 관리하다. 【食萬錢】: 후한 봉록을 누리다, 많은 봉록을 받다.

帛, 何以致之; 車馬器玩, 何以取之;[19] 姦人附勢, 我將陟之; 直士抗言, 我將黜之;[20] 三時告災, 上有憂色, 構巧詞以悅之; 群吏弄法, 君聞怨言, 進諂容以媚之。[21] 私心慆慆, 假寐而坐。九門旣開, 重瞳屢迴。[22] 相君言焉, 時君惑焉。政柄于是乎隳哉, 帝位以

---

18) 其或私讎未復, 思所逐之; 舊恩未報, 思所榮之; →(이와 달리 간악한 재상은) 아마도 사사로운 원수를 갚지 못해, 그를 축출할 방법을 생각하고; 과거의 은혜를 갚지 못해, 그를 영예롭게 할 방법을 생각하고;

【私讎(chóu)】: 사사로운 원한. 【逐(zhú)】: 축출하다, 몰아내다. 【榮】: [사동용법] 영예롭게 하다.

19) 子女玉帛, 何以致之; 車馬器玩, 何以取之; → 노비와 시첩과 옥과 비단은, 어떻게 거두어들일까 생각하고; 수레와 말과 기물과 노리개는, 어떻게 취할까 생각하고;

【子女】: 남녀. 즉 「노비와 시첩」을 가리킨다. 【致】: 거두다, 챙기다. 【器玩】: 장신구.

20) 姦人附勢, 我將陟之; 直士抗言, 我將黜之; → 간사한 자가 (나의) 권세에 빌붙으면, 내가 그를 발탁하려 하고; 곧은 선비가 항의하면, 내가 그를 쫓아내려 하고;

【姦(jiān)人】: 간사한 사람. 【附勢】: 세력에 빌붙다. 【陟(zhì)】: 발탁하다, 등용하다. 【直士】: 올곧은 선비. 【抗言】: 항의하다, 이의를 제기하다. 【黜(chù)】: 쫓아내다, 몰아내다.

21) 三時告災, 上有憂色, 構巧詞以悅之; 群吏弄法, 君聞怨言, 進諂容以媚之。→ 봄·여름·가을의 농사일로 바쁜 계절에 재난을 알려, 임금이 걱정하는 기색을 보이면, 교묘한 말을 날조하여 임금을 기쁘게 하려 하고; 여러 관리들이 법을 농간하여, 임금이 원성을 들으면, 아첨하는 모습을 연출하며 아양 떠는 생각을 할 것이다.

【三時】: 봄·여름·가을의 농사일로 바쁜 계절. 【上】: 임금. 【構】: 꾸며내다, 날조하다. 【巧詞】: 교묘한 말. 【悅(yuè)】: [사동용법] 기쁘게 하다, 즐겁게 하다. 【弄(lòng)】: 농간하다. 【怨(yuàn)言】: 원성, 원망하는 말. 【進諂(chǎn)容】: 아첨하는 모습을 연출하다. 【媚(mèi)】: 알랑거리다, 아양을 떨다.

22) 私心慆慆, 假寐而坐。九門旣開, 重瞳屢迴。→(그리하여) 사심이 가득한 채, 잠자는 척하며 앉아 있다. 궁문이 열리면, 임금의 눈이 여러 차례 주시한다.

【慆(tāo)慆】: 가득한 모양. 【假寐(mèi)】: 잠자는 척하다. 【重瞳(chóng tóng)】: 두 개의 눈동자. 舜임금의 눈은 두 개의 눈동자가 있다고 전한다. 여기서는 「임금의 눈」을 가리킨다. 【屢迴(lǚ huí)】: 여러 차례 주시하다.

之而危矣。[23] 若然，則死下獄，投遠方，非不幸也，亦宜也。[24]

是知一國之政，萬人之命，懸于宰相，可不愼歟?[25] 復有無毁無譽，旅進旅退，竊位而茍祿，備員而全身者，亦無所取焉。[26]

棘寺小吏王禹偁爲文，請誌院壁，用規於執政者。[27]

---

23) 相君言焉，時君惑焉。政柄于是乎墮哉，帝位以之而危矣。→ 재상이 의견을 말하고, 이때 임금은 (그의 말에) 미혹된다. 그리하여 정권은 무너지고, 이로 인해 임금의 지위도 위태로워진다.
【政柄】: 政權. 【于是乎】: 그래서, 그리하여. 【墮(huī)】: 무너지다, 훼손되다.

24) 若然，則死下獄，投遠方，非不幸也，亦宜也。→ 만일 그렇다면, 죽을죄로 다스려 감옥에 가두거나, 먼 곳으로 추방해도, 결코 불행이 아니고, 또한 당연한 것이다.
【死】: 죽을죄를 씌우다, 죽을죄로 다스리다. 【投遠方】: 먼 곳으로 추방하다.

25) 是知一國之政，萬人之命，懸于宰相，可不愼歟? → 이로써 한 나라의 정치와, 만인의 목숨이, 재상에게 달려 있음을 알 수 있으니, 신중하지 않을 수 있겠는가?
【懸(xuán)于…】: …에 달려 있다. 「懸」: 달다, 매달다. 【愼(shèn)】: 삼가다, 신중하다.

26) 復有無毁無譽，旅進旅退，竊位而茍祿，備員而全身者，亦無所取焉。→ 이밖에도 또 비방을 받거나 칭찬을 받지 못하면서, 여러 사람들과 진퇴를 함께하고, 높은 자리를 훔쳐 그럭저럭 봉록을 타먹으며, 자리를 메우고 몸을 보전하는 자가 있는데, 이 또한 아무것도 취할 만한 점이 없다.
【無毁(huǐ)無譽(yù)】: 비방도 받지 않고 칭찬도 받지 못하다. 【旅進旅退】: 사람들이 나아가면 따라서 나아가고 사람들이 물러나면 따라서 물러나다, 여러 사람들과 진퇴를 함께하다. 「旅」: 衆, 많은 사람. 【竊(qiè)位】: 자리를 훔치다. 【茍祿(gǒu lù)】: 그럭저럭 봉록을 타먹다. 【備員】: 자리를 메우다, 인원수를 채우다. 【全身】: 몸을 보전하다. 【無所取】: 취할만한 것이 없다.

27) 棘寺小吏王禹偁爲文，請誌院壁，用規於執政者。→ 大理寺의 하급관리 王禹偁이 이 글을 지어, 대루원의 벽에 적어 놓고, 이로써 집권자에게 권고할 것을 청하고자 한다.
【棘(jí)寺】: 大理寺. 형옥을 다스리는 최고 관청. ※옛날에 사건을 棘木[대추나무] 아래에서 심판했기 때문에 유래된 말. 【小吏】: 낮은 관리. 여기서는 자신을 낮추어 부른 말. 【誌(zhì)】: 쓰다, 적다. 【規】: 권고하다. 【執政者】: 집정자, 정권을 잡고 있는 사람.

■ | 번역문

대루원(待漏院)에 대해 적은 글

천도(天道)는 말을 하지 않는데 만물이 형통하고 해마다 수확이 이루어지는 것은 무슨 이치인가? 사시(四時)의 신(神)과 오행(五行)의 도움이 그 기(氣)를 형통하게 하기 때문이다. 성인(聖人)은 말을 하지 않는데 백성이 화친하고 여러 나라가 편안한 것은 무슨 이치인가? 삼공(三公)이 치국(治國)의 원칙을 토론하고 육경(六卿)이 직무를 나누어 맡아 성인의 가르침을 펴나가기 때문이다. 이로써 군주가 위에서 편안하고 신하가 아래에서 고생하는 것이 하늘에서 본받은 것임을 알 수 있다. 옛날에 천자를 도와 천하를 다스리는 데 능한 사람으로는 순(舜)임금 시대의 고요(皐陶)·후기(后夔)로부터 당대(唐代)의 방현령(房玄齡)·위징(魏徵)에 이르기까지 수를 헤아릴 수가 있다. 이들은 다만 덕이 있을 뿐만 아니라 또한 모두 맡은 일에 부지런히 힘썼다. 더구나 아침 일찍 일어나 밤늦게 잠을 자며 군주를 섬겼다. 경(卿)·대부(大夫)들조차도 그러한데 하물며 재상(宰相)이야 어떠하겠는가?

조정에서는 건국 초기부터 옛 제도를 좇아 단봉문(丹鳳門)의 오른쪽에 재상의 대루원(待漏院)을 설치하여 정사(政事)에 근면하다는 것을 보여주었다. 북궐(北闕)에 동이 틀 무렵 동방이 아직 밝아오기 전으로 말하면, 재상이 (입조하러) 나서는데 등촉의 밝은 모습이 마치 불야성과도 같다. 재상이 도착하여 멈추면 짤랑짤랑 수레의 말방울 소리가 들린다. 궁궐의 문은 아직 열리지 않았고 옥루(玉漏)에서는 여전히 물방울이 떨어지고 있다. 수레의 포장을 걷고 수레에서 내리면 대루원에서 쉰다. 대루원에서 쉬는 동안 재상은 아마도 여러 가지 생각을 할 것이다.

(어진 재상은) 아마도 백성이 편안하지 못하면 그들을 편안하게 할 방법을 생각하고, 사방의 오랑캐가 귀순하지 않으면 그들을 귀순해오게 할 방법을 생각하고, 전쟁이 그치지 않으면 어떻게 그것을 멈추게 할까를 생각하고, 전답이 많이 황폐해지면 어떻게 그것을 개간할 것인가를 생각하고, 현명한 사람이 초야에 묻혀 있으면 내가 그들을 끌어들이려 생각하고, 간사한 사람이 조정에 존재하고 있으면, 자신이 그들을 물리치려 생각하고, 육기(六氣)가 서로 조화를 이루지 못하여 재앙이 잇달아 닥치면 기꺼이 자리를 그만두어 재앙을 쫓도록 빌고, 오형(五刑)을 폐지하지 않았는데도 속이는 일이 날로 발생하면 덕을 쌓아 그들을 다스리도록 청하려는 생각을 할 것이다. (그리하여) 근심으로 불안해하며 아침날이 밝기를 기다렸다가 입조한다. 궁문이 열리면 임금이 바로 눈앞에 계신다. 재상이 의견을 말하면, 이때 임금이 그것을 받아들인다. (그리하여) 정치의 풍조가 평화롭게 되고 백성들이 풍요로워 진다. 만일 그렇다면, (재상이) 백관을 총체적으로 관리하여 후한 봉록을 누리는 것은 요행이 아니고 당연한 것이다.

(이와 달리 간악한 재상은) 아마도 사사로운 원수를 갚지 못해 그를 축출할 방법을 생각하고, 과거의 은혜를 갚지 못해 그를 영예롭게 할 방법을 생각하고, 노비와 시첩과 옥과 비단은 어떻게 거두어들일까 생각하고, 수레와 말과 기물과 노리개는 어떻게 취할까 생각하고, 간사한 자가 (나의) 권세에 빌붙으면 내가 그를 발탁하려 하고, 곧은 선비가 항의하면 내가 그를 쫓아내려 하고, 봄·여름·가을의 농사일로 바쁜 계절에 재난을 알려 임금이 걱정하는 기색을 보이면 교묘한 말을 날조하여 임금을 기쁘게 하려 하고, 여러 관리들이 법을 농간하여 임금이 원성을 들으면 아첨하는 모습을 연출하며 아양 떠는 생각을 할 것이다.

(그리하여) 사심이 가득한 채 잠자는 척하며 앉아 있다. 궁문이 열리면 임금의 눈이 여러 차례 주시한다. 재상이 의견을 말하고, 이때 임금은 (그의 말에) 미혹된다. 그리하여 정권은 무너지고 이로 인해 임금의 지위도 위태로워진다. 만일 그렇다면, 죽을죄로 다스려 감옥에 가두거나 먼 곳으로 추방해도 결코 불행이 아니고 또한 당연한 것이다.

이로써 한 나라의 정치와 만인의 목숨이 재상에게 달려 있음을 알 수 있으니 신중하지 않을 수 있겠는가? 이밖에도 또 비방을 받거나 칭찬을 받지 못하면서 여러 사람들과 진퇴를 함께하고, 높은 자리를 훔쳐 그럭저럭 봉록을 타먹으며 자리를 메우고 몸을 보전하는 자가 있는데, 이 또한 아무것도 취할 만한 점이 없다.

대리사(大理寺)의 하급관리 왕우칭(王禹偁)이 이 글을 지어 대루원의 벽에 적어 놓고, 이로써 집권자에게 권고할 것을 청하고자 한다.

■ | 해제(解題) 및 본문요지 설명

본문은 왕우칭(王禹偁)이 집정자인 재상에 대해 나라와 백성을 위하는 일념으로 부지런히 정사(政事)에 임하고, 사리사욕으로 관직과 봉록을 보전하기 위해 나라와 백성을 그르치지 않기를 권고한 글이다.

본문은 여섯 단락으로 나눌 수 있는데, 첫째 단락에서는 임금이 편안하고 신하가 고생하는 것은 하늘의 도리로서 예로부터 현명한 재상들이 모두 부지런했다는 것을 말했고; 둘째 단락에서는 대루원을 설치한 목적에 대해 말했고; 셋째 단락에서는 입조하기 전에 대루원에서 쉬며 국사를 걱정하는 어진 재상의 형상을 말했고; 넷째 단락에서는 대루원에서 나라와 백성을 도외시하고 교묘한 말로 임금을 속이며 오직 개인의 이해관계를 위해 행동하는 간악한 재상의 형상을 말했고; 다섯째 단락에서는 비난도 받지 않고 칭찬도 받지 않으며 그럭저럭 자리나 채우고 봉록이나 챙기는 본받을 점이 없는 재상의 형상을 말했고; 마지막 단락에서는 이 글을 쓴 목적이 집정자들을 권고하려는 데 있다는 것을 말했다.

155 황강죽루기(黃岡竹樓記)

[宋] 王禹偁

■ | 작자

154. 대루원기(待漏院記) 참조

■ | 원문 및 주석

黃岡竹樓記[1]

黃岡之地多竹, 大者如椽。竹工破之, 刳去其節, 用代陶瓦。[2] 比屋皆然, 以其價廉而工省也。[3]

子城西北隅, 雉堞圮毁, 蓁莽荒穢。[4] 因作小樓二間, 與月波

1) 黃岡竹樓記 → 黃岡의 竹樓에 대해 적은 글

【黃岡】: [지명] 지금의 호북성 黃岡縣.

2) 黃岡之地多竹, 大者如椽。竹工破之, 刳去其節, 用代陶瓦。→ 黃岡 지방에는 대나무가 많은데, 큰 것은 마치 서까래와도 같다. 竹工이 그것을 쪼개, 그 마디를 파내고, 이로써 흙으로 구워 만든 기와를 대신한다.

【椽(chuán)】: 서까래. 【之】: [대명사] 그것, 즉 대나무. 【刳(kū)去】: 도려내다, 파내다. 【陶(táo)瓦】: 흙으로 구워 만든 기와.

3) 比屋皆然, 以其價廉而工省也。→ 집집마다 모두가 그러한데, 왜냐하면 그 값이 저렴하고 일손을 줄일 수 있기 때문이다.

【比家】: 집집마다. 「比」: 每. 【以】: 因, 왜냐하면 …때문이다. 【工省】: 일손을 줄이다, 작업을 덜다.

樓通。[5] 遠呑山光，平挹江瀨，幽闃遼敻，不可具狀。[6] 夏宜急雨，有瀑布聲；冬宜密雪，有碎玉聲。[7] 宜鼓琴，琴調和暢；宜詠詩，詩韻淸絶；[8] 宜圍棋，子聲丁丁然；宜投壺，矢聲錚錚然。皆竹樓之所助也。[9]

---

4) 子城西北隅，雉堞圮毁，蓁莽荒穢。→ 子城의 서북쪽 모퉁이는, 성가퀴가 모두 부서지고, 주변에 초목이 우거져 황량하고 더러워졌다.
【子城】: 큰 성에 속해 있는 작은 성. 【隅(yú)】: 모퉁이. 【雉堞(zhì dié)】: 치첩, 성가퀴. 【圮毁(pǐ huǐ)】: 무너지다, 붕괴되다. 【蓁莽(zhēn mǎng)】: 초목이 우거지다. 【荒穢(huāng huì)】: 황량하고 더러워지다.

5) 因作小樓二間，與月波樓通。→ 이로 인해 (내가) 작은 누대 두 채를 지어, 月波樓와 연결시켰다.
【因】: 이로 인해. 【作】: 짓다. 【月波樓】: [누대이름] 월파루. 왕우칭이 지은 작은 누대. 【通】: 통하게 하다, 연결시키다.

6) 遠呑山光，平挹江瀨，幽闃遼敻，不可具狀。→ 멀리 바라보면 산의 경치가 한 눈에 들어오고, 앞을 똑바로 바라보면 흐르는 강물이 눈앞에 펼쳐지는데, 그 고요하고 심원한 경치는, 일일이 다 말로 표현해 낼 수가 없다.
【遠】: 멀리 바라보다. 【呑(tūn)】: 삼키다, 즉 「한 눈에 들어오다」의 뜻. 【平】: 앞을 똑바로 보다. 【挹(yì)】: 흡수하다, 섭취하다. 여기서는 「눈앞에 펼쳐지다」의 뜻. 【江瀨(lài)】: 모래 위를 흐르는 강의 급류. 【幽闃(yōu qù)】: 고요하다, 조용하다. 【遼敻(liáo xiòng)】: 심원하다. 【具】: 모두, 다. 【狀】: 묘사해내다, 표현해내다

7) 夏宜急雨，有瀑布聲；冬宜密雪，有碎玉聲。→ 여름에는 소나기에 적합하여, 폭포 소리가 나고; 겨울에는 빼곡히 내리는 눈에 적합하여, 옥을 부수는 소리가 난다.
【宜】: 적합하다, 알맞다. 【急雨】: 소나기. 【密雪】: 빼곡히 내리는 눈.

8) 宜鼓琴，琴調和暢；宜詠詩，詩韻淸絶；→ 거문고를 타기에 적합하여, 거문고 소리가 조화를 이루며 거침이 없고; 시를 읊기에 적합하여, 시운이 청아하기 이를 데 없다.
【鼓(gǔ)】: (거문고를) 타다. 【和暢】: 조화를 이루다. 【淸絶】: 청아하기 이를 데 없다.

9) 宜圍棋，子聲丁丁然；宜投壺，矢聲錚錚然。皆竹樓之所助也。→ 바둑을 두기에 적합하여, 바둑돌 소리가 딱딱 울리고; 投壺에 적합하여, 살 소리가 쟁쟁 거린다. (이러한 즐거움은) 모두가 竹樓의 도움을 받은 것이다.
【圍棋】: [동사용법] 바둑을 두다. 【子】: 바둑 돌. 【丁(zhēng)丁】: [의성어] 딱

公退之暇，被鶴氅衣，戴華陽巾，手執≪周易≫一卷，焚香默坐，消遣世慮；[10] 江山之外，第見風帆沙鳥，煙雲竹樹而已。[11] 待其酒力醒，茶煙歇，送夕陽，迎素月，亦謫居之勝概也。[12]

彼齊雲、落星，高則高矣；井幹、麗譙，華則華矣。止於貯妓女，藏歌舞，非騷人之事，吾所不取。[13]

딱.【投壺(hú)】: 투호. 연회를 베풀 때 주인과 손님이 즐기는 오락의 일종으로, 항아리를 몇 걸음 떨어뜨려 놓은 위치에서 살을 던져 넣는 사람이 승자가 되어 패자에게 술을 따라 권한다.【矢】: 살, 화살.【錚(zhēng)錚】: [의성어] 쟁쟁. 쇠붙이가 부딪는 소리.

10) 公退之暇，被鶴氅衣，戴華陽巾，手執≪周易≫一卷，焚香默坐，消遣世慮；→ 공무를 끝내고 나서 한가한 시간에, 鶴氅衣를 입고, 華陽巾을 쓰고, 손에 ≪周易≫ 한 권을 들고, 향을 피우고 조용히 앉아, 세속의 잡념을 없앤다.

【公退】: 공무를 끝내다.【暇(xiá)】: 틈, 여가, 한가한 시간.【被(pī)】: 披, 입다, 걸치다.【鶴氅(hè chǎng)衣】: 새의 깃털로 짜서 만든 옷, 즉「道服」을 말한다.【戴(dài)】: 쓰다.【華陽巾】: 화양건, 도사가 쓰는 두건.【執(zhí)】: 잡다, 가지다.【消遣】: 없애다, 제거하다.【世慮】: 세속의 잡념.

11) 江山之外，第見風帆沙鳥，煙雲竹樹而已。→ 강과 산 이외에는, 다만 돛단배・모래톱 위의 새들・연기와 구름・대나무와 나무가 보일 뿐이다.

【第】: 다만.【風帆】: 돛단배.【沙鳥】: 모래톱 위를 나르는 새들.【而已】: …뿐이다.

12) 待其酒力醒，茶煙歇，送夕陽，迎素月，亦謫居之勝概也。→ 술기운이 깨고, 차를 끓이던 연기가 꺼지기를 기다렸다가, 석양을 보내고, 하얀 달을 맞으니, 이 또한 폄적 생활에서 보는 아름다운 경관이다.

【酒力】: 술기운.【醒(xǐng)】: 깨다.【茶煙】: 차를 끓이는 연기.【歇(xiē)】: 쉬다, 휴식하다. 여기서는「꺼지다」의 뜻.【素月】: 하얀 달.【謫(zhé)居】: 폄적 생활. ※이때 왕우칭은 黃州로 폄적되었다.【勝概】: 아름다운 경관.

13) 彼齊雲、落星，高則高矣；井幹、麗譙，華則華矣。止於貯妓女，藏歌舞，非騷人之事，吾所不取。→ 齊雲樓와 落星樓는, 크기가 정말 크고; 井幹樓와 麗譙樓는, 정말 화려하다. 다만 기녀들을 모아두고, 무희들을 감추어두는데 그쳐, 시인들의 일이 아니기 때문에, 내가 취하지 않는다.

【彼】: 그, 저. ※명사 또는 명사구 앞에 놓여 指示 역할을 한다. 문구의 맨 앞에 놓일 경우에는 일반적으로 번역할 필요가 없다.【齊雲】: 제운루. 吳郡[지금의 강소성 蘇州市]에 있으며 五代시기 韓浦가 지었다.【落星】: 낙성루. 桂林苑

吾聞竹工云：「竹之爲瓦，僅十稔；若重覆之，得二十稔。」[14] 噫！吾以至道乙未歲，自翰林出滁上；丙申，移廣陵；丁酉，又入西掖；戊戌歲除日，有齊安之命；己亥閏三月到郡。[15] 四年之間，奔走不暇，未知明年又在何處，豈懼竹樓之易朽乎?[16] 幸後之人

[지금의 南京市] 落星山에 있으며 三國時代 孫權이 지었다. 【井幹(hán)】: 정한루. 長安[지금의 섬서성 西安市]에 있으며 漢武帝가 지었다. 【麗譙(qiáo)】: 여초루. 三國時代 曹操가 지었다. 【止於…】: …에 그치다. 【歌舞】: 무희. 【騷(sāo)人】: 시인.

14) 吾聞竹工云：「竹之爲瓦，僅十稔；若重覆之，得二十稔。」→ 나는 죽공이 : 「대나무로 기와를 만들면, 겨우 10년을 쓰고; 만일 그것을 겹으로 덮으면, 20년을 쓸 수 있다」고 한 말을 들었다.
【爲瓦】: 기와를 만들다. 【僅】: 다만, 겨우. 【稔(rěn)】: 년, 해. ※곡식을 한 번 수확하는 것을 「稔」이라 하는데, 그래서 옛 사람들은 一年을 一稔이라 했다. 【若】: 만일, 만약. 【重覆(chóng fù)】: 겹으로 덮다. 이중으로 덮다. 【得】: 能, …할 수 있다.

15) 噫！吾以至道乙未歲，自翰林出滁上；丙申，移廣陵；丁酉，又入西掖；戊戌歲除日，有齊安之命；己亥閏三月到郡。→ 아! 나는 太宗 至道 을미년에, 翰林學士로부터 滁州刺史로 폄적되었고; 병신년에는, 廣陵으로 다시 폄적되었으며; 정유년에는, 또 中書省으로 들어왔고; 무술년 12월 그믐 날, 齊安으로 나가라는 명을 받아; 을해년 윤삼월에 齊安郡에 왔다.
【以…】: [시간부사] …에. 【至道】: 宋太宗의 연호. 【乙未歲】: 太宗 至道 3년(995). 이 해에 효장 황후가 죽었는데, 왕우칭이 장례 절차를 舊禮에 따라 거행할 것을 주장하다가 저주로 폄적되었다. 【翰林】: 한림학사. 【出】: 쫓겨나다, 폄적되다. 【滁(chú)上】: [지명] 滁州[지금의 안휘성 滁縣]. 【丙申】: 太宗 至道 4년(996). 【移】: 옮기다, 이동하다. 여기서는 「폄적되다」의 뜻. 【廣陵】: [지명] 지금의 강소성 揚州市. 【丁酉】: 太宗 至道 5년(997). 【西掖(yì)】: 中書省. 【戊戌歲】: 眞宗 咸平 원년(998). 【除日】: 음력 12월 마지막 날. 【齊安】: 黃州 齊安郡. 지금의 호북성 黃岡縣. 【己亥】: 眞宗 咸平 2년(999). 【郡】: 여기서는 齊安郡을 말한다.

16) 四年之間，奔走不暇，未知明年又在何處，豈懼竹樓之易朽乎? → 4년 동안, 바삐 뛰어다니느라 한가할 틈이 없었고, 내년에는 또 어디에 있을지 알 수 없는데, 어찌 죽루가 쉽게 썩어 망가질 것을 걱정하겠는가?
【奔走】: 바삐 뛰어다니다, 동분서주하다. 【豈…乎?】: [의문문] 어찌 …하겠는

與我同志, 嗣而葺之, 庶斯樓之不朽也。17)

咸平二年八月十五日記。18)

■ | 번역문

황강(黃岡)의 죽루(竹樓)에 대해 적은 글

황강(黃岡) 지방에는 대나무가 많은데 큰 것은 마치 서까래와도 같다. 죽공(竹工)이 그것을 쪼개 그 마디를 파내고, 이로써 흙으로 구워 만든 기와를 대신한다. 집집마다 모두가 그러한데, 왜냐하면 그 값이 저렴하고 일손을 줄일 수 있기 때문이다.

자성(子城)의 서북쪽 모퉁이는 성가퀴가 모두 부서지고, 주변에 초목이 우거져 황량하고 더러워졌다. 이로 인해 (내가) 작은 누대 두 채를 지어 월파루(月波樓)와 연결시켰다. 멀리 바라보면 산의 경치가 한 눈에 들어오고, 앞을 똑바로 바라보면 흐르는 강물이 눈앞에 펼쳐지는데, 그 고요하고 심원한 경치는 일일이 다 말로 표현해 낼 수가 없다. 여름에는 소나기에 적합하여 폭포 소리가 나고, 겨울에는 빼곡히 내리는 눈에 적합하여 옥을 부수는 소리가 난다. 거문고를 타기에 적합하여 거문고

가? 【懼(jù)】: 걱정하다, 두려워하다. 【易朽(xiǔ)】: 쉽게 썩어 망가지다.

17) 幸後之人與我同志, 嗣而葺之, 庶斯樓之不朽也。→ 다행히 이후의 사람이 나와 뜻을 같이하여, 계속 그것을 보수한다면, 아마도 이 죽루가 썩어 망가지지는 않을 것이다.
【幸】: 다행히, 요행으로. 【嗣(sì)】: 이어서, 계속하여. 【葺(qì)】: 수리하다, 보수하다. 【庶】: 어쩌면, 아마도.

18) 咸平二年八月十五日記。→ 咸平 2년 8월 15일에 쓰다.
【咸平】: 宋眞宗의 연호.

소리가 조화를 이루며 거침이 없고, 시를 읊기에 적합하여 시운이 청아하기 이를 데 없다. 바둑을 두기에 적합하여 바둑돌 소리가 딱딱 울리고, 투호(投壺)에 적합하여 살 소리가 쟁쟁 거린다. (이러한 즐거움은) 모두가 죽루의 도움을 받은 것이다.

공무를 끝내고 나서 한가한 시간에, 학창의(鶴氅衣)를 입고, 화양건(華陽巾)을 쓰고 손에 ≪주역(周易)≫ 한 권을 들고, 향을 피우고 조용히 앉아 세속의 잡념을 없앤다. 강과 산 이외에는 다만 돛단배 · 모래톱 위의 새들 · 연기와 구름 · 대나무와 나무가 보일 뿐이다. 술기운이 깨고 차를 끓이던 연기가 꺼지기를 기다렸다가, 석양을 보내고 하얀 달을 맞으니 이 또한 폄적 생활에서 보는 아름다운 경관이다.

제운루(齊雲樓)와 낙성루(落星樓)는 크기가 정말 크고 정간루(井幹樓)와 여초루(麗譙樓)는 정말 화려하다. 다만 기녀들을 모아두고 무희들을 감추어 두는데 그쳐, 시인들의 일이 아니기 때문에 내가 취하지 않는다.

나는 죽공이 : 「대나무로 기와를 만들면 겨우 10년을 쓰고, 만일 그것을 겹으로 덮으면 20년을 쓸 수 있다」고 한 말을 들었다. 아! 나는 태종(太宗) 지도(至道) 을미년에 한림학사(翰林學士)로부터 저주자사(滁州刺史)로 폄적되었고, 병신년에는 광릉(廣陵)으로 다시 폄적되었으며, 정유년에는 또 중서성(中書省)으로 들어왔고, 무술년 12월 그믐 날 제안(齊安)으로 나가라는 명을 받아 을해년 윤삼월에 제안군(齊安郡)에 왔다. 4년 동안 바삐 뛰어다니느라 한가할 틈이 없었고, 내년에는 또 어디에 있을지 알 수 없는데, 어찌 죽루가 쉽게 썩어 망가질 것을 걱정하겠는가? 다행히 이후의 사람이 나와 뜻을 같이하여 계속 그것을 보수한다면 아마도 이 죽루가 썩어 망가지지는 않을 것이다.

함평(咸平) 2년 8월 15일에 쓰다.

■ 해제(解題) 및 본문요지 설명

왕우칭은 송(宋) 진종(眞宗) 함평(咸平) 원년(998) 황주(黃州)로 폄적되어, 그 이듬해 황강(黃岡)의 죽루(竹樓)를 짓고 나서 이 글을 지었다.

본문은 다섯 단락으로 나눌 수 있는데, 첫째 단락에서는 죽루를 지은 동기를 말했고; 둘째 단락에서는 죽루 안팎의 아름다운 경치를 묘사했고; 셋째 단락에서는 여가를 틈타 죽루에서 휴식하는 취미와 아울러 제운(齊雲) 등 네 곳의 누대를 들어 비교함으로써 죽루의 그러한 취미가 쉽게 얻어지는 바가 아니라는 것을 말했고; 넷째 단락에서는 죽공의 말로부터 여러 차례 폄적을 겪은 자신의 앞날에 대한 우려를 끌어내어 은연중 마음속의 울분과 불만을 토로했고; 마지막 단락에서는 이 글을 지은 날짜를 기록했다.

156 서낙양명원기후(書洛陽名園記後)

[宋] 李格非

■ | 작자

이격비(李格非 : 생졸연대 미상)는 송(宋) 제남(濟南)[지금의 산동성 제남시(濟南市)] 사람으로 자가 문숙(文叔)이며, 송사(宋詞)로 유명한 여류 작가 이청조(李淸照)의 부친이기도 하다. 진사에 급제하여, 신종(神宗) 때 경동로제점(京東路提點)을 지냈는데, 휘종(徽宗) 숭녕(崇寧) 원년(1102)에 원우당(元祐黨)[왕안석(王安石)의 신법(新法)을 반대한 사마광(司馬光) 중심의 당파] 사람으로 낙인찍혀 파직당한 후 얼마 있다가 61세의 나이로 세상을 떠났다. 저서로 ≪예기설(禮記說)≫ · ≪낙양명원기(洛陽名園記)≫ 등이 있다.

■ | 원문 및 주석

書洛陽名園記後[1)]

洛陽處天下之中，挾殽、黽之阻，當秦、隴之襟喉，而趙、魏之走集，蓋四方必爭之地也。[2)] 天下常無事則已，有事則洛陽必先受兵。[3)] 予故嘗曰：「洛陽之盛衰，天下治亂之候也。」[4)]

---

1) 書洛陽名園記後 → ≪洛陽名園記≫의 뒤에 적다
【書】: 쓰다, 적다. 【洛陽名園記】: 낙양 지방의 유명한 정원에 대해 적은 글. 「洛陽」: [지명] 지금의 하남성 洛陽市. 중국 6大 古都의 하나로, 東周부터 東漢·魏·西晉·北魏·隋·五代·唐代까지 이곳에 도읍을 정하기도 했다.

2) 洛陽處天下之中，挾殽、黽之阻，當秦、隴之襟喉，而趙、魏之走集，蓋四方必爭之地也。→ 洛陽은 천하의 중심에 위치하여, 殽山과 黽隘의 험준한 지형을 끼고, 秦·隴의 요새를 마주하고 있는데, 趙·魏 지방이 서로 왕래하며 반드시 거쳐 가는 요지로서, 사방 여러 나라가 반드시 다투는 곳이다.
【處】: 처하다, 위치하다. 【挾(xié)】: …을 끼다, …사이에 끼다. 【殽(yáo)】: [산 이름] 殽山. 하남성 洛寧縣 북쪽에 위치. 【黽(méng)】: [隘路 이름] 黽隘(맹애). 지금의 하남성 信陽縣 서남쪽의 平靖關. ※「黽」은 역자에 따라서는 「黽(mǐn): 澠池(면지)[지금의 하남성 澠池縣]라 풀이하기도 한다.」 【阻(zǔ)】: 험준한 지형. 【當】: 마주하다. 【秦】: 옛 秦나라 지역으로 지금의 섬서성 일대. 【隴(lóng)】: 지금의 섬서성 서쪽과 감숙성 일대. 【襟喉(jīn hóu)】: 옷깃과 목. 즉 「요충지, 요새」를 비유한 말. 【趙】: 옛 趙나라 지역으로 지금의 산서성·섬서성·하북성 일대. 【魏】: 옛 魏나라 지역으로 지금의 하남성 북부와 산서성 서남부 일대. 【走集】: 왕래할 때 반드시 거쳐 가는 要地. 【蓋】: [어기사] ※앞의 말을 이어 받아 이유나 원인을 표시. 【四方】: 사방 여러 나라.

3) 天下常無事則已，有事則洛陽必先受兵。→ 천하가 항상 무사태평하면 그만이지만, 사태가 발생하면 낙양은 반드시 먼저 전쟁의 피해를 입는다.
【已】: 그만이다, 그뿐이다. 【受兵】: 전화를 입다, 전쟁의 피해를 당하다.

4) 予故嘗曰：「洛陽之盛衰，天下治亂之候也。」→ 나는 그래서 일찍이 : 「낙양의 번영과 쇠퇴는, 바로 천하가 잘 다스려지고 혼란하고를 가늠하는 징후이다.」라고 말한 적이 있다.
【治亂】: 다스려짐과 혼란함. 【候】: 징후, 징조.

方唐貞觀、開元之間，公卿貴戚開館列第於東都者，號千有餘邸。[5] 及其亂離，繼以五季之酷，其池塘竹樹，兵車蹂蹴，廢而爲丘墟；[6] 高亭大榭，煙火焚燎，化而爲灰燼，與唐共滅而俱亡者，無餘處矣。[7] 予故嘗曰：「園囿之興廢，洛陽盛衰之候也。」[8]

且天下之治亂，候於洛陽之盛衰而知；洛陽之盛衰，候於園囿之興廢而得。則≪名園記≫之作，予豈徒然哉?[9]

---

5) 方唐貞觀、開元之間，公卿貴戚開館列第於東都者，號千有餘邸。→ 唐 貞觀・開元 연간에, 公卿 귀족들이 낙양에 관사를 지은 것이, 천여 가구에 달한다고 알려져 있다.
【方…之間】: …사이에, …중에. 【貞觀】: 唐太宗의 연호. 【開元】: 唐玄宗의 연호. 【貴戚(qī)】: 황제의 친인척, 귀족. 【開館列第】: 館舍를 짓다. 【東都】: 洛陽. 唐은 도읍지인 長安 외에, 낙양을 東都라 했다. 【號】: 알려지다. 【邸(dǐ)】: 저택. 여기서는 저택을 세는 양사로 「가구, 채」라는 뜻.

6) 及其亂離，繼以五季之酷，其池塘竹樹，兵車蹂蹴，廢而爲丘墟；→ (唐나라 말기) 천하가 전란으로 뿔뿔이 흩어지는 상황에 이르렀고, 또 이어서 五代의 참혹한 전쟁으로 인해, 그 연못과 대나무와 수목들은, 병거가 짓밟아, 폐기되어 폐허로 변해버렸으며;
【及】: 至, …에 이르다. 【亂離】: 戰亂으로 뿔뿔이 흩어지다. 【繼】: 이어서. 【以】: 因, …로 인해. 【五季】: 五代, 즉 後梁・後唐・後晋・後漢・後周. 【蹂蹴(róu cù)】: 짓밟다. 【廢(fèi)】: 못쓰게 되다, 폐기되다. 【丘墟(xū)】: 폐허, 황폐한 지역.

7) 高亭大榭，煙火焚燎，化而爲灰燼，與唐共滅而俱亡者，無餘處矣。→ 높고 큰 정자는, 화재로 타서, 잿더미로 변해, 唐나라와 함께 멸망하여, 흔적이 없어졌다.
【煙火】: 불, 화재. 【焚燎(fén liáo)】: 불에 타다. 【灰燼(huī jìn)】: 잿더미. 【無餘處】: 남아 있지 않다, 흔적이 없어지다.

8) 予故嘗曰:「園囿之興廢，洛陽盛衰之候也。」→ 그래서 나는 일찍이:「園囿의 흥망은, 바로 낙양의 번영과 쇠퇴를 가늠하는 징후이다.」라고 말한 적이 있다.
【園囿(yòu)】: 원유. 정원으로 사용하기 위해 여러 가지 식물을 가꾸거나 동물을 기르도록 꾸며놓은 장소.

9) 且天下之治亂，候於洛陽之盛衰而知；洛陽之盛衰，候於園囿之興廢而得。則≪名園記≫之作，予豈徒然哉? → 또한 천하가 다스려지고 혼란하고는, 낙양이 번영하고 쇠퇴하는 징후로 알 수 있고; 낙양의 번영과 쇠퇴는, 園囿가 흥하고 망하는 징후로 알 수 있다. 그렇다면 ≪洛陽名園記≫를 지은 것이, 내가 어찌 헛되이 한 일이겠는가?

嗚呼! 公卿大夫方進於朝, 放乎一己之私以自爲, 而忘天下之治忽, 欲退享此, 得乎? 唐之末路是矣![10]

■ | 번역문

≪낙양명원기(洛陽名園記)≫의 뒤에 적다

낙양(洛陽)은 천하의 중심에 위치하여 효산(殽山)과 맹애(黽隘)의 험준한 지형을 끼고 진(秦)·농(隴)의 요새를 마주하고 있는데, 조(趙)·위(魏) 지방이 서로 왕래하며 반드시 거쳐 가는 요지로서 사방 여러 나라가 반드시 다투는 곳이다. 천하가 항상 무사태평하면 그만이지만 사태가 발생하면 낙양은 반드시 먼저 전쟁의 피해를 입는다. 나는 그래서 일찍이 : 「낙양의 번영과 쇠퇴는 바로 천하가 잘 다스려지고 혼란하고를 가늠하는 징후이다.」라고 말한 적이 있다.

당(唐) 정관(貞觀)·개원(開元) 연간에, 공경(公卿) 귀족들이 낙양에 관사를 지은 것이 천여 가구에 달한다고 알려져 있다. (당나라 말기) 천하가 전란으로 뿔뿔이 흩어지는 상황에 이르렀고, 또 이어서 오대(五代)의 참

【得】: 얻다. 여기서는 「알다」의 뜻. 【徒然】: 쓸데없다, 헛되다.

10) 嗚呼! 公卿大夫方進於朝, 放乎一己之私以自爲, 而忘天下之治忽, 欲退享此, 得乎? 唐之末路是矣! → 아! 公卿大夫들이 조정에 들어가 벼슬을 할 때, 자신의 사리사욕을 억제하지 않고 자신만을 위한 채, 천하의 治亂을 망각한다면, 물러난 후 園囿의 즐거움을 누리고자 해도, 가능하겠는가? 당나라의 말로가 바로 이러했다. 【嗚呼】: [감탄사] 아! 【方】: …할 때. 【進於朝】: 조정에서 벼슬하다. 【放】: 방임하다, 내버려두다. 즉 「억제하지 않다, 단속하지 않다」의 뜻. 【一己之私】: 자기의 사리사욕. 【自爲】: 자신만을 위하다. 【治忽(hū)】: 治亂, 혼란을 다스리다. 【欲】: …하고자 하다. 【退】: 물러나다, 즉 「관직에서 물러나다」의 뜻. 【此】: 이것, 즉 「원유의 즐거움」. 【得】: 能, 할 수 있다, 가능하다.

혹한 전쟁으로 인해 그 연못과 대나무와 수목들은 병거(兵車)가 짓밟아 폐기되어 폐허로 변해버렸으며, 높고 큰 정자는 화재로 타서 잿더미로 변해 당(唐)나라와 함께 멸망하여 흔적이 없어졌다. 그래서 나는 일찍이 : 「원유(園囿)의 흥망은 바로 낙양의 번영과 쇠퇴를 가늠하는 징후이다.」라고 말한 적이 있다.

또한 천하가 다스려지고 혼란하고는 낙양이 번영하고 쇠퇴하는 징후로 알 수 있고, 낙양의 번영과 쇠퇴는 원유(園囿)가 흥하고 망하는 징후로 알 수 있다. 그렇다면 ≪낙양명원기≫를 지은 것이 내가 어찌 헛되이 한 일이겠는가?

아! 공경대부(公卿大夫)들이 조정에 들어가 벼슬을 할 때, 자신의 사리사욕을 억제하지 않고 자신만을 위한 채 천하의 치란(治亂)을 망각한다면, 물러난 후 원유(園囿)의 즐거움을 누리고자 해도 가능하겠는가? 당(唐)나라의 말로가 바로 이러했다.

▪ | 해제(解題) 및 본문요지 설명

북송(北宋) 후기에는 통치계층의 생활이 부패하여 도처에 누각과 정자와 원유(園囿)를 지어 향락을 즐겼다. 이러한 상황에서 이격비(李格非)는 ≪낙양명원기≫를 지어 낙양에 있는 유명한 원유 19개소의 흥망성쇠를 낱낱이 그려냈다. ≪서낙양명원기후(書洛陽名園記後)≫는 ≪낙양명원기≫의 말미에 쓴 발문(跋文)으로, 원림(園林)의 흥망성쇠를 빌려 공경대부들이 향락에 빠져 천하의 치란(治亂)을 망각하지 말도록 권고한 글이다.

본문은 네 단락으로 나눌 수 있는데, 첫째 단락에서는 낙양이 지리적으로 중요한 위치에 있어 그 번영과 쇠퇴가 곧 천하가 잘 다스려지고 혼란하고를 가늠하는 징후라는 것을 말했고; 둘째 단락에서는 당대(唐代) 낙양의 수많은 원유가 당(唐)의 멸망과 더불어 폐허로 변한 것을 들어, 원유의 흥망이 곧 낙양의 번영과 쇠퇴를 상징한다는 것을 말했고; 셋째 단락에서는 ≪낙양명원기≫를 지은 목적이 천하가 다스려지고 혼란하고를 가늠하는데 있다는 것을 말했고; 마지막 단락에서는 공경대부들이 사리사욕에 빠져 정사를 게을리 하다가 멸망을 초래하지 말 것을 권고했다.

157 엄선생사당기(嚴先生祠堂記)

[宋] 范仲淹

■ | 작자

범중엄(范仲淹 : 989-1052)은 북송(北宋) 중기의 걸출한 정치가요 문학가로 자가 희문(希文)이며 소주(蘇州) 오현(吳縣)[지금의 강소성 소주시(蘇州市)] 사람이다. 그는 빈한한 가정의 출신으로 어려서부터 어렵게 공부하여 27세인 진종(眞宗) 대중(大中) 상부(祥符) 8년(1015)에 비로소 진사에 급제했고, 관리로 부임해서는 매사에 직언을 피하지 않았다. 그는 일찍이 군사를 이끌고 변방을 지킨 일이 있는데, 서하(西夏)의 침입을 막고 국방을 공고히 하는 데 공헌했다. 범중엄은 인종(仁宗) 경력(慶曆) 3년(1043) 재상인 참지정사(參知政事)로 발탁되자 정치의 폐단을 개혁하고 생산 발전과 부국강민(富國强民)을 위한 이른바 「변법(變法)」을 추진해 나갔다. 그러나 그의 개혁 정책은 관료들의 이해와 엇갈려 보수파의 강력한 반대와 저항에 부딪쳤다. 그 결과 경력 5년(1045) 조정에서 물러나 등주(鄧州)의 지방관으로 좌천되었으며, 만년에는 등주(鄧州)·항주(杭州)·청주(靑州) 등지로 옮겨 다니다가 서주(徐州)에서 64세의 나이로 병사했다.

범중엄은 산문(散文)에 능했을 뿐만 아니라 시사(詩詞)에도 뛰어났으며, 비록 작품은 많지 않지만 질적으로 매우 우수하여 오래도록 전송되고 있다. 시호가 문정(文正)이며, 문집으로 ≪범문정공집(范文正公集)≫이 있다.

■ | 원문 및 주석

嚴先生祠堂記[1)]

先生, 漢光武之故人也, 相尙以道。[2)] 及帝握≪赤符≫, 乘六龍, 得聖人之時, 臣妾億兆, 天下孰加焉? 惟先生以節高之。[3)] 旣而動星象, 歸江湖, 得聖人之淸, 泥塗軒冕, 天下孰加焉? 惟光武以禮下之。[4)]

---

1) 嚴先生祠堂記 → 嚴先生의 祠堂에 대해 적은 글
【嚴先生】: 嚴光. 東漢 餘姚[지금의 절강성 경내] 사람으로 이름을 「遵」이라고도 하며 자는 子陵이다. 본래의 姓은 莊씨였으나 漢明帝 劉莊의 이름을 피하여 嚴씨로 바꾸었다. 東漢 光武帝 劉秀의 친구로, 광무제가 즉위한 후 엄광을 諫議大夫로 임명했으나 거절하고 다시 富春山으로 들어가 은거하며 농사와 고기잡이로 생활했다.

2) 先生, 漢光武之故人也, 相尙以道。→ 嚴先生은, 東漢 光武帝의 옛 친구로, 서로가 道義로써 존중했다.
【漢光武】: 東漢 光武帝 劉秀. 33년간(25-57) 재위했다. ※판본에 따라서는 「漢光武」를 「光武」라 했다. 【故人】: 옛 친구. 【尙】: 존중하다.

3) 及帝握≪赤符≫, 乘六龍, 得聖人之時, 臣妾億兆, 天下孰加焉? 惟先生以節高之。→ 광무제가 ≪赤伏符≫를 받아, 六龍을 타고, 황제가 되어, 만민을 통치하기에 이르니, 천하에서 누가 그를 능가하겠는가? 오직 嚴先生만이 절조로써 그를 능가했다.
【≪赤符≫】: ≪赤伏符≫의 약칭. 符命이라고도 하며, 隱語로 어떤 징조를 기록한 讖文. ※儒生 彊華가 關中에서 ≪赤伏符≫를 가지고 와서 광무제 劉秀에게 바쳤는데, ≪赤伏符≫에는 劉秀가 군사를 일으켜 王莽을 토벌하면 이때가 바로 漢나라가 중흥할 좋은 기회라는 내용이 적혀 있었다. 이에 유수가 여러 신하들의 청을 받아들여 황제로 즉위했다. 【乘六龍】: 여섯 마리의 용을 타다. 즉 「황제가 되다」의 비유. 【得聖人之時】: 성인의 자리에 오를 때를 얻다. 즉 「황제가 되다」의 뜻. 【臣妾】: 원래 남녀 노예를 가리키나 여기서는 동사용법으로 「통치하다」의 뜻. 【億兆】: 매우 많은 수를 나타내는 말로, 여기서는 「萬民」을 뜻한다. 【加】: 초월하다, 능가하다. 【惟】: 오직, 다만. 【高】: [동사용법] 능가하다, 초월하다. 【之】: [대명사] 그, 즉 「광무제」.

4) 旣而動星象, 歸江湖, 得聖人之淸, 泥塗軒冕, 天下孰加焉? 惟光武以禮下之。→ (엄선생

在≪蠱≫之上九, 衆方有爲, 而獨「不事王侯, 高尙其事」, 先生以之。[5] 在≪屯≫之初九, 陽德方亨, 而能「以貴下賤, 大得民也」, 光武以之。[6] 蓋先生之心, 出乎日月之上; 光武之器, 包乎天地之外。[7] 微先生不能成光武之大, 微光武豈能遂先生之高哉?[8]

은) 후에 星象을 건드려, 江湖로 돌아갔는데, 성인의 淸高한 경지를 터득하여, 官爵을 더러운 물건으로 여겼으니, 천하에 누가 그를 능가하겠는가? 오직 광무제만이 禮로써 그를 정중히 대했다.

【旣而】: 후에, 얼마 후. 【動星象】: 성상을 건드리다. 「星象」: 별의 밝기・위치 등의 현상. ※봉건시대에는 통치자들이 통치의 합리성을 증명하기 위해 항상 천체의 현상과 人事를 억지로 갖다 붙였다. ≪後漢書・嚴光傳≫의 기록에 의하면, 광무제와 엄광이 함께 잠을 자다가, 엄광이 다리를 뻗어 광무제의 배 위에 얹어 놓았는데, 그 다음날 천체의 현상을 관찰하는 太史가 보고하길: 「客星犯帝座甚急(客星이 御座를 심하게 범했다)」이라 했다. 이에 광무제가 웃으며: 「내가 친구 엄자릉과 함께 잠을 잤을 뿐이오.」라고 말했다. 여기서 客星은 엄광을 가리키고 御座는 광무제를 가리킨다. 【歸江湖】: 강호로 돌아가다. ※이는 엄광이 諫議大夫의 벼슬을 고사하고 富春山에 들어가 은거한 것을 말한다. 【聖人之淸】: 성인의 淸高한 경지. 【泥塗(ní tú)】: [동사용법] 더러운 물건으로 여기다. 【軒冕(xuān miǎn)】: 官爵. ※옛날에는 대부 이상의 관리들이 軒[장막이 있고 천정이 비교적 높은 수레]을 타고 冕[禮帽의 일종]을 썼기 때문에 軒冕은 곧 관작이나 귀한 신분을 가리켰다. 【下】: 지위가 낮은 사람과 교제하다. 여기서는 「응대하다, 접대하다, 예우하다」의 뜻.

5) 在≪蠱≫之上九, 衆方有爲, 而獨「不事王侯, 高尙其事」, 先生以之。→ ≪周易・蠱卦≫ 上九의 爻辭에, 모두가 역할을 할 때, 오직 혼자서 「王侯를 섬기지 않고, 자기 지조를 지키는 일을 고상하게 여긴다.」라고 했는데, 엄선생이 바로 그렇게 했다.
※≪周易・蠱卦≫上九: 「不事王侯, 高尙其事。」
【衆】: 많은 사람들, 모두. 【方】: 한창 …할 때. 【有爲】: 역할을 하다. 【獨】: 오직, 다만. 【其事】: 자기 지조를 지키는 일. 【以之】: 그렇게 하다. 「之」: [대명사] 그것, 즉 「≪周易・蠱卦≫ 上九」의 말.

6) 在≪屯≫之初九, 陽德方亨, 而能「以貴下賤, 大得民也」, 光武以之。→ ≪周易・屯卦≫ 初九에, 陽德이 한창 형통할 때, 능히 「존귀한 신분으로 비천한 사람들을 예우하여, 크게 민심을 얻는다.」라고 했는데, 광무제가 바로 그렇게 했다.
※≪周易・屯卦≫初九: 「以貴下賤, 大得民也。」
【下賤】: 비천한 사람을 예우하다.

而使貪夫廉，懦夫立，是大有功於名教也。[9]

仲淹來守是邦，始構堂而奠焉。迺復其爲後者四家，以奉祠事。[10] 又從而歌曰：「雲山蒼蒼，江水泱泱。先生之風，山高水長。」[11]

---

7) 蓋先生之心，出乎日月之上；光武之器，包乎天地之外。→ 엄선생의 마음씨는, 해와 달보다 더 밝고; 광무제의 도량은, 천지 밖까지 포용한다.

【蓋】：[어기사]. 【器】：도량. ※판본에 따라서는 「器」를 「量」이라 했다. 【包】：포용하다.

8) 微先生不能成光武之大，微光武豈能遂先生之高哉? → 엄선생이 아니었다면 광무제의 위대함을 이룰 수 없었고, 광무제가 아니었다면 어찌 엄선생의 고결함을 이룰 수 있었겠는가?

【微(wēi)】：없었다면, 아니었다면. ※주로 부정적인 假說을 표시한다. 【遂】：成, 이루다. 【高】：고상함, 고결함.

9) 而使貪夫廉，懦夫立，是大有功於名教也。→ 그리고 (엄선생께서) 탐욕스런 사람을 청렴하도록 하고, 무기력한 사람을 자립하도록 하였으니, 이는 名教에 크게 공을 세운 것이다.

【貪夫】：탐욕스런 사람. 【懦(nuò)夫】：무기력한 사람. 【是】：[대명사] 이것, 즉 「使貪夫廉，懦夫立」. 【名教】：儒家의 명분과 교훈을 준칙으로 하는 도덕관념.

10) 仲淹來守是邦，始構堂而奠焉。迺復其爲後者四家，以奉祠事。→ 내가 이곳에 太守로 부임해 와서, 비로소 사당을 세우고 제사를 올렸다. 이에 그 후손 네 집의 부역을 면제하고, 그 비용으로 사당의 일을 받들도록 했다.

【仲淹】：작자가 자신의 이름을 「나」라는 의미로 사용한 말. 【守】：[동사용법] 태수로 부임하다. ※太守는 본래 漢代 郡의 장관으로, 宋代에는 州의 장관인 知州로 바뀌었음으로 마땅히 「知」라고 해야 하나, 여기서는 작자가 옛 명칭을 그대로 사용한 것이다. 【是邦】：이 고을, 즉 「嚴州[소재지는 지금의 절강성 桐廬縣]」. 【始】：비로소, 처음으로. 【構堂】：사당을 세우다. 【奠(diàn)】：제사 지내다. 【迺(nǎi)】：乃, 이에, 그리하여. ※판본에 따라서는 「迺」를 「乃」라 했다. 【復】：(부역을) 면제하다. 【其爲後者】：그 후손. ※판본에 따라서는 「其爲後者」를 「爲其後者」라 했다.

11) 又從而歌曰：「雲山蒼蒼，江水泱泱。先生之風，山高水長。」→ 또 한걸음 더 나아가 노래 한 수를 지었다：「구름 산은 온통 짙푸르고, 강물은 끝없이 넓다. 선생의 품격은, 산처럼 높고 강처럼 길다.」

【從而】：더 나아가. ※「從而」 앞에 「又」를 사용하여 앞에서 한 말의 진일보한 상황을 나타낸다. 【蒼(cāng)蒼】：초목이 무성한 모양. 【泱(yāng)泱】：수면이 넓은 모양.

■ | 번역문

엄선생(嚴先生)의 사당(祠堂)에 대해 적은 글

엄선생(嚴先生)은 동한(東漢) 광무제(光武帝)의 옛 친구로 서로가 도의(道義)로써 존중했다. 광무제가 ≪적복부(赤伏符)≫를 받아 육룡(六龍)을 타고 황제가 되어 만민을 통치하기에 이르니 천하에서 누가 그를 능가하겠는가? 오직 엄선생만이 절조로써 그를 능가했다. (엄선생은) 후에 성상(星象)을 건드려 강호(江湖)로 돌아갔는데, 성인의 청고(淸高)한 경지를 터득하여 관작(官爵)을 더러운 물건으로 여겼으니 천하에서 누가 그를 능가하겠는가? 오직 광무제만이 예(禮)로써 그를 정중히 대했다.

≪주역(周易)·고괘(蠱卦)≫ 상구(上九)의 효사(爻辭)에, 모두가 역할을 할 때 오직 혼자서 「왕후(王侯)를 섬기지 않고 자기 지조를 지키는 일을 고상하게 여긴다.」라고 했는데, 엄선생이 바로 그렇게 했다. ≪주역(周易)·둔괘(屯卦)≫ 초구(初九)에, 양덕(陽德)이 한창 형통할 때 능히 「존귀한 신분으로 비천한 사람들을 예우하여 크게 민심을 얻는다.」라고 했는데, 광무제가 바로 그렇게 했다. 엄선생의 마음씨는 해와 달보다 더 밝고, 광무제의 도량은 천지 밖까지 포용한다. 엄선생이 아니었다면 광무제의 위대함을 이룰 수 없었고, 광무제가 아니었다면 어찌 엄선생의 고결함을 이룰 수 있었겠는가? 그리고 (엄선생께서) 탐욕스런 사람을 청렴하도록 하고 무기력한 사람을 자립하도록 하였으니, 이는 명교(名敎)에 크게 공을 세운 것이다.

내가 이곳에 태수(太守)로 부임해 와서 비로소 사당을 세우고 제사를 올렸다. 이에 그 후손 네 집의 부역을 면제하고 그 비용으로 사당의 일을 받들도록 했다. 또 한걸음 더 나아가 노래 한 수를 지었다 : 「구름

산은 온통 짙푸르고 강물은 끝없이 넓다. 선생의 품격은 산처럼 높고 강처럼 길다.」

■ | 해제(解題) 및 본문요지 설명

엄선생(嚴先生)의 본명은 엄광(嚴光)이며, 동한(東漢) 여요(餘姚)[지금의 절강성 경내] 사람으로 자는 자릉(子陵)이다. 본래의 성은 장씨(莊氏)였으나 한(漢) 명제(明帝) 유장(劉莊)의 이름자를 피하여 엄씨(嚴氏)로 바꾸었다. 그는 동한(東漢) 광무제(光武帝) 유수(劉秀)와 어린 시절의 막역한 친구 사이였는데, 광무제가 즉위한 후 엄광을 간의대부(諫議大夫)로 임명하자 엄광이 거절하고 부춘산(富春山)으로 들어가 은거하며 농사와 고기잡이로 생활했다. 이에 엄광의 고향인 목주(睦州)[지금의 절강성 동려현(桐廬縣)] 사람들이 그의 인품을 우러러 사계절 모두 제사를 올렸다. 후에 범중엄이 목주의 지주(知州)로 부임하여 엄선생의 사당을 세우고 그의 고결한 인품을 기리기 위해 ≪엄선생사당기≫를 지었다.

본문은 세 단락으로 나눌 수 있는데, 첫째 단락에서는 광무제와 엄광이 도의로써 서로를 존중하는 돈독한 교분을 말했고; 둘째 단락에서는 ≪주역(周易)≫의 효사(爻辭)를 인용하여 광무제가 위대하게 될 수 있었던 것은 엄광의 공로요, 엄광이 청렴 고결하게 될 수 있었던 것은 광무제의 공로라는 말로 두 사람의 인품을 높이 평가했고; 마지막 단락에서는 본문을 지은 이유와 아울러 엄광을 찬미하는 가사로 결론을 맺었다.

158 악양루기(岳陽樓記)

[宋] 范仲淹

■ | 작자

157. 엄선생사당기(嚴先生祠堂記) 참조

■ | 원문 및 주석

岳陽樓記[1)]

慶曆四年春, 滕子京謫守巴陵郡。[2)] 越明年, 政通人和, 百廢

---

1) 岳陽樓記 → 岳陽樓에 대해 적은 글
【岳陽樓(yuè yáng lóu)】: 호남성 岳陽市 西門에 세워진 3층 누각 이름. ※洞庭湖와 君山이 내려다보이며 경치가 아름답기로 유명하다. 본래 唐代의 張說이 岳州刺史를 지낼 때 지은 것을 宋代에 改修했으며, 현재의 중화인민공화국 정부 수립 이후 복원하여 그 아래에 공원을 만들고 지금은 관광 명승지로 널리 알려져 있다.

2) 慶曆四年春, 滕子京謫守巴陵郡。→ 仁宗 慶曆 4년 봄, 滕子京이 폄적되어 巴陵郡의 太守로 부임했다.
【慶曆四年】: 「慶曆」은 宋仁宗의 연호이며, 慶曆四年은 서기 1044년. 【滕(téng)子京】: [인명] 등자경. 성은 滕, 이름은 宗諒, 子京은 그의 자이며, 범중엄과 같은 해에 進士에 급제했다. 【謫(zhé)守】: 폄적되어 태수로 부임하다. 「謫」: 폄적되다, 좌천되다. 「守」: 본래 「太守」라는 명사이나 본문에서는 동사용법으로 사용되어 「太守로 부임하다」는 뜻. 【巴陵郡】: [지명] 지금의 호남성 岳陽縣.

俱興。[3] 乃重修岳陽樓，增其舊制，刻唐賢今人詩賦於其上，屬予作文以記之。[4]

予觀夫巴陵勝狀，在洞庭一湖。[5] 銜遠山，呑長江，浩浩湯湯，橫無際涯；[6] 朝暉夕陰，氣象萬千。[7] 此則岳陽樓之大觀也，前人之述備矣。[8] 然則北通巫峽，南極瀟、湘，遷客騷人，多會於此，

---

3) 越明年，政通人和，百廢俱興。→ 그 이듬해，政事가 순탄하고 백성이 화합하자，여러 황폐한 사업을 모두 다시 일으켰다.
【越(yuè)明年】：이듬해.【通】：순탄하다.【和(hé)】：화합하다.【百廢(bó fèi)】：여러 황폐한 사업.【俱(jù)】：모두，다.【興(xīng)】：일으키다，건설하다.

4) 乃重修岳陽樓，增其舊制，刻唐賢今人詩賦於其上，屬予作文以記之。→ 이에 岳陽樓를 개수하여，그 이전의 규모를 확장하고，唐代의 賢人과 오늘날 사람들의 詩賦를 그 위에 새긴 다음，나에게 글을 지어 그 일을 기술하도록 부탁했다.
【乃】：이에，그리하여.【重修(chóng xiū)】：재건하다，改修하다.【增(zēng)】：확장하다，확대하다.【制】：모양. 여기서는 악양루의「구조・규모」를 가리킨다.【唐賢】：唐代의 현인.【其】：[대명사] 그，그것. 즉「악양루」.【屬(zhǔ)】：囑，부탁하다.【之】：[대명사] 그것，즉「악양루를 개수한 일」.

5) 予觀夫巴陵勝狀，在洞庭一湖。→ 내가 보건대 그 파릉군의 아름다운 경치는，洞庭湖에 집중되어 있다.
【夫(fú)】：그，저.【勝狀(shèng zhuàng)】：아름다운 경치.【洞庭湖】：호남성 북쪽의 長江[일명 揚子江] 남안에 있는 호수. ※호수의 남쪽과 서쪽은 湘江・資江・沅江・澧江의 물을 받고，북쪽은 長江의 松滋・太平・藕池・調弦 입구에서 범람하는 홍수를 받아，이 물이 岳陽에서 합류하여 長江으로 흘러 들어간다. 여름에 물이 불어날 때는 주위가 800리에 이른다.

6) 銜遠山，呑長江，浩浩湯湯，橫無際涯；→ 먼 산을 입에 물고，長江을 삼키고 있는데，광대하고 세차게 흐르는 물은，넓이가 끝이 없다.
【銜(xián)】：(입에) 물다.【遠山】：먼 산. ※동정호에 君山이 있는데，遠山은 아마도 이 산을 가리키는 듯하며，마치 동정호가 이 산을 입에 물고 있는 듯이 보인다.【呑(tūn)】：삼키다. ※長江의 물이 동정호로 흘러 들어가기 때문에 長江의 물을 삼킨다고 표현했다.【浩浩】：물이 광대한 모양.【湯(shāng)湯】：물이 세차게 흐르는 모양.【橫(héng)】：폭，넓이.【際涯(jì yá)】：끝.

7) 朝暉夕陰，氣象萬千。→ 아침에 맑았다가 저녁에 흐리며，날씨가 변화무쌍하다.
【暉(huī)】：날씨가 맑다.【萬千】：변화무쌍한 모양.

8) 此則岳陽樓之大觀也，前人之述備矣。→ 이것이 바로 악양루의 볼만한 경관으로，이

覽物之情，得無異乎?[9)]

若夫霪雨霏霏，連月不開，陰風怒號，濁浪排空;[10)] 日星隱耀，山岳潛形;[11)] 商旅不行，檣傾楫摧;[12)] 薄暮冥冥，虎嘯猿啼。[13)]

전 사람들의 기록이 매우 상세하다.

【大觀(guān)】: 壯觀, 볼만한 경관. 【述(shù)】: 기록. 【備(bèi)】: 매우 상세하다.

9) 然則北通巫峽，南極瀟、湘，遷客騷人，多會於此，覽物之情，得無異乎? → 그렇다면 북쪽은 巫峽까지 통하고, 남쪽은 곧장 瀟水와 湘水까지 이르러, 폄적된 관리와 실의에 빠진 시인들이, 대부분 이곳에서 만나는데, 어찌 경물을 보고 느끼는 감정이 서로 다르지 않을 수 있겠는가?

【然則】: 그렇다면. 【巫峽(wū xiá)】: 長江 三峽중의 하나. 즉, 사천성 巫山縣에서 호북성 巴東縣에 이르는 160리의 험준한 협곡. 【極】: [동사] 곧장 …까지 이르다. 【瀟(xiāo)、湘(xiāng)】: 瀟水와 湘水. ※瀟水는 호남성 寧遠縣 남쪽 九疑山에서 발원하여 零陵縣 서북쪽에 이르러 湘水로 들어가기 때문에 이름을 합쳐 瀟湘이라 했다. 그리고 湘水는 광서성 興安縣 陽梅山에서 발원하여 長沙 북부를 거쳐 동정호로 들어간다. 【遷(qiān)客】: 폄적되어 가는 관리. 【騷(sāo)人】: 실의에 빠진 시인. 【覽(lǎn)物之情】: 경물을 보고 느끼는 감정. 【得無】: …하지 않을 수 없다.

10) 若夫霪雨霏霏，連月不開，陰風怒號，濁浪排空; → 장마 비가 주룩주룩 내리는 그러한 경우로 말하면, 몇 달 동안 개이지 않고, 싸늘한 바람이 성나서 울부짖으며, 혼탁한 파도가 하늘로 치솟는다.

【若夫】: …로 말하면, …같은 그러한 경우로 말하면. ※「若」: 如, 마치 …같다. 「夫」: [지시형용사] 그. ※文言文에서 문장 첫머리에 놓여 다음 말을 이끌기 위해 사용한다. 【連月】: 몇 달 동안. 【霪(yín)雨】: 장마 비. 【霏(fēi)霏】: 비가 주룩주룩 내리는 모양. 【陰(yīn)風】: 싸늘한 바람. 【怒號(nù háo)】: 성나서 울부짖다. 【排空】: 하늘로 치솟다.

11) 日星隱耀，山岳潛形; → 해와 별은 빛을 감추고, 산악은 형체를 감추어 버린다.

【隱耀(yǐn yào)】: 빛을 감추다. 【潛(qián)形】: 형체를 감추다.

12) 商旅不行，檣傾楫摧; : 상인과 나그네가 다니지 못하고, 돛대가 기울며 노가 부러진다.

【商旅】: 상인과 나그네. 【檣(qiáng)】: 돛대. 【傾(qīng)】: 기울다. 【楫(jí)】: 노. 【摧(cuī)】: 부러지다, 꺾어지다.

13) 薄暮冥冥，虎嘯猿啼。→ 저녁 무렵 어둑어둑 해지면, 호랑이가 소리를 지르고 원숭이가 슬피 운다.

【薄暮(bó mù)】: 저녁 무렵. 「薄」: …할 무렵, …에 가까운. 【冥(míng)冥】: 어

登斯樓也, 則有去國懷鄕, 憂讒畏譏, 滿目蕭然, 感極而悲者矣。14)

至若春和景明, 波瀾不驚, 上下天光, 一碧萬頃;15) 沙鷗翔集, 錦鱗游泳;16) 岸芷汀蘭, 郁郁靑靑。17) 而或長煙一空, 皓月千里; 浮光耀金, 靜影沈璧; 漁歌互答, 此樂何極!18) 登斯樓也, 則

둑어둑한 모양. 【嘯 (xiào)】: 소리 지르다, 울부짖다. 【啼(tí)】: 슬피 울다.

14) 登斯樓也, 則有去國懷鄕, 憂讒畏譏, 滿目蕭然, 感極而悲者矣。→ (이럴 때) 이 누각에 오르면, 조정을 떠나 고향을 그리는 마음이 생기고, 참소를 당할까 근심하고 비난을 당할까 두려워지며, 보이는 것이 온통 외롭고 쓸쓸한 모습이라, 감정이 극에 달해 슬픔이 복받친다.

【斯】: 此, 이. 【去國】: 조정을 떠나다. ※주로 폄적되어 쫓겨 가는 경우를 가리킨다. 「國」: 朝廷. 【讒(chán)】: 참소하다. 【畏(wèi)】: 두려워하다. 【譏(jī)】: 비난하다. 【滿目】: 눈에 가득 차다. 【蕭(xiāo)然】: 외롭고 쓸쓸한 모양. 【感極】: 감개가 극에 달하다.

15) 至若春和景明, 波瀾不驚, 上下天光, 一碧萬頃; → (그러나) 봄날 온화하고 날씨가 맑은 경우로 말하면, 파도가 일지 않고, 하늘과 호수 위아래의 푸른색이 한데 어우러져, 온통 한 가지 푸른빛으로 끝없이 펼쳐진다.

【至若】: 至於, …로 말하면, …로 말할 것 같으면. ※앞의 말을 하고 나서 화제를 바꿀 때 사용. 【和(hé)】: 온화하다. 【景明】: 일광이 선명하다. 즉 「날씨가 맑다」는 뜻. 【波瀾(bō lán)】: 파도. 【驚(jīng)】: 일다. 동요하다. 【萬頃(qǐng)】: 만경. ※「頃」은 면적의 단위로 「100畝」이며, 「萬頃」은 洞庭湖의 넓이가 매우 넓은 것을 형용한 말.

16) 沙鷗翔集, 錦鱗游泳; → 모래 위의 갈매기들이 떼를 지어 날고, 비단 빛 물고기가 헤엄친다.

【沙鷗(shā ōu)】: 모래 위의 갈매기. 【翔(xiáng)】: 날다. 【集】: 무리를 이루다. 【錦鱗(jǐn lín)】: 비단 빛을 띤 물고기. 「鱗」: 물고기의 총칭.

17) 岸芷汀蘭, 郁郁靑靑。→ 물가 언덕의 향초는 짙은 향기를 내뿜고, 모래톱 의 난초는 잎이 무성하다.

【岸(àn)】: 대안, 물가 언덕. 【芷(zhǐ)】: 香草. 【汀(tīng)】: 모래톱. 【郁(yù)郁】: 향기가 매우 짙다. 【靑(jīng)靑】: 菁菁, 무성하다.

18) 而或長煙一空, 皓月千里; 浮光耀金, 靜影沈璧; 漁歌互答, 此樂何極! → 그리고 간혹 길다란 연기가 하늘에 한 줄의 띠를 이루고, 밝은 달이 천 리를 비추는가 하면, 물 위에 떠 있는 달빛이 금빛을 발하고, 고요한 물속의 달그림자가 마치 물속에 잠겨 있는 푸른 옥과 같은데, 어부들이 서로 화답하며 노래하는 것을

有心曠神怡, 寵辱皆忘, 把酒臨風, 其喜洋洋者矣。[19)]

嗟夫! 予嘗求古仁人之心, 或異二者之爲, 何哉?[20)] 不以物喜, 不以已悲。[21)] 居廟堂之高, 則憂其民; 處江湖之遠, 則憂其君。[22)] 是進亦憂, 退亦憂, 然則何時而樂耶?[23)] 其必曰 :「先天下之憂而

듣노라면, 이러한 즐거움이 어찌 끝이 있으랴!

【一空】: 하늘에 한 줄의 띠를 이루다. 【皓(hào)月】: 明月. 【浮光】: 물 위에 떠 있는 달빛. ※달빛이 출렁이는 물결 위에 비추어 마치 물 위에 떠있는 듯 한 모습. 【耀(yào)】: 빛을 발하다, 빛나다. 【影】: 달그림자. 【沈(chén)】: 沉, 가라앉다, 잠기다. 【極(jí)】: 끝, 다함.

19) 登斯樓也, 則有心曠神怡, 寵辱皆忘, 把酒臨風, 其喜洋洋者矣。→ (이럴 때) 이 누각에 오르면, 마음이 활짝 열리고 정신이 유쾌하여, 총애와 모욕을 다 잊게 되고, 술잔을 들어 淸風을 대하노라면, 그 기쁨이 이루 말할 수 없다.

【心曠(kuàng)】: 마음이 활짝 열리다. 【神怡(yí)】: 정신이 유쾌하다. 【皆】: 함께, 일괄해서. 【把】: 잡다, 들다. 【洋洋】: 충만하다, 넘치다.

20) 嗟夫! 予嘗求古仁人之心, 或異二者之爲, 何哉? → 아! 내가 일찍이 옛 어진 사람들의 마음을 살펴보니, 어떤 사람은 (앞에서 말한) 두 가지의 심정과 다른데, 어째서 일까?

【嗟(jiē)夫!】: [감탄사] 아! 【求】: 탐구하다, 조사하다, 살펴보다. 【仁人】: 어진 사람, 덕망 있는 사람. 【二者之爲】: 두 가지의 심정. 즉, 앞에서 말한 음산한 분위기와 청명한 분위기에서의 각기 다른 두 가지의 심리 상태. 「爲」: 심정, 심리 상태, 태도. 【何哉?】: 왜 그럴까?, 어째서 일까?

21) 不以物喜, 不以已悲。→ 환경이 좋음으로 인해 기뻐하지 아니하고, 자신의 처지가 곤궁함으로 인해 슬퍼하지 않는다.

※즉 「외재적 환경이나 자신의 처지로 인해 喜悲가 좌우되지 않는다.」는 말.

【以】: 因, …로 인해. 【物】: 외재적 환경. 【已】: 자신의 처지.

22) 居廟堂之高, 則憂其民; 處江湖之遠, 則憂其君。→ 조정에서 높은 벼슬을 지낼 때는 백성을 걱정하고; 물러나 초야에 묻혀 살면 임금을 걱정한다.

【居廟堂之高】: 묘당의 높은 곳에 거처하다. 즉 「조정에서 벼슬을 지내다」의 뜻. 「廟堂」: 朝廷. 【處江湖之遠】: 멀리 강호에 거처하다. 즉 「초야에 묻혀 살다」의 뜻. 「江湖」: 草野.

23) 是進亦憂, 退亦憂, 然則何時而樂耶? → 이처럼 나아가도 걱정하고, 물러나도 걱정하니, 그렇다면 언제 즐거울 수 있는가?

【是】: 이렇게, 이처럼. 【…亦…, …亦…】: …도 …하고, …도 …하다. 【然則】:

憂，後天下之樂而樂」歟。[24] 噫! 微斯人，吾誰與歸?[25]

■ | 번역문

악양루(岳陽樓)에 대해 적은 글

인종(仁宗) 경력(慶曆) 4년 봄, 등자경(滕子京)이 폄적되어 파릉군(巴陵郡)의 태수(太守)로 부임했다. 그 이듬해, 정사(政事)가 순탄하고 백성이 화합하자 여러 황폐한 사업을 모두 다시 일으켰다. 이에 악양루(岳陽樓)를 개수하여 그 이전의 규모를 확장하고, 당대(唐代)의 현인(賢人)과 오늘날 사람들의 시부(詩賦)를 그 위에 새긴 다음, 나에게 글을 지어 그 일을 기술하도록 부탁했다.

내가 보건대 그 파릉군의 아름다운 경치는 동정호(洞庭湖)에 집중되어 있다. 먼 산을 입에 물고 장강(長江)을 삼키고 있는데, 광대하고 세차게 흐르는 물은 넓이가 끝이 없다. 아침에 맑았다가 저녁에 흐리며 날씨가 변화무쌍하다. 이것이 바로 악양루의 볼만한 경관으로, 이전 사람들의 기록이 매우 상세하다. 그렇다면 북쪽은 무협(巫峽)까지 통하고 남쪽은

그렇다면, 그러면.

24) 其必曰：「先天下之憂而憂，後天下之樂而樂」歟。→ 그들은 반드시 : 「세상 사람이 걱정하기에 앞서 걱정하고, 세상 사람이 즐거워 한 뒤에 즐거워한다.」라고 말할 것이다.
【其】: [대명사] 그, 그들, 즉 「古仁人」. 【先】: …에 앞서, …보다 먼저. 【後】: …한 뒤에.

25) 噫! 微斯人，吾誰與歸? → 아! 이런 사람이 없다면, 나는 누구에게 의지하겠는가?
【噫(yī)】: [감탄사] 아!. 【微(wēi)】: 無. 없다. 【斯人】: 이러한 사람. 즉 「古仁人」. 【吾誰與歸】: 吾與誰歸의 도치형태. 「歸」: 의지하다, 좇다, 따르다.

곧장 소수(瀟水)와 상수(湘水)까지 이르러, 폄적된 관리와 실의에 빠진 시인들이 대부분 이곳에서 만나는데, 어찌 경물을 보고 느끼는 감정이 서로 다르지 않을 수 있겠는가?

장마 비가 주룩주룩 내리는 그러한 경우로 말하면, 몇 달 동안 개이지 않고 싸늘한 바람이 성나서 울부짖으며 혼탁한 파도가 하늘로 치솟는다. 해와 별은 빛을 감추고 산악은 형체를 감추어 버린다. 상인과 나그네가 다니지 못하고 돛대가 기울며 노가 부러진다. 저녁 무렵 어둑어둑 해지면 호랑이가 소리를 지르고 원숭이가 슬피 운다. (이럴 때) 이 누각에 오르면 조정을 떠나 고향을 그리는 마음이 생기고, 참소를 당할까 근심하고 비난을 당할까 두려워지며, 보이는 것이 온통 외롭고 쓸쓸한 모습이라 감정이 극에 달해 슬픔이 복받친다.

(그러나) 봄날 온화하고 날씨가 맑은 경우로 말하면, 파도가 일지 않고 하늘과 호수 위아래의 푸른색이 한데 어우러져 온통 한 가지 푸른빛으로 끝없이 펼쳐진다. 모래 위의 갈매기들이 떼를 지어 날고 비단 빛 물고기가 헤엄친다. 물가 언덕의 향초는 짙은 향기를 내뿜고 모래톱 의 난초는 잎이 무성하다. 그리고 간혹 길다란 연기가 하늘에 한 줄의 띠를 이루고 밝은 달이 천 리를 비추는가 하면, 물 위에 떠 있는 달빛이 금빛을 발하고 고요한 물속의 달그림자가 마치 물속에 잠겨 있는 푸른 옥과 같은데, 어부들이 서로 화답하며 노래하는 것을 듣노라면 이러한 즐거움이 어찌 끝이 있으랴! (이럴 때) 이 누각에 오르면 마음이 활짝 열리고 정신이 유쾌하여 총애와 모욕을 다 잊게 되고, 술잔을 들어 청풍(淸風)을 대하노라면 그 기쁨이 이루 말할 수 없다.

아! 내가 일찍이 옛 어진 사람들의 마음을 살펴보니, 어떤 사람은 (앞에서 말한) 두 가지의 심정과 다른데 어째서 일까? 환경이 좋음으로 인해 기뻐하지 아니하고 자신의 처지가 곤궁함으로 인해 슬퍼하지 않는다. 조정에서 높은 벼슬을 지낼 때는 백성을 걱정하고, 물러나 초야에 묻혀 살면 임금을 걱정한다. 이처럼 나아가도 걱정하고 물러나도 걱정하니, 그렇다면 언제 즐거울 수 있는가? 그들은 반드시 :「세상 사람이 걱정하기에 앞서 걱정하고, 세상 사람이 즐거워 한 뒤에 즐거워한다.」라고 말할 것이다. 아! 이런 사람이 없다면 나는 누구에게 의지하겠는가?

■ | 해제(解題) 및 본문요지 설명

≪악양루기≫는 작자 범중엄이 재상에서 물러난 이듬해, 과거 급제 동기생인 등자경(滕子京)이 파릉군(巴陵郡) 지주(知州)로 폄적되어 와서 이 누각을 개수한 후, 범중엄에게 당시의 상황을 기술하도록 부탁하여 지은 글이다.

등자경은 범중엄과 같이 혁신을 주장했던 인물로, 원래 경주(徑州)[지금의 감숙성 경천현(徑川縣)]의 지주(知州)였으나, 무고를 당해 인종(仁宗) 경력(慶曆) 4년(1044) 악주(岳州) 파긍군(巴陵郡)[지금의 호남성 악양현(岳陽縣)]의 지주로 좌천되어 왔다. 등자경은 악양(岳陽)에 온 후, 정성을 다해 다스리며 각종 폐지되었던 제도를 복원하는데 힘써 많은 성과를 거두고, 이듬해인 경력 5년에는 악양루를 개축하기도 했다. 그럼에도 불구하고 그의 마음은 오히려 착잡할 뿐이었다. 그래서 범중엄은 이 유기(遊記)를 빌려 자기의 사상과 포부를 피력하는 한편 친구와 더불어 서로를 격려하였다.

본문은 다섯 단락으로 나눌 수 있는데, 첫째 단락에서는 ≪악양루기≫

를 지은 연유를 말했고; 둘째 단락에서는 먼저 파릉(巴陵)의 아름다운 경치를 말한 다음, 악양루에 오른 사람들의 각기 다른 정취로 방향을 전환하여, 다음에 이어지는 희(喜)・비(悲) 두 가지의 경지를 끌어냈고; 셋째 단락에서는 흐리고 비가 내리는 때의 경관을 보고 슬퍼하는 사람을 묘사했고; 넷째 단락에서는 청명한 때 경관을 보고 즐거워하는 사람을 묘사했고; 마지막 단락에서는 옛날 어진 사람들이 자신의 좋은 환경으로 인해 즐거워하거나 곤궁한 처지로 인해 슬퍼하지 않는다는 말로 결론을 맺었다.

159 간원제명기(諫院題名記)

[宋] 司馬光

■ | 작자

사마광(司馬光 : 1019-1086)은 북송(北宋)의 정치가이자, 사학자로 자는 군실(君實)이며, 섬주(陝州) 하현(夏縣)[지금의 산서성 경내] 속수향(涑水鄕) 사람이다.

인종(仁宗) 보원(寶元) 연간에 진사에 급제한 후, 인종 말년에 천장각대제겸시강지간원(天章閣待制兼侍講知諫院)에 임명되었다. 그 후 신종(神宗)이 희녕(熙寧) 2년(1069) 왕안석(王安石)을 등용하여 신법정치(新法政治)를 시행할 때, 사마광은 이를 적극 반대하여 황제의 면전에서 왕안석과 논쟁을 벌이기도 했다. 그러나 신종이 사마광의 의견을 받아들이지 않고 오히려 사마광을 추밀부사(樞密副使)로 임명하자 그만 고사하고 낙양(洛陽)으로 퇴거하여 ≪자치통감(資治通鑒)≫ 편찬에 전념했다. 그러다가 신종 원풍 8년(1085) 철종(哲宗)이 즉위한 후 황태후(皇太后)가 섭정하면서 사마광을 불러 상서좌부사(尙書左仆射) 겸 문하시랑(門下侍郞 : 재상)에 임명하자 사마광은 바로 신법(新法)을 폐지하는 등 새로운 개혁을 시도했다. 그러나 불행하게도 재상이 된지 불과 8개월 만에 병으로 세상을 떠나고 말았다. 온국공(溫國公)에 봉해지고, 시호를 문정(文正)이라 했다.

저서로 ≪자치통감≫ · ≪사마문정공집(司馬文正公集)≫ · ≪계고록(稽古錄)≫ · ≪절운지장도(切韻指掌圖)≫ 등이 있다.

■ | 원문 및 주석

諫院題名記[1]

古者諫無官, 自公卿大夫至於工商, 無不得諫者。漢興以來, 始置官。[2] 夫以天下之政, 四海之衆, 得失利病, 萃於一官使言之, 其爲任亦重矣。[3] 居是官者, 當志其大, 舍其細; 先其急, 後其緩; 專利國家, 而不爲身謀。[4] 彼汲汲於名者, 猶汲汲於利也, 其間相去何遠哉?[5]

---

1) 諫院題名記 → 諫院의 碑石에 諫官의 이름을 새기고 나서 적은 글
【諫院】: 諫官[諫議大夫・拾遺・補闕・司諫・正言 등 황제의 곁에서 시중들며 간언하는 일을 담당한 관리]이 근무하는 官衙. 【題名記】: 간원에 비석을 세워 간관들의 이름을 새기고 나서 지은 글.

2) 古者諫無官, 自公卿大夫至於工商, 無不得諫者。漢興以來, 始置官。→ 옛날에는 간하는 일에 (전담하는) 관리가 없고, 公卿大夫로부터 工人・商人에 이르기까지, 간할 수 없는 사람이 없었다. 漢나라가 건국한 이후, 비로소 諫官을 두었다.
【諫(jiàn)】: 간하다, 간언하다. 【興】: 일어나다, 흥하다. 여기서는 「개국하다, 건국하다」의 뜻. 【始】: 비로소, 처음으로. 【置(zhì)】: 두다, 설치하다.

3) 夫以天下之政, 四海之衆, 得失利病, 萃於一官使言之, 其爲任亦重矣。→ 무릇 천하의 정치와, 나라의 백성과, 이해득실을, 한 사람의 간관에게 집중시켜 진언하도록 한다면, 그가 감당한 책임 또한 매우 무겁다.
【夫】: [발어사] 무릇, 대저. 【以】: …을. 【四海】: 나라 안, 전국. 【衆】: 백성. 【利病】: 利弊, 利害. 【萃(cuì)】: 모이다, 모으다, 집중하다. 【使言】: 진언하도록 하다. 【爲任】: 맡은 임무, 책임.

4) 居是官者, 當志其大, 舍其細; 先其急, 後其緩; 專利國家, 而不爲身謀。→ 이 간관의 자리에 있는 사람은, 마땅히 중대한 일을 마음에 새겨, 사소한 일을 버려야 하고; 급한 일을 먼저 처리하고, 급하지 않은 일을 나중에 처리하며; 오직 나라를 이롭게 할 뿐, 자신을 위해 도모하지 말아야 한다.
【志】: 마음에 새기다, 명심하다. 【大】: 큰일, 중대한 일. 【舍(shě)】: 捨, 버리다. 【細】: 작은 일, 사소한 일. 【緩(huǎn)】: 느리다, 완만하다. 여기서는 「급하지 않은 일」을 말한다. 【專利…】: [동사] 오직 …을 이롭게 하다. 【謀(móu)】: 도모하다, 꾀하다.

天禧初，眞宗詔置諫官六員，責其職事。慶曆中，錢君始書其名於版。[6] 光恐久而漫滅，嘉祐八年，刻著於石。[7] 後之人將歷指其名而議之曰：「某也忠，某也詐，某也直，某也曲。」嗚呼！可不懼哉？[8]

---

5) 彼汲汲於名者，猶汲汲於利也，其間相去何遠哉？→ 명성을 추구하기에 급급한 자는, 마치 이익을 추구하기에 급급한 자나 마찬가지이니, 양자 간에 무슨 차이가 있겠는가?
【彼】：그, 저. ※명사 또는 명사구 앞에 놓여 지시 역할을 한다. 문구의 맨 앞에 놓일 경우 일반적으로 번역할 필요가 없다. 【汲(jí)汲】：급급하다, 바쁘다. 【猶(yóu)】：마치 …과 같다, …과 마찬가지다. 【相去何遠】：거리가 얼마나 멀겠는가? 즉 「무슨 차이가 있겠는가?」의 뜻.

6) 天禧初，眞宗詔置諫官六員，責其職事。慶曆中，錢君始書其名於版。→ 天禧 초년에, 眞宗임금께서 명하여 간관 6인을 두고, 그 직무를 맡도록 했다. 慶曆 연간에, 錢君이 처음으로 간관의 이름을 명부에 기록했다.
【天禧(xǐ)】：宋眞宗의 연호. 【詔(zhào)】：(임금이) 명을 내리다. 【責】：맡도록 하다. 【慶曆】：宋仁宗의 연호. 【錢(qián)君】：확실하지는 않지만 慶曆 4년(1044) 正言을 지낸 錢明逸이 아닌가 추측하기도 한다. 【始】：비로소, 처음으로. 【其名】：그 이름, 즉 간관의 이름. 【書】：쓰다, 기록하다. 【版(bǎn)】：名簿. ※「목판」이라 풀이한 경우도 있다.

7) 光恐久而漫滅，嘉祐八年，刻著於石。→ 나는 세월이 오래 지나 (글자가) 마모될 것을 우려하여, 仁宗 嘉祐 8년에, (이름을) 비석에 새겼다.
【光】：사마광이 자신의 이름을 「나, 저」라는 말 대신 사용했다. 【恐】：우려하다, 걱정하다. 【漫(màn)滅】：닳아 없어지다, 마멸되다. 【嘉祐(jiā yòu)】：宋仁宗의 마지막 연호. 【刻著】：새기다.

8) 後之人將歷指其名而議之曰：「某也忠，某也詐，某也直，某也曲。」嗚呼！可不懼哉？→ 후세 사람들이 장차 그 이름을 가리키며 평하길：「아무개는 충성했고, 아무개는 간사했고, 아무개는 정직했고, 아무개는 정직하지 못했다.」라고 할 것이다. 아! 두렵지 않을 수 있겠는가?
【歷指】：하나하나 지적하다. 【議】：의론하다, 비평하다. 【詐(zhà)】：간사하다. 【曲】：정직하지 않다. 【嗚呼】：아! 탄식하는 소리. 【懼(jù)】：두려워하다.

■ 번역문

간원(諫院)의 비석(碑石)에 간관(諫官)의
이름을 새기고 나서 적은 글

옛날에는 간하는 일에 (전담하는) 관리가 없고, 공경대부(公卿大夫)로부터 공인(工人)·상인(商人)에 이르기까지 간할 수 없는 사람이 없었다. 한(漢)나라가 건국한 이후 비로소 간관(諫官)을 두었다. 무릇 천하의 정치와 나라의 백성과 이해득실을 한 사람의 간관에게 집중시켜 진언하도록 한다면, 그가 감당한 책임 또한 매우 무겁다. 이 간관의 자리에 있는 사람은 마땅히 중대한 일을 마음에 새겨 사소한 일을 버려야 하고, 급한 일을 먼저 처리하고 급하지 않은 일을 나중에 처리하며, 오직 나라를 이롭게 할 뿐 자신을 위해 도모하지 말아야 한다. 명성을 추구하기에 급급한 자는 마치 이익을 추구하기에 급급한 자나 마찬가지이니 양자 간에 무슨 차이가 있겠는가?

천희(天禧) 초년에 진종(眞宗) 임금께서 명하여 간관 6인을 두고 그 직무를 맡도록 했다. 경력(慶曆) 연간에 전군(錢君)이 처음으로 간관의 이름을 명부에 기록했다. 나는 세월이 오래 지나 (글자가) 마모될 것을 우려하여 인종(仁宗) 가우(嘉祐) 8년에 (이름) 비석에 새겼다. 후세 사람들이 장차 그 이름을 가리키며 평하길 :「아무개는 충성했고, 아무개는 간사했고, 아무개는 정직했고, 아무개는 정직하지 못했다.」라고 할 것이다. 아! 두렵지 않을 수 있겠는가?

■ | 해제(解題) 및 본문요지 설명

당송(唐宋)시기에는 대관(臺官)과 간관(諫官)을 두었다. 대관은 시어사(侍御史)·전중시어사(殿中侍御史)·감찰어사(監察御使) 등으로, 관리들을 규찰하는 일을 담당했고, 간관은 간의대부(諫議大夫)·습유(拾遺)·보궐(補闕)·사간(司諫)·정언(正言) 등으로, 황제의 곁에서 시중들며 간언하는 일을 담당했다.

사마광(司馬光)은 인종(仁宗) 가우(嘉祐) 연간에 지간원(知諫院)을 지냈는데, 간관의 집무 관서인 간원(諫院)에 비석을 세워 간관의 이름을 새기고 제명기(題名記)를 지어, 간관들로 하여금 오직 나라의 이익을 위해 도모할 뿐, 자신을 위해 도모하지 말 것을 독려했다.

본문은 세 단락으로 나눌 수 있는데, 첫째 단락에서는 옛날에 별도로 간관(諫官)이 없고 백성이면 누구나 간언할 수 있었다는 것을 말했고; 둘째 단락에서는 간관은 책임이 중대하기 때문에 마땅히 나라의 이익을 위해 도모하고 자신의 명리를 위해 도모하지 말아야 한다는 것을 말했고; 마지막 단락에서는 제명기(題名記)를 지은 연유를 말했다.

160 의전기(義田記)

[宋] 錢公輔

■ | 작자

전공보(錢公輔 : 1021-1072)는 송(宋) 상주(常州) 무진(武進)[지금의 강소성 무진현(武進縣)] 사람으로 자가 군의(君倚)이며 시인이다. 인종(仁宗) 황우(皇祐) 원년(1049) 진사에 급제한 후 월주통판(越州通判)·명주지주(明州知州)·집현교리(集賢校理)를 거쳐 지제고(知制誥)에 올랐다. 영종(英宗)이 즉위한 후 왕주(王疇)의 추천으로 부추밀(副樞密)에 발탁되었는데 조서(詔書) 기초하는 일을 거부하여 폄적되었다. 신종(神宗)이 즉위한 후 천장각대제(天章閣待制)를 배수 받았고, 다시 지제고(知制誥)·지간원(知諫院)을 지냈으나 재상인 왕안석(王安石)에게 거역하다가 강녕부(江寧府)[지금의 남경시(南京市) 소재] 지주(知州)로 물러났다. 그후 신종(神宗) 희녕(熙寧) 4년(1071) 다시 양주지주(揚州知州)로 옮겨갔으나, 이듬해 52세의 나이로 세상을 떠났다. ≪송사(宋史)≫ 열전(列傳)에 그에 관한 기록이 보인다.

■ | 원문 및 주석

義田記[1]

范文正公，蘇人也。[2] 平生好施與，擇其親而貧、疏而賢者，咸施之。[3] 方貴顯時，置負郭常稔之田千畝，號曰義田，以養濟群族之人。[4] 日有食，歲有衣，嫁娶凶葬皆有贍。擇族之長而賢者主其計，而時其出納焉。[5] 日食，人一升；歲衣，人一縑；嫁女者五

1) 義田記 → 義田에 대해 적은 글
【義田】：范仲淹이 가난한 사람들을 구제하기 위해 사들여 이름을 붙인 田畓.

2) 范文正公，蘇人也。→ 范文正公은，蘇州 사람이다.
【范文正公】：范仲淹. 자는 希文이며，북송 吳縣[지금의 강소성 蘇州市] 사람으로 仁宗 慶曆 3년(1043)에 宰相인 參知政事를 지냈다. 저명한 정치가이자 문인으로 유명하며，시호를 文正이라 했다. 【蘇人】：蘇州 사람. ※범중엄의 고향 吳縣이 蘇州府의 소재지이기 때문에 그를 蘇人이라 했다.

3) 平生好施與，擇其親而貧、疏而賢者，咸施之。→ 평생 동안 베풀기를 좋아하여，가까우면서 가난하거나 소원하지만 현명한 사람을 골라，모두에게 베풀었다.
【好(hào)】：[동사] 좋아하다. 【施與】：(재물・은혜 등을) 베풀다. 【疎(shū)】：疏，멀다，소원하다. 【咸】：모두.

4) 方貴顯時，置負郭常稔之田千畝，號曰義田，以養濟群族之人。→ 막 고위 관직에 올랐을 때，성곽 가까이에 항상 수확이 잘되는 전답 천 畝를 구입하여，「義田」이라 칭하고，同族 사람들을 구제했다.
【方】：막，방금. 【貴顯(xiǎn)】：높은 관직，존귀한 신분. 【置】：마련하다，구입하다，장만하다. 【負郭】：성곽 가까운 곳，근교. 【常稔(rěn)】：항상 수확이 잘되다. 「稔」：(농작물이) 익다，여물다. 【畝(mǔ)】：[면적단위] 사방 6척을 「步」라 하고，100步를 「畝」라 한다. 【號曰】：…라 부르다，…라 칭하다. 【以】：이로써. 【養濟】：구제하다. 【群族】：동족，친족.

5) 日有食，歲有衣，嫁娶凶葬皆有贍。擇族之長而賢者主其計，而時其出納焉。→ 날마다 먹을 밥이 있었고，해마다 입을 의복이 있었으며，혼사와 장례 모두 보조가 있었다. 동족 가운데 나이가 들고 현명한 사람을 선발하여 회계를 주관토록 하고，때에 맞추어 지출하고 수납했다.
【歲】：해，년. 【嫁娶(jià qǔ)】：시집가고 장가드는 일，혼사，혼례. 【凶葬】：장례. 【贍(shàn)】：지원，보조. 【長(zhǎng)】：나이가 들다. 【主】：주관하다，담당하다. 【計】：

十千，再嫁者三十千;[6] 娶婦者三十千，再娶者十五千；葬者如再嫁之數，幼者十千。[7] 族之聚者九十口，歲入給稻八百斛。以其所入，給其所聚，沛然有餘而無窮。[8] 仕而家居俟代者與焉，仕而居官者罷莫給。此其大較也。[9]

初，公之未貴顯也，嘗有志於是矣，而力未逮者三十年。[10]

회계업무. 【出納】: 출납하다, 지출하고 수납하다.

6) 日食，人一升；歲衣，人一縑；嫁女者五十千，再嫁者三十千；→ 하루 식량은, 한 사람당 쌀 한 되를 주고; 매년 의복은, 한 사람당 명주 한 필을 주었다. 딸을 출가시키는 사람에게는 오십 貫, 재가하는 사람에게는 삼십 貫을 주고;
【升(shēng)】: [용량단위] 되. 【縑(jiān)】: 비단, 명주. 【千】: [화폐단위] 貫, 꿰. ※옛날에는 1천 매의 엽전을 꾸러미로 꿰어 1貫이라 했다.

7) 娶婦者三十千，再娶者十五千；葬者如再嫁之數，幼者十千。→ 장가드는 사람에게는 삼십 관, 재취하는 사람에게는 십오 관을 주었으며; 장례를 치루는 사람에게는 재가하는 액수와 같게 주고, 어린아이를 장사 치루는 사람에게는 십 관을 주었다.
【娶(qǔ)婦】: 아내를 맞다, 장가들다. 【再娶】: 재취하다, (아내를 여의었거나 이혼한 사람이) 두 번째 장가를 들다. 【數(shù)】: 액수. 【幼者十千】: ※다른 판본에는 모두 「葬幼者十千」이라 했다.

8) 族之聚者九十口，歲入給稻八百斛。以其所入，給其所聚，沛然有餘而無窮。→ 동족 중에 함께 모여 사는 사람이 구십 사람이고, 한 해의 수입은 의전에서 거두어들이는 벼 팔백 斛이었다. 그 수입을 가지고, 모여 사는 사람들에게 공급하는데, 넉넉하여 여유가 있고 궁색함이 없었다.
【聚者】: 모여 사는 사람. 【口】: 식구, 사람. 【給稻(jǐ dào)】: (義田에서 거두어들이는) 벼. 【斛(hú)】: [용량단위] 고대에는 10斗를 1斛이라 했으나, 南宋 때 5斗로 고쳤다. 【沛(pèi)然】: 넉넉한 모양. 【無窮】: 궁색함이 없다.

9) 仕而家居俟代者與焉，仕而居官者罷莫給。此其大較也。→ 관직에 있다가 실직하여 집에 머물면서 재임용을 기다리는 사람에게는 베풀어 주고, 임용되어 관직에 나가는 사람에게는 공급을 멈추었다. 이것이 의전의 개황이다.
【仕而家居】: 관직에 있다가 실직하여 집에 머물다. ※판본에 따라서는 「仕」를 「屛」이라 했다. 【俟(sì)代】: 재임용을 기다리다. 【罷(bà)莫給(jǐ)】: 공급을 멈추다. 【大較】: 개황, 대략적인 상황.

10) 初，公之未貴顯也，嘗有志於是矣，而力未逮者二十年。→ 당초, 文正公은 높은 관직에 오르기 전에도, 일찍이 여기에 뜻을 지니고 있었으나, 삼십 년 동안 힘이 미치지 못했었다.

旣而爲西帥，及參大政，於是始有祿賜之入，而終其志。[11] 公旣歿，後世子孫修其業，承其志，如公之存也。[12] 公旣位充祿厚，而貧終其身。歿之日，身無以爲斂，子無以爲喪；惟以施貧活族之義，遺其子而已。[13]

昔晏平仲敝車羸馬，桓子曰：「是隱君之賜也。」[14] 晏子曰：

【逮(dài)】：及，미치다.【三十年】：※다른 판본들은「二十年」이라 했다.

11) 旣而爲西帥，及參大政，於是始有祿賜之入，而終其志。→ 얼마 후 西夏 토벌의 총수가 되어, 국정에 참여하기에 이르자, 이에 비로소 봉록과 포상의 수입이 있어, 그 뜻을 이루게 되었다.

【旣而】：그 후, 그 뒤.【西帥】：西夏 토벌의 總帥. ※仁宗 慶曆 원년(1041)에 西夏의 趙元昊가 침입하여 范仲淹이 陝西西路安撫經略招討使가 되어 토벌에 나섰다.【及】：이르다.【參大政】：國政에 참여하다. ※仁宗 慶曆 3년 參知政事[재상]가 되어 국정에 참여했다.【於是】：이에, 그리하여.【祿賜】：봉록과 포상.

12) 公旣歿，後世子孫修其業，承其志，如公之存也。→ 문정공이 세상을 떠난 후, 후대 자손들이 그 사업을 운영하여, 그의 유지를 계승하니, 마치 문정공이 살아 있는 것과 같았다.

【歿(mò)】：죽다.【修】：운영하다, 경영하다.【承】：잇다, 계승하다.【存】：존재하다, 살아있다.

13) 公旣位充祿厚，而貧終其身。歿之日，身無以爲斂，子無以爲喪；惟以施貧活族之義，遺其子而已。→ 문정공은 비록 지위가 높고 봉록이 후했지만, 그러나 평생 가난하게 살았다. 세상을 떠나던 날, 자신은 염을 할 옷이 없었고, 자식들은 상을 치를 돈이 없었으며; 다만 가난한 사람들에게 베풀고 동족을 살리는 道義만을, 자식들에게 남겨 주었을 뿐이었다.

【旣】：이미. ※판본에 따라서는「旣」를「雖」라 했다.【充】：높다.【貧終其身】：가난한 생활로 생애를 끝내다, 평생 가난하게 살다.【以爲】：以(之)爲, 이로써 …를 하다.【斂(liǎn)】：殮, (죽은 사람을) 염하다.【惟】：오직, 다만.【施貧活族】：가난한 사람에게 베풀고 동족을 살리다.【義】：도의, 도리.【遺(yí)】：남기다.【而已】：…뿐.

14) 昔晏平仲敝車羸馬，桓子曰：「是隱君之賜也。」→ 옛날에 (齊나라의 대부) 晏平仲이 낡은 수레와 여인 말을 타니, 桓子가：「이는 임금께서 하사하신 것을 숨기는 것입니다」라고 말했다.

【晏(yàn)平仲】：[인명] 晏嬰. 춘추시대 齊나라 夷維[지금의 산동성 高密縣] 사람으로, 자는 仲, 시호는 平. 齊나라 靈公·莊公·景公 삼대에 걸쳐 재상을 지냈

「自臣之貴, 父之族, 無不乘車者; 母之族, 無不足於衣食;[15] 妻之族, 無凍餒者; 齊國之士, 待臣而擧火者三百餘人。[16] 以此而爲隱君之賜乎? 彰君之賜乎?」 於是齊侯以晏子之觴而觴桓子。[17] 予嘗愛晏子好仁, 齊侯知賢, 而桓子服義也。[18] 又愛晏子之仁有等級, 而言有次也。[19] 先父族, 次母族, 次妻族, 而後及其疎遠之賢。[20] 孟子曰 : 「親親而仁民, 仁民而愛物。」 晏子爲近之。[21] 觀

다. 【敝(bì)車羸(léi)馬】 : 낡은 수레와 여윈 말. 【桓(huán)子】 : 陳無宇. 춘추시대 齊나라의 대부. 시호를 桓이라 했다. 【隱(yǐn)】 : 감추다, 숨기다.

15) 晏子曰 : 「自臣之貴, 父之族, 無不乘車者; 母之族, 無不足於衣食; → (이에) 안자가 말했다 : 「제가 귀하게 되면서부터, 부친의 친족들은, 수레를 타지 않는 사람이 없고, 모친의 친족들은, 의식에 부족한 사람이 없으며;
【晏子】 : 안평중을 높여 부른 호칭. 【自】 : …로부터. 【貴】 : [동사용법] 귀하게 되다. 【無不足於衣食】 : 의식에 부족함이 없다. ※다른 판본에는 「無不足於衣食者」라 했다.

16) 妻之族, 無凍餒者; 齊國之士, 待臣而擧火者三百餘人。 → 아내의 친족들은, 춥고 굶주리는 사람이 없고; 齊나라의 선비들은, 저에게 의지하여 불을 지펴 밥을 지어먹는 사람이 삼백여 명에 이릅니다.
【凍餒(dòng něi)】 : 춥고 굶주리다. 【擧火】 : 불을 지펴 밥을 짓다.

17) 以此而爲隱君之賜乎? 彰君之賜乎?」 於是齊侯以晏子之觴而觴桓子。 → 이러한 것이 임금께서 하사하신 것을 숨기는 것입니까? 임금께서 하사하신 것을 드러내는 것입니까?」 이에 齊侯가 안자의 술잔으로 환자에게 벌주를 마시게 했다.
【以此】 : ※다른 판본에는 「如此」라 했다. 【彰(zhāng)】 : 밝히다, 드러내다. 【於是】 : 이에, 그리하여. 【齊侯】 : 여기서는 齊景公을 가리킨다. 【以晏子之觴(shāng)而觴桓子】 : 안자의 잔으로 환자에게 벌주를 내리다. ※앞의 「觴」은 명사로 「술잔」, 뒤의 「觴」은 동사로 「벌주를 마시다」의 뜻.

18) 予嘗愛晏子好仁, 齊侯知賢, 而桓子服義也。 → 나는 일찍이 안자가 仁을 좋아하고, 제후가 현명한 사람을 알아보고, 환자가 義에 복종하는 것을 좋아했다.
【好(hào)】 : [동사] 좋아하다. 【服義】 : 의리에 복종하다. ※환자가 벌주를 마다않고 義에 복종한 것을 말한다.

19) 又愛晏子之仁有等級, 而言有次也。 → 또한 안자의 仁에 등급이 있고, 말에 순서가 있는 것을 좋아했다.
【次】 : 차례, 순서.

文正之義, 賢於身後, 其規模遠擧, 又疑過之。22)

嗚呼! 世之都三公位, 享萬鍾祿, 其邸第之雄, 車輿之飾, 聲色之多, 妻孥之富, 止乎一己。23) 而族之人不得其門而入者, 豈少哉? 況於施賢乎!24) 其下爲卿大夫、爲士, 廩稍之充, 奉養之

---

20) 先父族, 次母族, 次妻族, 而後及其疎遠之賢。→ 먼저 부친의 친족을 말하고; 다음에 모친의 친족을, 그 다음에 아내의 친족을, 그리고 나중에 관계가 소원한 현명한 사람을 언급했다.

【而後】: 뒤에, 나중에. 【及】: 미치다, 이르다. 즉 「언급하다」의 뜻.

21) 孟子曰:「親親而仁民, 仁民而愛物。」 晏子爲近之。→ 孟子가 말하길:「가까운 사람을 사랑하는 마음이 있어야 백성을 어질게 대하게 되고, 백성을 어질게 대하는 마음이 있어야 만물을 사랑하게 된다.」라고 했는데, 안자의 행위가 이에 가까웠다.

※孟子의 이 말은 ≪孟子·盡心上≫에 보인다.

【親親】: 가까운 사람을 사랑하다. ※앞의 「親」은 동사, 뒤의 「親」은 명사. 【仁】: [동사용법] 어질게 대하다.

22) 觀文正之義, 賢於身後, 其規模遠擧, 又疑過之。→ 문정공의 의로운 행위를 보건대, 사후에 더욱 존중받고, 그 규모와 원대한 영향 또한 아마도 晏子를 능가할 것이다.

【賢】: 존중을 받다. 【身後】: 死後, 죽은 뒤. ※다른 판본에는 「身後」를 「平仲」이라 했다. 【遠擧】: 원대한 영향. 【疑】: [부사용법] 아마도. 【過】: 초월하다, 능가하다.

23) 嗚呼! 世之都三公位, 享萬鍾祿, 其邸第之雄, 車輿之飾, 聲色之多, 妻孥之富, 止乎一己。→ 아! 세상에 三公의 자리에 앉아, 萬鍾의 후한 봉록을 누리는 사람들은, 저택이 웅장하고, 수레의 장식이 화려하고, 가무와 여색을 마음껏 즐기고, 처자식이 부유한 생활을 누리지만, 자기 한 가족에 그칠 뿐이다.

【嗚呼】: [감탄사] 아! 【都】: 居, 앉다, 있다. 【三公】: 周나라 때는 太師·太傅·太保를, 西漢 때는 大司馬·大司徒·大司空을, 東漢 때는 太尉·司徒·司空을 三公이라 했으나, 唐宋 때는 三公이란 용어만 있을 뿐 실제의 관직은 없었다. 따라서 이는 다만 「높은 관직」을 가리키는 말이다. 【萬鍾】: 후한 봉록. 「鐘」: 6斛4斗 들이의 용량을 재는 기구. 【邸(dǐ)第】: 저택. 【車輿(yú)】: 수레. 【飾】: 장식하다, 꾸미다. 【聲色】: 가무와 여색. 【妻孥(nú)】: 처자식. 「孥」: 자식. 【止乎一己】: 자기 한 가족에 그치다. 「一己」: 자기 한 사람. 여기서는 「자기 한 가족」을 가리킨다. ※판본에 따라서는 「止乎一己」를 「止乎一己而已」라 했다.

厚，止乎一己。[25] 族之人，瓢囊爲溝中瘠者，豈少哉？況於他人乎！是皆公之罪人也。[26] 公之忠義滿朝廷，事業滿邊隅，功名滿天下，後必有史官書之者，予可略也。[27] 獨高其義，因以遺於世云。[28]

---

24) 而族之人不得其門而入者，豈少哉？況於施賢乎！→ 그러니 친족들 중 그 문안에 들어갈 수 없는 사람들이, 어찌 적다 하겠는가? 하물며 (관계가 소원한) 현인에게 베푸는 일에 대해서야 말해 무엇 하랴!
【不得】: 不能, …할 수 없다. 【豈少哉?】: 어찌 적겠는가? ※판본에 따라서는 「豈少哉?」를 「豈少也哉?」라 했다 【況】: 하물며. 【施賢】: 현인에게 베푸는 일.

25) 其下爲卿大夫、爲士，廩稍之充，奉養之厚，止乎一己。→ 그 아래 卿大夫나 士의 지위에 있는 사람들도, 녹봉이 충분하고, 처우가 후하지만, 오로지 자기 한 가족에 그칠 뿐이다.
【爲卿大夫】: ※판본에 따라서는 「爲卿爲大夫」라 했다. 【廩稍(lǐn shāo)】: 녹봉으로 주는 쌀. 여기서는 「봉록」을 가리킨다. 【奉養】: 처우, 예우.

26) 族之人，瓢囊爲溝中瘠者，豈少哉？況於他人乎！是皆公之罪人也。→ 그러니 친족들 중, 쪽박을 차고 구걸하다가 구덩이의 시체가 된 사람이, 어찌 적다 하겠는가? 하물며 다른 사람에 있어서야 말해 무엇하랴! 이들은 모두 문정공의 죄인들이다.
【族之人】: 친족들. ※판본에 따라서는 「族之人」을 「而族之人」이라 했다. 【瓢囊(piáo náng)】: 쪽박과 자루. 여기서는 동사용법으로 「쪽박을 차고 구걸하다」의 뜻. ※판본에 따라서는 「瓢囊」을 「操壺瓢」라 했다. 【溝中瘠(jí)者】: 구덩이에 죽어 있는 야윈 시체. 「瘠」: 야위다, 수척하다. 【是】: [대명사] : 이들, 즉 「三公과 卿大夫・士」. 【公】: 文正公.

27) 公之忠義滿朝廷，事業滿邊隅，功名滿天下，後必有史官書之者，予可略也。→ 문정공의 忠義는 조정에 가득차 있고, 업적은 변방에 가득차 있으며, 功名은 천하에 가득차 있어, 후세에 반드시 이를 기록하는 사관이 있을 것이니, 나는 기술을 생략해도 될 것이다.
【事業】: 업적. 【邊隅(yú)】: 변방, 변경. 【後必有】: ※판본에 따라서는 「後世必有」라 했다. 【書】: 기록하다.

28) 獨高其義，因以遺於世云。→ 다만 그의 道義를 추앙하기 때문에, 이로 인해 이 글을 지어 세상에 남긴다.
【獨】: 다만, 오직. 【高】: [동사용법] 숭고하게 여기다, 추앙하다. 【因】: 이로 인해. 【以】: 以之, 이로써, 즉 「이 글을 지어서」. 【遺(yí)】: 남기다.

■ | 번역문

의전(義田)에 대해 적은 글

범문정공(范文正公)은 소주(蘇州) 사람이다. 평생 동안 베풀기를 좋아하여 가까우면서 가난하거나 소원하지만 현명한 사람을 골라 모두에게 베풀었다. 막 고위 관직에 올랐을 때 성곽 가까이에 항상 수확이 잘되는 전답 천 무(畝)를 구입하여 「의전(義田)」이라 칭하고, 동족(同族) 사람들을 구제했다. 날마다 먹을 밥이 있었고 해마다 입을 의복이 있었으며, 혼사와 장례 모두 보조가 있었다. 동족 가운데 나이가 들고 현명한 사람을 선발하여 회계를 주관토록 하고, 때에 맞추어 지출하고 수납했다. 하루 식량은 한 사람당 쌀 한 되를 주고, 매년 의복은 한 사람당 명주 한 필을 주었다. 딸을 출가시키는 사람에게는 오십 관(貫), 재가하는 사람에게는 삼십 관을 주고, 장가드는 사람에게는 삼십 관, 재취하는 사람에게는 십오 관을 주었으며, 장례를 치루는 사람에게는 재가하는 액수와 같게 주고, 어린아이를 장사 치루는 사람에게는 십 관을 주었다. 동족 중에 함께 모여 사는 사람이 구십 사람이고, 한 해의 수입은 의전에서 거두어들이는 벼 팔백 곡(斛)이었다. 그 수입을 가지고 모여 사는 사람들에게 공급하는데, 넉넉하여 여유가 있고 궁색함이 없었다. 관직에 있다가 실직하여 집에 머물면서 재임용을 기다리는 사람에게는 베풀어 주고, 임용되어 관직에 나가는 사람에게는 공급을 멈추었다. 이것이 의전의 개황이다.

당초 문정공은 높은 관직에 오르기 전에도 일찍이 여기에 뜻을 지니고 있었으나 삼십 년 동안 힘이 미치지 못했었다. 얼마 후 서하(西夏) 토벌의 총수가 되어 국정에 참여하기에 이르자, 이에 비로소 봉록과 포상의 수입이 있어 그 뜻을 이루게 되었다. 문정공이 세상을 떠난 후, 후대 자손들이 그 사업을 운영하여 그의 유지를 계승하니 마치 문정공이 살아 있는 것과 같았다. 문정공은 비록 지위가 높고 봉록이 후했지만, 그러나 평생 가난하게 살았다. 세상을 떠나던 날, 자신은 염을 할 옷이 없었고 자식들은 상을 치를 돈이 없었으며, 다만 가난한 사람들에게 베풀고 동족을 살리는 도의(道義)만을 자식들에게 남겨 주었을 뿐이었다.

옛날에 제(齊)나라의 대부인 안평중(晏平仲)이 낡은 수레와 여인 말을 타니, 환자(桓子)가 : 「이는 임금께서 하사하신 것을 숨기는 것입니다」라고 말했다. (이에) 안자(晏子)가 말했다 : 「제가 귀하게 되면서부터 부친의 친족들은 수레를 타지 않는 사람이 없고, 모친의 친족들은 의식(衣食)에 부족한 사람이 없으며, 아내의 친족들은 춥고 굶주리는 사람이 없고, 제(齊)나라의 선비들은 저에게 의지하여 불을 지펴 밥을 지어먹는 사람이 삼백여 명에 이릅니다. 이러한 것이 임금께서 하사하신 것을 숨기는 것입니까? 임금께서 하사하신 것을 드러내는 것입니까?」 이에 제후(齊侯)가 안자의 술잔으로 환자에게 벌주를 마시게 했다. 나는 일찍이 안자가 인(仁)을 좋아하고, 제후가 현명한 사람을 알아보고, 환자가 의(義)에 복종하는 것을 좋아했다. 또한 안자의 인(仁)에 등급이 있고 말에 순서가 있는 것을 좋아했다. 먼저 부친의 친족을 말하고, 다음에 모친의 친족을, 그 다음에 아내의 친족을, 그리고 나중에 관계가 소원한 현명한 사람을 언급했다. 맹자(孟子)가 말하길 : 「가까운 사람을 사랑하는 마음이 있어야 백성을 어질게 대하게 되고, 백성을 어질게 대하는 마음이 있어야 만물을 사랑하게 된다.」라고 했는데, 안자의 행위가 이에 가까웠다. 문정공의 의로운 행위를 보건대, 사후에 더욱 존중받고, 그 규모와 원대한 영향 또한 아마도 안자를 능가할 것이다.

아! 세상에 삼공(三公)의 자리에 앉아 만종(萬鍾)의 후한 봉록을 누리는 사람들은, 저택이 웅장하고 수레의 장식이 화려하고 가무와 여색을 마음껏 즐기고 처자식이 부유한 생활을 누리지만 자기 한 가족에 그칠 뿐이다. 그러니 친족들 중 그 문안에 들어갈 수 없는 사람들이 어찌 적다 하겠는가? 하물며 (관계가 소원한) 현인에게 베푸는 일에 대해서야 말해 무엇 하랴! 그 아래 경대부(卿大夫)나 사(士)의 지위에 있는 사람들도 녹봉이 충분하고 처우가 후하지만 오로지 자기 한 가족에 그칠 뿐이다. 그러니 친족들 중 쪽박을 차고 구걸하다가 구덩이의 시체가 된 사람이 어찌 적다 하겠는가? 하물며 다른 사람에 있어서야 말해 무엇하랴! 이들은 모두 문정공의 죄인들이다. 문정공의 충의(忠義)는 조정에 가득차 있고 업적은 변방에 가득차 있으며 공명(功名)은 천하에 가득차 있어, 후세에 반드시 이를 기록하는 사관이 있을 것이니 나는 기술을 생략해도 될 것이다. 다만 그의 도의(道義)를 추앙하기 때문에, 이로 인해 이 글을 지어 세상에 남긴다.

■ | 해제(解題) 및 본문요지 설명

본문은 작자가 범중엄(范仲淹)이 전답을 사들여 의전(義田)이라 이름하고, 그곳에서 생산되는 수입을 가지고 가난한 사람들을 구제한 의로운 행위를 찬양하는 한편, 높은 관직에서 많은 봉록을 받는 사람들이 전혀 베풀 줄 모르고 자기 한 가족만의 풍요로운 생활을 누리는 몰염치한 행위를 비난한 글이다.

본문은 네 단락으로 나눌 수 있는데, 첫째 단락에서는 범중엄이 의전

(義田)을 설치하게 된 경위와 구제 방법을 기술했고; 둘째 단락에서는 범중엄이 높은 관직에 오르기 전부터 이미 가난한 사람들을 구제하겠다는 뜻을 가지고 있었다는 것과 죽어서도 그러한 의로운 행위를 자손에게까지 물려주었다는 것을 기술했고; 셋째 단락에서는 안영(晏嬰)의 의로운 행위를 기술한 후, 범문정공이 안영보다도 더 어질다는 것을 기술했고; 마지막 단락에서는 일반적으로 높은 자리에 있는 사람들이 풍족한 생활을 누리면서도 가난한 동족의 어려운 처지를 외면한 사례를 들추어냄으로써 범중엄의 의로운 행위를 더욱 돋보이게 했다.

161 원주학기(袁州學記)

[宋] 李覯

■ | 작자

이구(李覯 : 1009-1059)는 자가 태백(泰伯)이며 송(宋) 남성(南城)[지금의 강서성 남성현(南城縣)] 사람이다. 집안이 가난했으나 배우기를 좋아하고 일생 동안 가르치는 일을 주로 하여 「우강선생(盱江先生)」이라 불리었으며, 배우는 사람이 항상 수십에서 백 명에 달했다. 인종(仁宗) 황우(皇佑) 2년(1050) 범중엄(范仲淹)의 추천으로 태학조교(太學助教)가 되었고, 후에 직강(直講)으로 승진하였으며, 가우(嘉祐) 연간에 태학설서(太學說書)를 지내다가 세상을 떠났다.

저서로 ≪주례치태평론(周禮致太平論)≫ ≪토서(土書)≫ ≪평례론(平禮論)≫ ≪퇴거유고(退居類稿)≫ ≪황우속고(皇祐續稿)≫ 등이 있다.

■ | 원문 및 주석

袁州學記[1)]

皇帝二十有三年, 制詔州縣立學。 惟時守令, 有哲有愚。[2)] 有屈力殫慮, 祗順德意; 有假官僭師, 苟具文書。[3)] 或連數城, 亡誦弦聲。倡而不和, 敎尼不行。[4)]

三十有二年, 范陽祖君無澤知袁州。始至, 進諸生, 知學宮闕狀。[5)] 大懼人材放失, 儒效闊疎, 亡以稱上旨。[6)] 通判穎川陳君

---

1) 袁州學記 → 袁州의 州學에 대해 적은 글
【袁州】: [州이름] 소재지는 지금의 강서성 宜春縣.

2) 皇帝二十有三年, 制詔州縣立學。 惟時守令, 有哲有愚。→ 仁宗 황제가 즉위한 지 23년 되던 해에, 州縣에 學館을 설립하도록 명을 내렸다. 그런데 당시의 太守와 縣令은, 현명한 자도 있고 우매한 자도 있었다.
【皇帝】: 여기서는 「仁宗」을 가리킨다. 인종은 41년간(1023-1063) 재위했다. 【二十有三年】: 즉위 23년 되던 해. 【制詔】: 황제의 명령. 【惟】: 그러나, 그런데. 【守令】: 州郡의 太守와 縣令. 【哲】: 지혜롭다, 현명하다.

3) 有屈力殫慮, 祗順德意; 有假官僭師, 苟具文書。→ 힘과 마음을 다하여 공손하게 황제의 뜻을 따르는 사람도 있고; 官府와 敎師의 명의를 빌려, 성의 없이 공문서만을 갖추고 일을 대충 얼버무리는 사람도 있었다.
【屈力殫(dān)慮】: 전력을 다하다, 있는 성의를 다하다. 「屈力」: 힘을 다하다. 「殫慮」: 마음을 다하다, 성의를 다하다. 【祗(zhī)】: 공경하다. 【假官僭(jiàn)師】: 官府와 敎師의 명의를 빌리다. 「僭」: 사칭하다, 가장하다. ※판본에 따라서는 「僭」을 「借」라 했다. 【苟具文書】: 성의 없이 문서를 갖추다. 즉 「성의 없이 문서만을 갖추고 대충 일을 얼버무리다」의 뜻. 「苟」: 아무렇게나, 성의 없이, 함부로, 마음대로.

4) 或連數城, 亡誦弦聲。倡而不和, 敎尼不行。→ 어떤 지방은 연달아 몇 개의 城이, 글 읽는 소리가 들리지 않았다. 제창해도 호응하지 않으니, 교화가 멈추어 추진되지 않았다.
【或】: 어떤 지방. 【亡(wú)】: 無. 【誦弦(sòng xián)聲】: 낭송하고 노래하는 소리. 여기서는 「글 읽는 소리」를 가리킨다. 【和】: 호응하다. 【尼】: 정지하다, 멈추다.

侁聞而是之, 議以克合。7)

相舊夫子廟陿隘不足改爲, 乃營治之東北隅。8) 厥土燥剛, 厥位面陽, 厥材孔良。9) 瓦甓黝堊丹漆, 擧以法, 故殿堂室房廡門, 各得其度。10) 百爾器備, 並手偕作。工善吏勤, 晨夜展力, 越明年

---

5) 三十有二年, 范陽祖君無澤知袁州。始至, 進諸生, 知學宮闕狀。→ 仁宗이 즉위한 지 32년이 되던 해에, 范陽 사람 祖無澤이 袁州 知州로 부임했다. 부임하자마자, 유생을 접견하여, 학관의 부실한 상황을 알게 되었다.
【范(fàn)陽】: [郡이름] 지금의 하북성 涿縣. 【祖君無澤】: [인명] 祖無澤. 자는 擇之. 宋 上蔡[지금의 하남성 汝南] 사람으로 진사에 급제하였으며 知制誥를 지냈다. 【知袁州】: 원주의 지주로 부임하다. 「袁州」: 州이름. 소재지는 지금의 강서성 宜春縣. ※宋代 州의 장관은 「知某州軍州事」이나 약칭으로 「知州」라 했다. 【進】: 불러들이다, 접견하다. 【諸生】: 儒生. 【學宮】: 學館. 【闕狀(quē zhuàng)】: 부실한 상황.

6) 大懼人材放失, 儒效闊疎, 亡以稱上旨。→ 인재가 흩어져, 儒敎의 효력이 쇠잔함으로써, 황제의 뜻에 부합하지 못할까 몹시 두려워했다.
【懼(jù)】: 두려워하다. 【放失】: 흩어지다. 【闊疎(kuò shū)】: 부진하다, 쇠잔하다. 【亡以】: 無以, …할 수가 없다, …할 방법이 없다. 【稱(chèng)】: 부합하다. 【上旨】: 황제의 뜻.

7) 通判穎川陳君侁聞而是之, 議以克合。→ 이때 通判 穎川사람 陳侁이 그의 말을 듣고 이를 옳다고 여겨, 의론이 이로 인해 합치될 수 있었다.
【通判】: [관직명] 州府 장관의 바로 아래 직급으로 관리들의 감찰 업무를 관장했다. 【穎(yǐng)川】: [지명] 지금의 하남성 禹縣 일대. 【陳君侁(shēn)】: [인명] 陳侁. 福州 長樂[지금의 복건성 長樂縣] 사람으로, 진사 출신이다. 【是】: 옳다고 여기다. 【議以克合】: 의견이 이로 인해 합치할 수 있었다. 「以」: 이로 인해. 「克」: 能, 능히 …할 수 있다.

8) 相舊夫子廟陿隘不足改爲, 乃營治之東北隅。→ 옛 孔子廟를 살펴보니 너무 협소하여 개축할 수가 없었으므로, 이에 (공자묘의) 동북쪽에 새로 학관을 짓기로 했다.
【相】: 살펴보다. 【夫子廟】: 孔子廟, 孔子의 祠堂, 文廟. 【陿隘(xiá ài)】: 좁다, 협소하다. 「陿」: 狹. 【改爲】: 개축하다, 다시 짓다. 【乃】: 이에, 그리하여. 【營治】: 건축하다, 짓다. 【之】: [대명사] 그것, 즉 「학관」. 【隅(yú)】: 모퉁이.

9) 厥土燥剛, 厥位面陽, 厥材孔良。→ 그곳의 땅은 건조하고 단단했으며, 그 위치는 남쪽을 향하고, 건축 재료는 매우 양질이었다.
【厥(jué)】: 其, 그. 【燥剛(zào gāng)】: 건조하고 단단하다. 【面陽】: 양지쪽을 향하다. 【孔】: 매우, 대단히.

成，舍菜且有日。[11]

旴江李觀諗於衆曰：「惟四代之學，考諸經可見已。[12] 秦以山西鏖六國，欲帝萬世，劉氏一呼，而關門不守，武夫健將，賣降恐後，何邪?[13] ≪詩≫≪書≫之道廢，人唯見利而不聞義焉耳。[14]

---

10) 瓦甓黝堊丹漆，擧以法，故殿堂室房廡門，各得其度。→ 기와와 벽돌 및 바르고 칠하는 재료들은, 모두 (선인들의) 규정에 따랐기 때문에, 그래서 殿堂・室房・廡門 등이, 각기 표준에 부합했다.
※판본에 따라서는 이 句를 「殿堂門廡，黝堊丹漆，擧以法，故生師有舍，庖廩有次。(전당과 대문과 복도는, 바르고 칠하는 재료들이, 모두 선인들의 규정을 따랐기 때문에, 그래서 유생과 선생 모두 자신들의 사옥을 갖게 되고, 주방과 창고도 질서 있게 배치했다.)」라 했다.
【瓦甓(pì)】: 기와와 벽돌. 【黝堊丹漆(yǒu è dān qī)】: 「바르고 칠하는 재료」를 가리킨다. 「黝」: 검푸른 색. 「堊」: 석회. 「丹」: 붉은 색. 「漆」: 칠(하다). ※일반적으로 殿堂의 벽에는 검푸른 석회를 칠하고, 대문이나 창문은 붉은 색을 칠했다. 【擧】: 모두. 【以法】: 규정을 따르다. 「以」: 依, 의거하다, 따르다. 【殿(diàn)堂】: 건물의 정채와 바깥채. 여기서는 「건물」을 가리킨다. 【室房】: 각종 실내 공간. 【廡(wǔ)門】: 복도와 문. 【度】: 척도, 표준.

11) 百爾器備，並手偕作。工善吏勤，晨夜展力，越明年成，舍菜且有日。→ 모든 기구가 완비되자, 힘을 합쳐 함께 작업을 했다. 장인의 기술이 뛰어나고 관리들이 부지런히 노력하여, 아침부터 힘껏 일한 결과, 일 년이 지나 건물이 완성되고, 舍菜 또한 날짜가 정해졌다.
【百爾(ěr)】: 모든, 일체의. 【備】: 갖추어지다, 완비되다. 【並手】: 힘을 합치다. 【偕(xié)】: 함께, 같이. 【越明年】: 명년으로 넘어가다, 즉 「일 년이 지나다」의 뜻. 【舍菜(shè cài)】: 옛날 학생들이 개학하는 날 先師께 제사를 올리는 예식. 일명 「釋菜」라고도 한다. 【且】: 또한. 【有日】: 날짜를 정하다.

12) 旴江李觀諗於衆曰：「惟四代之學，考諸經可見已。→ 旴江의 李觀가 유생들에게 말했다: 「虞・夏・商・周 4대의 學制는, 여러 經書들을 살펴보면 알 수 있다.
【旴(xū)江】: [하천 이름] 강서성 廣昌縣에서 발원하여 南城縣 동쪽을 지난다. 작자 李觀가 南城 사람이기 때문에, 자신을 旴江이라 칭한 것이다. 【諗(shěn)】: 고하다, 알리다. 【衆】: 여러 사람. 여기서는 「유생들」을 가리킨다. 【惟】: [어조사] ※문구의 맨 앞에 놓여 화제를 이끄는 역할을 하거나, 시간・처소 등을 이끌어 내는 역할을 한다. 번역할 필요가 없다. 【考】: 살피다, 고찰하다. 【可見】: 알 수 있다. 【已】: [어조사].

孝武乘豐富, 世祖出戎行, 皆孳孳學術。俗化之厚, 延於靈、獻。[15] 草茅危言者, 折首而不悔; 功烈震主者, 聞命而釋兵; 群雄相視, 不敢去臣位, 尙數十年。敎道之結人心如此。[16] 今代遭聖神, 爾

---

13) 秦以山西鏖六國, 欲帝萬世, 劉氏一呼, 而關門不守, 武夫健將, 賣降恐後, 何邪? → 秦나라는 殽山 서쪽 지역의 역량을 가지고 (동쪽 지역의) 여섯 나라와 격전을 벌이며, 천년만년 대대로 황제의 자리를 지키고자 했으나, 劉邦이 한 번 소리를 지르자, 函谷關을 지키지 못하고, 武臣猛將들이, 뒤질세라 다투어 투항했는데, 왜 그랬는가?

【山西】: 殽山 서쪽 지역. 즉 秦나라의 통치 영역. 【鏖(áo)】: 격전을 벌이다. 【六國】: 燕·韓·魏·齊·楚·趙 등 전국시대 函谷關 동쪽의 여섯 나라. 【欲】: …하고자 하다. 【帝】: [동사용법] 황제 노릇을 하다, 황제의 자리를 지키다. 【萬世】: 천추만대, 천년만년. 【劉氏】: 漢高祖 劉邦. 【關門】: 관문. 여기서는 「函谷關」을 가리킨다. 【賣降】: 배반하고 투항하다.

14) ≪詩≫≪書≫之道廢, 人唯見利而不聞義焉耳。→ ≪詩經≫·≪書經≫의 도리가 폐기되어, 사람들이 오로지 개인의 이익만을 탐하고 仁義를 듣지 못했기 때문이다. 【唯】: 오로지, 다만. ※판본에 따라서는 「唯」를 「惟」라 했다. 【見利】: 이익을 추구하다. 【焉(yān)耳】: [복합어조사] ※문미에 놓여 制限을 표시한다.

15) 孝武乘豐富, 世祖出戎行, 皆孳孳學術。俗化之厚, 延於靈、獻。→ 漢武帝는 나라가 풍족한 시대에 재위했고, 東漢의 光武帝는 군대 출신이었지만, 모두가 학술 발전을 위해 부지런히 노력했다. (그리하여) 도타운 풍속의 교화가, 靈帝와 獻帝 때까지 이어졌다.

【孝武】: 漢武帝. 【乘豐富】: 풍족한 시기를 타다. 즉, 나라가 풍족한 시기에 재위하다. 【出戎行】: 出於戎行, 군대의 隊伍에서 나오다. 즉 「군대 출신」을 말한다. 【世祖】: 東漢의 光武帝. 【孳(zī)孳】: 부지런히 노력하는 모양. 【俗化】: 풍속의 교화. 【延於…】: …까지 이어지다. 【靈、獻】: 東漢의 靈帝와 獻帝.

16) 草茅危言者, 折首而不悔; 功烈震主者, 聞命而釋兵; 群雄相視, 不敢去臣位, 尙數十年。敎道之結人心如此。→ 재야의 직언하는 사람들은, 참수를 당해도 후회하지 않았고; 공적이 혁혁하여 군주를 두렵게 하는 사람들도, 명령을 들으면 무기를 내려놓았으며; 여러 영웅들은 서로 관망하면서도, 감히 신하의 자리를 이탈하지 못했는데, (이러한 상황이) 아직까지 수십 년 동안 유지되고 있다. 도리를 가르친 것이 이처럼 사람의 마음을 매어 놓았다.

【草茅】: 在野. 【危言】: 직언하다. 【折首】: 참수하다, 목을 베다. 【悔(huǐ)】: 후회하다. 【功烈】: 공적, 공훈. 【震(zhèn)】: 놀라다, 두려워하다. 【釋(shì)兵】: 무기를 내려놓다. 【去】: 떠나다, 이탈하다. 【尙】: 아직.

袁得聖君，俾爾由庠序，踐古人之迹。[17] 天下治，則禪禮樂以陶吾民；一有不幸，猶當仗大節，爲臣死忠，爲子死孝。[18] 使人有所法，且有所賴。是惟國家教學之意。[19] 若其弄筆墨以徼利達而已，豈徒二三子之羞，抑爲國者之憂。」[20]

---

17) 今代遭聖神，爾袁得聖君，俾爾由庠序，踐古人之迹。→ 지금 시대는 성스러운 황제를 만났고, 너희 袁州는 聖君을 얻어, 너희들로 하여금 학교를 통해, 옛사람들의 자취를 밟을 수 있도록 해 주었다.
【今代】: 지금의 시대, 현재. 【遭(zāo)】: 만나다. 【聖神】: 거룩한 신. 여기서는 「성스러운 황제」를 뜻한다. 【爾(ěr)】: 너, 너희. 【袁】: 袁州. 【聖君】: 덕이 높은 사람. 여기서는 원주 知州로 부임한 「조무택」을 가리킨다. 【俾(bǐ)】: …하게 하다, …로 하여금 …하도록 하다. 【由】: …을 통해. 【庠序(xiáng xù)】: 옛날의 학교. ※학교를 殷代에는 「庠」이라 했고, 周代에는 「序」라 했다. 【踐(jiàn)】: 실천하다.

18) 天下治，則禪禮樂以陶吾民；一有不幸，猶當仗大節，爲臣死忠，爲子死孝。→ 천하가 잘 다스려지면, 禮樂을 전수하여 우리의 백성을 도야하고; 일단 불행이 닥치게 되더라도, 또한 마땅히 大節에 의지하여, 신하된 자는 忠을 위해 죽고, 자식된 자는 孝를 위해 죽어야 한다.
【禪(shàn)】: 傳授하다. ※판본에 따라서는 「禪」을 「譚」이라 했다. 【陶(táo)】: 도야하다. 【猶】: 여전히, 또한. 【仗(zhàng)】: 의지하다, 기대다. 【大節】: 대의를 위해 목숨을 바쳐 지키는 절개.

19) 使人有所法，且有所賴。是惟國家教學之意。→ (그리하여) 사람들로 하여금 본받도록 하고, 또한 의지하도록 하는 것이다. 이것이 바로 나라가 교육을 중시하는 본뜻이다.
【法】: 본받다. 【且】: 또한. 【賴(lài)】: 의지하다. 【是】: [대명사] 이것, 즉 「天下治…且有所賴」. 【惟】: 爲, …이다. 【教學之意】: 교육을 중시하는 본뜻.

20) 若其弄筆墨以徼利達而已，豈徒二三子之羞，抑爲國者之憂。→ 만일 글장난이나 하여 富貴榮達을 꾀할 뿐이라면, 어찌 다만 여러분의 수치일 뿐이겠는가? 바로 나라의 우환이 되기도 한다.」
【若】: 만일, 만약. 【弄(lòng)筆墨】: 글장난하다, 글재주를 부리다. 【徼(yāo)】: 도모하다, 꾀하다. 【利達】: 부귀영달, 입신출세. 【而已】: …뿐. 【豈】: 어찌. 【徒】: 다만, 겨우. 【二三子】: 여러분. 【抑(yì)】: 바로, 동시에.

■ | 번역문

원주(袁州)의 주학(州學)에 대해 적은 글

인종(仁宗) 황제가 즉위한 지 23년 되던 해에 주현(州縣)에 학관(學館)을 설립하도록 명을 내렸다. 그런데 당시의 태수(太守)와 현령(縣令)은 현명한 자도 있고 우매한 자도 있었다. 힘과 마음을 다하여 공손하게 황제의 뜻을 따르는 사람도 있고, 관부(官府)와 교사(教師)의 명의를 빌려 성의 없이 공문서만을 갖추고 일을 대충 얼버무리는 사람도 있었다. 어떤 지방은 연달아 몇 개의 성(城)이 글 읽는 소리가 들리지 않았다. 제창해도 호응하지 않으니 교화(教化)가 멈추어 추진되지 않았다.

인종(仁宗)이 즉위한 지 32년이 되던 해에 범양(范陽) 사람 조무택(祖無澤)이 원주지주(袁州知州)로 부임했다. 부임하자마자 유생을 접견하여 학관의 부실한 상황을 알게 되었다. 인재가 흩어져 유교(儒教)의 효력이 쇠잔함으로써 황제의 뜻에 부합하지 못할까 몹시 두려워했다. 이때 통판(通判) 영천(穎川)사람 진신(陳侁)이 그의 말을 듣고 이를 옳다고 여겨, 의론이 이로 인해 합치될 수 있었다.

옛 공자묘(孔子廟)를 살펴보니 너무 협소하여 개축할 수가 없었으므로, 이에 (공자묘의) 동북쪽에 새로 학관을 짓기로 했다. 그곳의 땅은 건조하고 단단했으며, 그 위치는 남쪽을 향하고, 건축 재료는 매우 양질이었다. 기와와 벽돌 및 바르고 칠하는 재료들은 모두 (선인들의) 규정에 따랐기 때문에, 그래서 전당(殿堂)・실방(室房)・무문(廡門) 등이 각기 표준에 부합했다. 모든 기구가 완비되자 힘을 합쳐 함께 작업을 했다. 장인의 기술이 뛰어나고 관리들이 부지런히 노력하여 아침부터 힘껏 일한 결과, 일 년이 지나 건물이 완성되고 사채(舍菜) 또한 날짜가 정해졌다.

우강(盱江)의 이구(李覯)가 유생들에게 말했다 : 「우(虞) · 하(夏) · 상(商) · 주(周) 4대의 학제(學制)는 여러 경서(經書)들을 살펴보면 알 수 있다. 진(秦)나라는 효산(殽山) 서쪽 지역의 역량을 가지고 (동쪽 지역의) 여섯 나라와 격전을 벌이며, 천년만년 대대로 황제의 자리를 지키고자 했으나, 유방(劉邦)이 한 번 소리를 지르자 함곡관(函谷關)을 지키지 못하고 무신맹장(武臣猛將)들이 뒤질세라 다투어 투항했는데, 왜 그랬는가? ≪시경(詩經)≫ · ≪서경(書經)≫의 도리가 폐기되어, 사람들이 오로지 개인의 이익만을 탐하고 인의(仁義)를 듣지 못했기 때문이다. 한무제(漢武帝)는 나라가 풍족한 시대에 재위했고, 동한(東漢)의 광무제(光武帝)는 군대 출신이었지만, 모두가 학술 발전을 위해 부지런히 노력했다. (그리하여) 도타운 풍속의 교화가 영제(靈帝)와 헌제(獻帝) 때까지 이어졌다. 재야의 직언하는 사람들은 참수를 당해도 후회하지 않았고, 공적이 혁혁하여 군주를 두렵게 하는 사람들도 명령을 들으면 무기를 내려놓았으며, 여러 영웅들은 서로 관망하면서도 감히 신하의 자리를 이탈하지 못했는데, (이러한 상황이) 아직까지 수십 년 동안 유지되고 있다. 도리를 가르친 것이 이처럼 사람의 마음을 매어 놓았다. 지금 시대는 성스러운 황제를 만났고, 너희 원주(袁州)는 성군(聖君)을 얻어, 너희들로 하여금 학교를 통해 옛사람들의 자취를 밟을 수 있도록 해 주었다. 천하가 잘 다스려지면 예악(禮樂)을 전수하여 우리의 백성을 도야하고, 일단 불행이 닥치게 되더라도 또한 마땅히 대절(大節)에 의지하여, 신하된 자는 충(忠)을 위해 죽고 자식된 자는 효(孝)를 위해 죽어야 한다. (그리하여) 사람들로 하여금 본받도록 하고 또한 의지하도록 하는 것이다. 이것이 바로 나라가 교육을 중시하는 본뜻이다. 만일 글장난이나 하여 부귀영달을 꾀할 뿐이라면 어찌 다만 여러분의 수치일 뿐이겠는가? 바로 나라의 우환이 되기도 한다.」

■ | 해제(解題) 및 본문요지 설명

송(宋)나라 초기에는 집권자들이 통치를 강화하기 위해 유학(儒學)을 극력 제창하면서, 인종(仁宗) 23년(1044)에는 전국 각지에 명령을 내려 학관(學館)을 설립하도록 했다.

본문은 조무택(祖無擇)이 원주(袁州)[지금의 강서성 의춘현(宜春縣)]의 지주(知州)로 부임하여 학관을 설립한 후, 이구(李覯)가 교육의 기능과 중요성을 천명하고, 아울러 지주 조무택과 통판(通判) 진신(陳侁)의 공로를 찬양하기 위해 지은 글이다.

본문은 네 단락으로 나눌 수 있는데, 첫째 단락에서는 조정의 학관 설립 명령에 대한 당시 지방 관리들의 각기 다른 태도를 말했고; 둘째 단락에서는 조무택이 원주 지주로 부임해 와서 유생을 통해 원주의 주학(州學)이 황폐한 상황에 대해 이해하게 된 것을 말했고; 셋째 단락에서는 조무택이 통판 진신과 힘을 합쳐 학관을 설립한 상황과 학관의 규모를 말했고; 마지막 단락에서는 작자가 진・한(秦・漢)의 쇠망을 예로 들어 교육의 기능과 중요성을 말했다.

162 붕당론(朋黨論)

[宋] 歐陽脩

■ | 작자

구양수(歐陽脩 : 1007-1072)는 북송(北宋)시대의 정치가이자 문인이며 사학자로 자는 영숙(永叔), 호는 취옹(醉翁), 만년의 호를 육일거사(六一居士)라 했다. 길주(吉州) 여릉(廬陵)[지금의 강서성 길안시(吉安市)] 사람으로 빈한한 가정에서 태어나 네 살 때 아버지를 잃은 후, 어려운 환경에서 홀어머니의 교육을 받고 자랐다. 각고의 노력 끝에 24세에 진사에 급제한 후, 궁중에서 도서를 정리하는 일에 종사하다가 여러 차례의 지방 관리를 거쳐 노년에는 추밀부사(樞密副使)・참지정사(參知政事 : 宰相)에까지 올랐다.

구양수는 학문에 뛰어났을 뿐만 아니라 높은 지위에 있었으므로 소순(蘇洵)・소식(蘇軾)・소철(蘇轍) 등 소씨 삼부자를 비롯하여 왕안석(王安石)・증공(曾鞏)과 같은 당시의 수많은 인재를 문하에 끌어들일 수 있었다. 그는 북송(北宋) 시문(詩文) 혁신 운동의 영도자로 문장의 명도(明道)・치용(致用)을 주장하며 당대(唐代)의 한유(韓愈)・유종원(柳宗元)의 고문운동(古文運動)을 계승하여 송대의 고문운동을 성공적으로 이끌고, 북송의 문학 발전에 지대한 영향을 주었다.

구양수는 당송팔대가(唐宋八大家)의 한 사람으로 문학에 가장 뛰어났지만, 역사에도 상당한 조예가 있었으며, 그밖에 고고학 분야에도 많은 관심을 지니고 있었다. 그래서 그의 저술을 보면, 시문집으로 ≪구양문충집(歐陽文忠集)≫・≪육일사(六一詞)≫・≪육일시화(六一詩話)≫・≪모시본의(毛詩本義)≫ 등이 있고, 역사서로 ≪신당서(新唐書)≫・≪신오대사(新五代史)≫가 있으며, 고고학서로 ≪집고록(集古錄)≫과 같은 거작을 남겼다. 시호를 문충(文忠)이라 했다.

■ | 원문 및 주석

朋黨論[1]

臣聞朋黨之說，自古有之，惟幸人君辨其君子小人而已。[2] 大凡君子與君子，以同道爲朋；小人與小人，以同利爲朋，此自然之理也。[3]

然臣謂小人無朋，惟君子則有之。其故何哉?[4] 小人所好者，祿利也；所貪者，財貨也。[5] 當其同利之時，暫相黨引以爲朋者，僞也;[6] 及其見利而爭先，或利盡而交疏，則反相賊害，雖其兄弟

---

1) 朋黨論 → 朋黨에 대해 논한 글

【朋黨】: 중국의 後漢·唐·宋代에 발생한 정치적 당파. 본문에서는 개인적인 이해관계로 어떤 목적을 위해 결합하는 집단을 가리킨다.

2) 臣聞朋黨之說, 自古有之, 惟幸人君辨其君子小人而已。→ 저는 붕당에 관한 이야기가 예로부터 있었다고 들었으며, 다만 군주께서 군자와 소인을 구분하시길 바랄 뿐입니다.

【惟】: 오직, 다만. 【幸】: 바라다, 희망하다 【人君】: 임금. 【辨(biàn)】: 구분하다, 변별하다. 【君子】: 덕망이 있고 인격이 고상한 사람. 【小人】: 도량이 좁고 인격이 비열한 사람. 【…而已】: …뿐.

3) 大凡君子與君子, 以同道爲朋; 小人與小人, 以同利爲朋, 此自然之理也。→ 대저 군자와 군자는, 이상을 함께 함으로 인해 붕당을 이루고, 소인과 소인은, 이익을 함께 함으로 인해 붕당을 이루는데, 이는 자연스러운 이치입니다.

【大凡】: 대저, 무릇. 【以】: 因, …로 인해. 【同道】: 이상을 함께하다. 【爲朋】: 당파를 만들다, 붕당을 이루다. 【同利】: 이익을 함께하다.

4) 然臣謂小人無朋, 惟君子則有之。其故何哉? → 그러나 저는 소인에게는 붕당이 없고, 오로지 군자에게만 그것이 있다고 생각합니다. 그 까닭이 무엇이겠습니까?

【謂】: …라고 생각하다. 【惟】: 오직, 다만. 【之】: [대명사] 그것, 즉 붕당.

5) 小人所好者, 祿利也; 所貪者, 財貨也。→ 소인이 좋아하는 것은, 利祿이고; 탐하는 것은 재물입니다.

【祿利】: 이익과 官祿. ※판본에 따라서는 「祿利」을 「利祿」이라 했다.

6) 當其同利之時, 暫相黨引以爲朋者, 僞也; → 그들이 이익을 함께 할 때, 잠시 서로

親戚, 不能相保。故臣謂小人無朋, 其暫爲朋者, 僞也。[7] 君子則不然。所守者道義, 所行者忠信, 所惜者名節。[8] 以之修身, 則同道而相益; 以之事國, 則同心而共濟; 終始如一, 此君子之朋也。[9] 故爲人君者, 但當退小人之僞朋, 用君子之眞朋, 則天下治矣。[10]

堯之時, 小人共工、驩兜等四人爲一朋; 君子八元、八愷十六人爲一朋。[11] 舜佐堯, 退四凶小人之朋, 而進元、愷君子之朋,

---

결탁하여 붕당이라는 것을 만드는데, 그것은 거짓 붕당입니다.

【黨引】: 결탁하다. 【以爲…】: 以(之)爲…, 이로써 …를 만들다.

7) 及其見利而爭先, 或利盡而交疏, 則反相賊害, 雖其兄弟親戚, 不能相保。故臣謂小人無朋, 其暫爲朋者, 僞也。→ 그들은 이익을 목격하기에 이르면 서로 앞을 다투고, 혹 이익이 다하여 관계가 소원해지면, 오히려 서로 해어져서, 비록 형제·친척이라도, 서로 보전할 수가 없습니다. 그래서 저는 소인에게는 붕당이 없고, 잠시 붕당을 이루는 것을, 거짓이라고 생각하는 것입니다.

【及】: 이르다. 【交疏】: 관계가 소원해지다, 왕래가 뜸해지다. 【反】: 반대로, 오히려. 【賊(zé)害】: 해치다, 상해를 입히다. 【謂】: …라고 생각하다.

8) 君子則不然。所守者道義, 所行者忠信, 所惜者名節。→ 군자는 그렇지 않습니다. 지키는 것은 道義이고, 행하는 것은 忠信이며, 아끼는 것은 名節입니다.

【惜】: 아끼다. 【名節】: 명예와 절조.

9) 以之修身, 則同道而相益; 以之事國, 則同心而共濟; 終始如一, 此君子之朋也。→ 이로써 자신을 수양하면, 이상을 함께하여 서로 이익이 되고, 이로써 나라를 섬기면, 마음을 함께하여 서로 협력하게 되며; 처음부터 끝까지 한결같으니, 이것이 군자의 붕당입니다.

【以之】: 이로써. 「之」: [대명사] 이것, 즉 「道義·忠信·名節」. 【修身】: 몸을 닦다, 자신을 수양하다. 즉 일정한 도덕규범에 따라 자신을 수양하는 것. 【濟】: 돕다.

10) 故爲人君者, 但當退小人之僞朋, 用君子之眞朋, 則天下治矣。→ 그러므로 군주께서, 다만 소인의 거짓 붕당을 물리치고, 군자의 참된 붕당을 중용하셔야, 천하가 잘 다스려질 것입니다.

【但當】: 오직 …해야, 다만 …해야. 【退】: 물리치다, 배척하다. 【治】: [피동용법] 다스려지다.

11) 堯之時, 小人共工、驩兜等四人爲一朋, 君子八元、八愷十六人爲一朋。→ 堯임금 때, 소인인 共工·驩兜 등 네 사람이 하나의 붕당을 이루었고, 군자인 八元·八愷

堯之天下大治。[12] 及舜自爲天子，而皐陶、夔、稷、契等二十二人竝立於朝，更相稱美，更相推讓，凡二十二人爲一朋，而舜皆用之，天下亦大治。[13] ≪書≫曰：「紂有臣億萬，惟億萬心；周有臣三千，惟一心。」[14] 紂之時，億萬人各異心，可謂不爲朋矣，然紂以亡國。[15] 周武王之臣，三千人爲一大朋，而周用以興。[16] 後漢

등 열여섯 사람이 하나의 붕당을 이루었습니다.

【堯】: 상고시대 唐의 요임금. 【共工、驩兜等四人】: 共工·驩兜·鯀·三苗 등 전설 속의 「四凶」. 【八元、八愷十六人】: 전설 속의 덕과 재능을 지닌 어진 신하. 「八元」: 五帝 중의 한 사람인 帝嚳 高辛氏의 여덟 신하. 즉 伯奮·仲堪·叔獻·季仲·伯虎·仲熊·叔豹·季貍. 「八愷」: 五帝 중의 한 사람인 顓頊 高陽氏의 여덟 신하. 즉 蒼舒·隤敳·檮戭·大臨·尨降·庭堅·仲容·叔達.

12) 舜佐堯，退四凶小人之朋，而進元、愷君子之朋，堯之天下大治。→ 舜이 堯임금을 보좌하여 四凶의 소인 붕당을 물리치고, 팔원·팔개의 군자 붕당을 받아들여, 堯의 천하가 잘 다스려졌습니다.

【佐】: 돕다, 보좌하다. 【大治】: 잘 다스려지다.

13) 及舜自爲天子，而皐陶、夔、稷、契等二十二人竝立於朝，更相稱美，更相推讓，凡二十二人爲一朋，而舜皆用之，天下亦大治。→ 舜이 스스로 천자가 되기에 이르러, 皐陶·后夔·后稷·契 등 22인이 모두 함께 조정에서 일했는데, 서로 칭찬하고, 서로 사양하며, 무릇 22인이 하나의 붕당을 이루어, 舜이 그들을 모두 중용하자, 천하가 역시 잘 다스려졌습니다.

【皐陶(gāo yáo)】: [인명] 고요. 순임금의 신하로 刑法을 관장했다. ※판본에 따라서는 「皐陶」를 「皐」라 했다. 【夔(kuí)】: [인명] 기. 순임금의 신하로 音樂을 관장했다. 【稷(jì)】: [인명] 직. 순임금의 신하로 農業을 관장했다. 【契(xiè)】: [인명] 설. 순임금의 신하로 敎育을 관장했다. 【竝立於朝】: 모두 함께 조정에서 일하다. 【更相】: 서로, 피차. 【稱美】: 칭찬하다. 【推讓】: 겸양하다, 사양하다. 【用之】: 그들을 중용하다. 「之」: [대명사] 그들, 즉 네 사람의 현명한 신하들.

14) ≪書≫曰：「紂有臣億萬，惟億萬心；周有臣三千，惟一心。」→ ≪書經≫에 이르길: 「紂王은 억만 명의 신하가 있으나, 억만 갈래의 마음이고; 周武王은 삼천 명의 신하가 있으나, 한 마음이다.」라고 했습니다.

※이 말은 ≪尙書·周書·泰誓≫에 보인다.

【≪書≫】: ≪尙書≫, ≪書經≫. 【紂(zhòu)】: 商의 마지막 임금. 【惟】: [어기사] ※판단을 표시한다. 【周】: 주나라. 여기서는 周武王을 가리킨다.

15) 紂之時，億萬人各異心，可謂不爲朋矣，然紂以亡國。→ 紂王 때는, 억만 명의 사람이

獻帝時, 盡取天下名士囚禁之, 目爲黨人。[17] 及黃巾賊起, 漢室大亂, 後方悔悟, 盡解黨人而釋之, 然已無救矣。[18] 唐之晚年, 漸起朋黨之論。[19] 及昭宗時, 盡殺朝之名士, 或投之黃河, 曰 :「此輩淸流, 可投濁流。」而唐遂亡矣。[20]

각기 다른 마음을 지니고 있어, 붕당을 이루지 못했다고 말할 수 있는데, 그러나 주왕은 이로 인해 나라를 잃었습니다.

【以】: 因, 이로 인해.

16) 周武王之臣, 三千人爲一大朋, 而周用以興。→ 周武王의 신하는, 삼천 명이 하나의 큰 붕당을 이루어, 周나라가 이로 인해 흥성했습니다.

【用】: 因, …로 인해.

17) 後漢獻帝時, 盡取天下名士囚禁之, 目爲黨人。→ 後漢 獻帝 때는, 천하의 명사들을 모두 잡아들여 그들을 구금하고, 黨人으로 간주하였습니다.

※東漢 獻帝 때 환관이 정권을 장악한 후, 환관세력을 반대하는 사대부들을 영욕을 구하려는 私黨으로 몰아 잡아들여 구금했는데, 이후 사면되기는 하였으나 죽을 때까지 관직에 오를 수 없었고; 靈帝 때에 이르러서는 名士 백여 명이 피살되고, 전국에서 육칠백 명에 달하는 사람들이 끌려갔는데, 역사에서는 이 사건을「黨錮之禍」라고 한다.

【盡】: 모두, 다. 【取】: 잡아들이다. 【囚(qiú)禁】: 구금하다, 가두다. 【目爲…】: …로 간주하다.

18) 及黃巾賊起, 漢室大亂, 後方悔悟, 盡解黨人而釋之, 然已無救矣。→ 黃巾賊이 일어나, 漢王朝가 크게 혼란한 상황에 이르자, 그 후 비로소 후회하고 깨달아, 黨人들을 모두 풀어 그들을 석방하였지만, 그러나 이미 (나라를) 구제할 수가 없었습니다.

【黃巾賊】: 황건적. ※東漢 말 靈帝 中平 원년(184)에 鉅鹿 사람 張角이 수만 인을 모아 난을 일으켰는데, 이들이 모두 머리에 노란색 두건을 썼기 때문에 황건적이라 했다. 【方】: 비로소. 【悔悟(huǐ wù)】: 후회하고 깨닫다. 【盡解】: 모두 풀어주다. 【釋(shì)】: 석방하다.

19) 唐之晚年, 漸起朋黨之論。→ 唐末에, 점차 붕당에 관한 의론이 일어났습니다.

【朋黨之論】: 憲宗 때 士族地主를 대표하는 李吉甫와 庶族地主를 대표하는 牛僧儒·李宗閔이 각기 붕당을 만들어 40여 년을 투쟁했는데, 역사에서는 이를「牛李黨爭」이라 한다.

20) 及昭宗時, 盡殺朝之名士, 或投之黃河, 曰 :「此輩淸流, 可投濁流。」而唐遂亡矣。→ 昭宗 때에 이르러, 조정의 명사들을 다 죽이거나, 혹은 그들을 黃河에 던지고 나서, 말하길 :「이 淸流들은, 濁流에 버려도 괜찮다」라고 했는데, 唐은 결국 망하

夫前世之主，能使人人異心不爲朋，莫如紂；能禁絶善人爲朋，莫如漢獻帝；能誅戮淸流之朋，莫如唐昭宗之世，然皆亂亡其國。21) 更相稱美推讓而不自疑，莫如舜之二十二臣。22) 舜亦不疑而皆用之，然而後世不誚舜爲二十二人朋黨所欺，而稱舜爲聰明之聖者，以能辨君子與小人也。23) 周武之世，擧其國之臣三千人，

고 말았습니다.

※唐哀帝 天佑 2년(905) 權臣 朱溫[朱全忠]이 조정에 의해 폄적된 재상 裴樞·吏部尙書 陸扆·工部尙書 王溥 등 30여 명을 白馬驛[지금의 하남성 洛陽 부근]에서 살해했는데, 이때 여러 차례 진사에 낙방하여 관료들에 대해 앙심을 품고 있던 주전충의 謀士 李振이 주전충에게 건의하여 시체를 황하에 던져버렸다. 본문에서 昭宗 때의 일이라 한 것은 작자의 잘못이며, 哀帝 天佑 4년(907)에 주전충이 唐을 무너뜨리고 국호를 「梁」이라 했다.

【昭宗】: 唐의 군주. 15년간(889-904) 재위했다. 【輩】: 무리. 【淸流】: 맑게 흐르는 물. 여기서는 「권력자들에게 빌붙어 더렵혀지지 않으려는 士大夫」를 가리킨다. 【濁流】: 혼탁한 물. 여기서는 「비천하고 더러운 품성을 지닌 사람」을 가리킨다. 【遂】: 마침내, 드디어.

21) 夫前世之主，能使人人異心不爲朋，莫如紂；能禁絶善人爲朋，莫如漢獻帝；能誅戮淸流之朋，莫如唐昭宗之世，然皆亂亡其國。→ 무릇 이전의 군주들 가운데, 능히 사람들로 하여금 마음을 다르게 하여 붕당을 이루지 못하게 한 예로는, 商의 紂王만한 이가 없고; 능히 선량한 사람들이 붕당을 이루는 것을 금지한 예로는 漢의 獻帝만한 이가 없으며; 능히 淸流의 붕당을 죄로 몰아 죽인 예로는, 唐의 昭宗 시대에 비할 바가 없습니다. 그러나 모두가 혼란하여 나라를 망쳤습니다.
【夫】: [발어사] 대저, 무릇. 【禁絶】: 금하여 못하게 하다. 【誅戮(zhū lù)】: 죽이다, 주살하다.

22) 更相稱美推讓而不自疑，莫如舜之二十二臣。→ 더욱 서로 칭찬하고 사양하며 자기들 사이에 서로 의심하지 않기로는, 舜임금의 22명 신하들만한 사람이 없습니다.
【更】: 더욱. 【稱美】: 칭찬하다. 【推讓】: 사양하다. 【不自疑】: 자기들 사이에 서로 의심하지 않다.

23) 舜亦不疑而皆用之，然而後世不誚舜爲二十二人朋黨所欺，而稱舜爲聰明之聖者，以能辨君子與小人也。→ 순임금 또한 의심하지 않고 그들을 모두 기용하였지만, 그러나 후세 사람들은 순임금이 22명의 붕당에게 속았다고 책망하지 않고, 오히려 순임금이 총명한 성인이기에, 군자와 소인을 구분했다고 칭찬했습니다.
【用之】: 그들을 기용하다. 「之」: [대명사] 그들, 즉 22인의 붕당. 【然而】: 그러

共爲一朋。[24] 自古爲朋之多且大，莫如周。然周用此以興者，善人雖多而不厭也。[25]

夫興亡治亂之迹，爲人君者可以鑒矣。[26]

■ | 번역문

붕당(朋黨)에 대해 논한 글

저는 붕당에 관한 이야기가 예로부터 있었다고 들었으며, 다만 군주께서 군자와 소인을 구분하시길 바랄 뿐입니다. 대저 군자와 군자는 이상을 함께 함으로 인해 붕당을 이루고, 소인과 소인은 이익을 함께 함으로 인해 붕당을 이루는데, 이는 자연스러운 이치입니다.

그러나 저는 소인에게는 붕당이 없고 오로지 군자에게만 그것이 있

나. 【誚(qiào)】 : 꾸짖다, 책망하다. 【爲…所…】 : [피동형] …에게 …을 당하다, …에 의해 …되다. 【欺(qī)】 : 속다. 【稱】 : 칭찬하다.

24) 周武之世，擧其國之臣三千人，共爲一朋。→ 周武王의 시대에는, 그 나라 전체의 신하 삼천 명이, 함께 하나의 붕당을 이루었습니다.
【擧其國】 : 그 나라 전체, 전국. 「擧」 : 모든, 온.

25) 自古爲朋之多且大，莫如周。然周用此以興者，善人雖多而不厭也。→ 예로부터 붕당을 이룬 사람의 수가 많고 또한 규모가 크기로는, 周武王만한 경우가 없었습니다. 그러나 周나라는 이들을 기용하여 흥성했는데, 이는 선량한 사람이 많을수록 좋다는 뜻입니다.
【且】 : 또한. 【雖多而不厭】 : 많아도 만족하지 않다. 즉 「많을수록 좋다」의 뜻. 「厭」 : 만족하다.

26) 夫興亡治亂之迹，爲人君者可以鑒矣。→ 대저 흥망치란의 자취는, 군주된 사람이 귀감으로 삼을 수 있을 것입니다.
【夫興亡治亂之迹】 : 흥망치란의 자취. 「迹」 : 흔적, 자취. ※판본에 따라서는 「夫興亡治亂之迹」을 「嗟呼! 治亂興亡之迹」이라 했다. 【鑒(jiàn)】 : 본보기, 귀감, 거울.

다고 생각합니다. 그 까닭이 무엇이겠습니까? 소인이 좋아하는 것은 이록(利祿)이고, 탐하는 것은 재물입니다. 그들이 이익을 함께 할 때 잠시 서로 결탁하여 붕당이라는 것을 만드는데, 그것은 거짓 붕당입니다. 그들은 이익을 목격하기에 이르면 서로 앞을 다투고, 혹 이익이 다하여 관계가 소원해지면 오히려 서로 해어져서, 비록 형제·친척이라도 서로 보전할 수가 없습니다. 그래서 저는 소인에게는 붕당이 없고 잠시 붕당을 이루는 것을 거짓이라고 생각하는 것입니다. 군자는 그렇지 않습니다. 지키는 것은 도의(道義)이고, 행하는 것은 충신(忠信)이며, 아끼는 것은 명절(名節)입니다. 이로써 자신을 수양하면 이상을 함께하여 서로 이익이 되고, 이로써 나라를 섬기면 마음을 함께하여 서로 협력하게 되며, 처음부터 끝까지 한결같으니 이것이 군자의 붕당입니다. 그러므로 군주께서, 다만 소인의 거짓 붕당을 물리치고 군자의 참된 붕당을 중용하셔야 천하가 잘 다스려질 것입니다.

요(堯)임금 때, 소인인 공공(共工)·환두(驩兜) 등 네 사람이 하나의 붕당을 이루었고, 군자인 팔원(八元)·팔개(八愷) 등 열여섯 사람이 하나의 붕당을 이루었습니다. 순(舜)이 요(堯)임금을 보좌하여 사흉(四凶)의 소인 붕당을 물리치고 팔원·팔개의 군자 붕당을 받아들여 요(堯)의 천하가 잘 다스려졌습니다. 순(舜)이 스스로 천자가 되기에 이르러 고요(皐陶)·기(夔)·직(稷)·설(契) 등 22인이 모두 함께 조정에서 일했는데, 서로 칭찬하고 서로 사양하며, 무릇 22인이 하나의 붕당을 이루어 순(舜)이 그들을 모두 중용하자 천하가 역시 잘 다스려졌습니다. ≪서경(書經)≫에 이르길 : 「주왕(紂王)은 억만 명의 신하가 있으나 억만 갈래의 마음이고, 주무왕(周武王)은 삼천 명의 신하가 있으나 한 마음이다.」라고 했습니다. 주왕 때는 억만 명의 사람이 각기 다른 마음을 지니고 있어 붕당을 이루지 못했다고 말할 수 있는데, 그러나 주왕은 이로 인해 나라를 잃었습니다. 주무왕의 신하는 삼천 명이 하나의 큰 붕당을 이루어, 주(周)나라가 이로 인해 흥성했습니다. 후한(後漢) 헌제(獻帝) 때는 천하의 명사들을 모두 잡아들여 그들을 구금하고 당인(黨人)으로 간주하였습니다. 황건적(黃巾賊)이 일어나 한왕조(漢王朝)가 크게 혼란한 상황에 이르자, 그 후 비로소 후회하고 깨달아 당인(黨人)들을 모두 풀어 그들을 석방하였지만, 그러나 이미 (나라를) 구제할 수가 없었습니다. 당말(唐末)에 점차 붕당에 관한 의론이 일어났습니다. 소종(昭宗) 때에 이르러 조정의 명사들을 다 죽이거나 혹은 그들을 황하(黃河)에 던지고 나서, 말하길 :「이 청류(淸流)들은 탁류(濁流)에 버려도 괜찮다」라고 했는데, 당(唐)은 결국 망하고 말았습니다.

무릇 이전의 군주들 가운데, 능히 사람들로 하여금 마음을 다르게 하여 붕당을 이루지 못하게 한 예로는 상(商)의 주왕(紂王)만한 이가 없고, 능히 선량한 사람들이 붕당을 이루는 것을 금지한 예로는 한(漢)의 헌제(獻帝)만한 이가 없으며, 능히 청류(淸流)의 붕당을 죄로 몰아 죽인 예로는 당(唐)의 소종(昭宗) 시대에 비할 바가 없습니다. 그러나 모두가 혼란하여 나라를 망쳤습니다. 더욱 서로 칭찬하고 사양하며 자기들 사이에 서로 의심하지 않기로는 순(舜)임금의 22명 신하들만한 사람이 없습니다. 순임금 또한 의심하지 않고 그들을 모두 기용하였지만, 그러나 후세 사람들은 순임금이 22명의 붕당에게 속았다고 책망하지 않고 오히려 순임금이 총명한 성인이기에 군자와 소인을 구분했다고 칭찬했습니다. 주무왕(周武王)의 시대에는 그 나라 전체의 신하 삼천 명이 함께 하나의 붕당을 이루었습니다. 예로부터 붕당을 이룬 사람의 수가 많고 또한 규모가 크기로는 주무왕만한 경우가 없었습니다. 그러나 주(周)나라는 이들을 기용하여 흥성했는데, 이는 선량한 사람이 많을수록 좋다는 뜻입니다.

대저 흥망치란(興亡治亂)의 자취는 군주된 사람이 귀감으로 삼을 수 있을 것입니다.

■ | 해제(解題) 및 본문요지 설명

송(宋) 인종(仁宗) 연간에 두연(杜衍)·부필(富弼)·한기(韓琦)·범중엄(范仲淹) 등이 정권을 장악하고, 구양수(歐陽脩)·여정(余靖)·채양(蔡襄)·우소(于素)가 간관(諫官)이 되어 정치의 폐단을 개혁하려 하자, 당시 진집중(陳執中)·장득상(章得象)·왕공진(王拱辰)·어주순(魚周詢) 등이 매우 불쾌하게 여겨 「붕당설(朋黨說)」을 꾸며내어 이들을 몰아내고자 계획하고, 남선진(藍先震)은 또 ≪붕당론(朋黨論)≫을 올려 그들을 모함했다. 구양수는 이를 매우 우려하여 상소를 올려 두연·부필·한기·범중엄 등이 모두 충직한 애국지사라고 변호하는 동시에 ≪붕당론≫을 올려 모함하는 자들의 사설(邪說)을 타파하고자 했다. 후에 인종(仁宗)은 구양수의 의견을 받아들이고 구양수를 지제고(知制誥)에 임명했다.

본문은 열 단락으로 나눌 수 있는데, 첫째 단락에서는 붕당을 군자의 붕당과 소인의 붕당으로 구분할 수 있다는 것을 말했고; 둘째 단락에서는 소인의 붕당은 참다운 당파가 아니라 거짓 당파라는 것을 말했고; 셋째 단락에서는 군자의 당파가 진정한 당파이기 때문에 군주는 군자의 당파를 중용해야 한다는 것을 말했고; 넷째 단락에서는 요(堯)·순(舜)시대에 군자의 당파를 중용했기 때문에 천하가 잘 다스려졌다는 것을 말했고; 다섯째 단락에서는 상(商) 주왕(紂王) 때는 군자의 당파가 없었기 때문에 나라가 멸망하고, 주(周) 무왕(武王) 때는 참다운 당파가 있었기 때문에 주왕조가 건립되었다는 것을 말했고; 여섯째 단락에서는 한(漢) 헌제(獻帝) 때 당파 사람들을 구금했기 때문에 천하가 큰 혼란에 빠졌다는 것을 말했고; 일곱째 단락에서는 만당(晩唐) 시기에 당파 사람들을 살육했기 때문에 나라가 망했다는 것을 말했고; 여덟째 단락에서는 상(商)의 주왕(紂王)·한(漢)의 헌제(獻帝)·당(唐)의 소종(昭宗) 등이 군자의 참다운 당파를 갖지 못했기 때문에 나라가 멸망했다는 것을 말했고; 아홉째 단락에서는 요(堯)·순(舜)·주(周) 무왕(武王) 등이 군자의 참다운 당파를 보유하고 있었기 때문에 흥성했다는 것을 말했고; 마지막 단락에서는 임금이라면 마땅히 이러한 역사의 교훈을 알아야 한다는 것을 말했다.

역사적 실례를 들어 참다운 붕당의 필요성을 강조한 ≪붕당론≫은 사리가 분명하고 근거가 명확하며 설득력을 갖추는 등, 구양수 설리문(說理文)의 독특한 문장 풍격을 보여주고 있다.

163 종수론(縱囚論)

[宋] 歐陽脩

■ | 작자

162. 붕당론(朋黨論) 참조

■ | 원문 및 주석

縱囚論[1)]

信義行於君子, 而刑戮施於小人。刑入於死者, 乃罪大惡極, 此又小人之尤甚者也。[2)] 寧以義死, 不苟幸生, 而視死如歸, 此又君子之尤難者也。[3)]

---

1) 縱囚論 → 죄수를 석방한 것에 대해 논한 글
【縱囚(zòng qiú)】: 죄수를 석방하다. 「縱」: 석방하다.

2) 信義行於君子, 而刑戮施於小人。刑入於死者, 乃罪大惡極, 此又小人之尤甚者也。→ 信義는 군자에 대해 시행하고, 형벌은 소인에 대해 시행한다. 형벌이 사형에 이른 자는, 바로 죄악이 극에 달한 것으로, 이는 또한 소인 중에서도 특히 심한 자이다.
【刑戮(lù)】: 형벌. 【乃】: 바로 …이다. 【尤】: 특히.

3) 寧以義死, 不苟幸生, 而視死如歸, 此又君子之尤難者也。→ 차라리 의를 위해 죽을지언정, 구차하게 요행으로 살려 하지 않고, 죽는 것을 마치 집에 돌아가는 것처럼 여긴다면, 이는 또한 군자 중에서도 특히 하기 어려운 일이다.
【寧】: 차라리 …할지언정. 【不苟】: 구차하다. 【視死如歸】: 죽는 것을 마치 집에 돌아가는 것처럼 여기다. 【尤】: 특히, 더욱.

方唐太宗之六年，錄大辟囚三百餘人，縱使還家，約其自歸以就死。[4] 是以君子之難能，期小人之尤者以必能也。[5] 其囚及期而卒自歸無後者，是君子之所難，而小人之所易也。此豈近於人情?[6]

或曰：「罪大惡極，誠小人矣，及施恩德以臨之，可使變而爲君子。蓋恩德入人之深而移人之速，有如是者矣。」[7]

---

4) 方唐太宗之六年，錄大辟囚三百餘人，縱使還家，約其自歸以就死。→ 唐의 太宗이 즉위하여 6년이 되었을 때, 사형수 삼백여 명을 명부에 기록하고, 석방하여 집으로 돌려보내면서, 기일을 약정하여 그들 스스로 돌아와 사형을 받도록 했다.
【方】: …때에, …시기에. 【唐太宗】: 唐의 군주. 이름은 李世民. 24년간(627-650) 재위했다. 【六年】: 太宗 貞觀 6년(632). 【錄】: 명부에 기록하다. 【大辟囚(pì qiú)】: 사형수. 【使還家】: 使(之)還家, 그들로 하여금 집으로 돌아가도록 하다, 그들을 집으로 돌려보내다. 【就死】: 사형을 받다.

5) 是以君子之難能，期小人之尤者以必能也。→ 이는 군자로써도 해내기 어려운 일인데, 소인 중에서도 특히 악랄한 자들이 반드시 해낼 수 있기를 기대한 것이다.
【是】: [대명사] 이것, 즉 「約其自歸以就死」. 【期(qī)】: 기대하다, 바라다. 【尤者】: 특히 악랄한 자.

6) 其囚及期而卒自歸無後者，是君子之所難，而小人之所易也。此豈近於人情? → 그 죄수들은 기한이 되자 마침내 스스로 돌아왔고 늦게 온 자도 없었다. 이는 군자도 하기 어려운 일을, 오히려 소인들이 쉽게 해낸 것이다. 이를 어찌 인지상정에 가깝다고 하겠는가?
【及期】: 기한이 되다. 【卒】: 마침내. 【後者】: 늦게 도착한 사람. 【是】: [대명사] 이것, 즉 「及期而卒自歸無後者.」 【而】: 그러나, 오히려. 【此豈近於人情?】: ※판본에 따라서는 「此豈近於人情哉?」라 했다.

7) 或曰：「罪大惡極，誠小人矣，及施恩德以臨之，可使變而爲君子。蓋恩德入人之深而移人之速，有如是者矣。」→ 어떤 사람이 말했다 : 「죄악이 극에 달한 것은, 확실히 소인이지만, 은덕을 베풀어 그들을 대하기에 이르면, 그들을 변화시켜 군자가 되게 할 수 있다. (본래) 은덕은 사람 마음속에 깊이 파고들어 사람을 신속하게 변화시키기 때문에, 이와 같은 일이 있는 것이다.」
【誠】: 실로, 확실히. 【臨(lín)】: 임하다, 향하다. 여기서는 「대하다, 가까이 하다」의 뜻. 【及】: …에 이르다. 【使變】: 使(之)變, …로 하여금 변하게 하다, 변화시키다. 【蓋】: [어기사]. 【入人之深】: 사람 마음속에 깊이 파고들다. 【移】: 바꾸

曰：「太宗之爲此，所以求此名也。然安知夫縱之去也，不意其必來以冀免，所以縱之乎?[8] 又安知夫被縱而去也，不意其自歸而必獲免，所以復來乎?[9] 夫意其必來而縱之，是上賊下之情也；意其必免而復來，是下賊上之心也。[10] 吾見上下交相賊以成此名也，烏有所謂施恩德與夫知信義者哉?[11] 不然，太宗施德於天下，於茲六年矣，不能使小人不爲極惡大罪；而一日之恩，能使視死如歸而存信義，此又不通之論也。」[12]

다, 변화하다.

8) 曰：「太宗之爲此，所以求此名也。然安知夫縱之去也，不意其必來以冀免，所以縱之乎? →(이에) 내가 말했다：「太宗이 이렇게 조치한 것은, 이로써 은덕을 베풀었다는 좋은 명성을 얻기 위한 것이다. 그러나 죄수들을 석방하여 보내면서, 그들이 반드시 스스로 돌아와 사면 받기를 바랄 것임을 예상하고, 그래서 그들을 석방한 것이 아닌지 어찌 알겠는가?

【所以】：以之，이로써. 【此名】：이러한 명성, 즉 「은덕을 베풀었다는 좋은 명성」. 【然】：그러나. 【安】：어찌, 어떻게. 【夫】：[어조사]. 【意】：예상하다, 추측하다. 【冀(jì)】：바라다, 희망하다. 【免】：사면, 면죄. 【所以】：因此，이로 인해.

9) 又安知夫被縱而去也，不意其自歸而必獲免，所以復來乎? → 또 죄수들은 석방되어 떠나면서, 스스로 돌아오면 반드시 사면을 받을 것임을 예상하고, 그래서 다시 돌아온 것이 아닌지 어찌 알겠는가?

【被縱】：[피동형] 석방되다. 【獲(huò)】：획득하다, 받다.

10) 夫意其必來而縱之，是上賊下之情也；意其必免而復來，是下賊上之心也。→ 대저 반드시 돌아온다는 것을 예상하고 그들을 석방했다면, 이는 윗사람이 아랫사람의 마음을 훔쳐본 것이요, 반드시 사면할 것을 예상하고 돌아왔다면, 이는 아랫사람이 윗사람의 마음을 훔쳐본 것이다.

【夫】：[발어사] 무릇, 대저. 【賊(zé)】：훔쳐보다.

11) 吾見上下交相賊以成此名也，烏有所謂施恩德與夫知信義者哉? → 내가 보건대 위아래가 서로 훔쳐보고 이러한 명성을 이룬 것인데, 무슨 이른바 은덕을 베풀고 신의를 알던 일이 있었는가?

【交相賊】：서로 훔쳐보다. 【烏】：어디, 무슨, 어찌. 【所謂】：이른바.

12) 不然，太宗施德於天下，於茲六年矣，不能使小人不爲極惡大罪；而一日之恩，能使視死如歸而存信義，此又不通之論也。」→ 그런 것이 아니라면, 태종이 천하 사람들에

然則何爲而可? 曰:「縱而來歸, 殺之無赦。而又縱之, 而又來, 則可知爲恩德之致爾。然此必無之事也。[13] 若夫縱而來歸而赦之, 可偶一爲之爾。[14] 若屢爲之, 則殺人者皆不死, 是可爲天下之常法乎? 不可爲常者, 其聖人之法乎?[15] 是以堯、舜、三王之治, 必本於人情, 不立異以爲高, 不逆情以干譽。」[16]

게 덕을 베푼 지, 지금까지 여섯 해가 되었어도, 소인들로 하여금 극악무도한 큰 죄를 저지르지 못하게 할 수 없는데; 겨우 하루의 은덕으로, 사형수들로 하여금 죽는 것을 마치 집에 돌아가는 것처럼 여겨 신의를 보존토록 할 수 있다고 하는 것도, 또한 어불성설이다.」

【於茲】: 지금까지, 현재까지. 【極惡】: 극악무도하다. 【不通之論】: 통하지 않는 논리, 즉 「어불성설」.

13) 然則何爲而可? 曰:「縱而來歸, 殺之無赦。而又縱之, 而又來, 則可知爲恩德之致爾。然此必無之事也。→ 그렇다면 어떻게 해야 되는가? 내가 대답했다:「석방했다가 돌아오면, 그들을 죽이고 사면하지 말아야 한다. 그리고 다시 또 사형수들을 석방하여, 또 돌아온다면, (그것이) 바로 은덕의 결과라는 것을 알 수 있다. 그러나 이는 절대로 일어날 수 없는 일이다.

【然則】: 그렇다면. 【無】: 毋, …하지 말다. 【必】: 반드시. 여기서는 「절대로」의 뜻. 【致】: 결과. 【爾】: [어조사].

14) 若夫縱而來歸而赦之, 可偶一爲之爾。→ 석방했다가 돌아와 사면하는 일로 말하면, 어쩌다가 한 번 할 수 있을 뿐이다.

【若夫】: …로 말하면, …로 말할 것 같으면. 【偶(ǒu)】: 어쩌다, 가끔, 이따금. 【爾(ěr)】: 耳, …뿐.

15) 若屢爲之, 則殺人者皆不死, 是可爲天下之常法乎? 不可爲常者, 其聖人之法乎? → 만일 자주 그렇게 한다면, 살인범 모두가 죽지 않는데, 이를 천하의 常法으로 삼을 수 있겠는가? 常法으로 삼을 수 없는 것을, 어찌 聖人의 법이라 하겠는가?

【屢(lǚ)】: 자주, 누차, 여러 번. 【是】: [대명사] 이, 이것, 즉「자주 석방하는 일」. 【常法】: 불변의 법칙. 【其】: 豈, 어찌.

16) 是以堯、舜、三王之治, 必本於人情, 不立異以爲高, 不逆情以干譽。」→ 그래서 堯·舜·三王의 통치는, 반드시 인정에 바탕을 두고, 남다른 주장을 내세워 고상하다 여기지 않았으며, 인정을 거슬러가며 명예를 추구하지 않았다.」

【是以】: 그래서, 이로 인해. 【堯(yáo)】: 唐의 堯임금. 【舜(shùn)】: 虞의 舜임금. 【三王】: 夏·商·周 三代의 왕, 즉 夏의 禹王, 商의 湯王, 周의 文王 또는 武王. 【本於…】: …에 바탕을 두다. 【立異】: 남다른 주장을 내세우다. 【逆】: 거

■ | 번역문

죄수를 석방한 것에 대해 논한 글

신의(信義)는 군자에 대해 시행하고 형벌은 소인에 대해 시행한다. 형벌이 사형에 이른 자는 바로 죄악이 극에 달한 것으로, 이는 또한 소인 중에서도 특히 심한 자이다. 차라리 의(義)를 위해 죽을지언정 구차하게 요행으로 살려 하지 않고 죽는 것을 마치 집에 돌아가는 것처럼 여긴다면, 이는 또한 군자 중에서도 특히 하기 어려운 일이다.

당(唐)의 태종(太宗)이 즉위하여 6년이 되었을 때, 사형수 삼백여 명을 명부에 기록하고 석방하여 집으로 돌려보내면서, 기일을 약정하여 그들 스스로 돌아와 사형을 받도록 했다. 이는 군자로써도 해내기 어려운 일인데, 소인 중에서도 특히 악랄한 자들이 반드시 해낼 수 있기를 기대한 것이다. 그 죄수들은 기한이 되자 마침내 스스로 돌아왔고 늦게 온 자도 없었다. 이는 군자도 하기 어려운 일을 오히려 소인들이 쉽게 해낸 것이다. 이를 어찌 인지상정에 가깝다고 하겠는가?

어떤 사람이 말했다 :「죄악이 극에 달한 것은 확실히 소인이지만, 은덕을 베풀어 그들을 대하기에 이르면 그들을 변화시켜 군자가 되게 할 수 있다. (본래) 은덕은 사람 마음속에 깊이 파고들어 사람을 신속하게 변화시키기 때문에 이와 같은 일이 있는 것이다.」

(이에) 내가 말했다 :「태종(太宗)이 이렇게 조치한 것은, 이로써 은덕을 베풀었다는 좋은 명성을 얻기 위한 것이다. 그러나 죄수들을 석방하여 보내면서 그들이 반드시 스스로 돌아와 사면 받기를 바랄 것임을 예

스르다, 위배하다. 【干譽(yù)】: 명예를 추구하다, 명성을 구하다.

상하고, 그래서 그들을 석방한 것이 아닌지 어찌 알겠는가? 또 죄수들은 석방되어 떠나면서 스스로 돌아오면 반드시 사면을 받을 것임을 예상하고, 그래서 다시 돌아온 것이 아닌지 어찌 알겠는가? 대저 반드시 돌아온다는 것을 예상하고 그들을 석방했다면 이는 윗사람이 아랫사람의 마음을 훔쳐본 것이요, 반드시 사면할 것을 예상하고 돌아왔다면 이는 아랫사람이 윗사람의 마음을 훔쳐본 것이다. 내가 보건대 위아래가 서로 훔쳐보고 이러한 명성을 이룬 것인데, 무슨 이른바 은덕을 베풀고 신의를 알던 일이 있었는가? 그런 것이 아니라면, 태종이 천하 사람들에게 덕을 베푼 지 지금까지 여섯 해가 되었어도 소인들로 하여금 극악무도한 큰 죄를 저지르지 못하게 할 수 없는데, 겨우 하루의 은덕으로 사형수들로 하여금 죽는 것을 마치 집에 돌아가는 것처럼 여겨 신의를 보존토록 할 수 있다고 하는 것도 또한 어불성설이다.

그렇다면 어떻게 해야 되는가? 내가 대답했다 : 「석방했다가 돌아오면 그들을 죽이고 사면하지 말아야 한다. 그리고 다시 또 사형수들을 석방하여 또 돌아온다면 (그것이) 바로 은덕의 결과라는 것을 알 수 있다. 그러나 이는 절대로 일어날 수 없는 일이다. 석방했다가 돌아와 사면하는 일로 말하면 어쩌다가 한 번 할 수 있을 뿐이다. 만일 자주 그렇게 한다면 살인범 모두가 죽지 않는데, 이를 천하의 상법(常法)으로 삼을 수 있겠는가? 상법으로 삼을 수 없는 것을 어찌 성인(聖人)의 법이라 하겠는가? 그래서 요(堯)・순(舜)・삼왕(三王)의 통치는 반드시 인정에 바탕을 두고 남다른 주장을 내세워 고상하다 여기지 않았으며, 인정을 거슬러가며 명예를 추구하지 않았다.」

■ | 해제(解題) 및 본문요지 설명

당(唐) 태종(太宗) 정관(貞觀) 6년(632) 태종(太宗)은 사형수 390명을 석방하여 집으로 돌려보내고, 이듬해 가을에 감옥으로 돌아와 형을 받도록 은덕을 베풀었다. 죄수들이 모두 기한 내에 돌아오자, 태종은 그 의(義)를 가상히 여겨 그들을 사면했다. 사람들은 이를 「시은덕(施恩德)」「지신의(知信義)」의 본보기라 칭찬했다.

본문은 작자가 이에 대해 「위아래가 서로 훔쳐보고 이러한 명성을 이룬 것」이라 비난하고, 아울러 자신의 견해를 밝힌 글이다.

본문은 다섯 단락으로 나눌 수 있는데, 첫째 단락에서는 설사 군자라도 신의를 위해 죽기란 매우 어렵다는 것을 말했고; 둘째 단락에서는 태종이 죄수들을 석방하여 집으로 돌려보내고 이듬해에 스스로 돌아와 벌을 받도록 조치한 바에 대해, 실로 인지상정에 부합하지 않는 일이라 지적했고; 셋째 단락에서는 죄수들이 스스로 돌아온 것을 은덕을 베푼 결과라고 여긴 세속의 관점을 인용했고; 넷째 단락에서는 앞에서 말한 세속의 관점을 반박한 후, 태종과 죄수들의 심리를 추측해 보건대 이는 「위아래가 서로 훔쳐본 행위」를 통해 태종이 은덕을 베푼 허명(虛名)을 이룬 것에 불과할 뿐이라 질책했고; 마지막 단락에서는 태종의 이러한 처사는 상법(常道)으로 삼을 수 없다고 지적하면서, 군자가 나라를 다스리려면 「반드시 인정(人情)에 바탕을 두고, 남다른 주장을 내세워 고상하다 여기지 않아야 할 뿐만 아니라, 인정을 거슬러가며 명예를 추구하지 말아야 한다」는 것을 강조했다.

164 석비연시집서(釋祕演詩集序)

[宋] 歐陽脩

■ | 작자

162. 붕당론(朋黨論) 참조

■ | 원문 및 주석

釋祕演詩集序[1)]

予少以進士遊京師，因得盡交當世之賢豪。[2)] 然猶以謂國家臣一四海，休兵革，養息天下以無事者四十年，而智謀雄偉非常之士，無所用其能者，往往伏而不出。[3)] 山林屠販，必有老死而世

1) 釋祕演詩集序 → 祕演스님 詩集 序文
【釋(shì)】 석가모니의 약칭. 여기서는 「스님, 승려」를 가리킨다. 【祕演(bì yǎn)】 : [인명] 비연. 산동성 사람으로 北宋의 시인. 생애 사적 미상.

2) 予少以進士遊京師，因得盡交當世之賢豪。→ 나는 젊어서 진사 신분으로 京城을 유람했는데, 이로 인해 당시의 현인 호걸들과 마음껏 교제 할 수 있었다.
【予】 : 我, 나. 【京師】 : 京城. 【得】 : 能, …할 수 있다. 【盡交】 : 마음껏 교제하다.

3) 然猶以謂國家臣一四海，休兵革，養息天下以無事者四十年，而智謀雄偉非常之士，無所用其能者，往往伏而不出。→ 그러나 또한 나라가 통일되어, 전쟁을 끝내고, 천하를 양생하여 무사태평한 지가 사십 년이 되다보니, 지모가 출중하고 비범한 선비들이, 그 재능을 사용할 곳이 없어, 왕왕 은둔하며 나오지 않는다고 생각했다.

莫見者，欲從而求之不可得。[4]

其後，得吾亡友石曼卿。曼卿爲人，廓然有大志。時人不能用其材，曼卿亦不屈以求合。[5] 無所放其意，則往往從布衣野老，酣嬉淋漓，顚倒而不厭。[6] 予疑所謂伏而不見者，庶幾狎而得之，

【然猶】：그러나 또한. 【以謂】：以爲, …라 여기다, …라고 생각하다. 【臣一】：신하로서 복종하여 하나가 되다. 즉 「통일되다」의 뜻. 「臣」：[동사] 신하로서 복종하다. 【四海】：천하. ≪爾雅≫：「九夷、八狄、七戎、六蠻, 謂之四海。(구이·팔적·칠융·육만을 일러 사해라 했다.)」 【休】：그치다, 끝내다, 멈추다. 【兵革】：전쟁. 「兵」：무기. 「革」：가죽으로 만든 갑옷과 투구. 【養息】：양생하다. 【以】：而. 【四十年】：太宗 雍熙 2년(1021) 遼나라 정벌에 나섰다가 패전하여 강화를 맺고 나서부터, 歐陽脩가 진사에 급제한 仁宗 天聖 8년(1021)까지의 기간을 말한다. 【雄偉】：웅장하다, 여기서는 「출중하다」의 뜻. 【非常】：비범하다. 【無所用】：사용할 곳이 없다. 【伏(fú)】：숨다, 은둔하다.

4) 山林屠販，必有老死而世莫見者，欲從而求之不可得。→ 산림 속이나 백정·장사꾼 중에는, 틀림없이 늙어 죽을 때까지 세상이 찾아내지 못한 사람이 있겠지만, 그들을 찾고자 해도 찾을 수가 없었다.

【屠販(tú fàn)】：백정과 장사꾼. 【欲】：…하고자 하다. 【從而】：이에 따라, 그래서. 【莫見】：발견하지 못하다.

5) 其後，得吾亡友石曼卿。曼卿爲人，廓然有大志。時人不能用其材，曼卿亦不屈以求合。→ 그 후, 나의 작고한 친구 石曼卿을 찾았다. 만경의 사람됨은, 마음이 넓고 큰 뜻을 지니고 있었다. 그러나 당시 사람들은 그의 재능을 중용할 줄 몰랐고, 만경 역시 몸을 굽혀가며 그들과 영합하기를 추구하지 않았다.

【得】：찾다. 【亡友】：작고한 친구. 【石曼卿】：[인명] 석만경. 이름은 延年이며, 자는 曼卿. 宋州 宋城[지금의 하남성 商丘縣 남쪽] 사람으로 秘閣校理·太子中允을 지냈다. 시를 잘 짓고 서예에도 능했다. 【廓(kuò)然】：넓은 모양. 【時人】：당시 사람. 여기서는 「당시 고위직에 있던 사람」을 가리킨다. 【屈以求合】：몸을 굽히며 영합하기를 구하다.

6) 無所放其意，則往往從布衣野老，酣嬉淋漓，顚倒而不厭。→ 자신의 생각을 발산할 곳이 없자, 왕왕 서민 村老들을 따라, 술을 마시고 놀며 몹시 취해, 쓰러지면서도 싫증을 내지 않았다.

【放】：풀다, 발산하다. 【意】：생각, 뜻. 【布衣】：서민, 평민. 【野老】：村老, 시골 노인. 【酣嬉(hān xī)】：술을 마시고 놀다. 【淋漓(lín lí)】：흥건하다, 몹시 취하다. 【顚倒(diān dǎo)】：쓰러지다, 넘어지다. 【不厭(yàn)】：싫증을 내지 않다.

故嘗喜從曼卿遊，欲因以陰求天下奇士。7)

浮屠祕演者，與曼卿交最久，亦能遺外世俗，以氣節相高。8) 二人懽然無所間。曼卿隱於酒，祕演隱於浮屠，皆奇男子也。9) 然喜爲歌詩以自娛。當其極飮大醉，歌吟笑呼，以適天下之樂，何其壯也!10) 一時賢士皆願從其遊，予亦時至其室。11) 十年之間，

---

7) 予疑所謂伏而不見者，庶幾狎而得之，故嘗喜從曼卿遊，欲因以陰求天下奇士。→ 나는 이른바 은둔하여 모습을 보이지 않는 사람들이, 혹시 스스럼없이 친해지면 그들을 찾을 수 있지 않을까 하는 생각이 들어, 그래서 일찍이 만경과 교유하기를 좋아했고, 이러한 방법을 통해서 은밀히 천하의 奇才들을 찾고자 했다.
【疑】: 의문을 품다, …하지 않을까 하는 생각이 들다. 【庶(shù)幾】: 혹시, 어쩌면. 【狎(xiá)】: 격의가 없다, 스스럼없이 친하다. 【從…遊】: …와 교유하다. 【欲】: …하고자 하다. 【因以】: …을 통해서, …을 빌어. 【陰求】: 은밀히 찾다. 【奇士】: 奇才, 비범한 인물.

8) 浮屠祕演者，與曼卿交最久，亦能遺外世俗，以氣節相高。→ 승려 祕演이란 사람은, 만경과 가장 오래 교제했는데, 그 역시 세속을 초탈할 수 있어, 절조로서 서로 존중했다.
【浮屠(fú tú)】: 浮圖라고도 한다. 佛陀의 중국어 음역. ※통상 불교 · 불사 · 불탑 · 불교도를 말하며, 여기서는 「僧侶」를 가리킨다. 【遺外世俗】: 세속을 外物이라 여겨 잊고 살다, 세속을 초탈하다. 【氣節】: 절조, 지조, 절개. 【相高】: 서로 높이 평가하다.

9) 二人懽然無所間。曼卿隱於酒，祕演隱於浮屠，皆奇男子也。→ 두 사람은 매우 친밀하여 조금도 거리감이 없었다. 만경은 술에 은거하고, 비연은 불가에 은거하고 있으니, 모두가 기이한 남자들이다.
【懽(huān)然】: 기뻐하는 모양. 【間】: 간격, 거리. 【隱(yǐn)】: 숨다, 은거하다.

10) 然喜爲歌詩以自娛。當其極飮大醉，歌吟笑呼，以適天下之樂，何其壯也! → 그러나 (그들은) 시를 지어 스스로 즐기기를 좋아했다. 술을 폭음하여 대취할 때면, 노래를 부르고 시도 읊고 웃고 소리를 지르기도 하며, 이로써 천하의 즐거움을 얻었다. 이 얼마나 웅장한가?
【歌詩】: 詩歌. 【自娛(yú)】: 스스로 즐기다. 【當】: 마침 …할 때. 【極飮】: 폭음하다. 【適】: 누리다, 얻다.

11) 一時賢士皆願從其遊，予亦時至其室。→ 당시 현인들이 모두 그와 교유하기를 원했고, 나 역시 때때로 그의 집에 찾아갔었다.
【一時】: 당시. 【予】: 我, 나.

祕演北渡河，東之濟、鄆，無所合，困而歸。曼卿已死，祕演亦老病。[12] 嗟夫! 二人者，予乃見其盛衰，則余亦將老矣。[13]

夫曼卿詩辭清絶，尤稱祕演之作，以爲雅健，有詩人之意。[14] 祕演狀貌雄傑，其胸中浩然。既習於佛，無所用，獨其詩可行於世，而懶不自惜。[15] 已老，胠其橐，尙得三四百篇，皆可喜者。曼卿死，祕演漠然無所向。[16] 聞東南多山水，其巓崖崛嵂，江濤洶

---

12) 十年之間，祕演北渡河，東之濟、鄆，無所合，困而歸。曼卿已死，祕演亦老病。→ 10년 동안, 祕演은 북쪽으로 黃河를 건너, 동쪽으로 濟州와 鄆州에 갔으나, 의기투합한 사람을 만나지 못하고, 곤궁한 채 돌아왔다. 석만경은 이미 세상을 떠나고, 비연 또한 늙고 병이 들었다.

【渡(dù)】: 건너다. 【河】: 黃河. 【之】: 往, 가다. 【濟】: [州이름] 濟州. 소재지는 鉅野[지금의 산동성 鉅野縣]. 【鄆(yùn)】: [州이름] 鄆州. 소재지는 須城[지금의 산동성 東平縣]. 【無所合】: 만나지 못하다. 즉 「의기투합한 사람을 만나지 못하다」의 뜻.

13) 嗟夫! 二人者，予乃見其盛衰，則余亦將老矣。→ 아! 두 사람은, 내가 마침내 그들의 盛衰를 보았으니, 나 또한 곧 늙을 것이다.

【嗟夫!】: [감탄사] 아! 【乃】: 드디어, 결국, 마침내. 【余】: 我, 나.

14) 夫曼卿詩辭清絶，尤稱祕演之作，以爲雅健，有詩人之意。→ 대저 만경의 詩文은 지극히 청신하지만, (그는) 특히 비연의 작품을 칭찬하여, 풍격이 우아하고 힘이 있으며, 시인의 정취가 있다고 여겼다.

【夫】: [발어사] 대저, 무릇. 【詩辭】: 詩文. 【清絶】: 지극히 아름답다, 지극히 맑고 우아하다. 【尤】: 특히, 특별히. 【稱(chēng)】: 칭찬하다. 【以爲】: …라고 여기다, …라고 생각하다. 【雅健】: (글이) 우아하고 힘이 있다. 【意】: 의취, 정취.

15) 祕演狀貌雄傑，其胸中浩然。既習於佛，無所用，獨其詩可行於世，而懶不自惜。→ 비연은 용모가 웅걸하고, 도량이 매우 넓었다. 그러나 佛門에 익숙하고 나서는, 재능을 쓸 곳이 없게 되었고, 다만 그의 시가 세상에 전해질 수 있었으나, 성격이 나태하여 (작품을) 스스로 소중하게 여기지 않았다.

【狀貌】: 용모, 외모. 【雄傑】: 웅걸하다, 웅대하고 훌륭하다. 【胸中】: 흉금, 포부, 도량, 생각. 【浩然】: 넓은 모양. 【無所用】: 쓸 곳이 없다, 쓸모가 없다. 여기서는 「재능을 쓸 곳이 없게 되다」의 뜻. 【獨】: 다만. 【行於世】: 세상에 전해지다. 【懶(lǎn)】: 게으르다, 나태하다. 【惜(xī)】: 아끼다, 소중히 여기다.

16) 已老，胠其橐，尙得三四百篇，皆可喜者。曼卿死，祕演漠然無所向。→ 이미 늙은 뒤

涌，甚可壯也，遂欲往遊焉。[17] 足以知其老而志在也。於其將行，爲敘其詩，因道其盛時，以悲其衰。[18]

■ | 번역문

비연(祕演)스님 시집(詩集) 서문(序文)

나는 젊어서 진사 신분으로 경성(京城)을 유람했는데, 이로 인해 당시의 현인 호걸들과 마음껏 교제 할 수 있었다. 그러나 또한 나라가 통일되어 전쟁을 끝내고 천하를 양생(養生)하여 무사태평한 지가 사십 년이 되다보니, 지모가 출중하고 비범한 선비들이 그 재능을 사용할 곳이 없어 왕왕 은둔하며 나오지 않는다고 생각했다. 산림 속이나 백정・장사

에, 纏帶를 열어 보니, 아직도 삼사백 편을 찾을 수 있었는데, 모두가 사람들이 좋아하는 작품이었다. 만경이 죽자, 비연은 막막하여 갈만한 곳이 없었다.
【胠(qū)】: 열다. 【橐(tuó)】: 전대. ※돈이나 물건을 넣어 허리에 매거나 어깨에 두르기 편하도록 만든 자루. 【尙】: 아직도. 【漠(mò)然】: 막연하다, 막막하다. 【向】: 往, 향하다. 여기서는 「가다」의 뜻.

17) 聞東南多山水，其巓崖崛峍，江濤洶涌，甚可壯也，遂欲往遊焉。→(그러다가) 동남 지방에 산수가 많고, 산 정상의 절벽이 높고 험준하며, 강의 파도가 세차게 솟구쳐, 매우 장관이라는 말을 들었다. 그리하여 그곳에 가서 유람하고자 했다.
【巓崖(diān yá)】: 산꼭대기의 절벽. 【崛峍(jué lǜ)】: (산세가) 높고 험준하다. 【洶涌(xiōng yǒng)】: 흉용하다, 물이 세차게 솟구치다. 【可壯】: 기세가 지극히 웅장하다, 매우 장관이다. 【遂】: 이에, 그리하여.

18) 足以知其老而志在也。於其將行，爲敘其詩，因道其盛時，以悲其衰。→(이로 미루어 볼 때) 그가 늙었지만 아직 뜻이 건재하다는 것을 족히 알 수 있다. 그가 떠나려 할 즈음, 내가 그의 시집에 서문을 쓰면서, 이 기회를 빌려 그의 왕성했던 시절을 언급하며, 그의 노쇠한 모습을 슬퍼한다.
【足以】: 족히 …할 수 있다. 【將行】: 곧 떠나려하다. 【敘(xù)】: 序, 서문을 쓰다. 【因】: (시간・기회 등을) 빌리다, 이용하다, 틈타다. 【道】: 말하다, 언급하다. 【盛時】: 왕성했던 시절, 전성기.

꾼 중에는 틀림없이 늙어 죽을 때까지 세상이 찾아내지 못한 사람이 있겠지만 그들을 찾고자 해도 찾을 수가 없었다.

그 후, 나의 작고한 친구 석만경(石曼卿)을 찾았다. 만경의 사람됨은 마음이 넓고 큰 뜻을 지니고 있었다. 그러나 당시 사람들은 그의 재능을 중용할 줄 몰랐고 만경 역시 몸을 굽혀가며 그들과 영합하기를 추구하지 않았다. 자신의 생각을 발산할 곳이 없자, 왕왕 서민 촌로(村老)들을 따라 술을 마시고 놀며 몹시 취해 쓰러지면서도 싫증을 내지 않았다. 나는 이른바 은둔하여 모습을 보이지 않는 사람들이, 혹시 스스럼없이 친해지면 그들을 찾을 수 있지 않을까 하는 생각이 들어, 그래서 일찍이 만경과 교유하기를 좋아했고, 이러한 방법을 통해서 은밀히 천하의 기재(奇才)들을 찾고자 했다.

승려 비연(祕演)이란 사람은 만경과 가장 오래 교제했는데, 그 역시 세속을 초탈할 수 있어 절조로서 서로 존중했다. 두 사람은 매우 친밀하여 조금도 거리감이 없었다. 만경은 술에 은거하고 비연은 불가에 은거하고 있으니 모두가 기이한 남자들이다. 그러나 (그들은) 시를 지어 스스로 즐기기를 좋아했다. 술을 폭음하여 대취할 때면 노래를 부르고 시도 읊고 웃고 소리를 지르기도 하며, 이로써 천하의 즐거움을 얻었다. 이 얼마나 웅장한가? 당시 현인들이 모두 그와 교유하기를 원했고, 나 역시 때때로 그의 집에 찾아갔었다. 10년 동안, 비연은 북쪽으로 황하(黃河)를 건너 동쪽으로 제주(濟州)와 운주(鄆州)에 갔으나 의기투합한 사람을 만나지 못하고 곤궁한 채 돌아왔다. 석만경은 이미 세상을 떠나고 비연 또한 늙고 병이 들었다. 아! 두 사람은, 내가 마침내 그들의 성쇠(盛衰)를 보았으니 나 또한 곧 늙을 것이다.

대저 만경의 시문(詩文)은 지극히 청신하지만, (그는) 특히 비연의 작품을 칭찬하여, 풍격이 우아하고 힘이 있으며 시인의 정취가 있다고 여겼다. 비연은 용모가 웅걸하고 도량이 매우 넓었다. 그러나 불문(佛門)에 익숙하고 나서는 재능을 쓸 곳이 없게 되었고, 다만 그의 시가 세상에 전해질 수 있었으나 성격이 나태하여 (작품을) 스스로 소중하게 여기지 않았다. 이미 늙은 뒤에 전대(纏帶)를 열어 보니 아직도 삼사백 편을 찾을 수 있었는데, 모두가 사람들이 좋아하는 작품이었다. 만경이 죽자 비연은 막막하여 갈만한 곳이 없었다. (그러다가) 동남 지방에 산수가 많고 산 정상의 절벽이 높고 험준하며 강의 파도가 세차게 솟구쳐 매우 장관이라는 말을 들었다. 그리하여 그곳에 가서 유람하고자 했다. (이로 미루어 볼 때) 그가 늙었지만 아직 뜻이 건재하다는 것을 족히 알 수 있다. 그가 떠나려 할 즈음, 내가 그의 시집에 서문을 쓰면서, 이 기회를 빌려 그의 왕성했던 시절을 언급하며 그의 노쇠한 모습을 슬퍼한다.

■ | 해제(解題) 및 본문요지 설명

본문은 북송(北宋) 시인 비연(秘演) 스님의 시집에 쓴 서문으로, 비연의 사람됨과 그의 시에 대해 소개한 글이다. 「석(釋)」은 석가모니(釋迦牟尼)의 약칭이나, 여기서는 「승려・화상・중・스님」 등의 의미로 사용했다.

본문은 네 단락으로 나눌 수 있는데, 첫째 단락에서는 작자가 당시의 현인들과 교유하기를 간절히 바란다는 것을 표명한 동시에, 나라가 태평하여 인재들이 기용되지 못하고 초야에 묻혀있는 기이한 사회 현상을 말했고; 둘째 단락에서는 작자가 고인이 된 친구 석만경의 비범함을 말한 후, 비연이 만경과 서로 높이 평가하는 사이라고 언급함으로써 간접적으로 비연의 비범함을 부각시켰고; 셋째 단락에서는 작자가 술에 은거하는 석만경과 불문에 은거하는 비연 두 사람 모두 기이한 남자라 말하고, 그들의 성쇠를 친히 목격하면서 늙어가는 자신의 모습을 탄식했고; 마지막 단락에서는 석만경의 관점을 빌려 비연의 시를 칭찬한 후 이 시에 서문을 쓰게 된 이유를 밝혔다.

권 10

송문 宋文

매성유시집서 / 송양치서 / 오대사영관전서 / 오대사환자전론 / 상주주금당기 / 풍락정기 / 취옹정기 / 추성부 / 제석만경문 / 상강천표 / 관중론 / 변간론 / 심술 / 장익주화상기 / 범증론 / 형상충후지지론 / 유후론 / 가의론 / 조착론

165 매성유시집서(梅聖兪詩集序)

[宋] 歐陽脩

■ | 작자

162. 붕당론(朋黨論) 참조

■ | 원문 및 주석

梅聖兪詩集序[1)]

予聞世謂詩人少達而多窮，夫豈然哉？ 蓋世所傳詩者，多出於古窮人之辭也。[2)] 凡士之蘊其所有，而不得施於世者，多喜自放於山巓水涯之外， 見蟲魚草木風雲鳥獸之狀類， 往往探其奇怪。[3)]

---

1) 梅聖兪詩集序 → 梅聖兪 詩集 序文
【梅聖兪】：[인명] 梅堯臣. 자는 聖兪. 宣州 宣城[지금의 안휘성 宣城縣] 사람으로 尙書都官員을 지냈으며, 시집으로 ≪宛陵集≫이 있다.

2) 予聞世謂詩人少達而多窮，夫豈然哉？ 蓋世所傳詩者，多出於古窮人之辭也。→ 나는 세상 사람들이 詩人은 영달한 사람이 적고 가난한 사람이 많다고 하는 말을 들었는데, 그것이 왜 그렇겠는가? 아마도 세상에 전하는 시가, 대부분 옛날 가난한 사람의 작품에서 나왔기 때문일 것이다.
【達】：영달하다, 성공하다, 입신출세하다. 【夫】：그, 그것. 【蓋】：대체로, 아마도. 【多】：대부분. 【辭】：작품.

3) 凡士之蘊其所有，而不得施於世者，多喜自放於山巓水涯之外，見蟲魚草木風雲鳥獸之狀類，往往探其奇怪。→ 무릇 선비가 자기의 재능과 포부를 지니고 있지만, 세상에

內有憂思感憤之鬱積，其興於怨刺，以道羈臣寡婦之所歎，而寫人情之難言，蓋愈窮則愈工。[4] 然則非詩之能窮人，殆窮者而後工也。[5]

予友梅聖俞，少以蔭補爲吏。累擧進士，輒抑於有司，困於州縣，凡十餘年。[6] 年今五十，猶從辟書，爲人之佐。鬱其所蓄，不得奮見於事業。[7] 其家宛陵，幼習於詩，自爲童子，出語已驚其

펼칠 수 없는 사람들은, 대부분 스스로 산 정상이나 물가에서 떠돌아다니기를 좋아하고, 곤충・물고기・풀・나무・구름・새・짐승의 다른 형상들을 보면, 왕왕 그 기이한 점을 탐색한다.

【凡】: 무릇. 【蘊(yùn)】: 품다, 지니다. 【所有】: 재능・포부 【不得】: 不能, …할 수 없다. 【施】: 펼치다. 【放】: 방랑하다, 떠돌아다니다. 【狀類】: 각기 다른 형상. 【往往】: 왕왕, 흔히, 자주, 항상. 【奇怪】: 기괴한 점, 기이한 곳.

4) 內有憂思感憤之鬱積，其興於怨刺，以道羈臣寡婦之所歎，而寫人情之難言，蓋愈窮則愈工。→ 마음속에 걱정이나 울분이 쌓여 있으면, 그것이 원망과 풍자로 표현되어, 폄적된 관리나 寡婦의 탄식을 털어놓고, 인정상 말하기 어려운 것들을 묘사하는데, 대체로 곤궁할수록 기교가 더욱 뛰어나다.

【內】: 마음속. 【憂思】: 걱정, 근심. 【感憤(fèn)】: 분개, 울분. 【鬱(yù)積】: (마음속에 걱정이나 고민 등이) 쌓이다, 축적되다. 【興(xīng)】: 표현되다. 【怨刺】: 원망과 풍자. 【道】: 말하다, 토로하다, 털어놓다. 【羈(jī)臣】: 폄적된 관리. 【蓋】: 대체로. 【愈(yù)…愈…】: …할수록 더욱 …하다. 【工】: 기교가 뛰어나다, 능란하다.

5) 然則非詩之能窮人，殆窮者而後工也。→ 그렇다면 시가 사람을 곤궁하게 하는 것이 아니라, 대체로 곤궁해 지고 나서 기교가 뛰어나게 되는 것이다.

【然則】: 그렇다면. 【殆(dài)】: 대체로, 거의.

6) 予友梅聖俞，少以蔭補爲吏。累擧進士，輒抑於有司，困於州縣，凡十餘年。→ 나의 친구 梅聖俞는, 젊어서 조상의 음덕으로 인해 벼슬을 얻어 낮은 관리가 되었다. 여러 차례 진사 시험에 응시했으나, 매번 시험을 주관하는 관리에게 억압을 당해, 州縣에서 곤궁하게 지낸 지가, 무릇 십여 년이 되었다.

【以】: 因, …로 인해. 【蔭補(yìn bǔ)】: 조상의 蔭德으로 벼슬을 얻다. 【累(lěi)】: 누차, 여러 차례. 【擧(jǔ)】: 응시하다. 【抑(yì)於…】: …에게 억압을 당하다. 【有司】: 官吏. 여기서는 「시험을 주관하는 관리」를 가리킨다. 【凡】: 무릇.

7) 年今五十，猶從辟書，爲人之佐。鬱其所蓄，不得奮見於事業。→ 나이가 이제 오십인데, 아직도 초빙 문서를 좇아, 남의 막료 생활을 하고 있다. (그리하여) 포부를 마음속에 쌓아둔 채, 사업에 분발하여 드러내 보일 수가 없었다.

【猶(yóu)】: 아직도, 여전히. 【從】: 좇다, 따르다. 【辟(bì)書】: 초청장. 【佐】: 보

長老，既長，學乎六經仁義之說。[8] 其爲文章，簡古純粹，不求苟說於世。世之人，徒知其詩而已。[9] 然時無賢愚，語詩者必求之聖兪。聖兪亦自以其不得志者，樂於詩而發之。[10] 故其平生所作，於詩尤多。世既知之矣，而未有薦於上者。[11]

昔王文康公嘗見而歎曰：「二百年無此作矣。」雖知之深，亦

좌역, 막료. 【鬱(yù)】: 맺히다, 쌓이다. 【蓄(xù)】: (마음속에) 품다, 지니다. 여기서는 「마음에 품고 있는 포부」를 가리킨다. 【不得】: 不能, …할 수 없다. 【奮(fèn)見】: 분발하여 드러내 보이다, 발휘해 보이다.

8) 其家宛陵, 幼習於詩, 自爲童子, 出語已驚其長老, 既長, 學乎六經仁義之說。→ 그의 집은 宛陵에 있는데, 어려서 詩를 배워, 아이 때부터, 시를 지어 이미 어른들을 놀라게 했고, 성장한 후에는, 六經의 仁義에 관한 도리를 배웠다.
【宛陵(wǎn líng)】: [지명] 漢代의 縣이름. 宋代에는 宣州 宣城으로 바뀌었으나 여기서는 옛 이름을 그대로 부른 것이다. 【習於…】: …에 대해 학습하다. 【自】: …로부터. 【出語】: 말이 나오다. 즉 「시를 지어내다」의 뜻. 【長老】: 어른, 나이 많은 사람. 【驚(jīng)】: [사동용법] 놀라게 하다. 【六經】: 儒家의 여섯 가지 經傳. 즉 《詩經》·《書經》·《禮記》·《樂經》·《易經》·《春秋》. 【說】: 학설, 도리.

9) 其爲文章, 簡古純粹, 不求苟說於世。世之人, 徒知其詩而已。→ 그의 문장은, 簡古하고 순수하며, 구차하게 세상 사람들로부터 환심을 사고자 하지 않았다. (그리하여) 세상 사람들은, 다만 그의 시를 알 뿐이었다.
【簡古】: 간결하고 예스럽다. 【苟(gǒu)】: 구차하게, 그럭저럭. 【說(yuè)於世】: 세상 사람들로부터 환심을 사다. 「說」: 悅. 【徒】: 다만, 오직. 【而已】: …뿐.

10) 然時無賢愚, 語詩者必求之聖兪。聖兪亦自以其不得志者, 樂於詩而發之。→ 그러나 당시에는 현명하거나 어리석거나를 막론하고, 시를 말하는 사람들은 반드시 매성유에게 가르침을 청했다. 성유 또한 자신이 뜻을 얻지 못한 것을, 시로 펴내기를 즐겨했다.
【然】: 그러나. 【時】: 당시, 그때. 【無】: 불문하다, 막론하다. 【語詩者】: 시를 말하는 사람, 시에 관해 담론하는 사람. 【以】: …을. 【發】: 펴내다, 표현해 내다.

11) 故其平生所作, 於詩尤多。世既知之矣, 而未有薦於上者。→ 그래서 그가 평생 지은 작품은, 시 분야에 특히 많다. 세상에서는 이미 그를 알고 있었지만, 그러나 윗사람에게 추천하는 사람이 없었다.
【所作】: 작품. 【於】: …에, …에서. 【尤(yóu)】: 특히. 【之】: [대명사] 그, 즉 「梅堯臣」. 【薦(jiàn)上】: 윗사람에게 추천하다.

不果薦也。[12] 若使其幸得用於朝廷，作爲≪雅≫、≪頌≫，以歌詠大宋之功德，薦之清廟，而追≪商≫、≪周≫、≪魯頌≫之作者，豈不偉歟![13] 奈何使其老不得志而爲窮者之詩，乃徒發於蟲魚物類、羈愁感歎之言?[14] 世徒喜其工，不知其窮之久而將老也，可不惜哉![15]

聖兪詩既多，不自收拾。其妻之兄子謝景初，懼其多而易失

---

12) 昔王文康公嘗見而歎曰：「二百年無此作矣。」雖知之深，亦不果薦也。→ 예전에 王文康公은 일찍이 (그의 시를) 보고 찬탄하여：「이백 년래에 이처럼 훌륭한 시가 없었다.」고 말하며, 비록 그에 대해 깊이 알고 있었지만, 역시 끝내 추천을 하지 않았다.

【王文康】：王曙. 자는 晦叔. 河南 사람으로 仁宗때 樞密使・同中書門下平章事[재상]를 지냈으며, 시호를 文康이라 했다. 【果】：끝내, 최후에.

13) 若使其幸得用於朝廷，作爲≪雅≫、≪頌≫，以歌詠大宋之功德，薦之清廟，而追≪商≫、≪周≫、≪魯頌≫之作者，豈不偉歟! → 만일 그로 하여금 다행히 조정에 기용되어, ≪雅≫・≪頌≫과 같은 훌륭한 시를 지어, 宋나라의 공덕을 노래하고, 그것을 종묘에 바쳐, ≪商頌≫・≪周頌≫・≪魯頌≫의 작자를 뒤쫓도록 할 수 있었다면, 어찌 위대한 일이 아니겠는가?

【若使】：만일, 만약. 【得】：能, …할 수 있다. 【≪雅≫、≪頌≫】：여기서는「≪詩經≫의 ≪雅≫・≪頌≫과 같은 훌륭한 시」를 가리킨다. 【歌詠(yǒng)】：노래하다. 【薦】：바치다. 【清廟】：종묘. 【≪商≫、≪周≫、≪魯頌≫】：≪詩經≫의 ≪商頌≫・≪周頌≫・≪魯頌≫.

14) 奈何使其老不得志而爲窮者之詩，乃徒發於蟲魚物類、羈愁感歎之言? → 어찌하여 그로 하여금 늙도록 뜻을 얻지 못해 곤궁한 사람의 시를 쓰고, 겨우 곤충이나 물고기 따위 또는 나그네의 시름이나 탄식하는 말들을 발설하게 했는가?

【奈何】：어째서, 어찌하여. 【使】：…하여금 …하게 하다. 【乃】：단지, 겨우. 【徒】：겨우, 다만. 【羈(jī)愁】：나그네의 시름.

15) 世徒喜其工，不知其窮之久而將老也，可不惜哉! → 세상 사람들은 다만 그 시의 뛰어난 기교를 좋아할 뿐, 그가 오래도록 가난하여 곧 늙어 가리라는 것을 모르고 있으니, 어찌 애석하지 않으랴!

【工】：뛰어난 기교. 【可】：[어기사] ※反問의 문구에서 어기를 강하게 하는 역할을 한다.

也，取其自洛陽至於吳興以來所作，次爲十卷。[16] 予嘗嗜聖兪詩，而患不能盡得之，遽喜謝氏之能類次也，輒序而藏之。[17]

其後十五年，聖兪以疾卒於京師。[18] 余旣哭而銘之，因索於其家，得其遺稿千餘篇，并舊所藏，掇其尤者六百七十七篇爲一十五卷。[19] 嗚呼！吾於聖兪詩，論之詳矣，故不復云。[20]

---

16) 聖兪詩旣多，不自收拾。其妻之兄子謝景初，懼其多而易失也，取其自洛陽至於吳興以來所作，次爲十卷。→ 매성유의 시는 매우 많지만, 스스로 거두어 정리를 하지 않았다. 그의 처조카인 謝景初가, 시가 많아 쉽게 망실될 것을 우려하여, 洛陽으로부터 吳興에 있을 때까지 지은 시를 취해, 10권으로 편찬했다.
【收拾】: 거두어 정리하다. 【妻之兄子】: 처조카. 【謝景初】: [인명] 사경초. 자는 師厚이며, 富陽[지금의 절강성 경내] 사람으로 仁宗 慶曆 6년(1046)에 진사에 급제했고, 벼슬은 屯田郎을 지냈다. 【懼(jù)】: 두려워하다, 우려하다. 【洛陽】: [지명] 지금의 하남성 洛陽市. 【吳興】: [지명] 지금의 절강성 吳興縣. 【次(cì)】: 편찬하다.

17) 予嘗嗜聖兪詩，而患不能盡得之，遽喜謝氏之能類次也，輒序而藏之。→ 나는 일찍부터 성유의 시를 좋아했으나, 그것을 다 구하지 못할까 걱정했는데, 의외로 謝氏가 그것을 분류하여 편찬한 것을 매우 기뻐하여, 바로 (시집에) 서문을 쓰고 이를 소장하여 간직했다.
【嗜(shì)】: 즐기다, 좋아하다. 【患(huàn)】: 걱정하다. 【盡得】: 모두 다 구하다. 【遽(jù)】: 의외로. 【類次】: 분류하여 편찬하다. 【輒(zhé)】: 곧, 바로, 즉시. 【序】: [동사용법] 서문을 쓰다.

18) 其後十五年，聖兪以疾卒於京師。→ 그 후 15년이 지나, 성유는 질병으로 인해 京城에서 생을 마쳤다.
【以】: 因, …로 인해. 【卒】: 죽다. 【京師】: 京城. 지금의 하남성 開封市.

19) 余旣哭而銘之，因索於其家，得其遺稿千餘篇，并舊所藏，掇其尤者六百七十七篇爲一十五卷。→ 나는 (그를 애도하여) 곡을 하고 墓誌銘을 쓴 다음, 이 기회를 빌려 그의 집에 요구하여, 그의 유고 천여 편을 찾아내, 지난번 소장했던 것과 합쳐, 그중 뛰어난 작품 677편을 골라 15권으로 만들었다.
【銘(míng)】: [동사용법] 묘지명을 쓰다. 【因】: (시간·기회를) 틈타다, 빌리다. 【索(suǒ)】: 요구하다. 【得】: 찾아내다. 【并】: 더하다, 합치다. 【掇(duō)】: 고르다, 선택하다. 【尤】: 특히 좋다, 뛰어나다.

20) 嗚呼！吾於聖兪詩，論之詳矣，故不復云。→ 아! 나는 성유의 시에 대해, 이미 상세히 논했기 때문에, 그래서 다시 언급하지 않는다.

■ | 번역문

매성유(梅聖兪) 시집(詩集) 서문(序文)

나는 세상 사람들이 시인(詩人)은 영달한 사람이 적고 가난한 사람이 많다고 하는 말을 들었는데, 그것이 왜 그렇겠는가? 아마도 세상에 전하는 시가 대부분 옛날 가난한 사람의 작품에서 나왔기 때문일 것이다. 무릇 선비가 자기의 재능과 포부를 지니고 있지만, 세상에 펼칠 수 없는 사람들은 대부분 스스로 산 정상이나 물가에서 떠돌아다니기를 좋아하고, 곤충・물고기・풀・나무・구름・새・짐승의 다른 형상들을 보면 왕왕 그 기이한 점을 탐색한다. 마음속에 걱정이나 울분이 쌓여 있으면 그것이 원망과 풍자로 표현되어, 폄적된 관리나 과부(寡婦)의 탄식을 털어놓고, 인정상 말하기 어려운 것들을 묘사하는데, 대체로 곤궁할수록 기교가 더욱 뛰어나다. 그렇다면 시가 사람을 곤궁하게 하는 것이 아니라 대체로 곤궁해 지고 나서 기교가 뛰어나게 되는 것이다.

나의 친구 매성유(梅聖兪)는 젊어서 조상의 음덕으로 인해 벼슬을 얻어 낮은 관리가 되었다. 여러 차례 진사 시험에 응시했으나 매번 시험을 주관하는 관리에게 억압을 당해 주현(州縣)에서 곤궁하게 지낸 지가 무릇 십여 년이 되었다. 나이가 이제 오십인데 아직도 초빙 문서를 좇아 남의 막료 생활을 하고 있다. (그리하여) 포부를 마음속에 쌓아둔 채 사업에 분발하여 드러내 보일 수가 없었다. 그의 집은 완릉(宛陵)에 있는데, 어려서 시를 배워 아이 때부터 시를 지어 이미 어른들을 놀라게 했

【嗚呼!】: [감탄사] 아! 【於】: …에 대해. 【論之詳矣】: 상세히 논하다. ※구양수는 ≪書梅聖兪稿後≫와 ≪六一詩話≫ 등에서 梅堯臣 시의 성취에 대해 여러 차례 이야기 했다.

고, 성장한 후에는 육경(六經)의 인의(仁義)에 관한 도리를 배웠다. 그의 문장은 간고(簡古)하고 순수하며, 구차하게 세상 사람들로부터 환심을 사고자 하지 않았다. (그리하여) 세상 사람들은 다만 그의 시를 알 뿐이었다. 그러나 당시에는 현명하거나 어리석거나를 막론하고 시를 말하는 사람들은 반드시 매성유에게 가르침을 청했다. 성유 또한 자신이 뜻을 얻지 못한 것을 시로 펴내기를 즐겨했다. 그래서 그가 평생 지은 작품은 시 분야에 특히 많다. 세상에서는 이미 그를 알고 있었지만, 그러나 윗사람에게 추천하는 사람이 없었다.

예전에 왕문강공(王文康公)은 일찍이 (그의 시를) 보고 찬탄하여 : 「이백 년래에 이처럼 훌륭한 시가 없었다.」고 말하며, 비록 그에 대해 깊이 알고 있었지만 역시 끝내 추천을 하지 않았다. 만일 그로 하여금 다행히 조정에 기용되어, ≪아(雅)≫ · ≪송(頌)≫과 같은 훌륭한 시를 지어 송(宋)나라의 공덕을 노래하고, 그것을 종묘에 바쳐 ≪상송(商頌)≫ · ≪주송(周頌)≫ · ≪노송(魯頌)≫의 작자를 뒤쫓도록 할 수 있었다면, 어찌 위대한 일이 아니겠는가? 어찌하여 그로 하여금 늙도록 뜻을 얻지 못해 곤궁한 사람의 시를 쓰고, 겨우 곤충이나 물고기 따위 또는 나그네의 시름이나 탄식하는 말들을 발설하게 했는가? 세상 사람들은 다만 그 시의 뛰어난 기교를 좋아할 뿐, 그가 오래도록 가난하여 곧 늙어 가리라는 것을 모르고 있으니 어찌 애석하지 않으랴!

매성유의 시는 매우 많지만 스스로 거두어 정리를 하지 않았다. 그의 처조카인 사경초(謝景初)가, 시가 많아 쉽게 망실될 것을 우려하여 낙양(洛陽)으로부터 오흥(吳興)에 있을 때까지 지은 시를 취해 10권으로 편찬했다. 나는 일찍부터 성유의 시를 좋아했으나 그것을 다 구하지 못할까 걱정했는데, 의외로 사씨(謝氏)가 그것을 분류하여 편찬한 것을 매우 기빼하여, 바로 (시집에) 서문을 쓰고 이를 소장하여 간직했다.

그 후 15년이 지나 성유는 질병으로 인해 경성에서 생을 마쳤다. 나는 (그를 애도하여) 곡을 하고 묘지명(墓誌銘)을 쓴 다음, 이 기회를 빌려 그의 집에 요구하여 그의 유고 천여 편을 찾아내, 지난번 소장했던 것과 합쳐 그중 뛰어난 작품 677편을 골라 15권으로 만들었다. 아! 나는 성유의 시에 대해 이미 상세히 논했기 때문에, 그래서 다시 언급하지 않는다.

■ | 해제(解題) 및 본문요지 설명

본문은 구양수(歐陽脩)가 친구인 매요신(梅堯臣)이 죽은 후, 그의 시를 거두어 시집을 편찬하고 나서 쓴 서문이다.

본문은 다섯 단락으로 나눌 수 있는데, 첫째 단락에서는「시인은 영달한 사람이 적고 가난한 사람이 많다」고 말한 세상 사람들의 견해에 대해「시인은 곤궁할수록 기교가 더욱 뛰어나고, 곤궁해 지고 나서 기교가 뛰어나게 된다」고 반박한 작자의 견해를 말했고; 둘째 단락에서는 매요신의 곤궁한 생애로부터 그의 시가 뛰어난 것을 말했고; 셋째 단락에서는 매요신의 재능이 뛰어났음에도 불구하고 뜻을 얻지 못한 것에 대해 안타까워하는 심정을 말했고; 넷째 단락에서는 매요신의 시가 많았으나 스스로 거두어 정리를 하지 않아, 그의 처조카인 사경초(謝景初)가 망실될 것을 우려하여 그중 일부를 정리한 경위를 말했고; 마지막 단락에서는 매요신이 죽고 나서 구양수가 매요신의 집에서 유고(遺稿)를 찾아 사경초가 정리한 것과 합쳐 시집을 편찬한 경위를 말했다.

166 송양치서(送楊寘序)

[宋] 歐陽脩

■ | 작자

162. 붕당론(朋黨論) 참조

■ | 원문 및 주석

送楊寘序[1]

予嘗有幽憂之疾，退而閒居，不能治也。[2] 既而學琴於友人孫道滋，受宮聲數引，久而樂之，不知疾之在其體也。[3]

---

1) 送楊寘序 → 楊寘를 餞送하는 글
【送…序】: …을(를) 餞送하는 글, …을(를) 송별하는 글. 「序」: 贈序, 送序. 친지와 이별할 때 석별의 정을 서술한 글. ※'해제(解題) 및 본문요지 설명' 참조. 【楊寘(zhì)】: 宋代 合肥[지금의 안휘성 合肥] 사람으로 자는 審賢. 경력 2년(1042)에 진사에 급제하고, 永州通判을 지냈다.

2) 予嘗有幽憂之疾，退而閒居，不能治也。→ 나는 일찍이 매우 우려되는 질병에 걸려, 관직에서 물러나 한가하게 지냈으나, 완치할 수가 없었다.
【予】: 我, 나. 【嘗】: 일찍이. 【幽憂(yōu yōu)】: 깊이 우려하다, 매우 걱정하다. 【閒(xián)居】: 한가하게 지내다.

3) 既而學琴於友人孫道滋，受宮聲數引，久而樂之，不知疾之在其體也。→ 후에 친구인 孫道滋에게 거문고를 배워, 궁조 몇 곡을 받았는데, 오래 지나자 그것을 즐기게 되어, 질병이 몸에 있다는 것을 알지 못했다.

夫琴之爲技小矣。及其至也，大者爲宮，細者爲羽，操絃驟作，忽然變之，急者悽然以促，緩者舒然以和。[4] 如崩崖裂石，高山出泉，而風雨夜至也；如怨夫寡婦之歎息，雌雄雍雍之相鳴也。[5] 其憂深思遠，則舜與文王、孔子之遺音也；悲愁感憤，則伯奇孤子、屈原忠臣之所歎也。[6]

【旣而】：그뒤, 얼마 후.【孫道滋】：[인명] 손도자. 인적 사항 未詳.【宮聲】：宮調. 宮聲을 기준음으로 하는 곡조. 옛날에는 宮・商・角・徵(치)・羽의 五音이 있는데, 마치 현대 서양 음계의「도・레・미・파・솔・라・시」와 같다.【受】：받다.【引】：[양사] 악곡의 수량 단위.

4) 夫琴之爲技小矣。及其至也，大者爲宮，細者爲羽，操絃驟作，忽然變之，急者悽然以促，緩者舒然以和。→ 대저 거문고 타는 것을 기예로 삼는 것은 하찮은 일이다. (그러나) 노련한 경지에 이르면, 소리가 큰 것은 宮聲이 되고, 소리가 가느다란 것은 羽聲이 되는데, 현을 손으로 조작하며 빠르게 타면, 별안간 소리를 변화시켜, (박자가) 빠른 것은 처량하고 촉박하게 느껴지고, 느린 것은 편안하고 평화롭게 느껴진다.

【夫】：[발어사] 무릇, 대저.【爲技】：기예로 삼다.【小】：하찮다, 보잘 것 없다.【及】：…에 이르다, …에 도달하다.【至】：노련한 경지, 높은 수준.【宮】：궁성, 즉「저음, 낮은 음」을 말한다.【羽】：우성, 즉「고음, 높은 음」.【操(cāo)】：잡다.【絃(xián)】：(거문고・비파 등의) 줄.【驟(zhòu)作】：빠르게 타다.【忽然】：갑자기, 문득, 돌연.【悽(qī)然】：쓸쓸한 모양, 처량한 모양.【促】：촉박하다, 다급하다.【緩(huǎn)】：느리다, 완만하다.【舒(shū)然】：편안하다.

5) 如崩崖裂石，高山出泉，而風雨夜至也；如怨夫寡婦之歎息，雌雄雍雍之相鳴也。→ 마치 산의 절벽이 무너지고 바위가 갈라지는 듯도 하고, 높은 산에서 샘물이 솟는 듯도 하고, 비바람이 밤중에 몰아닥치는 듯도 하고; 마치 원한을 품은 지아비와 과부가 탄식하는 것 같기도 하고, 암컷과 수컷이 사이좋게 재잘대며 서로 화답하는 새의 소리 같기도 하다.

【崩(bēng)】：무너지다.【崖(yá)】：절벽, 낭떠러지.【裂】：갈라지다.【出泉】：샘물이 솟아나다.【夜至】：밤중에 몰아닥치다.【怨(yuàn)夫】：원한을 품은 지아비.【雍(yōng)雍】：화목하다, 사이가 좋다.【相鳴】：서로 재잘대다.

6) 其憂深思遠，則舜與文王、孔子之遺音也；悲愁感憤，則伯奇孤子、屈原忠臣之所歎也。→ 근심이 깊고 생각이 원대한 거문고의 소리는, 바로 舜임금과 文王・孔子가 남긴 소리요; 비애와 격분의 소리는, 바로 孤兒인 伯奇와 충신인 屈原의 탄식 소리이다.

喜怒哀樂, 動人心深。而純古淡泊, 與夫堯、舜、三代之言語、孔子之文章、≪易≫之憂患、≪詩≫之怨刺無以異。[7] 其能聽之以耳, 應之以手, 取其和者, 道其堙鬱, 寫其憂思, 則感人之際, 亦有至者焉。[8]

予友楊君, 好學有文, 累以進士擧, 不得志。[9] 及從廕調, 爲

【其】: [대명사] 그것, 즉「거문고」.【舜】: 상고시대 虞의 舜임금.【文王】: 周의 文王.【遺(yí)音】: 남긴 소리. ※전하는 바로는, 舜임금은 五絃琴을 타며 ≪南風≫을 노래했고, 文王은 羑里에 감금되었을 때 거문고의 곡조인 ≪拘憂操≫를 지었으며, 공자는 師襄에게서 거문고를 배운 뒤 魯나라를 떠날 때 거문고의 곡조인 ≪龜山操≫를 지었다고 한다.【伯奇】: [인명] 尹伯奇. 周나라 사람으로 尹吉甫의 아들. 백기는 어머니가 죽은 뒤, 아버지 길보가 후처의 말을 듣고 백기를 내쫓자, 백기가 거문고로 ≪履霜操≫라는 곡을 타고, 곡이 끝나자 강물에 몸을 던져 죽었다.【屈原】: [인명] 굴원. 이름은 平, 자는 原이며 전국시대 楚나라의 저명한 시인. 원대한 정치 이상을 품고 楚懷王을 보필했으나 측근들의 참소로 인해 추방된 후 나라를 걱정하며 떠돌다가 汨羅江에 몸을 던져 죽었다.

7) 喜怒哀樂, 動人心深。而純古淡泊, 與夫堯、舜、三代之言語、孔子之文章、≪易≫之憂患、≪詩≫之怨刺無以異。→ 희로애락이 담긴 소리는, 사람의 마음을 깊이 감동시킨다. 그리고 순수하고 예스럽고 담박한 소리는, 唐의 堯임금·虞의 舜임금·三代의 언어·孔子의 문장·≪易經≫의 우려하는 생각·≪詩經≫의 원망과 풍자와도 다름이 없다.

【純古】: 순수하고 예스럽다.【淡泊(dàn bó)】: 담박하다, 마음이 담담하고 욕심이 없다.【夫】: 그, 저.【堯(yáo)】: 상고시대 唐의 堯임금.【三代】: 夏·商·周.【怨刺(yuàn cì)】: 원망과 풍자.【無以異】: 다름이 없다.

8) 其能聽之以耳, 應之以手, 取其和者, 道其堙鬱, 寫其幽思, 則感人之際, 亦有至者焉。→ 거문고는 능히 귀로 듣고, 손으로 호응하며, 조화로운 소리를 취해, 가슴에 맺힌 것을 소통시키고, 깊은 생각을 털어놓게 할 수 있으니, 사람을 감동시킬 때, 역시 지대한 역할을 한다.

【其】: [대명사] 그것, 즉 거문고.【應(yìng)】: 호응하다.【道】: 導, 소통시키다.【堙鬱(yīn yù)】: 가슴에 맺히다, 가슴이 답답하다.【寫(xiè)】: 瀉, 쏟아내다, 토로하다, 털어놓다.【幽(yōu)思】: 깊은 생각. ※판본에 따라서는「幽」를「憂」라 했다.【際】: 때, 즈음.【至者】: 지대한 역할, 크나큰 작용.

9) 予友楊君, 好學有文, 累以進士擧, 不得志。→ 나의 친구 楊寘은, 배우기를 좋아하고 문재도 있어, 여러 차례 진사 시험에 응시했으나, 뜻을 이루지 못했다.

尉於劍浦，區區在東南數千里外，是其心固有不平者。10) 且少又多疾，而南方少醫藥，風俗飮食異宜。11) 以多疾之體，有不平之心，居異宜之俗，其能鬱鬱以久乎?12) 然欲平其心，以養其疾，於琴亦將有得焉。13) 故予作琴說以贈其行，且邀道滋酌酒進琴以爲別。14)

【楊君】: 楊寘. ※「君」: 친구 또는 동년배에 대한 존칭. 【文】: 글재주, 文才. 【累(lèi)】: 누차, 여러 차례. 【擧】: 응시하다, 시험에 참가하다.

10) 及從廕調, 爲尉於劍浦, 區區在東南數千里外, 是其心固有不平者。→ 후에 조상의 음덕에 따라 벼슬을 얻어, 劍浦縣에 縣尉로 부임하게 되었으나, 작은 지방으로 동남쪽 수 천리 밖에 있어, 이로 인해 그의 마음속에는 당연히 불만이 있었다.
【及】: …에 이르다. 【從】: …에 따라, …을 근거로. 【廕調(yìn diào)】: 조상의 관직 또는 공훈의 廕德에 따라 벼슬을 얻는 혜택. 【尉】: 현위. 【劍浦(jiàn pǔ)】: [縣이름] 지금의 복건성 南平縣. 【區區】: 작다, 사소하다. 여기서는 「면적이 작은 지방」을 가리킨다. 【是】: 이로 인해. 【固】: 당연히.

11) 且少又多疾, 而南方少醫藥, 風俗飮食異宜。→ 그리고 그는 어려서부터 또 병을 많이 앓았는데, 남쪽지방은 의약이 부족하고, 풍속과 음식도 다르다.
【異宜】: 다르다.

12) 以多疾之體, 有不平之心, 居異宜之俗, 其能鬱鬱以久乎? → 병이 많은 몸으로, 불만스런 마음을 지니고, 풍속이 다른 지방에서 살자면, 어찌 우울하여 오래 견딜 수 있겠는가?
【異宜之俗】: 다른 풍속, 풍속이 다른 지방. 【其】: 豈, 어찌. 【鬱(yù)鬱】: 우울하다, 울적하다.

13) 然欲平其心, 以養其疾, 於琴亦將有得焉。→ 그러나 마음을 평온하게 하여, 그의 병을 요양하려면, 거문고에서 또한 얻는 바가 있을 것이다.
【然】: 그러나. 【欲】: …하고자 하다. 【養】: 요양하다, 정양하다. 【於琴】: 거문고에서, 거문고로부터. 【將】: (장차) …할(일) 것이다.

14) 故予作琴說以贈其行, 且邀道滋酌酒進琴以爲別。→ 그래서 나는 거문고에 관한 글을 지어 그의 떠나는 길에 주고, 또한 孫道滋를 초대하여 함께 술을 마시며 거문고를 타게 하여 이로써 작별을 고하고자 한다.
【贈(zèng)】: 주다. 【且】: 또한. 【酌(zhuó)酒】: 술을 마시다. 【進琴】: 거문고를 타게 하다. 【以爲】: 以(之)爲, 이로써 …하다.

■ | 번역문

양치(楊寘)를 전송(餞送)하는 글

나는 일찍이 매우 우려되는 질병에 걸려 관직에서 물러나 한가하게 지냈으나 완치할 수가 없었다. 후에 친구인 손도자(孫道滋)에게 거문고를 배워 궁조 몇 곡을 받았는데, 오래 지나자 그것을 즐기게 되어 질병이 몸에 있다는 것을 알지 못했다.

대저 거문고 타는 것을 기예로 삼는 것은 하찮은 일이다. (그러나) 노련한 경지에 이르면, 소리가 큰 것은 궁성(宮聲)이 되고 소리가 가느다란 것은 우성(羽聲)이 되는데, 현을 손으로 조작하며 빠르게 타면 별안간 소리를 변화시켜 (박자가) 빠른 것은 처량하고 촉박하게 느껴지고 느린 것은 편안하고 평화롭게 느껴진다. 마치 산의 절벽이 무너지고 바위가 갈라지는 듯도 하고, 높은 산에서 샘물이 솟는 듯도 하고, 비바람이 밤중에 몰아닥치는 듯도 하고, 마치 원한을 품은 지아비와 과부가 탄식하는 것 같기도 하고, 암컷과 수컷이 사이좋게 재잘대며 서로 화답하는 새의 소리 같기도 하다. 근심이 깊고 생각이 원대한 거문고의 소리는 바로 순(舜)임금과 문왕(文王)·공자(孔子)가 남긴 소리요, 비애와 격분의 소리는 바로 고아(孤兒)인 백기(伯奇)와 충신인 굴원(屈原)의 탄식 소리이다.

희로애락이 담긴 소리는 사람의 마음을 깊이 감동시킨다. 그리고 순수하고 예스럽고 담박한 소리는 당(唐)의 요(堯)임금·우(虞)의 순(舜)임금·삼대(三代)의 언어·공자(孔子)의 문장·≪역경(易經)≫의 우려하는 생각·≪시경(詩經)≫의 원망과 풍자와도 다름이 없다. 거문고는 능히 귀로 듣고 손으로 호응하며, 조화로운 소리를 취해 가슴에 맺힌 것을 소통시키고 깊은 생각을 털어놓게 할 수 있으니, 사람을 감동시킬 때 역시 지대한 역할을 한다.

나의 친구 양치(楊寘)는 배우기를 좋아하고 문재도 있어 여러 차례 진사 시험에 응시했으나 뜻을 이루지 못했다. 후에 조상의 음덕에 따라 벼슬을 얻어 검포현(劍浦縣)에 현위(縣尉)로 부임하게 되었으나, 작은 지방으로 동남쪽 수 천리 밖에 있어, 이로 인해 그의 마음속에는 당연히 불만이 있었다. 그리고 그는 어려서부터 또 병을 많이 앓았는데, 남쪽 지방은 의약이 부족하고 풍속과 음식도 다르다. 병이 많은 몸으로 불만스런 마음을 지니고 풍속이 다른 지방에서 살자면, 어찌 우울하여 오래 견딜 수 있겠는가? 그러나 마음을 평온하게 하여 그의 병을 요양하려면 거문고에서 또한 얻는 바가 있을 것이다. 그래서 나는 거문고에 관한 글을 지어 그의 떠나는 길에 주고, 또한 손도자를 초청해 함께 술을 마시며 거문고를 타게 하여 이로써 작별을 고하고자 한다.

■ | 해제(解題) 및 본문요지 설명

「서(序)」는 두 가지가 있다. 하나는 「서서(書序)」라 하여 자기 또는 타인의 저술에 대해 그 취지 또는 내용 · 가치 등을 소개하여 독자들의 이해를 돕기 위한 서발(序跋) 형식의 글로써, 예를 들면 ≪사기(史記) · 태사공자서(太史公自序)≫와 같은 것이며, 하나는 「증서(贈序)」라 하여 당(唐) 이후에 출현했는데, 본래는 친지와 이별할 때 석별의 정을 표하기 위해 송별시를 짓고 여기에 서(序)를 첨부하는 형식을 취했으나, 후에는 시(詩)를 생략하고 서(序)만으로 대신하기도 했으며, 내용은 주로 권면하고 찬양하는 문구들로 구성되어 있다.

구양수의 친구인 양치(楊寘)는 재능은 뛰어났으나 때를 만나지 못해 여러 차례 과거 시험에 낙방했다. 후에 조상의 음덕으로 자리를 얻었으나, 멀리 떨어진 오지의 낮은 현위(縣尉) 자리인데다 풍속 습관마저 달라, 어려서부터 몸이 허약한 그로서는 불만과 걱정이 많을 수밖에 없었다.

본문은 구양수가 난감해 하는 양치의 모습을 보고 자신의 경험을 글로 써서 그의 착잡한 심정을 위로한 증서(贈序)이다.

본문은 네 단락으로 나눌 수 있는데, 첫째 단락에서는 작자가 일찍이 거문고를 배워 몰입함으로써 자신의 우울증을 치료한 경험을 말했고; 둘째 단락에서는 거문고로 고민과 비분을 떨쳐버릴 수 있다는 것을 말했고; 셋째 단락에서는 거문고 소리는 사람을 감동시킬 뿐만 아니라 사람의 정신을 정화시킬 수 있다는 것을 말했고; 마지막 단락에서는 작자가 거문고에 관한 이야기를 쓴 연유를 밝혔다.

167 오대사영관전서(五代史伶官傳序)

[宋] 歐陽脩

■ | 작자

162. 붕당론(朋黨論) 참조

■ | 원문 및 주석

五代史伶官傳序[1]

嗚呼! 盛衰之理, 雖曰天命, 豈非人事哉?[2] 原莊宗之所以得天下, 與其所以失之者, 可以知之矣。[3]

---

1) 五代史伶官傳序 → ≪五代史 · 伶官傳≫ 序文
【五代史伶官傳】: 여기서는 ≪新五代史 · 伶官傳≫을 가리킨다. ※≪新五代史≫는 중국의 正史라고 할 수 있는 「二十五史」 중의 하나로 宋 歐陽脩가 지은 역사책이다. 모두 74卷으로 「本紀」 12권 · 「傳」 45卷 · 「考」 3卷 · 「十國 世家 및 年譜」 11卷 · 「四夷附錄」 3권 등이다. ≪伶官傳≫은 궁정 안에서 가무를 연출하던 연예인 즉 伶官을 주제로 쓴 「傳記」 중의 하나이다.

2) 嗚呼! 盛衰之理, 雖曰天命, 豈非人事哉? → 아! 흥망성쇠의 이치가, 비록 천명이라 하지만, 어찌 사람의 일이 아니겠는가?
【嗚呼!】: [감탄사] 아! 【雖】: 비록. 【豈】: 어찌.

3) 原莊宗之所以得天下, 與其所以失之者, 可以知之矣。→ 莊宗이 천하를 얻은 까닭과 천하를 잃은 까닭을 규명해 보면, 이를 알 수가 있다.
【原】: 규명하다, 따져보다, 탐구하다. 【莊宗】: 五代 後唐의 군주 李存勖. 李克用

世言晉王之將終也, 以三矢賜莊宗, 而告之曰 : [4]「梁, 吾仇也; 燕王, 吾所立; 契丹, 與吾約爲兄弟, 而皆背晉以歸梁。[5] 此三者, 吾遺恨也。與爾三矢, 爾其無忘乃父之志!」莊宗受而藏之於廟。[6] 其後用兵, 則遣從事以一少牢告廟, 請其矢, 盛以錦囊, 負而前驅, 及凱旋而納之。[7]

의 아들. 後梁 末帝 龍德 3년(923)에 제위에 올라 洛陽에 도읍을 정하고 국호를 唐이라 했다. 이 해에 後梁을 멸하고 莊宗 同光 3년(925) 군대의 반란으로 피살되었다. 【所以…】 : …한 까닭. 【可以】 : …할 수 있다.

4) 世言晉王之將終也, 以三矢賜莊宗, 而告之曰 : → 사람들의 말에 의하면 晉王 李克用은 임종할 때, 화살 세 개를 아들 莊宗에게 주며, 그에게 일러 말했다 :
【晉王】 : 李克用. 西突厥 沙陀部의 수령으로, 唐末 「黃巢의 난」을 진압한 공으로 唐의 河東節度使로 임명되었다가, 후에 晉王에 봉해졌다. 【將終】 : 임종할 때, 죽기 얼마 전에.

5) 「梁, 吾仇也; 燕王, 吾所立; 契丹, 與吾約爲兄弟, 而皆背晉以歸梁。→「梁나라는, 나의 원수이고; 燕王은, 내가 세워준 나라이며; 契丹[거란]은, 나와 형제를 맺었으나, 모두 晉을 배반하고 梁나라에 귀의했다.
【梁】 : 後梁. 여기서는 後梁의 太祖 周溫(907-912 재위)을 가리킨다. 주온은 唐 乾符 4년(877) 「황소의 난」에 참여했다가, 후에 황소를 배반하고 唐에 투항하여 河中行營招討副使에 임명되었고, 唐僖宗이 그에게 「全忠」이란 이름을 하사했다. 주전충은 「황소의 난」을 제압하는 데 참여하여 梁王에 봉해졌다. 【燕王】 : 劉守光. 주전충이 그를 燕王에 봉했는데, 후에 배반하고 梁에 귀의했다. 【契丹(qì dān)】 : 거란. 遼나라를 세운 민족. 여기서는 거란의 우두머리로 遼나라를 세운 太祖 耶律阿保機를 가리킨다. 李克龍은 일찍이 야율아보기와 만나 손을 잡고 형제가 되어, 함께 군사를 일으켜 梁을 공격하기로 했으나, 후에 야율아보기가 이극용을 배반하고 梁과 친분을 맺었다. 【約爲兄弟】 : 형제를 맺다. 【背】 : 배반하다, 배신하다.

6) 此三者, 吾遺恨也。與爾三矢, 爾其無忘乃父之志!」莊宗受而藏之於廟。→ 이 세 가지는, 나의 餘恨이다. 너에게 화살 세 개를 주니, 너는 결코 네 아비의 뜻을 잊지 말아라!」 장종은 화살을 받아 그것을 종묘에 보관했다.
【遺恨(yí hèn)】 : 餘恨. 【與】 : 주다. 【爾(ěr)】 : 당신, 너. 【其】 : [어조사] 명령 또는 희망의 어기를 표시한다. 【乃】 : 너, 너의. 【廟(miào)】 : 종묘.

7) 其後用兵, 則遣從事以一少牢告廟, 請其矢, 盛以錦囊, 負而前驅, 及凱旋而納之。→ 그 후 전쟁을 할 때면, 從事를 보내 少牢의 禮로써 종묘에 고한 다음, 그 화살을 정

方其係燕父子以組，函梁君臣之首，入於太廟，還矢先王，而告以成功，其意氣之盛，可謂壯哉![8] 及仇讎已滅，天下已定，一夫夜呼，亂者四應，倉皇東出，未及見賊而士卒離散，君臣相顧，不知所歸。[9] 至於誓天斷髮，泣下沾襟，何其衰也! 豈得之難而失

중히 꺼내, 비단 자루에 담아, 등에 매고 선봉이 되도록 하였으며, 전쟁에 승리하여 돌아오면 그것을 다시 (종묘에) 반납하여 보관했다.

【用兵】: 출정하다, 전쟁을 치루다. 【遣(qiǎn)】: 파견하다, 보내다. 【從事】: [관직명] 본래는 三公 및 州郡 장관의 막료를 가리키나, 여기서는 일반 관리를 말한다. 【少牢(láo)】: 제사 용품. 옛날 제사에서 소·양·돼지 한 마리씩 모두 갖춘 것을 「大牢」라 하고, 소가 없이 양·돼지만 갖춘 것을 「小牢」라 했다. 【告廟】: (일어난 일을) 종묘에 고하다. 【請】: 청하다, 즉 「정중히 꺼내다」의 뜻. 【盛(chéng)】: 담다. 【錦囊(jǐn náng)】: 비단 자루. 【負】: (등에) 지다, 매다. 【前驅(qū)】: 선봉이 되다. 【及】: …에 이르다. 【凱旋(kǎi xuán)】: 개선하다, 전쟁에 승리하여 돌아오다. 【納】: 바치다, 헌납하다. 여기서는 「반납하다, 되돌려 놓다」의 뜻.

8) 方其係燕父子以組，函梁君臣之首，入於太廟，還矢先王，而告以成功，其意氣之盛，可謂壯哉! → 바야흐로 그가 燕王 父子를 밧줄로 묶고, 梁나라 군신의 머리를 나무 상자에 담아 가지고, 종묘에 들어와, 화살을 선왕께 반환하고, 성공을 고할 때, 그의 왕성한 기개는, 실로 웅장하다고 할만 했다.

【方】: 바야흐로 …할 때. 【係(xì)】: 묶다. 【燕父子】: 燕王 부자, 즉 「燕王 劉守光과 그의 아버지 劉仁恭」. ※後梁 乾化 원년(911) 유수광이 스스로 大燕皇帝라 칭하자, 그 이듬해 李存勗이 군사를 파견하여 유수광과 그의 아버지 유인공을 사로잡아, 밧줄로 묶어 종묘에 압송했다. 【組(zǔ)】: 밧줄. 【函(hán)】: [동사용법] 나무 상자에 담다. 【梁君臣之首】: 양나라 군주와 신하의 머리. ※後梁 龍德 3년(923) 10월 李存勗이 군사를 이끌고 梁을 공격하자, 梁末帝 朱友貞은 부장 皇甫麟에게 명하여 자신을 죽이고, 이어서 황보린도 자살했다. 【意氣】: 기개. 【可謂】: …라고 할 수 있다, …라고 할만하다.

9) 及仇讎已滅，天下已定，一夫夜呼，亂者四應，倉皇東出，未及見賊而士卒離散，君臣相顧，不知所歸。→ (그러나) 원수가 이미 사라지고 천하가 이미 안정되기에 이르렀을 때, 한 사나이가 밤중에 부르짖고 일어나, 반란자들이 사방에서 호응하니, (莊宗과 신하들은) 어찌할 겨를도 없이 급히 동쪽으로 달아나, 반란군을 목격하기도 전에 병사들이 흩어지고, 임금과 신하는 서로 돌아보며, 어디로 달아나야 할지를 몰랐다.

之易歟?10) 抑本其成敗之迹, 而皆自於人歟?11)

≪書≫曰 :「滿招損, 謙受益。」憂勞可以興國, 逸豫可以亡身, 自然之理也。12) 故方其盛也, 擧天下之豪傑, 莫能與之爭; 及其衰也, 數十伶人困之, 而身死國滅, 爲天下笑。13) 夫禍患常積

【仇讎(chóu chóu)】: 원수. 【一夫】: 한 사나이. 여기서는 皇甫暉를 가리킨다. 後唐 同光 4년(926) 李存勗의 아내 劉皇后는 환관의 무고를 믿고 대신 郭崇韜를 살해하여 한 때 민심이 동요했다. 이에 황보휘 등이 반란을 일으켜 鄴都[지금의 하남성 安陽市]를 공격했다. 【夜呼】: 한밤중에 부르짖다. 【四應(yìng)】: 사방에서 호응하다. 【倉(cāng)皇】: 어찌할 겨를 없이 매우 급하게. 【未及】: 미처 …하기도 전에. 【相顧(gù)】: 서로 돌아보다.

10) 至於誓天斷髮, 泣下沾襟, 何其衰也! 豈得之難而失之易歟? → 하늘에 맹세하며 頭髮을 자르고, 울어서 흘러내린 눈물이 옷깃을 적시는 지경에 이르렀으니, 얼마나 의기소침했겠는가! 어찌 천하를 얻기는 어려운데 잃기는 그리 쉬운가?
※莊宗이 洛陽으로 되돌아가는 도중 들판에 술상을 차려놓고 비통해하며 여러 신하들에게 진언하도록 명하자 백여 명의 신하들이 칼을 뽑아 두발을 자르고 충성을 맹세하며 통곡했다.
【至於】: …에 이르다. 【沾(zhān)】: 적시다. 【襟(jīn)】: 옷깃. 【何其】: 얼마나. 【衰】: 쇠하다. 여기서는「기가 꺾이다, 의기소침하다」의 뜻. 【豈】: 어찌. 【之】: [대명사] 그것, 즉 천하.

11) 抑本其成敗之迹, 而皆自於人歟? → 혹시 그 성공과 실패의 자취를 살펴보면, 모두가 사람으로부터 비롯된 일이 아닌가?
【抑(yì)】: 혹시. 【本】: 근원을 살피다, 탐구하다. 【自】: 由, …로부터.

12) ≪書≫曰 :「滿招損, 謙受益。」憂勞可以興國, 逸豫可以亡身, 自然之理也。→ ≪書經≫에 이르길 :「자만하면 손해를 부르고, 겸손하면 이익을 얻는다.」라고 했듯이, 걱정하고 노력하면 나라를 부흥시키고, 안일하고 향락에 빠지면 몸을 망치는 것은, 당연한 이치이다.
※인용한 말은 ≪尙書 · 大禹謨≫에 보인다.
【≪書≫】: ≪書經≫, ≪尙書≫. 【滿】: 교만하다, 자만하다. 【謙(qiān)】: 겸손하다. 【憂勞】: 걱정하며 노력하다. 【可以】: …할 수 있다. 【逸豫(yì yù)】: 안일하고 향락에 빠지다. 【自然之理】: 당연한 이치.

13) 故方其盛也, 擧天下之豪傑, 莫能與之爭; 及其衰也, 數十伶人困之, 而身死國滅, 爲天下笑。→ 그래서 莊宗이 한창 강성할 때는, 온 천하의 호걸들이, 그와 다툴 수가 없었지만; 그가 쇠약하기에 이르자, 수십 명의 伶人들이 그를 곤경에 빠뜨려,

於忽微, 而智勇多困於所溺, 豈獨伶人也哉! 作≪伶官傳≫。14)

■ | 번역문

≪오대사(新五代史)·영관전(伶官傳)≫ 서문(序文)

아! 흥망성쇠의 이치가 비록 천명이라 하지만 어찌 사람의 일이 아니겠는가? 장종(莊宗)이 천하를 얻은 까닭과 천하를 잃은 까닭을 규명해 보면 이를 알 수가 있다.

사람들의 말에 의하면 진왕(晉王) 이극용(李克用)은 임종할 때 화살 세 개를 아들 장종에게 주며 그에게 일러 말했다 : 「양(梁)나라는 나의 원수이고, 연왕(燕王)은 내가 세워준 나라이며, 거란(契丹)은 나와 형제를 맺었으나 모두 진(晉)을 배반하고 양(梁)나라에 귀의했다. 이 세 가지는 나의 여한(餘恨)이다. 너에게 화살 세 개를 주니, 너는 결코 네 아비의 뜻을

죽음을 당하고 나라가 멸망하니, 천하의 웃음거리가 되었다.
※五代 後唐의 군주인 莊宗 李存勗은 梁을 멸한 후 가무와 여색에 빠져 樂工을 총애함으로써 伶人들이 권력을 장악했다. 서기 926년 伶人 郭從謙이 李嗣源의 반란을 틈타 자신도 부하들을 거느리고 반란을 일으켰는데, 이때 장종이 화살에 맞아 죽고, 영인들은 악기에 불을 살라 장종의 시체를 태워버렸다.
【方】: 한창 …할 때. 【其】: [대명사] 그, 즉 莊宗. 【擧】: 모든, 온. 【莫能】: …할 수 없다. 【及】: 이르다, 도달하다. 【伶(líng)人】: 樂官.

14) 夫禍患常積於忽微, 而智勇多困於所溺, 豈獨伶人也哉! 作≪伶官傳≫。→ 대저 재난은 항상 미세한 것으로부터 쌓이고, 지혜와 용기가 있는 사람은 대개가 자신이 지극히 총애하는 사람들로부터 곤경을 당한다. (나라를 망치는 자가) 어찌 다만 伶人뿐이랴! 그래서 ≪伶官傳≫을 지었다.
【夫】: [발어사] 대저, 무릇. 【禍患】: 재앙, 재난. 【忽微(hū wēi)】: 옛날 가장 작은 도량형 단위. 여기서는 「사소한 것, 작은 것」을 말한다. 【多】: 대개, 대부분. 【所溺(nì)】: 흠뻑 빠지다, 매우 좋아하다. 【獨】: 다만. 【困於…】: …로부터 곤경을 당하다.

잊지 말아라!」 장종은 화살을 받아 그것을 종묘에 보관했다. 그 후 전쟁을 할 때면 종사(從事)를 보내 소뢰(少牢)의 예(禮)로써 종묘에 고한 다음, 그 화살을 정중히 꺼내 비단 자루에 담아 등에 매고 선봉이 되도록 하였으며, 전쟁에 승리하여 돌아오면 그것을 다시 (종묘에) 반납하여 보관했다.

바야흐로 그가 연왕(燕王) 부자(父子)를 밧줄로 묶고 양(梁)나라 군신의 머리를 나무 상자에 담아 가지고 종묘에 들어와 화살을 선왕께 반환하고 성공을 고할 때, 그의 왕성한 기개는 실로 웅장하다고 할만 했다. (그러나) 원수가 이미 사라지고 천하가 이미 안정되기에 이르렀을 때, 한 사나이가 밤중에 부르짖고 일어나 반란자들이 사방에서 호응하니, (장종과 신하들은) 어찌할 겨를도 없이 급히 동쪽으로 달아나 반란군을 목격하기도 전에 병사들이 흩어지고, 임금과 신하는 서로 돌아보며 어디로 달아나야 할지를 몰랐다. 하늘에 맹세하며 두발(頭髮)을 자르고, 울어서 흘러내린 눈물이 옷깃을 적시는 지경에 이르렀으니 얼마나 의기소침했겠는가! 어찌 천하를 얻기는 어려운데 잃기는 그리 쉬운가? 혹시 그 성공과 실패의 자취를 살펴보면 모두가 사람으로부터 비롯된 일이 아닌가?

≪서경(書經)≫에 이르길 :「자만하면 손해를 부르고 겸손하면 이익을 얻는다.」라고 했듯이, 걱정하고 노력하면 나라를 부흥시키고, 안일하고 향락에 빠지면 몸을 망치는 것은 당연한 이치이다. 그래서 장종이 한창 강성할 때는 온 천하의 호걸들이 그와 다툴 수가 없었지만, 그가 쇠약하기에 이르자 수십 명의 영인(伶人)들이 그를 곤경에 빠뜨려 죽음을 당하고 나라가 멸망하니 천하의 웃음거리가 되었다. 대저 재난은 항상 미세한 것으로부터 쌓이고, 지혜와 용기가 있는 사람은 대개가 자신이 지

극히 총애하는 사람들로부터 곤경을 당한다. (나라를 망치는 자가) 어찌 다만 영인(伶人)뿐이랴! 그래서 ≪영관전(伶官傳)≫을 지었다.

■ | 해제(解題) 및 본문요지 설명

본문은 작자가 편찬한 ≪신오대사(新五代史) · 영관전(伶官傳)≫의 서문으로, 제목은 후인들이 붙인 것이다. 영관(伶官)이란 궁정 안에서 가무를 연출하던 연예인이다.

당말(唐末)에 주온(朱溫)은 후량(後梁)을 세우고, 이존욱(李存勗)은 후당(後唐)을, 석경당(石敬塘)은 후진(後晋)을, 유고(劉暠)는 후한(後漢)을, 곽위(郭威)는 후주(後周)를 세워, 역사에서는 이를 「오대(五代)」라 부른다. 오대는 모두 왕조의 운명이 짧아 길어야 20년을 넘지 못했다. 그중 후당은 14년간 지속되었는데, 이존욱은 겨우 3년 동안 재위했고, 주색에 깊이 빠져 있다가 변란 중에 살해되었다.

본문은 작자가 후당의 흥망성쇠 과정에 대한 분석을 통해 「걱정하고 노력하면 나라를 부흥시키고, 안일하고 향락에 빠지면 몸을 망치게 된다.」라고 하는 역사적 교훈을 도출하고, 「인사(人事)」가 국가의 흥망성쇠에 미치는 중요성을 강조한 것이다.

본문은 네 단락으로 나눌 수 있는데, 첫째 단락에서는 후당의 군주인 장종 이존욱의 사적을 살펴, 국가의 흥망성쇠는 인사(人事)에 달린 것이지 천명(天命)에 달린 것이 아니라는 것을 말했고; 둘째 단락에서는 장종이 강성할 수 있었던 까닭은 당초 복수에 뜻을 두고 있었기 때문이라는 것을 말했고; 셋째 단락에서는 후에 장종이 주색에 빠져 정사를 돌보지 않았기 때문에 쇠망했다는 것을 말했고; 마지막 단락에서는 「자만하면 손해를 부르고, 겸손하면 이익을 얻는다」라고 한 ≪서경(書經)≫의 말을 인용한 후, 「걱정하고 노력하면 나라를 부흥시키고, 안일하고 향락에 빠지면 몸을 망친다.」 「재난은 항상 미세한 것으로부터 쌓이고, 지혜와 용기가 있는 사람은 대부분 자기가 지극히 총애하는 사람들로부터 곤경을 당한다.」라는 말로 결론을 맺었다.

168 오대사환자전론(五代史宦者傳論)

[宋] 歐陽脩

■ | 작자

162. 붕당론(朋黨論) 참조

■ | 원문 및 주석

五代史宦者傳論[1)]

自古宦者亂人之國，其源深於女禍。女，色而已，宦者之害，非一端也。[2)] 蓋其用事也近而習，其爲心也專而忍，能以小善中人

1) 五代史宦者傳論 → ≪五代史・宦者傳≫에 대해 논한 글
【五代史宦者傳】: 여기서는 ≪新五代史・宦者傳≫을 가리킨다. ※≪新五代史≫는 중국의 正史라고 할 수 있는 「二十五史」 중의 하나로 宋 歐陽脩가 편찬한 역사책이다. 모두 74卷으로 「本紀」 12권・「傳」 45卷・「考」 3卷・「十國 世家 및 年譜」 11卷・「四夷附錄」 3권 등이다. ≪宦者傳≫은 내시의 전횡으로 인한 폐단을 주제로 쓴 「傳記」 중의 하나이다.

2) 自古宦者亂人之國，其源深於女禍。女，色而已，宦者之害，非一端也。→ 예로부터 환관이 나라를 어지럽힌 것은, 그 근원이 여자로 인한 재앙보다 더욱 깊다. 여자는, 색욕에 빠지게 하는 것뿐이지만, 환관의 피해는, 한 방면에 그치지 않는다.
【自古】: 예로부터. 【宦(huàn)者】: 환관, 내시, 태감. 【於】: …보다, …에 비해. 【女禍】: 군주가 여자를 총애함으로 인해 일어나는 재앙. 【色】: 색욕에 빠지다. 【而已】: …뿐. 【一端】: 한 방면.

之意，小信固人之心，使人主必信而親之。[3] 待其已信，然後懼以禍福而把持之。[4] 雖有忠臣碩士列于朝廷，而人主以爲去己疎遠，不若起居飮食、前後左右之親爲可恃也。[5] 故前後左右者日益親，則忠臣碩士日益疎，而人主之勢日益孤。[6] 勢孤則懼禍之心日益切，而把持者日益牢。[7] 安危出其喜怒，禍患伏於帷闥，則嚮之所

---

3) 蓋其用事也近而習，其爲心也專而忍，能以小善中人之意，小信固人之心，使人主必信而親之。→ 대체로 환관은 업무가 (군주와) 가까이 있어 관계가 친숙한데, 그들의 심성이 편협하고 잔인하여, 조그만 선심으로 군주의 뜻에 영합하고, 얄팍한 신의로 군주의 마음을 사로잡아, 군주로 하여금 반드시 자신들을 신임하고 친근하게 할 수가 있다.
【蓋(gài)】: 대개, 대체로. 【用事】: 업무, 하는 일. 【習】: 친숙하다, 버릇없을 정도로 친하다. 【爲心】: 심성, 마음 씀씀이. 【專】: 특이하다, 편협하다. 【忍】: 잔인하다. 【小善】: 조그만 선심. 【中】: 영합하다. 【小信】: 작은 신용. 【固】: 사로잡다, 단단히 붙잡다.

4) 待其已信，然後懼以禍福而把持之。→ 그들은 군주가 신임하기를 기다렸다가, 그런 다음에 길흉화복을 가지고 위협하여 황제를 좌지우지한다.
【待】: 기다리다. 【懼(jù)】: [사동용법] 두렵게 하다, 위협하다. 【把持】: 좌지우지하다, 장악하다. 【之】: [대명사] 그, 즉 황제.

5) 雖有忠臣碩士列于朝廷，而人主以爲去己疎遠，不若起居飮食、前後左右之親爲可恃也。→ 비록 조정에 충신과 현인들이 줄지어 있지만, 군주는 (그들과의) 관계가 이미 소원해져서, 기거와 음식을 함께 하고 전후좌우에서 보살피는 측근처럼 믿을 만하지 못하다고 여긴다.
【碩(shuò)士】: 현인, 현사. 【以爲】: …라 여기다, …라고 생각하다. 【去】: 거리, 관계. 【疎遠(shū yuǎn)】: 소원해지다, 멀어지다. 【不若】: 不如, …과 같지 않다, …만 못하다. 【可恃(shì)】: 믿을 만하다.

6) 故前後左右者日益親，則忠臣碩士日益疎，而人主之勢日益孤。→ 그래서 전후좌우의 측근들은 날로 더욱 친근해지고, 충신과 현인들은 날로 더욱 소원해지며, 군주의 세력은 날로 더욱 고립된다.
【日益…】: 날로 더욱 …하다.

7) 勢孤則懼禍之心日益切，而把持者日益牢。→ 세력이 고립되니 재앙을 두려워하는 마음이 날로 더욱 절실해지고, 권력을 장악한 자들은 날로 더욱 견고해진다.
【切】: 절실해지다. 【把持者】: (권력을) 장악한 자, 즉 「환관」을 가리킨다. 【牢(láo)】: 견고해지다, 굳어지다.

謂可恃者，乃所以爲患也。[8] 患已深而覺之，欲與疏遠之臣圖左右之親近，緩之則養禍而益深，急之則挾人主以爲質。[9] 雖有聖智，不能與謀。謀之而不可爲，爲之而不可成，至其甚，則俱傷而兩敗。[10] 故其大者亡國，其次亡身，而使姦豪得借以爲資而起，至抉其種類，盡殺以快天下之心而後已。[11] 此前史所載，宦者之禍

8) 安危出其喜怒，禍患伏於帷闥，則嚮之所謂可恃者，乃所以爲患也。→ (군주의) 안위는 환관의 喜怒에 따라 결정되고, 군주의 재앙은 궁중 내부 군주의 신변에 잠복해 있으니, 이전의 이른바 믿을 만하다고 여겼던 자들이, 지금은 오히려 우환을 조성하는 원인으로 변했다.
【出】: …에서 나오다. 즉「…에 의해 결정되다」.【其】: [대명사] 그, 즉 환관.【禍患(huò huàn)】: 재난, 재앙.【伏(fú)】: 숨다, 잠복하다.【帷闥(wéi tà)】: 장막과 門屛 사이. 즉「궁중 내부, 군주의 신변」을 가리킨다.【嚮(xiàng)】: 이전, 종전.【乃】: 오히려.【所以爲患】: 재난을 조성하는 원인.「所以」: 원인, 까닭, 근원.

9) 患已深而覺之，欲與疏遠之臣圖左右之親近，緩之則養禍而益深，急之則挾人主以爲質。→ 우환이 이미 심각해지고 나서 그것을 깨달아, 소원해진 신하들과 더불어 주변의 환관들을 제거하려 하는데, 일을 늦추다가는 화를 길러 더욱 심각하게 되고, 일을 서두르다가는 (그들이) 군주를 붙잡아 인질로 삼는다.
【覺(jué)】: 깨닫다.【欲】: …하고자 하다.【圖】: 도모하다. 즉「제거할 방법을 강구하다」.【左右之親近】: 주변의 가까운 사람들. 즉「환관들」.【緩(huǎn)】: 늦추다, 완만하게 진행하다.【急】: 급하게 하다, 서두르다.【養禍(huò)】: 화를 키우다.【挾(xié)】: 납치하다, 붙잡다.【爲質(zhì)】: 인질로 삼다.

10) 雖有聖智，不能與謀。謀之而不可爲，爲之而不可成，至其甚，則俱傷而兩敗。→ 비록 성인과 현인이 있지만, 더불어 도모할 수가 없다. 그 일을 도모한다 해도 실행할 수가 없고, 실행한다 해도 성공할 수가 없으며, 심각한 상황에 이르면, 모두 손상을 입어 둘 다 패하게 된다.
【聖智】: 성인과 현인.【謀(móu)】: 도모하다, 꾀하다.【不可】: …할 수 없다.【爲】: 하다, 행하다.【俱(jù)傷而兩敗】: 兩敗俱傷, 쌍방이 모두 손상을 입다.「俱」: 모두, 전부.

11) 故其大者亡國，其次亡身，而使姦豪得借以爲資而起，至抉其種類，盡殺以快天下之心而後已。→ 그래서 재앙이 클 경우에는 나라를 망치고, 그 다음은 몸을 망치며, 그리고 간사한 영웅으로 하여금 이를 구실 삼아 일어나, 환관들을 가려내어, 모두 죽이고 천하 사람들의 마음을 통쾌하게 하는 상황에 도달한 후에야 끝이 난다.

常如此者，非一世也。12)

夫爲人主者，非欲養禍於內，而疎忠臣碩士於外，蓋其漸積而勢使之然也。13) 夫女色之惑，不幸而不悟，則禍斯及矣。使其一悟，捽而去之可也。14) 宦者之爲禍，雖欲悔悟，而勢有不得而去也。唐昭宗之事是已。15) 故曰：「深於女禍」者，謂此也，可不

【姦豪(jiān háo)】：간사한 영웅. 【得】：能, …할 수 있다. 【借以爲資(zī)】：…을(를) 구실로 삼다. 「資」：구실. 【抉(jué)】：고르다, 가려내다. 【種類】：같은 무리. 여기서는 「환관 무리들」을 가리킨다. 【盡】：모두, 다. 【而後】：…이후. 【已】：멈추다, 그치다, 끝나다.

12) 此前史所載，宦者之禍常如此者，非一世也。→ 이는 과거 역사에 기록된 바로, 환관의 재앙은 항상 이러했으며, 결코 한 세대의 일만이 아니다.

13) 夫爲人主者，非欲養禍於內，而疎忠臣碩士於外，蓋其漸積而勢使之然也。→ 군주 된 사람이, 궁중 안에서 화근을 배양하여, 밖에서 충신・현인들과 소원하게 되도록 하려는 것이 아니고, 점차 쌓여서 형세가 그로 하여금 그렇게 되도록 한 것이다.

【夫】：[발어사] 무릇, 대저. 【欲】：…하고자 하다. 【疎】：[사동용법] 소원하게 만들다. 【蓋】：[어기사] ※위의 문장에서 말한 것을 이어받아 이유나 원인을 나타낸다. 【使之然】：그로 하여금 그렇게 되도록 하다.

14) 夫女色之惑，不幸而不悟，則禍斯及矣。使其一悟，捽而去之可也。→ 무릇 여색에 미혹되어, 불행히 깨닫지 못한다면, 재앙이 곧 바로 닥친다. 그러나 만일 일단 깨닫게 되면, 끌어내어 내쳐버리면 된다.

【惑(huò)】：미혹되다. 【斯(sī)】：이제 곧, 지금 바로. 【及】：닥치다. 【使】：만일, 만약. 【捽(zuó)】：거머쥐다, 끌어내다. 【去】：내치다, 내쳐버리다.

15) 宦者之爲禍，雖欲悔悟，而勢有不得而去也。唐昭宗之事是已。→ 환관이 조성한 재앙은, (군주가) 비록 잘못을 깨달아 후회하고 뉘우치려 해도, 형세상 제거할 수 없는 어려움이 있다. 唐나라 昭宗의 일이 바로 그렇다.

【欲】：…하고자 하다. 【悔悟】：잘못을 후회하고 깨닫다. 【不得而去】：제거할 수 없다. 「不得而」：不能, …할 수 없다. 【唐昭宗】：唐의 군주로 이름은 李曄이며, 15년간(889-903) 재위했다. 僖宗 文德 원년(889) 환관 楊復恭 등에 의해 황제로 추대되었는데, 이후 환관의 세력이 지나치게 강해지자, 昭宗은 崔胤을 재상으로 임용한 후 환관 세력을 억제하는 조치를 취했다. 이에 환관 劉季述・王彦范 등이 昭宗 光化 3년(900) 기회를 틈타 소종을 少陽院에 감금하고 태자 裕를 옹립했다. 그 후 朱溫이 환관들을 모두 살해했고, 소종도 주온에게 살해되

戒哉![16]

■ | 번역문

≪오대사(新五代史)·환자전(宦者傳)≫에
대해 논한 글

예로부터 환관이 나라를 어지럽힌 것은 그 근원이 여자로 인한 재앙보다 더욱 깊다. 여자는 색욕에 빠지게 하는 것뿐이지만 환관의 피해는 한 방면에 그치지 않는다. 대체로 환관은 업무가 (군주와) 가까이 있어 관계가 친숙한데, 그들의 심성이 편협하고 잔인하여, 조그만 선심으로 군주의 뜻에 영합하고 얄팍한 신의로 군주의 마음을 사로잡아, 군주로 하여금 반드시 자신들을 신임하고 친근하게 할 수가 있다. 그들은 군주가 신임하기를 기다렸다가, 그런 다음에 길흉화복을 가지고 위협하여 황제를 좌지우지한다. 비록 조정에 충신과 현인들이 줄지어 있지만 군주는 (그들과의) 관계가 이미 소원해져서 기거와 음식을 함께 하고 전후좌우에서 보살피는 측근처럼 믿을 만하지 못하다고 여긴다. 그래서 전후좌우의 측근들은 날로 더욱 친근해지고 충신과 현인들은 날로 더욱 소원해지며 군주의 세력은 날로 더욱 고립된다. 세력이 고립되니 재앙을 두려워하는 마음이 날로 더욱 절실해지고, 권력을 장악한 자들은 날로 더욱 견고해진다. (군주의) 안위는 환관의 희로(喜怒)에 따라 결정

었다.

16) 故曰 : 「深於女禍」者, 謂此也, 可不戒哉! → 그래서 : 「(환관의 재앙이) 여자로 인한 재앙보다 심하다」고 한 것은, 이러한 상황을 말한 것인데, 경계하지 않을 수 있겠는가?

되고, 군주의 재앙은 궁중 내부 군주의 신변에 잠복해 있으니, 이전의 이른바 믿을 만하다고 여겼던 자들이 지금은 오히려 우환을 조성하는 원인으로 변했다. 우환이 이미 심각해지고 나서 그것을 깨달아, 소원해진 신하들과 더불어 주변의 환관들을 제거하려 하는데, 일을 늦추다가는 화를 길러 더욱 심각하게 되고, 일을 서두르다가는 (그들이) 군주를 붙잡아 인질로 삼는다. 비록 성인과 현인이 있지만 더불어 도모할 수가 없다. 그 일을 도모한다 해도 실행할 수가 없고 실행한다 해도 성공할 수가 없으며, 심각한 상황에 이르면 모두 손상을 입어 둘 다 패하게 된다. 그래서 재앙이 클 경우에는 나라를 망치고, 그 다음은 몸을 망치며, 그리고 간사한 영웅으로 하여금 이를 구실 삼아 일어나, 환관들을 가려내어 모두 죽이고 천하 사람들의 마음을 통쾌하게 하는 상황에 도달한 후에야 끝이 난다. 이는 과거 역사에 기록된 바로, 환관의 재앙은 항상 이러했으며 결코 한 세대의 일만이 아니다.

군주 된 사람이 궁중 안에서 화근을 배양하여 밖에서 충신·현인들과 소원하게 되도록 하려는 것이 아니고, 점차 쌓여서 형세가 그로 하여금 그렇게 되도록 한 것이다. 무릇 여색에 미혹되어 불행히 깨닫지 못한다면 재앙이 곧 바로 닥친다. 그러나 만일 일단 깨닫게 되면, 끌어내어 내쳐버리면 된다. 환관이 조성한 재앙은 (군주가) 비록 잘못을 깨달아 후회하고 뉘우치려 해도 형세상 제거할 수 없는 어려움이 있다. 당(唐)나라 소종(昭宗)의 일이 바로 그렇다. 그래서 : 「(환관의 재앙이) 여자로 인한 재앙보다 심하다」고 한 것은 이러한 상황을 말한 것인데 경계하지 않을 수 있겠는가!

■ | 해제(解題) 및 본문요지 설명

본문은 ≪신오대사(新五代史)·환자전(宦者傳)≫의 일부분으로 제목은 후인들이 붙인 것이며, 내용은 군주로 하여금 당(唐) 소종(昭宗)의 실패를 거울삼아 환관을 경계하도록 충고한 것이다.

본문은 두 단락으로 나눌 수 있는데, 첫째 단락에서는 환관으로 인해 발생하는 재앙이 군주가 여색에 빠져 일어나는 재앙보다 심하다는 것을 말했고; 다음 단락에서는 환관으로 인한 재앙이 여색으로 인한 재난에 비해 수습하기가 더욱 어렵다는 것을 말했다.

169 상주주금당기(相州晝錦堂記)

[宋] 歐陽脩

■ | 작자

162. 붕당론(朋黨論) 참조

■ | 원문 및 주석

相州晝錦堂記[1]

仕宦而至將相，富貴而歸故鄕，此人情之所榮，而今昔之所同也。[2] 蓋士方窮時，困阨閭里，庸人孺子，皆得易而侮之。[3] 若

1) 相州晝錦堂記 → 相州 晝錦堂에 대해 적은 글
【相】：[州이름] 相州. 소재지는 지금의 하남성 安陽市 남쪽. 【晝錦堂】：晝錦之堂. ≪漢書・項籍傳≫에 「富貴不歸故鄕, 如衣錦夜行。(부귀하여 고향에 돌아가지 않는 것은, 마치 비단옷을 입고 밤에 다니는 것과 같다.)」이라 했는데, 후에 입신양명하여 고향에 돌아가는 것을 「晝錦」이라 했다. 韓琦는 자가 稚圭이며, 相州 安陽[지금의 하남성 安陽市 남쪽] 사람이다. 武康軍節度使의 신분으로 相州의 知州를 지냈고, 相州가 바로 그의 고향이기 때문에, 그래서 자신이 지은 집을 「晝錦堂」이라 이름했다.

2) 仕宦而至將相, 富貴而歸故鄕, 此人情之所榮, 而今昔之所同也。→ 벼슬길에 나아가 將相의 지위에 이르고, 부귀하여 고향에 돌아오는 것은, 사람이면 누구나 영예롭게 생각하는 일로서, 예나 지금이나 마찬가지이다.
【仕宦(shì huàn)】：벼슬살이, 벼슬길. 【將相】：장수와 재상, 즉 「높은 지위」. 【此】：

季子不禮於其嫂，買臣見棄於其妻。[4] 一旦高車駟馬，旗旄導前，而騎卒擁後，夾道之人，相與駢肩累迹，瞻望咨嗟。[5] 而所謂庸夫愚婦者，奔走駭汗，羞愧俯伏，以自悔罪於車塵馬足之間。[6] 此一

이것, 즉 「벼슬길에 나아가 장상의 지위에 이르고, 부귀하여 고향에 돌아오는 것」.

3) 蓋士方窮時，困阨閭里，庸人孺子，皆得易而侮之。→ 대체로 선비가 가난할 때, 마을에서 곤궁하게 살면, 보통 사람이나 어린 아이들까지, 모두 그를 깔보고 업신여길 수 있다.

【蓋】: 대체로, 대개. 【方…時】: (한창) …때. 【困阨(è)】: 어렵게 생활하다, 곤궁하게 살다. 【閭(lǘ)里】: 마을, 향리. 【庸(yōng)人】: 범인, 보통 사람. 【孺(rú)子】: 어린아이. 【得】: 能, …할 수 있다. 【易】: 가볍게 보다, 무시하다. 【侮(wǔ)】: 모욕하다, 업신여기다. 【之】: [대명사] 그, 즉 선비.

4) 若季子不禮於其嫂，買臣見棄於其妻。→ 蘇秦과 같은 사람은 형수로부터 무례를 당했고, 朱買臣은 아내로부터 버림을 받았다.

【若】: …와 같은. 【季子】: 蘇秦. 자는 季子. 東周 洛陽 사람으로 전국시대의 종횡가. ≪戰國策·秦策一≫에 의하면, 소진이 秦惠王에게 유세하다 실패하여 집에 돌아오자 형수가 밥을 주지 않았다. 【買臣】: [인명] 朱買臣. 漢武帝 때 會稽 吳[지금의 강소성 蘇州市] 사람으로 자는 翁子. ※≪漢書·朱買臣傳≫의 기록에 의하면, 주매신은 집이 너무 가난하여 나무를 해다 팔아 생활하며 공부했는데, 그의 아내가 가난을 참지 못해 남편을 버리고 다른 사람에게 개가했다. 【見棄(qì)】: 버림을 받다. ※見+동사=피동형.

5) 一旦高車駟馬，旗旄導前，而騎卒擁後，夾道之人，相與駢肩累迹，瞻望咨嗟。→ 일단 높은 지위에 오르게 되면, 깃발이 앞에서 인도하고, 기병이 뒤에서 에워싸며, 길 양쪽에 늘어선 사람들이, 서로 어깨가 부딪치고 발자국이 겹칠 정도로 모여들어, 우러러보며 찬탄해마지 않는다.

【一旦】: 일단, 어느 날. 【高車駟(sì)馬】: 네 마리의 말이 끄는 높고 큰 수레. 즉 「높은 지위」를 가리킨다. 【旗旄(qí máo)】: 깃발. 【導前】: 앞에서 인도하다. 【擁(yōng)】: 빙 둘러싸다, 에워싸다. 【夾(jiā)道】: 길 양쪽에 늘어서다. 【駢肩累迹(pián jiān lěi jī)】: 서로 어깨가 부딪치고 발자국이 겹치다. 즉 「사람이 매우 많아 붐비는 것」을 형용한 말. 【瞻(zhān)望】: 우러러보다. 【咨嗟(zī jiē)】: 찬탄하다.

6) 而所謂庸夫愚婦者，奔走駭汗，羞愧俯伏，以自悔罪於車塵馬足之間。→ 그리고 이른바 평범한 사람들은, 바삐 뛰며 놀라 식은땀을 흘리고, 부끄러워 머리를 숙이고 땅에 엎드려, 수레와 말이 일으키는 먼지 속에서 스스로 죄를 뉘우친다.

【庸(yōng)夫愚婦】: 평범한 사람. 【駭汗(hài hàn)】: 놀라서 식은땀을 흘리다. 【羞

介之士，得志於當時，而意氣之盛，昔人比之衣錦之榮者也。[7]

惟大丞相衛國公則不然。公，相人也，世有令德，爲世名卿。[8] 自公少時，已擢高科，登顯仕。海內之士，聞下風而望餘光者，蓋亦有年矣。[9] 所謂將相而富貴，皆公所宜素有。非如窮阨之人，僥倖得志於一時，出於庸夫愚婦之不意，以驚駭而夸耀之也。[10] 然

愧(xiū kuì)】: 부끄럽다, 창피하다. 【俯伏(fǔ fú)】: 머리를 숙이고 엎드리다. 【悔(huǐ)罪】: 죄를 뉘우치다, 속죄하다.

7) 此一介之士，得志於當時，而意氣之盛，昔人比之衣錦之榮者也。→ 이는 일개 가난한 선비가, 당시에 뜻을 이루어, 의기가 왕성한 것인데, 옛 사람들은 이를 금의환향에 비유했다.

【一介】: 一個, 하나의. 【得志】: 뜻을 이루다. 【衣錦(yì jǐn)之榮】: 비단옷을 입고 영예롭게 고향에 돌아오다, 錦衣還鄉하다. 「衣」: [동사] 입다.

8) 惟大丞相衛國公則不然。公，相人也，世有令德，爲世名卿。→ 오직 大丞相 衛國公만은 그렇지 않다. 위국공은, 相州 사람으로, 대대로 미덕을 쌓아, 조상 중에 많은 사람들이 당시의 이름난 고위 관리였다.

【惟】: 오직, 다만. 【大丞相衛國公】: 여기서는 「韓琦」를 가리킨다. 한기는 仁宗 嘉祐 3년(1058)에 同中書門下平章事・集賢殿大學士 등 재상에 상당하는 직책을 배수 받고, 英宗이 즉위하여 衛國公에 봉해졌다가 후에 다시 魏國公으로 改封되었다. 【相】: 相州. 【令德】: 미덕, 아름다운 덕망. 【世名卿】: 당시의 이름난 고위 관리.

9) 自公少時，已擢高科，登顯仕。海內之士，聞下風而望餘光者，蓋亦有年矣。→ 위국공은 젊어서부터, 이미 진사에 발탁되어, 높은 관직에 올랐다. 나라 안의 선비들이, 낮은 직위에서 소문을 듣고 그의 풍채를 우러러본 것도, 이미 여러 해가 되었다.

【公】: 어른 또는 같은 연배에 대한 존칭. 여기서는 「한기」를 가리킨다. 【擢(zhuó)】: 뽑히다, 선발되다, 발탁되다. 【高科】: 과거 시험 중의 고등 과목. 즉 「進士科」를 가리킨다. 【顯(xiǎn)仕】: 요직, 중요한 직위. 【海內】: 나라 안, 천하. 【聞下風而望餘光】: 낮은 직위에서 소문을 듣고 멀리서 그의 風采를 우러러보다. 「下風」: 낮은 직위. 「餘光」: 해나 달이 진 뒤의 남은 빛. 여기서는 「韓琦의 풍채」를 가리킨다. 【蓋】: [어기사]. 【亦】: 이미, 벌써. 【有年】: 여러 해가 되다.

10) 所謂將相而富貴，皆公所宜素有。非如窮阨之人，僥倖得志於一時，出於庸夫愚婦之不意，以驚駭而夸耀之也。→ 이른바 將相의 지위에 올라 부귀를 누리는 것은, 모두 위국공이 마땅히 평소에 지니고 있었던 바이다. 마치 곤궁한 사람들이, 요행으로 어느 한 때에 뜻을 이루어, 평범한 사람들이 예상하지 못한 데서 나와, 그들을

則高牙大纛，不足爲公榮；桓圭衮冕，不足爲公貴。[11] 惟德被生民，而功施社稷，勒之金石，播之聲詩，以耀後世而垂無窮，此公之志，而士亦以此望於公也。豈止夸一時而榮一鄕哉?[12]

公在至和中，嘗以武康之節，來治於相，乃作晝錦之堂於後圃。旣又刻詩於石，以遺相人。[13] 其言以快恩讎、矜名譽爲可薄，

놀라게 하고 과시하는 것과 같은 그러한 것이 아니다.

【宜】: 마땅히. 【素有】: 평소에 지니고 있다. 【非如…】: …와 같은 것이 아니다. 【窮阨(è)】: 곤궁하다. 【出於…之不意】: …의 생각 밖에서 나오다, …이(가) 예상하지 못한데서 나오다. 【驚駭(jīng hài)】: [사동용법] 놀라게 하다. 【夸耀(kuā yào)】: 과시하다, 뽐내다, 자랑하다.

11) 然則高牙大纛, 不足爲公榮; 桓圭衮冕, 不足爲公貴。→ 그렇다면 의장용 큰 깃발은, 위국공의 영예로 삼기에 부족하고; 桓圭와 衮冕은, 위국공의 존귀함으로 삼기에 부족하다.

【然則】: 그렇다면. 【高牙大纛(dào)】: 의장용 큰 깃발. 옛날 장군의 거처에 세우던 큰 깃발로 깃대의 끝을 象牙로 장식했기 때문에 牙旗라 했다. 「纛」: 옛날 의장용으로 사용하던 큰 깃발. 【桓圭衮冕(huán guī gǔn miǎn)】: 환규와 곤면. 「桓圭」: 옛날 三公이 지니던 笏. 「衮冕」: 옛날 황제나 三公이 입던 예복.

12) 惟德被生民, 而功施社稷, 勒之金石, 播之聲詩, 以耀後世而垂無窮, 此公之志, 而士亦以此望於公也。豈止夸一時而榮一鄕哉? → 다만 백성들에게 은덕을 베풀고, 나라를 위해 공을 세워, 그것을 金石에 새기고, 그것을 노래로 전파하여, 후세를 밝게 비추고 영원히 전해진다면, 이것이 바로 위국공의 뜻이요, 선비들 또한 이를 위국공에게 바라는 것이다. 어찌 한 때의 자랑거리나 한 마을의 영예로 그치겠는가?

【被】: 베풀다, 베풀어주다. 【生民】: 백성. 【社稷】: 국가, 나라. 【勒(lè)】: 새기다. 【金石】: 鐘·鼎과 비석 따위. 【播(bō)】: 전파하다, 퍼뜨리다. 【聲詩】: 詩歌. 【耀(yào)】: 비추다. 【垂(chuí)】: 전하다. 【無窮】: 끝없이, 영원히. 【以此望於公】: 이를 공에게 바라다. 「以」: …을. 「望」: 바라다, 기대하다. 【豈】: 어찌.

13) 公在至和中, 嘗以武康之節, 來治於相, 乃作晝錦之堂於後圃。旣又刻詩於石, 以遺相人。→ 위국공은 仁宗 至和 연간에, 일찍이 武康郡節度使의 신분으로, 相州에 와서 다스리게 되자, 바로 후원에 晝錦堂을 지었다. 그 후에 또 비석에 시를 새겨, 상주 사람들에게 선물로 남겨주었다.

【至和】: 仁宗의 연호. 【嘗】: 일찍이. 【武康之節】: 武康軍節度使. 韓琦는 至和 2년(1055) 무강군절도사의 신분으로 相州의 知州를 겸했다. 【相】: 相州. 【乃】:

蓋不以昔人所夸者爲榮, 而以爲戒。[14] 於此見公之視富貴爲如何, 而其志豈易量哉! 故能出入將相, 勤勞王家, 而夷險一節。[15] 至於臨大事, 決大議, 垂紳正笏, 不動聲色, 而措天下於泰山之安, 可謂社稷之臣矣。[16] 其豐功盛烈, 所以銘彝鼎而被絃歌者, 乃邦

곧, 바로. 【作】: 짓다, 건축하다. 【後圃(pǔ)】: 後園. 【旣】: …한 후, …하고 나서. 여기서는 「주금당을 짓고 나서」의 뜻. 【遺(wèi)】: 증여하다, 선물로 남겨주다.

14) 其言以快恩讎、矜名譽爲可薄, 蓋不以昔人所夸者爲榮, 而以爲戒。→ 그는 (비석에 새긴) 詩에서 은혜와 원수 갚는 것을 즐거워하거나 명예를 자랑하는 것을 천박하게 여기며, 대체로 옛 사람이 자랑하는 것을 영예로 여기지 않고, 오히려 이를 경계해야 하는 대상으로 삼았다.
【其言】: 그의 말, 즉 「(비석에 새긴) 시」를 가리킨다. 【快】: 즐거워하다, 흡족해하다. 【恩讎(chóu)】: 은혜와 원수. 여기서는 「은혜에 보답하고 원수를 갚다」의 뜻. 【矜(jīn)】: 자랑하다, 뽐내다. 【可薄(bó)】: 비열하다, 천박하다. 【蓋】: 대체로, 대개. 【以爲…】: 以(之)爲…, 이를 …로 삼다.

15) 於此見公之視富貴爲如何, 而其志豈易量哉? 故能出入將相, 勤勞王家, 而夷險一節。→ 이로부터 위국공이 부귀를 어떻게 보았는지 알 수 있으니, 그의 뜻을 어찌 쉽게 헤아리겠는가? 그래서 능히 장상을 지내고, 나라를 위해 부지런히 일하며, 무사태평한 시기나 험난한 시기를 불문하고 한결같은 절조를 지킬 수 있었다.
【於此】: 이로부터, 여기에서. 【易量】: 쉽게 헤아리다. 【出入將相】: 전장에 나가면 장수가 되고 조정에 들어오면 재상이 되다. 【勤(qín)勞】: 부지런히 일하다, 헌신하다. 【王家】: 왕실, 조정, 국가. 【夷險】: 무사태평한 시기와 험난한 시기. 【一節】: 한결같은 절조.

16) 至於臨大事, 決大議, 垂紳正笏, 不動聲色, 而措天下於泰山之安, 可謂社稷之臣矣。→ 큰일에 직면하여, 중대한 의론을 결정하기로 말하면, 침착하고 정중하며, 표정을 드러내지 않고, 천하를 泰山처럼 안정되게 조치했으니, 가히 국가의 重臣이라 할 수 있다.
【至於】: …로 말하면, …로 말할 것 같으면. ※화제를 바꿀 때 사용. 【臨】: 임하다, 직면하다. 【大議】: 중대한 의론. 【垂紳正笏(chuí shēn zhèng hù)】: 띠를 늘어뜨리고 홀을 바로하다. 즉 「태도가 침착하고 정중함」을 비유한 말. 「紳」: 옛날 사대부가 도포의 허리에 묶던 띠. 「笏」: 옥이나 상아 또는 대나무로 만든 좁고 긴 판자로 「手板」이라고도 하며, 신하들이 입조할 때 들고 들어가, 간혹 황제의 지시나 중요한 일을 잊지 않도록 기록하는 도구로 사용하였다. 【不動聲色】: 표정을 드러내지 않다, 내색을 하지 않다. 【措(cuò)】: 조치하다, 안

家之光，非閭里之榮也。17) 余雖不獲登公之堂，幸嘗竊誦公之詩，樂公之志有成，而喜爲天下道也。於是乎書。18)

■ | 번역문

상주(相州) 주금당(晝錦堂)에 대해 적은 글

벼슬길에 나아가 장상(將相)의 지위에 이르고 부귀하여 고향에 돌아오는 것은, 사람이면 누구나 영예롭게 생각하는 일로서 예나 지금이나 마찬가지이다. 대체로 선비가 가난할 때 마을에서 곤궁하게 살면 보통 사람이나 어린 아이들까지 모두 그를 깔보고 업신여길 수 있다. 소진(蘇秦)과 같은 사람은 형수로부터 무례를 당했고, 주매신(朱買臣)은 아내로부터

배하다. 【泰山之安】 : 태산처럼 안정된 상태. 【可謂…】 : 가히 …라 할 수 있다. 【社稷(jì)】 : 조정, 국가.

17) 其豐功盛烈，所以銘彝鼎而被絃歌者，乃邦家之光，非閭里之榮也。→ 그의 풍성한 공로와 위대한 업적이, 彝鼎에 새겨지고 노래에 실려 전파된 것은, 실로 국가의 영광이요, 마을의 영예만이 아니다.
【盛烈】 : 성대한 업적, 위대한 공훈. 「烈」 : 업적, 공적, 공훈. 【所以】 : 以之, 이로써. 【銘(míng)】 : 새기다. 【彝鼎(yí dǐng)】 : 彝는 祭器, 鼎은 세 발 달린 솥으로, 옛날에는 이를 건국의 상징으로 삼았으며, 여기에 공신들의 사적을 새기기도 했다. 【被絃歌】 : 노래에 실려 전파되다. 「絃(xián)歌」 : 노래. 【乃】 : 실로 …이다, 바로 …이다. 【邦家】 : 국가.

18) 余雖不獲登公之堂，幸嘗竊誦公之詩，樂公之志有成，而喜爲天下道也。於是乎書。→ 나는 비록 위국공의 주금당에 오를 기회를 얻지는 못했지만, 다행히 일찍이 위국공의 詩를 훔쳐 읽고, 그의 뜻이 이루어진 것을 즐거워하며, 천하 사람들에게 이야기하기를 좋아했다. 그리하여 이 글을 쓴다.
【竊誦(qiè sòng)】 : [겸어] 훔쳐 읽다. ※본래 「읽다」라는 말을, 상대방에 대해 자신을 낮추어 한 말이다. 【樂(lè)】 : [동사] 즐거워하다. 【爲】 : …에게. 【天下】 : 여기서는 「천하 사람들」을 가리킨다. 【道】 : 이야기하다, 말하다. 【於是乎】 : 於是, 이에, 그리하여. 【書】 : [동사] 쓰다, 짓다.

버림을 받았다. 일단 높은 지위에 오르게 되면, 깃발이 앞에서 인도하고 기병이 뒤에서 에워싸며, 길 양쪽에 늘어선 사람들이 서로 어깨가 부딪치고 발자국이 겹칠 정도로 모여들어 우러러보며 찬탄해마지 않는다. 그리고 이른바 평범한 사람들은 바삐 뛰며 놀라 식은땀을 흘리고, 부끄러워 머리를 숙이고 땅에 엎드려, 수레와 말이 일으키는 먼지 속에서 스스로 죄를 뉘우친다. 이는 일개 가난한 선비가 당시에 뜻을 이루어 의기가 왕성한 것인데, 옛 사람들은 이를 금의환향에 비유했다.

오직 대승상(大丞相) 위국공(衛國公)만은 그렇지 않다. 위국공은 상주(相州) 사람으로, 대대로 미덕을 쌓아 조상 중에 많은 사람들이 당시의 이름난 고위 관리였다. 위국공은 젊어서부터 이미 진사에 발탁되어 높은 관직에 올랐다. 나라 안의 선비들이 낮은 직위에서 소문을 듣고 그의 풍채를 우러러본 것도 이미 여러 해가 되었다. 이른바 장상(將相)의 지위에 올라 부귀를 누리는 것은 모두 위국공이 마땅히 평소에 지니고 있었던 바이다. 마치 곤궁한 사람들이 요행으로 어느 한 때에 뜻을 이루어, 평범한 사람들이 예상하지 못한 데서 나와 그들을 놀라게 하고 과시하는 것과 같은 그러한 것이 아니다. 그렇다면 의장용 큰 깃발은 위국공의 영예로 삼기에 부족하고, 환규(桓圭)와 곤면(袞冕)은 위국공의 존귀함으로 삼기에 부족하다. 다만 백성들에게 은덕을 베풀고 나라를 위해 공을 세워, 그것을 금석(金石)에 새기고 그것을 노래로 전파하여 후세를 밝게 비추고 영원히 전해진다면, 이것이 바로 위국공의 뜻이요 선비들 또한 이를 위국공에게 바라는 것이다. 어찌 한 때의 자랑거리나 한 마을의 영예로 그치겠는가?

위국공은 인종(仁宗) 지화(至和) 연간에, 일찍이 무강군절도사(武康郡節度使)의 신분으로 상주(相州)에 와서 다스리게 되자 바로 후원에 주금당(晝

錦堂)을 지었다. 후에 또 비석에 시를 새겨 상주 사람들에게 선물로 남겨주었다. 그는 (비석에 새긴) 시에서, 은혜와 원수 갚는 것을 즐거워하거나 명예를 자랑하는 것을 천박하게 여기며, 대체로 옛 사람이 자랑하는 것을 영예로 여기지 않고 오히려 이를 경계해야 하는 대상으로 삼았다. 이로부터 위국공이 부귀를 어떻게 보았는지 알 수 있으니, 그의 뜻을 어찌 쉽게 헤아리겠는가? 그래서 능히 장상을 지내고 나라를 위해 부지런히 일하며, 무사태평한 시기나 험난한 시기를 불문하고 한결같은 절조를 지킬 수 있었다. 큰일에 직면하여 중대한 의론을 결정하기로 말하면, 침착하고 정중하며 표정을 드러내지 않고 천하를 태산(泰山)처럼 안정되게 조치했으니 가히 국가의 중신(重臣)이라 할 수 있다. 그의 풍성한 공로와 위대한 업적이 이정(彝鼎)에 새겨지고 노래에 실려 전파된 것은 실로 국가의 영광이요 마을의 영예만이 아니다. 나는 비록 위국공의 주금당에 오를 기회를 얻지는 못했지만, 다행히 일찍이 위국공의 시를 훔쳐 읽고, 그의 뜻이 이루어진 것을 즐거워하며 천하 사람들에게 이야기하기를 좋아했다. 그리하여 이 글을 쓴다.

■ | 해제(解題) 및 본문요지 설명

옛 사람들은 부귀를 이루어 고향에 돌아가는 것을 「백주(白晝)에 비단옷 입는 것」에 비유하며 무한한 영광으로 여겼다.

송(宋)의 한기(韓琦)는 큰 공을 세우고 무강군절도사(武康軍節度使) 겸 지주(知州)로 고향인 상주(相州)에 부임한 후, 후원에 건물을 지어 「주금당(晝錦堂)」이라 이름하고 구양수에게 「기(記)」를 지어달라고 청했다. 이에 구양수는 ≪상주주금당기(相州晝錦堂記)≫를 지어 세속의 금의환향을 영예로 여기지 않고 오히려 이를 경계하며 모든 영예를 나라에 돌리는 한기의 충신다운 절조를 부각시켰다.

본문은 세 단락으로 나눌 수 있는데, 첫째 단락에서는 세속 사람들이 말하는 「의금영귀(衣錦榮歸)」를 설명하면서 간접적으로 「주금(晝錦)」 두 글자를 지적했고; 둘째 단락에서는 위국공(衛國公) 한기(韓琦)의 공적과 덕행을 찬미했고; 마지막 단락에서는 크게 성공한 후에도 세속에서 부러워하는 「주금지영(晝錦之榮)」을 오히려 경계의 대상으로 여기는 위국공의 훌륭한 지조를 부각시켰다.

170 풍락정기(豐樂亭記)

[宋] 歐陽脩

■ | 작자

162. 붕당론(朋黨論) 참조

■ | 원문 및 주석

豐樂亭記[1]

脩既治滁之明年，夏，始飲滁水而甘。問諸滁人，得於州南百步之近。[2] 其上豐山，聳然而特立；下則幽谷，窈然而深藏；中有清泉，滃然而仰出。[3] 俯仰左右，顧而樂之。[4] 於是疏泉鑿石，

1) 豐樂亭記 → 豐樂亭에 대해 적은 글
【豐樂(lè)亭】: 歐陽脩가 慶曆 5년(1045) 滁州知州로 폄적된 후 豐山 기슭에 지은 정자 이름.

2) 脩既治滁之明年, 夏, 始飲滁水而甘。問諸滁人, 得於州南百步之近。→ 내가 滁州를 다스리던 이듬해, 여름, 처음으로 저주의 물을 마시고 감미롭다고 느꼈다. 이를 저주 사람에게 물어, 저주 남쪽 백 보쯤 떨어진 곳에서 찾아냈다.
【滁(chú)】: [州이름] 滁州, 지금의 안휘성 滁縣. 【甘】: 감미롭다, 달다. 【諸】: 之於의 합음. 【得於…】: …에서 찾아내다, …에서 발견하다.

3) 其上豐山, 聳然而特立; 下則幽谷, 窈然而深藏; 中有清泉, 滃然而仰出。→ 샘물의 위쪽에는 豐山이, 우뚝하게 홀로 서 있고; 아래쪽에는 그윽한 골짜기가, 깊숙이 숨

闢地以爲亭，而與滁人往遊其間。5)

滁於五代干戈之際，用武之地也。6) 昔太祖皇帝，嘗以周師破李景兵十五萬於淸流山下，生擒其將皇甫暉、姚鳳於滁東門之外，遂以平滁。7) 脩嘗考其山川，按其圖記，升高以望淸流之關，欲求暉、鳳就擒之所。而故老皆無在者，蓋天下之平久矣。8)

겨져 있었으며; 중간쯤에 맑은 샘물이 있어, 세차게 용솟음쳤다.

【豐山】: 滁縣의 서남쪽에 있는 산 이름. 【聳(sǒng)然】: 우뚝한 모양. 【特立】: 홀로 서다. 【窈(yǎo)然】: 골이 깊숙한 모양. 【滃(wěng)然】: 물살이 세찬 모양. 【深藏(cáng)】: [피동용법] 깊숙이 감추어지다.

4) 俯仰左右，顧而樂之。→ 아래위로 좌우로, 이리저리 둘러보며 샘물 주변의 경관을 마음껏 즐겼다.

【俯】: 내려다보다. 【仰】: 올려다보다. 【顧(gù)】: 이리저리 둘러보다. 【樂(lè)】: [동사] 즐기다. 【之】: [대명사] 그것, 즉 샘물 주변의 경관.

5) 於是疏泉鑿石，闢地以爲亭，而與滁人往遊其間。→ 그리하여 샘물의 물길을 터주고 암석을 파내어, 터를 닦아 정자를 세우고, 저주 사람들과 더불어 그곳에 가서 놀았다.

【於是】: 그리하여, 이에. 【疏(shū)】: 통하게 하다, 트다. 【鑿(záo)】: 파다, 뚫다. 【闢(pì)地】: 터를 닦다. 【以】: [연사] 而. 【往遊】: 가서 놀다. 【其間】: 그곳.

6) 滁於五代干戈之際，用武之地也。→ 저주는 五代의 전란기에, 전쟁을 하던 곳이다.

【於…之際】: …하던 시기에, …하던 때에. 【五代】: 後梁, 後唐, 後晋, 後漢, 後周로 이어지는 다섯 나라. A.D.907-960(53년) 동안 지속되었다. 【干戈】: 무기. 여기서는 「전쟁」을 말한다. 【用武】: 무기를 사용하다, 즉 전쟁을 하다.

7) 昔太祖皇帝，嘗以周師破李景兵十五萬於淸流山下，生擒其將皇甫暉、姚鳳於滁東門之外，遂以平滁. → 예전에 太祖 황제는, 일찍이 後周의 군사를 이끌고 淸流山 아래에서 李景의 15만 군사를 물리치고, 저주의 동문 밖에서 그들의 장군 皇甫暉・姚鳳을 사로잡아, 마침내 저주를 평정하였다.

【太祖皇帝】: 宋太祖 趙匡胤. 당시에는 後周의 殿前都點檢을 지냈다. 【周師】: 後周의 군사. 【李景】: [인명] 李璟. 南唐의 군주. 【淸流山】: [산이름] 지금의 안휘성 滁縣 서남쪽에 위치. 【生擒(qín)】: 사로잡다, 생포하다. 【皇甫暉(huáng fǔ huī)】: [인명] 황보휘. 南唐의 江州節度使. 【姚鳳(yáo fèng)】: [인명] 요봉. 南唐의 장수. 【遂】: 마침내.

8) 脩嘗考其山川，按其圖記，升高以望淸流之關，欲求暉、鳳就擒之所。而故老皆無在者，蓋天下之平久矣。→ 나는 일찍이 그곳의 산천을 살펴보고, 그 지도의 기록에 따라,

自唐失其政，海內分裂，豪傑並起而爭，所在爲敵國者，何可勝數?[9] 及宋受天命，聖人出而四海一，嚮之憑恃險阻，剗削消磨。[10] 百年之間，漠然徒見山高而水淸，欲問其事，而遺老盡矣。[11] 今滁介於江、淮之間，舟車、商賈、四方賓客之所不至，民生不見外事，而安於畎畝衣食，以樂生送死。[12] 而孰知上之功德，休

높은 곳에 올라가 청류산 관문을 바라보며, 황보휘와 요봉이 사로 잡혔던 곳을 찾아보고자 했다. 그러나 몸소 전란을 겪었던 노인들 모두 생존하는 사람이 없었다. 천하가 평정된 지도 이미 오랜 세월이 흐른 것이다.

【脩】: 구양수가 자신의 이름을 「나, 저」라는 의미로 사용한 것. 【嘗】: 일찍이. 【考】: 고찰하다, 살펴보다. 【圖記】: 지도의 기록. 【升高】: 높은 곳에 오르다. 【淸流之關】: 청류관. 지금의 강소성 滁縣 서남쪽 淸流山에 있으며, 강소성과 안휘성 일대의 요충지로 宋太祖가 南唐의 군사를 대파한 곳이다. 「關」: 관문. 【欲求…】: …을 찾고자 하다. 【就擒(qín)】: [피동용법] 사로잡히다, 생포되다. 【故老】: 노인. 여기서는 「몸소 전란을 겪었던 노인」을 가리킨다. 【在者】: 생존자. 【蓋】: [어기사] ※앞의 말을 받아 그 이유나 원인을 표시한다.

9) 自唐失其政，海內分裂，豪傑並起而爭，所在爲敵國者，何可勝數? → 唐나라가 정치를 그르친 뒤로부터, 전국이 사분오열되고, 호걸들이 동시에 일어나 세력을 다투었다. 천지 사방이 온통 敵國이 되어 버렸으니, 어찌 그 수를 다 헤아릴 수 있겠는가?

【海內】: 국내, 전국. 【並起】: 동시에 일어나다. 【所在】: 도처, 천지 사방. 【何可勝數?】: 어찌 헤아릴 수 있겠는가?

10) 及宋受天命，聖人出而四海一，嚮之憑恃險阻，剗削消磨。→ 宋나라가 천명을 받아, 성인이 출현하여 전국을 통일하기에 이르러, 비로소 과거 전쟁 당시에 의지했던 험준한 요새는, 모두 제거되어 사라졌다.

【聖人】: 여기서는 宋太祖를 가리킨다. 【四海一】: 사해가 하나로 되다. 즉 「전국이 통일되다」의 뜻. 【嚮(xiàng)】: 이전, 과거, 즉 전쟁 당시. 【憑恃(píng shì)】: 의지하다, 기대다. 【險阻(xiǎn zǔ)】: 험준한 지역, 요새. 【剗削(chǎn xuē)】: 제거하다, 없애버리다. 【消磨(mó)】: 소멸되다, 사라지다.

11) 百年之間，漠然徒見山高而水淸，欲問其事，而遺老盡矣。→ (그 후) 백 년 동안은, 평온한 가운데 오직 산 높고 물 맑은 경관만 보아 왔는데, 그 당시의 일을 묻고자해도, 前代의 원로 유신들이 모두 세상을 떠났다.

【漠(mò)然】: 평온한 모양, 조용한 모양. 【徒】: 다만, 오직. 【遺老】: 前代의 원로 유신. 【盡】: 모두 없어지다, 죽다.

養生息, 涵煦百年之深也![13]

脩之來此, 樂其地僻而事簡, 又愛其俗之安閒。[14] 既得斯泉於山谷之間, 乃日與滁人仰而望山, 俯而聽泉; 掇幽芳而蔭喬木, 風霜冰雪, 刻露淸秀, 四時之景, 無不可愛。[15] 又幸其民樂其歲

---

12) 今滁介於江、淮之間, 舟車、商賈、四方賓客之所不至, 民生不見外事, 而安於畎畝衣食, 以樂生送死。→ 지금 저주는 長江과 淮河 사이에 끼어 있어, 선박이나 수레·상인·여러 지방의 손님들이 찾아오지 않기 때문에, 백성들은 태어나서 바깥세상의 일을 보지 못하고, 농사지어 먹고사는 데 안주하며, 근심 걱정 없이 일생을 살아간다.
【介於…】: …의 사이에 끼다. 【江、淮(huái)】: 長江과 淮水. 【商賈(gǔ)】: 상인. 【安於…】: …에 안주하다. 【畎畝(quǎn mǔ)】: 농지, 밭. 【樂生送死】: 근심 걱정 없이 일생을 살아가다.

13) 而孰知上之功德, 休養生息, 涵煦百年之深也! → 그런데 어느 누가 황제의 공덕으로, 백성들이 편히 쉬며 원기를 회복하고, 백 년이란 오랜 세월에 걸쳐 정성껏 보살핌을 받았다는 사실을 알겠는가?
【上】: 황상, 황제. 【休養生息】: 나라가 큰 혼란이나 변혁을 거친 뒤에 백성의 부담을 줄여 생활을 안정시키고 생산을 발전시켜 원기를 회복토록 하는 것을 말한다. 【涵煦(hán xù)】: 촉촉하게 적시고 따사롭게 하다. 즉「정성껏 보살피다」의 뜻이나, 여기서는 피동용법으로 사용되었다. ※판본에 따라서는「涵煦百年」을「涵煦於百年」이라 했다.

14) 脩之來此, 樂其地僻而事簡, 又愛其俗之安閒。→ 나는 이곳에 부임해 와서, 이 지역이 외져서 업무가 단조로운 것을 즐기며, 또 이곳의 풍속이 편안하고 한가로운 것을 좋아했다.
【樂(yào)】: 즐기다, 좋아하다. 【僻(pì)】: 편벽지다, 외지다. 【簡(jiǎn)】: 번거롭지 않고 간단하다. 【安閒(xián)】: 편안하고 한가롭다.

15) 既得斯泉於山谷之間, 乃日與滁人仰而望山, 俯而聽泉; 掇幽芳而蔭喬木, 風霜冰雪, 刻露淸秀, 四時之景, 無不可愛。→ 산골짜기에서 이 샘을 찾아낸 후, 비로소 날마다 저주 사람들과 함께 고개를 들어 풍산을 바라보고 고개를 숙여 샘물 소리를 들으며; (봄에는) 향초를 채집하고 (여름에는) 큰 나무 그늘에 앉아 쉬기도 하는데, (가을·겨울) 풍상과 빙설의 계절이 되면, 수려한 모습을 드러내어, 사계절의 경치가, 사랑스럽지 않은 것이 없다.
【既】: …한 이후. 【得】: 찾아내다, 발견하다. 【乃】: 비로소. 【仰(yǎng)】: 고개를 들다. 【俯(fǔ)】: 고개를 숙이다. 【聽泉】: 샘물 소리를 듣다. 【掇(duō)】: 채

物之豐成，而喜與予遊也。16) 因爲本其山川，道其風俗之美，使民知所以安此豐年之樂者，幸生無事之時也。17) 夫宣上恩德，以與民共樂，刺史之事也。18) 遂書以名其亭焉。19)

■ | 번역문

풍락정(豐樂亭)에 대해 적은 글

내가 저주(滁州)를 다스리던 이듬해 여름, 처음으로 저주의 물을 마시고 감미롭다고 느꼈다. 이를 저주 사람에게 물어 저주 남쪽 백 보쯤 떨

집하다. 【幽(yōu)芳】: 향초. 【蔭(yìn)】: 그늘진 곳에서 더위를 피하다. 【喬木】: 높이 자란 나무, 큰 나무. 【刻露】: 뚜렷이 드러내다. 【淸秀】: 수려하다.

16) 又幸其民樂其歲物之豐成，而喜與予遊也。→ 또 다행히 이곳의 백성들이 수확의 풍작을 기뻐하며, 나와 함께 유람하는 것을 즐거워했다.
【樂(lè)】: 기뻐하다, 즐거워하다. 【歲物】: 수확, 작황. 【豐成】: 풍작.

17) 因爲本其山川，道其風俗之美，使民知所以安此豐年之樂者，幸生無事之時也。→ 그리하여 (나는) 백성들에게 이곳의 산천을 근거로, 이곳 풍속의 아름다움을 이야기하여, 백성들로 하여금 이러한 풍년의 기쁨을 편안히 누릴 수 있는 까닭이, 다행히 무사태평한 시대에 살기 때문이라는 것을 알게 해 주었다.
【因】: 이로 인해, 그리하여. 【爲】: …에게, …을 위해. 【道】: 말하다, 이야기하다. 【所以…】: …한 까닭. 【安】: 편안히 누리다. 【生】: 살다, 생활하다. 【無事之時】: 무사태평한 시대.

18) 夫宣上恩德，以與民共樂，刺史之事也。→ 대저 황제의 은덕을 널리 선양하여, 백성들과 함께 즐기는 것이, 刺史의 직무이다.
【共】: 함께. 【刺史】: 州의 장관. ※漢代에는 郡의 장관을 太守라 했고, 唐代에는 州의 장관을 刺史라 했으며, 宋代에는 州의 장관을 知州라 하여, 태수·자사·지주는 같은 직위에 해당한다. 여기서는 마땅히 지주라고 해야 하나, 滁州知州인 작자가 습관상 이렇게 호칭한 것이다. 【事】: 일, 업무, 직무.

19) 遂書以名其亭焉。→ 그리하여 이 글을 쓰고 이로써 그 정자의 이름을 삼는다.
【遂】: 그리하여.

어진 곳에서 찾아냈다. 샘물의 위쪽에는 풍산(豐山)이 우뚝하게 홀로 서 있고, 아래쪽에는 그윽한 골짜기가 깊숙이 숨겨져 있었으며, 중간쯤에 맑은 샘물이 있어 세차게 용솟음쳤다. 아래위로 좌우로 이리저리 둘러보며 샘물 주변의 경관을 마음껏 즐겼다. 그리하여 샘물의 물길을 터주고 암석을 파내어 터를 닦아 정자를 세우고 저주 사람들과 더불어 그곳에 가서 놀았다.

저주는 오대(五代)의 전란기에 전쟁을 하던 곳이다. 예전에 태조(太祖) 황제는 일찍이 후주(後周)의 군사를 이끌고 청류산(淸流山) 아래에서 이경(李景)의 15만 군사를 물리치고, 저주의 동문 밖에서 그들의 장군 황보휘(皇甫暉)·요봉(姚鳳)을 사로잡아 마침내 저주를 평정하였다. 나는 일찍이 그곳의 산천을 살펴보고, 그 지도의 기록에 따라 높은 곳에 올라가 청류산 관문을 바라보며 황보휘와 요봉이 사로 잡혔던 곳을 찾아보고자 했다. 그러나 몸소 전란을 겪었던 노인들 모두 생존하는 사람이 없었다. 천하가 평정된 지도 이미 오랜 세월이 흐른 것이다.

당(唐)나라가 정치를 그르친 뒤로부터 전국이 사분오열되고 호걸들이 동시에 일어나 세력을 다투었다. 천지 사방이 온통 적국(敵國)이 되어 버렸으니 어찌 그 수를 다 헤아릴 수 있겠는가? 송(宋)나라가 천명을 받아 성인이 출현하여 전국을 통일하기에 이르러, 비로소 과거 전쟁 당시에 의지했던 험준한 요새가 모두 제거되어 사라졌다. (그 후) 백 년 동안은 평온한 가운데 오직 산 높고 물 맑은 경관만 보아 왔는데, 그 당시의 일을 묻고자해도 전대(前代)의 원로 유신들이 모두 세상을 떠났다. 지금 저주는 장강(長江)과 회하(淮河) 사이에 끼어 있어, 선박이나 수레·상인·여러 지방의 손님들이 찾아오지 않기 때문에, 백성들은 태어나서 바깥세상의 일을 보지 못하고, 농사지어 먹고사는 데 안주하며 근심걱정 없이 일생을 살아간다. 그런데 어느 누가 황제의 공덕으로 백성들이 편히 쉬며 원기를 회복하고 백 년이란 오랜 세월에 걸쳐 정성껏 보살핌을 받았다는 사실을 알겠는가?

나는 이곳에 부임해 와서, 이 지역이 외져서 업무가 단조로운 것을 즐기며, 또 이곳의 풍속이 편안하고 한가로운 것을 좋아했다. 산골짜기에서 이 샘을 찾아낸 후, 비로소 날마다 저주 사람들과 함께 고개를 들어 풍산을 바라보고 고개를 숙여 샘물 소리를 들으며, (봄에는) 향초를 채집하고 (여름에는) 큰 나무 그늘에 앉아 쉬기도 하는데, (가을 · 겨울) 풍상과 빙설의 계절이 되면 수려한 모습을 드러내어 사계절의 경치가 사랑스럽지 않은 것이 없다. 또 다행히 이곳의 백성들이 수확의 풍작을 기뻐하며 나와 함께 유람하는 것을 즐거워했다. 그리하여 (나는) 백성들에게 이곳의 산천을 근거로 이곳 풍속의 아름다움을 이야기하여, 백성들로 하여금 이러한 풍년의 기쁨을 편안히 누릴 수 있는 까닭이, 다행히 무사태평한 시대에 살기 때문이라는 것을 알게 해 주었다. 대저 황제의 은덕을 널리 선양하여 백성들과 함께 즐기는 것이 자사(刺史)의 직무이다. 그리하여 이 글을 쓰고 이로써 그 정자의 이름을 삼는다.

■ | 해제(解題) 및 본문요지 설명

≪풍락정기(豐樂亭記)≫는 구양수가 인종(仁宗) 경력(慶曆) 5년(1045) 39세 때 조정에서 물러나 저주지주(滁州知州)로 폄적된 후, 그 이듬 해 풍산(豐山) 기슭에 풍락정(豐樂亭)을 짓고, 그 경과와 풍산 일대의 빼어난 경관 및 그곳 사람들의 풍요롭고 평안한 생활을 묘사한 글이다.

인종(仁宗) 경력(慶曆) 3년(1043) 범중엄(范仲淹)·한기(韓琦)·구양수(歐陽脩) 등은 당시 관료들의 전횡과 무사안일 및 부정부패에 대해 10개 조항의 강령을 제시하고 개혁을 추진했는데, 역사에서는 이를 「경력신정(慶曆新政)」이라 했다. 그러나 일 년여 만에 보수파들이 「붕당(朋黨)」이란 죄명으로 혁신파의 주요 인물들을 모함하고 배척하자 구양수가 이를 해명하기 위해 글을 올렸으나 오히려 구양수마저도 저주자사(滁州刺史)로 폄적당하고 말았다.

본문은 네 단락으로 나눌 수 있는데, 첫째 단락에서는 풍락정의 건립에 대한 경과와 아울러 풍산의 아름다운 경치를 묘사했고; 둘째 단락에서는 오대(五代)시대 저주(滁州)의 역사를 기술하면서 백 년 전 전란을 겪었던 이곳을 지금의 환경과 비교하고, 송(宋)나라가 전국을 통일한 후 백성의 부담을 줄여 생활을 안정시키는 정책을 펴나감으로써 태평성대를 누리고 있다는 것을 통해 송왕조(宋王朝)의 공덕을 찬양했고; 셋째 단락에서는 자신이 산수(山水)에서 편히 즐기며 산천(山泉) 사계절의 경치를 감상하는 즐거움과, 백성들을 위해 의식을 풍족하게 하고 백성들이 자신과 더불어 산수를 유람하면서 느끼는 즐거움을 기술했고; 마지막 단락에서는 조정의 은덕을 선양하고 백성과 함께 즐긴다는 풍락정의 의미를 밝히면서 다시 한 번 본문의 주제를 부각시켰다.

종합적으로 볼 때, 작자가 저주의 태평시대 분위기를 피력한 것은 송나라 초기의 정책에 대한 찬양이기도 하지만, 간접적으로는 저주에서의 자기의 치적을 긍정적으로 평가함으로써 자신의 폄적이 부당했다는 것을 증명하려는 의도가 담겨 있다. 따라서 본문은 단순한 경관의 묘사보다는 작자 나름의 농후한 정치적 색채를 띠고 있다.

171 취옹정기(醉翁亭記)

[宋] 歐陽脩

■ | 작자

162. 붕당론(朋黨論) 참조

■ | 원문 및 주석

醉翁亭記[1]

環滁皆山也。其西南諸峰，林壑尤美。望之蔚然而深秀者，琅邪也。[2] 山行六七里，漸聞水聲潺潺，而瀉出於兩峰之間者，釀泉也。[3] 峰回路轉，有亭翼然臨於泉上者，醉翁亭也。[4] 作亭者誰?

---

1) 醉翁亭記 → 醉翁亭에 대해 적은 글
【醉翁亭】: 안휘성 滁州에 있는 정자 이름.

2) 環滁皆山也。其西南諸峰，林壑尤美。望之蔚然而深秀者，琅邪也。→ 滁州를 둘러싸고 있는 것들은 모두 산이다. 그 서남쪽의 여러 봉우리는, 숲과 골짜기가 특히 아름답다. 이곳을 보았을 때 초목이 무성하고 깊고 수려한 것이, 瑯琊山이다.
【環(huán)】: 빙 둘러싸다. 【滁(chú)】: 滁州, 지금의 안휘성 滁縣. 【壑(hè)】: 산골짜기. 【尤(yóu)】: 특히, 더욱. 【蔚(wèi)然】: 초목이 무성한 모양. 【深秀】: 깊고 수려하다. 【琅邪(láng yé)】: [산이름] 滁縣 서남쪽의 10리 지점에 있는 산.
※판본에 따라서는 「琅邪」를 「琅玡」「琅琊」「瑯琊」 등이라 했다.

3) 山行六七里，漸聞水聲潺潺，而瀉出於兩峰之間者，釀泉也。→ 산을 6~7리쯤 걸어 올

山之僧智僊也。 名之者誰? 太守自謂也。[5] 太守與客來飮於此, 飮少輒醉, 而年又最高, 故自號曰醉翁也。[6] 醉翁之意不在酒, 在乎山水之間也。山水之樂, 得之心而寓之酒也。[7]

라가면, 점차 졸졸 흐르는 물소리가 들리는데, 양쪽 봉우리 사이에서 빠르게 흘러나오는 것이, 釀泉이다.

【潺(chán)潺】: 물이 「졸졸」 흐르는 소리. 【瀉(xiè)】: 빠르게 흐르다. 【釀(niàng)泉】: 샘물 이름. ※瑯琊山 골짜기 水源의 하나로 「醴泉」이라고도 하며, 물이 맑아 술을 빚을 수 있어 붙여진 이름이다.

4) 峰回路轉, 有亭翼然臨於泉上者, 醉翁亭也。→ 굽이도는 봉우리를 따라 길을 돌아가다보면, 샘물 가까이 새가 날개를 활짝 편 모양의 정자가 있다. 바로 醉翁亭이다.

【峯(fēng)回路轉】: 굽이도는 봉우리를 따라 길을 돌아가다. 【翼(yì)然】: 새가 날개를 활짝 편 모양. ※취옹정의 처마 지붕이 새가 날개를 펴고 나는 모습처럼 보이는 것을 형용한 말이다. 【臨(lín)於】: …에 가까이, …에 인접하여.

5) 作亭者誰? 山之僧智僊也。 名之者誰? 太守自謂也。→ 정자를 세운 사람은 누구인가? 山僧 智仙이다. 이 정자의 이름을 지은 사람은 누구인가? 太守 자신의 號로써 이름을 붙인 것이다.

【作】: 짓다. 【智僊(xiān)】: [인명] 지선. 瑯琊山 開化寺의 승려 이름. ※판본에 따라서는 「僊」을 「仙」이라 했다. 【名】: [동사] 이름을 짓다. 【之】: [대명사] 이것, 그것, 즉 정자. 【太守】: 구양수가 살던 宋代의 제도에는 郡의 태수가 州의 知州로 바뀌었으므로 太守라는 명칭은 구양수가 이전의 호칭을 답습한 것이며, 여기서는 구양수 자신을 가리킨다. 【自謂】: 자신의 號로써 이름을 붙이다. ※구양수는 자신의 別號를 가지고 정자의 이름을 지었다.

6) 太守與客來飮於此, 飮少輒醉, 而年又最高, 故自號曰醉翁也。→ 태수가 손님들과 더불어 이곳에 와서 술을 마시면, 조금만 마셔도 곧 취하고, 나이 또한 가장 많아, 그래서 스스로 호를 醉翁이라 했다.

【此】: [대명사] 이곳, 즉 취옹정. 【輒(zhé)】: 곧, 걸핏하면. 【高】: 많다. 【自號曰】: 스스로 호를 …라 하다.

7) 醉翁之意不在酒, 在乎山水之間也。山水之樂, 得之心而寓之酒也。→ 醉翁의 진정한 뜻은 술에 있지 않고, 산수에 있다. 산수의 즐거움을, 마음에서 얻어 술에 기탁한 것이다.

【意】: 진정한 뜻. ※「意」를 「흥취, 흥겨워하다」로 풀이하기도 한다. 【在乎】: 在於, …에 있다. 【得之心】: 得之(於)心, 마음에서 얻다. 【寓(yù)之酒】: 寓之於酒, 술에 기탁하다.

若夫日出而林霏開，雲歸而巖穴暝，晦明變化者，山間之朝暮也。8) 野芳發而幽香，佳木秀而繁陰，風霜高潔，水落而石出者，山間之四時也。9) 朝而往，暮而歸，四時之景不同，而樂亦無窮也。10)

至於負者歌於塗，行者休於樹，前者呼，後者應，傴僂提攜，往來而不絶者，滁人遊也。11) 臨谿而漁，谿深而魚肥；釀泉爲酒，泉香而酒洌。12) 山肴野蔌，雜然而前陳者，太守宴也。13) 宴酣之

---

8) 若夫日出而林霏開，雲歸而巖穴暝，晦明變化者，山間之朝暮也。→ 해가 떠올라 숲 속의 안개가 활짝 걷히고, 구름이 모여들어 바위 동굴 속이 컴컴해지며, 어두웠다 밝았다 변화하는 것으로 말하면, 그것은 산속 아침저녁의 정경이다.

【若夫】 : 至於, …으로 말하면, …에 관해 말할 것 같으면. ※주로 앞의 말을 하고 나서 화제를 바꿀 때 사용한다. 【霏(fēi)】 : 연기 · 안개 등이 자욱한 모양. 【雲歸】 : 구름이 모여들다. 【巖穴(yán xué)】 : 바위 동굴. 【暝(míng)】 : 어둡다, 컴컴하다. 【晦(huì)】 : 어둡다. 【朝(zhāo)】 : 아침.

9) 野芳發而幽香，佳木秀而繁陰，風霜高潔，水落而石出者，山間之四時也。→ 들녘의 향초가 피어 그윽한 향기를 내뿜고, 좋은 나무가 무성하게 자라 짙은 그늘을 이루는가 하면, 바람이 높이 불고 서리가 하얗게 내리며, 개울물이 줄어들어 돌멩이가 들어 나는 것은, 산중의 사계절이다.

【芳(fāng)】 : 香草, 향기로운 꽃. 【發】 : 피다, 피어나다. 【秀】 : 무성하게 자라다. 【繁陰(fán yīn)】 : 그늘이 짙게 들다. 【風霜(shuāng)高潔(jié)】 : 風高霜潔, 바람이 높이 불고 서리가 새하얗다. 【落】 : 줄어들다.

10) 朝而往，暮而歸，四時之景不同，而樂亦無窮也。→ 아침에 나아가고, 저녁에 돌아오는데, 사계절의 경치가 각기 다르니, 즐거움 또한 끝이 없다.

【暮(mù)】 : 저녁. 【景】 : 경치, 경관.

11) 至於負者歌於塗，行者休於樹，前者呼，後者應，傴僂提攜，往來而不絶者，滁人遊也。→ 짐을 진 사람들이 길에서 노래하고, 행인들이 나무 밑에서 쉬며, 앞 사람이 부르면, 뒤 사람이 대답하고, 허리 굽은 노인과 어른 손을 잡은 아이들이, 끊임없이 왕래하는 것으로 말하면, 이는 저주 사람들이 유람하는 것이다.

【至於】 : …으로 말하면. ※주로 앞의 말을 하고 나서 화제를 바꿀 때 사용한다. 【負者】 : 짐을 짊어진 사람. 【塗(tú)】 : 途, 길. 【傴僂(yǔ lóu)】 : 허리가 굽고 등이 튀어나온 모양. 여기서는 「노인」을 가리킨다. 【提攜(tí xī)】 : 손을 잡다. 여기서는 어른 손을 잡고 가는 「아이」를 가리킨다.

12) 臨谿而漁，谿深而魚肥；釀泉爲酒，泉香而酒洌。→ 개울에 나가 고기를 잡으니, 개

樂, 非絲非竹。[14] 射者中, 弈者勝, 觥籌交錯, 起坐而諠譁者, 衆賓懽也。[15] 蒼顔白髮, 頹然乎其間者, 太守醉也。[16]

已而夕陽在山, 人影散亂, 太守歸而賓客從也。[17] 樹林陰翳,

울이 깊어 고기가 살쪄 있다. 釀泉의 물로 술을 빚으니, 샘물이 향기로워 술맛이 순수하다.

【臨】: …에 이르다, …에 나아가다. 【谿(xī)】: 溪, 개울. 【漁(yú)】: 고기를 잡다. 【肥(féi)】: 살찌다, 통통하다. 【爲酒】: 술을 빚다. 【洌(liè)】: 깨끗하다, 순수하다.

13) 山肴野蔌, 雜然而前陳者, 太守宴也。→ 산에서 잡은 육식 요리와 들에서 나는 야채 요리가, 복잡하게 눈앞에 진열해 있는 것은, 태수의 연회이다.

【山肴(yáo)】: 산에서 잡은 鳥獸로 만든 육식 요리. 「肴」: 餚, 생선이나 육류로 만든 요리. 【野蔌(yě sù)】: 들에서 나는 푸성귀로 만든 요리. 「蔌」: 채소 요리. 【雜然】: 복잡하게 널려 있는 모양. 【陳】: 진열하다. 【宴】: 연회, 회식.

14) 宴酣之樂, 非絲非竹。→ 주연이 고조에 달하는 즐거움은, 음악에 있는 것이 아니다.

【宴酣(yàn hān)】: 주연이 고조에 달하다, 연회가 무르익다. 【非絲非竹】: 非絲竹, 음악에 있지 않다. ※「絲竹」은 본래 현악기와 관악기이나, 여기서는 「음악」을 말한다.

15) 射者中, 弈者勝, 觥籌交錯, 起坐而諠譁者, 衆賓懽也。→ 화살을 던지는 사람은 명중하고, 바둑을 두는 사람은 두어 이기고, 술잔과 산가지가 어지럽게 뒤섞여 있고, 사람들이 일어섰다 앉았다 하며 왁자지껄한 것은, 여러 빈객들이 즐기는 모습이다.

【射】: 投壺. ※옛날 연회를 베풀 때 즐기던 일종의 놀이로, 병 속에 화살을 던져 넣어 이기는 사람이 지는 사람에게 벌주를 마시게 했다. 【中(zhòng)】: 맞히다, 명중하다, 즉 화살을 던져 넣다. 【弈(yì)】: 바둑을 두다. 【觥(gōng)】: 쇠뿔로 만든 술잔. 【籌(chóu)】: 산가지. ※수를 셀 때 사용하는 도구로, 여기서는 벌주 잔을 세는 데 사용한 것을 가리킨다. 【交錯(cuò)】: 어지럽게 뒤섞이다. 【諠譁(xuān huá)】: 떠들썩하다, 왁자지껄하다. 【懽(huān)】: 즐기다, 즐거워하다. ※판본에 따라서는 「懽」을 「歡」이라 했다.

16) 蒼顔白髮, 頹然乎其間者, 太守醉也。→ 창백한 안색과 흰 머리에, 여러 사람들 가운데 쓰러져 있는 사람은 태수가 만취한 것이다.

【蒼顔(cāng yán)】: 창백한 안색. 【頹然(túi rán)】: 술에 취해 쓰러져 있는 모양. 【乎】: 於, …에. 【其間】: 그 곳, 즉 「여러 사람들 속」.

17) 已而夕陽在山, 人影散亂, 太守歸而賓客從也。→ 얼마 후 석양이 질 무렵, 사람 그림자가 어지럽게 흩어지는 것은, 태수가 돌아가면서 빈객들이 그 뒤를 따르는 것이다.

鳴聲上下，遊人去而禽鳥樂也。[18] 然而禽鳥知山林之樂，而不知人之樂；人知從太守遊而樂，而不知太守之樂其樂也。[19] 醉能同其樂，醒能述以文者，太守也。[20] 太守謂誰? 廬陵歐陽脩也。[21]

■ | 번역문

취옹정(醉翁亭)에 대해 적은 글

저주(滁州)를 둘러싸고 있는 것들은 모두 산이다. 그 서남쪽의 여러 봉우리는 숲과 골짜기가 특히 아름답다. 이곳을 보았을 때 초목이 무성하고 깊고 수려한 것이 낭야산(瑯琊山)이다. 산을 6~7리쯤 걸어 올라가면 점차 졸졸 흐르는 물소리가 들리는데, 양쪽 봉우리 사이에서 빠르게

【已而】: 얼마 후.

18) 樹林陰翳, 鳴聲上下, 遊人去而禽鳥樂也。→ 숲속이 어둑해지고, 나무 위아래에서 새 울음소리가 들리는 것은, 유람객이 돌아간 후 날짐승들이 즐기는 것이다.
【陰翳(yīn yì)】: 어둑하다. 【鳴(míng)聲】: 새 울음소리. 【上下】: 나무의 위아래. 【禽(qín)鳥】: 조류, 날짐승.

19) 然而禽鳥知山林之樂, 而不知人之樂; 人知從太守遊而樂, 而不知太守之樂其樂也。→ 그러나 날짐승은 산림의 즐거움은 알지만, 사람의 즐거움을 모르고; 사람들은 태수를 따라 노닐어 즐거운 것은 알지만, 태수가 그들의 즐거움을 즐긴다는 것은 알지 못한다.
【然而】: 그러나. 【樂(lè)其樂】: 그들의 즐거움을 즐기다. ※앞의 「樂」은 동사, 뒤의 「樂」은 명사이다.

20) 醉能同其樂, 醒能述以文者, 太守也。→ 취했을 때 능히 그 즐거움을 함께 할 수 있고, 깨었을 때 능히 그것을 글로써 기술할 수 있는 사람은 바로 태수이다.
【同】: 함께 하다. 【醒(xǐng)】: (술・잠 등이) 깨다. 【述以文】: 글로써 기술하다.

21) 太守謂誰? 廬陵歐陽脩也。→ 태수는 누구를 이르는가? 廬陵 사람 歐陽脩이다.
【謂】: …을 이르다, …을 말하다. 【廬陵(lú líng)】: [지명] 廬陵郡. 지금의 강서성 吉安市로 구양수의 고향이다.

흘러나오는 것이 양천(釀泉)이다. 굽이도는 봉우리를 따라 길을 돌아 가다보면 샘물 가까이 새가 날개를 활짝 편 모양의 정자가 있다. 바로 취옹정(醉翁亭)이다. 정자를 세운 사람은 누구인가? 산승(山僧) 지선(智仙)이다. 이 정자의 이름을 지은 사람은 누구인가? 태수(太守) 자신의 호(號)로써 이름을 붙인 것이다. 태수가 손님들과 더불어 이곳에 와서 술을 마시면 조금만 마셔도 곧 취하고 나이 또한 가장 많아, 그래서 스스로 호를 취옹(醉翁)이라 했다. 취옹의 진정한 뜻은 술에 있지 않고 산수에 있다. 산수의 즐거움을 마음에서 얻어 술에 기탁한 것이다.

해가 떠올라 숲 속의 안개가 활짝 걷히고 구름이 모여들어 바위 동굴 속이 컴컴해지며 어두웠다 밝았다 변화하는 것으로 말하면, 그것은 산속 아침저녁의 정경이다. 들녘의 향초가 피어 그윽한 향기를 내뿜고, 좋은 나무가 무성하게 자라 짙은 그늘을 이루는가 하면, 바람이 높이 불고 서리가 하얗게 내리며, 개울물이 줄어들어 돌멩이가 들어 나는 것은 산중의 사계절이다. 아침에 나아가고 저녁에 돌아오는데, 사계절의 경치가 각기 다르니 즐거움 또한 끝이 없다.

짐을 진 사람들이 길에서 노래하고 행인들이 나무 밑에서 쉬며, 앞 사람이 부르면 뒤 사람이 대답하고, 허리 굽은 노인과 어른 손을 잡은 아이들이 끊임없이 왕래하는 것으로 말하면, 이는 저주 사람들이 유람하는 것이다. 개울에 나가 고기를 잡으니 개울이 깊어 고기가 살쪄 있다. 양천(釀泉)의 물로 술을 빚으니 샘물이 향기로워 술맛이 순수하다. 산에서 잡은 육식 요리와 들에서 나는 야채 요리가 복잡하게 눈앞에 진열해 있는 것은 태수의 연회이다. 주연이 고조에 달하는 즐거움은 음악에 있는 것이 아니다. 화살을 던지는 사람은 명중하고, 바둑을 두는 사람은 두어 이기고, 술잔과 산가지가 어지럽게 뒤섞여 있고, 사람들이 일어섰다 앉았다 하며 왁자지껄한 것은, 여러 빈객들이 즐기는 모습이다. 창백한 안색과 흰 머리에 여러 사람들 가운데 쓰러져 있는 사람은 태수가 만취한 것이다.

얼마 후 석양이 질 무렵 사람 그림자가 어지럽게 흩어지는 것은, 태수가 돌아가면서 빈객들이 그 뒤를 따르는 것이다. 숲속이 어둑해지고 나무 위아래에서 새 울음소리가 들리는 것은, 유람객이 돌아간 후 날짐승들이 즐기는 것이다. 그러나 날짐승은 산림의 즐거움은 알지만 사람의 즐거움을 모르고, 사람들은 태수를 따라 노닐어 즐거운 것은 알지만 태수가 그들의 즐거움을 즐긴다는 것은 알지 못한다. 취했을 때 능히 그 즐거움을 함께 할 수 있고, 깨었을 때 능히 그것을 글로써 기술할 수 있는 사람은 바로 태수이다. 태수는 누구를 이르는가? 여릉(廬陵) 사람 구양수(歐陽脩)이다.

■ | 해제(解題) 및 본문요지 설명

송(宋) 인종(仁宗) 경력(慶曆) 3년(1043), 범중엄(范仲淹) · 한기(韓琦) · 구양수(歐陽脩) 등은 당시 관료들의 전횡과 부정부패에 대해 10개 조항의 강령을 제시하고 대대적인 개혁을 추진했다. 이른바 역사에서 말하는 「경력신정(慶曆新政)」이다. 그러자 일 년여 만에 보수파들이 「붕당(朋黨)」이란 죄명으로 혁신파의 주요 인물들을 모함하고 배척했다. 이에 경력(慶曆) 5년(1045) 구양수가 상소(上疏)를 올려 범중엄등 개혁파를 변호하고 나섰다. 그러나 수구파가 구양수에게 죄를 씌워 구양수가 오히려 저주자사(滁州刺史)로 폄적되었다. 구양수는 저주자사로 부임한 후, 평소 관대하고 온화한 정치를 펴나가 경력 6년(1046) 저주에서 풍작을 거두자 ≪취옹정기(醉翁亭記)≫를 지어 자신의 감회를 서술했다.

본문은 네 단락으로 나눌 수 있는데, 첫째 단락에서는 취옹정의 주위 환경과 명명(命名)의 유래를 설명했고; 둘째 단락에서는 산간(山間)의 아침저녁과 사계절의 경치를 묘사했고; 셋째 단락에서는 저주사람들의 나들이 · 태수 연회장의 배치 · 빈객들의 즐거운 분위기 · 태수의 만취 모습 등 낭야산(瑯琊山) 놀이의 즐거움을 서술했고; 마지막 단락에서는 연회 후 사람들의 귀가 장면을 묘사했다.

≪취옹정기≫는 문장 전체를 통해 볼 때, 작자가 자기의 사상 감정을 자연의 묘사와 사람들의 놀이 활동 속에 잘 조화시킴으로써 독자로 하여금 산수의 즐거움을 느끼게 함과 동시에 연회 놀이의 즐거움을 맛보게 한다.

172 추성부(秋聲賦)

[宋] 歐陽脩

■ | 작자

162. 붕당론(朋黨論) 참조

■ | 원문 및 주석

秋聲賦[1)]

歐陽子方夜讀書, 聞有聲自西南來者, 悚然而聽之, 曰 :「異哉!」[2)] 初淅瀝以蕭颯, 忽奔騰而砰湃, 如波濤夜驚, 風雨驟至。[3)]

---

1) 秋聲賦 → 가을의 소리를 묘사한 글
【賦】: 부. 문체의 일종. 屈原의 ≪楚辭≫에서 발전한 일종의 詩歌형식이다. 漢代에는 國事를 찬미하는 宮廷文學으로 발전하여 문사를 화려하게 포장하는「辭賦」가 유행했고, 위진남북조시대에는 唯美主義 풍조에 물들어 駢儷文이 유행하면서 對句를 많이 사용하는「騈賦」가 성행했으며, 唐代에는 聲律과 押韻의 규정이 엄격한「律賦」가 생겨났고, 宋代에 이르러서는 점차 산문 형식으로 변화했으나 여전히 전통적인 수법을 그대로 사용하여 말의 꾸밈을 중시하고 對句·韻語를 혼합한 일종의 散文詩와 유사한「文賦」가 유행했다.
2) 歐陽子方夜讀書, 聞有聲自西南來者, 悚然而聽之, 曰 :「異哉!」→ 歐陽子가 한창 밤에 책을 읽고 있다가, 서남쪽에서 전해오는 소리를 듣고, 섬뜩하여 귀를 기울이고 들으며, 말했다 :「이상하구나!」
【歐陽子】: 歐陽脩.「子」는 남자에 대한 존칭이나, 여기서는 구양수가 자신의 일

其觸於物也，鏦鏦錚錚，金鐵皆鳴；又如赴敵之兵，銜枚疾走，不聞號令，但聞人馬之行聲。[4] 余謂童子：「此何聲也？汝出視之。」[5] 童子曰：「星月皎潔，明河在天，四無人聲，聲在樹間。」[6]

余曰：「噫嘻，悲哉！此秋聲也，胡爲而來哉？[7] 蓋夫秋之爲

을 제삼자가 겪은 것처럼 객관화하기 위해 사용한 말.【方】: 한창.【悚(sǒng)然】: 두려워서 몸이 오싹하는 모양.

3) 初淅瀝以蕭颯，忽奔騰而砰湃，如波濤夜驚，風雨驟至。→ 처음에는 부슬부슬 비오는 소리와 솨 솨 바람 부는 소리가 나는 듯하더니, 갑자기 물이 세차게 흘러 부딪는 소리를 내며, 마치 파도가 한 밤중에 놀라 일고, 비바람이 갑자기 몰아치는 듯했다.

【淅瀝(xī lì)】: [의성어] 부슬부슬. ※비오는 소리.【以】: 而.【蕭颯(xiāo sà)】: [의성어] 솨 솨. ※바람 부는 소리.【奔騰(bēn téng)】: 물이 세차게 흐르다.【砰湃(pēng pài)】: 파도가 부딪히는 소리.【驟至】: 갑자기 몰아치다.

4) 其觸於物也，鏦鏦錚錚，金鐵皆鳴；又如赴敵之兵，銜枚疾走，不聞號令，但聞人馬之行聲。→ 그것이 물건에 부딪히면, 쨍그랑 쨍그랑, 쇠붙이가 모두 울리는 것 같고; 또한 마치 적진으로 나가는 군대가, 입에 재갈을 물고 질주하듯, 호령 소리는 들리지 않고, 다만 사람과 말이 달리는 듯한 소리가 들렸다.

【觸(chù)於…】: …에 닿다. …에 부딪히다.【鏦(cōng)鏦錚(zhēng)錚】: 쇠붙이가 부딪히는 소리.「鏦鏦」: 칼과 같은 날카로운 쇠가 부딪히는 소리.「錚錚」: 쇠붙이가 부딪히는 소리.【赴(fù)敵】: 적진으로 나가다.【銜(xián)枚】: 입에 하무를 물다.「銜」: 물다.「枚」: 하무. 즉 옛날 적군을 기습할 때 병사들이 떠들지 못하도록 입에 물리던 나무 막대기.【號令】: 명령하는 소리.【但】: 다만, 오직.

5) 余謂童子：「此何聲也？汝出視之。」→ 내가 동자에게 말했다：「이게 무슨 소리냐? 네가 나가 보아라.」

【之】: [대명사] 그것, 즉「무슨 소리」.

6) 童子曰：「星月皎潔，明河在天，四無人聲，聲在樹間.」→ 동자가 말했다：「별과 달은 밝고 깨끗하며, 은하수가 하늘에 펼쳐 있는데, 주위에는 인기척이 없고, 소리가 나무 사이에서 들려오고 있습니다.」

【皎潔(jiǎo jié)】: 밝고 깨끗하다.【明河】: 은하수.【四】: 주변, 주위, 사방.

7) 余曰：「噫嘻，悲哉！此秋聲也！胡爲而來哉?→ 내가 말했다：「아, 슬프다! 이것은 가을의 소리로구나! 왜 왔는가?

【噫嘻(yī xī)】: [감탄사] 아!【胡爲】: 어째서, 왜.

狀也, 其色慘淡, 煙霏雲斂; 其容淸明, 天高日晶; 其氣慄冽, 砭人肌骨; 其意蕭條, 山川寂寥。[8] 故其爲聲也, 淒淒切切, 呼號憤發。[9] 豐草綠縟而爭茂, 佳木蔥蘢而可悅; 草拂之而色變, 木遭之而葉脫; 其所以摧敗零落者, 乃其一氣之餘烈。[10]

「夫秋, 刑官也, 於時爲陰; 又兵象也, 於行爲金。[11] 是謂天

---

8) 蓋夫秋之爲狀也, 其色慘淡, 煙霏雲斂; 其容淸明, 天高日晶; 其氣慄冽, 砭人肌骨; 其意蕭條, 山川寂寥。→ 대체로 가을의 형상을 말하면 이렇다 : 그 색깔은 참담하여, 안개가 흩어지고 구름이 걷히며; 그 용모는 맑고 밝아, 하늘이 높고 햇빛이 찬란하다. 그 기운은 몹시 차가워, 사람의 피부와 뼛속까지 찌르고; 그 뜻은 썰렁하여, 산천이 적막하다.

【蓋夫】: 대체로. 「夫」: [어기사]. 【爲狀】: 모습, 형상. 【其】: [대명사] 그, 즉 가을. 【色】: 색깔. 【慘(cǎn)淡】: 암담하다. 【霏(fēi)】: 흩어지다. 【斂(liǎn)】: 걷히다, 사라지다. 【容】: 용모. 【晶(jīng)】: 찬란하다. 【氣】: 기운. 【慄冽(lì liè)】: 매우 차다. 【砭(biān)】: 돌침. 여기서는 동사용법으로 「찌르다」의 뜻. 【意】: 뜻, 意中. 【蕭(xiāo)條】: 썰렁한 모양. 【寂寥(jì liáo)】: 적막하다.

9) 故其爲聲也, 淒淒切切, 呼號憤發。→ 그래서 가을이 내는 소리는, 처절하고, 울부짖으며 화를 내는 듯하다.

【淒淒切切】: 처절하다. 【呼號】: 울부짖다. 【憤發】: 화를 내다, 진노하다.

10) 豐草綠縟而爭茂, 佳木蔥蘢而可悅; 草拂之而色變, 木遭之而葉脫; 其所以摧敗零落者, 乃其一氣之餘烈。→ 풍성한 풀들이 푸르게 우거져 무성함을 다투고, 아름다운 나무들이 푸르고 울창하여 눈을 즐겁게 하지만; 풀들은 가을바람이 스치면 그 색이 변하고, 나무는 가을바람을 만나면 잎이 떨어진다. 가을이 수목을 망가뜨리고 시들게 하는 까닭은, 바로 가을 寒氣의 여세로 말미암은 것이다.

【綠縟(lǜ rù)】: 푸르게 우거지다. 【蔥蘢(cōng lóng)】: 푸르고 울창하다. 【可悅(yuè)】: 눈을 즐겁게 하다. 【拂(fú)】: 스치다. 【之】: [대명사] 그것, 즉 가을바람. 【其所以…】: 가을이 …한 까닭. 「其」: [대명사] 그것, 즉 「가을」. 【摧敗(cuī bài)】: 망가뜨리다. 【零落(líng luò)】: 시들다, 말라 떨어지다. 【乃】: 바로 …이다. 【一氣】: 가을의 차가운 기운. 【餘烈】: 여세.

11) 「夫秋, 刑官也, 於時爲陰; 又兵象也, 於行爲金。→「대저 가을은, 刑官으로, 四時에 있어서는 陰에 속하며; 또한 用兵의 상징으로, 五行에 있어서는 金에 속한다. ※五行은 「木·火·土·金·水」를 말한다. 옛 사람들은 五行을 우주의 다섯 가지 원소로 보고 五行의 변화를 통하여 인생과 우주의 모든 현상을 설명하였다. 옛사람들의 설에 따라 五行과 四時·方位·聲音의 관계를 보면 아래의 표에 제

地之義氣，常以肅殺而爲心。12) 天之於物，春生秋實。13) 故其在樂也，商聲主西方之音，夷則爲七月之律。14) 商，傷也，物既老而

시된 바와 같다.

五行	木	火	土	金	水
方位	東	南	中央	西	北
四時	春	夏	季夏	秋	冬
五音	角	徵	宮	商	羽

여기서 五音은 소리의 高低淸濁에 따라 나눈 것으로, 중국 고대 음악에서 채택한 音階를 말한다.

【夫】: 무릇. 【刑官】: 刑罰을 담당하던 관직. ※≪周禮≫에는 관직을 天官・地官・春官・夏官・秋官・冬官 등 六官으로 나누었다. 가을을 刑官이라 한 것은, 옛사람들이 가을의 차가운 기운으로 초목이 시들어 죽게 되는 것을, 낡은 것을 새것으로 바꾼다는 의미로 여겨, 주로 가을에 刑政을 처리함으로써 말미암은 것이며, ≪周禮≫의 秋官에 해당한다. 【於時爲陰】: 四時에 있어서 음에 속하다. ※옛사람들은 우주에 陽氣와 陰氣가 있어 陽은 生育을 담당하고, 陰은 消滅을 담당하기 때문에, 봄과 여름은 陽에 속하고 가을과 겨울은 陰에 속한다고 했다. 【兵象】: 用兵의 상징. ※가을의 寒氣가 만물을 말려 죽이는 것이 마치 兵器가 사람을 상하게 하는 것과 같다 하여, 가을을 兵象이라 했다. 【於行爲金】: 오행에 있어서 금에 속하다. 「行」: 五行.

12) 是謂天地之義氣，常以肅殺而爲心。→ 이것을 천지의 義氣라 하는데, 항상 말살하려는 속성을 지니고 있다.

【義氣】: 훼손하고 살육하는 기운. ※五行의 속성을 儒家의 「五常」에 견주면 다음과 같다.

五行	木	火	土	金	水
五常	仁	禮	信	義	智

【肅殺(sù shā)】: 시들어 죽게 하다, 말살하다. 【以…爲…】: …을 …로 삼다. 【心】: 본성, 屬性.

13) 天之於物，春生秋實。→ 하늘은 만물에 대해, 봄에는 나고 가을에는 열매를 맺게 한다.

14) 故其在樂也，商聲主西方之音，夷則爲七月之律。→ 그러므로 음악에 있어서, (五音 중의) 商聲은 서쪽의 音을 주관하고, (十二律 중의) 夷則은 칠월의 음률이다. 【商聲】: 五音의 하나로 서쪽을 나타내는 音調. 【主西方之音】: 서방의 음을 주관하다. ※고대의 陰陽家들은 五音의 始終이 마치 四時의 순환과 같고 五行과도 관계가 있다고 여겨, 五音을 가지고 四時・五行과 결부시켰다.(위의 도표 참조) 따라서 가을의 방위는 서쪽으로, 곧 「가을=서쪽=상성」의 관계이다. 【夷則爲七

悲傷; 夷, 戮也, 物過盛而當殺。15)

「嗟乎! 草木無情, 有時飄零, 人爲動物, 惟物之靈。16) 百憂感其心, 萬事勞其形, 有動于中, 必搖其精, 而況思其力之所不及, 憂其智之所不能, 宜其渥然丹者爲槁木, 黟然黑者爲星星。17) 奈

月之律】: 夷則은 7월의 음률이다. ※「律」: 일설에 따르면 상고시대 黃帝가 樂師 伶倫에게 「律」을 만들도록 명하여, 영윤이 대나무를 잘라 길이가 다른 열두 개의 대롱을 만들고, 대롱을 불어 얻은 12개의 음을 六陽[黃鍾·大簇·姑洗·蕤賓·夷則·無射·音律]과 六陰[林鍾·南呂·應鍾·大呂·夾鍾·中呂]으로 나누었는데, 이를 합쳐 「十二律」이라 이름하고 모든 음률의 준칙으로 삼았다. 음양가들은 소리의 高低淸濁이 마치 風雨陰陽의 變化와 같다고 여겨, 12律을 가지고 12月에 맞추어 기후를 점쳤다.

월별	12律	월별	12律
1월	太簇	7월	夷則
2월	夾鐘	8월	南呂
3월	姑洗	9월	無射
4월	仲呂	10월	應鐘
5월	蕤賓	11월	黃鐘
6월	林鐘	12월	大呂

節候로는 음력 7월, 곧 孟秋에 해당된다. 夷는 傷을 뜻하고, 則은 法을 뜻한다. 곧 만물이 孟秋에 들어 비로소 傷하여 刑罰을 받음을 뜻한다.

15) 商, 傷也, 物旣老而悲傷; 夷, 戮也, 物過盛而當殺。→ 商은, 슬프다는 뜻으로, 만물이 노쇠하면 마음이 상하는 것이고; 夷란 살육의 뜻으로, 만물이 번성한 후에는 당연히 쇠잔한다는 것이다.

【旣老】: 이미 노쇠하다, 노쇠한 이후. 「旣」: 이미, …한 후. 【傷】: 슬프다, 마음이 상하다. 【戮(lù)】: 죽이다. 【殺】: 쇠잔하다.

16) 「嗟乎! 草木無情, 有時飄零, 人爲動物, 惟物之靈。→「아! 초목은 감정이 없지만, 때가 되면 떨어지고, 사람은 동물이며, 동물의 영장이다.

【嗟(jiē)乎】: [감탄사] 아! 【飄零(piāo líng)】: (잎·꽃이) 떨어지다.

17) 百憂感其心, 萬事勞其形, 有動于中, 必搖其精, 而況思其力之所不及, 憂其智之所不能, 宜其渥然丹者爲槁木, 黟然黑者爲星星。→ 여러 가지 걱정 근심이 그 마음을 건드리고, 수많은 일들이 그 육체를 힘들게만 해도, 마음속에서 움직이는 것이 있어, 반드시 그 정신을 흔드는데, 하물며 그 능력이 미치지 못하는 것을 생각하고, 그 지혜로 불가능한 것까지 걱정하게 되면, 당연히 그 붉고 윤기가 나던

何以非金石之質，欲與草木而爭榮？ 念誰爲之戕賊，亦何恨乎秋聲?」[18]

童子莫對, 垂頭而睡。[19] 但聞四壁蟲聲喞喞, 如助余之歎息。[20]

■ | 번역문

가을의 소리를 묘사한 글

구양자(歐陽子)가 한창 밤에 책을 읽고 있다가 서남쪽에서 전해오는 소리를 듣고 섬뜩하여 귀를 기울이고 들으며 말했다 : 「이상하구나!」 처음에는 부슬부슬 비오는 소리와 쏴 쏴 바람 부는 소리가 나는 듯하더

얼굴은 마른나무처럼 변하고, 새까맣던 머리는 희끗희끗하게 변한다.
【百憂(yōu)】 : 여러 가지 근심. 【中】 : 마음속. 【勞】 : [사동용법] 힘들게 하다. 【形】 : 몸, 육체. 【搖(yáo)】 : [피동용법] 흔들리다. 【而況】 : 하물며. 【不及】 : 미치지 못하다. 【宜】 : 마땅히, 당연히. 【渥(wò)然丹者】 : 얼굴이 붉고 윤기가 나는 모습. 【槁(gǎo)木】 : 枯木, 마른 나무. 【黟(yī)然】 : 새까만 모양. 【星星】 : 머리가 희끗희끗한 모양.

18) 奈何以非金石之質, 欲與草木而爭榮? 念誰爲之戕賊, 亦何恨乎秋聲?」→ 어찌 견고하지도 못한 바탕을 가지고, 초목과 더불어 번영을 다투려 하는가? 누가 자기에게 해를 끼쳤는지 생각해야지, 또 어찌 가을의 소리를 원망하는가?」
【奈何】 : 어찌. 【以】 : …을 가지고, …으로써. 【非金石之質】 : 비금석 재질, 즉 견고하지 못한 바탕. 【念】 : 생각하다. 【爲之】 : 자기에게. 「爲」 : …에게. 「之」 : [대명사] 그것, 즉 자기, 자신. 【戕賊(qiāng zé)】 : 손상을 입히다, 해를 가하다. 【恨乎…】 : …에 대해 원망하다. 「乎」 : 於, …에 대해.

19) 童子莫對, 垂頭而睡。→ 동자는 대답 없이, 머리를 숙인 채 잠들어 있다.
【莫(mò)對】 : 대답하지 않다. 【垂頭】 : 머리를 숙이다.

20) 但聞四壁蟲聲喞喞, 如助余之歎息。→ 다만 사방 벽에서 찍찍거리는 벌레 울음소리가 들려와, 마치 나의 탄식을 조장하는 듯하다.
【喞喞(jījī)】 : [의성어] 찍찍. ※벌레 우는 소리.

니, 갑자기 물이 세차게 흘러 부딪는 소리를 내며 마치 파도가 한 밤중에 놀라 일고 비바람이 갑자기 몰아치는 듯했다. 그것이 물건에 부딪히면 쨍그랑 쨍그랑 쇠붙이가 모두 울리는 것 같고, 또한 마치 적진으로 나가는 군대가 입에 재갈을 물고 질주하듯, 호령 소리는 들리지 않고 다만 사람과 말이 달리는 듯한 소리가 들렸다. 내가 동자에게 말했다 : 「이게 무슨 소리냐? 네가 나가 보아라.」 동자가 말했다 : 「별과 달은 밝고 깨끗하며 은하수가 하늘에 펼쳐 있는데, 주위에는 인기척이 없고 소리가 나무 사이에서 들려오고 있습니다.」

내가 말했다 : 「아, 슬프다! 이것은 가을의 소리로구나! 왜 왔는가? 대체로 가을의 형상을 말하면 이렇다 : 그 색깔은 참담하여 안개가 흩어지고 구름이 걷히며, 그 용모는 맑고 밝아 하늘이 높고 햇빛이 찬란하다. 그 기운은 몹시 차가워 사람의 피부와 뼛속까지 찌르고, 그 뜻은 썰렁하여 산천이 적막하다. 그래서 가을이 내는 소리는 처절하고 울부짖으며 화를 내는 듯하다. 풍성한 풀들이 푸르게 우거져 무성함을 다투고 아름다운 나무들이 푸르고 울창하여 눈을 즐겁게 하지만, 풀들은 가을바람이 스치면 그 색이 변하고 나무는 가을바람을 만나면 잎이 떨어진다. 가을이 수목을 망가뜨리고 시들게 하는 까닭은 바로 가을 한기(寒氣)의 여세로 말미암은 것이다.

「대저 가을은 형관(刑官)으로, 사시(四時)에 있어서는 음(陰)에 속하며, 또한 용병(用兵)의 상징으로, 오행(五行)에 있어서는 금(金)에 속한다. 이것을 천지의 의기(義氣)라 하는데, 항상 말살하려는 속성을 지니고 있다. 하늘은 만물에 대해, 봄에는 나고 가을에는 열매를 맺게 한다. 그러므로 음악에 있어서 오음(五音) 중의 상성(商聲)은 서쪽의 음을 주관하고, 십이율(十二律) 중의 이칙(夷則)은 칠월의 음률이다. 상(商)은 슬프다는 뜻으로 만물이 노쇠하면 마음이 상하는 것이고, 이(夷)란 살육의 뜻으로 만물이 번성한 후에는 당연히 쇠잔한다는 것이다.

「아! 초목은 감정이 없지만 때가 되면 떨어지고, 사람은 동물이며 동물의 영장이다. 여러 가지 걱정 근심이 그 마음을 건드리고 수많은 일들이 그 육체를 힘들게만 해도, 마음속에서 움직이는 것이 있어 반드시 그 정신을 흔드는데, 하물며 그 능력이 미치지 못하는 것을 생각하고 그 지혜로 불가능한 것까지 걱정하게 되면, 당연히 그 붉고 윤기가 나던 얼굴은 마른나무처럼 변하고, 새까맣던 머리는 희끗희끗하게 변한다. 어찌 견고하지도 못한 바탕을 가지고 초목과 더불어 번영을 다투려 하는가? 누가 자기에게 해를 끼쳤는지 생각해야지 또 어찌 가을의 소리를 원망하는가?」

동자는 대답 없이 머리를 숙인 채 잠들어 있다. 다만 사방 벽에서 찍찍거리는 벌레 울음소리가 들려와 마치 나의 탄식을 조장하는 듯하다.

■ | 해제(解題) 및 본문요지 설명

≪추성부(秋聲賦)≫는 인종(仁宗) 가우(嘉祐) 4년(1059) 구양수(歐陽脩)가 53세 때 지은 것이다. 구양수는 가우 3년 ≪신당서(新唐書)≫ 편찬 작업에 종사하다가 건강을 해쳐 그 이듬해 개봉부윤(開封府尹)을 사직했다. 쇠약해진 몸과 여러 가지 고민이 얽혀 있던 중, 가을바람이 불어 스산한 기운이 감돌자 이에 자극을 받아 우울한 심정을 글에 담아 토로했다.

본문은 네 단락으로 나눌 수 있는데, 첫째 단락에서는 가을밤 등불 아래서 책을 읽다가 문득 기이한 소리에 놀라는 모습을 통해 본문의 주제인 「가을의 소리」를 끌어냈고; 둘째 단락에서는 먼저 여러 가지 비유법을 사용하여 가을의 소리를 묘사하고, 이어서 늦가을 산천의 적막하고 초목이 시들어 버린 스산한 광경을 묘사한 다음, 가을에 대한 원망과 아울러 옛사람들의 가을에 대한 인식으로부터 가을의 스산함을 재차 강조했고; 셋째 단락에서는 자연에 대한 감회로부터 순탄치 못한 인생을 탄식하면서, 인사(人事)에 대한 근심과 노고·짧은 인생·심신이 날로 쇠약해지는 비통한 마음을 서술했고; 마지막 단락에서는 작자가 깊은 잠에 빠진 동복(童僕)을 마주한 채 밤벌레 우는 소리에 더욱 처량해지는 안타까운 심경을 토로했다.

173 제석만경문(祭石曼卿文)

[宋] 歐陽脩

■ | 작자

162. 붕당론(朋黨論) 참조

■ | 원문 및 주석

祭石曼卿文[1)]

維治平四年七月日, 具官歐陽脩謹遣尙書都省令史李敭至於太淸, 以淸酌庶羞之奠, 致祭于亡友曼卿之墓下, 而弔之以文曰 : [2)]

---

1) 祭石曼卿文 → 石曼卿에게 제사한 글
【祭…文】: …에게(에) 祭祀한 글, …에 대한 祭文. 【石曼卿】: [인명] 石延年. 曼卿은 그의 자. 宋州 宋城[지금의 하남성 商丘縣 남쪽] 사람으로 秘閣校理·太子中允을 지냈으며 시를 잘 지었고 서예에도 능했다.

2) 維治平四年七月日, 具官歐陽脩謹遣尙書都省令史李敭至於太淸, 以淸酌庶羞之奠, 致祭于亡友曼卿之墓下, 而弔之以文曰 : → 英宗 治平 4년 7월 모일에, 具官 歐陽脩가 삼가 尙書都省 令史 李敭을 太淸에 보내, 맑은 술과 여러 가지 좋은 음식 등의 제물을 갖추어, 작고한 친구 석만경의 묘소에서 제사를 지내고, 글로써 그를 애도한다 :
【維】: 祭文의 年月日앞에 상용하는 발어사. 維歲次. 【治平四年】: 宋英宗 治平 4년

嗚呼曼卿! 生而爲英, 死而爲靈。[3] 其同乎萬物生死, 而復歸於無物者, 暫聚之形; 不與萬物共盡, 而卓然其不朽者, 後世之名。[4] 此自古聖賢, 莫不皆然, 而著在簡册者, 昭如日星。[5]

嗚呼曼卿! 吾不見子久矣, 猶能髣髴子之平生。[6] 其軒昂磊落, 突兀崢嶸, 而埋藏於地下者, 意其不化爲朽壤, 而爲金玉之

(1067). 「治平」: 英宗의 연호. 【具官】: 관직을 갖추다. ※唐宋 이후에 公·私文書 또는 문장의 초고에 쓰는 관작 품급을 생략하고 간략하게 「具官」이란 말로 대신했다. 【謹(jǐn)】: 삼가. 【遣(qiǎn)】: 파견하다, 보내다. 【尙書都省】: [관공서] 尙書省. 주로 국가의 행정을 관리했다. 【令史】: [관직] 문서를 담당하던 관리. 【李敭(yáng)】: [인명] 이양. ※사적·생졸연대 미상. 【太淸】: [지명] 永城縣 경내[지금의 하남성 商丘 동남쪽]. 석만경의 고향으로 석만경이 죽은 후 이곳에 묻혔다. 【淸酌(zhuó)庶羞(xiū)】: 청주와 여러 가지 좋은 음식. 「淸酌」: 청주, 맑은 술. 「庶」: 각종, 여러 가지. 「羞」: 음식. 【奠(diàn)】: 제사지내다. 여기서는 「제물, 제사에 올리는 음식」을 말한다. 【致祭】: 제사를 지내다. 【亡友】: 고인이 된 친구, 작고한 친구. 【弔(diào)之以文】: 글로써 그를 애도하다.

3) 嗚呼曼卿! 生而爲英, 死而爲靈。→ 아 曼卿이여! 생전에 걸출한 인재이더니, 죽어서 신령이 되었구려.
【嗚呼】: [감탄사] 아! 【英】: 英才, 걸출한 인재. 【靈(líng)】: 신령.

4) 其同乎萬物生死, 而復歸於無物者, 暫聚之形; 不與萬物共盡, 而卓然其不朽者, 後世之名。→ 만물이 태어나서 죽는 것과 마찬가지로, 다시 無의 상태로 돌아가는 것이, 잠시 응집했던 육체요; 만물과 함께 소멸하지 않고, 우뚝 솟아 썩지 않는 것이, 후세에 남긴 이름이라네.
【無物】: 無의 상태. 【暫聚(zàn jù)】: 잠시 응집하다. 【形】: 육체. 【共盡】: 함께 소멸하다. 【卓然】: 우뚝한 모양. 【後世之名】: 후세에 남긴 이름.

5) 此自古聖賢, 莫不皆然, 而著在簡册者, 昭如日星。→ 이는 옛 성현들로부터, 모두 그렇지 않은 경우가 없었고, 역사에 기록된 사람들은, 마치 해와 별처럼 빛났다네.
【莫不…】: …하지 않은 경우가 없다. 【著】: 기록하다. 【簡册(jiǎn cè)】: 사서, 역사. 【昭(zhāo)如】: 마치 …처럼 빛나다.

6) 嗚呼曼卿! 吾不見子久矣, 猶能髣髴子之平生。→ 아 만경이여! 내가 그대를 보지 못한지 오래 되었지만, 아직도 그대의 평소 모습을 아련히 기억하고 있다네.
【子】: 그대, 당신. 【猶(yóu)】: 여전히, 아직도. 【髣髴(fǎng fú)】: 어렴풋하다, 아련하다. 【平生】: 평소. 여기서는 「평소 모습」을 말한다.

精；不然，生長松之千尺，產靈芝而九莖。7) 奈何荒煙野蔓，荊棘縱橫，風淒露下，走燐飛螢，但見牧童樵叟，歌唫而上下，與夫驚禽駭獸，悲鳴躑躅而咿嚶!8) 今固如此，更千秋而萬歲兮，安知其不穴藏狐貉與鼯鼪?9) 此自古聖賢亦皆然兮，獨不見夫纍纍乎曠野與荒城!10)

7) 其軒昂磊落，突兀崢嶸，而埋藏於地下者，意其不化爲朽壤，而爲金玉之精；不然，生長松之千尺，產靈芝而九莖。→ 그 비범한 자태와 공명정대한 마음씨, 출중한 품격과 뛰어난 재능은, 설사 지하에 묻힌다 해도, 그것이 썩은 흙으로 변하지 않고, 금과 옥의 精髓로 변하거나; 그렇지 않으면, 천 자 높이의 소나무로 자라거나, 혹은 靈芝로 태어나 아홉 줄기로 뻗을 것이라 예상했네.
【軒昂(xuān áng)】: 자태가 비범하다. 【磊落(lěi luò)】: 마음씨가 공명정대하다. 【突兀(wù)】: 품격이 출중하다. 【崢嶸(zhēng róng)】: 재능이 뛰어나다. 【意】: 예상하다, 추측하다. 【朽壤(xiǔ rǎng)】 썩은 흙. 【精】: 精髓. 【不然】: 그렇지 않으면. 【產】: 태어나다. 【靈芝】: [버섯 이름] 영지. 【莖(jīng)】: 줄기.

8) 奈何荒煙野蔓，荊棘縱橫，風淒露下，走燐飛螢，但見牧童樵叟，歌唫而上下，與夫驚禽駭獸，悲鳴躑躅而咿嚶! → 그런데 어찌하여 (지금 그대의 무덤 앞에는) 황량한 연기와 야생의 덩굴풀에, 가시나무가 도처에 자라고, 바람소리 처량하고 찬이슬 내리며, 도깨비불 번뜩이고 반딧불이 날아다니는 가운데, 다만 목동과 나무꾼이, 노래하며 오르내리고, 그 놀란 새들과 야수들이, 슬픈 소리로 울부짖으며 배회하는 모습만 보이는가!
【奈(nài)何】: 어째서, 어찌하여. 【荒煙】: 황량한 연기. 【野蔓(màn)】: 야생의 덩굴풀. 【荊棘縱橫(jīng jí zòng héng)】: 가시나무가 여기저기 자라다. 「縱橫」: 여기저기, 도처. 【走燐】: 도깨비불. 【飛螢】: 반딧불이. 【樵叟(qiáo sǒu)】: 나무꾼. 【唫(yín)】: 「吟」의 古字. 【上下】: 오르내리다. 【與】: …과(와). 【夫】: 그, 저. 【驚禽駭獸(jīng qín hài shòu)】: 놀란 날짐승과 들짐승. 「驚」: 놀라다. 「禽」: 날짐승. 「駭」: 놀라다. 「獸」: 들짐승. 【悲鳴】: 슬피 울다. 【躑躅(zhí zhú)】: 배회하다. 【咿嚶(yī yīng)】: [의성어] 이잉. 들짐승과 날짐승들이 울부짖는 소리.

9) 今固如此，更千秋而萬歲兮，安知其不穴藏狐貉與鼯鼪? → 지금 이미 이러할진대, 다시 천년만년이 지나면, 이곳이 여우·담비와 날다람쥐·족제비를 숨기는 동굴로 변하지 않는다는 것을 어찌 알 수 있겠는가?
【固】: 본래, 원래. 여기서는 「이미」의 뜻. 【更】: 다시 지나다. 【千秋】: 천 년. 【安知】: 어찌 알겠는가? 【穴】: [동사용법] 동굴로 변하다. 【藏(cáng)】: 숨기다, 감추다. 【狐貉(hú háo)】: 여우와 담비. 【鼯鼪(wú shēng)】: 날다람쥐와 족제비.

嗚呼曼卿! 盛衰之理, 吾固知其如此, 而感念疇昔, 悲涼悽愴, 不覺臨風而隕涕者, 有媿乎太上之忘情。尙饗![11)]

■ | 번역문

석만경(石曼卿)에게 제사한 글

영종(英宗) 치평(治平) 4년 7월 모일에, 구관(具官) 구양수(歐陽脩)가 삼가 상서도성(尙書都省) 영사(令史) 이양(李敭)을 태청(太淸)에 보내 맑은 술과 여러 가지 좋은 음식 등의 제물을 갖추어 작고한 친구 석만경의 묘소에서

---

10) 此自古聖賢亦皆然兮, 獨不見夫纍纍乎曠野與荒城! → 이는 옛 성현들로부터 또한 모두 그러했거늘, 어찌 그 연이어 있는 넓은 들판과 황량한 무덤을 보지 못했겠는가!
【皆然】: 모두 그러하다. 【獨】: 豈, 어찌. 【夫】: 저, 그. 【纍(léi)纍】: 연달아 이어져있는 모양. 【曠(kuàng)野】: 광야, 넓은 들판. 【荒(huāng)城】: 황량한 무덤.

11) 嗚呼曼卿! 盛衰之理, 吾固知其如此, 而感念疇昔, 悲涼悽愴, 不覺臨風而隕涕者, 有媿乎太上之忘情。尙饗! → 아 만경이여! 성쇠의 이치가, 본래 그렇다는 것을 내가 알고는 있지만, 그러나 지난날을 생각하면, 슬프고 처량하여, 자신도 모르게 바람을 맞아 눈물을 흘리니, 성인의 정에 얽매이지 않는 경지에 부끄러움을 느낀다네. 부디 歆饗하기 바라네.
【固】: 본래, 원래. 【感念】: 상기하다, 생각하다. 【疇昔(chóu xī)】: 과거, 지난날. 【悲涼(bēi liáng)】: 슬프고 처량하다. 【悽愴(qī chuàng)】: 쓸쓸하다, 처량하다. 【不覺】: 모르는 사이에, 자신도 모르게. 【臨風而隕涕(yǔn tì)】: 바람을 맞아 눈물을 흘리다. ※눈물을 흘리는 까닭이 실제로는 바람과 무관하지만 옛 중국인들의 습관상 이렇게 표현한 것이다. 【媿(kuì)】: 愧, 부끄러워하다. 【太上】: 최상의, 최고의. 즉 「聖人」을 가리킨다. 【忘情】: 정을 잊다, 정을 버리다. 즉 「정에 얽매이지 않는 경지」를 말한다. 【尙饗(xiǎng)】: 歆饗하기 바라다. ※제사지낼 때 祝文의 맨 끝에 귀신이 와서 제사 음식을 들도록 기원하는 말. 「尙」: 바라다, 희망하다. 「饗」: 제사 음식을 들다.

제사를 지내고 글로써 그를 애도한다 :

아 만경이여! 생전에 걸출한 인재이더니, 죽어서 신령이 되었구려. 만물이 태어나서 죽는 것과 마찬가지로 다시 무(無)의 상태로 돌아가는 것이 잠시 응집했던 육체요, 만물과 함께 소멸하지 않고 우뚝 솟아 썩지 않는 것이 후세에 남긴 이름이라네. 이는 옛 성현들로부터 모두 그렇지 않은 경우가 없었고, 역사에 기록된 사람들은 마치 해와 별처럼 빛났다네.

아 만경이여! 내가 그대를 보지 못한지 오래 되었지만 아직도 그대의 평소 모습을 아련히 기억하고 있다네. 그 비범한 자태와 공명정대한 마음씨, 출중한 품격과 뛰어난 재능은, 설사 지하에 묻힌다 해도 그것이 썩은 흙으로 변하지 않고 금과 옥의 정수(精髓)로 변하거나, 그렇지 않으면 천 자 높이의 소나무로 자라거나 혹은 영지(靈芝)로 태어나 아홉 줄기로 뻗을 것이라 예상했네. 그런데 어찌하여 (지금 그대의 무덤 앞에는) 황량한 연기와 야생의 덩굴풀에 가시나무가 도처에 자라고, 바람소리 처량하고 찬이슬 내리며, 도깨비불 번뜩이고 반딧불이 날아다니는 가운데 다만 목동과 나무꾼이 노래하며 오르내리고, 그 놀란 새들과 야수들이 슬픈 소리로 울부짖으며 배회하는 모습만 보이는가! 지금 이미 이러할진대, 다시 천년만년이 지나면 이곳이 여우·담비와 날다람쥐·족제비를 숨기는 동굴로 변하지 않는다는 것을 어찌 알 수 있겠는가? 이는 옛 성현들로부터 또한 모두 그러했거늘, 어찌 그 연이어 있는 넓은 들판과 황량한 무덤을 보지 못했겠는가!

아 만경이여! 성쇠(盛衰)의 이치가 본래 그렇다는 것을 내가 알고는 있지만, 그러나 지난날을 생각하면 슬프고 처량하여 자신도 모르게 바람을 맞아 눈물을 흘리니 성인의 정에 얽매이지 않는 경지에 부끄러움을 느낀다네. 부디 흠향(歆饗)하기 바라네.

■ | 해제(解題) 및 본문요지 설명

제문(祭文)은 제사(祭祀) 또는 죽은 사람을 추모하는 제전(祭奠) 때 신(神) 또는 사자(死者)에 대해 읽는 글이다. 본문은 구양수(歐陽脩)가 고인이 된 친구 석만경(石曼卿)을 애도하기 위해 지은 제문이다. 석만경은 재능이 뛰어나고 시를 잘 지어 「천하기재(天下奇才)」라고 불리었으나 재능을 펼쳐 보이지 못하고 48세의 젊은 나이로 세상을 떠났다. 구양수는 이를 너무 애석하게 여겨 일찍이 그를 위해 ≪묘표(墓表)≫를 쓴 적이 있었는데, 죽은 지 26년 후, 즉 구양수가 참지정사(參知政事)에서 물러나 호주지주(亳州知州)를 지내던 시절에 다시 ≪제석만경문(祭石曼卿文)≫을 쓴 것이다.

당대(唐代) 이전의 제문(祭文)은 변문(駢文) 또는 사언일구(四言一句)의 운문 형식을 취했으나, 당대(唐代) 이후의 고문가(古文家)들은 산문으로 쓰고 어쩌다가 압운을 했다. 그리고 제문의 첫머리에는 대체로 제사를 올리는 시간·제사를 올리는 사람·제사를 받는 사람 등을 밝히고 나서 비로소 정문(正文)에 들어갔다. 제문은 살아있는 사람이 죽은 사람에 대해 말하는 것이기 때문에 진지한 애도를 위주로 한다.

본문은 네 단락으로 나눌 수 있는데, 첫째 단락에서는 제사 시간·장소·제사 방식을 언급하고 나서 제문을 쓴 목적을 말했고; 둘째 단락에서는 고인의 인품에 대해 높은 평가를 했고; 셋째 단락에서는 생전에 출중했던 친구의 자태와 재능을 상기하며 죽음으로 인해 펼쳐 보이지 못한 것을 애석해 하는 안타까운 마음을 표명했고; 마지막 단락에서는 작자 스스로 성쇠(盛衰)의 이치가 그렇다는 것을 잘 알면서도 여전히 애틋한 정을 금치 못함으로써 정에 이끌리지 않는 성인(聖人)의 경지에 부끄러움을 느낀다는 것을 말했다.

174 상강천표(瀧岡阡表)

[宋] 歐陽脩

■ | 작자

162. 붕당론(朋黨論) 참조

■ | 원문 및 주석

瀧岡阡表[1]

嗚呼! 惟我皇考崇公, 卜吉於瀧岡之六十年, 其子脩始克表於其阡。[2] 非敢緩也, 蓋有待也。[3]

---

1) 瀧岡阡表 → 瀧岡 墓道의 墓碑
【瀧岡(shuāng gāng)】: [지명] 상강. 지금의 강서성 永豊縣의 鳳凰山에 있으며, 구양수 부친의 묘소가 있다. 【阡(qiǎn)】: 墓道. 【表】: 墓碑.

2) 嗚呼! 惟我皇考崇公, 卜吉於瀧岡之六十年, 其子脩始克表於其阡。→ 아! 나의 선친 崇國公을, 瀧岡에 안장한 지 60년 만에, 아들 歐陽脩가 비로소 墓道에 墓碑를 세울 수 있었다.
【惟】: [발어사]. 【皇考】: 돌아가신 부친에 대한 존칭. 【崇(chóng)公】: 崇國公. 구양수의 부친 歐陽觀의 封號. 【卜吉】: 점을 쳐서 좋은 묘지를 고르다. 즉 「매장하다, 안장하다」의 뜻. ※옛날 죽은 사람을 매장하기 전에 점을 쳐서 좋은 묏자리를 골랐다. 【克】: 能, …할 수 있다. 【表】: [동사용법] 墓表를 세우다, 墓碑를 세우다. ※墓表는 무덤 앞에 세우는 푯돌로 墓碑·墓石이라고도 하며, 죽은 사람의 이름·생년월일·행적 등을 새긴다.

修不幸，生四歲而孤。[4] 太夫人守節自誓，居窮，自力於衣食，以長以教，俾至於成人。[5] 太夫人告之曰：「汝父爲吏，廉而好施與，喜賓客；[6] 其俸祿雖薄，常不使有餘，曰：『毋以是爲我累。』[7] 故其亡也，無一瓦之覆、一壟之植，以庇而爲生，吾何恃而能自守邪？[8] 吾於汝父，知其一二，以有待於汝也。[9] 自吾爲汝家婦，

---

3) 非敢緩也，蓋有待也。→ 감히 지연시킨 것이 아니라, 기다린 것이다.
【緩(huǎn)】: 지연시키다, 시간을 끌다. 【蓋】: [어기사] ※앞에서 말한 것을 이어받아 그 이유나 원인을 나타낸다.

4) 修不幸，生四歲而孤。→ 나는 불행하게도, 생후 4년 만에 고아가 되었다.
【歲】: 년, 해. 【孤】: 고아가 되다. 여기서는 아버지가 죽은 것을 말한다.

5) 太夫人守節自誓，居窮，自力於衣食，以長以教，俾至於成人。→ 어머니께서는 수절을 스스로 맹서하시고, 궁핍한 환경에 처하여, 자력으로 의식을 모색하시며, 나를 양육하고 가르쳐, 성인에 이르게 하셨다.
【太夫人】: 대부인, 자당. 여기서는 구양수의 모친 鄭氏를 가리킨다. 옛날 列侯의 처를 夫人이라 했는데, 열후가 죽으면 그 아들이 襲封하여 그 어머니를 太夫人이라 호칭했다. 【居窮(qióng)】: 궁핍한 환경에 처하다. 【俾(bǐ)】: 使, …하도록 하다, …하게 하다.

6) 太夫人告之曰：「汝父爲吏，廉而好施與，喜賓客；→ 어머니께서 나에게 말씀하셨다 : 「너의 부친은 관직에 계실 때, 청렴하면서도 남에게 베풀기를 좋아하고, 손님 접대를 즐기셨다.」
【好(hào)】: [동사] 좋아하다. 【施與】: 베풀다. 【賓客】: [동사용법] 손님을 접대하다.

7) 其俸祿雖薄，常不使有餘，曰：『毋以是爲我累。』→ 봉록이 비록 얄팍했어도, 항상 여유 없이 만들어놓고 : 『이로 인해 나를 힘들게 하지 마시오.』라고 말씀하셨다.
【毋(wú)】: 勿, …하지 말라. 【以是】: 이로 인해. 【爲我累】: 나에게 累가 되다, 나를 힘들게 하다.

8) 故其亡也，無一瓦之覆、一壟之植，以庇而爲生，吾何恃而能自守邪? → 그래서 그가 돌아가신 후, 살집 한 채 · 경작할 밭떼기 한 쪽 조차, 의지하고 살아 갈 수 있도록 남겨 놓은 것이 없었으니, 내가 무엇을 믿고 수절할 수가 있었겠느냐?
【亡】: 죽다. 【一瓦之覆(fù)】: 지붕 덮을 기와 한 조각. 여기서는 「살 집」을 뜻한다. 【一壟(lǒng)之植】: 경작할 밭이랑 한 쪽. 【庇(bì)】: 의지하다, 보호받다. 【恃(shì)】: 믿다, 기대다. 【自守】: 스스로 수절하다. 【耶】: [의문조사] 邪.

9) 吾於汝父，知其一二，以有待於汝也。→ 나는 너의 부친에 대해, 어느 정도 아는 바

不及事吾姑，然知汝父之能養也。[10] 汝孤而幼，吾不能知汝之必有立，然知汝父之必將有後也。[11] 吾之始歸也，汝父免於母喪方逾年。[12] 歲時祭祀，則必涕泣曰：『祭而豐，不如養之薄也。』[13] 間御酒食，則又涕泣曰：『昔常不足，而今有餘，其何及也!』[14] 吾

가 있어, 이로 인해 너에게 기대하는 것이 있었다.

【於】: …에 대해. 【知其一、二】: 한두 가지 알다, 어느 정도 알다. 【以】: 因此, 이로 인해. 【待於】: …에게 기대하다.

10) 自吾爲汝家婦，不及事吾姑，然知汝父之能養也。→ 내가 너의 집에 시집 온 날부터, 나의 시어머니를 모시기에는 이미 늦었지만, 그러나 너의 아버지가 (어머니를) 잘 봉양하셨다는 것을 안다.

【爲汝家婦】: 너의 집 며느리가 되다. 즉 「시집오다」의 뜻. 【不及】: …에 미치지 못하다. 【事】: 섬기다, 모시다. 【姑(gū)】: 남편의 어머니, 즉 시어머니. 【能養】: 잘 봉양하다.

11) 汝孤而幼，吾不能知汝之必有立，然知汝父之必將有後也。→ 네가 아버지를 잃고 아직 어려서, 나는 네가 반드시 출세하리라는 것은 알 수 없었지만, 그러나 너의 아버지에게 틀림없이 좋은 後嗣가 있을 것임을 알았다.

【孤】: 아버지를 여의다. 【有立】: 입신하다, 출세하다. 【將】: (장차) …할(일) 것이다. 【後】: 후계자, 後嗣.

12) 吾之始歸也，汝父免於母喪方逾年。→ 내가 막 시집왔을 때는, 너의 아버지가 모친 탈상을 하고 막 일 년이 지났을 때였다.

【始】: 막, 처음. 【歸】: 시집오다. 【免於母喪】: 모친상을 탈상하다. ※부모가 죽으면 3년 동안 상복을 입었다. 【方】: 막, 방금. 【逾(yú)年】: 일 년을 넘기다, 일 년이 지나다.

13) 歲時祭祀，則必涕泣曰：『祭而豐，不如養之薄也。』→ 연중 제사를 지낼 때면, 꼭 눈물을 흘리며 : 『제사가 아무리 풍성해도, (살아 계실 때) 부족하게 봉양한 것만 못하다.』고 말씀하셨다.

【歲時】: 연중 그때그때. 주로 명절 때를 가리킨다. 【涕泣(tì qì)】: 눈물을 흘리다. 【養之薄(bó)】: 부족하게 봉양하다.

14) 間御酒食，則又涕泣曰：『昔常不足，而今有餘，其何及也!』→ 그리고 가끔 술과 음식을 차려드리면, 또 울면서 : 『과거에는 항상 부족했고, 지금은 풍족하지만, 어찌 봉양할 수 있으리오!』라고 말씀하셨다.

【間】: 간혹, 어쩌다, 가끔. 【御(yù)】: 차려드리다, 올리다. 【何及】: 어찌 미치겠는가? 즉 「어찌 부모를 봉양할 수 있겠는가?」의 뜻.

始一二見之，以爲新免於喪適然耳。15) 旣而其後常然，至其終身未嘗不然。16) 吾雖不及事姑，而以此知汝父之能養也。17) 汝父爲吏，嘗夜燭治官書，屢廢而歎。18) 吾問之，則曰：『此死獄也，我求其生不得爾。』19) 吾曰：『生可求乎?』 曰：『求其生而不得，則死者與我皆無恨也，矧求而有得邪!20) 以其有得，則知不求而死者有恨也。21) 夫常求其生，猶失之死，而世常求其死也。』22) 回顧

---

15) 吾始一二見之，以爲新免於喪適然耳。→ 내가 처음 한두 번 그런 모습을 보았을 때는, 이제 막 탈상을 해서 당연히 저럴 것이라고 생각할 뿐이었다.

【始】: 처음. 【之】: [대명사] 그것, 즉 우는 모습. 【以爲】: …라 여기다, …라고 생각하다. 【新免於喪】: 이제 막 탈상하다. 【適然】: 당연히. 【耳】: …뿐.

16) 旣而其後常然，至其終身未嘗不然。→ 그러고 나서 그 후에도 항상 그랬고, 그가 세상을 떠나는 날까지 그렇지 않은 적이 없었다.

【旣而】: 그러고 나서. 【終身】: 죽다, 생을 마감하다. 【未嘗】: …한 적이 없다.

17) 吾雖不及事姑，而以此知汝父之能養也。→ 내가 비록 시어머니를 모시기에는 늦었지만, 그러나 이로 인해 너의 아버지가 부모를 잘 봉양한다는 것을 알았다.

【以此】: 因此, 이로 인해.

18) 汝父爲吏，嘗夜燭治官書，屢廢而歎。→ 너의 아버지는 관리 생활을 하던 시절, 일찍이 밤중에 촛불을 밝히고 공문서를 처리하면서, 여러 차례 하던 일을 멈추고 탄식한 적이 있었다.

【爲吏】: 관직 생활을 하다. 벼슬하다. 【燭(zhú)】: [동사] 촛불을 밝히다. 【治】: 처리하다. 【官書】: 공문서. 【屢(lǚ)】: 여러 차례. 【廢(fèi)】: 폐기하다, 여기서는 「하던 일을 멈추다」의 뜻.

19) 吾問之，則曰：『此死獄也，我求其生不得爾。』→ 내가 물어보면, 대답하길 :『이것은 죽을죄에 해당하는 안건인데, 내가 그의 살길을 찾아보지만 찾을 수가 없소.』라고 하셨다.

【死獄(yù)】: 죽을죄에 해당하는 안건. 【求】: 찾다, 모색하다.

20) 吾曰：『生可求乎?』 曰：『求其生而不得，則死者與我皆無恨也，矧求而有得邪! → 내가 :『(죽을죄를 지은 사람도) 살길을 찾을 수 있어요?』라고 물으니, 대답하길 :「(최선을 다해) 그 죄인의 살길을 찾다가 못 찾아도, 죽는 사람이나 내가 모두 여한이 없을 터인데, 하물며 살길을 찾아 성공한다고 생각해 보시오!

【恨(hèn)】: 여한, 원한. 【矧(shěn)】: 하물며. 【有得】: 찾아내다, 성공하다.

21) 以其有得，則知不求而死者有恨也。→ 그러한 사람이 살길을 찾아 성공한 적이 있

乳者劍汝而立於旁，因指而歎曰：『術者謂我歲行在戌將死，使其言然，吾不及見兒之立也，後當以我語告之。』[23) 其平居敎他子弟，常用此語，吾耳熟焉，故能詳也。[24) 其施於外事，吾不能知；其居于家，無所矜飾，而所爲如此，是眞發於中者邪![25) 嗚呼! 其

기 때문에, 그래서 살길을 찾아보지도 않고 죽는 사람은 여한이 있다는 것을 내가 잘 알고 있소.

【以】: 因, …로 인해, …때문에.

22) 夫常求其生，猶失之死，而世常求其死也。』→ 무릇 항상 죄인의 살길을 찾다가도, 여전히 실수하여 죽이는 경우가 있는데, 오히려 일반 관리들은 항상 죄인을 죽일 방법을 찾고 있소.』라고 하셨다.

【夫】: [발어사] 대저, 무릇. 【猶(yóu)】: 여전히. 【失之死】: 실수하여 죽이다. 【世】: 세상. 여기서는 세상의 관리들을 가리킨다.

23) 回顧乳者劍汝而立於旁，因指而歎曰：『術者謂我歲行在戌將死，使其言然，吾不及見兒之立也，後當以我語告之。』→ (말을 끝내고 나서) 머리를 돌려 유모가 너를 옆구리에 껴안고 옆에 서 있는 것을 보더니, 곧 (너를) 가리키며 탄식하여 말하길: 『점쟁이가 나에게 戌年이 되면 죽을 것이라고 했는데, 만일 그 말이 맞는다면, 나는 아들의 출세를 보지 못할 것이니, 후에 당연히 내말을 아들에게 알려주어야 하오.』라고 하셨다.

※구양수의 아버지는 실제로 眞宗 大中 祥符 3년인 庚戌年(1010)에 죽었다.

【回顧(gù)】: 머리를 돌려 바라보다. 【乳者】: 유모. 【劍(jiàn)】: 옆구리에 끼다. ※마치 칼을 찬 것처럼 아이를 옆구리에 끼고 있는 것을 말한다. ≪禮記・曲禮≫ 孔穎達疏 :「劍，謂挾於脅下，如帶劍也。(劍이란, 마치 칼을 찬 것과 같이 옆구리에 끼고 있는 것을 이른다.)」【因】: [연사] 곧, 그리하여. 【術者】: 점장이. 【歲行在戌(xū)】: 木星이 운행하여 戌자리에 있게 될 때. 즉 「戌年」을 가리킨다. ※옛날에는 목성이 12년에 하늘을 한 바퀴 도는데, 그 궤도를 子・丑・寅・卯・辰・巳・午・未・申・酉・戌・亥 등 12구역으로 나누어 매년 한 구역씩 머문다고 여겼다. 따라서 목성이 戌구역에 머무는 해를 戌年이라 했다. 「歲」: 歲星, 즉 木星. 「行」: 운행하다. 「戌」: 별자리의 하나. 【使】: 만일. 【然】: 맞다, 그렇다. 【不及】: 미처 …하지 못하다. 【立】: 일어서다, 즉 출세하다. 【以】: …을.

24) 其平居敎他子弟，常用此語，吾耳熟焉，故能詳也。→ 그는 평소 남의 자제들을 가르칠 때도, 항상 이 말을 사용하여, 내가 귀에 익었기 때문에, 그래서 상세하게 기억하고 있다.

【平居】: 평소. 【耳熟】: 귀에 익다.

心厚於仁者邪![26] 此吾知汝父之必將有後也。汝其勉之。[27] 夫養不必豐，要於孝；利雖不得博於物，要其心之厚於仁。[28] 吾不能教汝，此汝父之志也。」[29] 脩泣而志之不敢忘。[30]

先公少孤力學，咸平三年，進士及第，爲道州判官，泗、綿二州推官；又爲泰州判官，享年五十有九，葬沙溪之瀧岡。[31]

---

25) 其施於外事，吾不能知；其居于家，無所矜飾，而所爲如此，是眞發於中者邪! → 그가 밖에서 처리하는 일은, 내가 알 수 없고; 그가 집에 있을 때는, 조금도 뽐내거나 꾸밈이 없이, 모든 행동이 이러했는데, 이는 진실로 마음에서 우러나온 것이었다.
【施(shī)】: 베풀다, 처리하다. 【居】: 머물다, 있다. 【矜(jīn)】: 자만하다, 뽐내다. 【飾(shì)】: 꾸미다, 겉치레하다. 【所爲】: 행위, 행동. 【中】: 마음, 본심.

26) 嗚呼! 其心厚於仁者邪! → 아! 그의 마음은 仁에 너그러운 분이었느니라!
【嗚呼】: [감탄사] 아! 【厚於仁】: 인에 너그럽다.

27) 此吾知汝父之必將有後也。汝其勉之。→ 이것이 내가 너의 아버지에게 틀림없이 좋은 후사가 있을 거라고 확신한 것이다. 너는 마땅히 그렇게 되도록 힘써야 한다.
【知】: 알다, 확신하다. 【其】: [부사] 마땅히. 【勉】: 힘쓰다, 노력하다.

28) 夫養不必豐，要於孝；利雖不得博於物，要其心之厚於仁。→ 대저 부모 봉양은 반드시 풍성해야 하는 것이 아니고, 중요한 것은 효심에 달려있으며; 이로움이란 비록 만물에 널리 파급되지 못한다 해도, 중요한 것은 그 마음이 仁에 너그러워야 하는 것이다.
【不必】: 반드시 …한 것은 아니다. 【要】: 요지, 관건. 【博】: 널리 파급되다.

29) 吾不能敎汝，此汝父之志也。」→ 내가 너를 가르칠 능력은 없고, 이것은 모두 네 아버지의 뜻이다.」

30) 脩泣而志之不敢忘。→ 나는 눈물을 흘리며 그것을 기록해 두고 감히 잊지를 못했다.
【志】: 誌, 기록하다. 【之】: [대명사] 그것, 즉 어머니가 들려준 말.

31) 先公少孤力學，咸平三年，進士及第，爲道州判官，泗、綿二州推官；又爲泰州判官，享年五十有九，葬沙溪之瀧岡。→ 선친께서는 어려서 아버지를 여의고 배우기에 힘써, 咸平 3년(1000)에, 진사에 급제하시고, 道州判官과, 泗州·綿州의 推官을 지내셨으며; 또 泰州判官을 지내신 후, 향년 59세로, 沙溪의 瀧岡에 묻히셨다.
【先公】: 선친, 돌아가신 부친. 【咸平】: 宋眞宗의 연호. 【道州】: [州이름] 지금의 호남성 道縣. 【判官】: 節度使·觀察使의 예하 관직. 【泗州】: [州이름] 지금의 안휘성 泗縣. 【綿州】: [州이름] 지금의 사천성 綿陽縣. 【推官】: 宋代 州·府

太夫人姓鄭氏，考諱德儀，世爲江南名族。32) 太夫人恭儉仁愛而有禮，初封福昌縣太君，進封樂安、安康、彭城三郡太君。33) 自其家少微時，治其家以儉約，其後常不使過之。34) 曰：「吾兒不能苟合於世，儉薄所以居患難也。」35) 其後脩貶夷陵，太夫人言笑自若，曰：「汝家故貧賤也，吾處之有素矣。汝能安之，吾亦安矣。」36)

장관의 예속되어 사법을 관장하던 직책. 【泰州】：[州이름] 지금의 강소성 泰縣. 【沙溪】：[지명] 지금의 강서성 永豊縣 남쪽.

32) 太夫人姓鄭氏，考諱德儀，世爲江南名族。→ 어머니의 성은 鄭氏이고, 어머니 부친의 함자는 德儀이며, 대대로 강남 지방의 이름난 가문이었다.
【考諱(kǎo huì)】：[존칭] 돌아가신 부친의 함자. 여기서는 어머니의 아버지, 즉 외할아버지를 가리킨다. 【世】：대대로, 역대로. 【名族】：이름난 가문.

33) 太夫人恭儉仁愛而有禮，初封福昌縣太君，進封樂安、安康、彭城三郡太君。→ 어머니께서는 공손하고 검소하시며 자애롭고 또한 예의에 밝으셔서; 처음에는 福昌縣太君에 봉해졌다가, 후에 樂安(낙안)·安康·彭城 삼군의 太君으로 승격하셨다.
【恭儉】：공손하고 검소하다. 【福昌縣】：[縣이름] 지금의 하남성 宜陽縣. 【樂(lè)安】：[郡이름] 지금의 산동성 博興縣. 【安康】：[郡이름] 지금의 섬서성 漢陰縣. 【彭城】：[郡이름] 지금의 강소성 徐州市. 【太君】：임금이 신하의 어머니나 처에게 내리는 호칭.

34) 自其家少微時，治其家以儉約，其後常不使過之。→ (어머니는) 우리 집안이 곤궁했던 시절부터, 근검절약으로 집안을 다스리셨고; 부유해진 후에도 항상 과거 어려웠던 시절의 생활 수준을 넘지 않도록 하셨다.
【少微(shǎo wēi)】：적다, 여기서는 「곤궁하다, 어렵다」의 뜻. 【不使】：…하지 않도록 하다. 【過】：넘다, 초월하다. 【之】：[대명사] 그것, 즉 어려웠던 시절.

35) 曰：「吾兒不能苟合於世，儉薄所以居患難也。」→ 어머니는 말씀하시길：「나의 아들은 구차하게 세속에 영합할 줄 모르니, 근검절약해야 이로써 환난을 살아갈 수 있다.」고 하셨다.
【苟(gǒu)合】：구차하게 영합하다. 【儉薄(bó)】：근검절약하다. 【所以】：以之, 이로써. 【居患難】：환난을 살아가다.

36) 其後脩貶夷陵，太夫人言笑自若，曰：「汝家故貧賤也，吾處之有素矣。汝能安之，吾亦安矣。」→ 그 후 내가 夷陵으로 폄적되자, 어머니는 태연하게 담소하듯 말씀하시길：「너의 집안은 본래 빈곤했기 때문에, 나는 그러한 환경에서 사는 것이 이미 익숙해 있다. 다만 네가 그런 생활에 마음을 편히 가질 수 있다면, 나 역시 편안할 것이다.」라고 하셨다.

自先公之亡二十年，修始得祿而養。[37] 又十有二年，列官於朝，始得贈封其親。[38] 又十年，修爲龍圖閣直學士、尙書吏部郎中，留守南京。[39] 太夫人以疾終于官舍，享年七十有二。[40] 又八年，修以非才入副樞密，遂參政事。又七年而罷。[41] 自登二府，天子推恩，褒其三世。[42] 故自嘉祐以來，逢國大慶，必加寵錫。[43]

【貶(biǎn)】: 폄적되다. 【夷陵】: [縣이름] 지금의 호북성 宜昌市. 【言笑自若】: 태연하게 담소하듯 말하다. 【故】: 본래. 【處(chǔ)之】: 그러한 환경에 처하다. 【有素】: 익숙하다, 이미 습관이 되다.

37) 自先公之亡二十年，修始得祿而養。→ 아버지께서 돌아가시고 20년이 지난 뒤부터, 나는 비로소 녹봉을 받아 (어머니를) 봉양했다.
【自】: …로부터. 【先公】: 선친, 돌아가신 부친에 대한 호칭. 【始】: 비로소.

38) 又十有二年，列官於朝，始得贈封其親。→ 그리고 또 12년이 지나, 조정에서 관직생활을 하게 되자, 비로소 황제께서 부모에게 관작을 하사하시는 영광을 얻었다.
【列官】: 관직의 대열에 들다, 관직 생활을 하다. 【贈封(zèng fēng)】: 관작을 내리다. ※황제가 관직에 있는 사람 또는 그의 처 · 부모 · 조부모 등에게 내리는 관작으로, 여성에게 내리는 것을 「敍封[약칭 封]」이라 했고, 남성에게 내리는 것을 「贈官[약칭 贈]」이라 했다.

39) 又十年，修爲龍圖閣直學士、尙書吏部郎中，留守南京。→ 다시 10년이 지나, 나는 龍圖閣直學士 · 尙書吏部郎中이 되어, 南京留守를 겸했다.
【龍圖閣直學士】: [관직] 황제를 모시는 문관. ※용도각은 황제의 서적을 보관하는 곳으로 學士라는 직책을 두었는데 直學士는 學士 바로 아래의 직책이다. 【尙書吏部郎中】: [관직] 宋代에는 尙書省 吏部에 郎中 4인을 두고 관리의 임면과 贈封 등의 업무를 맡도록 했다. 【留守南京】: 남경유수를 지내다. ※留守는 관직명이나 여기서는 「유수를 지내다」라는 동사용법으로 사용되었다.

40) 太夫人以疾終于官舍，享年七十有二。→ 어머니께서는 병환으로 관저에서 돌아가셨고, 향년 72세였다.
【以】: 因, …로 인해. 【終】: 죽다, 운명하다. 【官舍】: 관저, 관사.

41) 又八年，修以非才入副樞密，遂參政事。又七年而罷。→ 또 8년이 지나, 나는 재능이 뛰어나지 못한 사람인데도 入京하여 樞密副使로 승진했고, 곧 이어 參知政事가 되었다. 그리고 7년 뒤에 관직을 그만 두었다.
【非才】: [겸어] (자신의) 재능이 뛰어나지 못하다. 【入】: 入京하다. 【副樞密】: [관직] 樞密副使. 중앙 군사 기관의 부장관. 【遂(suì)】: 바로, 곧 이어. 【參政事】: 參知政事. 副宰相에 해당. 【罷(bà)】: 그만두다.

皇曾祖府君，累贈金紫光祿大夫、太師、中書令;[44] 曾祖妣，累封楚國太夫人。[45] 皇祖府君，累贈金紫光祿大夫、太師、中書令兼尙書令;[46] 祖妣，累封吳國太夫人。[47] 皇考崇公，累贈金紫光祿大夫、太師、中書令兼尙書令;[48] 皇妣，累封越國太夫人。[49]

---

42) 自登二府，天子推恩，褒其三世。→ 樞密院과 中書省에 오른 뒤부터, 황제께서 은전을 널리 베푸시어, 나의 조상 3대에 포상을 하셨다.
【二府】: 군사를 관장하는 樞密院과 정무를 관장하는 中書省.【推恩】: 널리 은전을 베풀다.【褒(bāo)】: 포상하다.【三世】: 삼대, 즉 부모·조부모·증조부모의 삼대.

43) 故自嘉祐以來，逢國大慶，必加寵錫。→ 그래서 嘉祐 이후부터는, 나라의 경사스러운 일이 있을 때가 되면, 반드시 황제의 은전이 계셨다.
【故】: 그래서, 그리하여. ※판본에 따라서는 「故」를 「蓋」라 했다.【嘉祐(jiā yòu)】: 宋仁宗의 연호.【逢(féng)】: 만나다. 여기서는 「…가 있을 때」의 뜻.【寵錫(chǒng xī)】: 恩賞, 총애하여 내리는 상.

44) 皇曾祖府君，累贈金紫光祿大夫、太師、中書令; → 증조부께서는, 거듭 金紫光祿大夫·太師·中書令의 관작을 하사받으셨고;
【皇曾祖(huáng zēng zǔ)】: 사망한 증조부에 대한 존칭.【府君】: 자손의 자기 조상에 대한 존칭.【累】: 거듭, 누차, 여러 차례.【金紫(zǐ)光祿大夫】: 광록대부는 宋代 문관의 칭호이며, 金印과 紫綬가 추가될 경우 금자광록대부라 했다. 직위만 있고 직책이 없는 散官의 하나로, 은총의 표시로 주던 직함.【太師】: 散官의 하나. 은총의 표시로 주던 직함.【中書令】: 散官의 하나로 특별한 자질과 인망이 있는 사람에게 은총의 표시로 주던 직함. 통상 武官에게 주었다.

45) 曾祖妣，累封楚國太夫人。→ 증조모께서는, 거듭 楚國太夫人의 칭호를 하사받으셨다.
【曾祖妣(bǐ)】: 사망한 증조모에 대한 호칭.「妣」: 사망한 모친에 대한 존칭.

46) 皇祖府君，累贈金紫光祿大夫、太師、中書令兼尙書令; → 조부께서는, 거듭 金紫光祿大夫·太師·中書令 겸 尙書令의 관작을 하사받으셨고;
【皇祖府君】: 사망한 조부에 대한 존칭.【尙書令】: 宋代에 직책 없이 증여하는 직함.

47) 祖妣，累封吳國太夫人。→ 조모께서는, 거듭 吳國太夫人의 칭호를 하사받으셨다.
【祖妣】: 조모.

48) 皇考崇公，累贈金紫光祿大夫、太師、中書令兼尙書令; → 선친 崇國公께서는, 거듭 金紫光祿大夫·太師·中書令 겸 尙書令의 관작을 하사받으셨고;

49) 皇妣，累封越國太夫人。→ 어머니께서는, 거듭 越國太夫人의 칭호를 하사받으셨다.

今上初郊，皇考賜爵爲崇國公，太夫人進號魏國。[50]

於是小子脩泣而言曰：「嗚呼! 爲善無不報，而遲速有時，此理之常也。[51] 惟我祖考，積善成德，宜享其隆。[52] 雖不克有於其躬，而賜爵受封，顯榮褒大，實有三朝之錫命，是足以表見於後世，而庇賴其子孫矣。」[53] 乃列其世譜，具刻于碑，旣又載我皇考崇公之遺訓，太夫人之所以敎而有待於脩者，並揭於阡。[54] 俾知夫小子

50) 今上初郊，皇考賜爵爲崇國公，太夫人進號魏國。→ 지금의 황제께서 즉위하시고 처음 郊祭를 지낼 때, 선친께서는 崇國公이란 작위를 하사받으셨고, 어머니께서는 魏國太夫人의 칭호를 하사받으셨다.

※神宗은 熙寧 원년(1068) 11월 정해일에 즉위 후 처음 郊祭를 지냈다.

【今上】: 지금의 황제, 즉 神宗을 가리킨다. 【郊(jiāo)】: 황제가 하늘에 지내는 제사. 일반적으로 이때 신하들에게 벼슬을 높여주거나 작위를 하사한다. 【進號】: 칭호를 하사하다.

51) 於是小子脩泣而言曰：「嗚呼! 爲善無不報，而遲速有時，此理之常也。→ 그리하여 자식인 나는 울면서 말했다：「아! 선행을 하고 보답을 받지 못하는 일은 없다. 다만 시기가 늦을 수도 있고 빠를 수도 있는데, 이는 영원히 불변하는 이치이다.

【小子】: 자식. 【於是】: 이에, 그리하여. 【遲(chí)】: 느리다, 지연되다. 【速】: 속하다, 빠르다. 【理之常】: 常理, 영원불변의 이치.

52) 惟我祖考，積善成德，宜享其隆。→ 나의 선조께서는, 선행을 쌓고 덕을 이루었으므로, 당연히 부귀영화를 누리셔야 한다.

【惟】: [조사] 문구의 맨 앞에 놓여 화제를 이끌어내는 역할을 하며, 번역할 필요가 없다. 【宜】: 마땅히, 당연히. 【享】: 누리다. 【隆】: 부귀영화.

53) 雖不克有於其躬，而賜爵受封，顯榮褒大，實有三朝之錫命，是足以表見於後世，而庇賴其子孫矣。」→ 비록 그들이 살아 계시는 동안에 친히 받을 수는 없었지만, 그러나 관작을 하사받고, 존귀하여 크게 찬양 받으며, 실제로 三朝에 걸쳐 황제의 조서를 받았으니, 이는 후세에 드러내고, 족히 그들의 자손을 비호하여 이롭게 할 만하다.」

【不克】: 不能, …할 수 없다. 【躬(gōng)】: 자신. 【三朝】: 仁宗・英宗・神宗의 삼대를 가리킨다. 【錫命】: 황제가 封贈하는 詔書. 【足以】: 족히 …할만하다, …하기에 충분하다. 【表見(xiàn)】: 表現하다, 드러내 보이다. 【庇賴(bì lài)】: 비호하다. 보호하여 이롭게 하다.

54) 乃列其世譜，具刻于碑，旣又載我皇考崇公之遺訓，太夫人之所以敎而有待於脩者，並揭

脩之德薄能鮮，遭時竊位，而幸全大節，不辱其先者，其來有自。55)

熙寧三年，歲次庚戌，四月，辛酉朔，十有五日，乙亥；男推誠保德崇仁翊戴功臣、觀文殿學士、特進行兵部尙書、知靑州軍州事、兼管內勸農使、充京東東路安撫使、上柱國、樂安郡開國公、食邑四千三百戶、食實封一千二百戶，脩表。56)

於阡。→ 이에 家系譜를 열거하여, 모두 묘비에 새기고, 또 나의 선친 崇國公의 유훈과, 어머니께서 나를 가르치신 방법과 나에게 기대했던 바를 기록하여, 함께 墓道에 게시했다.

【乃】: 이에, 그리하여. 【世譜(pǔ)】: 가문의 계보, 족보. 【具】: 모두. 【旣…並…】: …하여 함께 …하다. 【所以】: 방법. 【待】: 기대하다, 바라다. 【揭(jiē)】: 게시하다. 여기서는 「기록하다」의 뜻. 【阡(qiǎn)】: 墓道.

55) 俾知夫小子脩之德薄能鮮，遭時竊位，而幸全大節，不辱其先者，其來有自。→ 사람들로 하여금 내가 덕망이 부족하고 능력이 모자란데, 때를 잘 만나 높은 자리를 차지하고, 요행히 대의명분을 보전하며, 조상들을 욕되지 않게 한 것이, 그 나름의 원인이 있다는 것을 알게 하려는 것이다.

【俾(bǐ)】: …하게 하다. 【薄(bó)】: 천박하다, 부족하다. 【鮮(xiǎn)】: 모자라다. 【竊(qiè)位】: [자신을 낮추어 한 말] 자리를 훔치다, 즉 「높은 자리를 차지하다」의 뜻. 【全】: 보전하다. 【大節】: 대의명분. 【先】: 선조, 조상. 【其來有自】: 그 나름의 이유가 있다. 「自」: 由, 이유, 원인.

56) 熙寧三年，歲次庚戌，四月，辛酉朔，十有五日，乙亥；男推誠保德崇仁翊戴功臣、觀文殿學士、特進行兵部尙書、知靑州軍州事、兼管內勸農使、充京東東路安撫使、上柱國、樂安郡開國公、食邑四千三百戶、食實封一千二百戶，脩表。→ 熙寧 3년, 경술년 4월 초하루 신유일로부터 열다섯 번째 날 을해일에, 아들 推誠保德崇仁翊戴功臣・觀文殿學士・特進行兵部尙書・知靑州軍州事・兼管內勸農使・充京東路安撫使・上柱國・樂安郡開國公・食邑四千三百戶・食實封一千二百戶, 歐陽脩가 묘비를 쓰다.

【熙寧三年】: 神宗 3년(1070) 경술년. 「熙寧」: 神宗의 연호. 【辛酉朔】: 당시 신유일은 4월 초하루. 「朔」: 초하루. 【男】: 아들. 【推誠保德崇仁翊戴】: 황제가 신료에게 포상하던 직함. 【觀文殿學士】: 재상을 지낸 사람에게 주던 직함. 구양수는 參知政事를 지냈다. 【特進行兵部尙書】: 특진 겸 병부상서. 「特進」: 宋代의 文散官. 「行」: 兼하다. 「兵部尙書」: 六部 장관의 하나, 軍政 책임자. 【知靑州軍州事】: 知州, 宋代에 조정에서 파견한 지방의 행정과 군사를 관리하던 직책. 「靑州」: 지금의 산동성 益都縣. 【兼管】: 겸직하다. 【內勸農使】: 농사를 관장하

■ | 번역문

상강(瀧岡) 묘도(墓道)의 묘비(墓碑)

아! 나의 선친 숭국공(崇國公)을 상강(瀧岡)에 안장(安葬)한지 60년 만에 아들 구양수(歐陽脩)가 비로소 묘도(墓道)에 묘비(墓碑)를 세울 수 있었다. 감히 지연시킨 것이 아니라 기다린 것이다.

나는 불행하게도 생후 4년 만에 고아가 되었다. 어머니께서는 수절을 스스로 맹서하시고 궁핍한 환경에 처하여 자력으로 의식(衣食)을 모색하시며 나를 양육하고 가르쳐 성인에 이르게 하셨다. 어머니께서 나에게 말씀하셨다 :「너의 부친은 관직에 계실 때, 청렴하면서도 남에게 베풀기를 좋아하고 손님 접대를 즐기셨다.」 봉록이 비록 얄팍했어도 항상 여유 없이 만들어놓고 :『이로 인해 나를 힘들게 하지 마시오.』라고 말씀하셨다. 그래서 그가 돌아가신 후, 살집 한 채 · 경작할 밭떼기 한 쪽조차 의지하고 살아 갈 수 있도록 남겨 놓은 것이 없었으니, 내가 무엇을 믿고 수절할 수가 있었겠느냐? 나는 너의 부친에 대해 어느 정도 아는 바가 있어, 이로 인해 너에게 기대하는 것이 있었다. 내가 너의 집에 시집 온 날부터 나의 시어머니를 모시기에는 이미 늦었지만, 그러나 너의 아버지가 (어머니를) 잘 봉양하셨다는 것을 안다. 네가 아버지를 잃고 아직 어려서, 나는 네가 반드시 출세하리라는 것은 알 수 없었지만, 그러나 너의 아버지에게 틀림없이 좋은 후사(後嗣)가 있을 것임을 알았

던 직책. 【京東東路】: 宋代 지방의 구획 명칭. 【安撫使】: 宋代의 軍政을 맡은 관리. 【上柱國】: 宋代 勳官 12등급 중 최고 등급. 【開國公】: 宋代의 封爵 12등급 중 6등급. 【食邑】: 封地에서 거두어 쓰는 조세. 【食實封】: 실제로 하사한 식읍. ※이 역시 명예일 뿐 실제로는 이대로 봉록을 지급하지 않았다.

다. 내가 막 시집왔을 때는 너의 아버지가 모친 탈상을 하고 막 일 년이 지났을 때였다. 연중 제사를 지낼 때면 꼭 눈물을 흘리며 : 『제사가 아무리 풍성해도 (살아 계실 때) 부족하게 봉양한 것만 못하다.』고 말씀하셨다. 그리고 가끔 술과 음식을 차려드리면, 또 울면서 : 『과거에는 항상 부족했고, 지금은 풍족하지만 어찌 봉양할 수 있으리오!』라고 말씀하셨다. 내가 처음 한두 번 그런 모습을 보았을 때는, 이제 막 탈상을 해서 당연히 저럴 것이라고 생각할 뿐이었다. 그러고 나서 그 후에도 항상 그랬고, 그가 세상을 떠나는 날까지 그렇지 않은 적이 없었다. 내가 비록 시어머니를 모시기에는 늦었지만, 그러나 이로 인해 너의 아버지가 부모를 잘 봉양한다는 것을 알았다. 너의 아버지는 관리 생활을 하던 시절, 일찍이 밤중에 촛불을 밝히고 공문서를 처리하면서, 여러 차례 하던 일을 멈추고 탄식한 적이 있었다. 내가 물어보면 대답하길 : 『이것은 죽을죄에 해당하는 안건인데 내가 그의 살길을 찾아보지만 찾을 수가 없소.』라고 하셨다. 내가 : 『(죽을죄를 지은 사람도) 살길을 찾을 수 있어요?』라고 물으니 대답하길 : 「(최선을 다해) 그 죄인의 살길을 찾다가 못 찾아도, 죽는 사람이나 내가 모두 여한이 없을 터인데, 하물며 살길을 찾아 성공한다고 생각해 보시오! 그러한 사람이 살길을 찾아 성공한 적이 있기 때문에, 그래서 살길을 찾아보지도 않고 죽는 사람은 여한이 있다는 것을 내가 잘 알고 있소. 무릇 항상 죄인의 살길을 찾다가도 여전히 실수하여 죽이는 경우가 있는데, 오히려 일반 관리들은 항상 죄인을 죽일 방법을 찾고 있소.』라고 하셨다. (말을 끝내고 나서) 머리를 돌려 유모가 너를 옆구리에 껴안고 옆에 서 있는 것을 보더니, 곧 (너를) 가리키며 탄식하여 말하길 : 『점쟁이가 나에게 술년(戌年)이 되면 죽을 것이라고 했는데, 만일 그 말이 맞는다면 나는 아들의 출세를 보지 못할 것이니 후에 당연히 내말을 아들에게 알려주어야 하오.』 라고 하셨다. 그는 평소 남의 자제들을 가르칠 때도 항상 이 말을 사용하여, 내가 귀에 익었기 때문에 그래서 상세하게 기억하고 있다. 그가 밖에서 처리하는 일은 내가 알 수 없고, 그가 집에 있을 때는 조금도 뽐내거나 꾸밈이 없이 모든 행동이 이러했는데, 이는 진실로 마음에서 우러나온 것이었다. 아! 그의 마음은 인(仁)에 너그러운 분이었느니라! 이것이 내가 너의 아버지에게 틀림없이 좋은 후사가 있을 거라고 확신한 것이다. 너는 마땅히 그렇게 되도록 힘써야 한다. 대저 부모 봉양은 반드시 풍성해야 하는 것이 아니고, 중요한 것은 효심에 달려있으며, 이로움이란 비록 만물에 널리 파급되지 못한다 해도, 중요한 것은 그 마음이 인(仁)에 너그러워야 하는 것이다. 내가 너를 가르칠 능력은 없고, 이것은 모두 네 아버지의 뜻이다.」 나는 눈물을 흘리며 그것을 기록해 두고 감히 잊지를 못했다.

선친께서는 어려서 아버지를 여의고 배우기에 힘써 함평(咸平) 3년(1000)에 진사에 급제하시고 도주판관(道州判官)과 사주(泗州)·면주(綿州)의 추관(推官)을 지내셨으며, 또 태주판관(泰州判官)을 지내신 후 향년 59세로 사계(沙溪)의 상강(瀧岡)에 묻히셨다.

어머니의 성은 정씨(鄭氏)이고, 어머니 부친의 함자는 덕의(德儀)이며, 대대로 강남 지방의 이름난 가문이었다. 어머니께서는 공손하고 검소하시며 자애롭고 또한 예의에 밝으셔서, 처음에는 복창현(福昌縣) 태군(太君)에 봉해졌다가 후에 낙안(樂安)·안강(安康)·팽성(彭城) 삼군의 태군(太君)으로 승격하셨다. (어머니는) 우리 집안이 곤궁했던 시절부터 근검절약으로 집안을 다스리셨고, 부유해진 후에도 항상 과거 어려웠던 시절의 생활 수준을 넘지 않도록 하셨다. 어머니는 말씀하시길 : 「나의 아들은 구차하게 세속에 영합할 줄 모르니 근검절약해야 이로써 환난을 살아갈 수 있다.」고 하셨다. 그 후 내가 이릉(夷陵)으로 폄적되자, 어머니는 태연하게 담소하듯 말씀하시길 : 「너의 집안은 본래 빈곤했기 때문에, 나는 그러한 환경에서 사는 것이 이미 익숙해 있다. 다만 네가 그런 생활에 마음을 편히 가질 수 있다면 나 역시 편안할 것이다.」라고 하셨다.

아버지께서 돌아가시고 20년이 지난 뒤부터 나는 비로소 녹봉을 받아 (어머니를) 봉양했다. 그리고 또 12년이 지나 조정에서 관직 생활을 하게 되자 비로소 황제께서 부모에게 관작을 하사하시는 영광을 얻었다. 다시 10년이 지나 나는 용도각직학사(龍圖閣直學士)·상서이부낭중(尙書吏部郎中)이 되어 남경유수(南京留守)를 겸했다. 어머니께서는 병환으로 관저에서 돌아가셨고 향년 72세였다. 또 8년이 지나, 나는 재능이 뛰어나지 못한 사람인데도 입경(入京)하여 추밀부사(樞密副使)로 승진했고 곧 이어 참지정사(參知政事)가 되었다. 그리고 7년 뒤에 관직을 그만 두었다. 추밀원(樞密院)과 중서성(中書省)에 오른 뒤부터 황제께서 은전을 널리 베푸시어 나의 조상 3대에 포상을 하셨다. 그래서 가우(嘉祐) 이후부터는 나라의 경사스러운 일이 있을 때면 반드시 황제의 은전이 계셨다. 증조부께서는 거듭 금자광록대부(金紫光祿大夫)·태사(太師)·중서령(中書令)의 관작을 하사받으셨고, 증조모께서는 거듭 초국태부인(楚國太夫人)의 칭호를 하사받으셨다. 조부께서는 거듭 금자광록대부·태사·중서령 겸 상서령(尙書令)의 관작을 하사받으셨고, 조모께서는 거듭 오국태부인(吳國太夫人)의 칭호를 하사받으셨다. 선친 숭국공(崇國公)께서는 거듭 금자광록대부·태사·중서령 겸 상서령의 관작을 하사받으셨고, 어머니께서는 거듭 월국태부인(越國太夫人)의 칭호를 하사받으셨다. 지금의 황제께서 즉위하시고 처음 교제(郊祭)를 지낼 때, 선친께서는 숭국공(崇國公)이란 작위를 하사받으셨고 어머니께서는 위국태부인(魏國太夫人)의 칭호를 하사받으셨다.

그리하여 자식인 나는 울면서 말했다 :「아! 선행을 하고 보답을 받지 못하는 일은 없다. 다만 시기가 늦을 수도 있고 빠를 수도 있는데, 이는 영원히 불변하는 이치이다. 나의 선조께서는 선행을 쌓고 덕을 이루었으므로 당연히 부귀영화를 누리셔야 한다. 비록 그들이 살아 계시는 동안에 친히 받을 수는 없었지만, 그러나 관작을 하사받고 존귀하여 크게 찬양 받으며 실제로 삼조(三朝)에 걸쳐 황제의 조서를 받았으니, 이는 후세에 드러내고 족히 그들의 자손을 비호하여 이롭게 할 만하다.」 이에 가계보(家系譜)를 열거하여 모두 묘비(墓碑)에 새기고, 또 나의 선친 숭국공의 유훈과 어머니께서 나를 가르치신 방법과 나에게 기대했던 바를 기록하여 함께 묘도(墓道)에 게시했다. 사람들로 하여금 내가 덕망이 부족하고 능력이 모자란데, 때를 잘 만나 높은 자리를 차지하고 요행히 대의명분을 보전하며 조상들을 욕되지 않게 한 것이, 그 나름의 원인이 있다는 것을 알게 하려는 것이다.

희녕(熙寧) 3년 경술년 4월 초하루 신유일로부터 열다섯 번째 날 을해일에, 아들 추성보덕숭인익대공신(推誠保德崇仁翊戴功臣)·관문전학사(觀文殿學士)·특진행병부상서(特進行兵部尙書)·지청주군주사(知青州軍州事)·겸관내권농사(兼管內勸農使)·충경동로안무사(充京東路安撫使)·상주국(上柱國)·낙안군개국공(樂安郡開國公)·식읍사천삼백호(食邑四千三百戶)·식실봉일천이백호(食實封一千二百戶) 구양수(歐陽脩)가 묘비를 쓰다.

■ | 해제(解題) 및 본문요지 설명

묘비(墓碑)는 죽은 사람의 생전의 행적을 밝혀 비석에 새긴 일종의 비문(碑文)으로 묘소의 묘도(墓道) 즉 「천(阡)」에 세운다 하여 「묘표(墓表)」 또는 「천표(阡表)」라고도 한다.

상강(瀧岡)은 지금의 강서성 영풍현(永豊縣) 봉황산(鳳凰山) 구양수(歐陽脩) 부친의 묘소가 있는 곳이다. 구양수는 47세 때인 송(宋) 인종(仁宗) 황우(皇祐) 5년(1053) 모친상을 치루면서 「선군묘표(先君墓表 : 돌아가신 부친의 비문)」를 지어 어머니의 언행을 애틋하게 서술한 적이 있는데, 그 후 신종(神宗) 희녕(姬寧) 3년(1070) 부친이 세상을 떠난 지 60년이 되던 나이 64세 때, 「선군묘표」를 근거로 다시 첨가 수정하여 ≪상강천표(瀧岡阡表)≫를 썼다.

구양수는 아버지가 일찍 돌아가셨던 까닭에 어머니에 대한 인상이 매우 깊고 또한 어머니에 대한 효심이 지극했다.

본문은 세 단락으로 나눌 수 있는데, 첫째 단락에서는 아버지가 돌아가시고 나서 어머니가 수절하며 근검 정신으로 가정을 지탱하고 자녀들을 교육하여 성인으로 길러낸 고상한 품격을 기술한 후, 다시 어머니의 말을 통해 어머니의 남편에 대한 존경과 자녀에 대한 간절한 희망 및 대의에 밝고 부지런하며 현숙한 여인으로서의 모습을 그려냈고; 둘째 단락에서는 부친의 생애와 덕행에 대해 기술했는데, 앞부분에서 조모가 세상을 떠난 후 제사를 지내거나 가끔 어머니가 차려주는 주안상의 음식을 대할 때면 항상 눈물을 흘리며 곤궁했던 시절의 부모를 생각하는 부친의 지극한 효심을 말 한 다음, 뒷부분에서 부친이 관직 생활을 하는 동안 혹 자신의 실수로 인해 타인에게 불이익이 돌아가지 않을까 노심초사하는 부친의 신중하고 공정한 성품에 대해 기술했고; 마지막 단락에서는 부모의 생애와 장례 및 관작을 하사받은 상황과 아울러 작자 자신이 부모의 유지를 이어받아 마침내 성공하여 조상을 위로하는 상황을 기술했다.

175 관중론(管仲論)

[宋] 蘇洵

■ | 작자

소순(蘇洵 : 1009-1066)은 자가 명윤(明允)이며, 미주(眉州) 미산(眉山)[지금의 사천성 미산현(眉山縣)] 사람으로 당송팔대가(唐宋八大家)의 한 사람이다. 그는 27세에 비로소 독서에 열중하기 시작하여 인종(仁宗) 경력(慶曆) 연간에 과거에 응시했으나 낙방하자 집에 돌아와 문을 걸어 잠그고 독서에만 전념하여 육경(六經)과 제자백가(諸子百家)에 통달했다.

인종 가우(嘉祐) 초년 다시 경사(京師)에 체류하고 있을 때, 당시 한림학사(翰林學士)로 있던 구양수(歐陽脩)가 그의 문장을 좋아하여 황제에게 보여주었다. 이에 많은 사대부들이 다투어 소순의 문장을 모방하고 전송(傳誦)했으며, 재상 한기(韓琦)도 그의 문장을 조정에 추천하여 조정에서 소순을 비서성(秘書省)의 교서랑(校書郎)에 임명하기도 했다. 그는 후에 예서(禮書)의 수정 작업에 참가하고, 또 ≪태상인혁례(太常因革禮)≫ 100권을 지었으나, 책을 완성한 후 바로 세상을 떠났다. 소순은 두 아들 소식(蘇軾)·소철(蘇轍)과 더불어 문장에 능하여 후인들은 이 세 사람을 일컬어 「삼소(三蘇)」라 불렀다. 저서로 ≪가우집(嘉祐集)≫이 있다.

■ | 원문 및 주석

管仲論[1]

管仲相桓公, 霸諸侯, 攘戎狄, 終其身, 齊國富强, 諸侯不叛。[2] 管仲死, 竪刁、易牙、開方用。[3] 桓公薨於亂, 五公子爭立, 其禍蔓延, 訖簡公, 齊無寧歲。[4] 夫功之成, 非成於成之日, 蓋必有所

---

1) 管仲論 → 管仲에 대해 논한 글
【管仲】: [인명] 관중. 성은 管, 이름은 夷吾, 자는 仲. 춘추시대 齊나라의 재상으로 齊桓公을 보좌하여 패권을 누리게 했다.

2) 管仲相桓公, 霸諸侯, 攘戎狄, 終其身, 齊國富强, 諸侯不叛。→ 管仲이 齊桓公을 보좌하여, 제후들을 제패하고, 오랑캐를 격퇴하고 나니, 관중이 죽을 때까지, 齊나라는 부강하여, 제후들이 감히 배반하지 못했다.
【桓公】: 齊桓公. 춘추시대 齊나라의 군주. 이름은 小白. 齊襄公의 동생이자 齊僖公의 아들로 43년간(B.C.685-B.C.643) 재위했다. ※판본에 따라서는 「桓公」을 「威公」이라 했는데, 이는 작자가 北宋 欽宗 趙桓의 「桓」자를 忌諱한 것이다. 【相(xiàng)】: 보좌하다. 【霸(bà)】: 제패하다, 제압하다. 【攘(rǎng)】: 격퇴하다. 【戎狄(róng dí)】: 戎과 狄. 모두 변방의 소수민족, 즉 오랑캐를 가리키는 말로 서방의 오랑캐를 「戎」, 북방의 오랑캐를 「狄」이라 했다. 【終其身】: 그가 죽을 때까지, 즉 관중이 죽을 때까지를 말한다. 【不叛(pàn)】: 배반하지 않다, 반역하지 않다. ※판본에 따라서는 「不叛」을 「不敢叛」이라 했다.

3) 管仲死, 竪刁、易牙、開方用。→ 관중이 죽고 나서, 竪刁·易牙·開方 등이 중용되었다.
【竪刁(shù diāo)】: [인명] 수조. 제환공의 환관. 수조는 환공에게 가까이 다가가기 위해 스스로 거세했다고 한다. 【易牙】: [인명] 역아. 역아는 환공의 총애를 구하려고 자기의 아들을 삶아 국을 끓여 환공에게 바쳤다고 한다. 【開方】: [인명] 개방. 개방은 본래 衛나라의 公子였으나 후에 衛를 배신하고 齊를 섬겼다. 【用】: 중용되다.

4) 桓公薨於亂, 五公子爭立, 其禍蔓延, 訖簡公, 齊無寧歲。→ 제환공이 혼란 중에 죽고, 그의 다섯 아들이 왕위를 다투자, 그 재앙이 만연하여, 簡公에 이르기까지, 齊나라는 편안할 날이 없었다.
※≪史記·齊太公世家≫의 기록에 의하면: 齊桓公은 세 명의 부인에서 적자가 없고, 여섯 명의 첩에서 無詭·元·昭·潘·商人·雍 등 여섯 명의 서자가 있었

由起；禍之作，不作於作之日，亦必有所由兆。[5] 則齊之治也，吾不曰管仲，而曰鮑叔；及其亂也，吾不曰豎刁，易牙，開方，而曰管仲。[6] 何則? 豎刁、易牙、開方三子，彼固亂人國者，顧其用之者，桓公也。[7] 夫有舜，而後知放四凶；有仲尼，而後知去少正卯。[8]

는데, 이중 공자 昭를 태자로 봉했다. 환공이 병이 들자 다섯 공자들이 서로 당파를 만들어 세자의 자리를 요구하고 나섰는데, 환공이 죽은 뒤 易牙와 豎刁가 내관 총신들과 공모하여 따르지 않는 관리들을 살해하고 無詭를 군주로 옹립하니, 태자 昭는 宋나라로 달아났다. 그런데 無詭가 즉위한 후 宋나라가 군사를 이끌고 태자 昭를 호송하여 齊나라로 돌아오자 齊는 결국 無詭를 죽였고, 나머지 네 명의 공자들은 宋과 전쟁을 벌였지만 패전했다. 이에 태자 昭가 즉위하니 그가 바로 孝公이다.

【薨(hōng)】: 죽다. ※周代에는 제후가 죽는 것을 「薨」이라 했다. 【五公子】: 武孟·元·潘·商人·雍. 【立】: 왕위. 【訖(qì)】: 이르다, 도달하다. 【簡公】: 齊나라의 군주로 이름은 壬. 후에 陳恒에게 살해되었다.

5) 夫功之成，非成於成之日，蓋必有所由起；禍之作，不作於作之日，亦必有所由兆。→ 무릇 공적의 성취는, 성취한 날에 성취하는 것이 아니라, 반드시 원인이 있는 것이며; 재난의 발생은, 발생한 날에 발생하는 것이 아니라, 반드시 징조가 있는 것이다.

【夫】: [발어사] 대저, 무릇. 【功】: 공적. 【蓋】: [어기사] 문구의 앞에 놓여 원인을 표시. 【由起】: 원인. 【由兆(zhào)】: 징조.

6) 則齊之治也，吾不曰管仲，而曰鮑叔；及其亂也，吾不曰豎刁、易牙、開方，而曰管仲。→ 그렇다면 齊나라가 다스려진 것에 대해, 나는 管仲을 말하지 않고, 鮑叔을 말하며; 제나라가 혼란에 이르게 된 것에 대해, 나는 수조·역아·개방을 말하지 않고, 관중을 말한다.

【則】: 그러면, 그렇다면. ※판본에 따라서는 「則」을 「故」라 했다. 【鮑叔】: [인명] 鮑叔牙. 춘추시대 齊나라의 대부. 사람을 알아보는데 능하기로 이름이 났다. 어려서 관중과 친한 사이였으나, 후에 公子 糾와 小白의 권력투쟁에서 관중은 糾를 보좌하고 포숙아는 小白을 보좌했다. 小白이 齊桓公으로 즉위한 후 포숙아에게 국정을 맡기려고 하자 포숙아는 사절하고 오히려 관중을 추천했다. 제환공이 포숙아의 의견을 받아들여 관중을 중용하니, 이로부터 제나라는 강성하기 시작하여 마침내 제후의 맹주가 되었다. 【不…而…】: …하지 않고 …하다. 【及…】: …에 이르다.

7) 何則? 豎刁、易牙、開方三子，彼固亂人國者，顧其用之者，桓公也。→ 왜 그런가? 수

彼桓公，何人也? 顧其使桓公得用三子者，管仲也。[9]

仲之疾也，公問之相。[10] 當是時也，吾以仲且擧天下之賢者以對，而其言乃不過曰：竪刁、易牙、開方三子，非人情，不可近而已。[11] 嗚呼! 仲以爲桓公果能不用三子矣乎?[12] 仲與桓公處

조・역아・개방 세 사람은, 그들이 물론 나라를 어지럽힌 자들이기는 하지만, 그러나 그들을 중용한 사람은 제환공이기 때문이다.

【固】: 물론. 【顧(gù)】: [연사] 그러나. 【三子】: 세 사람.

8) 夫有舜, 而後知放四凶; 有仲尼, 而後知去少正卯。→ 대저 舜이 있고 나서, 연후에 四凶을 추방해야 한다는 것을 알았고; 孔子가 있고 나서, 연후에 少正卯를 제거해야 한다는 것을 알았다.

【夫】: [발어사] 대저, 무릇. 【舜】: 상고시대 虞의 임금. 【而後】: 그 후, 이후. 【放】: 추방하다, 몰아내다. 【四凶】: 共工・驩兜・三苗・鯀. 【仲尼】: 孔子의 자. 【少正卯(mǎo)】: [인명] 소정묘. 춘추시대 말기 魯나라의 大夫. 孔子가 魯의 司寇를 지낼 때 소정묘가 정치를 문란하게 한 죄로 처형되었다.

9) 彼桓公, 何人也? 顧其使桓公得用三子者, 管仲也。→ 齊桓公은, 어떤 인물인가? 돌이켜보건대 齊桓公으로 하여금 세 사람을 중용토록 한 사람은, 管仲이다.

【彼】: 그, 저. ※명사 또는 명사구 앞에 놓여 指示 역할을 한다. 문구의 맨 앞에 놓일 경우 일반적으로 번역할 필요가 없다. 【顧(gù)】: [동사] 돌이켜보다, 살펴보다.

10) 仲之疾也, 公問之相。→ 관중이 병으로 눕게 되자, 제환공이 관중에게 재상에 관해 물었다.

【問之相】: 관중에게 재상에 관해 묻다. 즉 「누가 관중을 이을 재상으로 적당한가를 물었다」는 뜻. 「之」: [대명사] 그, 즉 관중.

11) 當是時也, 吾以仲且擧天下之賢者以對, 而其言乃不過曰：竪刁、易牙、開方三子, 非人情, 不可近而已。→ 이때, 나는 관중이 천하의 어진 사람을 추천하여 대답할 것이라 여겼지만, 그러나 그의 말은 다만 수조・역아・개방 세 사람은, 인정이 없으니, 가까이 하지 말라고 할 뿐이었다.

【當…時】: …할 때. 【吾以】: 吾以爲. 「以」 …라고 생각하다, …라고 여기다. 【且】: 將, (장차) …할 것이다. 【擧(jǔ)】: 추천하다, 천거하다. 【乃不過】: 다만 …에 지나지 않다. 「乃」: 다만, 겨우. 【而已】: …뿐이다.

12) 嗚呼! 仲以爲桓公果能不用三子矣乎? → 아! 관중은 제환공이 과연 이 세 사람을 중용하지 않을 것이라 생각했단 말인가?

【以爲…】: …라 생각하다, …라 여기다. 【果】: 과연, 진실로. 【矣乎】: [복합조

幾年矣, 亦知桓公之爲人矣乎?13) 桓公聲不絶乎耳, 色不絶乎目, 而非三子者, 則無以遂其欲。14) 彼其初之所以不用者, 徒以有仲焉耳。15) 一日無仲, 則三子者可以彈冠相慶矣。16) 仲以爲將死之言, 可以縶桓公之手足邪?17) 夫齊國不患有三子, 而患無仲。有仲, 則三子者, 三匹夫耳。18) 不然, 天下豈少三子之徒?19) 雖桓公

사]. ※「矣」는 이미 그렇게 되었거나 장차 그렇게 될 것을 표시하고, 「乎」는 감탄 또는 의문을 표시하는 역할을 한다.

13) 仲與桓公處幾年矣, 亦知桓公之爲人矣乎? → 관중은 제환공과 더불어 여러 해를 함께 지내왔고, 또한 제환공의 사람됨을 알고 있지 않는가?
【處幾年】: 여러 해를 함께 지내다.

14) 桓公聲不絶乎耳, 色不絶乎目, 而非三子者, 則無以遂其欲。→ 제환공은 음악이 귀에서 끊이지 않고, 女色이 눈에서 단절되지 않았는데, 만약 세 사람이 아니었다면, (제환공은) 자기의 욕망을 이룰 수가 없었을 것이다.
【聲】: 음악. 【色】: 여색. 【無以…】: …할 방법이 없다, …할 수가 없다. 【遂(suì)】: 이루다, 성취하다.

15) 彼其初之所以不用者, 徒以有仲焉耳。→ 저들이 처음부터 임용되지 못했던 이유는, 단지 管仲이 있었기 때문이었다.
【彼】: [대명사] 저들, 즉 수조·역아·개방 세 사람. 【所以…】: …한 까닭. 【徒】: 단지, 다면. 【以】: 因, … 때문, …으로 인한. 【焉耳】: [복합조사] ※句末에 위치하여 制限을 표시한다.

16) 一日無仲, 則三子者可以彈冠相慶矣。→ 하루라도 관중이 없었다면, 세 사람은 벼슬길로 나갈 준비를 하고 서로 축하했을 것이다.
【彈冠(tán guān)】: 冠帽를 털고 서로 축하하다. 즉, 「벼슬에 나아갈 준비를 하며 서로 축하하다」의 뜻.

17) 仲以爲將死之言, 可以縶桓公之手足邪? → 管仲은 (자기가) 죽기 전에 한 말로, 제환공의 손과 발을 묶어 둘 수 있다고 생각했을까?
【將死之言】: 죽음에 임박해서 한 말, 죽기 전에 한 말. 【縶(jí)】: 묶다.

18) 夫齊國不患有三子, 而患無仲。有仲, 則三子者, 三匹夫耳。→ 齊나라는 세 사람이 있는 것을 걱정하지 않고, 관중이 없는 것을 걱정했다. 관중이 있으면, 세 사람은, 세 명의 필부일 뿐이다.
【匹夫】: 보통 사람, 필부. 【耳】: …일 뿐.

19) 不然, 天下豈少三子之徒? → 그렇지 않다면, 천하에 어찌 세 사람과 같은 무리가 적었겠는가?

幸而聽仲，誅此三人，而其餘者，仲能悉數而去之邪?[20] 嗚呼! 仲可謂不知本者矣。[21] 因桓公之問，擧天下之賢者以自代，則仲雖死，而齊國未爲無仲也。[22] 夫何患三子者? 不言可也。[23]

五霸莫盛於桓、文。[24] 文公之才，不過桓公，其臣又皆不及仲。靈公之虐，不如孝公之寬厚。[25] 文公死，諸侯不敢叛晉，晉襲文公之餘威，得爲諸侯之盟主者百有餘年。[26] 何者? 其君雖不肖，

【徒(tú)】: 무리, 부류.

20) 雖桓公幸而聽仲，誅此三人，而其餘者，仲能悉數而去之邪? → 비록 제환공이 다행이 管仲의 충고를 받아들여, 이 세 사람을 죽인다 해도, 그 나머지를, 관중이 모두 제거할 수 있겠는가?

【雖】: 비록 …일지라도. 【幸而】: 다행히. 【聽仲】: 관중의 충고를 받아들이다. 【誅(zhū)】: 죽이다. 【悉(xī)數】: 모조리, 모두 다. 【去】: 제거하다.

21) 嗚呼! 仲可謂不知本者矣。→ 아! 관중은 근본을 모르는 사람이라고 말할 수 있다.

22) 因桓公之問，擧天下之賢者以自代，則仲雖死，而齊國未爲無仲也。→ 齊桓公이 물었을 때를 틈타, 천하의 어진 사람을 추천하여 자기의 대를 잇도록 했다면, 설사 관중이 죽는다 해도, 齊나라는 관중이 없는 어려운 상황으로 변하지는 않았을 것이다.

【因】: (때, 기회를) 틈타다, 이용하다. 【自代】: 자신을 대신하다. 【未爲無仲】: 관중이 없는 어려운 상황으로 변하지 않다.

23) 夫何患三子者? 不言可也。→ 그러면 어찌 세 사람을 걱정하겠는가? 이런 말을 안 해도 될 일이다.

24) 五霸莫盛於桓、文。→ 五覇 중에는 齊桓公과 晋文公 보다 강성한 사람이 없었다.

【五霸(bà)】: 春秋시대 패권을 차지했던 다섯 제후들, 즉 齊桓公・晋文公・秦穆公・宋襄公・楚莊公. ※판본에 따라서는 「五霸」를 「五伯」라 했다.

25) 文公之才，不過桓公，其臣又皆不及仲。靈公之虐，不如孝公之寬厚。→ 晉文公의 재능은, 齊桓公을 능가하지 못했고, 그의 신하들 또한 모두가 管仲에 미치지 못했다. 그리고 晉靈公의 포악함은, 齊孝公의 관대함만 못했다.

【文公】: 晋文公. 【不過】: …을 능가하지 못하다, …보다 못하다. 【不及】: …에 미치지 못하다, …보다 못하다. 【靈公】: 晋靈公. 이름은 夷皐, 晉文公의 손자. 【孝公】: 齊孝公. 이름은 昭, 齊桓公의 아들.

26) 文公死，諸侯不敢叛晉，晉襲文公之餘威，得爲諸侯之盟主者百有餘年。→ 晉文公이 죽은 후, 제후들은 감히 晉나라를 배반하지 못했고, 晉나라는 晉文公의 남은 위력

而尙有老成人焉。[27] 桓公之薨也，一亂塗地，無惑也。彼獨恃一管仲，而仲則死矣。[28] 夫天下未嘗無賢者，蓋有有臣而無君者矣。[29] 桓公在焉，而曰天下不復有管仲者，吾不信也。[30]

仲之書，有記其將死，論鮑叔、賓胥無之爲人，且各疏其短。[31] 是其心以爲是數子者，皆不足以託國，而又逆知其將死；則其書誕謾不足信也。[32] 吾觀史鰍以不能進蘧伯玉而退彌子瑕，故有身

을 물려받아, 백 년 동안 제후의 맹주 노릇을 할 수 있었다.

【威】: 남은 위력. 【襲(xí)】: 물려받다, 계승하다. 【得爲諸侯之盟主者百有餘年】: ※판본에 따라서는 「猶得爲諸侯之盟主百餘年」이라 했다.

27) 何者? 其君雖不肖，而尙有老成人焉。→ 어째서일까? 그 임금은 비록 현명하지 못했지만, 그러나 아직 노련한 신하가 있었다.

【肖】: 현명하다. 【老成人】: 경륜이 있는 사람, 즉 노련한 신하.

28) 桓公之薨也，一亂塗地，無惑也。彼獨恃一管仲，而仲則死矣。→ 제환공이 죽고 나서, (齊나라가) 심한 혼란에 빠진 것은, 의문의 여지가 없다. 齊나라는 관중 한 사람에게 의지했고, 관중은 이미 죽었다.

【一亂塗地】: 심한 혼란에 빠지다. 【惑】: 의혹, 의문. 【彼】: [대명사] 저, 그. 즉 齊나라. 【獨】: 오직, 다만. 【恃(shì)】: 의존하다, 의지하다.

29) 夫天下未嘗無賢者，蓋有有臣而無君者矣。→ 무릇 천하에 어진 사람이 없었던 적은 없고, (유능한) 신하는 있는데 (훌륭한) 군주가 없던 경우가 있었다.

【夫】: [발어사] 무릇. 【未嘗】: …한 적이 없다. 【蓋】: [어기조사] 앞의 말을 이어 받아 이유나 원인을 표시한다. 번역할 필요가 없다. 【有…者】: …의 경우가 있다.

30) 桓公在焉，而曰天下不復有管仲者，吾不信也。→ 제환공이 건재하면서, 천하에 관중과 같은 유능한 사람이 다시는 없을 것이라고 말한다면, 나는 믿지 않는다.

【不復有】: 다시는 있지 않다, 다시는 없다.

31) 仲之書，有記其將死，論鮑叔、賓胥無之爲人，且各疏其短。→ 관중의 저서에, 그가 죽기 바로 전에, 鮑叔・賓胥無의 인품을 논하고, 또한 각기 그 단점을 진술한 기록이 있다.

【仲之書】: 관중의 저서. ≪管子≫를 가리킨다. 【賓胥(xū)無】: [인명] 빈서무. 齊나라의 대부, 제환공의 어진 신하. 【疏(shū)】: 진술하다.

32) 是其心以爲是數子者，皆不足以託國，而又逆知其將死；則其書誕謾不足信也。→ 이는 관중의 심중에 이 몇 사람은, 모두 나라를 맡기기에 부족하다고 생각한 것이

後之諫。33) 蕭何且死，擧曹參以自代。34) 大臣之用心，固宜如此也。35) 一國以一人興，以一人亡。36) 賢者不悲其身之死，而憂其國之衰，故必復有賢者，而後有以死。37) 彼管仲者，何以死哉?38)

며, 그리고 또 관중이 자기가 곧 죽을 것을 미리 알았다는 것이니; 그렇다면 그 저서는 황당하고 신빙성이 부족하다.

【託】: 맡기다. 【誕謾(dàn mán)】: 황당하다, 터무니없다. 【逆知】: 미리 알다.

33) 吾觀史鰍以不能進蘧伯玉而退彌子瑕，故有身後之諫。→ 내가 보건대 史鰍는 蘧伯玉을 추천하고 彌子瑕를 퇴출시킬 수 없었기 때문에, 그래서 죽은 뒤에 간한 것이다.

【史鰍(qīu)】: [인명] 사추. 자는 子魚 또는 史魚. 춘추시대 衛나라의 대부. 【以】: 因, …때문에, …로 인하여. 【進】: 추천하다. 【蘧(qú)伯玉】: [인명] 거백옥. 춘추시대 衛나라의 대부. 【退】: [사동용법] 퇴출시키다, 물러나게 하다. 【彌(mí)子瑕(xiá)】: [인명] 미자하. 衛靈公의 寵臣. 【身後之諫】: 屍諫, 죽은 후의 諫言. ※위령공이 거백옥을 기용하지 않고 미자하를 기용하자 사추가 여러 차례 충간했으나 위령공이 듣지 않았다. 이에 사추가 죽기 전에 자기 아들에게 분부하여 죽은 후 시신을 창문 아래에 놓아 죽은 후라도 간언해야 한다는 것을 왕에게 보이도록 했다. 사추가 죽은 후 위령공이 문상을 와서 이러한 상황을 보고 이상히 여겨, 사추의 아들이 위령공에게 까닭을 설명하니 위령공이 깨달아 미자하를 내치고 거백옥을 기용했다.

34) 蕭何且死，擧曹參以自代。→ 蕭何는 죽음에 임박했을 때, 曹參을 추천하여 자신을 대신하도록 했다.

【蕭(xiāo)何】: [인명] 소하. 漢高祖 劉邦을 도와 전공을 세우고 재상이 되었다. 【且】: 곧 …하려 하다. 【曹參(cáo shēn)】: [인명] 조삼. 漢高祖 劉邦을 좇아 전공을 세우고 曹參의 뒤를 이어 재상이 되었다. 【自代】: 자기를 대신하다.

35) 大臣之用心，固宜如此也。→ 대신의 마음 씀씀이는, 마땅히 이와 같아야 한다.

【用心】: 마음 씀씀이. 【固】: 당연히, 마땅히.

36) 一國以一人興，以一人亡。→ 한 나라는 한 사람으로 인해 흥하기도 하고, 한 사람으로 인해 멸망하기도 한다.

【以…】: 因, …으로 인하여.

37) 賢者不悲其身之死，而憂其國之衰，故必復有賢者，而後有以死。→ 어진 사람은 자신의 죽음을 슬퍼하지 않고, 자기 나라가 쇠퇴하는 것을 걱정하기 때문에, 그래서 반드시 다시 어진 사람이 있고 나서, 그런 다음에 안심하고 죽는다.

38) 彼管仲者，何以死哉? → 저 관중이란 사람은, 어째서 (그냥) 죽었는가?

■ | 번역문

관중(管仲)에 대해 논한 글

관중(管仲)이 제환공(齊桓公)을 보좌하여 제후들을 제패하고 오랑캐를 격퇴하고 나니, 관중이 죽을 때까지 제(齊)나라는 부강하여 제후들이 배반하지 못했다. 관중이 죽고 나서 수조(竪刁)·역아(易牙)·개방(開方) 등이 중용되었다. 제환공이 혼란 중에 죽고 그의 다섯 아들이 왕위를 다투자 그 재앙이 만연하여, 간공(簡公)에 이르기까지 제나라는 편안할 날이 없었다. 무릇 공적의 성취는 성취한 날에 성취하는 것이 아니라 반드시 원인이 있는 것이며, 재난의 발생은 발생한 날에 발생하는 것이 아니라 반드시 징조가 있는 것이다. 그렇다면 제나라가 다스려진 것에 대해 나는 관중을 말하지 않고 포숙(鮑叔)을 말하며, 제나라가 혼란에 이르게 된 것에 대해 나는 수조·역아·개방을 말하지 않고 관중을 말한다. 왜 그런가? 수조·역아·개방 세 사람은, 그들이 물론 나라를 어지럽힌 자들이기는 하지만, 그러나 그들을 중용한 사람은 제환공이기 때문이다. 대저 순(舜)이 있고 나서 연후에 사흉(四凶)을 추방해야 한다는 것을 알았고, 공자(孔子)가 있고 나서 연후에 소정묘(少正卯)를 제거해야 한다는 것을 알았다. 제환공은 어떤 인물인가? 돌이켜보건대 제환공으로 하여금 세 사람을 중용토록 한 사람은 관중이다.

관중이 병으로 눕게 되자 제환공이 관중에게 재상에 관해 물었다. 이때 나는 관중이 천하의 어진 사람을 추천하여 대답할 것이라 여겼지만, 그러나 그의 말은 다만 수조·역아·개방 세 사람은 인정이 없으니 가까이 하지 말라고 할 뿐이었다. 아! 관중은 제환공이 과연 이 세 사람을 중용하지 않을 것이라 생각했단 말인가? 관중은 제환공과 더불어 여러 해를 함께 지내왔고, 또한 제환공의 사람됨을 알고 있지 않는가? 제환공은 음악이 귀에서 끊이지 않고 여색(女色)이 눈에서 단절되지 않았는데, 만약 세 사람이 아니었다면 (제환공은) 자기의 욕망을 이룰 수가 없었을 것이다. 저들이 처음부터 임용되지 못했던 이유는 단지 관중이 있었기 때문이었다. 하루라도 관중이 없었다면 세 사람은 벼슬길로 나갈 준비를 하고 서로 축하했을 것이다. 관중은 (자기가) 죽기 전에 한 말로 제환공의 손과 발을 묶어 둘 수 있다고 생각했을까? 제나라는 세 사람이 있는 것을 걱정하지 않고 관중이 없는 것을 걱정했다. 관중이 있으면 세 사람은 세 명의 필부일 뿐이다. 그렇지 않다면 천하에 어찌 세 사람과 같은 무리가 적었겠는가? 비록 제환공이 다행이 관중의 충고를 받아들여 이 세 사람을 죽인다 해도 그 나머지를 관중이 모두 제거할 수 있겠는가? 아! 관중은 근본을 모르는 사람이라고 말할 수 있다. 제환공이 물었을 때를 틈타 천하의 어진 사람을 추천하여 자기의 대를 잇도록 했다면, 설사 관중이 죽는다 해도 제나라는 관중이 없는 어려운 상황으로 변하지는 않았을 것이다. 그러면 어찌 세 사람을 걱정하겠는가? 이런 말을 안 해도 될 일이다.

오패(五霸) 중에는 제환공과 진문공(晋文公)보다 강성한 사람이 없었다. 진문공의 재능은 제환공을 능가하지 못했고, 그의 신하들 또한 모두가 관중에 미치지 못했다. 그리고 진영공(晉靈公)의 포악함은 제효공(齊孝公)의 관대함만 못했다. 진문공(晋文公)이 죽은 후 제후들은 감히 진(晉)나라를 배반하지 못했고, 진나라는 진문공의 남은 위력을 물려받아 백 년 동안 제후의 맹주 노릇을 할 수 있었다. 어째서일까? 그 임금은 비록 현명하지 못했지만, 그러나 아직 노련한 신하가 있었다. 제환공이 죽고 나서 (제나라가) 심한 혼란에 빠진 것은 의문의 여지가 없다. 제나라는 관중 한 사람에게 의지했고 관중은 이미 죽었다. 무릇 천하에 어진 사람이 없었던 적은 없고, (유능한) 신하는 있는데 (훌륭한) 군주가 없던 경우가 있었다. 제환공이 건재하면서 천하에 관중과 같은 유능한 사람이 다시는 없을 것이라고 말한다면 나는 믿지 않는다.

관중의 저서에, 그가 죽기 바로 전에 포숙(鮑叔)·빈서무(賓胥無)의 인품을 논하고, 또한 각기 그 단점을 진술한 기록이 있다. 이는 관중의 심중에 이 몇 사람은 모두 나라를 맡기기에 부족하다고 생각한 것이며, 그리고 또 관중이 자기가 곧 죽을 것을 미리 알았다는 것이니, 그렇다면 그 저서는 황당하고 신빙성이 부족하다. 내가 보건대 사추(史鰍)는 거백옥(蘧伯玉)을 추천하고 미자하(彌子瑕)를 퇴출시킬 수 없었기 때문에, 그래서 죽은 뒤에 간한 것이다. 소하(蕭何)는 죽음에 임박했을 때 조삼(曹參)을 추천하여 자신을 대신하도록 했다. 대신의 마음 씀씀이는 마땅히 이와 같아야 한다. 한 나라는 한 사람으로 인해 흥하기도 하고 한 사람으로 인해 멸망하기도 한다. 어진 사람은 자신의 죽음을 슬퍼하지 않고 자기 나라가 쇠퇴하는 것을 걱정하기 때문에, 그래서 반드시 다시 어진 사람이 있고 나서 그런 다음에 안심하고 죽는다. 저 관중이란 사람은 어째서 (그냥) 죽었는가?

■ | 해제(解題) 및 본문요지 설명

≪관중론(管仲論)≫은 관중이 죽고 나서 제(齊)나라의 정세가 혼란해지자, 그 까닭을 임종할 때에 어진 인재를 추천하여 자기를 대신하도록 하지 못한 관중의 책임이라 비난하고, 아울러 어진 사람을 추천하는 일

이야말로 국가의 장기적인 안정을 위한 중요한 관건이라는 것을 강조한 글이다.

본문은 네 단락으로 나눌 수 있는데, 첫째 단락에서는 관중이 제환공(齊桓公)을 보좌하여 제후들을 제패한 공로와 관중이 죽은 후 간사한 무리들의 전횡으로 제나라가 혼란에 빠진 상황을 서술했고; 둘째 단락에서는 관중이 죽은 후 제나라가 혼란으로 쇠퇴하게 된 원인을, 관중이 임종 시에 어진 사람을 추천하여 자신의 뒤를 잇게 하지 못한 것으로 분석하고, 관중을 치국(治國)의 근본을 모르는 사람이라 꾸짖었고; 셋째 단락에서는 제환공(齊桓公)과 진문공(晉文公)의 비교를 통해, 관중의 탁월한 재능을 인정하지만, 그러나 국가의 흥망성쇠는 최선의 인재가 그 한 사람에서 끝나는 것보다 차선의 인재라도 지속적으로 존재하는 것이 더욱 중요하다는 것을 역설했고; 마지막 단락에서는 재차 역사상에서 어진 사람을 천거하여 나라의 안정과 흥성을 도모한 사례를 들어, 인재 추천의 중요성과 절박성을 천명한 동시에 「어진 사람은 자신의 죽음을 슬퍼하지 않고, 자기 나라의 쇠퇴를 걱정한다」라는 말로 이를 실천하지 못한 관중의 실책을 비난했다.

문장 전체를 통해 볼 때, 논증에 힘이 있고 필치가 날카로우며 논리의 전개가 유창하다. 작자의 관중에 대한 비평이나 국가의 운명과 관련한 인재에 대한 인식 모두 관점이 탁월하고 이치에 부합하여 오늘날까지도 좋은 귀감이 되고 있다.

176 변간론(辨姦論)

[宋] 蘇洵

■ | 작자

175. 관중론(管仲論) 참조

■ | 원문 및 주석

辨姦論[1]

事有必至，理有固然。惟天下之靜者，乃能見微而知著。[2] 月暈而風，礎潤而雨，人人知之。[3] 人事之推移，理勢之相因，其

---

1) 辨姦論 → 奸臣의 변별에 관해 논한 글
【辨(biàn)】: 변별하다, 분별하다. 【姦(jiān)】: 奸, 간사하다, 간악하다. 여기서는 「姦臣」을 가리킨다.

2) 事有必至, 理有固然。惟天下之靜者, 乃能見微而知著。→ 일은 반드시 도달하는 곳이 있고, 도리는 본래 그러한 까닭이 있다. 다만 천하의 냉철한 사람만이, 비로소 미세한 징조를 보고 뚜렷한 결과를 알 수 있다.
【理】: 사리, 이치, 도리. 【固】: 본래, 원래. 【惟】: 다만, 오직. 【靜(jìng)者】: 냉철한 사람. 【乃】: 비로소. 【微(wēi)】: 작다, 미세하다. 여기서는 「미세한 징조」를 말한다. 【著(zhù)】: 현저하다, 뚜렷하다, 분명하다. 여기서는 「현저한 결과」를 말한다.

3) 月暈而風, 礎潤而雨, 人人知之。→ 달무리가 나타나면 바람이 불고, 주춧돌에 습기가 차면 비가 온다고 하는 것은, 누구나 다 아는 일이다.

疎闊而難知，變化而不可測者，孰與天地陰陽之事?[4] 而賢者有不知，其故何也? 好惡亂其中，而利害奪其外也。[5]

昔者山巨源見王衍曰：「誤天下蒼生者，必此人也。」郭汾陽見盧杞曰：「此人得志，吾子孫無遺類矣。」[6] 自今而言之，其理固有可見者。[7] 以吾觀之，王衍之爲人，容貌言語，固有以欺世而

【月暈(yùn)】：달무리가 나타나다. 【風】：[동사용법] 바람이 불다. 【礎(chǔ)】：주춧돌. 【潤(rùn)】：습기다 차다.

4) 人事之推移，理勢之相因，其疎闊而難知，變化而不可測者，孰與天地陰陽之事? → 人事의 변화나, 사태의 인과관계는, 소원하여 알기 어려운 점과, 변화로 인해 예측할 수 없는 점에 있어서, 어찌 천지 음양의 일에 비하겠는가?
【推移(tuī yí)】：변천(하다), 변화(하다). 【理勢】：情勢, 사태. 【相因】：인과 관계. 【疎闊(shū kuò)】：疏遠하다. 【測(cè)】：추측하다, 예측하다. 【孰(shú)與】：어찌 …에 비하겠는가?

5) 而賢者有不知，其故何也? 好惡亂其中，而利害奪其外也。→ 그러나 현명한 사람들이 알지 못하는데, 그 까닭이 어디에 있는가? 그것은 좋아하고 미워함이 그의 마음을 어지럽히고, 이해관계가 그의 행위를 견제하기 때문이다.
【故】：연유, 까닭. 【好惡(hào wù)】：호오, 좋아하고 미워함. 【中】：마음, 생각. 【奪(duó)】：빼앗다, 탈취하다. 여기서는「견제하다, 교란하다.」의 뜻. 【外】：행위, 행동.

6) 昔者山巨源見王衍曰：「誤天下蒼生者，必此人也。」郭汾陽見盧杞曰：「此人得志，吾子孫無遺類矣。」→ 예전에 山巨源은 王衍을 보고：「(장차) 천하의 백성들을 그르칠 사람은, 반드시 이 사람이다.」라고 했고, 郭汾陽은 盧杞를 보고：「(장차) 이 사람이 출세하게 되면, 나의 자손은 살아남을 사람이 없을 것이다.」라고 했다.
【山巨源】：[인명] 山濤. 자는 巨源. 晉 河內 懷縣[지금의 하남성 武陟縣 서쪽] 사람으로, 竹林七賢의 한 사람. 【王衍(yǎn)】：[인명] 왕연. 자는 夷甫. 晉 瑯琊 臨沂[지금의 산동성 臨沂縣] 사람으로 尙書令・太尉 등을 지냈다. 【誤(wù)】：그르치다. 【郭汾陽】：[인명] 郭子儀. 唐 중엽의 유명한 장수. 「安史의 난」을 평정하는데 공이 있어 汾陽郡王에 봉해졌다. 【盧杞】：[인명] 노기. 자는 子良. 唐나라 德宗 때의 재상. 재임 기간에 충직한 사람들을 모함하고 백성들을 착취하여 실각되었다. 【得志】：뜻을 이루다, 출세하다. 【遺(yí)類】：살아남을 사람.

7) 自今而言之，其理固有可見者。→ 현시점에서 말하면, 그 이치는 본래 예견되는 것이 있었다.
【固】：본래, 원래. 【可見】：알 수 있다, 예견하다.

盜名者。[8] 然不忮不求，與物浮沈，使晉無惠帝，僅得中主，雖衍百千，何從而亂天下乎?[9] 盧杞之姦，固足以敗國，然而不學無文，容貌不足以動人，言語不足以眩世，非德宗之鄙暗，亦何從而用之?[10] 由是言之，二公之料二子，亦容有未必然也。[11]

今有人，口誦孔、老之言，身履夷、齊之行，收召好名之士、不得志之人，相與造作言語，私立名字，以爲顏淵、孟軻復

8) 以吾觀之，王衍之爲人，容貌言語，固有以欺世而盜名者。→ 내가 보건대, 왕연의 사람됨이나, 용모・언사는, 본래 세상을 속이고 명예를 도둑질할 소지를 지니고 있었다.
【以吾觀之】: 내가 보건대, 내가 보기에. 【爲人】: 사람됨. 【盜名】: 명예를 도둑질하다.

9) 然不忮不求，與物浮沈，使晉無惠帝，僅得中主，雖衍百千，何從而亂天下乎? → 그러나 그는 남을 해치거나 탐욕을 부리지 않고, 세속과 더불어 그럭저럭 살아갔는데, 만일 晉나라에 惠帝가 없고, 다만 보통 수준의 군주만 있었더라면, 비록 왕연과 같은 사람이 백 명 아니라 천 명이 있었던들, 어디서 천하를 어지럽혔겠는가?
【不忮不求】: 해치지도 않고 탐하지도 않다. 【與物浮沉】: 세속과 더불어 적당히 살아가다. 【惠帝】: 晉惠帝 司馬衷. 17년간(290-306) 재위했으며, 우매하고 무능하기로 이름이 났다. 【僅】: 다만. 【中主】: 보통 수준의 군주. 【百千】: 백 명 또는 천 명. 【何從】: 어디서.

10) 盧杞之姦，固足以敗國，然而不學無文，容貌不足以動人，言語不足以眩世，非德宗之鄙暗，亦何從而用之? → 盧杞의 간악함은, 물론 나라를 망치기에 충분하지만, 그러나 그는 배우지 않아 글재주가 없고, 용모도 사람을 감동시키기에 부족하며, 언변도 세상 사람들을 현혹시키기에 부족한데, 德宗의 비천하고 우매함이 아니었다면, 또한 어디서 그를 기용했겠는가?
【固】: 물론, 당연히. 【足以】: 족히 …할 수 있다, …하기에 충분하다. 【然而】: 그러나. 【眩(xuàn)】: 현혹시키다. 【鄙暗(bǐ àn)】: 비천하고 우매함.

11) 由是言之，二公之料二子，亦容有未必然也。→ 이로 미루어 말하면, 왕연과 노기 두 사람에 대한 산도・곽자의 두 분의 예측은, 또한 어쩌면 반드시 그렇다고 할 수는 없다.
【由是言之】: 이로 미루어 말하면. 【二公】: 두 분, 즉 「山濤와 郭子儀」. 【料】: 예측하다, 예상하다. 【二子】: 王衍과 盧杞. 「子」: 사람에 대한 통칭. 【容】: 혹시, 어쩌면. 【未必然】: 반드시 그렇다고 할 수는 없다.

出;[12] 而陰賊險狠, 與人異趣, 是王衍、盧杞合而爲一人也, 其禍豈可勝言哉![13]

夫面垢不忘洗, 衣垢不忘澣, 此人之至情也。[14] 今也不然,

---

12) 今有人, 口誦孔、老之言, 身履夷、齊之行, 收召好名之士、不得志之人, 相與造作言語, 私立名字, 以爲顏淵、孟軻復出; → 지금 어떤 사람이, 입으로는 孔子・老子의 말을 암송하고, 몸으로는 伯夷・叔齊의 행동을 실천하며, 명예를 좋아하는 선비와 뜻을 이루지 못한 사람들을 불러 모아, 서로 더불어 여론을 조성하고, 자신을 스스로 치켜세우면서, 顏淵・孟軻가 다시 출현했다고 여긴다.

【有人】: 어떤 사람. 여기서는 「王安石」을 가리킨다. 【誦(sòng)】: 외다, 암송하다. 【孔、老】: 孔子와 老子. 【履(lǚ)】: 실행하다, 실천하다. 【夷、齊】: 伯夷와 叔齊. ※≪史記・伯夷列傳≫에 의하면, 백이와 숙제는 孤竹君의 두 아들로, 고죽군은 작은 아들 숙제에게 왕위를 물려주려 했다. 고죽군이 죽고 나서 백이는 아버지의 뜻을 따르려 했고, 숙제는 형이 당연히 왕위를 계승해야 한다고 하며 서로 양보하다가 형이 나라를 떠나자 아우도 형을 따라 떠났다. 형제는 덕이 있다는 周文王을 찾아가 도움을 청하려 했으나 문왕이 이미 죽고 마침 문왕의 아우인 周武王이 殷紂의 토벌에 나서는 것을 보았다. 형제는 이를 불의라 여겨 극구 만류했으나 무왕이 끝내 殷을 정벌하고 周나라를 세우자 무왕이 다스리는 周의 곡식을 먹지 않기로 결심하고 首陽山에 들어가 고사리를 캐먹으며 연명하다가 끝내 굶어죽었다고 한다. 【收召】: 불러 모으다. 【好(hào)】: [동사] 좋아하다. 【得志】: 뜻을 이루다, 출세하다. 【相與】: 서로 함께, 서로 더불어. 【造作言語】: 여론을 조성하다. 【私立名字】: 사사로이 명예를 세우다, 스스로 치켜세우다. 【顏淵(yán yuān)】: [인명] 顏回, 자는 子淵. 춘추시대 魯나라 사람으로 孔子의 제자. 【孟軻(kē)】: 孟子. 전국시대 鄒나라[지금의 산동성 鄒縣 일대] 사람으로 이름은 軻, 자는 子輿 또는 子車. 공자의 사상을 계승한 儒家의 대표적 인물. 저서로 ≪孟子≫가 있다.

13) 而陰賊險狠, 與人異趣, 是王衍、盧杞合而爲一人也, 其禍豈可勝言哉! → 그러나 실제로는 음험하고 악랄하여, 다른 사람과 취향이 다르며, 이는 왕연・노기를 한 사람으로 합쳐 놓은 것과 같으니, 그 재앙을 어찌 말로 다 표현할 수 있으랴!

【陰賊險狠(yīn zéi xiǎn hěn)】: 음험하고 악랄하다. 【異趣(qù)】: 취향이 다르다. 【合而爲一】: 합쳐서 하나로 만들다. 【豈可勝言】: 어찌 말로 다할 수 있는가? 「勝言」: 모두 말하다, 말을 다하다.

14) 夫面垢不忘洗, 衣垢不忘澣, 此人之至情也。→ 대저 얼굴이 더러워지면 씻는 것을 잊지 않고, 옷이 더러워지면 빠는 것을 잊지 않는 것이, 인지상정이다.

【夫】: [발어사] 대저, 무릇. 【垢(gòu)】: 더러워지다. 【澣(huàn)】: 빨다, 세탁

衣臣虜之衣，食犬彘之食，囚首喪面，而談詩書，此豈其情也哉?[15]
凡事之不近人情者，鮮不爲大姦慝，豎刁、易牙、開方是也。[16]
以蓋世之名，而濟其未形之患，雖有願治之主，好賢之相，猶將擧而用之，則其爲天下患，必然而無疑者，非特二子之比也。[17]

하다. 【人之至情】: 인지상정. 「至情」: 진심에서 우러나오는 감정.

15) 今也不然，衣臣虜之衣，食犬彘之食，囚首喪面，而談詩書，此豈其情也哉? → 지금 이 사람은 그렇지 않다. 노예가 입는 옷을 입고, 개나 돼지가 먹는 음식을 먹고, 죄수의 두발과 상을 당한 사람의 얼굴을 하고서, 오히려 詩書를 논하고 있으니, 이 어찌 인지상정이라 하겠는가?
【衣(yì)臣虜(lǔ)之衣(yī)】: 노예가 입는 옷을 입다. ※앞의 「衣」는 「입다」라는 동사. 「臣虜」: 노예. 【食(shí)犬彘(zhì)之食(sì)】: 개나 돼지가 먹는 음식을 먹다. ※앞의 「食」은 「먹다」라는 동사. 【囚首喪面】: 죄수의 (흐트러진) 두발과 상을 당한 사람의 (때 묻은) 얼굴. 【詩書】: 시서. 經書의 범칭.

16) 凡事之不近人情者，鮮不爲大姦慝，豎刁、易牙、開方是也。→ 무릇 일을 인정에 어긋나게 처리하는 자는, 매우 간악하지 않은 자가 드문데, 수조·역아·개방이 바로 그런 사람들이다.
【不近人情】: 인지상정에 부합하지 않다, 인정에 어긋나다. 【鮮(xiǎn)】: 드물다. 【姦慝(jiān tè)】: 간악하다, 사악하다. 【豎刁(shù diāo)、易牙、開方】: [인명] 수조·역아·개방. 春秋時代 齊桓公의 3총신. ※≪史記·齊世家≫의 기록에 의하면, 제환공이 管仲에게 세 사람 중에 누가 관중의 재상 자리를 계승할 수 있느냐고 묻자, 관중이 대답하길, 역아는 자기의 아들을 삶아 요리를 만들어 임금에게 먹였고, 개방은 본래 衛나라의 公子였으나 부모를 배신하고 齊나라로 와서 제나라의 임금을 섬기면서 부모가 죽었어도 귀국하지 않았으며, 수조는 기꺼이 환관이 되어 궁궐로 들어가 임금을 섬겼으므로, 이 세 사람 모두 인지상정에 부합하지 않아 신뢰할 수가 없다고 했다. 그러나 제환공은 관중의 말을 듣지 않고 오히려 그들을 믿어 그들로 하여금 전권을 휘두르게 했는데, 제환공이 죽자 세 사람은 과연 난을 일으켰다. 【是】: 바로 그렇다.

17) 以蓋世之名，而濟其未形之患，雖有願治之主，好賢之相，猶將擧而用之，則其爲天下患，必然而無疑者，非特二子之比也。→ (그들이) 세상을 덮을만한 명성을 가지고, 아직 드러나지 않은 재난을 촉진하게 되면, 비록 치세를 바라는 군주와, 현명한 인재를 좋아하는 재상이 있다 해도, 여전히 그들을 천거하여 기용하려 할 것인데, 그러면 그들이 나라에 재난을 불러오는 것은, 필연적이고 의심할 바가 없으며, 다만 왕연·노기 두 사람에 비할 바가 아니다.

孫子曰：「善用兵者，無赫赫之功。」使斯人而不用也，則吾言爲過，而斯人有不遇之歎，孰知禍之至於此哉![18] 不然，天下將被其禍，而吾獲知言之名，悲夫![19]

■ | 번역문

간신(奸臣)의 변별에 관해 논한 글

일은 반드시 도달하는 곳이 있고 도리는 본래 그러한 까닭이 있다. 다만 천하의 냉철한 사람만이 비로소 미세한 징조를 보고 뚜렷한 결과를 알 수 있다. 달무리가 나타나면 바람이 불고 주춧돌에 습기가 차면 비가 온다고 하는 것은 누구나 다 아는 일이다. 인사(人事)의 변화나 사

【蓋世之名】: 세상을 덮을 만한 명성. 【濟(jì)】: 촉진하다. 【未形之患(huàn)】: 아직 일어나지 않은 재난. 「形」: 모습이 드러나다, 발생하다 【願治】: 치세를 바라다. 【好(hào)賢】: 현명한 인재를 좋아하다. 【猶(yóu)】: 여전히, 그래도. 【非特】: 다만 …뿐이 아니다. 【二子】: 두 사람. 여기서는 「王衍과 盧杞」를 가리킨다.

18) 孫子曰：「善用兵者，無赫赫之功。」使斯人而不用也，則吾言爲過，而斯人有不遇之歎，孰知禍之至於此哉! → 孫子가 말하길：「用兵에 능한 사람은, 혁혁한 공이 없다.」라고 했다. 만일 이 사람이 기용되지 않았다면, (사람들은) 내 말이 틀렸다고 여길 것이고, 이 사람은 회재불우의 탄식을 하겠지만, 재앙이 이 지경에 이른다는 것을 어느 누가 알겠는가?

【孫子】: [인명] 孫武, 齊나라 사람으로 전국시대의 걸출한 병법가. 저서로 ≪孫子兵法≫이 있다. 【使】: 만일. 【不用】: 기용하지 않다. 【不遇之歎】: 회재불우의 탄식.

19) 不然，天下將被其禍，而吾獲知言之名，悲夫! → 그렇지 않고 그를 기용했다면, 천하는 장차 그의 화를 당하고, 나는 식견이 있다는 명성을 얻기는 하겠지만, 슬픈 일이로다!

【不然】: 그렇지 않다면. 즉 「그렇지 않고 그를 기용했다면」의 뜻. 【被】: 입다, 당하다. 【知言之名】: 식견이 있다는 명성.

태의 인과관계는, 소원하여 알기 어려운 점과 변화로 인해 예측할 수 없는 점에 있어서 어찌 천지 음양의 일에 비하겠는가? 그러나 현명한 사람들이 알지 못하는데 그 까닭이 어디에 있는가? 그것은 좋아하고 미워함이 그의 마음을 어지럽히고 이해관계가 그의 행위를 견제하기 때문이다.

예전에 산거원(山巨源)은 왕연(王衍)을 보고 : 「(장차) 천하의 백성들을 그르칠 사람은 반드시 이 사람이다.」라고 했고, 곽분양(郭汾陽)은 노기(盧杞)를 보고 : 「(장차) 이 사람이 출세하게 되면 나의 자손은 살아남을 사람이 없을 것이다.」라고 했다. 현시점에서 말하면 그 이치는 본래 예견되는 것이 있었다. 내가 보건대 왕연의 사람됨이나 용모 · 언사는 본래 세상을 속이고 명예를 도둑질할 소지를 지니고 있었다. 그러나 그는 남을 해치거나 탐욕을 부리지 않고 세속과 더불어 그럭저럭 살아갔는데, 만일 진(晉)나라에 혜제(惠帝)가 없고 다만 보통 수준의 군주만 있었더라면, 비록 왕연(王衍)과 같은 사람이 백 명 아니라 천 명이 있었던들 어디서 천하를 어지럽혔겠는가? 노기(盧杞)의 간악함은 물론 나라를 망치기에 충분하지만, 그러나 그는 배우지 않아 글재주가 없고 용모도 사람을 감동시키기에 부족하며 언변도 세상 사람들을 현혹시키기에 부족한데, 덕종(德宗)의 비천하고 우매함이 아니었다면 또한 어디서 그를 기용했겠는가? 이로 미루어 말하면 왕연과 노기 두 사람에 대한 산도(山濤) · 곽자의(郭子儀) 두 분의 예측은 또한 어쩌면 반드시 그렇다고 할 수는 없다.

지금 어떤 사람이 입으로는 공자(孔子) · 노자(老子)의 말을 암송하고, 몸으로는 백이(伯夷) · 숙제(叔齊)의 행동을 실천하며, 명예를 좋아하는 선비와 뜻을 이루지 못한 사람들을 불러 모아, 서로 더불어 여론을 조성하고 자신을 스스로 치켜세우면서, 안연(顏淵) · 맹가(孟軻)가 다시 출현했다고 여긴다. 그러나 실제로는 음험하고 악랄하여 다른 사람과 취향이 다르며, 이는 왕연·노기를 한 사람으로 합쳐 놓은 것과 같으니 그 재앙을 어찌 말로 다 표현할 수 있으랴!

대저 얼굴이 더러워지면 씻는 것을 잊지 않고, 옷이 더러워지면 빠는 것을 잊지 않는 것이 인지상정이다. 지금 이 사람은 그렇지 않다. 노예가 입는 옷을 입고, 개나 돼지가 먹는 음식을 먹고, 죄수의 두발과 상을 당한 사람의 얼굴을 하고서 오히려 시서(詩書)를 논하고 있으니 이 어찌 인지상정이라 하겠는가? 무릇 일을 인정에 어긋나게 처리하는 자는 매우 간악하지 않은 자가 드문데, 수조·역아·개방이 바로 그런 사람들이다. (그들이) 세상을 덮을만한 명성을 가지고 아직 드러나지 않은 재난을 촉진하게 되면, 비록 치세를 바라는 군주와 현명한 인재를 좋아하는 재상이 있다 해도 여전히 그들을 천거하여 기용하려 할 것인데, 그러면 그들이 나라에 재난을 불러오는 것은 필연적이고 의심할 바가 없으며, 다만 왕연·노기 두 사람에 비할 바가 아니다.

손자(孫子)가 말하길 : 「용병(用兵)에 능한 사람은 혁혁한 공이 없다.」라고 했다. 만일 이 사람이 기용되지 않았다면 (사람들은) 내 말이 틀렸다고 여길 것이고, 이 사람은 회재불우의 탄식을 하겠지만, 재앙이 이 지경에 이른다는 것을 어느 누가 알겠는가? 그렇지 않고 그를 기용했다면 천하는 장차 그의 화를 당하고 나는 식견이 있다는 명성을 얻기는 하겠지만, 슬픈 일이로다!

■ | 해제(解題) 및 본문요지 설명

≪변간론(辨姦論)≫은 종래에 소순(蘇洵)이 왕안석(王安石)에 대해 지은 것으로 알려져 왔다. 그러다가 청(淸) 이불(李紱)이 ≪목당초고(穆堂初稿)≫에서 처음으로 소순의 작품이 아니라는 의문을 제기했고, 혹자는 남송(南宋) 초기의 도학자(道學者)인 소백온(邵伯溫)이 왕안석을 공격하기 위해 소순의 이름을 가탁하여 지은 것이라고도 했다. 그러나 여러 사람들의 연구에도 불구하고 아직 이렇다 할 정론은 없다.

신종(神宗)이 즉위한 후 왕안석이 재상의 자리에 올라 신법(新法)을 시행했으나 대지주 계층의 이익과 저촉되어 보수파의 극렬한 반대에 부딪혔다.

본문은 다섯 단락으로 나눌 수 있는데, 첫째 단락에서는 왕안석이 장차 반드시 나라를 어지럽힐 것임을 단정했고; 둘째 단락에서는 왕연(王衍)과 노기(盧杞)가 백성들을 해친 옛일을 끌어다가 증거로 제시했고; 셋째 단락에서는 왕안석의 간악한 행위가 왕연·노기보다 더욱 심하다는 것을 말했고; 넷째 단락에서는 왕안석의 성품이 인지상정에 맞지 않아 장차 나라에 끼치는 재해가 반드시 왕연과 노기를 초월할 것이라 말했고; 마지막 단락에서는 손자의 말을 인용하여 당시의 군주가 작은 일로서 모든 것을 꿰뚫어보고 왕안석과 같은 사람을 몰아내어 나라가 화를 당하지 않기를 바란다는 말로 끝을 맺었다.

177 심술(心術)

[宋] 蘇洵

■ | 작자

175. 관중론(管仲論) 참조

■ | 원문 및 주석

心術[1)]

爲將之道, 當先治心。泰山崩於前而色不變, 麋鹿興於左而目不瞬, 然後可以制利害, 可以待敵。[2)]

---

1) 心術 → 마음을 다스리는 방법
※≪管子・七法≫:「實也, 誠也, 厚也, 施也, 度也, 恕也, 謂之心術。(사람을 대함에 있어서 충실하고, 간곡하고, 돈후하고, 베풀고, 너그럽고, 용서하는 것을 일러 心術이라 한다.)」

2) 爲將之道, 當先治心。泰山崩於前而色不變, 麋鹿興於左而目不瞬, 然後可以制利害, 可以待敵。→ 將帥가 되는 방법은, 마땅히 먼저 마음을 다스려야 한다. 泰山이 눈앞에서 넘어져도 표정이 변하지 않고, 고라니나 사슴이 옆에서 갑자기 나타나도 눈 하나 깜짝하지 않아야, 그런 다음에 (전쟁의) 이해득실을 판단할 수 있고, 적에 대응할 수 있다.
【道】: 방법, 길. 【當】: 마땅히. 【泰山】: 중국 산동성에 있는 산. 五岳의 하나인 東岳. 옛 사람들은 태산을 중국에서 가장 높은 산으로 여겼다. 【色】: 안색, 낯빛, 표정. 【麋鹿(mí lù)】: 고라니와 사슴. 【興】: (갑자기) 나타나다, 출현하다. 【左】:

凡兵上義；不義，雖利勿動。非一動之爲害，而他日將有所不可措手足也。[3] 夫惟義可以怒士，士以義怒，可與百戰。[4]

凡戰之道，未戰養其財，將戰養其力，旣戰養其氣，旣勝養其心。[5] 謹烽燧，嚴斥堠，使耕者無所顧忌，所以養其財；豐犒而優游之，所以養其力；[6] 小勝益急，小挫益厲，所以養其氣；用人

엿. 【瞬(shùn)】：눈을 깜짝이다. 【制】：제어하다, 판단하다, 파악하다. 【利害】：이해득실. 즉 전쟁 국면이 자기편에 이롭고 해로운 문제. 【待】：대응하다, 대처하다.

3) 凡兵上義；不義，雖利勿動。非一動之爲害，而他日將有所不可措手足也。→ 무릇 用兵은 正義를 숭상하여; 정의가 아니면, 비록 이롭다 해도 병력을 출동시키지 말아야 한다. 결코 한 번 출동으로 해가 된다는 것이 아니라, 훗날 조치를 취할 수 없는 어려움이 발생할 수 있다는 것이다.
【凡】：무릇. 【兵】：用兵. 【上】：尙, 숭상하다. 【爲害】：해가 되다. 【措手足】：수족을 쓰다, 즉「조처하다, 조치를 취하다」의 뜻. ※판본에 따라서는「爲害」를「爲利害」라 했다.

4) 夫惟義可以怒士，士以義怒，可與百戰。→ 오직 정의만이 병사를 분발시킬 수 있고, 병사들은 정의로 인해 분발해야, 더불어 오랫동안 전쟁을 치룰 수 있다.
【夫】：[발어사] 무릇, 대저. 【惟】：오로지, 오직. 【怒(nù)】：[동사] 분발시키다. 【百戰】：[동사] 오랫동안 전쟁을 치루다.

5) 凡戰之道，未戰養其財，將戰養其力，旣戰養其氣，旣勝養其心。→ 무릇 전쟁의 방법은, 전쟁을 하기 전에 물자를 비축하고, 전쟁이 임박해서는 힘을 길러야 하며, 전쟁이 벌어진 후에는, 사기를 북돋우어야 하고, 승리한 후에는 분발하는 마음을 길러주어야 한다.
【未戰】：전쟁하기 이전. 【養】：기르다, 배양하다. 【財】：물자. 【將戰】：전쟁에 임박했을 때. 【旣戰】：개전 이후, 전쟁이 벌어진 후. 【旣勝】：전쟁에서 승리한 이후.

6) 謹烽燧，嚴斥堠，使耕者無所顧忌，所以養其財；豐犒而優游之，所以養其力；→ 烽火로 알리는 일을 신중히 하고, 敵情을 살피는 일을 엄격히 하여, 농민들로 하여금 우려하는 일이 없도록 함으로써, 이러한 방법으로 물자를 비축하고; 병사들에게 풍족하게 공로를 포상하여 유유자적하게 함으로써, 이러한 방법으로 병사들의 힘을 기르며;
【謹(jǐn)】：신중히 하다. 【烽燧(fēng suì)】：烽火. 변방에서 긴급한 상황을 알릴 때 사용하던 두 가지 신호 방법으로 밤에 알리는 것을「烽」, 낮에 알리는 것을

不盡其所欲爲, 所以養其心。故士常蓄其怒, 懷其欲而不盡。[7] 怒不盡則有餘勇, 欲不盡則有餘貪。故雖幷天下, 而士不厭兵。[8] 此黃帝之所以七十戰而兵不殆也。不養其心, 一戰而勝, 不可用矣。[9]

凡將欲智而嚴, 凡士欲愚。智則不可測, 嚴則不可犯, 故士皆委已而聽命, 夫安得不愚? 夫惟士愚, 而後可與之皆死。[10]

「燧」라 했다. 【嚴】: 엄밀히 하다. 【斥堠(chì hòu)】: 적정을 살피는 보루. 여기서는 「적정을 살피다」의 뜻. 【耕(gēng)者】: 농민. 【顧忌(gù jì)】: 꺼리다, 우려하다. 【所以】: 以之, 이로써, 이러한 방법으로. 【豐犒(fēng kào)】: 풍족하게 공로를 포상하다. 【優游】: 유유자적하다.

7) 小勝益急, 小挫益厲, 所以養其氣; 用人不盡其所欲爲, 所以養其心。故士常蓄其怒, 懷其欲而不盡。→ 작은 승리를 거둘 때 더욱 다그치고, 작은 좌절을 겪을 때 더욱 격려하여, 이러한 방법으로 그들의 사기를 북돋우고; 사람을 기용할 때 그들의 욕망을 다 채워주지 않음으로써, 이러한 방법으로 그들의 투지를 길러주어야 한다. 그래서 병사들이 항상 분발하는 마음을 지니고 있어도 다 발산하지 못하게 해야 하고, 욕망을 품고 있어도 다 채우지 못하게 해야 한다.
【益】: 더욱. 【急】: 독촉하다, 다그치다. 【挫(cuò)】: 좌절하다. 【厲(lì)】: 勵, 격려하다. 【不盡】: 다 채워주지 않다. 【欲爲】: 욕망. 【蓄(xù)】: (마음속에) 품다, 지니다.

8) 怒不盡則有餘勇, 欲不盡則有餘貪。故雖幷天下, 而士不厭兵。→ 분발하는 마음이 다하지 않아야 남은 용기가 있고, 욕망이 다 채워지지 않아야 남은 욕구가 있는 것이다. 그래서 비록 천하를 겸병해도, 병사들이 전쟁을 싫어하지 않는 것이다.
【餘貪】: 남은 욕구. 【幷】: 합병하다, 빼앗아 차지하다. 【厭(yàn)】: 혐오하다, 싫어하다. 【兵】: 전쟁.

9) 此黃帝之所以七十戰而兵不殆也。不養其心, 一戰而勝, 不可用矣。→ 이것이 黃帝가 칠십 번의 전쟁을 치렀어도 병사들이 태만하지 않은 까닭이다. 분발하는 마음을 기르지 않으면, 한 번 전쟁에서 승리를 거둔다 해도, (이 군대는) 다시 써먹을 수가 없다.
【黃帝】: 軒轅氏 또는 有熊氏라고도 하며 중국 민족의 시조라 일컬어지고 있다. 【所以】: 까닭, 원인. 【殆(dài)】: 怠, 태만하다, 나태하다.

10) 凡將欲智而嚴, 凡士欲愚。智則不可測, 嚴則不可犯, 故士皆委已而聽命, 夫安得不愚? 夫惟士愚, 而後可與之皆死。→ 무릇 장수는 지혜롭고 위엄이 있어야 하고, 무릇 병사는 우매해야 한다. 지혜로우면 (다른 사람이) 예측할 수 없고, 위엄이 있으면 함부로 범할 수가 없기 때문에, 그래서 병사들이 모두 자신을 맡기고 명

凡兵之動，知敵之主，知敵之將，而後可以動於險。11) 鄧艾縋兵於蜀中，非劉禪之庸，則百萬之師可以坐縛，彼固有所侮而動也。12) 故古之賢將，能以兵嘗敵，而又以敵自嘗，故去就可以決。13)

凡主將之道，知理而後可以擧兵，知勢而後可以加兵，知節而後可以用兵。14) 知理則不屈，知勢則不沮，知節則不窮。15) 見

령에 복종하는 것인데, 어찌 우매하지 않을 수 있겠는가? 오직 병사들이 우매해야, 이후에 장수와 함께 죽을 수 있는 것이다.

【將(jiàng)】: 장수. 【欲】: …하여야 한다. 【測(cè)】: 재다, 예측하다. 【委】: 맡기다, 위임하다. 【聽命】: 명령에 복종하다. 【夫】: 저, 그, 이. 【安得…】: 어찌 …할 수 있는가? 【夫】: [어기사]. 【惟】: 오직, 오로지. 【而後】: 이후, 연후, 그런 다음. 【之】: [대명사] 그, 즉 「장수」. 【皆死】: 함께 죽다.

11) 凡兵之動, 知敵之主, 知敵之將, 而後可以動於險。→ 무릇 군대의 출동은, 적의 君主를 알고, 적의 장군을 알아야, 그런 다음에 모험을 할 수가 있다.

【凡】: 무릇, 대저. 【動於險】: 모험하다.

12) 鄧艾縋兵於蜀中, 非劉禪之庸, 則百萬之師可以坐縛, 彼固有所侮而動也。→ 鄧艾가 병사들을 밧줄로 매달아 蜀의 진영으로 내려 보낼 때, 劉禪이 어리석지 않았다면, (등애의) 백만 군사는 쉽게 포로가 될 수 있었지만, 등애가 본래 유선을 깔보고 행동을 취한 것이다.

【鄧艾(dèng ài)】: [인명] 등애. 삼국시대 魏나라의 장수. ※군사를 이끌고 좁고 험난한 길로 蜀漢을 공격해 들어갔다. 이 좁은 길의 양쪽은 산이 높고 골짜기가 깊어, 병사들을 모두 밧줄로 묶어 산 아래로 내려 보내고, 등애 자신도 양탄자로 몸을 싸고 산을 미끄러져 내려왔다. 이 군사들이 成都의 성곽 아래에 이르자 蜀漢의 後主 劉禪은 항복하고, 촉한은 결국 멸망했다. 【縋(zhuì)】: 밧줄로 매달다. 【劉禪(liú chán)】: [인명] 유선. 蜀漢의 後主. 劉備의 아들. 炎興 원년(263) 魏에 항복했다. 【庸(yōng)】: 어리석다, 우매하다. 【坐縛(fù)】: 앉은 채로 묶이다. 즉 「쉽게 포로가 되다」의 뜻. 【彼】: 저, 그, 즉 「등애」를 가리킨다. 【固】: 본래. 【侮(wǔ)】: 깔보다, 업신여기다. 【動】: 행동을 취하다.

13) 故古之賢將, 能以兵嘗敵, 而又以敵自嘗, 故去就可以決。→ 그래서 옛날의 현명한 장수는, (자신의) 군대로 적을 시험하고, 또 적의 군사로 자신을 시험하기 때문에, 이로 인해 진퇴를 바로 결정할 수 있다.

【嘗(cháng)】: 시험하다. 【去就】: 거취, 진퇴, 공격과 후퇴.

小利不動, 見小患不避, 小利小患, 不足以辱吾技也, 夫然後有以支大利大患。[16] 夫惟養技而自愛者, 無敵於天下。故一忍可以支百勇, 一靜可以制百動。[17]

兵有長短, 敵我一也。敢問 :「吾之所長, 吾出而用之, 彼將不與吾校; 吾之所短, 吾蔽而置之, 彼將强與吾角, 奈何?」[18]

---

14) 凡主將之道, 知理而後可以擧兵, 知勢而後可以加兵, 知節而後可以用兵。→ 무릇 총수가 되는 방법은, 사리를 알고 나서 군사를 일으킬 수 있어야 하고, 형세를 알고 나서 공격할 수 있어야 하며, 절제할 줄 알고 나서 군대를 부릴 수 있어야 한다.
【主將】: 총수, 우두머리가 되는 장수. 【道】: 방법. 【擧兵】: 군사를 일으키다. 【加兵】: 공격하다. 【用兵】: 군사를 부리다.

15) 知理則不屈, 知勢則不沮, 知節則不窮。→ 사리를 알면 굽히지 않고, 형세를 알면 기가 꺾이지 않으며, 절제할 줄 알면 궁색해지지 않는다.
【沮(jǔ)】: 기가 꺾이다, 실망하다.

16) 見小利不動, 見小患不避, 小利小患, 不足以辱吾技也, 夫然後有以支大利大患。→ 작은 이익을 보고 행동하지 않고, 작은 재난을 보고 피하지 않는 것은, 작은 이익과 작은 재난이, 나의 재능을 펼쳐 보이기에 부족하기 때문이며, 그런 다음에야 큰 이익과 큰 재난에 대처할 수 있다.
【足以】: 족히 …할 수 있다, …하기에 충분하다. 【辱(rǔ)】: 욕되게 하다. 여기서는 「펼쳐 보이다」의 뜻. 【技】: 재능. 【支】: 대처하다, 대응하다.

17) 夫惟養技而自愛者, 無敵於天下。故一忍可以支百勇, 一靜可以制百動。→ 무릇 오로지 자신의 재능을 기르고 자신을 아끼는 사람만이, 천하에 적수가 없다. 그래서 한 번 참으면 백 번의 용맹을 유지할 수 있고, 한 번 냉정하면 백 번의 경거망동을 억제할 수 있다.
【夫】: [발어사] 무릇, 대저. 【惟(wéi)】: 오직, 오로지. 【支】: 유지하다, 지탱하다. 【百勇】: 백 번의 용맹. 【靜(jìng)】: 냉정하다. 【制(zhì)】: 억제하다, 제어하다. 【百動】: 백 번의 경거망동.

18) 兵有長短, 敵我一也。敢問 :「吾之所長, 吾出而用之, 彼將不與吾校; 吾之所短, 吾蔽而置之, 彼將强與吾角, 奈何?」→ 군대에 장점과 단점이 있는 것은, 적과 아군이 서로 마찬가지이다. 감히 :「우리의 장점을, 우리가 꺼내서 운용할 때, 적이 우리와 겨루지 않으려 하고; (반대로) 우리의 단점을, 우리가 감추는데, 적이 억지로 우리와 싸우려 하면, 어찌하는가?」라고 묻는다면,
【長短】: 장점과 단점. 【一】: [형용사] 같다, 마찬가지다. 【校(jiào)】: 겨루다,

曰：「吾之所短，吾抗而暴之，使之疑而卻；吾之所長，吾陰而養之，使之狎而墮其中，此用長短之術也。」[19)]

善用兵者，使之無所顧，有所恃。無所顧，則知死之不足惜；有所恃，則知不至於必敗。[20)] 尺箠當猛虎，奮呼而操擊；徒手遇蜥蜴，變色而卻步，人之情也。[21)] 知此者，可以將矣。袒裼而按劍，則烏獲不敢逼；冠冑衣甲，據兵而寢，則童子彎弓殺之矣。[22)]

대결하다. 【蔽(bì)而置】：감추어두다. 【强】：억지로. 【角(jué)】：격투를 벌이다. 【奈何】：어찌 하는가?

19) 曰：「吾之所短，吾抗而暴之，使之疑而卻；吾之所長，吾陰而養之，使之狎而墮其中，此用長短之術也。」→ 대답은：「우리의 단점은, 우리가 고의로 그것을 드러내, 적으로 하여금 의심하여 물러가게 하고; 우리의 장점은, 우리가 몰래 그것을 배양하여, 적으로 하여금 얕보다가 계략에 빠지도록 해야 한다. 이것이 장점과 단점을 운용하는 방법이다.」라고 말한다.
【抗(kàng)而暴(pù)】：고의로 드러내다. 「抗」：높이 들다. 「暴」：드러내다, 폭로하다. 【卻(què)】：퇴각하다, 물러가다. 【陰】：몰래, 은밀히. 【狎(xiá)】：깔보다, 얕보다. 【墮(duò)】：떨어지다, 빠지다. 【中】：계략, 함정. 【術】：방법, 기술.

20) 善用兵者，使之無所顧，有所恃。無所顧，則知死之不足惜；有所恃，則知不至於必敗。→ 용병에 능한 사람은, 병사들로 하여금 우려하지 않고, 믿도록 한다. 우려하는 바가 없으면, 죽음이 그리 아깝지 않다는 것을 알고; 믿는 바가 있으면, 필패하지 않는다는 것을 안다.
【顧(gù)】：꺼리다, 우려하다. 【恃(shì)】：믿다, 의지하다. 【不足惜】：그리 아깝지 않다, 아까워할 것이 못되다.

21) 尺箠當猛虎，奮呼而操擊；徒手遇蜥蜴，變色而卻步，人之情也。→ 한 자 길이의 채찍이라도 가지고 사나운 호랑이를 만나면, 큰 소리를 지르고 휘두르며 타격하지만, 맨손으로 도마뱀을 만나면, 안색이 변하며 뒤로 물러서는데, 이것은 인지상정이다.
【箠(chuí)】：채찍. 【當】：마주치다, 맞닥뜨리다, 만나다. 【奮(fèn)呼】：큰소리를 지르다. 【操擊(cāo jī)】：휘두르며 타격하다. 【徒手】：맨손. 【蜥蜴(xī yì)】：도마뱀. 【變色】：안색이 변하다. 【卻(què)步】：뒷걸음질 치다, 뒤로 물러서다.

22) 知此者，可以將矣。袒裼而按劍，則烏獲不敢逼；冠冑衣甲，據兵而寢，則童子彎弓殺之矣。→ 이러한 이치를 알면, 병사를 거느릴 수 있다. 웃통을 벗어 제치고 劍을

故善用兵者，以形固。夫能以形固，則力有餘矣。23)

■ | 번역문

마음을 다스리는 방법

장수(將帥)가 되는 방법은 마땅히 먼저 마음을 다스려야 한다. 태산(泰山)이 눈앞에서 넘어져도 표정이 변하지 않고, 고라니나 사슴이 옆에서 갑자기 나타나도 눈 하나 깜짝하지 않아야, 그런 다음에 (전쟁의) 이해득실을 판단할 수 있고 적에 대응할 수 있다.

무릇 용병(用兵)은 정의(正義)를 숭상하여, 정의가 아니면 비록 이롭다 해도 병력을 출동시키지 말아야 한다. 결코 한 번 출동으로 해가 된다는 것이 아니라, 훗날 조치를 취할 수 없는 어려움이 발생할 수 있다는 것이다. 오직 정의만이 병사를 분발시킬 수 있고, 병사들은 정의로 인

잡고 있으면, 烏獲이라도 감히 가까이 오지 못하지만; 투구를 쓰고 갑옷을 입고, 무기를 끌어안은 채 잠을 자고 있으면, 어린 아이라도 능히 활을 당겨 그를 죽인다.

【將(jiàng)】: 거느리다, 통솔하다. 【袒裼(tǎn xí)】: 팔뚝을 드러내다. 즉 「웃통을 벗다」. 【按劍】: 검을 잡다. 「按」: 쥐다, 잡다. ※판본에 따라서는 「按」을 「案」이라 했다. 【烏獲(wū huò)】: [인명] 오획. 戰國時代 秦나라의 장사로 능히 천鈞[1鈞은 30근]을 들었다고 한다. 【逼(bī)】: 가까이 다가가다, 접근하다. 【冠冑(guàn zhòu)】: 투구를 쓰다. 「冑」: 투구. 【衣甲】: 갑옷을 입다. 「衣」: [동사] 입다. 【據(jù)兵】: 무기를 끌어안다. 【寢(qǐn)】: 잠자다. 【彎(wān)弓】: 활을 당기다.

23) 故善用兵者，以形固。夫能以形固，則力有餘矣。→ 그래서 용병에 능한 사람은, 각종 유리한 조건을 가지고 자신을 공고히 한다. 무릇 각종 유리한 조건을 가지고 자신을 공고히 할 수 있다면, 힘이 충분하고도 여유가 있을 것이다.

【夫】: [발어사] 대저, 무릇. 【以】: …로써, …을 가지고. 【形】: 형세, 즉 「각종 유리한 조건」. 【固】: 공고히 하다

해 분발해야 더불어 오랫동안 전쟁을 치를 수 있다.

무릇 전쟁의 방법은, 전쟁을 하기 전에 물자를 비축하고 전쟁이 임박해서는 힘을 길러야 하며, 전쟁이 벌어진 후에는 사기를 북돋우어야 하고 승리한 후에는 분발하는 마음을 길러주어야 한다. 봉화(烽火)로 알리는 일을 신중히 하고 적정(敵情)을 살피는 일을 엄격히 하여, 농민들로 하여금 우려하는 일이 없도록 함으로써 이러한 방법으로 물자를 비축하고, 병사들에게 풍족하게 공로를 포상하여 유유자적하게 함으로써 이러한 방법으로 병사들의 힘을 기르며, 작은 승리를 거둘 때 더욱 다그치고 작은 좌절을 겪을 때 더욱 격려하여 이러한 방법으로 그들의 사기를 북돋우고, 사람을 기용할 때 그들의 욕망을 다 채워주지 않음으로써 이러한 방법으로 그들의 투지를 길러주어야 한다. 그래서 병사들이 항상 분발하는 마음을 지니고 있어도 다 발산하지 못하게 해야 하고, 욕망을 품고 있어도 다 채우지 못하게 해야 한다. 분발하는 마음이 다하지 않아야 남은 용기가 있고, 욕망이 다 채워지지 않아야 남은 욕구가 있는 것이다. 그래서 비록 천하를 겸병해도 병사들이 전쟁을 싫어하지 않는 것이다. 이것이 황제(黃帝)가 칠십 번의 전쟁을 치렀어도 병사들이 태만하지 않은 까닭이다. 분발하는 마음을 기르지 않으면 한 번 전쟁에서 승리를 거둔다 해도 (이 군대는) 다시 써먹을 수가 없다.

무릇 장수는 지혜롭고 위엄이 있어야 하고, 무릇 병사는 우매해야 한다. 지혜로우면 (다른 사람이) 예측할 수 없고 위엄이 있으면 함부로 범할 수가 없기 때문에, 그래서 병사들이 모두 자신을 맡기고 명령에 복종하는 것인데, 어찌 우매하지 않을 수 있겠는가? 오직 병사들이 우매해야 이후에 장수와 함께 죽을 수 있는 것이다.

무릇 군대의 출동은 적의 군주(君主)를 알고 적의 장군을 알아야, 그런 다음에 모험을 할 수가 있다. 등애(鄧艾)가 병사들을 밧줄로 묶어 촉(蜀)의 진영으로 내려 보낼 때, 유선(劉禪)이 어리석지 않았다면 (등애의) 백만 군사는 쉽게 포로가 될 수 있었지만, 등애가 본래 유선을 깔보고 행동을 취한 것이다. 그래서 옛날의 현명한 장수는 (자신의) 군대로 적을 시험하고 또 적의 군사로 자신을 시험하기 때문에, 이로 인해 진퇴를 바로 결정할 수 있다.

무릇 총수가 되는 방법은, 사리를 알고 나서 군사를 일으킬 수 있어야 하고, 형세를 알고 나서 공격할 수 있어야 하며, 절제할 줄 알고 나서 군대를 부릴 수 있어야 한다. 사리를 알면 굽히지 않고 형세를 알면 기가 꺾이지 않으며 절제할 줄 알면 궁색해지지 않는다. 작은 이익을 보고 행동하지 않고 작은 재난을 보고 피하지 않는 것은, 작은 이익과 작은 재난이 나의 재능을 펼쳐 보이기에 부족하기 때문이며, 그런 다음에야 큰 이익과 큰 재난에 대처할 수 있다. 무릇 오로지 자신의 재능을 기르고 자신을 아끼는 사람만이 천하에 적수가 없다. 그래서 한 번 참으면 백 번의 용맹을 유지할 수 있고, 한 번 냉정하면 백 번의 경거망동을 억제할 수 있다.

군대에 장점과 단점이 있는 것은 적과 아군이 서로 마찬가지이다. 감히 :「우리의 장점을 우리가 꺼내서 운용할 때 적이 우리와 겨루지 않으려하고, (반대로) 우리의 단점을 우리가 감추는데, 적이 억지로 우리와 싸우려 하면 어찌하는가?」라고 묻는다면, 대답은 :「우리의 단점은 우리가 고의로 그것을 드러내 적으로 하여금 의심하여 물러가게 하고, 우리의 장점은 우리가 몰래 그것을 배양하여 적으로 하여금 얕보다가 계략에 빠지도록 해야 한다. 이것이 장점과 단점을 운용하는 방법이다.」라고 말한다.

용병에 능한 사람은 병사들로 하여금 우려하지 않고 믿도록 한다. 우려하는 바가 없으면 죽음이 그리 아깝지 않다는 것을 알고, 믿는 바가 있으면 필패하지 않는다는 것을 안다. 한 자 길이의 채찍이라도 가지고 사나운 호랑이를 만나면 큰 소리를 지르고 휘두르며 타격하지만, 맨손으로 도마뱀을 만나면 안색이 변하며 뒤로 물러서는데, 이것은 인지상정이다. 이러한 이치를 알면 병사를 거느릴 수 있다. 웃통을 벗어 제치고 검(劍)을 잡고 있으면 오획(烏獲)이라도 감히 가까이 오지 못하지만, 투구를 쓰고 갑옷을 입고 무기를 끌어안은 채 잠을 자고 있으면 어린 아이라도 능히 활을 당겨 그를 죽인다. 그래서 용병에 능한 사람은 각종 유리한 조건을 가지고 자신을 공고히 한다. 무릇 각종 유리한 조건을 가지고 자신을 공고히 할 수 있다면 힘이 충분하고도 여유가 있을 것이다.

■ | 해제(解題) 및 본문요지 설명

본문은 소순(蘇洵)이 송(宋)나라가 서하(西夏)와의 오랜 전쟁에서 뚜렷한 전공을 거두지 못하자, 군사를 통솔하는 장수로서 지녀야할 작전에 대한 관점과 요령을 밝힌 군사 논문이다.

본문은 여덟 단락으로 나눌 수 있는데, 첫째 단락에서는 장수가 되려면 마땅히 먼저 마음을 다스려야 한다는 것을 말했고; 둘째 단락에서는 작전의 방법은 반드시 먼저 전력을 충실히 하고 나서 병사들의 사기를 북돋우어야 한다는 것을 말했고; 셋째 단락에서는 전쟁이 일어나기 전부터 전쟁에 승리한 이후까지의 각 단계마다 취해야 할 대비책을 설명했고; 넷째 단락에서는 장수는 지혜와 위엄을 갖추고 병사는 우둔해야 명령에 따라 행동하고 동생공사(同生共死)할 수 있다는 것을 말했고; 다섯째 단락에서는 장수는 마땅히 지피지기(知彼知己)해야 한다는 것을 강조한 후 등애(鄧艾)가 촉(蜀)을 평정한 것을 증거로 들었고; 여섯째 단락에서는 군사를 다스리는 것과 마음을 다스리는 것의 관계를 가지고 「주장지도(主將之道)」를 설명했고; 일곱째 단락에서는 군대는 장점과 단점을 가지고 있기 때문에 장수는 마땅히 이를 잘 운용할 줄 알아야 승리할 수 있다는 것을 말했고; 마지막 단락에서는 「용병에 능한 사람은 병사들로 하여금 우려하지 않고 믿도록 한다」는 관점을 전쟁에서 승리하기 위한 심리 조건으로 제시했다.

178 장익주화상기(張益州畫像記)

[宋] 蘇洵

■ 작자

175. 관중론(管仲論) 참조

■ 원문 및 주석

張益州畫像記1)

至和元年秋, 蜀人傳言, 有寇至, 邊軍夜呼, 野無居人。妖言流聞, 京師震驚。2) 方命擇帥, 天子曰：「毋養亂, 毋助變, 衆言朋

1) 張益州畫像記 → 益州知州 張方平의 초상화에 대해 적은 글
【張益州】：益州刺史 張方平. 자는 安道, 宋 南京[지금의 하남성 商丘縣] 사람으로 당시 益州知州를 지냈다. 「益州」：지금의 사천성 成都市.

2) 至和元年秋, 蜀人傳言, 有寇至, 邊軍夜呼, 野無居人。妖言流聞, 京師震驚。→ 仁宗 至和 원년 가을에, 蜀 지방 사람이 말을 전하길, 도적들이 침입해 들어와, 변방의 병사들이 밤에 놀라 소리치고, 마을에는 거주하는 사람이 없다고 했다. 유언비어가 퍼지자, 京城에서도 놀랐다.
【至和】：宋仁宗의 연호. 【蜀(shǔ)】：삼국시대 蜀漢 지역으로, 지금의 사천성 일대. 【寇(kòu)】：도적, 강도. 【至】：이르다. 여기서는 「침입해 들어오다」의 뜻. ※판본에 따라서는 「至」를 「至邊」이라 했다. 【野】：들. 여기서는 「마을, 촌락」을 가리킨다. 【妖言】：요상한 말, 유언비어. 【流聞】：퍼지다, 전해지다. 【京師】：京城. 【震驚(zhèn jīng)】：몹시 놀라다.

興，朕志自定。3) 外亂不作，變且中起，不可以文令，又不可以武競。4) 惟朕一二大吏，孰爲能處茲文武之間，其命往撫朕師。」5) 乃推曰：「張公方平其人。」天子曰：「然。」公以親辭，不可，遂行。6)

冬十一月，至蜀。至之日，歸屯軍，徹守備，使謂郡縣：「寇來在吾，無爾勞苦。」7) 明年正月朔旦，蜀人相慶如他日，遂以無

---

3) 方命擇帥，天子曰：「毋養亂，毋助變，衆言朋興，朕志自定。→(조정에서) 막 명을 내려 원수를 선발하려는데, 천자께서 말씀하셨다：「혼란을 빚어내지도 말고, 변고를 조장하지도 마시오. 여러 말들이 일제히 떠돈다 해도, 짐의 뜻은 확고하오.
【方】：이제, 막. 【毋(wú)】：勿, …하지 말라. 【養】：빚어내다, 조성하다. 【朋】：일제히, 동시에, 한꺼번에. 【興】：출현하다, 떠돌다. 【朕(zhèn)】：임금의 자신에 대한 호칭. ※이 호칭은 秦始皇 때부터 사용했다.

4) 外亂不作，變且中起，不可以文令，又不可以武競。→외란이 일어나지 않았는데, 변고가 오히려 안에서 일어난다면, 文治로 교화할 수도 없고, 또한 무력으로 진압할 수도 없소.
【不作】：일어나지 않다. 【且】：오히려. 【中】：안, 내부. 【不可以文令】：문치로 교화할 수 없다. ※판본에 따라서는 「不可以文令」을 「旣不可以文令」이라 했다. 【以武競(jìng)】：무력으로 진압하다.

5) 惟朕一二大吏，孰爲能處茲文武之間，其命往撫朕師。」→오로지 짐 주변의 대신 한두 사람 중, 누가 이 문치와 무력이 결부되는 일을 처리할 수 있는지, 그를 파견하여 짐의 군사를 위로할 것이오.」
【大吏】：대신. 【茲(zī)】：此, 이. 【文武之間】：문치의 교화와 무력의 진압이 결부되는 일. 【命往】：가도록 명하다. 즉 「파견하다」의 뜻. 【撫(fǔ)】：위로하다, 위안하다. 【師】：군대, 군사.

6) 乃推曰：「張公方平其人。」天子曰：「然。」公以親辭，不可，遂行。→이에 (모두가) 추천하여：「張方平이 그러한 사람입니다」라고 말하니, 천자께서도 「그렇소.」라고 대답하셨다. 장방평이 부모로 인해 사양했으나, (천자께서) 허락하지 않아, 마침내 길을 떠났다.
【乃】：이에, 그리하여. 【推】：추천하다, 천거하다. 【以】：因, …로 인해. 【辭】：고사하다, 사양하다. 【遂(suì)】：마침내, 드디어.

7) 冬十一月，至蜀。至之日，歸屯軍，徹守備，使謂郡縣：「寇來在吾，無爾勞苦。」→겨울 11월에, 蜀 지방에 도착했다. 도착하던 날, 수비하는 군대를 돌려보내, (변방의)

事。8) 又明年正月，相告留公像於淨衆寺，公不能禁。9)

眉陽蘇洵言於衆曰：「未亂，易治也；旣亂，易治也。有亂之萌，無亂之形，是謂將亂。10) 將亂難治，不可以有亂急，亦不可以無亂弛。11) 是惟元年之秋，如器之欹，未墜於地。惟爾張公，安坐於其旁，顔色不變，徐起而正之。旣正，油然而退，無矜容。12) 爲

수비를 철수하고, 사람을 파견하여 郡·縣에 이르길 : 「도적들이 오면 내가 있으니, 당신들은 고생할 필요가 없소.」라고 했다.

【歸】: [사동용법] 돌려보내다. 【屯軍】: 수비하는 군대. 【徹(chè)】: 치우다, 제거하다. 여기서는 「철수하다」의 뜻. ※판본에 따라서는 「徹」을 「撤」이라 했다. 【使】: 파견하다, 보내다. 【無】: 勿, …하지 말라. 【爾(ěr)】: 너, 당신, 그대.

8) 明年正月朔旦，蜀人相慶如他日，遂以無事。→ 이듬해 정월 초하루, 촉 지방 사람들은 예년처럼 서로 축하하며, 끝내 아무런 일도 일어나지 않았다.

【明年】: 이듬해. 【朔(shuò)旦】: 초하루.

9) 又明年正月，相告留公像於淨衆寺，公不能禁。→ 또 그 이듬해 정월, (촉 지방 사람들이) 서로 상의하여 淨衆寺에 장방평의 화상을 남겨 놓기로 하자, 장방평이 이를 막을 수가 없었다.

【相告】: 서로 상의하다. 【像】: 畫像, 초상화.

10) 眉陽蘇洵言於衆曰：「未亂，易治也；旣亂，易治也。有亂之萌，無亂之形，是謂將亂。→ 眉陽 사람 蘇洵이 여러 사람들에게 말했다 : 「未亂은, 다스리기가 쉽고; 旣亂도, 다스리기가 쉽습니다. 변란의 조짐은 있으나, 아직 변란의 실체가 없을 때, 이를 將亂이라고 합니다.

【眉陽】: [縣이름] 眉州 眉山縣. 지금의 사천성. 【未亂】: 아직 변란이 일어나지 않은 상황. 【旣亂】: 이미 변란이 일어난 상황. 【萌(méng)】: 싹, 기미, 조짐. 【形】: 실체, 형체. 【是】: [대명사] 이, 이것, 즉 「有亂之萌，無亂之形」. 【將亂】: 곧 변란이 일어나려는 상황, 변란이 일어나기 직전의 상황.

11) 將亂難治，不可以有亂急，亦不可以無亂弛。→ 將亂은 다스리기가 어려운데, 변란의 기미가 있다는 것만으로 인해 서둘러 제압할 수도 없고, 또한 변란의 실체가 없음으로 인해 느긋하게 마음을 놓을 수도 없습니다.

【急】: 서두르다. 즉 「서둘러 제압하다」. 【弛(chí)】: 느긋하다, 해이하다, 마음을 놓다.

12) 是惟元年之秋，如器之欹，未墜於地。惟爾張公，安坐於其旁，顔色不變，徐起而正之。旣正，油然而退，無矜容。→ 至和 원년 가을의 상황은, 마치 그릇이 기울은 상태에서, 아직 땅에 떨어지지 않은 모습과도 같았습니다. 오직 당신들의 張公께

天子牧小民不倦, 惟爾張公; 爾繄以生, 惟爾父母。[13] 且公嘗爲我言 : 『民無常性, 惟上所待。[14] 人皆曰蜀人多變, 於是待之以待盜賊之意, 而繩之以繩盜賊之法。[15] 重足屛息之民, 而以碪斧令, 於是民始忍以其父母妻子之所仰賴之身, 而棄之於盜賊, 故每每大亂。[16] 夫約之以禮, 驅之以法, 惟蜀人爲易。至於急之而生變,

---

서, 그 옆에 편히 앉아 있다가, 안색하나 변하지 않고, 천천히 일어나 그것을 바로 세우셨습니다. 바로 세우고 나서는, 조용히 물러나, 자랑스러운 표정을 드러내지 않았습니다.

【是惟】 : [복합어조사]. ※판본에 따라서는 「是惟」를 「惟是」라 했다. 【敧(qī)】 : 기울다. 【墜(zhuì)】 : 떨어지다. 【爾】 : 너, 당신. 【徐起】 : 천천히 일으키다. 【油然】 : 조용한 모습, 침착한 모습. 【矜(jīn)容】 : 자랑하는 표정.

13) 爲天子牧小民不倦, 惟爾張公; 爾繄以生, 惟爾父母。→ 천자를 위해 백성을 관리하며 태만하지 않은 사람은, 오직 당신들의 장공뿐이고; 당신들은 이로 인해 살아가고 있으니, (장공은) 바로 당신들의 부모입니다.

【牧(mù)】 : 다스리다, 관리하다. 【倦(juàn)】 : 게으르다, 태만하다. 【繄(yī)以生】 : 이로 인해 살아나가다. 「繄」 : 此, 이.

14) 且公嘗爲我言 : 『民無常性, 惟上所待。→ 또한 장공께서는 일찍이 나에게 이렇게 말씀하셨습니다 : 『백성들은 常性을 지니지 못해, 오직 윗사람이 자기들에게 어떻게 대하는가를 봅니다.

【且】 : 또한. 【爲】 : …에게. 【常性】 : 변하지 않는 성품. 【上】 : 윗사람.

15) 人皆曰蜀人多變, 於是待之以待盜賊之意, 而繩之以繩盜賊之法。→ 사람들은 모두 촉 지방 사람들이 잘 변하기 때문에, 그리하여 그들을 대할 때는 도적을 대하는 태도로 대하고, 그들을 단속할 때는 도적을 단속하는 법령으로 단속한다고 말합니다.

【於是】 : 이에, 그리하여. 【以】 : …으로써, …을 가지고. 【意】 : 태도, 마음, 의도. 【繩(shéng)】 : [동사용법] 단속하다.

16) 重足屛息之民, 而以碪斧令, 於是民始忍以其父母妻子之所仰賴之身, 而棄之於盜賊, 故每每大亂。→ 이미 두려워 어쩔 줄 모르는 백성들에게, 단두대와 도끼로 호령하니, 이에 백성들이 비로소 모진 마음으로 부모와 처자식이 의존하는 자신의 몸을, 도적들에게 던져버리게 되고, 그래서 자주 대란이 발생하는 것입니다.

【重(chóng)足屛(bǐng)息】 : 매우 두려워하는 모양. 「重足」 : 두 발을 모으고 감히 앞으로 나아가지 못하다. 즉 몹시 두려워하는 모양. 「屛息」 : 숨을 죽이고 소리를 내지 못하다. 【碪斧(zhēn fǔ)】 : 단두대와 도끼. 【忍】 : 모진 마음을 먹

雖齊、魯亦然。[17] 吾以齊、魯待蜀人，而蜀人亦自以齊、魯之人待其身。[18] 若夫肆意於法律之外，以威劫齊民，吾不忍爲也。』[19] 嗚呼! 愛蜀人之深，待蜀人之厚，自公而前，吾未始見也。」皆再拜稽首曰：「然。」[20]

蘇洵又曰：「公之恩在爾心，爾死，在爾子孫。其功業在史官，無以像爲也。且公意不欲，如何?」[21] 皆曰：「公則何事於斯?

다. 【仰賴(yǎng lài)】: 의존하다, 의지하다. 【棄(qì)】: 버리다, 내던지다. 【每每】: 자주, 항상. 【大亂】: [동사용법] 대란이 일어나다.

17) 夫約之以禮，驅之以法，惟蜀人爲易。至於急之而生變，雖齊、魯亦然。→ 무릇 예로써 단속하고, 법으로써 관리하면, 오직 촉 지방 사람들이 (다스리기가) 가장 쉽습니다. 서둘러 단속하다가 변란이 일어나기로 말하면, 비록 齊·魯 지방이라 해도 역시 마찬가지입니다.
【夫】: [발어사] 무릇, 대저. 【約】: 단속하다. 【驅(qū)】: 몰다. 여기서는 「관리하다」의 뜻. 【至於…】: …로 말하면, …로 말할 것 같으면. 【生變】: 변란이 일어나다. 【齊、魯】: 춘추전국시대에 지금의 산동성에 있던 두 나라. 여기서는 산동성 일대를 가리킨다. 魯나라는 공자의 고향으로 禮樂의 고장으로 불린다.

18) 吾以齊、魯待蜀人，而蜀人亦自以齊、魯之人待其身。→ 내가 齊·魯 지방의 백성을 대하는 방식으로 촉 지방 사람들을 대한다면, 촉 지방 사람들 역시 스스로 제·노 사람들의 방식으로 자신들을 대할 것입니다.
【待】: 대하다.

19) 若夫肆意於法律之外，以威劫齊民，吾不忍爲也。』→ 법률 밖에서 멋대로 하여, 평민들을 위협하는 그러한 일을, 나는 차마 하지 못합니다.』
【若夫】: …과 같은 그러한. 【肆(sì)意】: 멋대로 하다. 【威劫(jié)】: 위협하다. 【齊民】: 평민, 백성. 【不忍爲】: 차마 하지 못하다.

20) 嗚呼! 愛蜀人之深，待蜀人之厚，自公而前，吾未始見也。」皆再拜稽首曰：「然。」→ 아! 촉 지방 사람들에 대한 애정이 이처럼 깊고, 촉 지방 사람들을 대함이 이처럼 도타운 사람을, 장공 이전에는, 내가 본 적이 없습니다.」그러자 모두가 재배하고 머리를 조아리며：「그렇습니다.」라고 대답했다.
【嗚呼!】: [감탄사] 아! 【未始】: …한 적이 없다. 【稽(qǐ)首】: 머리를 조아리다.

21) 蘇洵又曰：「公之恩在爾心，爾死，在爾子孫。其功業在史官，無以像爲也。且公意不欲，如何?」→ 蘇洵이 또：「장공의 은혜는 당신들의 마음속에 남아 있고, 당신들이 죽은 뒤에는, 당신들 자손의 마음속에 남아 있을 것입니다. 그의 공적은 史官

雖然, 於我心有不釋焉。[22] 今夫平居聞一善, 必問其人之姓名, 與鄕里之所在, 以至於其長短大小美惡之狀, 甚者或詰其生平所嗜好, 以想見其爲人, 而史官亦書之於其傳。[23] 意使天下之人, 思之於心, 則存之於目。存之於目, 故其思之於心也固。[24] 由此觀之, 像亦不爲無助。」蘇洵無以詰, 遂爲之記。[25]

이 기록할 것이니, 초상화로써 뜻을 표할 필요가 없습니다. 또한 장공의 뜻도 원치 않으니, 어찌 합니까?」라고 말했다.

【爾(ěr)】: 너, 당신. 【在史官】: 사관의 손에 달려있다. 즉 「사관들이 기록할 것이다」의 뜻. 【以像爲】: 초상화로 뜻을 표하다.

22) 皆曰:「公則何事於斯? 雖然, 於我心有不釋焉。→ 그러자 모두가 말하길:「공께서 이에 대해 무슨 관심이 있겠습니까? 비록 그렇다 해도, 우리들은 마음이 놓이지 않습니다.

【何事於斯】: 이에 대해 무슨 관심이 있겠는가? 「斯」: [대명사] 이, 즉 「초상화를 남기는 일」. 【不釋(shì)】: 마음이 놓이지 않다, 불안하다.

23) 今夫平居聞一善, 必問其人之姓名, 與其鄕里之所在, 以至於其長短大小美惡之狀, 甚者或詰其生平所嗜好, 以想見其爲人, 而史官亦書之於其傳。→ 오늘날에는 평소에 선행 한 가지만 들어도, 반드시 그 사람의 성명과 그의 고향이 어디인지, 그리고 키와 나이와 생긴 모습에 관해 묻고, 심지어 어떤 사람은 그가 평생 좋아했던 것까지 물어, 그의 사람됨을 알아보려고 하며, 사관 역시 이를 전기에 기록합니다.

【夫】: [어조사]. 【平居】: 평소, 평일. 【與鄕里之所在】: ※판본에 따라서는 「與其鄕里之所在」라 했다. 【長短】: 키. 【大小】: 나이. 【美惡之狀】: 생긴 모양. 【嗜(shì)好】: 좋아하다. 【想見】: 알아보려고 하다. 【書】: 쓰다, 기록하다.

24) 意使天下之人, 思之於心, 則存之於目。存之於目, 故其思之於心也固。→ 그 뜻은 천하 사람들로 하여금, 그를 마음속에서 생각하고, 눈으로 볼 수 있게 하려는 것입니다. 눈으로 볼 수 있기 때문에, 그래서 마음에서 생각하는 것도 확고합니다.

【存之於目】: 눈에 보존하다. 즉 「눈으로 보다」의 뜻.

25) 由此觀之, 像亦不爲無助。」蘇洵無以詰, 遂爲之記。→ 이로 미루어 보건대, 초상화 역시 도움이 안 되는 것은 아닙니다.」라고 했다. (이에) 소순은 반박할 말이 없어, 마침내 그들을 위해 畵像記를 썼다.

【遂】: 마침내, 결국. 【記】: [동사용법] 記를 쓰다. 여기서는 본문 즉 「張益州畫像記」를 가리킨다.

公, 南京人, 爲人慷慨有節, 以度量雄天下。天下有大事, 公可屬。系之以詩曰：[26]「天子在祚, 歲在甲午。[27] 西人傳言, 有寇在垣。[28] 庭有武臣, 謀夫如雲。[29] 天子曰嘻, 命我張公。[30] 公來自東, 旗纛舒舒。[31] 西人聚觀, 于巷于途。[32] 謂公暨暨, 公來于于。[33] 公謂西人：[34]『安爾室家, 無敢或訛。[35] 訛言不祥, 往

---

26) 公, 南京人, 爲人慷慨有節, 以度量雄天下。天下有大事, 公可屬。系之以詩曰：→ 張公은, 南京 사람으로, 사람됨이 강개하고 고상한 절조를 지녔으며, 도량으로써 천하에 이름을 떨쳤다. 천하에 큰일이 발생할 경우, 장공은 위임해도 될 만한 분이다. 畫像記에 이어 詩로써 그의 업적을 기술한다：
【節】：절조. ※판본에 따라서는 「節」을 「大節」이라 했다. 【雄】：이름을 떨치다. 【屬(zhǔ)】：囑, 부탁하다, 위임하다. 【系】：잇다, 연결하다. 【之】：[대명사] 이, 이것, 즉 「화상기」.

27) 「天子在祚, 歲在甲午。→「천자께서 재위하시던, 그 해 갑오년.
【祚(zuò)】：帝位.

28) 西人傳言, 有寇在垣。→ 蜀 지방 사람들이 말을 전하길, 변방에 도적이 침입했다고 한다.
【西人】：蜀 지방 사람들. ※蜀은 지금의 사천성 일대로 중국의 서쪽에 위치해 있다. 【垣(yuán)】：성벽. 여기서는 「변방, 변경」을 가리킨다.

29) 庭有武臣, 謀夫如雲。→ 조정에는 무신들이 있고, 모사가 구름처럼 운집해 있다.
【庭】：조정. 【謀夫】：謀士.

30) 天子曰嘻, 命我張公。→ 천자께서는 아! 하고 탄성을 내시고, 우리 장공에게 명하셨다.
【嘻(xī)】：[감탄사] 아!.

31) 公來自東, 旗纛舒舒。→ 장공이 동쪽에서 오는 길에, 큰 깃발이 펄럭인다.
【纛(dào)】：옛날 군대 또는 의장대의 큰 깃발. 【舒(shū)舒】：바람에 펄럭이는 모양.

32) 西人聚觀, 于巷于途。→ 촉 지방 사람들이 모여들어 구경하니, 길거리는 사람들로 가득하다.
【聚(jù)觀】：모여들어 구경하다. 【巷】：거리. 【塗(tú)】：길.

33) 謂公暨暨, 公來于于。→ 사람들은 장공이 굳세고 과감하며, 침착하고 여유 있어 보인다고 말했다.
【暨(jì)暨】：굳세고 과감한 모양. 【于于】：침착하고 여유 있는 모양.

34) 公謂西人：→ 장공이 촉 지방 사람들에게 선포했다：

卽爾常。[36] 春爾條桑, 秋爾滌場。』[37] 西人稽首, 公我父兄。[38] 公在西囿, 草木駢駢。[39] 公宴其僚, 伐鼓淵淵。[40] 西人來觀, 祝公萬年。[41] 有女娟娟, 閨闥閑閑。[42] 有童哇哇, 亦既能言。[43] 昔公未來, 期汝棄捐。[44] 禾麻芃芃, 倉庾崇崇。[45] 嗟我婦子, 樂此歲

【謂】: 말하다. 여기서는 「선포하다」의 뜻.

35) 『安爾室家, 無敢或訛。→『당신들 집안을 안정시키고, 헛소문을 믿지 마시오.
【安】: [사동용법] 안정시키다. 【爾】: 당신, 당신들. 【室家】: 가정, 집안. 【或】: [어조사]. 【訛(é)】: 거짓말, 헛소문.

36) 訛言不祥, 往卽爾常。→ 헛소문은 상서롭지 못하니, 가서 당신들이 평상시 하던 일을 하시오.
【卽】: 임하다. 【常】: 평상. 여기서는 「평상시의 생활」을 가리킨다.

37) 春爾條桑, 秋爾滌場。』→ 봄이 되면 뽕나무 가지를 쳐주고, 가을이 되면 탈곡장을 청소하시오.』
【條(tiáo)】: 전지하다, 가지를 치다. 【場】: 마당. 여기서는 「탈곡장」을 가리킨다.

38) 西人稽首, 公我父兄。→ 촉 지방 사람들은 머리를 조아리며, 장공을 자기의 부모형제와 같은 분이라고 생각한다.
【稽(qǐ)首】: 머리를 조아리다.

39) 公在西囿, 草木駢駢。→ 장공이 촉 지방의 동산에 있으니, (동산의) 초목이 무성하다.
【西囿(yòu)】: 촉 지방의 동산. 【駢(pián)駢】: 무성한 모양.

40) 公宴其僚, 伐鼓淵淵。→ 장공이 막료들에게 잔치를 베푸니, 둥둥 북치는 소리가 즐겁다.
【宴(yàn)】: 잔치를 베풀다. 【伐(fā)】: 치다, 두드리다. 【淵(yuān)淵】: [의성어] 둥둥 북소리.

41) 西人來觀, 祝公萬年。→ 촉 지방 사람들이 와서 구경하며, 장공의 장수를 축원한다.
【萬年】: 장수, 만수무강.

42) 有女娟娟, 閨闥閑閑。→ 아름다운 여인들은, 규방에서 한가로이 지낸다.
【娟(juān)娟】: 아름다운 모양. 【閨闥(guī tà)】: 규방, 내실. 【閑(xián)閑】: 한가로운 모양.

43) 有童哇哇, 亦既能言。→ 옹알옹알 말 배우던 어린 아이들도, 또한 이미 말을 할 줄 안다.
【哇(wā)哇】: [의성어] 옹알옹알. 어린 아기가 말을 배우는 소리.

44) 昔公未來, 期汝棄捐。→ 지난날 장공이 부임하기 전에는, 당신들을 내버릴 것으로 예상했었다.

豐。[46] 公在朝廷, 天子股肱。[47] 天子曰歸, 公敢不承?[48] 作堂嚴嚴, 有廡有庭。[49] 公像在中, 朝服冠纓。[50] 西人相告, 無敢逸荒。[51] 公歸京師, 公像在堂。」[52]

【期】: 상상하다, 예상하다, 추측하다. 【棄捐(qì juān)】: 내버리다.

45) 禾麻芃芃, 倉庾崇崇。→ 지금은 벼와 삼이 무성하여, 창고에 가득 쌓여있다.
【芃(péng)芃】: (초목이) 무성한 모양. 【倉庾(yǔ)】: 창고, 곡간. 【崇崇】: 가득 쌓인 모양.

46) 嗟我婦子, 樂此歲豐。→ 아! 우리의 처자식들은, 이 풍년을 즐긴다.
【嗟(jiē)】: [감탄사] 아! 【樂(lè)】: [동사] 즐기다, 누리다. 【歲豐】: 풍년.

47) 公在朝廷, 天子股肱。→ 장공은 조정에 있을 때, 천자의 股肱之臣이었다.
【股肱(gǔ gōng)】: 다리와 팔, 즉 「股肱之臣」을 비유한 말.

48) 天子曰歸, 公敢不承? → 천자께서 돌아오라 하시니, 공이 어찌 감히 명을 받들지 않겠는가?
【歸(guī)】: 귀환하다. 【承(chéng)】: (명령 따위를) 받들다.

49) 作堂嚴嚴, 有廡有庭。→ (촉 지방 사람들이) 장엄한 사당을 지으니, 행랑도 있고 정원도 있다.
【作堂】: 사당을 짓다. 【嚴嚴】: 장엄한 모양. 【廡(wǔ)】: 行廊, 回廊. 寺院이나 궁전의 正堂을 둘러싼 지붕이 있는 긴 복도.

50) 公像在中, 朝服冠纓。→ 장공의 초상화는 (사당의) 중앙에 걸려 있는데, 朝服을 입고 朝冠을 쓴 모습이다.
【朝服】: 조복, 조정에 나갈 때 입는 예복. 【冠纓(guān yīng)】: 朝冠, 조정에 나갈 때 쓰는 예모.

51) 西人相告, 無敢逸荒。→ 촉 지방 사람들은 서로 권면하여, 감히 방종하거나 태만한 사람이 없다.
【相告】: 서로 권면하다. 【逸荒(yì huāng)】: 방종하고 태만하다.

52) 公歸京師, 公像在堂。」→ 장공은 경성으로 돌아갔지만, 장공의 초상화는 사당에 걸려 있다.」
【京師】: 京城.

■ | 번역문

익주지주(益州知州) 장방평(張方平)의 초상화에 대해 적은 글

인종(仁宗) 지화(至和) 원년 가을에 촉(蜀) 지방 사람이 말을 전하길, 도적들이 침입해 들어와 변방의 병사들이 밤에 놀라 소리치고 마을에는 거주하는 사람이 없다고 했다. 유언비어가 퍼지자 경성(京城)에서도 놀랐다. (조정에서) 막 명을 내려 원수(元帥)를 선발하려는데, 천자께서 말씀하셨다 : 「혼란을 빚어내지도 말고 변고를 조장하지도 마시오. 여러 말들이 일제히 떠돈다 해도 짐의 뜻은 확고하오. 외란이 일어나지 않았는데 변고가 오히려 안에서 일어난다면, 문치(文治)로 교화할 수도 없고 또한 무력으로 진압할 수도 없소. 오로지 짐 주변의 대신 한 두 사람 중 누가 이 문치와 무력이 결부되는 일을 처리할 수 있는지, 그를 파견하여 짐의 군사를 위로할 것이오.」 이에 (모두가) 추천하여 : 「장방평(張方平)이 그러한 사람입니다」라고 말하니 천자께서도 「그렇소.」라고 대답하셨다. 장방평이 부모로 인해 사양했으나 (천자께서) 허락하지 않아 마침내 길을 떠났다.

겨울 11월에 촉 지방에 도착했다. 도착하던 날, 수비하는 군대를 돌려보내 (변방의) 수비를 철수하고 사람을 파견하여 군(郡)·현(縣)에 이르길 : 「도적들이 오면 내가 있으니, 당신들은 고생할 필요가 없소.」라고 했다. 이듬해 정월 초하루, 촉 지방 사람들은 예년처럼 서로 축하하며 끝내 아무런 일도 일어나지 않았다. 또 그 이듬해 정월, (촉 지방 사람들이) 서로 상의하여 정중사(淨衆寺)에 장방평의 화상을 남겨 놓기로 하자 장방평이 이를 막을 수가 없었다.

미양(眉陽) 사람 소순(蘇洵)이 여러 사람들에게 말했다 : 「미란(未亂)은 다스리기가 쉽고, 기란(旣亂)도 다스리기가 쉽습니다. 변란의 조짐은 있으나 아직 변란의 실체가 없을 때 이를 장란(將亂)이라고 합니다. 장란은 다스리기가 어려운데, 변란의 기미가 있다는 것만으로 인해 서둘러 제압할 수도 없고, 또한 변란의 실체가 없음으로 인해 느긋하게 마음을 놓을 수도 없습니다. 지화(至和) 원년 가을의 상황은 마치 그릇이 기울은 상태에서 아직 땅에 떨어지지 않은 모습과도 같았습니다. 오직 당신들의 장공(張公)께서 그 옆에 편히 앉아 있다가, 안색하나 변하지 않고 천천히 일어나 그것을 바로 세우셨습니다. 바로 세우고 나서는 조용히 물러나 자랑스러운 표정을 드러내지 않았습니다. 천자를 위해 백성을 관리하며 태만하지 않은 사람은 오직 당신들의 장공뿐이고, 당신들은 이로 인해 살아가고 있으니, (장공은) 바로 당신들의 부모입니다. 또한 장공께서는 일찍이 나에게 이렇게 말씀하셨습니다 : 『백성들은 상성(常性)을 지니지 못해, 오직 윗사람이 자기들에게 어떻게 대하는가를 봅니다. 사람들은 모두 촉 지방 사람들이 잘 변하기 때문에, 그리하여 그들을 대할 때는 도적을 대하는 태도로 대하고, 그들을 단속할 때는 도적을 단속하는 법령으로 단속한다고 말합니다. 이미 두려워 어쩔 줄 모르는 백성들에게 단두대와 도끼로 호령하니, 이에 백성들이 비로소 모진 마음으로 부모와 처자식이 의존하는 자신의 몸을 도적들에게 던져버리게 되고, 그래서 자주 대란이 발생하는 것입니다. 무릇 예로써 단속하고 법으로써 관리하면 오직 촉 지방 사람들이 (다스리기가) 가장 쉽습니다. 서둘러 단속하다가 변란이 일어나기로 말하면, 비록 제(齊)·노(魯) 지방이라 해도 역시 마찬가지입니다. 내가 제·노 지방의 백성을 대하는 방식으로 촉 지방 사람들을 대한다면, 촉 지방 사람들 역시 스스로 제·

노 사람들의 방식으로 자신들을 대할 것입니다. 법률 밖에서 멋대로 하여 평민들을 위협하는 그러한 일을 나는 차마 하지 못합니다.』 아! 촉 지방 사람들에 대한 애정이 이처럼 깊고 촉 지방 사람들을 대함이 이처럼 도타운 사람을, 장공 이전에는 내가 본 적이 없습니다.」 그러자 모두가 재배하고 머리를 조아리며 : 「그렇습니다.」라고 대답했다.

소순이 또 : 「장공의 은혜는 당신들의 마음속에 남아 있고, 당신들이 죽은 뒤에는 당신들 자손의 마음속에 남아 있을 것입니다. 그의 공적은 사관(史官)이 기록할 것이니 초상화로써 뜻을 표할 필요가 없습니다. 또한 장공의 뜻도 원치 않으니 어찌 합니까?」라고 말했다. 그러자 모두가 말하길 : 「공께서 이에 대해 무슨 관심이 있겠습니까? 비록 그렇다 해도 우리들은 마음이 놓이지 않습니다. 오늘날에는 평소에 선행 한 가지만 들어도 반드시 그 사람의 성명과 그의 고향이 어디인지, 그리고 키와 나이와 생긴 모습에 관해 묻고, 심지어 어떤 사람은 그가 평생 좋아했던 것까지 물어 그의 사람됨을 알아보려고 하며, 사관 역시 이를 전기에 기록합니다. 그 뜻은 천하 사람들로 하여금 그를 마음속에서 생각하고 눈으로 볼 수 있게 하려는 것입니다. 눈으로 볼 수 있기 때문에, 그래서 마음에서 생각하는 것도 확고합니다. 이로 미루어 보건대, 초상화 역시 도움이 안 되는 것은 아닙니다.」라고 했다. (이에) 소순은 반박할 말이 없어 마침내 그들을 위해 화상기(畫像記)를 썼다.

장공은 남경(南京) 사람으로 사람됨이 강개하고 절조를 지녔으며 도량으로써 천하에 이름을 떨쳤다. 천하에 큰일이 발생할 경우, 장공은 위임해도 될 만한 분이다. 화상기에 이어 시(詩)로써 그의 업적을 기술한다 : 「천자께서 재위하시던 그 해 갑오년. 촉 지방 사람들이 말을 전하길, 변방에 도적이 침입했다고 한다. 조정에는 무신(武臣)들이 있고 모사

(謀士)가 구름처럼 운집해 있다. 천자께서는 아! 하고 탄성을 내시고 우리 장공에게 명하셨다. 장공이 동쪽에서 오는 길에 큰 깃발이 펄럭인다. 촉 지방 사람들이 모여들어 구경하니 길거리는 사람들로 가득하다. 사람들은 장공이 굳세고 과감하며 침착하고 여유 있어 보인다고 말했다. 장공이 촉 지방 사람들에게 선포했다 : 『당신들 집안을 안정시키고, 헛소문을 믿지 마시오. 헛소문은 상서롭지 못하니, 가서 당신들이 평상시 하던 일을 하시오. 봄이 되면 뽕나무 가지를 쳐주고, 가을이 되면 탈곡장을 청소하시오.』 촉 지방 사람들은 머리를 조아리며 장공을 자기의 부모형제와 같은 분이라고 생각한다. 장공이 촉 지방의 동산에 있으니 (동산의) 초목이 무성하다. 장공이 막료들에게 잔치를 베푸니 둥둥 북치는 소리가 즐겁다. 촉 지방 사람들이 와서 구경하며 장공의 장수를 축원한다. 아름다운 여인들은 규방에서 한가로이 지낸다. 옹알옹알 말 배우던 어린 아이들 또한 이미 말을 할 줄 안다. 지난날 장공이 부임하기 전에는 당신들을 내버릴 것으로 예상했었다. 지금은 벼와 삼이 무성하여 창고에 가득 쌓여있다. 아! 우리의 처자식들은 이 풍년을 즐긴다. 장공은 조정에 있을 때 천자의 고굉지신(股肱之臣)이었다. 천자께서 돌아오라 하시니 공이 어찌 감히 명을 받들지 않겠는가? (촉 지방 사람들이) 장엄한 사당을 지으니 행랑도 있고 정원도 있다. 장공의 초상화는 (사당의) 중앙에 걸려 있는데 조복(朝服)을 입고 조관(朝冠)을 쓴 모습이다. 촉 지방 사람들은 서로 권면하여 감히 방종하거나 태만한 사람이 없다. 장공은 경성으로 돌아갔지만 장공의 초상화는 사당에 걸려 있다.」

■ | 해제(解題) 및 본문요지 설명

송(宋) 인종(仁宗) 지화(至和) 원년(1054), 촉(蜀) 지방에는 도적이 쳐들어 온다는 소문이 파다하여 사람들이 모두 두려움에 떨고 있었다. 이에 인종은 장방평(張方平)을 파견하여 촉 지방 사람들을 위무하는 한편, 장방평을 익주자사(益州刺史)로 임명했다. 장방평은 소문을 진정시키고 촉 지방 사람들로 하여금 마음 놓고 편안히 생활하도록 민심을 안정시켰다. 촉 지방 사람들은 이에 감격하여 성도(成都)의 정중사(淨衆寺)에 장방평의 초상화를 걸고 사람들로 하여금 참배하도록 했다.

본문은 작자가 촉 지방 사람들이 정중사 안에 장방평의 초상화를 남기게 된 경위와 배경을 기술한 것이다.

본문은 다섯 단락으로 나눌 수 있는데, 첫째 단락에서는 촉 지방에 헛소문이 퍼져 조정을 놀라게 하고, 이로 인해 인종(仁宗)이 장방평을 파견하여 민심을 진정시킨 경위를 기술했고; 둘째 단락에서는 장방평이 민심을 수습하고 위기를 진정시켜 촉 지방 사람들로부터 추앙 받은 상황을 기술했고; 셋째 단락에서는 장방평의 책략과 백성들을 다스리는 태도를 찬양했고; 넷째 단락에서는 백성들이 정중사에 장방평의 초상화를 남기려는 간곡한 뜻이 백성들 스스로 감동을 받아 자발적으로 나온 것임을 말했고; 마지막 단락에서는 장방평의 사람됨과 도량을 평가한 후, 시가(詩歌)의 형식으로 그의 정치 업적을 찬양했다.

179 범증론(范增論)

[宋] 蘇軾

■ | 작자

소식(蘇軾 : 1037-1101)은 북송(北宋)의 저명한 사상가요 문학가로, 자는 자첨(子瞻), 호는 동파거사(東坡居士)이며 미주(眉州) 미산(眉山)[지금의 사천성 미산현(眉山縣)] 사람이다. 그는 부친 소순(蘇洵), 동생 소철(蘇轍)과 더불어 당송팔대가(唐宋八大家)의 한 사람이며, 그의 아들 소과(蘇過)도 문재(文才)로써 이름을 날렸다.

소식은 인종(仁宗) 가우(嘉祐) 2년(1057) 21세의 나이로 진사에 급제하여 주부(主簿)·판관(判官)·중승(中丞) 등을 지냈다. 신종(神宗) 희녕(熙寧) 4년(1071), 신당파(新黨派) 왕안석(王安石)의 변법을 반대했다가 항주통판(杭州通判)으로 폄적되었고, 후에 밀주(密州)·서주(徐州)·호주(湖州) 등의 지주(知州)를 지냈다. 그리고 신종(神宗) 원풍(元豊) 2년(1079)에는 또 「오태시안(烏台詩案)」 즉 신법(新法)을 풍자하는 시를 썼다 하여 간관(諫官)인 이정(李定)·서단(徐亶)·하정신(何正臣) 등으로부터 탄핵을 받아 옥살이를 한 후, 풀려나서 황주(黃州)의 단련부사(團練副使)로 폄적되는 수모를 당하기도 했다. 그 후 철종(哲宗) 원우(元祐) 원년(1086) 사마광(司馬光)을 우두머리로 하는 구당파(舊黨派)가 득세하자 이를 계기로 다시 부름을 받아 중서사인(中書舍人)·한림학사겸시독(翰林學士兼侍讀)을 지냈는데, 이때는 소식이 왕안석의 신법에 대해, 전면적인 부정은 옳지 못하고 부분적인 장점은 채택해야 한다는 주장을 폈다가, 오히려 구당파의 배척을 받아 항주(杭州)·영주(穎州)·양주(揚州)·정주(定州) 등지의 지주(知

州)로 좌천되었다. 그 후 철종(哲宗) 소성(紹聖) 원년(1094) 신당파가 다시 득세하였으나 소식은 또 구당파에 의존했다는 이유로 폄적을 거듭하며 혜주(惠州)에서 경주(瓊州)로 옮겨갔다. 줄곧 이러한 생활이 계속되다가 휘종(徽宗)이 즉위하여 건중정국(建中靖國) 원년(1101) 대사면을 시행하자 경사(京師)로 돌아올 기회를 맞았다. 그러나 이때 이미 나이 60을 넘긴 소식은 귀환도중 강소(江蘇) 상주(常州)에서 세상을 떠났다. 시호를 문충(文忠)이라 하고, 문집으로 ≪동파전집(東坡全集)≫ 115권이 전한다.

그는 여러 차례 관리 사회의 부침을 겪으면서 서민과의 접촉이 많았던 관계로 당시의 사회 현실에 대해 깊이 이해하고 있었고, 이로 인해 그의 작품에는 강렬한 서민 의식이 담겨 있다. 그의 시(詩)·사(詞)·문(文)은 모두 전인들을 능가하는 성취를 거두었을 뿐만 아니라 문리(文理)가 자연스럽고 기세 또한 호방하고 청신하여 후세 문인들에게 지대한 영향을 주었다.

■ | 원문 및 주석

范增論1)

漢用陳平計, 間楚君臣, 項羽疑范增與漢有私, 稍奪其權。2) 增大怒曰:「天下事大定矣, 君王自爲之, 願賜骸骨, 歸卒伍。」未至彭城, 疽發背死。3)

---

1) 范增論 → 范增에 대해 논한 글

【范增(fàn zēng)】: [인명] 범증. 秦나라 말기 居鄛[지금의 안휘성 巢縣 또는 桐城縣] 사람으로 항우를 도와 천하의 패자가 되게 한 후, 누차 劉邦을 죽이도록 권고했으나, 항우가 끝내 범증의 말을 듣지 않고 오히려 유방의 이간책에 넘어가 범증의 권력을 박탈했다. 이에 범증은 분노하여 떠나다가 도중에 병사했다.

2) 漢用陳平計, 間楚君臣, 項羽疑范增與漢有私, 稍奪其權。→ 漢나라가 陳平의 계책을 써서, 楚나라 군신을 이간시키자, 항우는 范增이 漢나라와 사통한다고 의심하여, 점차 범증의 권력을 박탈했다.

【陳平】: [인명] 진평. 漢나라 초기의 정치가. 陽武[지금의 하남성 陽原縣 동남쪽] 사람으로 楚漢전쟁 때 項羽의 부하로 있다가 후에 劉邦에게 귀순하여 유방의 핵심 막료가 되었다. 漢나라가 수립된 후 曲逆侯에 봉해지고 惠帝·呂后·文帝 때 승상을 지냈다. 【間】: 이간시키다. ※판본에 따라서는「間」을「間疏」라 했다. 【楚】: 西楚, 즉 項羽의 국호. 【項羽(xiàng yǔ)】: [인명] 항우. 이름은 籍, 자는 羽. 楚나라의 귀족 출신으로 秦末에 군사를 일으켜 秦이 망한 후 스스로 西楚霸王이라 칭하고 천하를 호령하다가 劉邦에게 패해 烏江에서 자살했다. 【有私】: 사통하다. 【稍(shāo)】: 점차.

3) 增大怒曰:「天下事大定矣, 君王自爲之, 願賜骸骨, 歸卒伍。」未至彭城, 疽發背死。→ 범증이 매우 화가 나서:「천하의 일은 대체로 안정되었으니, 군왕 스스로 해 나가시고, 이 몸은 고향으로 돌아가도록 허락해 주십시오.」라고 말한 후, (돌아가다가) 彭城에 이르기 전에, 등에 악성 종기가 나서 죽었다.

【大定】: 대체로 안정되다. 【願賜】: …하도록 허락해 주십시오, …해 주시기 바랍니다. 【骸(hái)骨】: 해골. 여기서는「몸, 육신」을 가리킨다. 【卒伍】: 秦나라 때 마을의 기층 조직. 여기서는「고향」을 가리킨다. 【彭城】: [지명] 지금의 강소성 銅山縣, 또는 徐州市. ※판본에 따라서는「未至彭城」을「歸未至彭城」이라 했다. 【疽(jū)】: 악성 종기.

蘇子曰 :「增之去, 善矣。不去, 羽必殺增, 獨恨其不早爾。」然則當以何事去?[4] 增勸羽殺沛公, 羽不聽, 終以此失天下, 當以是去耶?[5] 曰 :「否。增之欲殺沛公, 人臣之分也; 羽之不殺, 猶有君人之度也。增曷爲以此去哉?[6] ≪易≫曰 :『知幾其神乎!』≪詩≫曰 :『如彼雨雪, 先集維霰。』增之去, 當於羽殺卿子冠軍時也。」[7]

---

4) 蘇子曰 :「增之去, 善矣。不去, 羽必殺增。獨恨其不早爾。」然則當以何事去? → 蘇子가 말했다 :「범증이 떠난 것은, 잘한 일이다. 떠나지 않았으면, 項羽가 반드시 범증을 죽였을 것이다. 다만 일찍 서두르지 않은 것을 원망할 뿐이다.」그렇다면 범증은 마땅히 어떤 일로써 떠났어야 했는가?
【蘇子】: 蘇軾의 자칭. 【獨】: 다만. 【爾】: 耳, …뿐. 【然則】: 그렇다면. 【當】: 마땅히, 당연히.

5) 增勸羽殺沛公, 羽不聽, 終以此失天下, 當以是去耶? → 범증이 항우에게 劉邦을 죽이라고 권했으나, 항우가 듣지 않아, 결국 이로 인해 천하를 잃었으니, 마땅히 이 때 떠났어야 했는가?
【沛(pèi)公】: 漢高祖 劉邦. 沛[지금의 강소성 沛縣] 사람으로 B.C. 209년 陳勝이 반란을 일으킨 틈을 타서 군사를 일으켰는데, 이때 유방을 沛公이라 불렀다. 秦이 멸망한 후 유방은 항우와 5년 동안의 전쟁에서 승리하고 漢王朝를 건립했다. 【終】: 끝내, 마침내. 【以是】: 이때에. ※판본에 따라서는「以是」를「於是」라 했다.

6) 曰 :「否。增之欲殺沛公, 人臣之分也; 羽之不殺, 猶有君人之度也。增曷爲以此去哉? → 대답은 이렇다 :「그렇지 않다. 범증이 유방을 죽이려고 한 것은, 신하의 직분이고; 항우가 (유방을) 죽이지 않은 것은, 아직 군주의 도량이 있는 것이다. 범증이 어찌 이로 인해 떠나야하는가?
【分】: 본분, 직분. 【猶(yóu)】: 아직, 여전히. 【度(dù)】: 도량. 【曷爲】: 왜, 어찌. 【以】: 因, …로 인해, …로 말미암아.

7) ≪易≫曰 :『知幾其神乎!』≪詩≫曰 :『如彼雨雪, 先集維霰。』增之去, 當於羽殺卿子冠軍時也。」→ ≪易經≫에 이르길 :『일의 징조를 미리 알 수 있는 것은, 오로지 神뿐이다!』라고 했고, ≪詩經≫에 이르길 :『만일 하늘에서 눈이 내리려고 하면, 먼저 싸락눈이 모인다.』라고 했는데, 범증이 떠날 시기는, 마땅히 항우가 宋義를 죽였을 때이다.」
※≪易經≫의 말은 ≪易經・繫辭傳≫에 보이고, ≪詩經≫의 말은 ≪詩經・小雅・頍弁≫에 보인다.
【幾】: 작다, 미세하다. 여기서는「일의 징조」를 가리킨다. 【如】: 만일. 【雨(yù)】: [동사] (눈・비가) 오다, 내리다. 【霰(xiàn)】: 싸락눈. 【卿子冠軍】: 여기서는 楚

陳涉之得民也，以項燕；項氏之興也，以立楚懷王孫心，而諸侯之叛之也，以弑義帝。[8] 且義帝之立，增爲謀主矣。義帝之存亡，豈獨爲楚之盛衰，亦增之所與同禍福也；未有義帝亡而增獨能久存者也。[9] 羽之殺卿子冠軍也，是弑義帝之兆也。[10] 其弑義

나라 上將軍 宋義를 가리킨다. 「卿子」 : 사람에 대한 존칭. 「冠軍」 : 전군의 우두머리. ※楚懷王이 宋義를 上將軍에 임명하여 모든 장수들이 그의 예하에 있었다. B.C. 207년 秦이 趙를 포위하자, 초회왕이 송의를 上將軍, 항우를 次將, 范增을 末將에 임명하고 趙를 구하도록 했으나, 송의가 도중에 위축되어 전진하지 않고 머뭇거리자 항우가 송의를 모반으로 몰아 살해하고 공격을 감행하여 鉅鹿에서 秦의 주력군을 소멸했다.

8) 陳涉之得民也, 以項燕; 項氏之興也, 以立楚懷王孫心, 而諸侯之叛之也, 以弑義帝。→ 陳涉이 민심을 얻은 것은, 項燕으로 말미암은 것이고; 항우가 일어난 것은, 楚懷王의 손자인 熊心을 옹립함으로 말미암은 것이며, 諸侯가 항우를 배반한 것은, 義帝를 시해했기 때문이다.
【陳涉】 : [인명] 陳勝. 자는 涉. 秦나라 말기 농민 봉기의 영수. ※吳廣과 더불어 秦에 반기를 들고 일어나 楚나라 장수 項燕의 잔류 부대임을 표방하며 크게 민심을 얻었다. 【得民】 : 민심을 얻다. 【項燕】 : [인명] 항연. 전국시대 말기의 楚나라 장수. 패전하여 살해 되자 초나라 사람들이 그를 불쌍히 여겼다. 【項氏】 : 여기서는 「項羽」를 가리킨다. ※판본에 따라서는 「項燕」을 「項燕、扶蘇」라 했다. 【楚懷王孫心】 : 초회왕의 손자 熊心. B.C. 208년 范增이 項羽의 숙부 項梁에게 계책을 올려 楚懷王의 후대를 옹립하여 민심을 얻도록 건의하자, 항량이 초회왕의 손자 熊心을 옹립하고 여전히 懷王이라 칭했다. 項羽는 자신을 西楚霸王이라 하고 楚懷王 熊心을 義帝라 존중했다. 【叛(pàn)】 : 배반하다, 배신하다. 【以】 : 因, …로 인해, …때문에. 【弑(shì)】 : 시해하다, 죽이다. ※신하가 임금을 죽이고, 자식이 아비를 죽이는 것을 「弑」라 했다.

9) 且義帝之立, 增爲謀主矣。義帝之存亡, 豈獨爲楚之盛衰, 亦增之所與同禍福也; 未有義帝亡而增獨能久存者也。→ 또한 의제의 옹립은, 범증이 주모자이다. 의제의 존망이, 어찌 다만 楚나라의 성쇠에만 관련이 있겠는가? 또한 범증의 길흉화복과도 관련이 있어; 의제가 죽고 나면 범증도 홀로 오래 살 수 있는 길이 없다.
【且】 : 또한, 그리고. 【謀主】 : 주동자, 주모자. 【獨】 : 앞의 「獨」은 「다만, 오직」의 뜻, 뒤의 「獨」은 「홀로, 혼자서」의 뜻.

10) 羽之殺卿子冠軍也, 是弑義帝之兆也。→ 항우가 송의를 죽인 것은, 의제를 시해하려는 징조이다.

帝，則疑增之本也，豈必待陳平哉?[11] 物必先腐也，而後蟲生之；人必先疑也，而後讒入之。[12] 陳平雖智，安能間無疑之主哉?[13]

吾嘗論義帝，天下之賢主也。[14] 獨遣沛公入關，而不遣項羽；識卿子冠軍於稠人之中，而擢爲上將，不賢而能如是乎?[15] 羽旣矯殺卿子冠軍，義帝必不能堪，非羽弑帝，則帝殺羽，不待智者而後知也。[16] 增始勸項梁立義帝，諸侯以此服從。中道而弑之，非

【兆(zhào)】: 징조, 조짐.

11) 其弑義帝，則疑增之本也，豈必待陳平哉? → 항우가 의제를 죽인 것은, 바로 범증을 의심하기 시작했다는 것인데, 어찌 반드시 陳平이 개입하여 이간하기를 기다리겠는가?

【其】: 그, 즉 「項羽」. 【陳平】: 여기서는 「진평이 개입하여 이간함」을 말한다.

12) 物必先腐也，而後蟲生之；人必先疑也，而後讒入之。→ 물건은 반드시 먼저 부패해야, 그 후에 벌레가 생기고; 사람은 반드시 먼저 의심을 품어야, 그 후에 참언을 받아들인다.

【而後】: 이후, 그 후. 【讒(chán)入】: 참언을 받아들이다.

13) 陳平雖智，安能間無疑之主哉? 吾嘗論義帝，天下之賢主也。→ 진평이 비록 지혜롭다 해도, 어찌 의심하지 않는 군주를 이간시킬 수 있겠는가?

【安】: 어찌. 【間】: 이간시키다.

14) 吾嘗論義帝，天下之賢主也。→ 나는 일찍이 의제를 논평하면서, (그를) 천하의 현명한 군주라 여겼다.

【論】: 논평하다.

15) 獨遣沛公入關，而不遣項羽；識卿子冠軍於稠人之中，而擢爲上將，不賢而能如是乎? → (의제는) 오로지 유방을 파견하여 函谷關에 들어가도록 하고, 항우를 파견하지 않았으며; 여러 사람들 가운데 송의를 알아보고, 그를 발탁하여 上將軍으로 삼았다. 현명하지 않았다면 이와 같이 할 수 있었겠는가?

【獨】: 오직, 다만. 【遣(qiǎn)】: 파견하다. 【關】: 函谷關. 【識】: 알아보다, 식별하다. 【稠(chóu)人】: 衆人, 많은 사람. 【擢(zhuó)】: 발탁하다. 【爲】: …을 삼다. ※판본에 따라서는 「爲」를 「以爲」라 했다. 【如是】: 이와 같이, 이처럼.

16) 羽旣矯殺卿子冠軍，義帝必不能堪，非羽弑帝，則帝殺羽，不待智者而後知也。→ 항우가 (의제의 명령을) 날조하여 송의를 죽인 후, 의제는 반드시 참을 수가 없었을 것이다. (따라서) 항우가 의제를 시해하지 않으면, 의제가 항우를 죽인다는 것은, 지혜로운 사람을 기다린 후에 알 수 있는 바가 아니다

增之意也。[17] 夫豈獨非其意, 將必力爭而不聽也。[18] 不用其言, 而殺其所立, 羽之疑增, 必自此始矣。[19]

方羽殺卿子冠軍, 增與羽比肩而事義帝, 君臣之分未定也。[20] 爲增計者, 力能誅羽則誅之, 不能則去之, 豈不毅然大丈夫也哉?[21] 增年七十, 合則留, 不合卽去, 不以此明去就之分, 而欲依羽以成功, 陋矣![22] 雖然, 增, 高帝之所畏也。增不去, 項羽不亡。亦人

【矯(jiǎo)】: 가탁하다, 날조하다. 【堪(kān)】: 참다, 견디다.

17) 增始勸項梁立義帝, 諸侯以此服從。中道而弑之, 非增之意也。→ 범증이 당초 項梁에게 의제를 옹립하도록 권하여, 제후들이 이로 인해 복종했다. 도중에 그를 죽인 것은, 범증의 본뜻이 아니다.

【項梁(liáng)】: [인명] 항량. 항연의 아들이자 항우의 숙부. 【以此】: 因此, 이로 인해. 【中道】: 도중, 중도.

18) 夫豈獨非其意, 將必力爭而不聽也。→ 어찌 다만 그의 본뜻이 아닐 뿐이겠는가? 또한 반드시 힘껏 다투며 (항우의) 명을 따르지 않으려 하였을 것이다.

【夫】: 이, 그, 저. 【獨】: 다만, 오직. 【將】: (장차) …하려 하다. 【力爭】: 힘껏 다투다.

19) 不用其言, 而殺其所立, 羽之疑增, 必自此始矣。→ (항우가) 범증의 말을 채택하지 않고, 오히려 범증이 옹립한 의제를 살해했으니, 항우가 범증을 의심한 것은, 틀림없이 이때부터 비롯되었을 것이다.

【用】: 채택하다, 채용하다. 【其】: [대명사] 그, 즉 「범증」. 【自此】: 이로부터, 이때부터. ※판본에 따라서는 「自此」를 「自是」라 했다.

20) 方羽殺卿子冠軍, 增與羽比肩而事義帝, 君臣之分未定也。→ 항우가 송의를 죽일 당시, 범증과 항우는 동등한 지위에서 의제를 섬겼고, 군신의 명분은 아직 정해지지 않았었다.

【方】: …할 당시, …할 때. 【比肩(jiān)】: 어깨를 나란히 하다. 즉 「동등한 지위, 같은 반열」을 말한다.

21) 爲增計者, 力能誅羽則誅之, 不能則去之, 豈不毅然大丈夫也哉? → 범증을 위해 헤아려 보건대, 힘이 항우를 죽일 수 있으면 죽이고, 그럴 수 없으면 떠나는 것이, 어찌 대장부의 의연한 자세가 아니겠는가?

【計】: 헤아리다, 고려하다. 【誅(zhū)】: 죽이다. 【去】: 떠나다. 【豈不…哉?】: 어찌 …이 아니겠는가? 【毅(yì)然】: 의연하다.

22) 增年七十, 合則留, 不合卽去, 不以此明去就之分, 而欲依羽以成功, 陋矣! → (당시) 범

傑也哉!23)

■ | 번역문

범증(范增)에 대해 논한 글

한(漢)나라가 진평(陳平)의 계책을 써서 초(楚)나라 군신을 이간시키자, 항우는 범증(范增)이 한(漢)나라와 사통한다고 의심하여 점차 범증의 권력을 박탈했다. 범증이 매우 화가 나서 : 「천하의 일은 대체로 안정되었으니 군왕 스스로 해 나가시고 이 몸은 고향으로 돌아가도록 허락해 주십시오.」라고 말한 후, (돌아가다가) 팽성(彭城)에 이르기 전에 등에 악성 종기가 나서 죽었다.

소자(蘇子)가 말했다 : 「범증이 떠난 것은 잘한 일이다. 떠나지 않았으면 항우(項羽)가 반드시 범증을 죽였을 것이다. 다만 일찍 서두르지 않은

증의 나이 (이미) 칠십으로, 마음에 맞으면 잔류하고, 마음에 맞지 않으면 떠나야 했는데, 이때 거취의 구분을 분명히 하지 않고, 항우에게 의존하여 공을 이루고자 했으니, 실로 식견이 부족하다.

【增年七十】: ※판본에 따라서는 「增年已七十」라 했다. 【合】: 마음에 맞다, 의기투합하다. 【卽】: ※판본에 따라서는 「卽」을 「則」이라 했다. 【以此】: 이때. ※판본에 따라서는 「以此」를 「以此時」라 했다. 【明】: 분명히 하다. 【去就】: 거취, 떠나거나 남아 있음. 【欲】: …하고자 하다. 【依】: 의존하다, 의지하다, 기대다. 【成功】: 공을 이루다. ※판본에 따라서는 「成功」을 「成功名」이라 했다. 【陋(lòu)】: 식견이 부족하다.

23) 雖然, 增, 高帝之所畏也。增不去, 項羽不亡。亦人傑也哉! → 비록 그렇지만, 범증은, 漢高祖 劉邦이 두려워하던 사람이다. 범증이 떠나지 않았다면, 항우도 망하지 않았을 것이다. (범증은) 역시 걸출한 인물이다!

【高帝】: 漢高祖 劉邦. 【亦人傑也哉!】: 역시 걸출한 인물이로다! ※판본에 따라서는 「嗚呼! 增亦人傑也哉!」라 했다.

것을 원망할 뿐이다.」 그렇다면 범증은 마땅히 어떤 일로써 떠났어야 했는가? 범증이 항우에게 유방(劉邦)을 죽이라고 권했으나 항우가 듣지 않아 결국 이로 인해 천하를 잃었으니, 마땅히 이때 떠났어야 했는가? 대답은 이렇다 : 「그렇지 않다. 범증이 유방을 죽이려고 한 것은 신하의 직분이고, 항우가 (유방을) 죽이지 않은 것은 아직 군주의 도량이 있는 것이다. 범증이 어찌 이로 인해 떠나야하는가? ≪역경(易經)≫에 이르길 : 『일의 징조를 미리 알 수 있는 것은 오로지 신(神)뿐이다!』라고 했고, ≪시경(詩經)≫에 이르길 : 『만일 하늘에서 눈이 내리려고 하면 먼저 싸락눈이 모인다.』라고 했는데, 범증이 떠날 시기는 마땅히 항우가 송의(宋義)를 죽였을 때이다.」

진섭(陳涉)이 민심을 얻은 것은 항연(項燕)으로 말미암은 것이고, 항우가 일어난 것은 초회왕(楚懷王)의 손자인 웅심(熊心)을 옹립함으로 말미암은 것이며, 제후(諸侯)가 항우를 배반한 것은 의제(義帝)를 시해했기 때문이다. 또한 의제의 옹립은 범증이 주모자이다. 의제의 존망이 어찌 다만 초(楚)나라의 성쇠에만 관련이 있겠는가? 또한 범증의 길흉화복과도 관련이 있어, 의제가 죽고 나면 범증도 홀로 오래 살 수 있는 길이 없다. 항우가 송의를 죽인 것은 의제를 시해하려는 징조이다. 항우가 의제를 죽인 것은 바로 범증을 의심하기 시작했다는 것인데, 어찌 반드시 진평(陳平)이 개입하여 이간하기를 기다리겠는가? 물건은 반드시 먼저 부패해야 그 후에 벌레가 생기고, 사람은 반드시 먼저 의심을 품어야 그 후에 참언을 받아들인다. 진평이 비록 지혜롭다 해도 어찌 의심하지 않는 군주를 이간시킬 수 있겠는가?

나는 일찍이 의제를 논평하면서 (그를) 천하의 현명한 군주라 여겼다. (의제는) 오로지 유방을 파견하여 함곡관(函谷關)에 들어가도록 하고 항우를 파견하지 않았으며, 여러 사람들 가운데 송의를 알아보고 그를 발탁하여 상장군(上將軍)으로 삼았다. 현명하지 않았다면 이와 같이 할 수 있었겠는가? 항우가 (의제의 명령을) 날조하여 송의를 죽인 후, 의제는 반드시 참을 수가 없었을 것이다. (따라서) 항우가 의제를 시해하지 않으면 의제가 항우를 죽인다는 것은 지혜로운 사람을 기다린 후에 알 수 있는 바가 아니다. 범증이 당초 항량(項梁)에게 의제를 옹립하도록 권하여 제후들이 이로 인해 복종했다. 도중에 그를 죽인 것은 범증의 본뜻이 아니다. 어찌 다만 그의 본뜻이 아닐 뿐이겠는가? 또한 반드시 힘껏 다투며 (항우의) 명을 따르지 않으려 하였을 것이다. (항우가) 범증의 말을 채택하지 않고 오히려 범증이 옹립한 의제를 살해했으니, 항우가 범증을 의심한 것은 틀림없이 이때부터 비롯되었을 것이다.

항우가 송의를 죽일 당시 범증과 항우는 동등한 지위에서 의제를 섬겼고, 군신의 명분은 아직 정해지지 않았었다. 범증을 위해 헤아려 보건대, 힘이 항우를 죽일 수 있으면 죽이고, 그럴 수 없으면 떠나는 것이 어찌 대장부의 의연한 자세가 아니겠는가? (당시) 범증의 나이 (이미) 칠십으로, 마음에 맞으면 잔류하고 마음에 맞지 않으면 떠나야 했는데, 이때 거취의 구분을 분명히 하지 않고 항우에게 의존하여 공명을 이루고자 했으니, 실로 식견이 부족하다. 비록 그렇지만 범증은 한고조(漢高祖) 유방(劉邦)이 두려워하던 사람이다. 범증이 떠나지 않았다면 항우도 망하지 않았을 것이다. (범증은) 역시 걸출한 인물이로다!

■ | 해제(解題) 및 본문요지 설명

범증(范增)은 항우(項羽)의 책사(策士)이다. 초한전쟁(楚漢戰爭) 중에 한고조(漢高祖) 유방(劉邦)의 책사 진평(陳平)이 의심을 잘하는 항우(項羽)의 약점을 이용하여 이간책을 써서 범증으로 하여금 항우에게 핍박을 당해 떠나도록 했다. 작자는 이 역사적 사실에 대한 분석과 평론을 통해, 범증이 자신의 거취에 대해 식견이 부족했던 것을 애석하게 여겼다.

본문은 다섯 단락으로 나눌 수 있는데, 첫째 단락에서는 ≪사기(史記)·항우본기(項羽本紀)≫의 기록을 가지고 범증이 항우를 떠난 것에 대한 논평의 재료로 삼았고; 둘째 단락에서는 「다만 일찍 서두르지 않은 것을 원망할 뿐이다(獨恨其不早耳)」라는 말을 초점으로 삼아 범증의 떠남이 시기적으로 타당했는가를 탐색했고; 셋째 단락에서는 진섭(陳涉)으로 인한 초(楚)나라의 성쇠로부터 송의(宋義)·의제(義帝)가 범증의 생사 거취와 밀접한 관계가 있다는 것을 지적했고; 넷째 단락에서는 사람을 알아보는 의제(義帝)의 현명함과, 항우가 의제를 살해한 것이 의제를 옹립한 범증을 의심하는 징조라는 것을 말했고; 마지막 단락에서는 거취에 대한 구분이 분명하지 못한 범증에 대해 아쉬움을 표하면서도, 그래도 범증이 걸출한 인물이라는 것을 긍정했다.

180 형상충후지지론(刑賞忠厚之至論)

[宋] 蘇軾

■ | 작자

179. 범증론(范增論) 참조

■ | 원문 및 주석

刑賞忠厚之至論[1)]

堯、舜、禹、湯、文、武、成、康之際, 何其愛民之深, 憂民之切, 而待天下之以君子長者之道也。[2)] 有一善, 從而賞之, 又從而詠歌嗟歎之, 所以樂其始而勉其終;[3)] 有一不善, 從而罰之,

1) 刑賞忠厚之至論 → 형벌과 포상을 어떻게 해야 忠厚의 극치에 이를 수 있는가에 대해 논한 글
【刑賞】: 형벌과 포상. 【忠厚】: 충후하다, 忠實하고 敦厚하다. 【至】: 극치.

2) 堯、舜、禹、湯、文、武、成、康之際, 何其愛民之深, 憂民之切, 而待天下之以君子長者之道也。→ 堯·舜·禹·湯·文王·武王·成王·康王 시절에는, 얼마나 백성을 사랑하는 마음이 깊고, 백성을 걱정하는 마음이 간절했는지, 천하 사람들에 대해 군자나 어른의 도리로써 대했다.
【堯】: 唐의 堯임금. 【舜】: 虞의 舜임금. 【禹】: 夏의 禹임금. 【湯】: 商의 湯王. 【文】: 周의 文王. 【武】: 周의 武王. 【成】: 周의 成王, 武王의 아들. 【康】: 周의 康王, 成王의 아들. 【道】: 도리, 태도.

又從而哀矜懲創之, 所以棄其舊而開其新。[4] 故其吁兪之聲, 歡忻慘戚, 見於虞、夏、商、周之書。[5]

成、康旣沒, 穆王立而周道始衰, 然猶命其臣呂侯, 而告知以祥刑。[6] 其言憂而不傷, 威而不怒, 慈愛而能斷, 惻然有哀憐無辜之心, 故孔子猶有取焉。[7] ≪傳≫曰 : 「賞疑從與, 所以廣恩也;

---

3) 有一善, 從而賞之, 又從而詠歌嗟歎之, 所以樂其始而勉其終; → 한 가지 착한 일을 하면, 이에 따라 즉시 상을 주고, 또 칭송하고 찬미하여, 이러한 방법으로 그 시작을 기뻐하고 끝까지 지켜나가도록 격려했고;
【從而】: 이에 따라 즉시. 【詠(yǒng)歌】: 칭송하다. 【嗟歎(jiē tàn)】: 찬미하다. 【所以】: 以之, 이로써, 이러한 방법으로. 【樂(lè)】: 즐거워하다, 기뻐하다. 【始】: 시작, 즉 「착한 일의 시작」을 말한다. 【勉(miǎn)】: 격려하다. 【終】: 끝까지 실천하다.

4) 有一不善, 從而罰之, 又從而哀矜懲創之, 所以棄其舊而開其新。→ 한 가지 악한 일을 하면, 이에 따라 즉시 벌을 내리고, 또 불쌍히 여기며 스스로 경계하도록 타일러, 이러한 방법으로 과거의 좋지 못한 습관을 버리고 새로운 삶을 살아가도록 했다.
【哀矜(jīn)】: 불쌍히 여기다. 【懲創(chéng chuàng)】: 스스로 경계하도록 타이르다. 【棄(qì)】: 버리다, 포기하다. 【舊】: 과거의, 지난. 여기서는 「과거의 좋지 못한 습관」을 말한다. 【開】: 시작하다. 【新】: 새로운. 여기서는 「새로운 삶」을 말한다.

5) 故其吁兪之聲, 歡忻慘戚, 見於虞、夏、商、周之書。→ 그래서 탄식하고 칭찬하는 소리와, 기뻐하고 슬퍼하는 감정이, 모두 ≪尙書≫ 중의 ≪虞書≫ · ≪夏書≫ · ≪商書≫ · ≪周書≫에 보인다.
【吁(xū)】: 탄식하다. 【兪(yú)】: 칭찬하다, 찬동하다. 【歡忻(xīn)】: 기뻐하다. 【慘戚(cǎn qī)】: 슬퍼하다. 【虞、夏、商、周之書】: ≪尙書≫ 중의 ≪虞書≫ · ≪夏書≫ · ≪商書≫ · ≪周書≫로, 즉 ≪尙書≫를 가리킨다.

6) 成、康旣沒, 穆王立而周道始衰, 然猶命其臣呂侯, 而告知以祥刑。→ 成王과 康王이 세상을 떠나고, 穆王이 즉위하면서 周나라의 기강이 쇠퇴하기 시작했지만, 그러나 (목왕은) 여전히 신하인 呂侯에게 명하여, 형벌을 신중히 하도록 일렀다.
【道】: 도덕, 기강. 【猶(yóu)】: 여전히. 【呂侯】: [인명] 여후. 주무왕의 신하. ※ 목왕은 일찍이 그의 말을 받아들여 형법을 제정했는데, 현재 ≪尙書 · 呂刑≫이 있다. 【告知】: 알려주다, 이르다, 일러두다. 【祥刑】: 詳刑, 형벌을 신중히 하다.

7) 其言憂而不傷, 威而不怒, 慈愛而能斷, 惻然有哀憐無辜之心, 故孔子猶有取焉。→ 그의

罰疑從去，所以謹刑也。」[8)]

當堯之時，皐陶爲士，將殺人。皐陶曰殺之三，堯曰宥之三。[9)] 故天下畏皐陶執法之堅，而樂堯用刑之寬。[10)] 四岳曰：「鯀可用。」堯曰：「不可。鯀方命圮族。」旣而曰：「試之。」[11)] 何堯之不聽皐

말은 걱정을 하면서도 마음을 상하지 않고, 위엄이 있으면서도 화내지 않고, 자애로우면서도 결단성이 있고, 무고한 사람을 불쌍히 여기는 마음이 있었으므로, 그래서 孔子조차도 (그의 말을) 채택했다.

【惻(cè)然】: 가엽게 여기는 모양. 【哀憐】: 불쌍히 여기다. 【無辜】: 무고하다, 죄가 없다. 【猶】: …까지도, …조차도.

8) ≪傳≫曰：「賞疑從與，所以廣恩也；罰疑從去，所以謹刑也。」→ ≪傳≫에 이르길 :「상을 주는 데 있어서 의심이 가면 주는 쪽을 좇아, 이로써 은덕을 넓히고; 벌하는 데 있어서 의심이 가면 면제하는 쪽을 좇아, 이로써 형벌을 신중히 한다.」라고 했다.

【≪傳≫】: ≪尙書≫ 孔安國 ≪傳≫을 가리킨다. 【從】: 좇다, 따르다. 【與】: 주다. 【所以】: 以之, 이로써, 이러한 방법으로. 【廣恩】: 은덕을 넓히다. 【去】: 면제하다. 【謹刑】: 형벌을 신중히 하다, 벌을 삼가다.

9) 當堯之時，皐陶爲士，將殺人。皐陶曰殺之三，堯曰宥之三。→ 堯임금 시절에, 皐陶가 刑獄官을 지냈는데, 사람을 사형에 처하려 했다. 고요가 그를 죽이라고 세 번을 말했으나, 요임금은 세 번 모두 그를 용서하라고 말했다.

【當…時】: …시절에, …때에. 【皐陶(gāo yáo)】: [인명] 고요. 堯임금의 신하. 【士】: 獄官, 형옥을 담당하는 관리. 【宥(yòu)】: 용서하다.

10) 故天下畏皐陶執法之堅，而樂堯用刑之寬。→ 그래서 천하 사람들은 고요가 엄하게 법을 집행하는 것을 두려워하고, 요임금이 관대하게 형벌을 적용하는 것을 좋아했다.

【畏(wèi)】: 겁내다, 두려워하다. 【執法之堅】: 법을 엄하게 집행하다. 【樂(yào)】: 기뻐하다, 좋아하다. 【用刑之寬】: 형벌을 관대하게 적용하다.

11) 四岳曰：「鯀可用。」堯曰：「不可。鯀方命圮族。」旣而曰：「試之。」→ 四岳이 :「鯀은 기용할 만하다」고 말하자, 요임금이 :「안 된다. 곤은 명령을 거역하고 동족을 해쳤다.」라고 말하더니, 얼마 후 :「시험해보라」고 했다.

【鯀(gǔn)】: [인명] 곤. 禹의 아버지. 崇에 거주하여 호를 崇伯이라 했다. 堯임금의 명을 받들어 治水를 했으나 9년이 지나도록 성공하지 못해 舜에 의해 처형되었다. 【方】: 거역하다, 위반하다. 【圮(pǐ)】: [사동용법] 무너뜨리다, 쓰러뜨리다. 즉 「해치다」의 뜻. 【旣而】: 그 후, 얼마 후, 이윽고.

陶之殺人，而從四岳之用鯀也？然則聖人之意，蓋亦可見矣。[12]

≪書≫曰：「罪疑惟輕，功疑惟重。與其殺不辜，寧失不經。」嗚呼！盡之矣。[13] 可以賞，可以無賞，賞之過乎仁；可以罰，可以無罰，罰之過乎義。[14] 過乎仁，不失爲君子；過乎義，則流而入於忍人。故仁可過也，義不可過也。[15] 古者賞不以爵祿，刑不以刀鋸。[16] 賞以爵祿，是賞之道，行於爵祿之所加，而不行於爵祿之

12) 何堯之不聽皐陶之殺人，而從四岳之用鯀也？然則聖人之意，蓋亦可見矣。→ 어째서 요임금은 고요가 사람을 죽이라고 한 말을 듣지 않고, 사악이 곤을 기용하라고 한 말을 따랐는가? 그렇다면 성인의 뜻 또한 대략 알 수 있다.
【何】：왜, 어째서.【從】：쫓다, 따르다.【然則】：그렇다면.【蓋】：대체로, 대략.【可見】：알 수 있다.

13) ≪書≫曰：「罪疑惟輕，功疑惟重。與其殺不辜，寧失不經。」嗚呼！盡之矣。→ ≪尙書≫에 이르길：「죄가 의심스러우면 오로지 벌을 가볍게 하고, 공이 의심스러우면 오로지 상을 후하게 내렸다. 무고한 사람을 죽이기보다는, 차라리 법을 지키지 않는 잘못을 범했다.」라고 했다. 아! 刑賞의 도리를 분명하게 다 말했다.
※인용한 말은 ≪尙書·大禹謨≫에 보인다.
【惟】：오로지, 다만.【與其…寧(níng)…】：…하기 보다는 차라리 …하다.【失】：잘못을 범하다.【不經】：법을 지키지 않다.【嗚呼!】：[감탄사] 아!【盡之】：刑賞의 도리를 분명하게 다 말하다.「盡」：다하다, 즉「분명하게 다 말하다」의 뜻.「之」：[대명사] 그것, 즉「刑賞의 도리」.

14) 可以賞，可以無賞，賞之過乎仁；可以罰，可以無罰，罰之過乎義。→ 상을 줄 수도 있고, 주지 않을 수도 있는데, 상을 주었다면 지나치게 仁을 베푸는 것이고; 벌 할 수도 있고, 벌하지 않을 수도 있는데, 벌했다면, 지나치게 義를 내세운 것이다.
【過乎…】：過於…, 지나치게 …하다.

15) 過乎仁，不失爲君子；過乎義，則流而入於忍人。故仁可過也，義不可過也。→ 지나치게 仁을 베풀면, 군자로서의 지위를 잃지 않지만, 지나치게 義를 내세우면, 잔인한 사람으로 빠져들 수 있다. 그래서 仁은 지나쳐도 되지만, 義는 지나쳐서는 안 된다.
【流而入】：빠져들다.【忍人】：잔인한 사람.

16) 古者賞不以爵祿，刑不以刀鋸。→ 옛날에는 포상을 할 때 爵位와 俸祿으로써 하지 않고, 형벌을 내릴 때 칼과 톱으로써 하지 않았다.
【爵祿(jué lù)】：작위와 봉록.【刀鋸(jù)】：칼과 톱.

所不加也。[17] 刑以刀鋸，是刑之威，施於刀鋸之所及，而不施於刀鋸之所不及也。[18] 先王知天下之善不勝賞，而爵祿不足以勸也；知天下之惡不勝刑，而刀鋸不足以裁也。[19] 是故疑則擧而歸之於仁，以君子長者之道待天下，使天下相率而歸於君子長者之道。故曰忠厚之至也。[20]

≪詩≫曰：「君子如祉，亂庶遄已。君子如怒，亂庶遄沮。」[21]

---

17) 賞以爵祿，是賞之道，行於爵祿之所加，而不行於爵祿之所不加也。→ 작위와 봉록을 가지고 포상할 경우, 이러한 포상 방법은, 작위와 봉록을 받을 수 있는 사람에 대해서만 시행할 수 있고, 작위와 봉록을 받을 수 없는 사람에 대해서는 시행할 수가 없다.
【道】: 방법. 【爵祿之所加】: 작위와 봉록을 줄 수 있는 대상.

18) 刑以刀鋸，是刑之威，施於刀鋸之所及，而不施於刀鋸之所不及也。→ 칼과 톱을 가지고 형벌을 내릴 경우, 이러한 형벌의 위력은, 칼과 톱이 미칠 수 있는 범위에 대해서만 시행할 수 있고, 칼과 톱이 미칠 수 없는 범위에 대해서는 시행할 수가 없다.
【威】: 위력. 【刀鋸之所及】: 칼과 톱이 미칠 수 있는 범위.

19) 先王知天下之善不勝賞，而爵祿不足以勸也；知天下之惡不勝刑，而刀鋸不足以裁也。→ 先王께서는 천하의 착한 사람들에게 일일이 다 상을 줄 수도 없고, 작위와 봉록이 권면하기에 족하지 않다는 것도 알았으며; 천하의 악한 사람들에게 일일이 다 형벌을 내릴 수도 없고, 칼과 톱이 제재하기에 족하지 않다는 것도 알았다.
【不勝】: 일일이 다 …할 수 없다. 【足以…】: 족히 …할 수 있다, …하기에 충분하다. 【裁(cái)】: 제재하다, 억제하다.

20) 是故疑則擧而歸之於仁，以君子長者之道待天下，使天下相率而歸於君子長者之道。故曰忠厚之至也。→ 그래서 의심이 가면 그것을 통틀어 仁으로 돌리고, 군자와 어른의 도리로써 천하 사람들을 대하여, 천하 사람들로 하여금 잇다라 군자와 어른의 길로 돌아가게 했다. 그래서 충직하고 온후함의 극치라고 말했다.
【是故】: 그래서, 이로 인해. 【擧而】: 통틀어, 일괄적으로. 【相率(shuài)】: 잇다르다, 연달다. 【至】: 극치.

21) ≪詩≫曰：「君子如祉，亂庶遄已。君子如怒，亂庶遄沮。」→ ≪詩經≫에 이르길：「군자가 만일 현인의 충고를 기쁘게 받아들이면, 혼란은 대체로 빠르게 그친다. 군자가 만일 참언에 대해 분노하면, 혼란은 대체로 빠르게 멈춘다.」라고 했다.

夫君子之已亂, 豈有異術哉? 制其喜怒, 而不失乎仁而已矣。[22] ≪春秋≫之義, 立法貴嚴, 而責人貴寬, 因其褒貶之義以制賞罰, 亦忠厚之至也。[23]

■ | 번역문

형벌과 포상을 어떻게 해야 忠厚의 극치에
이를 수 있는가에 대해 논한 글

요(堯)·순(舜)·우(禹)·탕(湯)·문왕(文王)·무왕(武王)·성왕(成王)·강왕(康王) 시절에는 얼마나 백성을 사랑하는 마음이 깊고 백성을 걱정하는 마음이 간절했는지, 천하 사람들에 대해 군자나 어른의 도리로써 대했

【≪詩≫】: ≪詩經≫. 【如】: 만일, 만약. 【祉(zhǐ)】: 기뻐하다, 즐거워하다. 여기서는 「현인의 충고를 기쁘게 받아들이다」의 뜻. 【庶(shù)】: 대체로, 거의, 대충. 【遄(chuán)】: 빠르다, 신속하다. 【已】: 그치다, 평정되다. 【沮(jǔ)】: 멈추다.

22) 夫君子之已亂, 豈有異術哉? 制其喜怒, 而不失乎仁而已矣。→ 대저 군자가 혼란을 그치게 하는 데 있어서, 어찌 특이한 방법이 있겠는가? 기쁨과 노여움을 적당히 조절하고, 또한 인자한 마음을 잃지 않는 것뿐이다.
【夫】: [발어사] 무릇, 대저. 【異術】: 특이한 방법. 【制】: 통제하다, 조절하다. 【不失乎…】: …을 잃지 않다. 【而已】: …뿐.

23) ≪春秋≫之義, 立法貴嚴, 而責人貴寬, 因其褒貶之義以制賞罰, 亦忠厚之至也。→ ≪春秋≫의 본뜻은, 법을 제정하는 데 있어서 엄격함을 귀하게 여기고, 사람을 꾸짖는데 있어서 관대함을 귀하게 여기는 것이니, ≪春秋≫의 포폄 원칙에 따라 상벌을 제정하는 것이, 역시 충후의 극치이다.
【≪春秋≫】: 孔子가 편찬한 춘추시대 魯나라의 편년체 역사책. 【義】: 본뜻, 원칙. 【貴】: [동사용법] 귀하게 여기다. 【寬(kuān)】: 너그럽다, 관대하다. 【因】: …에 따라. 【其】: [대명사] 그, 그것, 즉 ≪春秋≫. 【褒貶(bāo biǎn)】: 포폄하다, 시비나 선악을 판단하여 결정하다.

다. 한 가지 착한 일을 하면 이에 따라 즉시 상을 주고 또 칭송하고 찬미하여, 이러한 방법으로 그 시작을 기뻐하고 끝까지 지켜나가도록 격려했고, 한 가지 악한 일을 하면 이에 따라 즉시 벌을 내리고 또 불쌍히 여기며 스스로 경계하도록 타일러, 이러한 방법으로 과거의 좋지 못한 습관을 버리고 새로운 삶을 살아가도록 했다. 그래서 탄식하고 칭찬하는 소리와 기뻐하고 슬퍼하는 감정이 모두 ≪尙書≫ 중의 ≪虞書≫·≪夏書≫·≪商書≫·≪周書≫에 보인다.

성왕(成王)과 강왕(康王)이 세상을 떠나고 목왕(穆王)이 즉위하면서 주(周)나라의 기강이 쇠퇴하기 시작했지만, 그러나 (목왕은) 여전히 신하인 여후(呂侯)에게 명하여 형벌을 신중히 하도록 일렀다. 그의 말은 걱정을 하면서도 마음을 상하지 않고, 위엄이 있으면서도 화내지 않고, 자애로우면서도 결단성이 있고, 무고한 사람을 불쌍히 여기는 마음이 있었으므로, 그래서 공자(孔子)조차도 (그의 말을) 채택했다. ≪전(傳)≫에 이르길 : 「상을 주는 데 있어서 의심이 가면 주는 쪽을 좇아 이로써 은덕을 넓히고, 벌하는 데 있어서 의심이 가면 면제하는 쪽을 좇아 이로써 형벌을 신중히 한다.」라고 했다.

요(堯)임금 시절에 고요(皐陶)가 형옥관(刑獄官)을 지냈는데, 사람을 사형에 처하려 했다. 고요가 그를 죽이라고 세 번을 말했으나 요임금은 세 번 모두 그를 용서하라고 말했다. 그래서 천하 사람들은 고요가 엄하게 법을 집행하는 것을 두려워하고 요임금이 관대하게 형벌을 적용하는 것을 좋아했다. 사악(四岳)이 : 「곤(鯀)은 기용할 만하다」고 말하자 요임금이 : 「안 된다. 곤은 명령을 거역하고 동족을 해쳤다.」라고 말하더니 얼마 후 : 「시험해보라」고 했다. 어째서 요임금은 고요가 사람을 죽이라고 한 말을 듣지 않고 사악이 곤을 기용하라고 한 말을 따랐는가? 그렇다면 성인의 뜻 또한 대략 알 수 있다.

≪상서≫에 이르길 : 「죄가 의심스러우면 오로지 벌을 가볍게 하고, 공이 의심스러우면 오로지 상을 후하게 내렸다. 무고한 사람을 죽이기 보다는 차라리 법을 지키지 않는 잘못을 범했다.」라고 했다. 아! 형상(刑賞)의 도리를 분명하게 다 말했다. 상을 줄 수도 있고 주지 않을 수도 있는데 상을 주었다면 지나치게 인(仁)을 베푸는 것이고, 벌할 수도 있고 벌하지 않을 수도 있는데 벌했다면 지나치게 의(義)를 내세운 것이다. 지나치게 인을 베풀면 군자로서의 지위를 잃지 않지만, 지나치게 의를 내세우면 잔인한 사람으로 빠져들 수 있다. 그래서 인은 지나쳐도 되지만 의는 지나쳐서는 안 된다. 옛날에는 포상을 할 때 작위(爵位)와 봉록(俸祿)으로써 하지 않고, 형벌을 내릴 때 칼과 톱으로써 하지 않았다. 작위와 봉록을 가지고 포상할 경우, 이러한 포상 방법은 작위와 봉록을 받을 수 있는 사람에 대해서만 시행할 수 있고, 작위와 봉록을 받을 수 없는 사람에 대해서는 시행할 수가 없다. 칼과 톱을 가지고 형벌을 내릴 경우, 이러한 형벌의 위력은 칼과 톱이 미칠 수 있는 범위에 대해서만 시행할 수 있고, 칼과 톱이 미칠 수 없는 범위에 대해서는 시행할 수가 없다. 선왕(先王)께서는 천하의 착한 사람들에게 일일이 다 상을 줄 수도 없고, 작위와 봉록이 권면하기에 족하지 않다는 것도 알았으며, 천하의 악한 사람들에게 일일이 다 형벌을 내릴 수도 없고, 칼과 톱이 제재하기에 족하지 않다는 것도 알았다. 그래서 의심이 가면 그것을 통틀어 인(仁)으로 돌리고 군자와 어른의 도리로써 천하 사람들을 대하여, 천하 사람들로 하여금 잇다라 군자와 어른의 길로 돌아가게 했다. 그래서 충직하고 온후함의 극치라고 말했다.

≪시경(詩經)≫에 이르길 : 「군자가 만일 현인의 충고를 기쁘게 받아

들이면 혼란은 대체로 빠르게 그친다. 군자가 만일 참언에 대해 분노하면 혼란은 대체로 빠르게 멈춘다.」라고 했다. 대저 군자가 혼란을 그치게 하는 데 있어서 어찌 특이한 방법이 있겠는가? 기쁨과 노여움을 적당히 조절하고 또한 인자한 마음을 잃지 않는 것뿐이다. ≪춘추(春秋)≫의 본뜻은, 법을 제정하는 데 있어서 엄격함을 귀하게 여기고 사람을 꾸짖는 데 있어서 관대함을 귀하게 여기는 것이니, ≪춘추≫의 포폄 원칙에 따라 상벌을 제정하는 것이 역시 충후(忠厚)의 극치이다.

▪ | 해제(解題) 및 본문요지 설명

본문은 소식(蘇軾)이 인종(仁宗) 가우(嘉祐) 2년(1057) 진사 시험에 응시했을 때 작성한 시험 답안지로, 내용은 군주가 어떻게 상벌을 운용해야 백성들을 선행으로 이끌어 이른바 「충후(忠厚)의 극치」에 이를 수 있는가에 대해 자신의 주장을 천명한 것이다.

옛날 과거 시험의 논제는 주로 사서오경(四書五經)에서 출제했는데 본제(本題)는 ≪상서(尙書)·대우모(大禹謨)≫ 중 「죄의유경, 공의유중(罪疑惟輕, 功疑惟重)」의 공안국(孔安國) 주(注) : 「형의부경, 상의종중, 충후지지(刑疑附輕, 賞疑從重, 忠厚之至)」라고 한 말에서 출제되었다. 그래서 제목을 「형상충후지지론(刑賞忠厚之至論)」이라 한 것이다.

본문은 다섯 단락으로 나눌 수 있는데, 첫째 단락에서는 태평성세의 요(堯)·순(舜)과 같은 백성을 사랑하고 걱정하는 성군(聖君)들의 관대하고 인자한 풍격을 말했고; 둘째 단락에서는 주(周)나라의 도덕이 쇠퇴하여 목왕(穆王)이 여후(呂侯)에게 형법을 제정하도록 명하면서도 여전히 선행을 권하고 충후(忠厚)의 본뜻을 잃지 않은 것을 말했고; 셋째 단락에서는 요(堯)임금과 고요(皐陶)·사악(四岳)의 대화를 빌려 성인의 마음 씀씀이가 관대한 것을 말했고; 넷째 단락에서는 형벌과 포상은 반드시 충후(忠厚)를 원칙으로 해야 한다는 것을 말하고, 나아가 작위와 봉록이 선행을 권면하기에 부족하고 칼과 톱이 악행을 근절하는데 부족하다는 것을 지적하면서, 오로지 군자와 어른을 대하는 예로서 천하 사람들을 대해야 천하 사람들이 인(仁)으로 돌아간다는 것을 말했고; 마지막 단락에서는 ≪시경(詩經)≫과 ≪춘추(春秋)≫를 인용하여 포폄(褒貶)은 반드시 충후(忠厚)를 기본 원칙으로 해야 한다는 것을 재차 강조했다.

181 유후론(留侯論)

[宋] 蘇軾

■ | 작자

179. 범증론(范增論) 참조

■ | 원문 및 주석

留侯論[1)]

古之所謂豪傑之士者, 必有過人之節。[2)] 人情有所不能忍者, 匹夫見辱, 拔劍而起, 挺身而鬥, 此不足爲勇也。[3)] 天下有大勇者,

---

1) 留侯論 → 留侯에 대해 논한 글
【留侯】: 張良. ※본문 주6) 및 '해제(解題) 및 본문요지 설명' 참조

2) 古之所謂豪傑之士者, 必有過人之節。→ 옛날의 이른바 호걸이라는 사람들은, 반드시 보통 사람을 초월하는 절조를 지니고 있었다.
【過人】: 보통 사람을 초월하다, 범인을 능가하다. 【節】: 절조.

3) 人情有所不能忍者, 匹夫見辱, 拔劍而起, 挺身而鬥, 此不足爲勇也。→ 사람의 감정으로 참을 수 없는 일이 있을 때, 필부들은 모욕을 당하면, 칼을 뽑아들고 일어나, 용감히 나서 싸우는데, 이는 용감하다고 할 수 없는 것이다.
【匹夫】: 필부, 평범한 사람. 【見辱(rǔ)】: 모욕을 당하다. ※見+동사=피동형. 【拔(bá)】: 빼다, 뽑다. 【挺身】: 용감히 나서다. 【不足爲…】: …라고 할 수 없다, …라고 하기에 부족하다.

卒然臨之而不驚, 無故加之而不怒。[4] 此其所挾持者甚大, 而其志甚遠也。[5]

夫子房受書於圯上之老人也, 其事甚怪。[6] 然亦安知其非秦之世, 有隱君子者, 出而試之?[7] 觀其所以微見其意者, 皆聖賢相與警戒之義。[8] 而世不察, 以爲鬼物, 亦已過矣。且其意不在書。[9]

---

4) 天下有大勇者, 卒然臨之而不驚, 無故加之而不怒。→ 천하에 큰 용기가 있는 사람은, 갑자기 의외의 일에 직면해도 놀라지 않고, 아무 까닭 없이 무시를 당해도 화를 내지 않는다.

【卒然】: 돌연, 갑자기. 【臨(lín)】: 의외의 일에 직면하다. 【無故】: 까닭 없이, 이유 없이. 【加】: 무시하다, 업신여기다.

5) 此其所挾持者甚大, 而其志甚遠也。→ 이것은 그의 포부가 매우 크고, 뜻이 매우 원대하기 때문이다.

【所挾持(xié chí)者】: 마음에 품은 바, 포부.

6) 夫子房受書於圯上之老人也, 其事甚怪。→ 張良이 다리 위의 노인으로부터 兵書를 받았는데, 그 일이 매우 기이하다.

【夫】: 저, 그. 【子房】: [인명] 張良. 漢高祖 劉邦의 충신. 자는 子房. 조부와 부친이 모두 韓의 재상을 지냈다. 秦이 韓을 멸한 후, 장량은 博浪沙[지금의 하남성 原陽 동쪽]에서 秦始皇을 암살하려다 실패하여 下邳[지금의 강소성 睢寧 북쪽]로 달아나 숨어 살았다. 秦末에 사람들을 모아 劉邦에게 귀순한 후 유방의 참모가 되었으며, 楚漢전쟁이 일어나자 유방을 도와 항우를 격파하고 漢나라를 건립하는데 큰 공을 세워, 후에 留侯[留는 지금의 강소성 沛縣 동남쪽]에 봉해졌다. 【書】: 책. 여기서는 「兵書」를 가리킨다. 【圯(yí)上之老人】: 다리 위의 노인. 즉 「黃石公」을 가리킨다. 「圯」: 橋, 다리, 교량. 下邳 사람들은 「橋」를 「圯」라 했다. ※張良이 秦始皇을 암살하려다 실패한 후 下邳로 피신했는데, 어느 날 다리 위에서 한 노인을 만났다. 노인은 신발 한 짝을 다리 밑으로 떨어뜨리고 장량으로 하여금 주어다가 발에 신기도록 했다. 노인은 「孺子可教(젊은이는 가르칠만하다)」라 여기고 장량에게 ≪太公兵法書≫를 주었다.

7) 然亦安知其非秦之世, 有隱君子者, 出而試之? → 그러나 또한 그것이 어찌 秦나라 때, 隱士가 있어, 그가 나타나 張良을 시험한 것이 아니라는 것을 알겠는가?

【安】: 어찌. 【隱君子】: 은거하는 군자, 은사. 【之】: [대명사] 그, 즉 「장량」.

8) 觀其所以微見其意者, 皆聖賢相與警戒之義。→ 그 노인이 자신의 뜻을 은밀히 나타낸 까닭을 보면, 모두가 성현들이 서로 (세상 사람들을) 경계하는 뜻이다.

【所以】: 까닭, 이유. 【微見】: 은밀히 나타내다. 【相與】: 서로, 상호.

當韓之亡，秦之方盛也，以刀鋸鼎鑊待天下之士。10) 其平居無罪夷滅者，不可勝數。雖有賁、育，無所復施。11) 夫持法太急者，其鋒不可犯，而其末可乘。12) 子房不忍忿忿之心，以匹夫之力，而逞於一擊之間。13) 當此之時，子房之不死者，其間不能容髮，蓋亦已危矣。14) 千金之子，不死於盜賊，何者? 其身之可愛，

---

9) 而世不察，以爲鬼物，亦已過矣。且其意不在書。→ 그러나 세상 사람들은 잘 살피지도 않고, 오히려 (노인을) 요괴라 여기니, 또한 지나치게 잘못된 것이다. 그리고 노인의 진정한 뜻은 병서에 있지 않다.
【以爲…】: …라 여기다, …라고 생각하다. 【鬼物】: 요괴, 괴물. 【已過】: 지나치게 잘못되다. 「已」: 몹시, 지나치게, 심히.

10) 當韓之亡，秦之方盛也，以刀鋸鼎鑊待天下之士。→ 韓나라가 멸망할 즈음에, 秦나라는 한창 번창하여, 가혹한 형벌로 천하의 선비들을 대했다.
【當】: …할 즈음에. 【方】: 한창, 바야흐로. 【刀鋸鼎鑊(dǐng huò)】: 칼·톱·솥·가마. 모두 옛날 사람을 처형하는데 쓰던 도구로, 여기서는 「가혹한 형벌」을 비유한 말이다. 「鼎鑊」: 솥과 가마. 본래 음식을 만들 때 삶은 데 사용하는 기구이나, 후에 사람을 삶아 죽이는 도구로도 사용되었다.

11) 其平居無罪夷滅者，不可勝數。雖有賁、育，無所復施。→ 평소에 죄 없이 멸족을 당한 자가, 헤아릴 수 없이 많았다. 비록 孟賁·夏育과 같은 용사가 있었지만, 기량을 다시 발휘할 수가 없었다.
【平居】: 평소, 평상시. 【夷(yí)滅】: [피동용법] 멸족을 당하다. 【不可勝數】: 수를 헤아릴 수 없이 많다. 【賁、育】: 孟賁과 夏育. 두 사람 모두 전국시대의 勇士. 【施】: (재능·기량을) 발휘하다, 펼치다.

12) 夫持法太急者，其鋒不可犯，而其末可乘。→ 대저 법을 지나치게 급히 집행하는 자에 대해서는, (비록 순간적으로) 그 칼끝을 거스를 수는 없지만, 나중에는 (오히려) 틈을 탈 수 있는 기회가 있다.
【夫】: [발어사] 무릇, 대저. 【太急】: 몹시 급하다. 【鋒(fēng)】: 칼끝, 銳鋒. 【犯(fàn)】: 거스르다, 위반하다. 【其末可乘(chéng)】: 나중에는 (오히려) 틈을 탈 수 있는 기회가 있다. 「末」: 말기, 나중. 「乘」: (기회를) 틈타다. ※판본에 따라서는 「其末可乘」을 「其勢未可乘」이라 했다.

13) 子房不忍忿忿之心，以匹夫之力，而逞於一擊之間。→ 장량은 분한 마음을 참지 못해, 보통 사람의 힘을 가지고, (秦始皇에게) 일격을 과시했다.
【忿(fèn)忿】: 분노하는 모양. 【逞(chěng)】: 과시하다, 뽐내다. 【一擊(jī)】: 일격, 즉 「張良이 博浪沙에서 철퇴로 秦始皇을 암살하려한 일」을 가리킨다.

而盜賊之不足以死也。15) <u>子房</u>以蓋世之才，不爲<u>伊尹</u>、<u>太公</u>之謀，而特出於<u>荊軻</u>、<u>聶政</u>之計，以僥倖於不死，此固圯上之老人所爲深惜者也。16) 是故倨傲鮮腆而深折之。彼其能有所忍也，然後可

---

14) 當此之時, 子房之不死者, 其間不能容髮, 蓋亦已危矣。→ 이 때, 장량이 죽지 않았지만, (삶과 죽음의) 사이가 머리카락 하나를 용납할 수 없을 정도였으니, 또한 지극히 위험한 상황이었다.
【當…時】: …때. 【間】: 틈, 틈새, 사이. 【其間不能容髮】: 틈새가 머리카락 하나조차 용납할 수 없다. 즉 간발의 차이로 「매우 위험한 상황」을 비유한 말. 【蓋】: 문구의 앞에 놓여, 서술한 내용에 대해 긍정하지 못하고 다만 개략적인 상황을 표시할 때 쓰인다. 【已】: 몹시, 지극히.

15) 千金之子, 不死於盜賊, 何者? 其身之可愛, 而盜賊之不足以死也。→ 부유한 집안의 자제들은, 도적들에게 죽음을 당하지 않는데, 어째서인가? 그 몸이 고귀하여, 도적으로 인해 죽을 수가 없기 때문이다.
【千金之子】: 부유한 집안의 자제. 【可愛】: 고귀하다, 귀중하다. 【不足以】: …할 만한 가치가 없다, …할 수가 없다.

16) 子房以蓋世之才, 不爲伊尹、太公之謀, 而特出於荊軻、聶政之計, 以僥倖於不死, 此固圯上之老人所爲深惜者也。→ 장량은 세상을 덮을 수 있는 재능을 지니고 있으면서, 伊尹·太公의 모략을 본받지 않고, 다만 荊軻·聶政의 계책을 끄집어내어, 요행히 죽지 않기를 바랐으니, 이것이 실로 다리 위의 노인이 그를 위해 매우 애석하게 여긴 것이었다.
【蓋】: 덮다, 가리다. 【伊尹】: [인명] 이윤. 商나라 초기의 대신으로 湯王을 도와 夏를 멸하는데 큰 공을 세웠다. 【太公】: 呂尙의 호. 자는 子牙. 周나라 초기 사람으로 본래의 이름은 姜尙이나 후에 呂지방에 봉해져 성을 呂씨로 바꾸었다. 전하는 바에 의하면, 周文王이 西伯으로 있던 시절에 사냥을 나갔다가 渭水의 강가에서 그를 만나 대화를 나누었는데 매우 화기애애했다. 文王이 그에게 : 「吾太公望子久矣!(우리 선조이신 태공께서 그대를 바란지 오래되었노라!)」라고 하여, 이때부터 호를 太公望이라 했다. 문왕의 초빙으로 문왕의 스승이 되고 나서, 후에 文王의 아들인 武王을 도와 殷의 紂王을 토벌하고 周나라를 건립하는데 큰 공을 세웠다. 이로 인해 齊에 봉해져 齊나라의 시조가 되었는데, 그는 姜太公이라는 이름으로 더욱 널리 알려져 있다. 【謀(móu)】: 모략. 【特】: 다만. 【荊軻(jīng kē)】: [인명] 형가. 전국시대 齊나라 사람. ※燕太子 丹의 자객으로 파견되어 秦王을 살해하려다 실패하여 죽임을 당했다. ※형가에 관한 고사는 ≪史記·刺客列傳≫에 보인다. 【聶(niè)政】: [인명] 섭정. 전국시대 韓나라 軹縣[지금의 하남성 濟源縣 軹城鎭] 사람으로 韓의 대부 嚴仲子를 위해 韓

以就大事。故曰「孺子可教」也。17)

楚莊王伐鄭，鄭伯肉袒牽羊以逆。莊王曰：「其君能下人，必能信用其民矣。」遂舍之。18) 句踐之困於會稽而歸，臣妾於吳者，三年而不倦。19) 且夫有報人之志，而不能下人者，是匹夫之

나라 재상 俠累를 죽이고 스스로 목숨을 끊었다. ※섭정에 관한 고사는 ≪史記·刺客列傳≫에 보인다.【固】: 실로, 확실히. ※판본에 따라서는 「固」자가 없는 경우도 있다.【爲深惜】: 爲(之)深惜, 그를 위해 매우 애석하게 여기다.

17) 是故倨傲鮮腆而深折之。彼其能有所忍也，然後可以就大事。故曰「孺子可教」也。→ 그래서 (노인은 고의로) 오만하고 무례하게 행동하여 그의 날카로운 기질을 모질게 꺾은 것이다. 그가 만일 능히 참아낼 수 있다면, 그런 후에 비로소 큰일을 이룰 수 있기 때문이다. 그래서 「이 젊은이는 가르칠 만하다」라고 말한 것이다.

【倨傲(jù ào)】: 오만불손하다, 거만하다.【鮮腆(xiǎn tiǎn)】: 무례하다.【深折(zhé)】: 모질게 꺾다.【之】: [대명사] 그, 즉 「장량」. 여기서는 「장량의 날카로운 기질」을 가리킨다.【其】: 만일.【彼】: 그 사람, 즉 「장량」.【就】: 이루다, 성취하다.【孺子可教】: ※본문 주6) 참조.

18) 楚莊王伐鄭，鄭伯肉袒牽羊以逆。莊王曰：「其君能下人，必能信用其民矣。」遂舍之。→ 楚莊王이 鄭나라를 공격하자, 鄭襄公이 (죄를 청하는 뜻으로) 웃통을 벗고 (초나라 군사들에게 대접할) 양을 끌고 나와 영접했다. 초장왕이 :「이 임금은 능히 남에게 굽힐 줄 아니, 반드시 그 백성들로부터 신임을 받을 것이다」라 말하고, 마침내 정나라에 대한 공격을 포기했다.

【楚莊王】: 춘추시대 楚나라의 군주.【伐(fā)】: 공격하다.【鄭伯】: 鄭襄公. 춘추시대 鄭나라의 군주.【肉袒(tǎn)】: 웃통을 벗다, 상반신을 드러내다.【逆】: 맞이하다, 영접하다.【下人】: 남에게 굽히다, 남에게 몸을 낮추다.【信用】: 신임을 받다.【遂】: 마침내, 그리하여.【舍(shě)】: 捨, 버리다, 포기하다.【之】: [대명사] 그것, 즉 「鄭나라」 여기서는 「정나라에 대한 공격」을 말한다.

19) 句踐之困於會稽而歸，臣妾於吳者，三年而不倦。→ 句踐은 會稽山에서 (吳나라 군사에게) 포위되어 곤욕을 당한 뒤 (오나라에) 와서, 吳王에게 신첩 노릇을 하며, 삼 년이 되도록 게으름을 피우지 않았다.

【句踐(gōu jiàn)】: [인명] 구천. 춘추시대 말기 越나라의 군주. B.C.494년 吳王 夫差에게 패전한 후 인질로 잡혀와 부차의 신하 노릇을 하다가 삼 년 만에 사면을 받아 귀국했다. 그 후 와신상담하면서 부국 강병에 힘써 마침내 오나라에 승리를 거두고 치욕의 원수를 갚았다.【會稽(kuài jī)】: [산이름] 會稽山. 지

剛也。[20] 夫老人者, 以爲子房才有餘, 而憂其度量之不足, 故深折其少年剛銳之氣, 使之忍小忿而就大謀。何則?[21] 非有平生之素, 卒然相遇於草野之間, 而命以僕妾之役, 油然而不怪者, 此固秦皇之所不能驚, 而項籍之所不能怒也。[22]

觀夫高祖之所以勝, 而項籍之所以敗者, 在能忍與不能忍之間而已矣。[23] 項籍唯不能忍, 是以百戰百勝, 而輕用其鋒;[24] 高

금의 절강성 紹興·嵊縣·諸暨·東陽 사이에 위치. 【臣妾】: [동사용법] 신첩 노릇을 하다. 【不倦(juàn)】: 싫증내지 않다, 게으름을 피우지 않다.

20) 且夫有報人之志, 而不能下人者, 是匹夫之剛也。→ 그런데 남에게 보복할 뜻을 가지고 있으면서, 남에게 굽힐 줄 모른다면, 이는 필부의 강한 기질이다.
【且夫】: 그런데, 한편. 【報】: 갚다. 여기서는 「보복하다」의 뜻. 【是】: 이것, 즉 「有報人之志, 而不能下人者」. 【剛】: 강하다. 여기서는 「강한 기질」을 말한다.

21) 夫老人者, 以爲子房才有餘, 而憂其度量之不足, 故深折其少年剛銳之氣, 使之忍小忿而就大謀。何則? → 그 노인은, 장량의 재능이 넘쳐난다고 여겼지만, 그러나 그의 도량이 부족한 것을 우려했기 때문에, 그래서 젊은이의 강하고 날카로운 기질을 모질게 꺾어 놓아, 그로 하여금 사소한 분노를 참고 원대한 모략을 성취하도록 했다. 어째서 그런가?
【夫】: 그, 저. 【以爲】: …라 여기다, …라고 생각하다. 【才有餘】: 재능이 넘쳐나다. 【憂(yōu)】: 우려하다, 걱정하다. 【剛銳之氣】: 강하고 날카로운 기질. 【小忿(fèn)】: 사소한 분노. 【大謀】: 원대한 모략.

22) 非有平生之素, 卒然相遇於草野之間, 而命以僕妾之役, 油然而不怪者, 此固秦皇之所不能驚, 而項籍之所不能怒也。→ 평소에 교분이 있던 사이도 아니면서, 갑자기 초야에서 만나, 노비와 첩이 하는 일을 시켰는데도, 태연한 모습으로 아무렇지도 않게 생각했다면, 이는 당연히 秦始皇이라도 (그를) 놀라게 할 수 없고, 項羽라도 (그를) 화나게 할 수 없다.
【生平之素】: 평소의 교분, 평소 왕래하던 사이. 【卒然】: 돌연, 갑자기. 【命】: 명하다, 시키다. 【僕妾之役】: 노비와 첩이 하는 일. 【油然】: 태연한 모양. 【不怪】: 이상하게 여기지 않다, 아무렇지도 않게 생각하다. 【固】: 물론, 당연히.

23) 觀夫高祖之所以勝, 而項籍之所以敗者, 在能忍與不能忍之間而已矣。→ 그 유방이 승리한 까닭과, 항우가 실패한 까닭을 보면, 다만 참을 수 있는가 참을 수 없는가의 차이에 달려 있을 뿐이다.
【夫】: 그, 저. 【所以…】: …한 까닭. 【項籍】: [인명] 항적, 項羽. 이름은 籍, 자는

祖忍之，養其全鋒而待其弊，此子房教之也。25) 當淮陰破齊而欲自王，高祖發怒，見於詞色。26) 由此觀之，猶有剛强不忍之氣，非子房其誰全之?27)

太史公疑子房以爲魁梧奇偉，而其狀貌乃如婦人女子，不稱其志氣。28) 嗚呼! 此其所以爲子房歟!29)

羽. 秦나라 말기 楚나라의 귀족 출신으로 군사를 일으켜 秦을 멸한 후 스스로 西楚霸王이라 칭하고 천하를 호령하다가 劉邦에게 패해 烏江에서 자살했다. 【而已】: … 뿐.

24) 項籍唯不能忍, 是以百戰百勝, 而輕用其鋒; → 항우는 오직 참을 수 없었기 때문에, 이로 인해 백전백승했지만, 그러나 경솔하게 자신의 예리한 역량을 소모했고; 【是以】: 이로 인해, 그래서. 【輕(qīng)】: 경솔하게. 【用】: 남용하다, 소모하다. 【鋒(fēng)】: 예봉, 칼끝. 여기서는 「예리한 역량」을 가리킨다.

25) 高祖忍之, 養其全鋒而待其弊, 此子房教之也。→ 유방은 능히 참고, 자신의 모든 예리한 역량을 길러가며 항우가 피폐하기를 기다렸는데, 이는 바로 장량이 그에게 가르쳐준 것이었다.
【高祖】: 漢高祖 劉邦. 【弊(bì)】: 敝, 피폐하다, 쇠잔하다.

26) 當淮陰破齊而欲自王, 高祖發怒, 見於詞色。→ 淮陰侯 韓信이 齊를 격파하고 스스로 왕이 되고자 했을 때, 유방의 화내는 모습이, 말과 얼굴 표정에 나타났다.
【當】: …할 때. 【淮陰】: 淮陰侯 韓信. 漢나라 초기의 장수. 劉邦을 도와 항우를 격파하고 漢왕조를 건립하는데 공을 세우고, 淮陰侯에 봉해졌다. 【欲】: …하고자 하다. 【自王】: 스스로 왕이 되다. 【發怒】: 화를 내다. 【見(xiàn)】: 現, 드러나다, 나타나다. 【詞色】: 말과 얼굴 표정.

27) 由此觀之, 猶有剛强不忍之氣, 非子房其誰全之? → 이로 보건대, (유방은) 여전히 강하고 참지 못하는 기질을 지니고 있었다. 장량이 아니었다면 누가 그를 보전할 수 있었겠는가?
【猶(yóu)】: 아직도, 여전히. 【剛强】: 강하다, 굳세다. 【其】: 대명사 앞이나 뒤에 놓여 「其誰・其孰・誰其・此其・彼其・夫其・是其・何其・曷其・胡其」 등을 구성한다. 번역할 필요가 없다.

28) 太史公疑子房以爲魁梧奇偉, 而其狀貌乃如婦人女子, 不稱其志氣。→ 太史公은 장량에 대해 의문을 갖고 그가 장대하고 특이할 것이라 생각했지만, 그러나 장량의 모습은 의외로 부녀자와 같고, 그의 기개와 매우 어울리지 않았다.
※司馬遷 ≪史記・留侯世家≫: 「余以爲其人計魁梧奇偉, 至見其圖, 狀貌乃如婦人好女.(나는 그가 장대하고 특이하다고 생각했는데, 그의 초상화를 보니, 모습이

■ | 번역문

유후(留侯)에 대해 논한 글

옛날의 이른바 호걸이라는 사람들은 반드시 보통 사람을 초월하는 절조를 지니고 있었다. 사람의 감정으로 참을 수 없는 일이 있을 때, 필부들은 모욕을 당하면 칼을 뽑아들고 일어나 용감히 나서 싸우는데, 이는 용감하다고 할 수 없는 것이다. 천하에 큰 용기가 있는 사람은 갑자기 의외의 일에 직면해도 놀라지 않고, 아무 까닭 없이 무시를 당해도 화를 내지 않는다. 이것은 그의 포부가 매우 크고 뜻이 매우 원대하기 때문이다.

장량(張良)이 다리 위의 노인으로부터 병서(兵書)를 받았는데, 그 일이 매우 기이하다. 그러나 또한 그것이 어찌 진(秦)나라 때 은사(隱士)가 있어, 그가 나타나 장량을 시험한 것이 아니라는 것을 알겠는가? 그 노인이 자신의 뜻을 은밀히 나타낸 까닭을 보면, 모두가 성현들이 서로 (세상 사람들을) 경계(警戒)하는 뜻이다. 그러나 세상 사람들은 잘 살피지도 않고 오히려 (노인을) 요괴라 여기니, 또한 지나치게 잘못된 것이다. 그리고 노인의 진정한 뜻은 병서에 있지 않다.

한(韓)나라가 멸망할 즈음에 진(秦)나라는 한창 번창하여 가혹한 형벌로 천하의 선비들을 대했다. 평소에 죄 없이 멸족을 당한 자가 헤아릴

의외로 아름다운 여인과도 같다.)」

【太史公】: ≪史記≫의 저자인 司馬遷을 가리킨다. 【以爲】: …라 여기다, …라고 생각하다. 【魁梧(kuí wú)】: (체구가) 장대하다, 건장하다. 【奇偉】: 특이하다. 【狀貌(zhuàng mào)】: 생김새, 모습. 【乃】: 의외로, 오히려. 【不稱(chèn)】: 어울리지 않다, 걸맞지 않다. 【志氣】: 기개.

29) 嗚呼! 此其所以爲子房歟! → 아! 이것이 바로 그가 장량이 된 까닭이리라!
【嗚呼】: [감탄사] 아!

수 없이 많았다. 비록 맹분(孟賁)·하육(夏育)과 같은 용사가 있었지만 기량을 다시 발휘할 수가 없었다. 대저 법을 지나치게 급히 집행하는 자에 대해서는, (비록 순간적으로) 그 칼끝을 거스를 수는 없지만, 나중에는 (오히려) 틈을 탈 수 있는 기회가 있다. 장량은 분한 마음을 참지 못해 보통 사람의 힘을 가지고 진시황(秦始皇)에게 일격을 과시했다. 이 때 장량이 죽지 않았지만 (삶과 죽음의) 사이가 머리카락 하나를 용납할 수 없을 정도였으니, 또한 지극히 위험한 상황이었다. 부유한 집안의 자제들은 도적들에게 죽음을 당하지 않는데 어째서인가? 그 몸이 고귀하여 도적으로 인해 죽을 수가 없기 때문이다. 장량은 세상을 덮을 수 있는 재능을 지니고 있으면서, 이윤(伊尹)·태공(太公)의 모략을 본받지 않고 다만 형가(荊軻)·섭정(聶政)의 계책을 끄집어내어 요행히 죽지 않기를 바랐으니, 이것이 실로 다리 위의 노인이 그를 위해 매우 애석하게 여긴 것이다. 그래서 (노인은 고의로) 오만하고 무례하게 행동하여 그의 날카로운 기질을 모질게 꺾은 것이다. 그가 만일 능히 참아낼 수 있다면, 그런 후에 비로소 큰일을 이룰 수 있기 때문이다. 그래서 「이 젊은이는 가르칠 만하다」라고 말한 것이다.

초장왕(楚莊王)이 정(鄭)나라를 공격하자 정양공(鄭襄公)이 (죄를 청하는 뜻으로) 웃통을 벗고 (초나라 군사들에게 대접할) 양을 끌고 나와 영접했다. 초장왕이 : 「이 임금은 능히 남에게 굽힐 줄 아니 반드시 그 백성들로부터 신임을 받을 것이다」라 말하고, 마침내 정나라에 대한 공격을 포기했다. 구천(句踐)은 회계산(會稽山)에서 오(吳)나라 군사에게 포위되어 곤욕을 당한 뒤, 오나라에 와서 오왕(吳王)에게 신첩 노릇을 하며 삼 년이 되도록 게으름을 피우지 않았다. 그런데 남에게 보복할 뜻을 가지고 있으면서 남에게 굽힐 줄 모른다면, 이는 필부의 강한 기질이다. 그 노인은 장량의 재능이 넘쳐난다고 여겼지만, 그러나 그의 도량이 부족한 것을 우려했기 때문에, 그래서 젊은이의 강하고 날카로운 기질을 모질게 꺾어 놓아 그로 하여금 사소한 분노를 참고 원대한 모략을 성취하도록 했다. 어째서 그런가? 평소에 교분이 있던 사이도 아니면서 갑자기 초야에서 만나 노비와 첩이 하는 일을 시켰는데도 태연한 모습으로 아무렇지도 않게 생각했다면, 이는 당연히 진시황이라도 (그를) 놀라게 할 수 없고, 항우(項羽)라도 (그를) 화나게 할 수 없다.

그 유방이 승리한 까닭과 항우가 실패한 까닭을 보면, 다만 참을 수 있는가 참을 수 없는가의 차이에 달려 있을 뿐이다. 항우는 오직 참을 수 없었기 때문에 이로 인해 백전백승했지만, 그러나 경솔하게 자신의 예리한 역량을 소모했고, 유방은 능히 참고 자신의 모든 예리한 역량을 길러가며 항우가 피폐하기를 기다렸는데, 이는 바로 장량이 그에게 가르쳐준 것이었다. 회음후(淮陰侯) 한신(韓信)이 제(齊)를 격파하고 스스로 왕이 되고자 했을 때, 유방의 화내는 모습이 말과 얼굴 표정에 나타났다. 이로 보건대, (유방은) 여전히 강하고 참지 못하는 기질을 지니고 있었다. 장량이 아니었다면 누가 그를 보전할 수 있었겠는가?

태사공(太史公)은 장량에 대해 의문을 갖고 그가 장대하고 특이할 것이라 생각했지만, 그러나 장량의 모습은 의외로 부녀자와 같고 그의 기개와 매우 어울리지 않았다. 아! 이것이 바로 그가 장량이 된 까닭이리라!

■ | 해제(解題) 및 본문요지 설명

유후(留侯)는 한고조(漢高祖) 유방(劉邦)을 보필하여 한왕조(漢王朝)를 세우는데 큰 역할을 한 책사 장량(張良)을 말한다. ≪사기(史記)·유후세가(留侯世家)≫의 기록에 의하면, 장량은 젊었을 때 다리 위에서 한 노인을 만났는데, 그 노인이 몇 번에 걸쳐 장량을 시험하고 나서 장량에게 병서(兵書) 한 권을 주었다. ≪유후론(留侯論)≫은 소식(蘇軾)이 장량의 이 일에 대해 자신의 견해를 제시한 글이다.

본문은 여섯 단락으로 나눌 수 있는데, 첫째 단락에서는 평범한 용기와 큰 용기의 차이를 구별했고; 둘째 단락에서는 다리 위의 노인이 장량에게 병서를 준 것에 대한 세속의 질의에 대해 반박했고; 셋째 단락에서는 장량이 한(韓)나라를 위해 진왕(秦王)을 살해하려 한 것은 작은 용기에 불과하지만, 노인의 시험을 통해 장량이 큰일을 할 수 있는 침착한 성격을 지니고 있다는 것을 말했고; 넷째 단락에서는 역사 사실이 게시한「사소한 분노를 참고 원대한 모략을 성취한다」라는 처세원칙(處世原則)을 근거로 필부의 강한 기질에 대해 취할 만한 것이 없다고 배척했고; 다섯째 단락에서는 유방과 항우의 승패를 결정한 관건이 인(忍)과 불인(不忍)에 달려 있으며, 인(忍)은 바로 장량이 내세운 전략의 최고 원칙이라는 것을 말했고; 마지막 단락에서는 부녀자와 같은 모습에서 치밀한 계략이 솟아나는 장량에 대한 태사공의 의혹을 제기하는 것으로 끝을 맺었다.

182 가의론(賈誼論)

[宋] 蘇軾

■ | 작자

179. 범증론(范增論) 참조

■ | 원문 및 주석

賈誼論[1)]

非才之難，所以自用者實難。 惜乎賈生王者之佐m 而不能自用其才也。[2)] 夫君子之所取者遠，則必有所待；所就者大，則必有所忍。[3)] 古之賢人，皆有可致之才，而卒不能行其萬一者，未必

---

1) 賈誼論 → 賈誼에 대해 논한 글
【賈誼(jiǎ yì)】 : [인명] 가의. 西漢의 정론가, 문인. ※본문 '해제(解題) 및 본문요지 설명' 참조.

2) 非才之難，所以自用者實難。 惜乎賈生王者之佐，而不能自用其才也。 → 재능을 지니는 것이 어려운 것이 아니라, 이를 가지고 스스로 활용하는 것이 실로 어렵다. 賈誼는 임금을 보필할 수 있는 재능을 지니고 있었지만, 스스로 그 재능을 활용할 수 없었으니 애석하다.
【所以】 : 以之, 이로써, 이를 가지고. 【賈(jiǎ)生】 : 賈誼. 「生」 : 옛날 선비에 대한 호칭. 【王者之佐】 : 임금을 보필할 수 있는 재능.

3) 夫君子之所取者遠，則必有所待；所就者大，則必有所忍。 → 대저 군자는 추구하는 바

皆其時君之罪，或者其自取也。4)

愚觀賈生之論，如其所言，雖三代何以遠過?5) 得君如漢文，猶且以不用死。然則是天下無堯、舜，終不可有所爲耶?6) 仲尼聖人，歷試於天下，苟非大無道之國，皆欲勉强扶持，庶幾一日得行其道。7) 將之荊，先之以冉有，申之以子夏。君子之欲得其君，

가 원대하면, 반드시 때를 기다려야 하고; 이루고자 하는 바가 크면, 반드시 인내하여야 한다.

【夫】: [발어사] 대저, 무릇. 【所取者】: 취하고자 하는 바, 즉 「추구하는 목표」를 말한다. 【就】: 성취하다, 이루다.

4) 古之賢人，皆有可致之才，而卒不能行其萬一者，未必皆其時君之罪，或者其自取也。→ 옛날의 현명한 사람들은, 모두 (功을) 이룰 수 있는 재능을 지니고 있지만, 그러나 끝내 그 만분의 일도 행할 수가 없었는데, 반드시 모두가 당시 군주의 잘못만은 아니고, 어떤 것은 그 스스로 자초한 것이다.

【可致之才】: (功을) 이룰 수 있는 재능. 「致」: 달성하다, 이루다. 【卒】: 끝내, 결국. 【未必】: 반드시 …한 것은 아니다, 반드시 …라고 할 수는 없다. 【罪】: 잘못, 허물. 【自取】: 스스로 자초하다.

5) 愚觀賈生之論，如其所言，雖三代何以遠過? → 내가 가의의 논조를 살펴보니, 만일 그가 말한 대로 했더라면, 비록 三代라 해도 어찌 그보다 뛰어날 수 있겠는가?

【愚(yú)】: [자신에 대한 겸칭] 저. 【三代】: 夏・商・周 삼대. 【何以】: 어찌. 【遠過】: …보다 뛰어나다, …를 훨씬 초월하다.

6) 得君如漢文，猶且以不用死。然則是天下無堯、舜，終不可有所爲耶? → 漢文帝와 같은 (훌륭한) 군주를 만났어도, 여전히 기용되지 못함으로 인해 허무하게 죽었다. 그렇다면 이는 천하에 堯・舜과 같은 聖君이 없을 경우, 끝내 아무런 역할을 할 수 없다는 것인가?

【得】: 얻다, 즉 「만나다」의 뜻. 【漢文】: 漢文帝. 한문제는 史家들에 의해 훌륭한 군주로 존경을 받았다. 【猶且】: 여전히, 또한. 【以】: 因, …로 인해, …로 말미암아. 【不用】: 기용되지 못하다. 【然則】: 그렇다면. 【堯、舜】: 唐의 堯임금과 虞의 舜임금. 두 사람 모두 고대의 聖君. 【終】: 끝내, 결국. 【有所爲】: 역할을 하다.

7) 仲尼聖人，歷試於天下，苟非大無道之國，皆欲勉强扶持，庶幾一日得行其道。→ 孔子는 성인으로서, 천하를 두루 돌아다니면서, 만일 극도로 무도한 나라가 아니라면, 모두 힘껏 도우려 하고, 하루속히 자신의 주장이 시행될 수 있기를 희망했다.

【仲尼】: 孔子의 자. 공자의 이름은 丘, 자는 仲尼이다. 【歷試】: 두루 돌아다니다. 【苟(gǒu)】: 만일, 만약. 【欲】: …하고자 하다, …하려고 하다. 【勉强】: 힘껏. 【扶

如此其勤也。[8] 孟子去齊, 三宿而後出晝, 猶曰:「王其庶幾召我。」[9] 君子之不忍棄其君, 如此其厚也。[10] 公孫丑問曰:「夫子何爲不豫?」孟子曰:「方今天下, 舍我其誰哉? 而吾何爲不豫?」君子之愛其身, 如此其至也。[11] 夫如此而不用, 然後知天下果不足與有

持】: 부축하다, 도와주다.【庶幾(shù jī)】: 바라다, 희망하다.【得】: 能, …할 수 있다.

8) 將之荊, 先之以冉有, 申之以子夏。君子之欲得其君, 如此其勤也。→ 장차 楚나라로 가기 위해, 먼지 冉有를 보내고, 이어서 子夏를 보냈다. 군자가 자신을 신임할 군주를 얻고자 하면, 이처럼 부지런히 힘썼다.
※이 말은 본래 ≪禮記·檀弓≫에「將之荊, 蓋先之以子夏, 又申之以冉有。」라 했으나, 여기서는 약간의 차이가 있다.
【之荊(jīng)】: 楚나라로 가다.「之」: 往, 가다.「荊」: 춘추시대 楚나라의 다른 이름.【以】: …을(를).【冉(rǎn)有】: [인명] 염유. 孔子의 제자.【申】: 이어서.【子夏】: [인명] 자하. 孔子의 제자.【欲】: …하고자 하다, …하기를 바라다.【其君】:「자신을 신임할 군주」를 말한다.【其】: [희망·염원을 나타내는 어기사].

9) 孟子去齊, 三宿而後出晝, 猶曰:「王其庶幾召我。」→ 孟子는 齊나라를 떠날 때, 사흘 밤을 지낸 후에 晝지방을 떠나면서도, 여전히:「아마도 齊王이 나를 부를 것이다」라고 말했었다.
【去】: 떠나다.【晝(zhòu)】: 齊나라의 邑이름. 지금의 산동성 臨淄縣.【猶】: 여전히, 그래도.【其】: 아마도, 어쩌면.【庶幾】: 거의 …할 것이다.

10) 君子之不忍棄其君, 如此其厚也。→ 군자는 차마 자기의 임금을 버리지 못하는 마음이, 이처럼 도타웠다.
【不忍…】: 차마 …하지 못하다.【厚】: 도탑다, 돈독하다.

11) 公孫丑問曰:「夫子何爲不豫?」孟子曰:「方今天下, 舍我其誰哉? 而吾何爲不豫?」君子之愛其身, 如此其至也。→ 公孫丑가:「선생님께서는 왜 (기분이) 유쾌하지 않으십니까?」라고 묻자, 맹자가:「오늘날 천하에서, 나를 제외하면 (천하를 다스릴 수 있는 사람이) 또 누가 있겠는가? 그런데 내가 왜 유쾌하지 않겠는가?」라고 했다. 군자는 자신을 아끼는 마음이, 이처럼 지극했다.
※위의 문답은 ≪孟子·公孫丑下≫에 보이나, 질문을 한 사람은 공손추가 아닌 充虞이며, 原文 역시 다소 차이가 있다.
【公孫丑(chǒu)】: [인명] 공손추. 성은 公孫, 이름은 丑. 齊나라 사람으로 맹자의 제자.【夫子】: [제자의 스승에 대한 호칭] 선생님.【何爲】: 왜, 어째서.【豫】: 유쾌하다, 즐겁다.【方今】: 지금, 오늘날.【舍(shě)】: 捨, 버리다, 포기하다. 여

爲，而可以無憾矣。12) 若賈生者，非漢文之不用生，生之不能用漢文也。13)

夫絳侯親握天子璽而授之文帝，灌嬰連兵數十萬，以決劉、呂之雌雄，又皆高帝之舊將。14) 此其君臣相得之分，豈特父子骨肉手足哉?15) 賈生，洛陽之少年，欲使其一朝之間，盡棄其舊而謀其新，亦已難矣。16) 爲賈生者，上得其君，下得其大臣，如絳、灌

기서는 「제외하다」의 뜻.

12) 夫如此而不用，然後知天下果不足與有爲，而可以無憾矣。→ 대저 이와 같이 해도 기용되지 않으면, 그런 다음에 세상이 과연 더불어 역할을 할 수 없다는 것을 알게 되고, 또한 유감도 없을 수 있다.

【夫】: [발어사] 무릇, 대저. 【果】: 과연, 확실히. 【與】: 더불어, 함께. 【有爲】: 역할을 하다. 【憾(hàn)】: 유감, 불만.

13) 若賈生者，非漢文之不用生，生之不能用漢文也。→ 賈誼와 같은 사람은, 漢文帝가 그를 기용하지 않은 것이 아니라, 가의가 한문제를 이용하지 못한 것이다.

【若】: 如, …와 같은. 【生】: 賈生, 즉 賈誼.

14) 夫絳侯親握天子璽而授之文帝，灌嬰連兵數十萬，以決劉、呂之雌雄，又皆高帝之舊將。→ 絳侯 周勃은 친히 천자의 옥새를 장악하여 文帝에게 넘겨주고, 灌嬰은 수십만의 군사를 결집하여, 劉氏와 呂氏 간의 자웅을 결정지었는데, 또 (그들은) 모두가 高祖 劉邦의 옛 장수들이었다.

【絳侯(jiàng hóu)】: 周勃. 漢高祖 劉邦과 동향인으로 秦나라 말기에 유방을 좇아 거사에 참여하여 많은 공을 세우고 絳侯에 책봉되었다. 유방이 죽은 뒤에 呂后가 권력을 장악하여 呂씨 일족의 세력을 확장했다. 여후가 죽은 뒤 呂씨 일족들이 劉氏 정권을 탈취하려고 기도했는데, 周勃·陳平·灌嬰을 필두로 한 원로 대신들이 이들을 평정하고 劉恒을 漢文帝로 옹립했다. 【親握(wò)】: 친히 장악하다. 【璽(xǐ)】: 옥새. 【灌嬰(guàn yīng)】: [인명] 관영. 睢陽 사람으로, 劉邦을 좇아 거사에 참여하여 공을 세우고 潁陰侯에 책봉되었다. 후에 周勃 등과 힘을 모아 呂氏 일족을 평정하고 漢文帝를 옹립했다. 【連兵】: 군사를 결집하다. 【雌雄(cí xióng)】: 자웅, 승부, 우열.

15) 此其君臣相得之分，豈特父子骨肉手足哉? → 이러한 군신간의 의기투합한 정분을, 어찌 다만 부자형제의 혈육 관계에 비할 수 있겠는가?

【相得】: 서로 사이좋게 지내다, 서로 의기투합하다. 【分】: 情分. 【特】: 다만. 【父子骨肉手足】: 부자형제의 혈육 관계.

之屬，優游浸漬而深交之，使天子不疑，大臣不忌，然後擧天下而唯吾之所欲爲，不過十年，可以得志。17) 安有立談之間，而遽爲人痛哭哉?18) 觀其過湘，爲賦以弔屈原，紆鬱憤悶，趯然有遠擧之志。19) 其後卒以自傷哭泣，至於死絶，是亦不善處窮者也。20) 夫

---

16) 賈生，洛陽之少年，欲使其一朝之間，盡棄其舊而謀其新，亦已難矣。→ 가의는，洛陽의 일개 젊은이로서, 한문제로 하여금 하루아침에, 옛것을 다 버리고 새로운 것을 꾀하고자 했으니, 또한 매우 어려운 일이었다.
【欲】: …하고자 하다. 【盡棄】: 모두 포기하다, 다 버리다. 【謀(móu)】: 꾀하다, 도모하다. 【已】: 매우, 몹시, 극히.

17) 爲賈生者，上得其君，下得其大臣，如絳、灌之屬，優游浸漬而深交之，使天子不疑，大臣不忌，然後擧天下而唯吾之所欲爲，不過十年，可以得志。→ 가의와 같은 부류의 사람은, 위로 군주의 신임을 얻고, 아래로 대신들의 지지를 얻어야 하는데, (그러자면) 絳侯・灌嬰과 같은 사람들에 대해, 침착하게 점차 그들 속으로 파고들어 그들과 깊이 친분을 맺어, 천자로 하여금 의심하지 않고, 대신들로 하여금 시기하지 않도록 해야 한다. 그런 다음에 온 천하를 오직 내가 하고자 하는 대로 할 수 있으며, (그렇게 했더라면) 십 년이 되기도 전에, 뜻을 이룰 수가 있었을 것이다.
【君】: 여기서는 「군주의 신임」을 말한다. 【大臣】: 여기서는 「대신의 지지」를 말한다. 【如…之屬】: …와(과) 같은 부류의 사람들. 【優游】: 유유하다, 침착하다. 【浸漬(jìn zì)】: 점점 스며들다, 점차 파고들다. 【深交】: 깊이 사귀다, 돈독히 친분을 맺다. 【忌(jì)】: 시기하다, 꺼리다. 【擧天下】: 온 천하. 【得志】: 뜻을 이루다. 【唯】: 오직, 다만. 【吾之所欲爲】: 내가 하고자하는 바대로 하다.

18) 安有立談之間，而遽爲人痛哭哉? → 어찌 (잠시) 서서 이야기하는 사이에, 갑자기 사람을 향해 통곡할 수 있겠는가?
※이는 작자가 단계를 뛰어넘은 가의의 조급한 성격을 지적한 말이다. 賈誼의 ≪治安策≫에 「臣竊惟事勢，可爲痛哭者一，可爲流涕者二，可爲長太息者六，若其它背理而傷道者，難遍以疏擧。(제가 개인적으로 현재의 정세를 헤아려보니, 통곡할 만한 일이 한 가지, 눈물을 흘릴 만한 일이 두 가지, 크게 탄식할 만한 일이 여섯 가지 이고, 기타 사리에 위배되어 도를 해치는 일로 말하면 일일이 다 열거할 수가 없습니다.)」라고 한 말이 있다.
【安】: 어찌. 【立談】: 서서 이야기하다. 【遽(jù)】: 갑자기, 별안간.

19) 觀其過湘，爲賦以弔屈原，紆鬱憤悶，趯然有遠擧之志。→ 가의가 湘水를 건너갈 때, 賦를 지어 屈原을 조문한 것을 보면, 마음이 울적하고 착잡하여, 급히 속세를

謀之一不見用，安知終不復用也? 不知默默以待其變，而自殘至此。[21] 嗚呼! 賈生志大而量小，才有餘而識不足也。[22]

古之人，有高世之才，必有遺俗之累。是故非聰明睿哲不惑之主，則不能全其用。[23] 古今稱苻堅得王猛於草茅之中，一朝盡

멀리 떠나고자 하는 뜻이 담겨있다.

【湘(xiāng)】: 湘水. 지금의 호남성에 있는 강. 【爲賦(fù)】: 부를 짓다. 「賦」: 漢・六朝시대에 유행했던 문체의 일종. 【以】: [연사] 而. 【弔(diào)屈原】: 굴원을 조문하다. ※賈誼는 조정의 대신들로부터 배척을 당해 長沙王太傅로 폄적되어 떠나는 길에 湘水를 건너다가 굴원을 생각하여 ≪弔屈原賦≫를 지었다. 「屈原」: 성은 屈, 이름은 平, 자는 靈均이며, 전국시대 楚나라의 저명한 시인으로, 楚懷王의 左徒를 지냈으나 上官大夫 靳尙의 모함으로 쫓겨나 유랑하다가 汨羅江에 몸을 던져 죽었다. 【紆鬱(yū yù)】: 울적하다. 【憤悶(fèn mèn)】: 착잡하다, 번민하다. 【趯(tì)然】: 마음이 조급한 모양. 【遠擧】: 높이 날다. 여기서는 「속세를 멀리 떠나다」의 뜻.

20) 其後卒以自傷哭泣，至於死絶，是亦不善處窮者也。→ 그 후 마침내 스스로 슬퍼하며 통곡한 것으로 말미암아, 요절하기에 이르렀는데, 이 역시 어려운 환경에 잘 대처하지 못한 것이다.

【卒】: 끝내, 마침내. 【以】: 因, …인해, …로 말미암아. 【死絶】: 요절하다, 단명하다. 【不善】: 잘 대처하지 못하다. 【處窮】: 어려운 환경에 대처하다.

21) 夫謀之一不見用，安知終不復用也? 不知默默以待其變，而自殘至此。→ 무릇 책략이 한 번 채택되지 않았다 하여, 어찌 끝까지 다시 채택되지 않으리라는 것을 알겠는가? 묵묵히 정세의 변화를 기다려야 한다는 것을 몰라, 이토록 자신을 해치기에 이른 것이다.

【謀(móu)】: 책략. 【見用】: 채택되다, 쓰이다. ※見+동사=피동형. 【安】: 어찌. 【終】: 끝까지, 끝내. 【自殘(cán)】: 자신이 자신을 해치다.

22) 嗚呼! 賈生志大而量小，才有餘而識不足也。→ 아! 가의는 뜻은 원대했지만 도량이 작았고, 재능은 남음이 있었지만 식견이 부족했다.

【嗚呼!】: [감탄사] 아! 【量】: 도량.

23) 古之人，有高世之才，必有遺俗之累。是故非聰明睿哲不惑之主，則不能全其用。→ 옛사람들로서, 세인을 능가하는 재능을 지닌 사람은, 반드시 세속과 맞지 않는 결점을 지니고 있었다. 그래서 총명하고 지혜로워 유혹에 넘어가지 않는 군주가 아니면, 그들의 재능을 완전히 발휘하게 할 수가 없었다.

【高世】: 世人을 능가하다, 보통 사람을 초월하다. 【遺(yí)俗】: 세속을 벗어나

斥去其舊臣而與之謀。24) 彼其匹夫，略有天下之半，其以此哉!25)

愚深悲賈生之志，故備論之。26) 亦使人君得如賈誼之臣，則知其有狷介之操，一不見用，則憂傷病沮，不能復振。27) 而爲賈生者，亦謹其所發哉!28)

다, 時宜에 부합하지 않다, 세속과 맞지 않다. 【累(lèi)】: 결점, 모순. 【是故】: 그래서, 이로 인해. 【睿(ruì)哲】: 지혜롭다, 명철하다. 【全】: [사동용법] 완전히 발휘하게 하다. 【用】: 능력, 재능.

24) 古今稱苻堅得王猛於草茅之中，一朝盡斥去其舊臣而與之謀。→ 고금을 통해 사람들은 苻堅이 초야에서 王猛을 발굴하여, 하루아침에 옛 신하들을 모두 배척하고 왕맹과 도모한 것을 칭찬했다.

【稱】: 찬양하다, 칭찬하다. 【苻堅(fú jiān)】: [인명] 부견. 南北朝시대 前秦의 군주. 【得】: 얻다, 즉「발굴하다」. 【王猛】: [인명] 왕맹. 자는 景略. 초기에 華山에 은거하다가 부견의 부름에 응해 中書侍郎이 되었으며, 부견은 그를 매우 신임하여 마치 유비가 제갈량을 만난 것과 같다고 했다. 【草茅】: 초야. 【盡】: 모두. 【斥去】: 배척하다. 【謀(móu)】: 도모하다, 상의하다.

25) 彼其匹夫，略有天下之半，其以此哉! → 부견이 평범한 사람으로, 천하의 절반을 점거할 수 있었던 것은, 아마도 이러한 때문이리라!

【匹夫】: 필부, 평범한 사람. 【略】: 탈취하다, 점거하다, 차지하다. 【其】: 아마도. 【以】: 因, …로 인해, …때문.

26) 愚深悲賈生之志，故備論之。→ 나는 가의의 뜻을 매우 슬퍼하여, 그래서 그에 대해 상세히 논한다.

【愚】: [자신에 대한 겸칭] 나, 저. 【備論】: 상세히 논하다.

27) 亦使人君得如賈誼之臣，則知其有狷介之操，一不見用，則憂傷病沮，不能復振。→ 또한 군주로 하여금 가의와 같은 신하를 얻으려면, 그들은 강직한 절조를 지니고 있기 때문에, 한 번 기용되지 않을 경우, 근심으로 마음이 상하고 풀이 죽어, 다시 떨치고 일어나지 못한다는 것을 알도록 해야 한다.

【人君】: 군주. 【使】: …로 하여금 …하게 하다. 【狷介(juàn jiè)】: 강직하다, 곧다. 【操(cāo)】: 절조. 【憂傷】: 근심으로 마음이 상하다. 【病沮(jǔ)】: 실망하다, 낙담하다, 풀이 죽다. 【振(zhèn)】: 분발하다, 분기하다, 떨치고 일어나다.

28) 而爲賈生者，亦謹其所發哉! → 그리고 가의와 같은 부류의 사람은, 또한 자신의 감정 표출을 삼가야 한다.

【謹(jǐn)】: 삼가다, 조심하다. 【所發】: 감정 표출, 언행, 처세.

■ | 번역문

가의(賈誼)에 대해 논한 글

재능을 지니는 것이 어려운 것이 아니라 이를 가지고 스스로 활용하는 것이 실로 어렵다. 가의(賈誼)는 임금을 보필할 수 있는 재능을 지니고 있었지만 스스로 그 재능을 활용할 수 없었으니 애석하다. 대저 군자는 추구하는 바가 원대하면 반드시 (때를) 기다려야 하고, 이루고자 하는 바가 크면 반드시 인내하여야 한다. 옛날의 현명한 사람들은 모두 공(功)을 이룰 수 있는 재능을 지니고 있지만, 그러나 끝내 그 만분의 일도 행할 수가 없었는데, 반드시 모두가 당시 군주의 잘못만은 아니고 어떤 것은 그 스스로 자초한 것이다.

내가 가의의 논조를 살펴보니, 만일 그가 말한 대로 했더라면 비록 삼대(三代)라 해도 어찌 그보다 뛰어날 수 있겠는가? 한문제(漢文帝)와 같은 (훌륭한) 군주를 만났어도 여전히 기용되지 못함으로 인해 허무하게 죽었다. 그렇다면 이는 천하에 요(堯)·순(舜)과 같은 성군(聖君)이 없을 경우, 끝내 아무런 역할을 할 수 없다는 것인가? 공자(孔子)는 성인으로서 천하를 두루 돌아다니면서, 만일 극도로 무도한 나라가 아니라면 모두 힘껏 도우려 하고, 하루속히 자신의 주장이 시행될 수 있기를 희망했다. 장차 초(楚)나라로 가기 위해 먼저 염유(冉有)를 보내고 이어서 자하(子夏)를 보냈다. 군자가 자신을 신임할 군주를 얻고자 하면 이처럼 부지런히 힘썼다. 맹자(孟子)는 제(齊)나라를 떠날 때 사흘 밤을 지낸 후에 주(晝)지방을 떠나면서도 여전히 :「아마도 제왕(齊王)이 나를 부를 것이다.」라고 말했었다. 군자는 차마 자기의 임금을 버리지 못하는 마음이 이처럼 도타웠다. 공손추(公孫丑)가 :「선생님께서는 왜 (기분이) 유쾌하지 않으십니까?」라고 묻자, 맹자가 : 「오늘날 천하에서 나를 제외하면 (천하를 다스릴 수 있는 사람이) 또 누가 있겠는가? 그런데 내가 왜 유쾌하지 않겠는가?」라고 했다. 군자는 자신을 아끼는 마음이 이처럼 지극했다. 대저 이와 같이 해도 기용되지 않으면, 그런 다음에 세상이 과연 더불어 역할을 할 수 없다는 것을 알게 되고 또한 유감도 없을 수 있다. 가의(賈誼)와 같은 사람은 한문제(漢文帝)가 그를 기용하지 않은 것이 아니라 가의가 한문제를 이용하지 못한 것이다.

강후(絳侯) 주발(周勃)은 친히 천자의 옥새를 장악하여 문제(文帝)에게 넘겨주고, 관영(灌嬰)은 수십만의 군사를 결집하여 유씨(劉氏)와 여씨(呂氏) 간의 자웅을 결정지었는데, 또 (그들은) 모두가 고조(高祖) 유방(劉邦)의 옛 장수들이었다. 이러한 군신간의 의기투합한 정분을 어찌 다만 부자 형제의 혈육 관계에 비할 수 있겠는가? 가의는 낙양(洛陽)의 일개 젊은이로서, 한문제로 하여금 하루아침에 옛것을 다 버리고 새로운 것을 꾀하고자 했으니, 또한 매우 어려운 일이었다. 가의와 같은 부류의 사람은 위로 군주의 신임을 얻고 아래로 대신들의 지지를 얻어야 하는데, (그러자면) 강후・관영과 같은 사람들에 대해 침착하게 점차 그들 속으로 파고들어 그들과 깊이 친분을 맺어, 천자로 하여금 의심하지 않고 대신들로 하여금 시기하지 않도록 해야 한다. 그런 다음에 온 천하를 오직 내가 하고자 하는 대로 할 수 있으며, (그렇게 했더라면) 십 년이 되기도 전에 뜻을 이룰 수가 있었을 것이다. 어찌 (잠시) 서서 이야기하는 사이에 갑자기 사람을 향해 통곡할 수 있겠는가? 가의가 상수(湘水)를 건너갈 때 부(賦)를 지어 굴원(屈原)을 조문한 것을 보면, 마음이 울적하고 착잡하여 급히 속세를 멀리 떠나고자 하는 뜻이 담겨있다. 그 후 마침내 스스로 슬퍼하며 통곡한 것으로 말미암아 요절하기에 이르렀는데, 이 역시 어려운 환경에 잘 대처하지 못한 것이다. 무릇 책략이 한 번 채택되지 않았다 하여, 어찌 끝까지 다시 채택되지 않으리라는 것을 알겠는가? 묵묵히 정세의 변화를 기다려야 한다는 것을 몰라 이토록 자신을 해치기에 이른 것이다. 아! 가의는 뜻은 원대했지만 도량이 작았고, 재능은 남음이 있었지만 식견이 부족했다.

옛 사람들로서 세인을 능가하는 재능을 지닌 사람은 반드시 세속과 맞지 않는 결점을 지니고 있었다. 그래서 총명하고 지혜로워 유혹에 넘어가지 않는 군주가 아니면 그들의 재능을 완전히 발휘하게 할 수가 없었다. 고금을 통해 사람들은 부견(苻堅)이 초야에서 왕맹(王猛)을 발굴하여, 하루아침에 옛 신하들을 모두 배척하고 왕맹과 도모한 것을 칭찬했다. 부견이 평범한 사람으로 천하의 절반을 점거할 수 있었던 것은 아마도 이러한 때문이리라!

나는 가의의 뜻을 매우 슬퍼하여, 그래서 그에 대해 상세히 논한다. 또한 군주로 하여금 가의와 같은 신하를 얻으려면, 그들은 강직한 절조를 지니고 있기 때문에, 한 번 기용되지 않을 경우 근심으로 마음이 상하고 풀이 죽어 다시 떨치고 일어나지 못한다는 것을 알도록 해야 한다. 그리고 가의와 같은 부류의 사람은 또한 자신의 감정 표출을 삼가야 한다.

■ | 해제(解題) 및 본문요지 설명

가의(賈誼 : B.C.200-B.C.168)는 낙양(洛陽)[지금의 하남성 낙양시(洛陽市)] 사람으로 서한(西漢)의 정론가(政論家)이자 문인이다. 어려서부터 재능이 뛰어나 18세에 이미 제자백가(諸子百家)에 통달했고 22세에 박사가 되었다. 매번 황제의 명령으로 의론을 올릴 때마다 원로 박사들이 의견을 제시하지 못했는데, 젊은 가의가 모두 응대하자 한문제(漢文帝)가 그를 일약 태중대부(太中大夫)로 승진시켜 문제(文帝)의 고문이 되었다. 그러나 가의의 뛰어난 재능과 파격적인 승진은 주발(周勃)·장상여(張相如) 등 중신들의 시기와 질투로 인해 모함을 받아, 문제로부터 소원해져 장사왕태부(長沙王太傅)로 좌천되었다. 그리하여 가의는 울분을 머금고 상수(湘水)를 건너가 ≪조굴원부(弔屈原賦)≫를 지었다. 장사(長沙)에서 3년을 보낸 후, 문제(文帝) 7년(B.C.173) 장안(長安)으로 소환되어 문제의 아들인 양회왕(梁懷王) 유읍(劉揖)의 태부(太傅)로 임명되었으나, 4년째 되던 해에 양회왕이 낙마(落馬)하여 죽자, 가의는 책임을 다하지 못한 죄책감에 빠져 1년여를 울다가 33세의 젊은 나이로 세상을 떠났다. 뛰어난 정론가인 가의는 농본주의·인정애민(仁政愛民)·외부 침략 방어 및 변방 오랑캐 무마 등 많은 정치 주장을 제기했다. 이러한 주장은 한문제에 의해 채택되었을 뿐만 아니라 또한 역대 봉건 왕조의 정책으로도 널리 활용되었다. 가의의 저서는 현재 ≪신서(新書)≫ 10권이 전하는데, 이는 후인들이 모은 것이며 ≪한서(漢書)·예문지(藝文志)≫에 기록된 유가(儒家) 58편의 원서(原書)는 아니다.

본문은 작자 소식(蘇軾)이 가의(賈誼)가 자신의 재능을 펼치지 못한 이유를 분석하고 논평한 글이다.

본문은 다섯 단락으로 나눌 수 있는데, 첫째 단락에서는 가의가 비록 재능은 뛰어나지만 인내심이 부족하여 중용되지 못한 것을 자업자득이라 말했고; 둘째 단락에서는 한문제가 가의를 등용하지 않는 것이 아니라 가의가 한문제에 의해 등용될 수 없었던 것을 말했고; 셋째 단락에서는 가의가 일찍 뜻을 이루었으나, 어려운 환경에 대한 대처 능력이 부족하고 도량과 식견이 좁아 실패한 것을 말했고; 넷째 단락에서는 다시 말을 바꾸어 부견(苻堅)이 왕맹(王猛)을 등용한 사례를 들어 가의를 기용하지 못한 것을 한문제의 잘못으로 돌렸고; 마지막 단락에서는 후세 군주들에게 재능을 겸비한 인재를 기용할 것을 권장하는 동시에, 가의와 같은 부류의 사람들 또한 자신의 감정 표출을 삼가야 한다는 것을 강조했다.

183 조착론(鼂錯論)

[宋] 蘇軾

■ | 작자

179. 범증론(范增論) 참조

■ | 원문 및 주석

鼂錯論[1)]

天下之患, 最不可爲者, 名爲治平無事, 而其實有不測之憂。[2)] 坐觀其變而不爲之所, 則恐至於不可救;[3)] 起而强爲之, 則天下狃

---

1) 鼂錯論 → 鼂錯에 대해 논한 글
【鼂錯(cháo cuò)】: [인명] 조착. 漢 潁川[지금의 하남성 禹縣] 사람으로, 文帝때 太子家令, 景帝때 御使大夫를 지냈다. ※본문 '해제(解題) 및 본문요지 설명' 참조.
2) 天下之患, 最不可爲者, 名爲治平無事, 而其實有不測之憂。→ 천하의 환란 가운데, 가장 처리하기 어려운 것은, 겉으로 무사태평하지만, 실제로 예측하지 못하는 우환을 지니고 있는 것이다.
【不可爲】: 처리하기 어렵다. 【名爲…】: 명분상으로 …하다, 겉으로 …하다. 【不測之憂】: 예측 불가능한 우환, 예상하지 못하는 우환.
3) 坐觀其變而不爲之所, 則恐至於不可救; → 그 변화를 앉아서 보기만 하고 이를 처치하지 않을 경우, 어쩌면 구제할 수 없는 지경에 이를 수도 있다.
【所】: 처치하다. 【恐(kǒng)】: 아마도, 어쩌면.

於治平之安而不吾信。[4] 惟仁人君子豪傑之士, 爲能出身爲天下犯大難, 以求成大功。[5] 此固非勉强期月之間, 而苟以求名者之所爲也。[6]

天下治平, 無故而發大難之端, 吾發之, 吾能收之, 然後有辭於天下。[7] 事至而循循焉欲去之, 使他人任其責, 則天下之禍, 必集於我。[8] 昔者鼂錯盡忠爲漢, 謀弱山東之諸侯。山東諸侯並起, 以誅錯爲名。[9] 天子不察, 以錯爲說。天下悲錯之以忠而受

---

4) 起而强爲之, 則天下狃於治平之安而不吾信。→ (만일) 일어나서 그것을 강제로 처치하면, 천하 사람들은 무사태평의 안일한 생활에 젖어 우리를 믿지 않게 된다.
【强爲…】: 강제로 …하다. 【狃(niǔ)】: 젖다, 습관이 되다. 【不吾信】: 「不信吾」의 도치형태.

5) 惟仁人君子豪傑之士, 爲能出身爲天下犯大難, 以求成大功。→ 오직 仁人 · 군자 · 호걸들만이, 과감히 나서서 천하를 위해 큰 고난을 무릅씀으로써, 큰 공을 세울 수가 있다.
【仁人】: 어진 사람, 덕망이 있는 사람. 【出身】: 나서다, 일어서다. 【犯(fàn)】: 무릅쓰다. 【求成】: 성공을 바라다, 이루기를 추구하다.

6) 此固非勉强期月之間, 而苟以求名者之所爲也。→ 이는 본래 억지로 짧은 시일 내에, 함부로 명성을 추구하는 자들이 할 수 있는 바가 아니다.
【固】: 본래, 당연히, 확실히. 【勉强】: 억지로, 강제로. 【期(jī)月】: 1개월. 여기서는 「단시일, 짧은 기간」을 말한다. 【苟(gǒu)】: 함부로. 【求名】: 명성을 추구하다. 【能】: ※판본에 따라서는 「能」을 「爲」라 했다.

7) 天下治平, 無故而發大難之端, 吾發之, 吾能收之, 然後有辭於天下。→ 천하가 무사태평한데, 까닭 없이 大難의 실마리를 촉발할 경우, (만일) 내가 그것을 촉발한다면, 내가 그것을 수습할 수 있어야, 그런 다음에 천하 사람들에게 할 말이 있다.
【無故】: 까닭 없이. 【發】: 촉발하다, 일으키다. 【收】: 수습하다. 【辭】: 말.

8) 事至而循循焉欲去之, 使他人任其責, 則天下之禍, 必集於我。→ 만일 일이 닥쳤는데 움츠리고 그것을 회피하며, 다른 사람으로 하여금 책임을 떠맡도록 하려 한다면, 천하의 재앙이, 반드시 나에게 집중될 것이다.
【循(xún)循焉】: 움츠리는 모양. 【欲】: …하고자 하다. 【去】: 회피하다.

9) 昔者鼂錯盡忠爲漢, 謀弱山東之諸侯。山東諸侯並起, 以誅錯爲名。→ 옛날에 鼂錯은 충성을 다하여 漢나라를 위해, 山東 제후들을 약화시키고자 꾀했다. (그러자)

禍，不知錯有以取之也。[10)]

古之立大事者，不唯有超世之才，亦必有堅忍不拔之志。[11)] 昔禹之治水，鑿龍門，決大河而放之海。[12)] 方其功之未成也，蓋亦有潰冒衝突可畏之患。[13)] 唯能前知其當然，事至不懼，而徐爲

산동의 제후들이 함께 일어나, 조착을 죽일 것을 명분으로 삼았다.
【盡忠】: 충성을 다하다.【謀(móu)】: 도모하다, 꾀하다.【弱】: [사동용법] (세력을) 약화시키다.【山東之諸侯】: 산동 지방의 제후들, 즉 吳王 濞·膠西王 卬·膠東王 雄渠·菑川王 賢·濟南王 辟光·楚王 戊·趙王 遂 등 일곱 나라의 제후. 秦漢시대에 崤山 또는 華山의 동쪽 지방을 「山東」이라 했다.【並起】: 함께 일어나다, 연합하여 반란을 일으키다.【以…爲…】: …을 …으로 삼다.【誅(zhū)】: 죽이다.【名】: 명분, 구실.

10) 天子不察，以錯爲說。天下悲錯之以忠而受禍，不知錯有以取之也。→ 천자는 이를 살피지 못하고, 조착을 죽이는 방법으로써 (제후들의) 환심을 사고자 했다. 천하 사람들은 조착이 충성으로 인해 화를 당했다고 슬퍼할 뿐, 조착이 화를 자초한 원인이 따로 있다는 것을 알지 못했다.
【天子不察，以錯爲說(yuè)】: 천자가 잘 살피지 못하고, 조착을 죽이는 방법으로써 환심을 사고자 하다.「以錯」: 조착으로써, 즉「조착을 죽이는 방법으로써」.「說」: 悅, 기뻐하다, 즐거워하다. 여기서는「환심을 사다」의 뜻. ※판본에 따라서는 이 句를「而天子不之察，以錯爲之說」이라 했다.【以忠】: 충성으로 인해.「以」: 因, …으로 인해.【有以取之】: 화를 자초한 원인이 있다.「以」: 원인, 이유.「之」: [대명사] 그것, 즉「화, 재앙」.

11) 古之立大事者，不唯有超世之才，亦必有堅忍不拔之志。→ 옛날에 큰일을 이룬 사람들은, 다만 世人을 초월하는 재능이 있었을 뿐만 아니라, 또한 반드시 굳게 참고 견디며 흔들리지 않는 의지가 있었다.
【堅忍不拔】: 굳게 참고 견디며 흔들리지 않다.

12) 昔禹之治水，鑿龍門，決大河而放之海。→ 옛날 禹는 治水할 때, 龍門을 파서, 黃河의 물을 소통시켜 이를 바다로 흘려보냈다.
【禹(yǔ)】: 夏의 禹임금.【鑿(záo)】: 파다, 굴착하다.【龍門】: [산이름] 용문산. 지금의 섬서성 韓城縣 동북쪽.【決】: 막힌 곳을 터서 통하게 하다, 소통시키다.【大河】: 黃河.【放】: 흘려보내다.

13) 方其功之未成也，蓋亦有潰冒衝突可畏之患。→ 그의 일이 아직 성공을 거두기 전에, 또한 강둑이 무너져 강물이 세차게 범람하는 무서운 재앙이 있었다.
【方】: …때, …당시.【潰(kuì)冒衝(chōng)突】: 강물이 제방을 무너뜨려 물이

之所，是以得至於成功。14)

夫以七國之强，而驟削之，其爲變，豈足怪哉?15) 錯不於此時捐其身，爲天下當大難之衝，而制吳、楚之命，乃爲自全之計，欲使天子自將而己居守。16) 且夫發七國之難者誰乎? 己欲求其名，安所逃其患?17) 以自將之至危，與居守之至安，己爲難首，擇

세차게 범람하다.

14) 唯能前知其當然，事至不懼，而徐爲之所，是以得至於成功。→ 다만 당연히 그러한 일이 발생할 수 있다는 것을 미리 알아, 일이 닥쳤어도 두려워하지 않고, 침착하게 그것을 해결하여, 그래서 성공에 이를 수 있었다.
【唯】: 오직, 다만. 【前知】: 미리 알다. 【當然】: 당연하다. 즉 「당연히 그러한 일이 발생할 수 있다는 것」을 말한다. 【懼(jù)】: 두려워하다. 【徐】: 서서히, 천천히. 즉 「침착하게」의 뜻. 【徐爲之所】: 서서히 침착하게 해결하다. ※판본에 따라서는 「所」를 「圖」라 했다. 【是以】: 그래서, 이로 인해. 【得】: 能, …할 수 있다.

15) 夫以七國之强，而驟削之，其爲變，豈足怪哉? → 대저 강대한 힘을 가지고 있는 일곱 나라들로써, 갑자기 자기들의 힘을 약화시키려 하는데, 그들이 반란을 일으키는 것을, 어찌 족히 이상하게 여길 만한 일이겠는가?
【夫】: [발어사] 대저, 무릇. 【驟(zhòu)】: 문득, 갑자기, 불현듯. 【削(xuē)】: 깎다, 삭감하다. 【爲變】: 변란을 일으키다. 【足怪】: 이상하게 여길 만하다, 괴이하게 생각할 만하다.

16) 錯不於此時捐其身，爲天下當大難之衝，而制吳、楚之命，乃爲自全之計，欲使天子自將而己居守。→ 조착은 이때 자신의 몸을 던져, 천하를 위해 큰 재난의 충격을 막으면서, 吳나라·楚나라의 운명을 제압하려 하지 않고, 오히려 자신의 안전을 위한 계책으로, 천자로 하여금 몸소 병사들을 거느리게 하고 자신은 후방에 남아 수비하고자 했다.
【捐(juān)】: 버리다, 희생하다. 【當】: 擋, 막다. 【制】: 제압하다. 【乃】: 오히려. 【自將】: 몸소 이끌다, 친히 거느리다. 여기서는 「몸소 병사들을 거느리고 싸움에 나서다」의 뜻. 「將」: 통솔하다, 거느리다, 이끌다. 【居守】: 남아서 수비하다.

17) 且夫發七國之難者誰乎? 己欲求其名，安所逃其患? → 그리고 「七國의 難」을 촉발시킨 자가 누구인가? 자신은 명성을 얻고자 하면서, 어찌 그 재난을 회피하고자 했는가?
【且夫】: 그리고, 또한. 【發】: 촉발시키다, 야기하다. 【安】: 어찌. 【逃】: 달아나다, 피하다.

其至安，而遺天子以其至危，此忠臣義士所以憤惋而不平者也。[18)]

當此之時，雖無袁盎，錯亦未免於禍。何者？己欲居守，而使人主自將。[19)] 以情而言，天子固已難之矣，而重違其議。是以袁盎之說，得行於其間。[20)] 使吳、楚反，錯以身任其危，日夜淬礪，東向而待之，使不至於累其君，則天子將恃之以爲無恐。[21)]

---

18) 以自將之至危，與居守之至安，己爲難首，擇其至安，而遺天子以其至危，此忠臣義士所以憤惋而不平者也。→ 몸소 군사를 거느리는 지극히 위험한 상황과, 남아서 수비하는 지극히 편안한 상황을 견주어 볼 때, 자신은 재난을 야기한 장본이면서, 지극히 안전한 일을 택하고, 오히려 천자께 지극히 위험한 일을 떠넘겼으니, 이것이 충신열사들이 분노하고 원망하며 불평하는 까닭이다.
【以】: …을.【與】: …과 (견주다).【難首】: 재난을 야기한 장본.【遺(yí)】: 남기다, 즉「떠넘기다」.【所以】: 연유, 까닭, 이유.【憤惋(fèn wǎn)】: 분노하고 원망하다. ※판본에 따라서는「惋」을「怨」이라 했다.

19) 當此之時，雖無袁盎，錯亦未免於禍。何者？己欲居守，而使人主自將。→ 이때, 비록 袁盎이 없었다 해도, 조착은 역시 화를 면할 수가 없었다. 왜 그런가? 자신은 남아서 수비하려 하고, 군주로 하여금 몸소 병사를 거느리도록 했기 때문이다.
【袁盎(yuán àng)】: [인명] 원앙. 자는 絲. 楚나라 사람으로 齊나라의 재상과 吳나라의 재상을 지냈는데, 吳王 劉濞와의 친분으로 인해 조착에게 고발을 당해 평민으로 강등된 적이 있었다. 七國의 반란이 일어나자 원앙이 이 기회를 이용하여 景帝에게 조착을 죽여 반란을 멈추도록 건의하여 경제가 이를 받아들였다.

20) 以情而言，天子固已難之矣，而重違其議。是以袁盎之說，得行於其間。→ 인지상정으로 말하면, 천자는 본래 이미 그것을 곤란하게 여겼지만, 조착의 건의를 거역하기가 어려웠다. 이로 인해 원앙의 주장이, 그 와중에 시행될 수 있었다.
【固】: 본래.【難(nán)】: 곤란하게 여기다, 받아들이기 어렵다, 참아내기 어렵다.【重違(zhòng wéi)】: 거역하기 어렵다.【是以】: 그래서, 이로 인해.【得】: 能, …할 수 있다.

21) 使吳、楚反，錯以身任其危，日夜淬礪，東向而待之，使不至於累其君，則天子將恃之以爲無恐。→ 만일 吳나라와 楚나라가 반란을 일으켰을 때, 조착이 몸으로 그 위기를 떠맡아, 밤낮으로 각고의 노력을 기울이며, 동쪽을 향해 그들과 대항함으로써, 군주에게 누를 끼치는 지경에 이르지 않도록 했다면, 천자께서 장차 조착을 믿고 두려울 것이 없다고 여겼을 것이다.
【使】: 만일, 만약.【淬礪(cuì lì)】: 벼리다. 여기서는「각고의 노력을 기울이다」의 뜻.【東向】: [向東의 도치형태] 동쪽을 향하다. 일곱 나라들은 모두 京城의

雖有百袁盎, 可得而間哉?[22]

嗟夫! 世之君子, 欲求非常之功, 則無務爲自全之計。[23] 使錯自將而討吳、楚, 未必無功, 唯其欲自固其身, 而天子不悅, 奸臣得以乘其隙。[24] 錯之所以自全者, 乃其所以自禍歟![25]

■ | 번역문

조착(鼂錯)에 대해 논한 글

천하의 환란 가운데 가장 처리하기 어려운 것은, 겉으로 무사태평하지만 실제로 예측하지 못하는 우환을 지니고 있는 것이다. 그 변화를

동쪽에 위치하고 있다. 【待】: 대하다. 즉 「대적하다, 대항하다」의 뜻. 【使不至於…】: …에 이르지 않게 하다. 【以爲】: …라 여기다, …라고 생각하다.

22) 雖有百袁盎, 可得而間哉? → (그랬다면) 설사 백 명의 원앙이 있었다 해도, (천자와 조착의 사이를) 이간시킬 수 있었겠는가?
【可得而】: 能, …할 수 있다. 【間】: 이간시키다, 사이를 갈라놓다.

23) 嗟夫! 世之君子, 欲求非常之功, 則無務爲自全之計。→ 아! 세상의 군자들이, 특별한 공을 이루고자 한다면, 자신의 안일을 위한 계략에 힘쓰지 말아야 한다.
【嗟夫!】: [감탄사] 아! 【無】: 勿, …하지 말다. 【非常】: 평범하지 않은, 특별한.

24) 使錯自將而討吳、楚, 未必無功, 唯其欲自固其身, 而天子不悅, 奸臣得以乘其隙。→ 만일 조착이 스스로 병사를 거느리고 오나라·초나라를 토벌했다면, 반드시 공이 없다고 할 수도 없는데, 다만 그가 스스로 자신을 보전하고자 하여, 천자께서 불쾌하게 생각했고, 奸臣들이 그 틈을 이용할 수 있었던 것이다.
【使】: 만일, 만약. 【將】: 거느리다, 통솔하다. 【討】: 토벌하다. 【未必】: 꼭 …라고 할 수는 없다, 반드시 …한 것은 아니다. 【固】: 보전하다. 【得以】: …할 수 있다. 【乘】: 타다, 이용하다. 【隙(xì)】: 틈, 기회.

25) 錯之所以自全者, 乃其所以自禍歟! → 조착이 이러한 방법으로 자신을 보전한 것이, 바로 그가 화를 자초한 원인이 되었던 것이리라!
【所以】: 以之, 이로써, 이러한 방법으로. 【乃】: 곧, 바로. 【自禍】: 화를 자초하다.

앉아서 보기만 하고 이를 처치하지 않을 경우, 어쩌면 구제할 수 없는 지경에 이를 수도 있다. (만일) 일어나서 그것을 강제로 처치하면 천하 사람들은 무사태평의 안일한 생활에 젖어 우리를 믿지 않게 된다. 오직 인인(仁人)·군자·호걸들만이 과감히 나서서 천하를 위해 큰 고난을 무릅씀으로써 큰 공을 세울 수가 있다. 이는 본래 억지로 짧은 시일 내에 함부로 명성을 추구하는 자들이 할 수 있는 바가 아니다.

천하가 무사태평한데 까닭 없이 대난(大難)의 실마리를 촉발할 경우, (만일) 내가 그것을 촉발한다면 내가 그것을 수습할 수 있어야, 그런 다음에 천하 사람들에게 할 말이 있다. 만일 일이 닥쳤는데 움츠리고 그것을 회피하며 다른 사람으로 하여금 책임을 떠맡도록 하려 한다면, 천하의 재앙이 반드시 나에게 집중될 것이다. 옛날에 조착(鼂錯)은 충성을 다하여 한(漢)나라를 위해 산동(山東) 제후들을 약화시키고자 꾀했다. (그러자) 산동의 제후들이 함께 일어나 조착을 죽일 것을 명분으로 삼았다. 천자는 이를 살피지 못하고 조착을 죽이는 방법으로써 (제후들의) 환심을 사고자 했다. 천하 사람들은 조착이 충성으로 인해 화를 당했다고 슬퍼할 뿐, 조착이 화를 자초한 원인이 따로 있다는 것을 알지 못했다.

옛날에 큰일을 이룬 사람들은 다만 세인(世人)을 초월하는 재능이 있었을 뿐만 아니라, 또한 반드시 굳게 참고 견디며 흔들리지 않는 의지가 있었다. 옛날 우(禹)는 치수(治水)할 때 용문(龍門)을 파서 황하(黃河)의 물을 소통시켜 이를 바다로 흘려보냈다. 그의 일이 아직 성공을 거두기 전에 또한 강둑이 무너져 강물이 세차게 범람하는 무서운 재앙이 있었다. 다만 당연히 그러한 일이 발생할 수 있다는 것을 미리 알아, 일이 닥쳤어도 두려워하지 않고 침착하게 그것을 해결하여, 그래서 성공에 이를 수 있었다.

대저 강대한 힘을 가지고 있는 일곱 나라들로써, 갑자기 자기들의 힘을 약화시키려 하는데, 그들이 반란을 일으키는 것을 어찌 족히 이상하게 여길 수 있겠는가? 조착은 이때 자신의 몸을 던져 천하를 위해 큰 재난의 충격을 막으면서 오(吳)나라 · 초(楚)나라의 운명을 제압하려 하지 않고, 오히려 자신의 안전을 위한 계책으로 천자로 하여금 몸소 병사들을 거느리게 하고 자신은 후방에 남아 수비하고자 했다. 그리고 「칠국(七國)의 난」을 촉발시킨 자가 누구인가? 자신은 명성을 얻고자 하면서 어찌 그 재난을 회피하고자 했는가? 몸소 군사를 거느리는 지극히 위험한 상황과 남아서 수비하는 지극히 편안한 상황을 견주어 볼 때, 자신은 재난을 야기한 장본이면서 지극히 안전한 일을 택하고, 오히려 천자께 지극히 위험한 일을 떠넘겼으니, 이것이 충신열사들이 분노하고 원망하며 불평하는 까닭이다.

이때 비록 원앙(袁盎)이 없었다 해도 조착은 역시 화를 면할 수가 없었다. 왜 그런가? 자신은 남아서 수비하려 하고 군주로 하여금 몸소 병사를 거느리도록 했기 때문이다. 인지상정으로 말하면, 천자는 본래 이미 그것을 곤란하게 여겼지만 조착의 건의를 거역하기가 어려웠다. 이로 인해 원앙의 주장이 그 와중에 시행될 수 있었다. 만일 오(吳)나라와 초(楚)나라가 반란을 일으켰을 때, 조착이 몸으로 그 위기를 떠맡아 밤낮으로 각고의 노력을 기울이며, 동쪽을 향해 그들과 대항함으로써 군주에게 누를 끼치는 지경에 이르지 않도록 했다면, 천자께서 장차 조착을 믿고 두려울 것이 없다고 여겼을 것이다. (그랬다면) 설사 백 명의 원앙이 있었다 해도 (천자와 조착의 사이를) 이간시킬 수 있었겠는가?

아! 세상의 군자들이 특별한 공을 이루고자 한다면, 자신의 안일을 위한 계략에 힘쓰지 말아야 한다. 만일 조착이 스스로 병사를 거느리고 오나라·초나라를 토벌했다면 반드시 공이 없다고 할 수도 없는데, 다만 그가 스스로 자신을 보전하고자 하여 천자께서 불쾌하게 생각했고, 간신(奸臣)들이 그 틈을 이용할 수 있었던 것이다. 조착이 이러한 방법으로 자신을 보전한 것이 바로 그가 화를 자초한 원인이 되었던 것이리라!

■ | 해제(解題) 및 본문요지 설명

조착(鼂錯)은 영천(潁川)[지금의 하남성 우현(禹縣)] 사람으로 문제(文帝) 때 태자가령(太子家令)과 경제(景帝) 때 어사대부(御使大夫)를 지냈다.

경제(景帝) 연간에 각지 제후들의 세력이 날로 강대해지면서 황제에 대한 위협이 심각해지자, 어사대부 조착이 경제에게 제후들의 토지를 삭감하도록 건의하여 경제가 이를 받아들였다. 봉지를 삭감당하자 오(吳)·초(楚)를 비롯한 일곱 나라 귀족들이 조착을 주살해야 한다는 명분을 내세워 반란을 일으켰다. 일곱 나라의 압력이 거세지고 정적(政敵)들의 중상모략이 빗발치자 경제는 하는 수 없이 조착을 처형했다.

사태가 이 상황에 이르렀지만 한왕조(漢王朝)는 결국 제후들의 토지를 삭감하는데 성공했다. 따라서 소식(蘇軾)은 일단 한왕조의 성공이 조착의 노력과 불가분의 관계가 있다는 점을 인정하면서, 또 다른 관점에서 조착이 죽음을 당한 것은 그가 굳게 참고 견디며 흔들리지 않는 정신이 부족하고, 또 위기에 처했을 때 자신의 안전만을 도모하며 위험을 무릅쓰지 않았기 때문이라고 분석했다.

본문은 여섯 단락으로 나눌 수 있는데, 첫째 단락에서는 인인(仁人)·

군자(君子) · 호걸(豪傑)들만이 태평성대의 상황에서 예기치 못하는 재앙을 감지하여 대처할 수 있다는 것을 말했고; 둘째 단락에서는 이미 어려운 상황이 발생했다면 반드시 사태를 수습할 책임을 져야 한다는 것을 강조하면서, 조착에 대한 세인들의 동정을 배척하고 조착 스스로 화를 자초한 것이라 말했고; 셋째 단락에서는 우(禹)임금의 치수(治水)를 예로 들어, 큰일을 하려는 사람은 반드시 위험을 무릅쓴다는 각오가 있어야 하고, 동시에 굳게 참고 견디며 흔들리지 않는 의지를 가져야 한다는 것을 말했고; 넷째 단락에서는 재앙을 일으킨 장본이 조착 자신임에도 불구하고, 자신은 가장 안전한 일을 택하고 오히려 황제에게 가장 위험한 일을 떠넘긴 것에 대해 절대 용서할 수 없는 잘못이라 꾸짖었고; 다섯째 단락에서는 책임을 미루고 회피하는 조착의 태도로 인해 그에 대한 황제의 믿음이 흔들림으로써 원앙(袁盎)에게 참언(讒言)할 수 있는 기회를 제공했다고 지적했고; 마지막 단락에서는 특별한 공을 세우려면 반드시 결사적인 각오와 전력을 다해 책임을 지겠다는 결심이 있어야 한다는 것을 재차 강조하는 한편, 위기의 상황에서 자신의 안전만을 도모한 조착의 야비한 태도를 비판했다.

『고문관지』 편명 색인(한글 가나다순)

편자 **吳楚材・吳調侯**

오초재와 오조후는 청나라 초기 浙江 山陰[지금의 절강성 紹興] 사람으로 숙질간이다. 그들의 생애 사적에 관해서는 康熙 연간에 서당의 훈장 생활을 했고, 오초재의 백부가 兩廣總督을 역임했다는 사실 외에는 정확하게 밝혀진 것이 없다. 당시 문단에서 이름이 잘 알려지지 않은 평범한 문인일 뿐이다. 그러나 그들이 편찬한 ≪고문관지≫는 출간된 후 현재에 이르기까지 300여 년 동안 인구에 회자되며 독자들로부터 환영받고 있다.

역주자 **崔奉源**

성균관대학교 중문과를 졸업하고, 대만 국립정치대학 중문연구소에서 석사・박사학위를 받았으며, 성균관대학교 중문과 교수로 30년 동안 봉직하면서 두 차례에 걸쳐 대만 국립정치대학 교환교수를 역임했다. 현재 성균관대학교 명예교수로 연구와 저술에 전념하고 있다.

역・저서

『중국문학입문』(정범진・김철수・하정옥・최봉원 공저, 성균관대학교출판부), 『中國古典短篇俠義小說研究(中文)』(台灣 台北 聯經出版社), 『(중・한・로마자 표기) 세계지명표기사전』(최봉원 편, 성균관대학교 출판부), 『중국현대문학사』(李輝英 저, 최봉원 역, 성균관대학교출판부), 『중국역대소설서발역주』(최봉원 외 공역, 을유문화사), 『중국고전산문선독』(최봉원 역주, 다락원출판사)

논문

「唐傳奇俠義小說과 俠의 形象」, 「話本「發跡變泰」故事에 나타난 英雄象」, 「才子佳人小說의 興盛과 天花藏主人」 외 다수

古文觀止 譯注 4

초판 인쇄 2013년 9월 2일 | **초판 발행** 2013년 9월 12일

편 자 吳楚材・吳調侯

역 주 崔奉源

펴낸이 이대현 | **편집** 박선주 이소희 권분옥 | **디자인** 이홍주

펴낸곳 도서출판 역락 | **등록** 제303-2002-000014호(등록일 1999년 4월 19일)

주 소 서울시 서초구 동광로 46길 6-6(반포동 문창빌딩 2F)

전 화 02-3409-2058, 2060 | **팩시밀리** 02-3409-2059 | **전자우편** youkrack@hanmail.net

ISBN 978-89-5556-126-5 세트

978-89-5556-166-1 94820

정가 30,000원

이 도서의 국립중앙도서관 출판시도서목록(CIP)은 e-CIP홈페이지(http://www.nl.go.kr/ecip)와 국가자료공동목록시스템(http://www.ml.go.kr/kolisnet)에서 이용하실 수 있습니다.(CIP제어번호 : CIP2013015062)